KNAUR

Über den Autor:
Mathias Berg kam 1971 unter romanreifen Umständen zur Welt – genau 17 Tage zu früh, da der Nachbar tags zuvor seine Frau erschoss. Lust auf das Lesen und Schreiben machte ihm seine Mutter, die Tochter eines Polizisten aus Stuttgart. Nach dem Abitur in Ulm studierte er Soziologie in Bamberg und London, jobbte als Radiomoderator und arbeitete als Werbetexter und Marketing-Redakteur.
»Der Preis der Rache« ist der Auftakt der Cold-Case-Serie um die Psychologin Lupe Svensson und den LKA-Ermittler Otto Hagedorn. Mathias Berg lebt in Köln.

MATHIAS BERG

DER PREIS DER RACHE

KRIMINALROMAN

Besuchen Sie uns im Internet:
www.knaur.de

Aus Verantwortung für die Umwelt hat sich die Verlagsgruppe Droemer Knaur zu einer nachhaltigen Buchproduktion verpflichtet. Der bewusste Umgang mit unseren Ressourcen, der Schutz unseres Klimas und der Natur gehören zu unseren obersten Unternehmenszielen. Gemeinsam mit unseren Partnern und Lieferanten setzen wir uns für eine klimaneutrale Buchproduktion ein, die den Erwerb von Klimazertifikaten zur Kompensation des CO_2-Ausstoßes einschließt. Weitere Informationen finden Sie unter: www.klimaneutralerverlag.de

Originalausgabe Juni 2020
Knaur Taschenbuch
© 2020 Mathias Berg
© 2020 Knaur Verlag
Ein Imprint der Verlagsgruppe
Droemer Knaur GmbH & Co. KG, München
Alle Rechte vorbehalten. Das Werk darf – auch teilweise –
nur mit Genehmigung des Verlags wiedergegeben werden.
Dieses Werk wurde vermittelt durch die
Michael Meller Literary Agency GmbH, München.
Der Abdruck des Gedichts »Us« von Anne Sexton
erfolgt mit freundlicher Genehmigung von SLL/Sterling Lord Literistic, Inc.
Copyright by Linda Gray Sexton and Loring Conant, Jr. 1981.
Redaktion: Jutta Ressel
Covergestaltung: Sabine Kwauka
Coverabbildung: gettyimages / Michael Moeller /
EyeEm, shutterstock / Milan M.
Satz: Adobe InDesign im Verlag
Druck und Bindung: CPI books GmbH, Leck
ISBN 978-3-426-52500-5

2 4 5 3

Für Lina
Mögen die guten Mächte stets mit dir sein.

I was wrapped in black
fur and white fur and
you undid me and then
you placed me in gold light
and then you crowned me,
while snow fell outside
the door in diagonal darts.

    Anne Sexton, *Us*

PROLOG

Damit hatte er nicht gerechnet. Das Erste, was der Polizist in dem stickigen Raum sah, war ein lebloses kleines Kind am Boden. Für einen Moment war er unfähig, sich zu bewegen. Das Kind lag von ihm abgewandt, auf der Seite. Mit dem Gesicht zum Fenster. Auf einer fleckigen Matratze mit einem zerwühlten grünen Handtuch darauf. Ein paar seiner feinen, dunklen Haare an der Schläfe bewegten sich im Lufthauch, den die Tür verursachte, die jetzt hinter ihm ins Schloss fiel. Das Kind trug nichts außer einer Windel. In seiner zur Faust erstarrten kleinen Hand hielt es einen Zipfel des Handtuchs fest.

In dem Raum war es so unerträglich warm, dass der Polizist fast nicht atmen konnte. Durch das Wellblechdach spürte er förmlich das nahende Gewitter, das grollend heranzog. Hier drinnen roch es nach Köter und Fäulnis. Nach Kot und Urin. Und nach altem, morschem Holz. Der Polizist ließ schnell seinen professionellen Blick schweifen und sammelte in seinem Kopf die Fakten, eine Kette von Schlagwörtern. Er prägte sich alles genau ein. Dieses Bild würde er in seinem Leben nicht mehr vergessen, da war er sich sicher.

Vor dem Fenster am Boden: eine Puppe. Abgenutzte Holzklötze. Bunt. Das Fenster: verschmiert. Abdrücke einer Hundeschnauze. Orangefarbene Vorhänge: aufgezogen. Rechts in der Ecke ein Hundekorb mit roter löchriger Wolldecke. Fressnäpfe aus Metall. Blank geleckt. Links. Eine blau gestrichene Kommode mit drei Schubladen. In der Mitte des Zimmers, auf dem Boden, die Kinderbettmatratze. Mit Flecken übersät. Kein Bett. Keine Bilder. Kein Fernseher. Kein Radio. Keine Liebe. Keine Geborgenheit. Kein Schutz.

Nur blankes Entsetzen.

Der Schweiß brach ihm aus. Er stieg über das tote Kind am Boden, trat ans Fenster, schob eine Spinnwebe zur Seite und ruckelte am Griff. Er klemmte. Mit aller Kraft zerrte er daran, dann sprang das Fenster auf. Der Polizist spürte den Lufthauch, der hereinwehte, und atmete auf. Staubpartikel tanzten im Licht.

Er kniete vor dem Kinderleichnam nieder. Auf den ersten Blick konnte er nicht sagen, ob es ein Junge oder ein Mädchen war, geschweige denn, wie alt das Kind war. Es fehlte ihm an Erfahrung. Gewiss, er hatte schon einige tote Menschen gesehen. Erst letzte Woche einen Mann, der Selbstmord begangen hatte. Auch Opfer von Schießereien oder im Januar einen Junkie, der es unter der Brücke übertrieben und sich mit einem goldenen Schuss ins Jenseits katapultiert hatte. Aber ein totes Kind hatte er bislang noch nicht gesehen.

Es schmerzte ihn zutiefst. Er blickte betrübt auf das kleine Wesen nieder, auf sein aschgraues Gesicht. Auf die kleinen, viel zu langen Fingernägel und das verklebte Haar. Die dunklen Augenbrauen. Er sah sich nach etwas um, womit er den Leichnam bedecken konnte, fand aber nichts. Dann eben so, dachte er und streckte die Hände aus, um den kleinen, dünnen Körper aufzuheben und nach draußen zu bringen.

In dem Moment bemerkte er, dass sich der Brustkorb ein wenig hob. Oder hatte er sich getäuscht?

Er starrte auf die magere Brust, zählte die Sekunden und stellte mit einem rauschhaften Glücksgefühl fest, dass das Kind nicht tot war.

Es atmete schwach. Sehr schwach.

Er griff mit beiden Händen nach dem Kind. Es war wider Erwarten warm und seine Haut von einem schmierigen Film überzogen.

Als das Kind die Berührung spürte, riss es die Augen auf. Der kleine Körper regte sich träge wie eine schlafende Schlange, die geweckt worden war. Das Kind sah den Polizisten an, aber sein Blick verdunkelte sich schlagartig.

Seine Augen verengten sich zu schmalen Schlitzen.

Dann öffnete das Kind den kleinen Mund, die rissigen Lippen, und aus seiner Kehle kam ein unheilvolles, lang gezogenes Knurren.

TAG EINS

KAPITEL 1

Der Vorarbeiter weiß es sofort: Das, was dort in der Grube zum Vorschein kommt, gehört da nicht hin.

Genau um 8:11 Uhr an diesem 3. August 2003 stößt der Baggerführer mit seiner großen Schaufel, die wie eine gigantische Gabel in den Himmel ragt, in die Grube, die zuvor den Treibstofftank der alten Tankstelle beherbergt hat. In die einem Swimmingpool nicht unähnliche Betonwanne schlägt er schnell Löcher und beginnt, die gezackten, unförmigen Bodenplatten abzuräumen, die wie Eissplitter eines gefrorenen Sees aussehen.

Der Vorarbeiter beobachtet die Aktion, doch es dauert einen Moment, bis er versteht, was da plötzlich zum Vorschein kommt. Was da zwischen Staubwolken und Betonbrocken hervorblitzt. Er schiebt den Sicherheitshelm aus seiner Stirn und sieht genauer hin.

Sein Hirn analysiert in wenigen Sekunden, was da aus dem Beton ragt.

Schon reckt er hektisch die Hand in die Höhe und ruft dem Baggerführer etwas zu, doch vergebens. Erst als er wild mit beiden Armen in der Luft herumfuchtelt, bemerkt der Baggerführer ihn, zieht die Gabel des Baggers von der Stelle weg und schaltet den Motor aus.

Der Vorarbeiter springt in die Grube, reißt sich dabei den Helm vom Kopf und läuft auf die Stelle zu. Schweiß brennt in seinen Augen, er wischt ihn rasch mit dem Ärmel weg. Zwei Schritte vor diesem Etwas bleibt er stehen und geht in die Knie.

Die anderen Arbeiter strömen herbei.

Für einen Moment fragt er sich, ob es echt ist. Oder ob das, was er da sieht, ein schlechter Scherz ist. Doch es stimmt. Seine Augen haben sich nicht getäuscht.

Im aufgerissenen Betonboden steckt ein Leichnam.

Aber nicht etwa ein Skelett, es sieht eher wie eine Mumie aus, mit lederner Haut, braun und wie eingetrocknet. Allerdings liegt die Person nicht da wie eine friedlich schlafende Mumie im Museum. Bis zur Brust steckt der Körper im Beton, merkwürdig verdreht. Das Schlimmste ist der Anblick des Schädels.

»Meine Güte«, sagt er leise.

Der Schädel ist zur Seite geneigt, der Kiefer weit aufgeklappt. Er kann die Zähne erkennen. Es sieht aus, als würde der Schädel schreien.

Die anderen Arbeiter stehen nun im Kreis um den Fund herum und reden aufgeregt durcheinander. Einer streckt die Hand aus und will den Leichnam berühren.

»Nicht anfassen!«, ruft der Vorarbeiter.

Einer fragt, wie dieses Etwas hierhergekommen ist. In diese alte Tankstelle, die sie abreißen sollen. Ein anderer bekreuzigt sich. Der Vorarbeiter kann den Blick nicht von dem Fund abwenden. Was er da sieht, ist echt. Da ist er sich ganz sicher. Und es sieht grausam aus.

Endlich geht ein Ruck durch seinen Körper.

Er zieht sein Handy aus der Hosentasche, wendet sich ab und informiert seinen Chef, der mit einer Faust in der Tasche die Polizei ruft und seine Mannschaft nach Hause schickt. Zumindest für heute.

KAPITEL 2

Heute ist ein großer Tag für mich. Ein ganz großer sogar. Besser als Geburtstag. Besser als der erste Urlaubstag am Meer. Besser als eine zweite Achterbahnfahrt oder ein unverhofft spendierter Drink. Heute ist der Tag, dem ich seit Wochen entgegenfiebere, und er fühlt sich an wie mein erster Schultag. Natürlich bin ich viel zu früh dran, aber ich will nicht länger in meiner brütend heißen Dachgeschosswohnung warten. Also setze ich meine Sonnenbrille auf und trete aus dem Haus in die laue Morgenluft, stelle mich an die Straße und beobachte den morgendlichen Verkehr. Sehe immer wieder in die Richtung, aus der Raffa gleich angefahren kommen wird.

Die Sonne steht noch niedrig und scheint wie ein riesiger Scheinwerfer zwischen den Häuserschluchten hindurch. Im Laufe des Tages wird die Sonne wieder wie ein gnadenloser Wärmestrahler in den Himmel aufsteigen und das Thermometer über die Dreißig-Grad-Marke treiben. Bis wieder alle schwitzen und stöhnen und die Ventilatoren im Dauerbetrieb hin und her schwingen. So geht das seit Tagen. Wochen. Momentan mag ich den großen Stern da oben nicht wirklich leiden. Ich will krachende Gewitter und kühle Regentage. Doch dieser Sommer ist ein backofenheißer und unerbittlicher Sommer. Es hat seit Wochen nicht geregnet, und gestern haben die Meteorologen im Fernsehen bereits den Jahrhundertsommer prophezeit.

Dabei ist dieses Jahrhundert gerade mal drei Jahre alt.

Heute ist der erste Tag meines Praktikums beim LKA, und ich habe Raffa gebeten, mich zu fahren, weil ich mir vor Aufregung fast in die Hose mache. Ich hätte natürlich selbst fahren können, aber ich hatte kein gutes Gefühl dabei. Also bin ich über meinen Schatten gesprungen und habe ihn gefragt. Raffa hat mich mit einem merkwürdigen Blick angesehen und dann ohne Murren zugestimmt. Seine Gefälligkeit bedeutet für ihn drei Stunden weniger Schlaf, denn seine erste Vorlesung wäre eigentlich erst um 12:00 Uhr. Aber er tut es für mich, und ich weiß, warum.

Ich tippe mit einem Bein einen kräftigen Beat auf den Asphalt und widerstehe dem Impuls, mir eine Zigarette anzustecken. Ich rauche ohnehin zu viel und will es mir abgewöhnen. Außerdem wird Raffa mit seinem Auto garantiert in genau dem Moment um die Ecke biegen, wenn ich mir eine anzünde. Altes Rauchergesetz. Also: keine Zigarette. Durchhalten. Durchatmen. Ein. Aus. Fertig.

Kurz darauf biegt Raffa mit seinem alten Volvo um die Ecke und steuert auf mich zu. Auf ihn ist Verlass. Das mag ich an ihm. Er hält genau neben mir. Das Seitenfenster ist runtergekurbelt, und er beugt sich über den Beifahrersitz und drückt mir die Tür von innen auf.

»Übertreib's nicht«, murmle ich und schwinge mich rein. Stelle meine Tasche zwischen die Beine auf den Boden und schnalle mich an. Wir stehen immer noch. Der Motor wummert im Leerlauf, und ich sehe ihn fragend an.

»Was ist? Fahr los.«

»Guten Morgen erst mal«, sagt er und sieht mich mit einem durchdringenden Blick an.

Ach je, stimmt. Vergessen.

»Sorry«, sage ich, lehne mich zu ihm hinüber und küsse ihn auf die Lippen. Seine linke Hand greift sanft nach meinem Kiefer, und seine Zunge ist flink wie bei einem Reptil. Er schmeckt nach Zahnpasta.

Ich ziehe meinen Kopf zurück.

Raffa grinst mich an. »So machen das Menschen, die sich mögen.«

»Danke, dass du nicht *lieben* gesagt hast.« Ich zupfe an meinem Ohrläppchen. In Sachen Nähe kann ich von Raffa noch einiges lernen, da bin ich echt unterentwickelt.

»He, du bist ja richtig aufgeregt«, stellt er fest, und es liegt Erstaunen in seiner Stimme. Er kennt mich kühler. Souveräner. Kontrollierter.

»Dafür kriegst du keinen Punkt«, protestiere ich. »Das war leicht zu erraten.«

Raffa legt den ersten Gang ein und fährt an. Schiebt eine CD in den Player. Marvin Gaye erklingt.

Gute Wahl. I love Marvin. Ich singe leise mit zu *What's going on*.

Raffa greift nach hinten und holt eine Thermoskanne hinter dem Sitz hervor. »Du hast bestimmt nicht gefrühstückt«, meint er.

»Ich bekomme nichts runter«, sage ich schnell. Bei dem Gedanken an Essen würgt es mich.

»Aber einen Schluck Kaffee trinkst du schon.« Er drückt mir die metallene Kanne in die Hand. »Milch und zwei Stück Zucker sind schon drin.«

Ich strahle ihn an. Ist er nicht toll? Schnell beuge ich mich rüber und drücke ihm einen Kuss auf die Wange. Weil man das so macht. Das weiß ich. Hab ich gelernt.

»Den Fahrer während der Fahrt nicht belästigen«, sagt er mit gespielt strenger Miene und steuert den Wagen durch den dichten Morgenverkehr raus aus Köln. Auf die Autobahn in Richtung Düsseldorf. Ich lehne den Kopf ans Fenster, beobachte die Menschen auf den Gehwegen und trinke aus dem kleinen Becher von dem süßen Kaffee.

Raffa behauptet: Menschlich gesehen sei ich eine Primzahl. Nur durch eins und mich selbst teilbar. Und bis auf die Zwei bin ich stets ungerade. Lange Zeit konnte man keinen praktischen Nutzen aus mir ziehen. Erst seit den Rechenmaschinen spiele ich bei der Kryptografie eine zentrale Rolle.

Kryptos: altgriechisch für »verborgen, geheim«.

Numerus primus: die erste Zahl.

Das hat mir Raffa am Wochenende auf einer Party ins Ohr gehaucht. Kurz nach Mitternacht. In der Küche mit den beschlagenen

Scheiben, der angebrannten Pizza im Ofen und dem Haschgeruch, der vom Flur hereinwaberte. Keine Ahnung, wie lange er an diesem Kompliment gefeilt hat, denn er weiß, dass ich Komplimente nicht gut abkann. Aber ich fand's ganz süß. Weil ich nicht wusste, was ich darauf sagen sollte, habe ich ihn geküsst.

Wir kommen auf der A57 ganz gut vorwärts, es ist immer noch Ferienzeit. Ausgedörrte Felder fliegen an mir vorbei. Das Gras am Rand der Autobahn sieht aus wie Stroh. Die Blätter der Bäume sind bräunlich und schreien nach Wasser. Wie so oft in letzter Zeit wünsche ich mir, es würde kräftig gewittern, mit schwarzblauen Wolken und prasselndem Regen. Ich brauche dieses dauernde Sommerwetter nicht. Raffa liebt es.

Ich linse zu ihm rüber.

Das mit Raffa geht nun seit genau fünf Monaten und sieben Tagen. Als ich Raffa, der eigentlich Rafael heißt, kennenlernte, fand ich ihn spontan gut und wollte seine Freundin sein. Einfach so. *Bumm.* Ist mir vorher noch nie passiert. Sonst stehe ich eher auf böse Buben. Die Bad Boys. Die Typen, denen man nicht trauen kann. Vielleicht liegt es ja daran, dass Raffa auch ein Adoptivkind ist. Aber im Gegensatz zu mir ist bei ihm schnell klar, dass ein weißes deutsches Ehepaar kein Kind mit nugatfarbener Haut und lustigen Afro-Haaren zeugen kann. Raffa erzählt es auch jedem ungefragt: Mutter aus dem Senegal, Vater unbekannt. Er kam zu einer Bonner Pflegefamilie, als er drei war. Er hat eine Stiefschwester, mit der er sich gut versteht. Raffa ist Sonnenschein und blauer Himmel zugleich. Unbekümmert. Er macht aus seiner Herkunft kein Drama. Seine Geschichte ist allerdings auch total anders als meine.

Seine ist hell und strahlend.

Meine ist dunkel und verschattet.

Meine Adoption sieht man mir beileibe nicht an; ich sehe mit meinen schwarzen Haaren und den grünen Augen nicht herausragend anders aus als meine Eltern. Außer vielleicht, dass ich einen Kopf größer bin als der Durchschnitt der Frauen. Ansonsten fällt nur auf, dass ich misstrauisch bin und etwas unnahbar wirke. Meine Geschichte will ich auch niemandem auf die Nase binden, weil sie, ehrlich gesagt, auch keinen was angeht.

Raffa reißt mich aus meinen Gedanken. »Bist du sicher, dass du dieses Praktikum wirklich machen willst?«, fragt er.

»Bist du irre? Natürlich!«, rufe ich aus.

Ich weiß, dass er nur Spaß macht und mich aufzieht. Raffa fährt von der Autobahn ab. Ab morgen muss ich jeden Tag mit dem Zug fahren. Nur heute gibt's den Chauffeurservice. Ich rutsche auf dem Sitz hin und her und trete mit meinen Sneakers in die Gummimatte.

»Warum ausgerechnet zur Polizei?«, fragt Raffa. »Erklär es mir noch mal.«

Er spürt meine Unruhe, will mich in ein Gespräch verwickeln. Während wir über die breite Brücke fahren und den Rhein überqueren, kann ich von oben den geringen Wasserstand und das von der Sonne ausgebleichte Kiesbett sehen.

Ich zähle auf: »Mord. Totschlag. Serientäter. Tatrekonstruktion. Persönlichkeitsmerkmale. Abnormität. Sozialstudien. Muster. Täterprofile …«

Raffa unterbricht mich. »Kranker Kram also, schon gut. Und welches Wort darfst du beim LKA nicht sagen?«

»Profiler. Weil dann alle lachen«, erkläre ich.

»Warum?«

»Weil das nur in amerikanischen Filmen vorkommt.«

»Sondern es heißt?«

»Fallanalytiker. OFA. Operative Fallanalytik.«

»Gut.«

Ich sehe zum dritten Mal auf die Uhr. »Du, ich glaub, ich muss mal.«

»Jetzt nicht, wir sind schon am Südfriedhof, da kann ich nirgends halten.«

»Mir wird schlecht.«

Raffa drückt kurz mein Knie. »Du bist nervös, das geht vorbei. Wenn du den ersten Tag hinter dich gebracht hast, ist alles entspannter. Du wirst sehen. Gehen wir das Ganze noch mal durch. Was musst du tun?«

Er sieht mich kurz erwartungsvoll an. Los, sagen seine Augen, raus damit.

Ich stöhne auf. Wiederhole, was wir besprochen haben. Dabei ziehe ich meinen Pferdeschwanz am Hinterkopf fester.

»Aufmerksam sein. Den Menschen in die Augen sehen. Über ihre Witze lachen, auch wenn ich sie nicht lustig finde. Andere ausreden lassen. Daran denken, dass andere Hirne langsamer funktionieren als meins. Oder gar nicht. Oder anders. Meine Kollegen fragen, ob sie etwas brauchen, wenn ich mir Mittagessen hole.«

»Geht doch. Du wirst bestimmt nette Kollegen haben. Wart's ab.«

»Na, ich weiß nicht«, sage ich. »Ich mache ein Praktikum bei der Polizei und nicht im Phantasialand.«

»Wie meinst du das?«

»Das ist was anderes bei der Polizei. Das sind Machos. Patriarchen. Chauvinisten. Da gibt's Anzüglichkeiten. Sprücheklopfer. Automatenkaffee. Überstunden. Schreibkram. Formalia.«

»Und wieso machst du das dann?«

»Raffa, ich brauche das. Zu viel Harmonie macht mich rammdösig. Ich werde bekloppt, wenn jeden Tag die Sonne scheint. Ich mag ja auch meine schweren Jungs aus der Forensischen, aber ich will mehr. Ich mag das Finstere. Das Hässliche, das Böse. Ich will wissen, was hinter den Taten steckt. Bei der Polizei arbeiten Typen, die das auch mögen. Die sind wie ich. Es ist wie ein Schlachtfeld. Alle sind Krieger. Im Phantasialand würde ich mich am dritten Tag aufhängen.« Ich muss einmal laut lachen.

»Deswegen die schwarze Jeans und das weiße T-Shirt.«

»Was heißt denn das jetzt? Soll ich mich anziehen wie für einen Ball?«

Raffa stöhnt. »Nein, ich meine, du bist nicht ...«, er lässt seine Hand in der Luft rotieren und sucht nach einem Wort, »... nicht adrett angezogen«, sagt er schließlich.

Ich sehe ihn grimmig an. Doch er starrt geradeaus auf die Straße.

»Natürlich nicht«, erwidere ich. »Ich will schließlich ernst genommen werden. Wenn ich mich anziehe wie eine Konfirmandin, kann ich gleich wieder gehen.«

Ich lasse den Armreif an meinem rechten Handgelenk mehrfach über dem Totenkopftattoo kreisen.

»Wir sind gleich da, es ist nicht mehr weit«, verkündet Raffa mit hoher Stimme, als wir an der Ampel neben einer Waschstraße stehen.

»Halt da vorne an, ja? Hier an der Ecke. Ich gehe das letzte Stück zu Fuß«, sage ich.

Raffa sieht mich erstaunt an. Es dauert einen Moment, dann hat er es kapiert.

»Du denkst echt an alles, oder?«

Ich nicke langsam. Das sind die Momente, die ich fürchte. In denen er mich ansieht und ich diese Distanz spüre. Die in diesem Du-bist-komisch-Blick liegt. Als Bestätigung fürs Anderssein. Fürs Nicht-ins-Schema-Passen.

Ich klappe den Spiegel runter und überprüfe, ob meine Wimperntusche verschmiert ist. Nein, passt. Den Lippenstift lasse ich heute weg. Ich steige aus und gehe dann schnell ums Auto herum, weil ich das mit dem Küssen um ein Haar wieder vergessen hätte. »Danke«, flüstere ich.

Er zwinkert mir zu. Seine Augen sagen immer, was er fühlt. Ich schnaube ein kleines Lachen, drehe mich auf dem Absatz um und marschiere los. Nehme die schwarze Sonnenbrille aus meiner Tasche und setze sie auf.

»Und, ähm … Lupe?!«, ruft er mir aus dem offenen Fenster hinterher.

Ich bleibe stehen und sehe über meine Schulter zu ihm hinüber.

»Ja?«

»Nicht rennen«, sagt Raffa, schmunzelt und gibt Gas, dass der Motor aufröhrt wie ein blökender Elch.

KAPITEL 3

Jetzt geht's los, denke ich.

Meine Hände sind feucht, und mein Nacken kribbelt. Ich stehe im dritten Stock. Klopfe einmal mit dem Fingerknöchel an die Tür mit der Nummer 46 und drücke sie auf. Otto Hagedorn, bei dem ich mich melden soll, steht am Fenster. Er hält eine weiße Gießkanne in der Hand und wässert einen Bogenhanf.

Er dreht sich nicht zu mir um.

»Ich habe nicht ›Herein!‹ gerufen«, sagt er eine Spur zu laut und konzentriert sich weiter auf seine dämliche Pflanze.

Na gut, denke ich, wie er will. Ich gehe wieder raus, ziehe die Tür zu. Klopfe zweimal hintereinander und versuche dabei, nicht zu energisch zu wirken.

Stille.

Ich lege mein Ohr ans Holz und horche. Aber ich höre nur meinen absurd schnellen Herzschlag. Der Hagedorn lässt mich echt eiskalt auflaufen. Am ersten Tag. Ich fasse es nicht! Ich stemme die Hände in die Seiten. Eine Frau in Motorradmontur mit viel Hüfte und Kurzhaarschnitt kommt energischen Schritts den Gang entlang. Sie bleibt stehen.

»Isser noch nicht da?«, fragt sie mich.

Ich sehe sie irritiert an. »Wer jetzt?«

»Der Hagedorn.« Sie mustert aufmerksam mein Gesicht.

Meine Wangen werden warm. »Er hat noch nicht ›Herein!‹ gerufen«, erkläre ich und deute mit einer Hand auf die geschlossene Tür.

»Ach so«, meint sie. Dann ballt sie die Hand zur Faust und lässt sie zweimal gegen die Tür donnern.

»Jetzt klappt's. Der hört schlecht.« Sie hebt die Hand zum Gruß und verschwindet den Gang hinunter.

Durch die geschlossene Tür tönt ein freundliches, aber lautes »Herein!«.

»Läuft«, murmle ich und trete ein.

Otto Hagedorn sitzt jetzt hinter seinem Schreibtisch und sieht mir direkt in die Augen. Es ist nicht gerade der Blick, den der freundliche Fleurop-Mann erntet, wenn er unerwartet Blumen bringt.

»Ich bin Lupe Svensson. Guten Tag …«

»Schließ die Tür«, sagt er wieder eine Spur zu laut. »Setz dich.«

Kein Händeschütteln. Er deutet auf den Schreibtisch ihm gegenüber. Blitzblanke graue Platte. Dunkelgrüne, leicht speckige Schreibunterlage. Ein Notizblock. Darauf mittig ein Kuli. Monitor. Tastatur. Schwarzes Telefon.

Ich ziehe den Bürostuhl zurecht und nehme Platz. Stelle meine Tasche auf dem Boden ab. Dann stütze ich meine Unterarme auf die Tischplatte und sehe ihn an.

»Bereit«, sage ich.

»Gehörte meinem Kollegen, dem Karl«, sagt er laut und deutet mit dem Kinn auf meinen Schreibtisch. »Starb an Krebs. Die Beerdigung war vor vier Wochen.«

Ich denke kurz nach und krame in meiner Gutes-Sozialverhalten-Schublade.

»Mein Beileid.«

Er winkt mit angewiderter Miene ab.

»Spar dir das«, sagt er. »Mitleid interessiert keinen bei der Polizei.«

»Ich sagte Beileid, nicht Mitleid.«

Seine linke Augenbraue schnellt nach oben. »Das kann ja heiter werden«, brummt Hagedorn, und ich habe das blöde Gefühl, dass wir womöglich keine Freunde werden. Er sieht auf seinen Monitor und tippt etwas in die Tastatur. Ich schaue ihn mir genau an: Er ist ein Daddy-Typ, so ein gemütlicher. Mit einer kräftigen Figur, die von viel Sport (früher) und viel Pasta und Bier (jetzt) zeugt. Grauer Vollbart, der für meinen Geschmack etwas gestutzt werden könnte. Die Haare auf dem Kopf sind nur noch kurze graue Stoppeln, wie auf einem abgeernteten Weizenfeld. Im Sitzen wölbt sich der Bauch unter seinem schwarzen Poloshirt. Seine Hände sind fleischig. Die Unterarme breit und behaart. Auf der Nase thront, leicht schief, eine schwarze Lesebrille, wie man sie in den Ständern im Drogeriemarkt findet. Ich schätze ihn auf Ende fünfzig. Ein paar Jahre hat er noch. Dann ist Schluss. Rente. Schicht im Schacht.

»Du bist erst mal bei mir geparkt«, erklärt Hagedorn und nimmt die Lesebrille ab.

»Geparkt?«

»Ja, die OFA, wie wir uns neuerdings nennen, ist momentan nicht in voller Besetzung da. Sagt dir der Begriff was?«

»Ja. Operative Fallanalyse«, antworte ich schnell.

»Wenigstens etwas«, brummt Hagedorn.

»Wie viele Mitarbeiter sind in der Abteilung?«

»Sechs. Aber eine hat Rücken. Und einer hat Urlaub, ist ja Sommer. Bleiben vier. Einer davon bin ich.«

»Das habe ich bemerkt.«

Sein linkes Augenlid zuckt.

Ich sollte es mir nicht mit ihm verscherzen, nicht am ersten Tag, deshalb setze die unschuldige Miene auf, die ich vor dem Spiegel geübt habe.

»Das bedeutet?«, frage ich freundlich.

»Das bedeutet, dass wir nichts zu tun haben, weil Sommer ist. Es gibt kaum Fälle. Weil im Sommer auch die Täter mal Pause machen. In den Urlaub fahren und so weiter. Das bedeutet es.«

»Und was machen wir jetzt?«, frage ich.

Er schnaubt. »Wir werden schon eine Tätigkeit für dich finden.« Er dreht das Handgelenk und sieht auf seine Armbanduhr, so eine flache, runde mit abgewetztem Lederarmband.

»In zehn Minuten ist Besprechung. Ich zeig dir kurz die Abteilung. Außerdem brauch ich einen Kaffee.« Er schnappt sich Block und Kuli und steht auf.

Ich mache ein freudiges Gesicht, um ihm das Gefühl zu vermitteln, dass ich mir meine ersten Minuten genauso vorgestellt habe. Mutiere zu einer Ölhaut, an der alles abperlt, aber innerlich könnte ich laut fluchen.

Wir gehen den Flur runter, und Hagedorn bleibt bei den verschlossenen Bürotüren stehen und erklärt mir, wer dort sitzt und ob die Person Rücken oder Urlaub hat oder da ist. Die Teeküche ist ein kleiner fensterloser Raum, ausgestattet mit Kühlschrank, Münz-Kaffeeautomat, Wasserkocher und Geschirrschrank inklusive gruseliger Tassen mit lustigen Sprüchen darauf wie ICH BIN HEUTE SO MÜDE.

Wir stehen etwas näher beieinander. Unter sein Paco-Rabanne-Eau-de-Toilette, das ich von einem Ex-Kollegen kenne, mischt sich ein leichter Alkoholatem. Seine hellblauen Augen sind eine Spur glasig. Ich tippe auf Rotwein am Vorabend. Neben dem rechten Auge hat er eine rund vier Zentimeter lange, senkrechte, rötliche Narbe, die von einem tiefen Schnitt herrührt, der hastig zugenäht wurde. Hagedorn greift in seine Hosentasche und wirft 80 Cent in den Schlitz der Maschine. Stellt eine saubere Tasse unter den Ausflusshahn und drückt auf den Knopf mit der Aufschrift CAFÉ CREMA.

Die Maschine orgelt und spuckt den Kaffee aus.

»Für dich auch?« Er deutet auf das Regal mit den hübschen Tassen.

»Danke, aber ich hatte heute schon einen halben Liter. Sollte fürs Erste reichen.«

Er nickt, und wir gehen an den Postfächern und dem Kopierraum vorbei, und während er lautstark seinen Kaffee schlürft, erklärt er mir in wenigen Worten, wie die Post hierherkommt, wann ich sie holen soll und wie der Kopierer zu bedienen ist. Jeder Fall, der bearbeitet wird, hat eine Nummer, die in das Display des Geräts eingetippt werden muss. Fremdkopien sind nicht erlaubt. Und, ganz wichtige Regel: Nichts verlässt das Haus.

»Verstanden?«

»Aye, aye, Käpt'n.«

Dann bugsiert er mich in den Besprechungsraum, ein längliches Zimmer mit einem rechteckigen Tisch und zwölf Stühlen. Die Fenster sind gekippt, die Jalousien zur Hälfte runtergelassen. In der Ecke stehen ein Flipchart und ein Standventilator, der vor sich hin surrt. An der Wand hängt ein großes Chart, an dem mehrere Ausdrucke und zwei schlecht belichtete, vergrößerte Fotos von einer Überwachungskamera angebracht sind.

Ein groß gewachsener, hagerer Mann mit dürrem Hals und vogelartigem Kopf sieht von seinen Papieren hoch, registriert mich und senkt den Kopf wieder. Neben ihm lümmelt ein jüngerer blonder Mann breitbeinig auf der Tischkante und deutet mit einem Stift auf eine Stelle in den Papieren. Strubbelige Haare. Mit Wachs gebändigt. Er ist ein bisschen älter als ich, Mitte dreißig, schätze ich. Trägt ein weißes Hemd, dessen Ärmel über die Ellbogen akkurat hochgekrempelt sind, und eine Krawatte. Viel Spaß bei dem Wetter. Von der trainierten Figur her tippe ich auf Kampfsport; mal sehen, wie er sich bewegt.

Er sieht auf und taxiert mich. Seine Augen scannen meine Figur, meine nicht gerade üppige Oberweite und meine recht definierten

Oberarme. Auf meinen Trizeps bin ich richtig stolz. Er sieht mir einen Moment zu lang in die Augen, aber ich weiche seinem Blick nicht aus.

»Nimm schon mal Platz, bitte«, sagt er und redet weiter mit Vogelkopf.

Die Frau von vorhin auf dem Flur kommt auf mich zu und strahlt mich an. Hält mir die Hand hin.

»Ich bin Sina, ähm … du musst mir deinen Namen noch mal sagen.«

»Lupe.«

Sie sieht mich fragend an.

Ich erklär ihn – mal wieder. »Kurzform von Guadalupe. Spanischer Name. «

»Lupe, verstehe, wie die Lupe.« Sie deutet ein Vergrößerungsglas vor ihrem Auge an. »Na, das passt ja«, scherzt sie. »Willkommen bei uns.«

Ich bedanke mich artig, und Sina schließt die Tür des Konferenzraums.

Krawatte klatscht einmal in die Hände. »Legen wir los«, sagt er mit sportlichem Schwung.

Er ist einer dieser Siegertypen, die alles erreichen wollen und sich richtig reinhängen. Die aber auch viel Bestätigung brauchen. Wir setzen uns alle hin. Nur er bleibt stehen. Wiegt die Hüften hin und her. Sieht an sich herunter und streicht mit der Hand über seinen flachen Bauch.

Hagedorn sitzt neben mir und raunt mir zu: »Frank Bernbach, Leiter der OFA.« Ich nicke zur Bestätigung.

»Guten Morgen, in dieser Woche sind wir nach wie vor aufgrund von Urlaub und Krankheit dünner besetzt. Aber wir haben ein neues Mitglied in der Runde.«

Er deutet auf mich. »Wenn du dich bitte kurz vorstellst.«

Ich räuspere mich. Vorstellungsrunden liegen mir nicht. Mein Puls steigt immer explosionsartig an, und ich merke, dass ich rot werde. Trotzdem ist meine Stimme fest.

»Ich bin Lupe Svensson. Achtundzwanzig. Studium der Psychologie in Köln und in Oxford bei Professor Dutton. Schwerpunkt Forensische Psychologie. Ich habe drei Jahre in der forensischen Psychiatrie in Köln gearbeitet und die Fachausbildung zur Therapeutin absolviert. Momentan suche ich nach einem Thema für meine Dissertation. Daher das Praktikum.«

Alle sehen mich aufmerksam an.

»Kurz genug?«

Lachen. Das Eis ist gebrochen. Sina nickt aufmunternd.

Krawatte neigt den Kopf zur Seite. »Ich bin Frank«, sagt er und klopft sich auf die Brust. »Das ist«, er deutet auf Vogelkopf, »Jonas Menschig.« Jonas hält die Hand grüßend hoch. Nicht gerade ein Sympathieträger, eher der Nerd, der Mann fürs Spezielle. Krawatte fährt fort: »Lupe ist die Tochter von Christer Svensson«, erklärt er der Runde. »Dem Psychiater. Er hat schon öfter Gutachten für uns erstellt. Zuletzt beim Fall der kleinen Marlies.«

»Ach, so eine bist du«, sagt Vogelkopf mit gelangweiltem Tonfall und wackelt mit dem Kopf. »So 'ne Protegierte.«

Sina knufft ihn in die Seite. »Nun wollen wir mal nicht am ersten Tag patzig werden, Herr Kollege.«

»Wir sind ein gut aufgestelltes Team in der noch recht jungen OFA hier. Uns gibt's erst seit elf Monaten«, erklärt Krawatte mit weit ausholenden Armbewegungen wie ein Coach auf einer Bühne. »Jeder hat einen anderen Background. Jeder bringt eine besondere Fähigkeit mit. Die Mischung macht's. Was uns zusammenhält, sind die Teamarbeit und das gemeinsame Ziel, ein Verbrechen aufzuklären und den ermittelnden Kollegen zu unterstützen. Hier jagt keiner nach persönlichen Lorbeeren.«

Außer dir, denke ich. Du willst die goldensten und schönsten haben. Definitiv. Das sehe ich dir bereits nach vier Minuten an.

»Daher, Lupe Svensson, willkommen im Team für die nächsten sechs Monate. Schön, dass du mit von der Partie bist.«

Clever gemacht. Ich nicke, sage artig »Danke« und sehe in Gesichter, die mir noch fremd sind. Aber ich kann die allgemeine Zurückhaltung verstehen. Ich bin die Tochter eines bekannten Psychiaters, die auch noch in seine Fußstapfen tritt, mehr oder weniger jedenfalls. Schon in der forensischen Einrichtung war das ein Theater. Ich musste ihnen zeigen, dass ich was kann und mein eigenes Ding mache. Und eben nicht nur die Tochter des bekannten Psychiaters bin. Aber auch da habe ich mich durchgebissen. Und ich wette, Polizei ist nicht viel schlimmer.

»Vielen Dank«, sage ich und blicke freundlich drein. »Ich freue mich auf die Zusammenarbeit.«

Sina zwinkert mir zu. Vogelkopf wackelt nervös mit dem Kopf, und Krawatte schaut zufrieden aus. Ich sehe ihm an, dass er sich gerade überlegt, ob ich eine der Praktikantinnen sei, die er mal abends auf einen Drink einladen könnte.

Probier's ruhig aus, sagt mein Blick. Lade mich ein. Du wirst schon sehen, was du davon hast.

Das Team geht den aktuellen Fall durch, der an der Wand hängt. Mord an einem Taxifahrer, der mit aufgeschlitzter Kehle gefunden wurde. Die Sache sah zunächst nach der Affekttat eines Fahrgasts aus. Nun zeigt sich, dass es weit mehr war, nämlich eine Fehde zwischen zwei kurdischen Gruppen. Gewürzt mit Drogenhandel. Das Opfer war also kein Zufallsopfer.

Jemand klopft. Eine Frau mit hochrotem Kopf tritt ein und übergibt Krawatte stumm ein Blatt Papier.

»Ich habe doch darum gebeten …«, fängt er an, dann wandern seine Augen über das Blatt. Die Frau verschwindet nahezu geräuschlos aus dem Raum.

»Die Kollegen aus Köln bitten um Mithilfe. Leichenfund. Nach erster Prüfung liegt der Tote dort schon länger. Die Forensik ist bereits informiert und auf dem Weg.«

»Wo wurde die Leiche gefunden?«, fragt Hagedorn.

»Im Fundament einer Tankstelle in Köln, die gerade abgerissen wird. Otto, du übernimmst«, sagt Krawatte und deutet mit dem ausgestreckten Zeigefinger auf ihn. »Und nimm Lupe mit.«

Er zwinkert mir zu. »Da hilft zwar kein Psychologiestudium, aber irgendwo musst du ja beginnen.«

Trottel, denke ich. Und grinse breit.

KAPITEL 4

Über der Fundstelle der Leiche ist ein weißes Faltdach aufgebaut, das im Sonnenlicht leuchtet; darüber steht flirrend die Hitze. Wir betreten die Grube über eine Behelfstreppe mit fünf Stufen. Ein breitschultriger Mann mit verspiegelter Sonnenbrille und zurückgegeltem schwarzem Haar löst sich aus der Gruppe unter dem Dach und kommt wiegenden Schritts auf uns zu.

»Hallo, Otto, danke, dass ihr so schnell kommen konntet.« Sonore, leicht aufgekratzte Stimme. Akzent. Sieht türkisch aus.

»Schon gut«, brummt Hagedorn. »Das ist Lupe Svensson.« Er zeigt auf mich.

»Tag, ich bin Erkan«, sagt er mit einer weit ausholenden Geste. Wir schütteln uns die Hände. Ich spüre die Schwielen an seinen Fingern von den Hanteln, die er oft bearbeitet. Er grinst frech, nimmt lässig seine Sonnenbrille ab und entblößt eine Reihe unverschämt weißer Zähne. Erkan ist nicht sonderlich groß, in etwa so wie ich, vielleicht zwei, drei Zentimeter größer, aber doppelt so breit und erinnert mich fatal an einen Autoverkäufer: viel Fitnessstudio, zu knappes Kurzarmhemd, breites Grinsen, penibel geschnittene Haare, akkurater Bart und formvollendete Augenbrauen.

»Wer sind Sie?«, frage ich nach.

»Wer ich bin?«, fragt er erstaunt, als sei er ein Popstar, den jeder kennen müsste. Dabei mustert er mich einmal von oben bis unten und funkelt mich mit seinen traubendunklen Augen an. Er spannt seinen Bizeps an.

»Ich bin Erkan, der Kommissar vom K11, dem Polizeipräsidium in Köln.«

»Ah, okay, verstanden«, sage ich unbeeindruckt.

Hagedorn schaltet sich ein.

»Es ist ihr erster Tag, sie ist neu bei uns im LKA. Praktikantin. Erkan ist der Kollege, der hier den Fall aufgenommen hat und bearbeitet. Wir von der OFA unterstützen ihn. Können wir uns jetzt den Leichnam ansehen?«

Er seufzt. Hagedorn hatte schon auf der Fahrt wenig Lust auf den Termin, wie mir schien, und im Auto wenig geredet. Also habe ich ebenfalls die Klappe gehalten. Ich glaube, er wäre gern im kühlen Büro geblieben und hätte mit seinen Zimmerpflanzen gespielt.

Wir treten unter das Dach, und es gibt eine kurze Vorstellungsrunde für mich. Hier duzen sich alle. Nur ich sieze Otto. Dann ist die Rechtsmedizinerin dran, eine kleine Frau im Laborkittel mit einer Schutzbrille auf der Nase wie im Chemieunterricht. Li Yang ist mit zwei Kollegen dabei, den Leichnam, der bis zur Brust aus dem Beton ragt, komplett freizulegen.

Hagedorn zückt einen Notizblock und hebt das Kinn.

»Das ist mal was anderes. Es ist eine Wachsleiche«, sagt Li. »Geschlecht nicht bekannt. Wird auch Fettleiche genannt. Wir kennen solche Fälle aus Funden in Mooren oder auf Friedhöfen, die extrem feuchten, lehmigen Boden haben. Das Fehlen des Sauerstoffs, wie hier durch den Beton, unterbricht den natürlichen Verwesungs- und Fäulnisprozess. Die Körperfette werden zu einer wachsähnlichen Schutzschicht. Sogenannte Fettwachse. Das ist das Ergebnis.«

Wir starren darauf.

Der Leichnam sieht für mich aus wie bräunliches Trockenfleisch, Beef Jerky, aus dem jedes Fett herausgetropft ist. Nur noch magerstes Fleisch. Der Körper ist faltig wie eine Rosine, und die Haut spannt sich über das Skelett wie eine Membran.

»Kennt ihr die Leichname der Bewohner von Pompeji?«, fragt Li. »Sie sehen so ähnlich aus, nur dass die von einem Ascheregen überrascht wurden«, fährt sie fort.

»Und von wem wurde diese Person hier überrascht?«, fragt Erkan.

»Das ist deine Aufgabe, Erkan«, sagt Li.

»War die Person bereits tot, als sie einbetoniert wurde?«, will Hagedorn wissen.

Li betrachtet den Leichnam. Ich folge ihrem Blick. Die Person sieht selbst als Leichnam so aus, als würde sie kämpfen. Der Schädel ist komplett erhalten, es sind sogar ein paar Haare daran. Eingetrocknet. Die Gesichtszüge sind erkennbar. Ob es sich um einen Mann oder eine Frau handelt, kann ich nicht sagen. Der Kopf ist zur Seite geneigt, der Kiefer weit aufgeklappt. Der Oberkörper verdreht. Die Arme liegen nicht links und rechts am Körper an, wie bei einem Toten, der bestattet wurde, sondern stemmen etwas Schweres zur Seite. Die Handflächen sind flach und senkrecht abgewinkelt.

»Nein«, murmle ich. »Die Person hat gelitten.«

Li sieht mich an. Ich erschrecke kurz, weil ich merke, dass ich laut gesprochen habe. Lis Gesicht ist rundlich, ihre mandelförmigen Augen sind groß und wunderschön.

»Ich bin ganz deiner Meinung«, raunt sie mir zu und wirft Hagedorn einen Blick zu, den ich nicht zu deuten weiß.

»Was kannst du zum Alter sagen?«, fragt Hagedorn, zückt sein Handy und macht Fotos von der Leiche aus verschiedenen Perspektiven.

»Wir haben schon alles fotografiert«, wirft Erkan ein.

»Ich weiß«, sagt Hagedorn und fotografiert ungerührt weiter. Geht näher an den Schädel heran und fotografiert ihn in Großaufnahme.

»Nicht viel. Wir werden den Leichnam vorsichtig ausgraben und einige Untersuchungen durchführen, um zu ermitteln, wie lange er sich schon dort befunden hat. Und das Alter der Person zum Zeitpunkt ihres Todes können wir dabei auch bestimmen. Zudem gibt's Zahnabdrücke, Körpergröße, ein paar medizinische Details, ob Knochenbrüche oder Ähnliches vorhanden waren, und dann machen wir uns an eine Gesichtsrekonstruktion, da der Schädel recht gut erhalten ist. Außerdem haben wir Haare am Hinterkopf und könnten mit etwas Glück eine DNA extrahieren. Das volle Programm. Viel Arbeit. Aber bei dem Wetter will ja eh keiner vor die Tür, oder?«

Erkan lacht als Einziger.

»Wie lange ist die Person schon tot? Schätz mal.« Hagedorn bemerkt Lis Blick gen Himmel. »Ich nagle dich nicht fest; nur einen Anhaltspunkt, bitte.«

Li neigt den Kopf zur Seite. »Das hier«, sie stampft einmal mit dem Fuß auf den Boden auf, »ist Beton. Wenn wir mal annehmen – und das nur hypothetisch, bitte –, dass diese Person hier starb oder kurz nach ihrem Tod begraben wurde, hat der Beton durch den Lufteinschluss perfekte Konservierungsbedingungen geschaffen. Kurzum, sie kann sich hier bereits viele Jahre, ja vielleicht sogar Jahrzehnte befunden haben. Reicht das?«

»Na ja. Sonst noch was?«, fragt Hagedorn und kritzelt hektisch auf seinem Block herum.

»Ja, wir haben was gefunden.« Sie greift nach einem durchsichtigen Plastikbeutel, auf dem eine Nummer notiert ist, und hält ihn in die Höhe. Darin liegt etwas Funkelndes.

»Was ist das?«, fragt Erkan erstaunt.

»Ein Plastikbeutel«, antwortet Li, sichtlich amüsiert.

Erkan schnaubt wie ein Pferd. Öffnet den Mund, um etwas zu sagen, aber Li ist schneller.

»Eine Halskette mit einem Amulett. Lag auf dem Brustkorb. Die Kette ist durchtrennt. Daran war ein Anhänger.« Li drückt mir den Beutel in die Hand. »Das werdet ihr sicherlich haben wollen.«

Reflexartig nehme ich den Beutel an mich.

Li klatscht einmal in die Gummihandschuhhände. »Okay, danke. Wir melden uns, wenn wir weiter sind. Und jetzt schlage ich vor, ihr geht Kaffee trinken und lasst uns arbeiten, damit wir bald Ergebnisse liefern können.«

Sie gibt ihren beiden Assistenten ein Zeichen, und die knien sofort nieder und fahren fort, den Leichnam aus dem Beton zu hämmern.

Ich bücke mich, greife nach einem kleinen Brocken Beton und stecke ihn in meine Hosentasche. Wir verabschieden uns und gehen Richtung Auto. Erkan springt um uns herum und macht auf wichtig. Er redet wie ein Wasserfall und berichtet, was er schon alles recherchiert hat. Zu der Tankstelle. Wann erbaut, wem sie zuletzt gehörte und so weiter.

»Sehr gut, Erkan«, sagt Hagedorn mitten im Satz und klopft ihm anerkennend auf die Schulter. »Schick mir alles per E-Mail, ja?«

Erkan strahlt über beide Ohren und strafft seine Schultern.

»Tschüss, Schönheit!«, ruft er mir zu und verabschiedet sich mit einem angedeuteten militärischen Gruß.

»Ciao, Erkan«, sage ich gelangweilt und versuche, keine Miene zu verziehen. Ich kann es ihm nicht zu leicht machen.

Hagedorn und ich gehen stumm nebeneinanderher zurück zum Auto. Er zückt den Autoschlüssel, aber bevor er auf den Knopf drückt, dreht er sich noch einmal um. Einen Moment lang lässt er die Szenerie auf sich wirken.

Rechts neben dem Zelt steht noch ein schmaler Rest des ehemaligen Tankwarthäuschens, alles andere ist bereits zum staubigen

Schuttberg mutiert. Dort, wo mal die Zapfsäulen waren, ragen noch Halterungen wie Zahnstümpfe aus dem Boden. Nur das ovale Dach, das sich früher über die Zapfsäulen spannte, steht noch da, auf dünnen Stelzen, die wie Strohhalme aussehen. Angefressen vom Zahn der Zeit.

Ich nehme mein Handy und mache lautlos ein paar Fotos davon.

»Ich kenne diese Tankstelle«, sagt Hagedorn plötzlich, und sein Blick bekommt etwas Nostalgisches. Dann nickt er ein paarmal, als spreche er innerlich mit sich selbst.

Ich spiele mit dem Betonbrocken in meiner Hosentasche.

»Lass uns einen Kaffee trinken«, sagt er schließlich und entriegelt die Autotüren.

Machen wir, Herr Hagedorn.

KAPITEL 5

In der Nähe der Tankstelle ist eine Bäckerei. Mit zwei Stehtischen vor den Fenstern, unter einer gelb-weiß gestreiften Markise, wo sich die Hitze schön staut. Hagedorn bestellt einen Cappuccino und ein Fleischwurstbrötchen. Ich nehme eine Laugenbrezel und ein Wasser. Mich juckt es in den Fingern zu rauchen, aber ich reiße mich zusammen.

»Du hast dir keine Notizen gemacht«, bemerkt Hagedorn, nachdem wir uns am Stehtisch etabliert haben. Er lässt Zucker in seinen Kaffee rieseln und sieht zu, wie er langsam im Milchschaum versinkt.

»Brauche ich nicht. Ich kann mir Einzelheiten gut merken«, sage ich und tippe an meine Stirn. »Und so viel war es jetzt auch nicht.«

»Ich fände es gut, wenn du genau zuhörst und dir Notizen machst. Ich kann nicht immer alles verstehen und will nicht ständig nachfragen.« Er zeigt auf sein Ohr.

»Ach so, okay, geht klar, ich schreibe es Ihnen nachher auf«, antworte ich und lege den Plastikbeutel mit der Kette auf den Tisch.

»Und hör auf mich zu siezen«, brummt er. »Sag einfach Otto zu mir.«

Na bitte. Ich nicke und schiebe ihm den Plastikbeutel rüber. Dann heißt er eben ab jetzt Otto. Otto zieht den Beutel kurz zu sich heran und stiert darauf.

»Geht in die Kriminaltechnik«, sagt er und schiebt ihn zu mir zurück. »Warum hast du den Betonbrocken mitgenommen?«, will er wissen und beißt in sein Brötchen. Kaut.

Ich sehe ihn einen Moment erstaunt an.

»Na, wenn die Person einbetoniert wurde, muss der Beton ja vorher in irgendeiner Form flüssig gewesen sein. Und bis Li herausfindet, wie alt die Person ist, könnten wir unterdessen den Beton bestimmen lassen. Oder nicht?«

»Nicht übel«, sagt er und kaut dabei. Ich muss immer wieder auf die rötliche Narbe sehen, die sich wie ein gezacktes Flussbild neben seinem Auge nach unten zieht. Ich würde zu gern wissen, woher er sie hat, hüte mich aber, diese Frage zu stellen.

Otto sieht mich mit seinen hellblauen Augen an. »Ich habe wirklich schon viele gesehen. Tote, meine ich. Sogar mal ohne Kopf. Aber eine Leiche in einem Betonboden ist auch für mich neu. Diese Tankstelle hat in den Siebzigerjahren ein Mann namens Peter Kurz betrieben. Ich war Stammkunde. Habe hier die Straße runter gewohnt, bis ich 1975 umgezogen bin. Die Straße führte damals aus Köln raus, in westlicher Richtung.«

»Was ist mit Peter Kurz passiert?«

Otto zuckt mit den Schultern. »Das kannst du ja dann mal rausfinden, wenn wir wieder im Büro sind.«

Ich beiße in die Brezel und kaue. Bemerke, dass ich Hunger habe. Mittlerweile ist es halb zwölf.

»1974 war ich als frischgebackener Kommissar in Köln. Habe lange zur Untermiete gewohnt. Nach einem Jahr habe ich mir eine kleine Zweizimmerwohnung geleistet. Damals hast du als Polizist sofort eine Wohnung bekommen. Da stand der Hausmeister stramm.«

Womit er meine Feststellung bestätigt: Ältere Menschen lieben es, von früher zu erzählen, von den alten Zeiten, die noch gut und unbeschwert waren. Was allerdings ein Trugschluss ist. Otto grinst einen Moment. Die Falten um seine Augen explodieren. Gut sieht er aus, wenn er lacht. Für einen winzigen Moment blitzt der junge Otto durch. Aber sein Blick verdunkelt sich schnell wieder.

»Heute werden wir beschimpft und angepöbelt. Die Leute haben oft keinen Respekt mehr vor der Polizei. Die Zeiten ändern sich.«

Ich verdrehe die Augen. »Die Zeiten ändern sich immer. Das ist das Wesen von Zeit«, erkläre ich. Es klingt altklug, aber es ist nun mal so. Ich kann das Gelaber der Leute nicht ab, die ständig erzählen, dass früher alles besser war. Otto verengt seine Augen zu Schlitzen.

»Was weißt du schon«, sagt er spöttisch.

Typisch. Die ewige Midlife-Crisis. Der frustrierte Mann. Aber ich komme schon noch dahinter, woran Otto krankt. Mein Vater wird auch bald sechzig, und er ist nicht frustriert und schwelgt auch nicht permanent sehnsüchtig in Erinnerungen. Er gewinnt der Zeit, in der er gerade lebt, etwas ab und ist der Meinung, dass Leute, die nur rückwärts leben, sich längst aus dem Leben verabschiedet hätten. Und ich finde, damit hat er verdammt recht.

»Wie alt bist du?«, fragt Otto.

»Achtundzwanzig«, antworte ich. »Willst du das Sternzeichen auch wissen?«

»Nö.« Otto seufzt. »Meine Güte.« Er macht ein schwärmerisches Gesicht.

»Achtundzwanzig«, wiederholt er, und ich weiß, dass er jetzt gerade im Kopf seinem achtundzwanzigjährigen Ich begegnet und es schmerzhaft vermisst. Er verscheucht die Erinnerung wie eine lästige Fliege, die um seinen Kopf schwirrt.

»Und du? Wie alt bist du, Otto?«

Auf Ottos Stirn schimmern kleine Schweißperlen. Kein Wunder, es hat mindestens 30 Grad unter der Markise, und der Cappuccino drückt durch die Poren. Er sieht mich streng an, als hätte ich mit dem Fußball eine Glasscheibe zerdeppert.

»Sechzig«, sagt er schließlich und schluckt einmal hohl. »So 'ne Scheiße«, schiebt er hinterher, als könnte er die Pforte zur Hölle schon sehen.

»Somit hätten wir das geklärt«, sage ich. »Sechzig ist ja eigentlich auch noch ganz annehmbar.« Schnell schiebe ich mir das letzte Stück Brezel in den Mund, damit ich nicht weitersprechen kann, denn das wäre schließlich unhöflich.

Otto betrachtet den Plastikbeutel, der immer noch zwischen uns liegt.

»Warum betoniert einer einen Menschen ein?«, fragt er.

»Damit niemand ihn findet, vermute ich.«

»Und warum ohne Kleidung? Ist dir aufgefallen, dass trotz der guten Konservierung nicht ein Fetzen Stoff übrig war?«, fragt Otto.

»Vielleicht, damit man anhand der Kleidung nicht auf die Identität schließen kann?«

Otto nickt. »Oder ein Sexualverbrechen. Aber das ist nur eine Möglichkeit.«

Er trinkt seinen Kaffee aus und knallt die Tasse auf den Unterteller.

»Weiter geht's«, verkündet er laut und wischt sich die Handinnenflächen am Polohemd ab. »Opa Otto und Praktikantin Lupe fahren jetzt wieder arbeiten«, sagt er und geht flott drei Schritte vom Stehtisch weg.

Ich sehe ihn erstaunt an.

Er dreht sich auf dem Absatz um. »Nun komm schon. Dass ihr jungen Leute immer so trödeln müsst«, fügt er hinzu und kann sich ein Grinsen nicht verkneifen. »Außerdem ist es grauenhaft heiß unter der Markise.«

KAPITEL 6

Mein Vater hat mir etwas äußerst Praktisches beigebracht, wofür ich ihm sehr dankbar bin: mit zehn Fingern tippen. Nachdem wir wieder im Büro sind, hacke ich alle Infos zum Fall in eine der Vorlagen, die Otto mir am Rechner aufgerufen hat, und ergänze die Daten aus Erkans E-Mail. Zudem recherchiere ich im Internet. Otto sieht immer mal wieder über den Rand seines Bildschirms zu mir herüber.

Ich glaube, ich bin ihm ein wenig unheimlich.

Schließlich drucke ich die Seiten aus, stehe auf, komme um den Schreibtisch herum und lege sie Otto vor die Nase. Ich stehe neben ihm, während er den Kopf nach vorn reckt und den Text überfliegt. Dann dreht er die Seiten mit der Schrift nach unten um.

»Sag es mit deinen eigenen Worten«, fordert Otto mich auf.

Ich räuspere mich und komme mir ein wenig vor wie in der Schule an der Tafel.

»Also: Die Tankstelle wurde 1967 gebaut. Im Sommer 1975 wurde sie saniert, und die Kraftstoffwanne wurde gegen eine größere ausgetauscht, denn die Tanke lief gut. Der Inhaber war Peter Kurz. Dann kam das Problem: Die Straßenplaner wollten damals die A61 ausbauen und einem weiteren südlichen Autobahnkreuz anschließen. Die Straße, an der die Tankstelle lag, war dadurch nicht mehr wichtig. Der Verkehr wurde durch den Bau einer neuen Straße umgeleitet, die parallel verlief. Das war 1979. Also dörrte die Tankstellen-Straße aus wie ein Flussbett. Die Tankstelle lag nicht mehr an der Hauptverkehrsader, und die Kunden wollten aus Bequemlichkeit keinen Umweg fahren.«

Otto nickt stumm.

»Peter Kurz führte die Tankstelle weiter. Sie hielt sich bis in die Neunzigerjahre, dann starb Peter Kurz 1996 am Ostersonntag plötzlich an einem Hirnaneurysma. Seine Witwe beschloss, den Betrieb nicht weiterzuführen. Trotz aller Bemühungen fand sich kein Nachfolger als Pächter. In der Folge beherbergte die Tankstelle einen Oldtimerhandel, eine Mietstelle für Filmautos und einen Blumenladen, der jedoch 1999 pleiteging. Anlässlich der Millenniumsfeierlichkeiten wurde aus der ehemaligen Tankstelle dann eine Bar mit Tanzmöglichkeit. Das feiernde Publikum verärgerte allerdings die Nachbarschaft, sodass die Location schließlich aufgrund massiver Beschwerden geschlossen werden musste. Die Anzeigen liegen in Kopie vor.« Ich deute auf den Stapel.

»Weiter«, sagt Otto tonlos.

»Ein Investor aus Berlin kaufte 2001 schließlich das Grundstück, bekam aber erst zwei Jahre später die Genehmigung, dort ein Mehrfamilienhaus in Niedrigenergiebauweise mit zwei Penthouse-Wohnungen zu bauen. Übrigens mit Domblick. Am 17. Juli 2003 wurde schließlich der Startschuss zum Abriss gegeben. Und heute Morgen wurde der Leichnam gefunden.«

»Bedeutet?«

»Dass die Leiche bei der Erbauung 1967 oder bei der Erweiterung 1975 einbetoniert wurde.«

»Was macht dich so sicher? Vielleicht hat ja der Oldtimerhändler eine Leiche verschwinden lassen?«

Ich stemme die Hände in die Hüften. »Ich bin mir sicher, die Person wurde lebendig begraben, als die Tankstelle eine Baustelle war. Sonst hätte dein Oldtimerhändler sehr tief graben müssen.«

Otto steht auf und geht einen Schritt auf mich zu.

»Pass mal auf, Lupe. Du musst bei den Fakten bleiben. Jede Möglichkeit durchspielen. Löse dich von dem, was du persönlich meinst. Das ist nur geraten. Eine Hypothese. Eine einzige, mickrige Hypothese. Du musst aber alle Möglichkeiten sehen und in Betracht ziehen. Alles prüfen. Verstehst du?«

Er schnaubt. Wir sehen uns an, und er zuckt mit dem linken Auge, dem neben der Narbe.

»Was sagt dir das über den Täter?«, fragt er und setzt sich wieder hin.

»Das klingt wie im Fernsehen. Wir spielen jetzt aber nicht so eine amerikanische Profiler-Serie nach, oder?«

»Nein. Ich will es wirklich wissen.«

»Das ist doch Quatsch.«

»Komm schon, Lupe. Du bist die Psychotante, zeig mir dein Wissen.«

Ach, daher weht der Wind. Otto hat Probleme mit der Psychologin in mir. Vermutlich musste er schon mal zu einer gehen. Psychotante. Der Begriff ist abwertend, aber zugleich fordert er mich heraus, nach dem Motto: Gib mir was, damit ich dich respektieren kann. Diese Arbeit hier ist anders als der direkte Kontakt mit den Jungs in der Forensischen. Da saßen die Täter vor mir; ich konnte eine Beziehung zu ihnen aufbauen und ihnen Fragen stellen. Versuchen zu verstehen, was passiert ist, was sie antreibt. Jetzt ist es anders. Jetzt muss ich es mir ausdenken.

Nun, Otto, dann lass dir von der Psychotante jetzt mal was verklickern.

»Wenn ein Täter jemanden lebendig begräbt, dann ist es eine Art Opferung beziehungsweise Bestrafung. Gibt es seit dem Mittelalter. Nonnen, die unkeusch waren, wurden beispielsweise lebendig eingemauert.«

»Also will er die Person leiden sehen«, stellt Otto fest.

»Nein, das will er eben nicht«, entgegne ich. »Wenn er sie leiden sehen will, muss er sie töten und dabei zusehen. Aber ihr Leiden findet nur in seinem Kopf statt, in der Vorstellung, denn er sieht ihren Todeskampf nicht. Jemanden lebendig zu fesseln und in frischen Beton zu gießen ist zwar kaltschnäuzig, aber einfacher, als einen Menschen zuerst zu töten.«

Otto sieht mich nachdenklich an. »Okay, das klingt logisch«, sagt er. »Ich frage mich, was das Motiv war. Aber dazu haben wir zu wenige Anhaltspunkte. Was ist hiermit?« Er deutet auf den Inhalt des Plastikbeutels.

»Ein christliches Medaillon. Der heilige Christophorus, Schutzheiliger der Reisenden. Trug das Jesuskind …«

»Ja, ja, das weiß ich«, unterbricht mich Otto. »Sprich, das gibt es tausendfach. Irgendeine Gravur oder Inschrift darauf? Irgendein Hinweis?«

»Nichts. Nicht mal ein Silberstempel.«

»Billiges Zeug also. Eher von ideellem Wert. Was sagt uns das über das Opfer?«

»Die Person war gläubig, zumindest bedeutet das Amulett ihr etwas. Sie braucht Schutz und trägt es deshalb. Vielleicht ist es auch nur Gewohnheit«, mutmaße ich.

»Glaubst du an Gott?«, fragt Otto unvermittelt.

Ich antworte wahrheitsgemäß: »Nein, das wird nichts mit mir und dem lieben Gott.«

»Geht mir genauso«, sagt Otto. »Jetzt bring deinen Betonkrümel und den Anhänger zur Kriminaltechnik ins Untergeschoss zu Hans Pfennig. Und beeil dich, ich habe Hunger und will in die Kantine.«

KAPITEL 7

Die Kantine des LKA ist, wie alle Kantinen in Deutschland, schmucklos, fad und auf gewisse Weise erbarmungswürdig. Für mich als Vegetarierin ist dort stets die Stunde der Wahrheit gekommen, denn meist wird nur Gemüse mit Sauce hollandaise angeboten. Oder der freundliche Koch sagt: »Nehmen Sie doch die Linsen mit Spätzle und Würstchen; ich fische Ihnen das Würstchen gerne heraus. Wie wär's?«

Otto geht voran, und als wir am Eingang an der farbigen Tafel vorbeigehen, die den Wochenplan anzeigt, bleibe ich kurz stehen. Wie erwartet: Die Jungs hier sind Fleischfresser. Definitiv. Es gibt täglich ein vegetarisches Gericht und drei mit Fleisch oder Fisch. Dafür wird jeden Tag noch hausgemachte Pizza angeboten. Um das schmale Salatbüfett scharen sich ein paar Sekretärinnen und bedienen das Klischee des Grünzeug vertilgenden Weibchens, das ewig auf Diät ist.

Ich schnappe mir ein graues Tablett und folge Otto, der sich für »Frontalcooking« entschieden hat. Der Koch kennt Otto, die beiden begrüßen sich, reden belangloses Zeug, und Otto bekommt ein Scheibchen extra von den Schweinemedaillons in Rahmsoße. Ich nehme den Kartoffel-Hokkaido-Auflauf, da ich mich nicht auf die Stufe der Salatweiber stellen will. Sonst habe ich gleich am ersten Tag verschissen.

Wir setzen uns an einen länglichen Tisch am Fenster zu Krawatte und Vogelkopf, die uns heranwinken. Sina ist nicht dabei. Hinter uns am Tisch hat sich eine Gruppe junger Beamter in Uniform niedergelassen, die sich lautstark unterhalten.

Ich setze mich neben Otto, direkt gegenüber von Krawatte.

Krawatte schaut auf meinen Teller. »Mahlzeit«, sagt er und drückt Unmengen Senf auf seine Frikadelle.

»Mahlzeit«, antworte ich.

»Heute kein Fleisch?«, fragt er.

»Heute nicht und morgen auch nicht. Nicht mal an Weihnachten, wenn die Mutti gekocht hat«, erkläre ich ihm.

»Na dann«, sagt er und stopft sich die Backen voll.

Otto isst mit gutem Appetit. Er scheint generell gern zu essen. Vogelkopf verspeist seinen Hering mit Kartoffeln und beobachtet mich aus den Augenwinkeln. Ich binde meine Haare fester am Hinterkopf zusammen und beginne zu essen. Es schmeckt, wie zu erwarten war, und ich stochere lustlos auf meinem Teller herum.

»Schmeckt's?«, fragt Vogelkopf nach den ersten Bissen und sieht mich herausfordernd an. Otto ist in seine Schweinemedaillons vertieft. Krawatte schaut mich belustigt an.

»Das Erste, was ein Kind im Kochkurs in der Schule lernt, ist, Kartoffeln zu kochen«, sage ich, seziere mit meiner Gabel den Auflauf und lege die Schichten frei. »Man braucht dazu nur einen Topf mit Wasser und Salz. Man lässt die Kartoffeln kochen, und wenn der Gabeltest positiv ist, ist die Kartoffel gar.«

Krawatte gluckst schon.

»Ganz ehrlich? Wenn wir nicht beim LKA wären, würde ich den Koch erschießen.« Ich lege die Gabel neben den Teller und lehne mich zurück. »Kann mir jemand seine Waffe leihen?«

Vogelkopf lacht und wackelt aufgeregt mit dem Kopf. Krawatte schmunzelt mich an und erklärt mir, wie diese Kantine zu nutzen ist. »Du wirst dich daran gewöhnen. Was geht, sind Eintöpfe; alles, was lange kochen darf. Und nimm nie die Soßen; die sind aus dem Eimer und schmecken grausam.«

Er schielt rüber zu Otto, der konzentriert einen See aus Bratensoße von seinem Teller löffelt.

Wir grinsen uns kurz an.

»Ich hole mir 'nen Wackelpudding. Sonst noch jemand?«, frage ich und sehe in Gedanken Raffa, der mit erhobenem Daumen anerkennend grinst.

Die drei schütteln den Kopf, und ich stehe auf und gehe an dem Tisch der Beamten entlang. Zwei tuscheln und deuten mit dem Kinn auf mich. Ehe ich es mich versehe, steht einer der beiden neben mir am Dessertregal. Blonde Meckifrisur. Etwa mein Alter, vielleicht Mitte zwanzig. Zwei Köpfe größer.

Ich angele mir zwei grüne Wackelpuddings aus dem Kühlregal, und er stellt sich mir in den Weg. Schnappt sich eine dieser fiesen, aufgeschäumten Cremes. Er sieht mich an, sein Blick schweift von meinen Brüsten zum Totenkopftattoo an meinem Handgelenk.

»Na, heute keinen Appetit?«, sagt er.

»Was willst du?«, frage ich ihn ohne Umschweife.

Mir macht diese Art Anmache nichts. Das sind alles nur Spiele, und ich weiß, wie die gehen. Ich war in der Forensischen. Und dort kommen Kriminalität und psychische Krankheit zusammen. Die Jungs, mit denen ich dort gearbeitet habe, hatten heftige Taten begangen. Körperverletzung, Sexual- und Tötungsdelikte. Und ihre Erkrankungen reichten von Störungen mit psychotischen Elementen, Drogenabhängigkeit bis zu schweren Persönlichkeitsstörungen. Das machte die Arbeit nicht leicht. Schiss hatte ich nie vor denen. Am Anfang testen sie dich, wollen wissen, mit wem sie es zu tun haben. Da war Hanno, der den Freund seiner Mutter niedergestochen hat, na ja, sagen wir eher, niedergemetzelt mit vierunddreißig Messerstichen in Gesicht und Oberkörper. So stand es in der Gerichtsakte. Und warum? Weil er seine Mutter beschützen wollte und glaubte, der Freund sei der Teufel. Das ist eine gequälte Seele. Er erzählte mir alles im Detail, sah mir direkt in die Augen und wollte wissen, ob es mich beeindruckt und ich Angst vor ihm hätte. Als er merkte, dass ich die nicht hatte, wurde er offener, und ich konnte mit ihm arbeiten. Wenn ich also mit denen klarkam, dann werde ich mit den Jungs hier schon dreimal fertig.

»Ich hab gesehen, dass du deinen Teller nicht aufgegessen hast«, sagt Meckifrisur vorwurfsvoll.

»Schön. Willst du ihn haben?«

»Nein.«

»Du bekommst ihn trotzdem. Sobald ich zurück an meinem Platz bin, serviere ich ihn dir. Vor deinen Freunden.«

Er ist irritiert und grinst dämlich. »Und mehr bekomme ich nicht?«

Ich sehe auf sein Namensschild. »Pass mal auf, Hechmann«, sage ich. »Ich bringe dir nachher ein Buch vorbei. Es heißt: *Wie man Frauen richtig anmacht. Teil eins.* Wenn du das gelesen hast, reden wir weiter.«

Er öffnet den Mund und will etwas sagen. Aber ich komme ihm zuvor. »Und ganz ehrlich: Langweil mich nicht.« Ich lasse Hechmann stehen und gehe zur Kasse. Trage meinen Nachtisch zum Tisch. Der Jungs-Tisch folgt mir mit auffälligen Blicken, und Hechmann setzt sich kleinlaut wieder an seinen Platz.

Krawatte ist amüsiert. »So sind die Männer hier«, sagt er. »Viel Testosteron.«

»Das sind keine Männer«, sage ich und löffele genüsslich den Wackelpeter. »Das sind Kinder. Und Kinder muss man wie Kinder behandeln.«

Ich grinse ihn an, und Otto stupst mich in die Seite.

»Aber hüte dich vor Erkan, der baggert wirklich alle an«, brummt Otto.

»Der ist harmlos«, sage ich zu ihm. »Der will gelten. Groß sein. Etwas darstellen. Der braucht Lob und Anerkennung.«

Krawatte schiebt sein Tablett zur Seite. Eine Augenbraue schnellt nach oben.

»Seid ihr eigentlich alle so, ihr Psychologen?«

»Vielleicht«, sage ich und zucke leicht mit den Schultern. »So wie Polizisten überall Verbrechen und Rechtsbruch wittern, analysieren wir viel und ordnen ein. Nicht ständig, aber wir sind darauf trainiert. Meistens passiert das unbewusst. Gestik, Mimik, Körpersprache und natürlich das Gesagte. In der forensischen Psychiatrie habe ich mit Menschen gearbeitet, die krank sind. Da passiert die Beobachtung sehr bewusst, denn ich muss das Risiko ihres Verhaltens abschätzen und mich in ihre Welten reindenken.«

Krawatte legt die Gabel beiseite. »Okay, *back to business*. Erzählt mal von dem Leichenfund.«

Otto und ich berichten abwechselnd, was wir über den Leichnam in Köln wissen beziehungsweise herausgefunden haben. Über den Fundort. Das Medaillon. Und Otto bittet mich, meine Gedanken zu Tötungsart und Täter zu wiederholen.

»Er hat keine Lust am Töten, weil es ihm nicht ums Töten an sich geht.«

»Sondern ums Wegschaffen?«, sagt Vogelkopf.

»Ja, das könnte passen. Ich habe in der Forensischen vor allem Männer erlebt, die mir ihre Geschichte erzählt haben. Warum sie getötet haben. Wie und warum gerade so, auf eine bestimmte Art und Weise. Der am häufigsten genannte Grund ist, dass sie in Not waren.«

»In Not?«

»Sie wollten gar nicht töten, aber es lief leider darauf hinaus.«

»Du meinst, *huch*, leider tot, was mache ich jetzt mit der Leiche?«

»Ja, so was gibt's oft, aber natürlich nicht nur. Es gab auch welche, die perfider waren in der Art des Tötens. Den Tätern sieht man das nicht sofort an, sie können sich gut tarnen.«

»Deswegen auch deine Beschäftigung mit dem Thema?«

»Ja, mich fasziniert das. Das sind Menschen, deren Gehirne in manchen Situationen weniger eingeschaltet sind als die von anderen Leuten. Sie bleiben in Extremsituationen kühl und gelassen, haben ein geringes Angstlevel. Agieren belohnungsgesteuert. Scheuen sich nicht, in extremen Momenten harte Entscheidungen zu fällen.«

»Das tut ein wirklich guter Polizist auch«, wirft Krawatte ein.

»Vollkommen richtig. Das ist ja das Besondere. Es gibt unter uns mehr Menschen mit psychopathischem Geist, als den meisten bewusst ist. Der Unterschied ist: Manche nutzen ihn positiv, andere kippen ins Negative. Und dann töten sie. Eiskalt. Ohne jegliche Emotion oder Schuldbewusstsein.«

»Wie stellt man fest, ob einer psychopathisch ist?«, fragt Vogelkopf.

»Grob gesagt, mit einem Test. Den kann jeder machen.«

»Und, hast du ihn gemacht?«

»Ja, klar.« Ich stecke den Löffel in den leeren Becher.

Otto wischt sich Mund und Bart mit einer Papierserviette ab. »Und?«, fragt er. »Was kam dabei raus?«

»Ich war recht weit oben auf der Skala«, erkläre ich.

Otto mustert mich. »Was haben wir uns da nur ins Haus geholt«, brummt er mit leichtem Kopfschütteln, und Krawatte schnappt sich sein Tablett.

»Gehen wir«, sagt er.

KAPITEL 8

Wir müssen auf die Ergebnisse der Rechtsmedizin und der Kriminaltechnik warten und verbringen den Nachmittag mit einer Einführung in das Computersystem des LKA und in die grundsätzlichen Arbeitsweisen. Workflows, Arbeitsstrukturen, Meetings, Vorlagen- und Ablagesysteme. Serverstruktur. *Bla, bla, bla.* Zu einigen Softwareanwendungen werde ich natürlich keinen Zugang erhalten, aber ein paar stehen mir offen. Sina will mich die Tage noch einweisen. Nach einer kurzen Führung durch das ganze Haus erklärt sie mir bei einem Kaffee in der Teeküche anhand eines Plans die verschiedenen Dezernate, die das LKA beherbergt. Ich nicke eifrig, sie kann ja nicht wissen, dass ich mir das Organigramm aus dem Netz heruntergeladen habe und eigentlich schon auswendig kann. Aber sie ist mit so viel Engagement bei der Sache, dass ich sie nicht brüskieren will.

Sina trägt ihr Herz auf der Zunge; sie ist, denke ich, die Seele dieser kleinen Truppe. Sie ist robust im Körperbau, gibt unverhohlen zu, dass sie auf Frauen steht, und flirtet auf eine direkte, aber charmante Weise. Sie ist eine Frau, die man anruft und die sofort kommen und einen rausboxen würde, egal worum es geht. Sie ist Lady und Kerl zugleich. Sie erzählt mir, dass sie bald Urlaub hat und mit ihrer Freundin eine Motorradtour durch die französischen Alpen geplant hat. Ihre Freundin ist Krankenschwester. »Intensiv, hier in der Uniklinik«, erklärt Sina. Im nächsten Moment verstummt sie und sieht mich aufmerksam an.

»Finde ich gut, dass du hier bist«, sagt sie mit einem Mal im Brustton der Überzeugung.

»Oh, danke«, sage ich.

»Der Otto ist anfangs etwas spröde, aber eigentlich ein feiner Kerl«, erklärt sie.

»Wieso eigentlich?«

»Na ja ...«, sie blickt nach links und rechts, ob uns auch keiner belauscht. Als sie merkt, dass die Luft rein ist, fährt sie fort: »Der hat ja nicht mehr lange, aber in seinem Alter müsste er eigentlich auf einem höheren Posten sitzen. Ist ein guter Polizist. Wirklich. Das meine ich echt so. Aber er hat mal Scheiße gebaut.«

Interessant, denke ich. Aber ich will nicht nachfragen. Nicht jetzt.

»Tun wir das nicht alle irgendwann mal?«, sage ich betont beiläufig.

Sie lächelt. »Ja, klar. Wir sind ja keine Roboter, oder?«

»Und die anderen, wie sind die?«

»Ich bin hier, seit diese Gruppe gegründet wurde. Die anderen sind total okay. Sind eben Männer. Sprücheklopfer. Alphatiere. Legen alle regelmäßig ihren Schwanz auf den Tisch. Meiner ist größer als deiner, so ein Blödsinn. Weißte, was ich denen dann sage? Ich sage: Gut Jungs, aber mit Kleinigkeiten gibt man nicht an, packt ihn wieder ein. Dann lachen sie, die Stimmung ist wieder entspannt, alles im Lack, und wir gehen ein Bier trinken. Finden die gut. Frau muss sie nur zu nehmen wissen.« Sie strahlt mich selbstsicher an.

»Was hast du vorher gemacht?«

»Ich war Gruppenführerin einer Hundertschaft. Dagegen ist das hier ein Spaziergang, das kann ich dir sagen.«

»Warum hast du aufgehört?«

»Hier ist es besser. Das war ein Knochenjob, aber er hat mich eine ganze Zeit echt gekickt. Irgendwann konnte ich Schienbeinschoner und Fußballspiele nicht mehr sehen. Das waren unsere hauptsächlichen Einsätze: Fußballspiele. Demos. Silvester am Bahnhof.«

»Kein Fußball mehr?«

Sina lacht einmal laut auf. »Nee, lieber Turnerinnen. Und du? Du siehst sportlich aus.« Sie deutet auf meinen Oberkörper.

»Leichtathletik finde ich gut«, sage ich. »Habe ich selber ein paar Jahre gemacht. Heute hauptsächlich Laufen, Yoga. Und ein bisschen Kampfsport.« Ich halte beide Fäuste demonstrativ in die Höhe.

Sina hebt anerkennend das Kinn. »Nicht schlecht, Fräulein.«

»Ist eher zum Selbstschutz. Wenn so ein Brecher vor mir steht, helfen mir auch meine eins siebenundsiebzig nicht immer weiter.«

»Verstehe ich gut.«

Plötzlich kommt Otto um die Ecke.

Hat er schon lange dort gestanden? Uns belauscht? Aber er hört ja schlecht. Insofern ist das mit dem Lauschen ohnehin Essig.

»Li kommt gleich vorbei, um die ersten Ergebnisse zu präsentieren, sie ist ausnahmsweise hier im Haus«, verkündet er, und seine Augen flackern für einen Moment. Es ist das erste Mal, dass ich in seinem Gesichtsausdruck so etwas wie Leidenschaft entdecke. Einen Funken Lebendigkeit unter dem Mantel der Schwerfälligkeit.

»Sie meint, sie hätte was Interessantes gefunden«, schiebt er hinterher, und seine linke Augenbraue über der Narbe springt in die Höhe.

Dann bin ich mal gespannt, was man an so einer Betonleiche Interessantes finden kann.

KAPITEL 9

Das mit der Altersbestimmung kenne ich gut. Das haben sie bei mir als Kleinkind auch gemacht, als sie mich gefunden haben. Weil sie nicht wussten, wie alt ich war. Gefunden wurde ich im Spätsommer 1976. Meine Adoptiveltern haben diesen Tag als meinen eigentlichen Geburtstag gefeiert.

Den 27. August. Ein Freitag. Ich habe meine Eltern später gelöchert, ich wollte alles wissen. Wie hat man mich gefunden? Und wer? Und warum und wieso? Gibt es Fotos? Sie mussten die gleichen Fragen wieder und wieder beantworten, doch sie blieben immer bei derselben Geschichte, was für mich ein Indiz dafür ist, dass sie stimmt: Gefunden von der Polizei im Rahmen einer anderen Ermittlung. Im Zimmer einer dreckigen Wohnung am Rande von Köln, eingenässt, nur mit einer Windel bekleidet. In dem Raum: ein Schäferhund, genauer gesagt, eine Hündin. Mehr nicht. Ich weiß nicht, wo die Wohnung war, wer mich dort hingebracht und wer mich, zumindest notdürftig, versorgt hatte. Die Unterlagen wurden mir nie gezeigt. Wenn ich danach fragte, hieß es immer, sie seien unter Verschluss.

»Belaste dich nicht damit«, sagten meine Eltern.

Ich weiß, dass sie es gut meinten, aber ich wollte Einzelheiten wissen, alles wissen. Ich war bereit, mir diese düstere Geschichte anzutun. Das letzte Mal fragte ich mit fünfzehn, mitten in der Pubertät.

»Was ändert es denn, wenn du es weißt?«, fragte mein Vater zurück. »Macht es den Tag anders? Wertvoller? Grausamer? Du kannst dich nicht an der Sensation deiner eigenen Vergangenheit aufreiben, dein ganzes Leben lang.«

Danach war ich sprachlos und ließ es dabei bewenden.

Wie ging's damals weiter? Nun, Kind gefunden, Kind sauber gemacht und gefüttert und medizinisch untersucht. Keine Hinweise auf Missbrauch oder Drogen oder Sonstiges. Keine Impfungen oder Knochenbrüche. Kann nur krabbeln. Miserables Blutbild. Mangelernährt. Skorbut. Die Fingernägel und Fußnägel zu lang. In meinem Gesicht waren Kratzer. Aber viel schlimmer: Meine Sprache war nur rudimentär vorhanden, ich habe mich mit dem Hund mittels Hundelauten verständigt. Meine Gebärden waren die von Hunden. Anstupsen mit der Nase, mit dem Fuß in die Flanke. Ablecken. Auf den Rücken rollen. Ich konnte flink krabbeln, vorwärts und rückwärts. Aufrecht stehen konnte ich nicht, geschweige denn gehen. Badewasser war mir unheimlich. Menschliche Berührung brachte mich zum Weinen. Aber klassische Musik beruhigte mich, also gab's viel Mozart. Heute kann ich Mozart nicht mehr ausstehen.

Das Gute war: Der Hund blieb bei mir.

Meine Eltern sind beide Kinderpsychiater, und das bedeutet, dass ich bereits in sehr jungen Jahren den Jackpot geknackt habe. Bingo! Zwei Psychologen, die sich um ein Kind kümmern. Und die beiden erkannten glasklar: Das Kind kennt offensichtlich nur eine feste Bezugsperson, und das ist der Hund. Entzieht man dem Kind diese Bindung, zerbricht es daran. Also adoptierten sie mich mitsamt dem Hund. Schlau von ihnen. Der Hund wurde Asta getauft, weil ich wiederholt auf den Hund zeigte und Laute, die wie Asta klangen, von mir gegeben habe. Meine Asta. Asta war zu dem Zeitpunkt, als sie mich fanden, noch jung, etwa zwei Jahre alt. Wir waren wie Geschwister. Noch heute kann ich an keinem Hund vorbeigehen, ohne ihn anzufassen, ohne mit ihm zu reden.

Die Mediziner haben damals als Erstes Röntgenaufnahmen von meinen Handknochen gemacht und diese mit anderen abgeglichen. Daher vermuteten sie, ich sei zum Zeitpunkt meiner Auffindung rund zwei Jahre alt. Doch derartige Skelettbestimmungen können ungenau sein. Die Vergleichswerte gelten nur für gesunde Kinder. Es gibt Faktoren, die zur Beschleunigung oder Verlangsamung der Skelettreifung führen können. Mangelernährung zum Beispiel. Daran muss ich denken, während Li den Leichnam von heute Morgen untersucht.

Als Kind wollte ich immer, dass mein Geburtstag am 27. August groß gefeiert wird, und meine Eltern haben mir diesen Wunsch stets erfüllt. Mit einem mächtigen Geburtstagskuchen und vielen Kerzen, Lampions im Garten und bunten Luftballons, vielen Schokoküssen, die aufeinandergestapelt waren, wildem Topfschlagen und eifrigem Schokoladenwettessen am Tisch mit Würfel und Mütze und Handschuhen. Und alle standen um mich herum und sangen lauthals *Wie schön, dass du geboren bist*. Heute mag ich es gern stiller und ohne großes Bohei. Dieses Jahr, zu meinem neunundzwanzigsten Geburtstag, wollte ich mit Raffa ans holländische Meer fahren. Picknicken. Auf die See schauen. Poffertjes essen. Mal sehen, was daraus wird. Ich habe dieses komische Bauchgefühl, da könnte vielleicht was dazwischenkommen.

Wir werden sehen.

KAPITEL 10

Eine halbe Stunde später sitzen wir im Besprechungsraum. Die Fenster sind geschlossen, die Jalousien heruntergelassen. Der Ventilator in der Ecke steht auf höchster Stufe, wandert von links nach rechts und wieder zurück und schenkt einem für eine Millisekunde einen Hauch von Kühle. Trotzdem steht die Wärme im Raum. Als Li hereinkommt, hätte ich sie fast nicht erkannt. Sie sieht kleiner aus, als ich sie in Erinnerung habe, und trägt keinen Kittel mehr, sondern eine weiße Hose und ein zitronengelbes, ärmelloses Oberteil, das ihre gebräunten Arme sehen lässt.

»*Wow, it's really hot in here*«, sagt sie zur Begrüßung mit breitem amerikanischem Akzent, hebt zum Gruß die Hand und geht schnurstracks zu dem bereitgestellten Laptop. Sie steckt einen USB-Stick in die Buchse, schiebt die Linse des Beamers frei und stellt sich leicht breitbeinig hin.

Es ist still im Raum. Nur das leichte Brummen des Beamers und das Flattern des Ventilators sind zu hören.

»Lass uns keine Zeit verlieren. Li, leg los«, sagt Krawatte.

»Gleich vorweg: Wir sind noch nicht ganz fertig, aber wir haben erste Ergebnisse für euch, die relevant sein könnten. Schaut her.«

Die Spannung in der Luft hat etwas vom Summen eines Trafos. Auf der Wand erscheint das erste Foto des Leichnams, er liegt auf einem der Stahltische in der Rechtsmedizin. Bis zur Brust ist er zu sehen. Ich habe mir vorhin die Fotos der Ausgrabungen von Pompeji angesehen, und Li hat recht. Der Leichnam sieht tatsächlich aus wie einer der ausgegrabenen Pompeji-Menschen; als sei die Person innerhalb von Sekunden in einer hektischen Bewegung erstarrt. Die nächsten Fotos sind Nahaufnahmen; sie zeigen den Schädel aus verschiedenen Perspektiven. Dann folgen Fotos vom Oberkörper, dem Brustkorb. Als letztes Bild der Diashow zeigt Li uns den gesamten Leichnam von der Seite. Die Beine sind leicht aufgestellt, die Knie zeigen zur Decke.

Lis Stimme ist sachlich.

»Ich fasse zusammen: Weiblicher Leichnam. Größe 1,70 bis 1,73 Meter. Das Alter der Person schätzen wir aufgrund der Knochenstruktur und der gut erhaltenen Zähne beziehungsweise der geringen Kauflächenabnutzung zum Zeitpunkt des Todes auf circa zwanzig bis fünfundzwanzig Jahre. Genaueres wissen wir, sobald wir die Schädelnähte überprüft haben. Sie wachsen erst ab einem Alter von etwa dreißig Jahren zusammen. Außerdem haben wir einen Zahnabdruck erstellt. Die Frau hat einen verheilten Bruch am linken Unterarm, der allerdings alt ist; vermutlich hat sie sich als Kind den Arm gebrochen. Und jetzt kommt das Auffälligste«, sagt sie und macht eine dramatische Pause.

Li sieht uns erwartungsvoll an. Ein seltsames Lächeln umspielt ihre Mundwinkel.

Sie klickt ein Bild weiter, und die Füße sind zu sehen. Sie stehen eng beieinander.

Ich kann förmlich hören, wie alle im Raum die Luft einsaugen und zugleich eine leichte Nervosität entsteht.

»Die Unterschenkel waren in Kniehöhe zusammengebunden. Wir haben Faserreste gefunden; die gehen in die Kriminaltechnik zur Untersuchung.«

»Ja, aber ...«, sagt Krawatte und deutet auf das, was wir alle sehen – oder eben gerade nicht sehen.

»Richtig, Frank. Es fehlt ein Fuß.«

Wir starren weiter gebannt auf das Foto mit den Unterschenkeln, rechts der Fuß, links das stumpfe Gelenk.

»Der Frau wurde ein Fuß abgetrennt. Der Schnitt ist sauber, direkt am Sprunggelenk.«

»Gibt es Anzeichen, dass die Frau lebendig einbetoniert wurde?«, fragt Krawatte.

Li kräuselt die Lippen. »Aufgrund der Art, wie der Körper geformt und verdreht ist, also nicht plan liegt, ist es denkbar, dass sie lebendig begraben wurde, ja. Wir bräuchten die Lunge, um das einwandfrei festzustellen. Aber …«, sie deutet auf das Foto an der Wand, »… wie ihr seht, ist keine Lunge mehr vorhanden. Daher kann ich keine Aussage dazu treffen. Sorry Leute, da muss ich professionell bleiben. Aber, so viel kann ich sagen: Der Gedanke ist nicht abwegig.«

»Das ist ein Ja«, raunt Sina mir zu.

»Moment mal«, sagt Vogelkopf. »Wenn Sie lebendig einbetoniert wurde, dann ist ihr der Fuß bei lebendigem Leib abgetrennt worden.«

Ja, dieser Gedanke beschäftigt mich bereits, seit ich das Foto gesehen habe, Vogelköpfchen. Vorher dachte ich noch, der Täter ist einer, der einfach nur eine Leiche entsorgen will. Aber ein bei lebendigem Leib abgehackter Fuß, das ändert doch einiges.

»Wenn der Täter ihr bei lebendigem Leib einen Fuß abtrennt, nimmt er ihr Leid vollkommen in Kauf. Er will sie bestrafen, und er will sie leiden sehen«, sage ich laut.

Alle sehen mich an. »Nur so eine Theorie«, schiebe ich hinterher.

»Das ist krank«, flüstert Sina.

»Zwanzig bis fünfundzwanzig Jahre alt, sagtest du«, sinniert Krawatte. »Das hilft uns aber noch nicht weiter bei der Frage, wie lange die Leiche im Beton lag.«

Li zieht den Stick aus dem Laptop. »Weiteres folgt, aber ich wollte euch diese ersten Details nicht vorenthalten. Ich muss wieder los«, sagt sie. »*Bye bye. So long.*«

Li hebt wieder die Hand zum Gruß und verschwindet.

Ich sehe rüber zu Otto, der bisher geschwiegen hat. Sein Gesicht ist farblos, er schwitzt. Seine Augen liegen in dunklen Höhlen, er wirkt auf mich, als würde er jeden Moment vom Stuhl rutschen.

»Was ist mit dir, Otto?«, fragt Krawatte. »Geht es dir nicht gut?«

Otto sieht auf, seine Augenbrauen sind zusammengeschoben und bilden ein Dach. Er fährt sich mit der Hand übers Gesicht und wischt sie am Oberschenkel der Hose ab.

»Die Vergangenheit holt einen immer wieder ein«, sagt er und saugt seine Unterlippe ein. »Ich weiß, wann die Frau gestorben ist.«

Montag, 19. Mai 1975

Die junge Frau trug einen gelben Regenmantel zu den weiten Jeans, auf dem die feinen Regentropfen im Licht der Neonbeleuchtung funkelten wie winzige Diamanten. Auf dem Weg von ihrer Wohnung zum Supermarkt hatte es kurz geregnet. Sie schob den Einkaufswagen langsam durch die schmalen Gänge, im Hintergrund dudelte aus den Lautsprechern *I can help* von Billy Swan. Schön wär's, dachte sie, gähnte und bemerkte, dass sie immer noch schlimm verkatert war, obwohl es schon fast elf war. Verkatert von den vielen Kölsch und Kurzen, die sie am Abend zuvor im *Pittermännche* getrunken hatte. Erst kurz nach Mitternacht war sie nach Hause gewankt, hatte sich aber kurz vor sieben bereits wieder aus dem Bett geschält und ihrem neunjährigen Sohn einen Kaba-Kakao warm gemacht. Ihm die letzten beiden Toastbrote mit einer Scheibe Mortadella belegt und zusammen mit einer fleckigen Banane als Pausenbrot in den Schulranzen gepackt. Und ihm ein Markstück in die Hand gedrückt.

»Kauf dir am Büdchen eine Capri-Sonne. Ich geh nachher einkaufen«, hatte sie versprochen, als sie den enttäuschten Blick ihres Sohnes sah, der in den fast leeren Kühlschrank stierte. »Was willst du zu Mittag? Sag, mein Kleiner.«

»Spaghetti mit Tomatensoße«, kam es, ohne zu zögern.

»Bekommst du«, hatte sie gesagt und ihn mit einem Kuss im Treppenhaus verabschiedet.

Danach hatte sie sich noch einmal hingelegt, weil sie heute nicht in den Friseursalon musste. Um kurz nach zehn war sie wieder aufgewacht, mit dröhnenden Kopfschmerzen, Schwindel und einem schalen Geschmack im Mund. Nach einer Zigarette und einem Kaffee hatte sie sich die grüne abgewetzte Einkaufstasche geschnappt, den Regenmantel vom Haken genommen und war losgegangen.

Sie blieb mit dem Einkaufswagen, in dem bereits eine Packung Toastbrot lag, bei den Konservendosen stehen, bückte sich und nahm aus dem unteren Regal eine Dose mit feinen Erbsen und eine mit geschälten Tomaten heraus. Jemand stieß gegen ihren Einkaufswagen, sie zuckte zusammen, hörte ein geflüstertes »'tschuldigung«, und als sie sich aufrichtete, wurde ihr schwarz vor Augen. Sie schüttelte den Kopf, kniff mehrmals die Augen zusammen, und als sie wieder klar sehen konnte und sich umblickte, war der Gang leer. Sie rieb sich die Schläfe und ging weiter. Im nächsten Gang nahm sie ein Paket mit Spaghetti, und da sie im Angebot waren, legte sie noch ein zweites dazu. Dazu eine Flasche Pril, weil sie wusste, dass ihr Sohn die Pril-Blumen so mochte. Sie hielt sich am Einkaufswagen fest und rollte am Kühlregal entlang, genoss für einen Moment die Kälte, die aufstieg. Ihr Kreislauf spielte verrückt: Ihr war übel und schwindelig, und sie hatte das Gefühl, dass der Boden unter ihr wankte. Sie griff nach Milch, Butter und Joghurt. Ihr fiel ein, dass sie Kondensmilch brauchte, und sie steuerte in den Gang, suchte mit den Augen die Dosen ab, bis sie ihre Lieblingsmarke gefunden hatte. Sie nahm eine heraus, und da sah sie aus dem Augenwinkel etwas, das sie irritierte. Sie legte die Dose in den Einkaufswagen, richtete sich auf und senkte den Blick auf das, was da aus dem Regal ragte.

Für einen Moment dachte sie, sie träumte. Sie ging einen Schritt darauf zu, arglos.

Das ist ein Scherz, dachte sie.

Mit der Spitze ihres Zeigefingers berührte sie ihn.

Er war echt.

Ihr Pulsschlag beschleunigte sich binnen Sekunden, sie trat einen Schritt zurück, stieß gegen den Einkaufswagen, der davonrollte und ins Regal auf der anderen Seite krachte, und ohne den Blick abzuwenden, ging sie drei weitere Schritte nach hinten. Erst dann drehte sie sich um und torkelte ungläubig in Richtung Kasse. An der Ecke stieß sie mit einem jungen Mann mit schwarzen, kinnlangen Haaren im weißen Kittel zusammen, der gerade Fa-Seifen einräumte.

Er sah sie an.

Als sie zum Sprechen ansetzte, merkte sie, dass ihre Stimme versoffen und kratzig klang. »Da ... liegt ein ... Fuß«, stieß sie stammelnd hervor und deutete dabei in die Richtung, aus der sie gekommen war.

Sie sah in die ungläubigen, leicht verärgerten Augen des jungen Angestellten. Sie sah, wie sich seine Nasenlöcher aufblähten, und wusste innerhalb einer Sekunde, dass sie eine Fahne hatte.

»Ein Fuß«, setzte sie nach und starrte ihn weiter an.

»Sind Sie betrunken?«, fragte der Mann, auf dessen Kittel ein Namensschild prangte. Sie starrte darauf, um sich zu konzentrieren, konnte jedoch den Namen nicht entziffern. Die Buchstaben tanzten vor ihren Augen.

»Nein, nicht mehr«, erwiderte sie wahrheitsgemäß. »Aber da liegt ein Fuß im Regal. Jetzt kommen Sie schon.« Sie wurde lauter, die Realität brach in ihr tumbes Bewusstsein ein. »Da liegt ein Fuß, verdammt noch mal. Ein menschlicher Fuß!«, schrie sie. »Da ist Blut dran!«

Der Mann schob sie grob zur Seite und marschierte wie ein General den Gang entlang. Sie blieb stehen, wo sie war.

»Wo?«, rief er. »Wo?« Seine Stimme klang gereizt.

»Bei der Kondensmilch«, krächzte sie und knetete ihre Hände.

Der Mann schritt die Regale ab. Dann blieb er plötzlich stehen, hielt inne, ging leicht in die Knie

Er hatte ihn gefunden.

Sie fühlte sich einen Moment erleichtert, dass die Einbildung ihr keinen Streich gespielt hatte – oder der Alkohol von gestern.

»Scheiße«, sagte er tonlos, rannte den Gang zurück, und als er an ihr vorbeikam, rief er: »Sie rühren sich nicht vom Fleck!«, und weil sie nicht wusste, was sie sonst tun sollte, blieb sie einfach, wo sie war.

Er ging zum Büro, riss die Tür auf, und sein Chef, der dort am Tisch saß, in Akten vertieft, fuhr herum.

»Chef, rufen Sie die Polizei. Wir haben ein Problem. Da liegt ein menschlicher Fuß im Regal.«

KAPITEL 11

Otto hebt beschwichtigend die Hände in die Höhe. Ich kann hören, wie er tief durch die Nase einatmet.

»Wir nannten ihn den Fußmörder«, beginnt Otto. »Er tötete drei Männer und hackte ihnen einen Fuß ab. Immer den linken. Das war 1975.«

»Verdammt lang her«, meint Sina.

»Und jetzt haben wir noch eine Frau dazu«, sagt Krawatte.

»Genau. Eine vierte Leiche. Damit hätte ich niemals gerechnet. Wir dachten, nach den drei Toten sei Schluss. Dass dieser Fall noch mal auftaucht, erstaunt mich. So viel kann ich berichten, bevor wir die Altakten rausholen: Der erste Fund war in einem Supermarkt, am 19. Mai 75, ich weiß es noch ganz genau. In einer kleinen Filiale von Kaiser's in der Bonner Straße. Es war mein erster Fall als leitender Kommissar in Köln, ich hatte die Verantwortung. Die Sache war bizarr. Am Tag zuvor hatten wir nämlich eine Leiche ohne Fuß in einem Golf auf einem Parkplatz gefunden.«

»Erzähl weiter«, sagt Sina. Mein Unterarm klebt an der Tischplatte fest. Ich hasse dieses Gefühl.

Otto fährt fort: »Eine junge Frau hat den ersten abgetrennten Fuß gefunden. Zuerst dachten wir, sie sei es vielleicht selbst gewesen und hätte ihn dort deponiert. In einem Regal. Sie wirkte verwirrt, stand wie vom Donner gerührt da und murmelte vor sich hin. Aber wie sich herausstellte, war sie nur schlimm verkatert. Sie hieß Melanie, den Nachnamen weiß ich nicht mehr, und sie lebte seit Kurzem von ihrem Mann getrennt. Auf den schimpfte sie wie ein Rohrspatz. Der hatte aber noch beide Füße.«

Er sieht uns der Reihe nach an, doch keiner lacht.

»Ich habe die Frau damals befragt. Die Presse ist auf den Fall angesprungen wie wahnsinnig. Am nächsten Tag stand im *Express*

FUSSMÖRDER VERUNSICHERT KÖLN fett auf der Titelseite. Als hätten wir damals nicht genügend andere Probleme gehabt. Und das war erst der Anfang.«

»Wer war der Tote im Auto?«, fragt Sina.

»Ein Kleinkrimineller, Josef Kalupke, den Namen weiß ich noch. Er hatte ein paar Vorstrafen wegen Hehlerei. Und er war ein Spieler, zockte. Wir tippten auf Spielschulden, die er nicht begleichen konnte.«

»Und der Fuß? Wie passt der dazu?«, frage ich.

»Daran haben wir lange gerätselt, denn es gab zwei weitere Opfer. Und wir konnten keine Verbindung feststellen. Wir dachten, es sei eine Art Warnung des Täters an andere«, sagt Otto.

Wie bei der Mafia? Wo man den Finger ein Stück kürzt, wenn einer ungehorsam war? Aber einen Fuß abzuhacken ist eine ungleich härtere Strafe. Was wollte der Täter damit ausdrücken? Während ich noch grüble, fragt Krawatte weiter.

»Lebte der Mann noch, als der Fuß abgehackt wurde?«

Otto schüttelt den Kopf. »Nein, er wurde erschossen. Aber er war nicht lange tot, als ihm der Fuß abgetrennt wurde. Der Fußraum des Autos war voller Blut. Das Tatwerkzeug haben wir nie gefunden. Bei keinem der drei Opfer.«

»Das bedeutet, der Fall wurde nie gelöst, und der Mörder läuft immer noch frei herum«, stellt Krawatte fest.

»Wenn er denn noch lebt«, wirft Sina ein.

Krawatte steht auf.

»Lasst ihn uns schnappen. Wir machen hier einen Cut. Das ist der Zeitpunkt, an dem wir die Altakten rausholen und uns ein erstes Bild von dem Fall verschaffen. Morgen früh setzen wir uns zusammen. Um 9:30 Uhr. Bis morgen.«

Otto schaut uns mit verkniffenem Gesicht an, das vor Schweiß nur so schimmert. Freude sieht anders aus. Es graut ihm vor morgen, das merke ich ihm an. Wie vor einem Zahnarzttermin.

KAPITEL 12

Als ich aus dem LKA-Gebäude trete, habe ich den Eindruck, ich laufe gegen eine glühende Wand. In den Räumen war es schon recht warm, aber die Hitze, die der Asphalt abstrahlt, wirkt wie ein Heizpilz von unten. Mir strömt in Sekunden der Schweiß aus allen Poren. Raffas Volvo steht vorne an der Ecke, die Scheiben sind heruntergelassen, und ich sehe seinen Arm, der aus dem Fenster baumelt und eine Zigarette wegschnippt, die einen kleinen Bogen vollführt und dann auf der anderen Straßenseite im Rinnstein landet.

Ich trete an die Beifahrerseite. »Das wird teuer«, sage ich und stütze mich kurz auf das Autodach ab, doch es ist so heiß, dass ich mir fast die Finger verbrenne. »Wie kannst du bei dem Wetter rauchen?«, frage ich verständnislos.

»Bist du jetzt Polizistin geworden, oder was?«, schnauzt er zurück.

»Ich bin auf dem besten Weg.«

»Ich wusste, dass dieses Praktikum keine gute Idee ist«, raunt er mir zu.

Ich steige ein, und wir küssen uns flüchtig zur Begrüßung. Dieses Mal habe ich es nicht vergessen. Ich fühle mich verschwitzt und klebrig und will nur noch unter die Dusche. Raffa geht es wohl ähnlich, er ist sonst der Mehrfachbegrüßer, aber auch er belässt es bei einem knappen Klaps auf meinen Oberschenkel.

»Wie war's?«, fragt er.

»Schönen Abend noch«, sagt jemand neben mir.

Mein Kopf ruckt herum. Es ist Otto. Er steht leicht nach vorn gebeugt da und grinst ins Auto hinein. Raffa sieht ihn an und lässt sein breites Lächeln sehen. Seine rechte Hand schnellt an meinem Oberkörper vorbei, dass ich zusammenzucke, und er streckt sie aus dem Fenster. »Hi, ich bin Raffa, der Freund von Lupe.«

Otto schüttelt seine Hand. »Das habe ich mir fast gedacht«, sagt er.

Ich seufze einmal laut. »Otto, das ist Raffa. Raffa, das ist mein Arbeitskollege Otto Hagedorn.«

»Freut mich«, sagt Otto. »Fahrt ihr nach Köln?«, fragt er.

»Wieso …«, beginne ich.

»Ja, klar. Willst du mitfahren?«, fragt Raffa, und ohne eine Antwort abzuwarten, greift er nach hinten und schiebt seine Sporttasche in die Ecke der Rückbank. Greift nach den Flaschen hinter dem Beifahrersitz, und sie landen klirrend hinter ihm. Unterdessen sieht mich Otto genau an, und ich halte seinem Blick stand.

»So, jetzt, bitte«, sagt Raffa. »Kannst einsteigen.«

Ich könnte Raffa ohrfeigen. So ein Idiot.

Otto reißt die Tür auf und setzt sich exakt hinter mich. Kaum dass er sitzt, fährt Raffa los. Die Hitze über dem Asphalt flimmert in der Ferne. Raffas Klimaanlage ist kaputt. Die Luft, die hereinweht, fühlt sich an, als käme sie aus einem Föhn. Ich versuche, mich auf die Fahrt zu konzentrieren. Aber ich bemerke, dass es ein Gefühl von Unbehagen in mir auslöst, weil Otto mir quasi im Nacken sitzt, und dass ich mich permanent umdrehen möchte, um zu sehen, was er anstellt. Was wiederum Otto zu bemerken scheint, denn er rutscht in die Mitte der Rückbank.

»Du musst dich anschnallen«, sagt Raffa zu Otto und hebt mahnend den Zeigefinger.

»Da mach dir mal keine Sorgen, Junge«, erwidert Otto und schnalzt mit der Zunge. »Das geht schon klar.«

Raffa hält an der roten Ampel neben dem Autowaschbetrieb. Mir ist mulmig zumute. Mein Hirn wird plötzlich eine träge Masse, wie zäher Teig, der nicht aufgehen will. Mir fällt partout nicht ein, worüber wir jetzt belanglos quatschen könnten. Über abgetrennte Füße sicherlich nicht. Zudem habe ich meine Kopie der Altakten, zumindest einen Teil davon, in meine Tasche gesteckt, obwohl

Otto es mir ausdrücklich verboten hat. Die Tasche zwischen meinen Beinen fühlt sich an wie Diebesgut, das alarmierend blinkt und brüllt: Schaut, ich gehöre nicht hierher.

»Was machst du, Raffa? Studierst du?«, eröffnet Otto das Gespräch.

»Ja.«

»Was denn?«

»Rate mal«, sagt Raffa.

»Kunst?«

»Bist du verrückt? Nee, ich studiere Mathematik.«

»Das ist auch bekloppt«, meint Otto.

»Ja, schon, aber irgendwie auch ziemlich geil«, entgegnet Raffa munter.

»Wohnt ihr zusammen?«

Ich wende den Kopf zu Otto. »Wie bitte?«

»War ja nur 'ne Frage«, beschwichtigt Otto. »Jetzt hier links abbiegen.«

»Hier?«

»Ja, bieg ab.«

»Aber ...«

»Bieg ab!«

»Okay.« Raffa biegt ab. »Nee, wir wohnen nicht zusammen, das ginge vermutlich nicht sonderlich gut«, erklärt Raffa, und ich würde ihm gern unbemerkt in die Seite boxen, aber das funktioniert nicht. Ich presse die Zähne zusammen.

»Fährst du Lupe jetzt jeden Morgen zur Arbeit?«

Die beiden unterhalten sich, als wäre ich gar nicht da.

»Hallo? Ich sitze mit im Auto«, sage ich.

»Nee, nur heute, weil ...« Raffa beißt sich auf die Lippe.

Laber jetzt bloß keinen Scheiß, denke ich.

»... weil es der erste Tag war«, beendet Raffa den Satz.

»Ab morgen nehme ich den Zug«, erkläre ich.

»Schade, sonst hätten wir ja jeden Tag gemeinsam fahren können«, sagt Otto, und ich drehe mich noch einmal über die Schulter zu ihm um und lasse mich von ihm feixend ansehen.

Der verarscht mich doch.

»Da vorne kannste mich rauslassen«, sagt Otto und deutet auf eine Seitenstraße. Dabei sind wir noch nicht mal fünf Minuten gefahren.

»Ich dachte, du willst nach Köln?«, fragt Raffa.

»Quatsch«, sagt Otto und deutet auf den Autohändler links drüben. »Fahr auf den Hof«, dirigiert er Raffa. »Danke fürs Mitnehmen. Mein Auto war in der Inspektion. Bei der Hitze wollte ich echt nicht zu Fuß gehen.« Er drückt die Tür auf. »Tschüss, ihr beide!« Er steigt aus und stellt sich an mein Fenster. Greift in den schwarzen Rucksack zu seinen Füßen, der schon ziemlich ramponiert aussieht.

»Das hast du übrigens vergessen«, sagt Otto zu mir und reicht mir einen dicken Packen Papier durchs heruntergelassene Fenster.

»Was ist das?«, frage ich ungläubig.

»Das ist der zweite Teil der Kopien, die du an deinem ersten Praktikumstag aus dem Büro mitgenommen hast.«

Bei den letzten Worten schweift sein Blick rüber zu Raffa. Dann wirft er mir den Packen in den Schoß. Ich zucke kurz zusammen.

»Fahr vorsichtig. Und dir viel Spaß beim Lesen, Lupe.«

Otto klopft zweimal kurz hintereinander aufs Autodach und geht pfeifend auf die Glasfassade des Autohauses zu. Ohne sich noch einmal umzudrehen, verschwindet er durch die Eingangstür.

Ich krame eine Zigarette aus dem Handschuhfach, stecke sie mir zwischen die Lippen und zünde sie an. Inhaliere tief. Mir wird sofort schwindelig.

Raffa sieht Otto noch einen Moment nach. »Krasser Typ«, murmelt er, wendet den Kopf und sieht mich an. »Oder?«

»Wenn du nicht sofort losfährst, krieg ich die Krise.«

»Ist ja schon gut«, brummt Raffa, legt den ersten Gang ein, rollt vom Hof und fädelt sich in den Feierabendverkehr ein. Mittlerweile steigt mir mein eigener Schweißgeruch in die Nase und verbindet sich mit dem Zigarettenqualm.

Ich will jetzt nur noch nach Hause.

KAPITEL 13

Ich sitze in Unterwäsche auf meinem kleinen Balkon und trinke das zweite eiskalte Bier aus der Flasche. Raffa wollte noch mit hochkommen, aber ich habe ihn nach Hause geschickt, denn ich wusste, was er wollte; da wäre ich nie zum Lesen gekommen. Natürlich war er eingeschnappt wegen der Abfuhr. Ich mache es wieder gut. Irgendwann.

Vor mir liegen die kopierten Akten mit dem Vermerk der Staatsanwaltschaft: »Täter konnte nicht ermittelt werden.« Die Akten gibt es nur auf Papier, sie sind bislang nicht digitalisiert worden und schlummern, wie viele andere auch, im Altaktenarchiv. In dem Papierstapel vor mir steht alles zum »Fußmörder«, der drei Männer auf dem Gewissen hat. Und seit heute wohl auch noch eine Frau. Ausführliche unterschriebene Zeugenaussagen, Berichte der Spurensicherung von jedem Tat- und Fundort. Obduktionsberichte der Rechtsmedizin mit verschiedenen Ansichtsfotos der drei Toten ohne Fuß. Sie wirken wie antike Statuen, denen dummerweise ein Körperteil abgebrochen ist. Außerdem gibt es Unterlagen mit Transkripten von Gesprächen mit Anrufern aus der Bevölkerung, von Wichtigtuern, die meinten, etwas gesehen zu haben. Haufenweise Fotos von den Tatorten und den Leichen, Fotos der drei Köpfe mit Kopfschuss, wobei es mir hier besonders die Nahaufnahmen angetan haben. Und von den Fundorten der Füße. Das Ganze ist in nüchterner Bürokratensprache verfasst, sachlich notiert und penibel zusammengefasst für die Ewigkeit. Egal, wer nach Jahrzehnten diese Unterlagen liest, er soll sich ein Bild machen können, auch wenn er oder sie nicht persönlich dabei war. Aufgeschrieben von den ermittelnden Beamten. Von Otto. Viele der Unterlagen tragen seine Unterschrift. Auf manchen Seiten habe ich sogar Kritzeleien gefunden, hauchfeine, fast zaghafte Gedanken mit Bleistift, damit sie radierbar sind, jenseits des Faktischen und Bewertbaren. Da zeigt sich das Menschliche, wenn er neben eine Aussage einer Zeugin schreibt: »Ob das so stimmt?« Vor mir liegen Tatsachen. Wahrheiten. Sachliche Details. Wissen.

Das sind die Fakten.

Und dann gibt es die Erinnerungen. Die stehen auf einem ganz anderen Blatt. Denn Otto ist ein Mensch mit Erinnerungen; und er war 1975 tatsächlich dabei.

Da war ich so etwa ein Jahr alt, wenn die Ärzte recht haben. Das Gute an meinen Erinnerungen ist, dass sie wirklich echt sind. Sie sind nicht gefärbt durch erzählte Anekdoten oder vergilbte Fotos, die ich mir so lange ansehe, bis ich einfach glaube, dass es so war, wie es mir erzählt und gezeigt wird. Sieh mal, das warst du. An deinem ersten Geburtstag. Bei mir ist es anders. Es gibt keine Fotos vom ersten Geburtstag mit den kleinen Fingerchen in der Sahnetorte. Kein Super-8-Video, wie ich meine ersten Gehversuche mache – vom Wohnzimmertisch zum Fernseher und zurück. Keine Geschichte von einem in Tomatensoße getränkten Baby in einem Hochstuhl. Es gibt keine Fotos und Anekdoten aus der Zeit, bevor sie mich fanden.

Es existiert keine äußere Verbindung in diese Zeit.

In den ersten Lebensjahren können Kinder sich erinnern, an Gesichter und Erzähltes, sie plappern nach und imitieren, memorieren Episoden und kleine Geschichten. Doch das Wissen, was letztes Jahr war, diese Erinnerungen versiegen. Sie schaffen es nicht in den Kortex, der die Langzeiterinnerung speichert, weil er schlichtweg noch nicht ausgebildet ist. Das Gehirn ist mit Lernen beschäftigt. Die ersten Jahre fallen einfach ins Nichts. Erst ab etwa drei Jahren beginnen die ersten Erinnerungen in den Speicher zu sinken wie kleine Kieselsteine, die man in einen Tümpel wirft, wo sie sich im Schlamm einnisten und darauf warten, dass sie jemand hervorkramt und wieder an die Oberfläche bringt. Ich habe keine Ahnung, wie viele Kieselsteine in meinem Teich liegen, aber an einige wenige erinnere ich mich durchaus. Die anderen lasse ich dort liegen. Ich ahne, dass dort nichts Gutes ruhen kann, und habe beschlossen, dass ich es auch gar nicht wissen will.

Meine erste Erinnerung besteht aus den braunen Augen eines Hundes.

Asta. Ihre feuchte Schnauze, die mich anstupst, und ihre Pfote, die mich sanft drückt. Eine warme Zunge, die mich ableckt. Das kitzelt. Und es ist schön, beinah liebevoll. Ich kann mich an ihren Geruch erinnern, und wenn ich heute Hunden begegne, schnüffle ich an ihnen, was die meisten Herrchen und Frauchen sehr befremdlich finden. Dabei lernen sich Hunde über den Geruch kennen. Und manchmal fühle ich mich als Hund. Ich erinnere mich an die Wärme von Astas Fell. Daran, wie ich der Länge nach an sie geschmiegt daliege, sie auf der Seite, schlafend. Ihre gleichmäßigen Atemzüge und das monotone Hecheln beruhigen mich.

So viel zum Thema, woran erinnerst du dich eigentlich.

Die Sonne geht langsam unter, und ich stelle mich unter die kalte Dusche und koche mir anschließend einen starken Kaffee, weil ich gerade mal die Hälfte der Akten durchhabe. Es sind bestimmt um die neunzig Seiten, die vor mir liegen. Dabei überkommt mich der Gedanke, ob das alles zueinanderpasst.

Ist alles, was hier geschrieben steht, die Wahrheit?

Oder sind es Ottos Erinnerungsfragmente, die er aus seinem sechzigjährigen Hirn gepult und uns im ersten Wurf präsentiert hat? Sind diese schriftlichen Daten und seine Erinnerungen identisch? Auf den ersten Blick ja. Ich bin gespannt, was das Aktenstudium mit ihm macht. Speist sich seine Erinnerung, die heute Nachmittag in dem Raum beim LKA begann und unbelastet war, nun aus dem Studium der Akten?

Wir Psychologen wissen nur zu gut, wie sehr Erinnerungen lügen können. Ereignisse aus der Kindheit, die wir erzählt bekommen, münzen wir um in eine gefühlt echte Erinnerung. Auf dem siebzigsten Geburtstag von Oma warst du gerade fünf Jahre alt und bist mit den anderen Kindern um den Gabentisch herumgerannt, bis dieser wackelte und die Vase mit dem großen Blumenstrauß umfiel und sich das Wasser über den Boden ergoss.

So ein Vorfall ist leicht zu erinnern; ich kann ihn mir gut vorstellen und das Erzählte in meinem Kopf weiter ausschmücken. Je häufiger ich dies wiederhole, umso höher ist die Wahrscheinlichkeit, dass ich daraus eine falsche Erinnerung entwickle. Ein Ereignis, zu dem in meinem Hirn keine tatsächliche Erinnerung existiert. Auf der anderen Seite können Gegenstände oder Fotos wichtige Impulse geben und längst verschüttete echte Erinnerungen aktivieren und ins Bewusstsein zurückholen.

Sie können die Kieselsteine vom Teichboden unserer Erinnerungen hervorholen.

Ob wir es wollen oder nicht.

TAG ZWEI

KAPITEL 14

Am nächsten Tag wache ich mit dem Gefühl auf, ich hätte etwas gutzumachen. Wegen der mitgenommenen Akten. Deswegen fahre ich mit einem früheren Regionalexpress nach Düsseldorf, damit ich noch vor Otto im Büro bin. Er kommt um kurz nach halb neun herein. Heute trägt er ein weißes Polohemd. Die Hose ist dieselbe wie gestern. Ich erkenne es an dem kleinen runden Fleck am linken Oberschenkel. Er zieht theatralisch eine Augenbraue nach oben, sagt »Morgen« und nickt mir knapp zu. Er sieht aus, als hätte er schlecht geschlafen. Knautschgesicht.

»Morgen«, erwidere ich.

Dann entdeckt er den Kaffeebecher mit dem Pappdeckel auf seinem Schreibtisch. Daneben das Nugatcroissant auf dem Teller.

»Wofür ist das?«, fragt er und zeigt darauf.

»Für gestern.«

»Warum?«

»Ein Dank für den ersten Tag. Mehr nicht.«

»Okay«, sagt er, und sein Gesichtsausdruck verrät mir, dass er nicht sicher ist, ob er das nun gut finden soll oder nicht.

»Keine Sorge, wird nicht zur Gewohnheit«, ergänze ich.

»In Ordnung.« Er trinkt einen Schluck. »Der ist gut. Danke.« Er nimmt das Croissant und beißt ein riesiges Stück ab. Kaut. Reißt die Augen auf.

»Ich weiß«, sage ich leise. »Unfassbar gut. Es besteht eigentlich nur aus Fett und Zucker.«

»Köstlich!«, ruft er mit vollem Mund.

Ich senke den Blick und grinse in meinen Aktenstapel, aus dem an der Seite ein Dutzend gelbe Klebezettel ragen.

Otto isst zu Ende und räuspert sich. »Lass mich noch was sagen, bevor wir rübergehen.«

Jetzt kommt die Gardinenpredigt wegen der mitgenommenen Akten. Ich setze eine Unschuldsmiene auf.

»Hast du alles gelesen?«, fragt er.

»Ja.«

Und das ist nicht mal gelogen. Ich habe bis kurz nach Mitternacht die Akten studiert, bis ich darüber eingeschlafen bin.

»Dieser Fall«, er deutet auf den Papierstapel, »ist ausermittelt«, erklärt Otto mir. »Das bedeutet: Alle Zeugen wurden befragt. Die Spuren, die sich damals ergaben, wurden verfolgt. Hast du die Hinweise aus der Bevölkerung gelesen?«

»Ziemlich viele Wichtigtuer, wenn du mich fragst.«

»Fürchterlich. Viel unbrauchbares Zeug, dem wir aber trotzdem nachgehen mussten. So ist das bei der Polizei. Deine persönliche Meinung ist im ersten Schritt nicht relevant.«

»Wie der Anrufer, der meinte, er hätte diesen Nachbarn gesehen, der spätabends mit einer Axt umhergewandert ist. Der Anruf kam am 20.5. um 10:23 Uhr von einem Manfred Längle.«

»Hast du die Unterlagen etwa auswendig gelernt?«, fragt Otto und schiebt seine Augenbrauen fragend zusammen.

»Hab ich nicht, aber ich kann mir so was eben gut merken.«

»Na gut, und was war mit dem Nachbarn?«

»Der Nachbar, Harald Stettin, hat heimlich einen Baum gefällt, den er nicht mehr wollte, seine Frau aber schon«, erkläre ich.

»Genau, einen Baum im Garten fällen geht bekanntlich nicht mit der Küchenschere. Basta. Sache erledigt. Thema durch. Du siehst, wie die Menschen auf das reagieren, was sie durch die Presse erfahren. Die Dinge bekommen eine eigene Dynamik, sie werden zu fixen Ideen. Die Leute beginnen überall Verdächtige zu sehen. Aber, und das ist wichtig: Es gab auch schon Fälle, da waren solche Hinweise Gold wert. Urteile deshalb nicht zu früh. Schau dir alles an. Geh der Sache nach.«

»Okay, verstanden.«

»Ich sag dir jetzt mal was zum Thema Polizeiarbeit, was da nicht drinsteht.«

Er stellt sich breitbeinig hinter seinen Schreibtisch. »Anfangs war mein Chef sehr loyal, ich bekam viele Leute und war gut ausgestattet. Die Presse hat sich überschlagen, wir mussten Erfolge vorweisen, wir standen unter ungeheurem Druck. Und mit jedem neuen Fuß, den wir fanden, nahm der Druck noch zu. Und dann, *zack*, sagte mein Chef, wenn sich da keine neuen brauchbaren Spuren auftun, ziehe ich dir die Kollegen wieder ab. Und da waren wir plötzlich wieder nur zu dritt. Und soll ich dir sagen, warum?«

Otto geht um den Schreibtisch herum, während er redet. Ich folge ihm mit den Augen. Er fährt fort: »Weil andere Dinge wichtiger waren. Es war letztlich wurscht, ob drei zwielichtigen Typen die Füße abgehackt worden sind. Die Morde hörten auf, und damit war der Fall erledigt. Schicht im Schacht. Es gab damals andere Probleme, die uns erschütterten. Und die gingen über Köln hinaus. Die Gesellschaft franste an den Rändern aus. Die RAF wütete in Deutschland. Ich weiß noch: Wenige Tage vor dem Fund des ersten Fußes überfiel die RAF die deutsche Botschaft in Stockholm und nahm Geiseln. Wir hielten den Atem an. Dann stürmte die Polizei das Gebäude. Zwei Terroristen wurden getötet, die anderen wurden nach Stammheim gebracht, wo die ganze Brut einsaß. Ich hätte sie damals alle verhungern lassen.« Otto steht aufrecht neben mir, hochrot im Gesicht, und an seiner Schläfe pocht gefährlich eine Ader, die dort vorher nicht sichtbar war. Und ich kann wieder diese leichte Alkoholausdünstung unter dem Kaffeegeruch wahrnehmen.

»Otto, wie war das für dich, den Fall als ausermittelt zu den Akten zu geben? Frustrierend? Kränkend? Stempel drauf. Fertig. Denn eigentlich wolltest du den Täter ja schnappen. Das ist deine Aufgabe als Polizist.«

Otto sieht mich böse an. Ich habe ins Wespennest gestochen. Er sieht mich weiter unverwandt an und sagt nichts. Ich weiß, dass er sich gerade überlegt, ob er sich öffnen soll oder nicht. Aber er riecht den therapeutischen Braten.

»Die Seelenklempnerin kannst du bei mir zu Hause lassen. Und jetzt«, er zeigt auf die Uhr über der Tür. »Mitkommen.«

Zu Befehl, denke ich.

Der Ton macht die Musik.

KAPITEL 15

Wir sitzen zusammen im Konferenzraum, haben wieder die Jalousien heruntergelassen und den erbärmlichen Ventilator auf die höchste Stufe gestellt. Fünf Flaschen Wasser stehen auf dem Tisch bereit. Die Akten werden in Stapeln vor uns ausgebreitet, und wir sitzen in einem großen Kreis darum herum. An Pinnwänden sind die Fotos der Leichenfundorte, Einschussstellen und abgehackten Füße sowie deren Fundorte angebracht. Auf Schneiderpuppen ist die Kleidung der Toten aus der Asservatenkammer ausgestellt. Wir sollen so authentisch wie möglich an die Details des Falls herangeführt werden. Eintauchen in das Jahr 1975. Zuerst gehen wir die groben und wichtigsten Fakten durch, wobei Otto nur zuhört, damit wir nicht in unserer Betrachtung beeinflusst werden. Stück für Stück graben wir uns in den Fall wie Maulwürfe in feuchtes Erdreich.

Es sind drei Morde. Drei männliche Leichen ohne Fuß. Alle drei wurden aus geringer Distanz mit einem Schuss in den Kopf getötet. Und jedes Mal wurde der linke Fuß abgeschlagen. Alle drei wurden in einem relativ kurzen Zeitraum ermordet. Die abgetrennten Füße wurden in verschiedenen Abständen gefunden; nie am selben Wochentag und nie am selben Ort, ohne jegliches Muster. Die Leichen, die zu den drei Füßen gehörten, wurden ebenfalls an unterschiedlichen Orten entdeckt. Auch ohne Muster.

Die erste Leiche wurde am 18. Mai auf einem Parkplatz in der Wahner Heide im Süden der Stadt gefunden: Loch in der Schläfe. Leiche Nummer wurde zwei am 21. Mai in einer verlassenen Lagerhalle am Deutzer Hafen entdeckt: Kopfschuss in die Stirn. Und der Tote Nummer drei lag schlichtweg im Schlafzimmer seiner Wohnung. Diese letzte Leiche tauchte allerdings mit einem deutlichen Zeitabstand zur vorherigen auf, nämlich rund drei Wochen später, am 6. Juni, als der Leichengeruch bereits in den Hausflur zog und einen unerträglichen Gestank verbreitete. In einem Hochhaus im Norden von Köln, wo die Bewohner froh sind, wenn dort keine Polizei auftaucht. Daher haben viele den Gestank eine ganze Weile hingenommen, bis eine Frau aus dem Erdgeschoss schließlich die Polizei rief. Nummer drei starb, so vermutete die Rechtsmedizin, um den 20. Mai herum durch einen Schuss in den Hinterkopf.

Dann die Füße.

Einer wurde im Supermarkt gefunden, ein absurder wie auch spektakulärer Ort, um sich eines abgehackten Fußes zu entledigen. Der zweite Fuß befand sich in einer Plastiktüte, die verloren auf einer Parkbank lag. Und der dritte Fuß wurde unter der Sitzbank in einer U-Bahn der Kölner Verkehrsbetriebe entdeckt.

»Otto, sag mal, wie du den Fall damals empfunden hast«, fordert Krawatte ihn auf, während er die restlichen Fotos an die Wand pinnt.

Otto räuspert sich, und sein Blick schweift in die Runde; er sieht jeden Einzelnen eindringlich an.

»Der Fall hat uns damals sehr gefordert. Wir sollten rasch Ergebnisse präsentieren, aber die Taten folgten so schnell aufeinander, dass wir kaum Schritt halten konnten. Die Presse hat sich förmlich auf den Fußmörder gestürzt, was die Sache für uns nicht einfacher machte. Wir haben viele Zeugen befragt, vor allem im Umkreis der Fundorte der drei Leichen. Aber niemand, wirklich niemand hatte einen zündenden Hinweis für uns. Niemand hat etwas Entscheidendes gesehen oder gehört. Unsere Theorie war, dass sich die drei Morde spätabends oder nachts ereignet haben. Auf jeden Fall im Schutz der Dunkelheit. Doch warum gerade diese drei Männer? Sicher war nur, dass es sich nicht um Zufallsopfer handelte.«

»Dafür ist das Vorgehen mit dem Fuß zu systematisch, zu überlegt. Die drei haben etwas gemeinsam, daher werden sie auch mehr oder minder ähnlich getötet. Vermute ich mal«, sage ich.

Die Runde schaut mich erstaunt an.

»Hätte ich das nicht sagen sollen?«

»Doch, doch«, beruhigt mich Krawatte schnell. »Bring dich ein, bitte. Jeder darf sagen, was er denkt. Das ist ein Brainstorming, jeder Gedanke, jede Hypothese zählt, auch wenn sie noch so abwegig erscheint. Alles soll auf den Tisch. Mach weiter.«

»Okay«, sage ich und wische ein nicht vorhandenes Haar vom Tisch. »Hier meine Gedanken: Der Täter tötet nach dem gleichen Prinzip. Die Wiederholung gibt dem Täter Sicherheit, er variiert die Tat nicht, er wiederholt sie. Das lässt sich so interpretieren, dass alle drei für das Gleiche bestraft werden. Es kann aber auch bedeuten, dass die Person nur diese Tötungsart draufhat. Will sagen: Das ist kein Profi. Jemanden zu erschießen ist die schnellste Art des Tötens, man muss nur den Abzug betätigen. Ich habe in der Forensischen Typen getroffen, die das Hinauszögern des Tötungsaktes als Genuss empfunden haben. Für sie ist das Leiden des Opfers das Beste. Sie weiden sich an ihrem Sadismus. Diese Tat hat aus meiner Sicht aber nichts mit Sadismus zu tun. Die drei jungen Männer sollten schnell und effizient getötet werden.«

»Eine Hinrichtung?«, fragt Sina.

»Ich würde sagen, ja, in schwacher Form, wobei allerdings die Demütigung davor fehlt. Bei einer Hinrichtung wird das Opfer durch eine Demuthaltung auf den bevorstehenden Tod vorbereitet. Diese Männer sind, so glaube ich, in einem Moment der Unaufmerksamkeit erschossen worden, ohne sich ihrer Ermordung überhaupt bewusst zu werden. Einem wurde in die Schläfe geschossen, einem in die Stirn, einem in den Hinterkopf. Sie wurden nicht vorbereitet auf den Tod, sondern einfach abgeknallt. *Peng.*«

Ich deute mit meinem Zeigefinger einen Pistolenlauf an und schieße mir in die Stirn.

»Es sollte schnell gehen. Sauber sein«, sagt Krawatte.

»Ja. Sie sollten erledigt werden«, schließe ich und blicke auf.

Otto deutet ein vorsichtiges Nicken an.

Krawatte steht vor der Pinnwand und tippt auf die Fotos der Opfer. Auf die Fotos der Leichenfundorte. »Lasst uns aus den Namen in den Akten Personen machen. Sehen wir sie uns an. Wir müssen sie als Personen begreifen, ihre Lebenswelten verstehen.«

Alle nicken.

»Wir wollen durch die Augen der Opfer die Tat erleben, sie rekonstruieren. Und versuchen, aus der Perspektive des Opfers den Täter zu sehen. Legen wir los. Wer war das erste Opfer?«

KAPITEL 16

Das erste Opfer hieß Josef Kalupke. Zum Zeitpunkt seines Todes war Josef siebenundzwanzig Jahre alt. Unverheiratet. Auf den Fotos sieht er ein wenig verschlagen aus; die braunen Haare länger, hinten und seitlich rausgewachsen. Kein Bart. Von Beruf war er Tischler. Nach seiner Ausbildung war er mehrmals in kurzfristigen Angestelltenverhältnissen, aus denen er immer wieder wegen Alkoholproblemen entlassen wurde. Ein paar Anzeigen wegen Diebstahls und Unruhestiftung; Pöbelei. Er hielt sich mit Gelegenheitsjobs über Wasser. Wohnte im Hinterhof eines Hauses im Stadtteil Ehrenfeld, einer ehemaligen Arbeitersiedlung. Dort hauste er in einem Ein-Zimmer-Apartment, das in der Realität jedoch eher ein großer Raum mit einem Klo auf dem Flur und einer Dusche in der Zimmerecke war. Auf den vielen Fotos sehe ich, dass der Raum von der Matratze, die am Boden liegt, dominiert wird. Das Zimmer ist unordentlich, Zeitungen und Klamotten liegen verstreut herum, mehrere Kissen zieren den Boden wie nach einer Party. Dazu gebrauchte Teller, leere Chipstüten und Bierflaschen. Ein voller Aschenbecher. Leere Zigarettenschachteln der Marke Kurmark. An der Wand hängt ein riesiges Batiktuch in allen Regenbogenfarben. Am Fenster neben dem Kühlschrank mit der transportablen Zweier-Herdplatte darauf steht ein kleiner Tisch mit zwei quietschgrünen Klappstühlen. Ein alter Bundeswehr-Spind, vollgeschmiert mit Sprüchen wie »Es gibt viel zu tun, packen wir es an!« dient als Kleiderschrank. An der Wand lehnt ein Bonanza-Rad mit platten Reifen.

Von hier ist Josef in der Nacht seines Todes aufgebrochen.

Ein Nachbar aus dem Vorderhaus sah ihn an besagtem Abend aus dem Haus gehen. Da wurde es schon dunkel. Er trug exakt die Kleidung, die er anhatte, als er später gefunden wurde. Es ist für mich merkwürdig, diese Klamotten jetzt so vor mir zu sehen – achtundzwanzig Jahre sind sie alt. Sie katapultieren die damalige Zeit urplötzlich hierher wie in einer Zeitreise. Eine blaue, verwaschene Jeans mit Schlag, ein weißes T-Shirt mit Flecken an den Achseln. Dazu eine Windjacke aus Nylon, blau mit weißen Nähten. Die Jacke zeigt Blutflecken an Kragen, Schulter und Arm.

In meinem Hirn setzen sich die vorhandenen Fakten und vergilbten Fotos des Toten und des Tatorts zu einer Filmsequenz zusammen.

Ich sehe Josef vor mir.

»Es ist ein frühlingshafter Abend am 17. Mai, ein Samstag. Josef hat sein Auto, einen orangefarbenen Golf, in einer Parallelstraße geparkt. Das Auto hat schwarze Kunstledersitze und ein schwarzes Plastiklenkrad, ist gebraucht, und die Kupplung geht schwer. Am Boden auf dem Asphalt hat die leckende Ölwanne Tropfen hinterlassen. Josef setzt sich ins Auto, zündet eine Zigarette an, parkt aus und fährt los. Rund zwanzig Minuten später biegt er mit dem Golf von der beleuchteten Straße ab und steuert auf den in der Dunkelheit liegenden Parkplatz der Wahner Heide im Kölner Süden zu. Auf der Straße haben die Laternen noch ein schwaches Licht und somit Orientierung gegeben, aber jetzt, als er den schmalen Weg zum Parkplatz entlangfährt, links und rechts eingerahmt von dichten Bäumen und Büschen, hat er nur die Scheinwerfer seines Autos, die im Rhythmus des Bodens schwanken. Er fährt jetzt bewusst langsamer, der Golf schaukelt leicht. Der Parkplatz mit seinem ockerfarbenen Steinboden liegt vor ihm, leer.

Kein Auto ist zu sehen. Nichts.

Da tritt jemand aus dem Dunkel der Bäume am Ende des Parkplatzes und rudert mit beiden Armen. Josef erkennt die Person, ist erleichtert. Ihm ist warm, er schwitzt in seinem Windbreaker aus Nylon, zieht den Reißverschluss ein Stück auf und kurbelt das Seitenfenster herunter. Langsam fährt er auf seinen Mörder zu, rollt ihm quasi bis vor die Füße und bleibt stehen. Der Motor läuft weiter. Jemand hebt die Hand. Es ist eine blitzschnelle Bewegung, gezielt und sauber. Er hält ihm den Lauf einer Pistole an die linke Schläfe. Berührt sie aber nicht. Und drückt ab. Der Schuss mischt sich unter das Motorengeräusch und das Radiogedudel und hallt von den dunklen Bäumen wider. Josefs Kopf wirft es durch die Wucht zur Seite. Der Täter öffnet die Fahrertür. Er kniet nieder, schnappt sich das linke Bein, hackt Josef mit vier Hieben den Fuß ab und packt ihn in eine Plastiktüte, die er flink aus seiner Jackentasche zieht. Danach richtet der Täter Josef in seinem Sitz auf, schnallt ihn an und dreht den Zündschlüssel um. Der Motor erstirbt, die Scheinwerfer gehen aus. Der Schlüssel bleibt stecken. Und im Schutz der Dunkelheit entfernt sich der Täter vom Tatort; geht durchs Gebüsch bis zur Hauptstraße und verschwindet.«

»Angeschnallt?«, fragt Krawatte. »Wirklich?«

»Sie hat recht.« Otto zeigt auf das Foto. »Josef wurde angeschnallt aufgefunden. Aber auf der Metallschnalle war Blut. Der Anschnallgurt war aufgerollt neben seinem Kopf, als er erschossen wurde. Und ich sag's lieber gleich. Nein, es sind keine fremden Fingerabdrücke auf der Schnalle. Und: Auf dem Zündschlüssel sind Schmauchspuren. Daher die Annahme, dass der Täter den Motor abgestellt hat.«

»Warum macht der Täter sich die Mühe, den Toten anzuschnallen?«, fragt Sina.

»Bestand damals Anschnallpflicht?«, fragt Vogelkopf.

»Nö, die kam erst später, ich glaube 1976«, erklärt Otto. »Das hat damals keinen interessiert; die hatten Angst, dass ihre Polyesterhemden verknittern.«

»Ich tippe mal, dass der Täter ein ordentlicher Mensch ist, deshalb schnallt er sein Opfer an«, ergänze ich.

Nicken.

»Das hat uns auch beschäftigt«, sagt Otto, »aber es hat uns nicht weitergebracht in den Ermittlungen. Es machte den Täter nicht greifbarer für mich.«

»Wie lautet deine Hypothese?«, fragt mich Krawatte.

»Der Täter hat noch nie gemordet. Es ist das erste Mal. Das Opfer wird erschossen, weil es schnell geht. Ohne Leid. Ohne langes Fackeln. Der Fuß wird amputiert, weil Wut dazukommt. Weil der Täter seinem Opfer etwas nehmen will. Er will die Leiche verunstalten. Und zugleich ist der Fuß seine Trophäe. Doch die ist ihm nicht so wichtig, es geht ihm vielmehr um das Zurschaustellen dieser Trophäe. Deshalb legt er den Fuß öffentlich ab. Es bedeutet: Seht her, was ich kann. Und seht euch vor.«

Otto blickt mich an und nickt unmerklich.

»Gut, gehen wir weiter, zu Opfer Nummer zwei. Habt ihr Hunger? Dann lasse ich uns Pizza aus der Kantine kommen«, sagt Krawatte.

»Muss das sein?«, mault Sina. »Die schmeckt echt nicht. Ich weiß nicht, warum du immer diese Pizza willst.«

»Okay, wir bestellen beim Lieferservice.« Krawatte seufzt.

KAPITEL 17

Nach der Pizza geht's weiter. Das zweite Opfer war neunundzwanzig Jahre alt, hieß Rolf Zehntner und wohnte in Leverkusen. Er fuhr einen Mercedes, der vor einer alten Lagerhalle im Köln-Deutzer Hafen gefunden wurde. Der Mercedes wurde untersucht; es gibt einige Fotos davon. Nach einem solchen Modell würden sich heute Autoliebhaber die Finger lecken. In dem Auto war nichts Auffälliges zu finden. Kein Blut oder dergleichen. Auf den Fotos macht der Mercedes einen gepflegten Eindruck, und bis auf einen Wagenheber und einen Träger mit leeren Bierflaschen und ein schwarzes Abschleppseil im Kofferraum gab das Auto nichts her.

Rolf Zehntner wurde auf dem Boden einer Halle entdeckt, die einer Firma namens Malstein gehörte; sie lagerte dort alte Industriemaschinen, die in die Türkei verkauft werden sollten. Zeugen zu Rolfs Fahrt von Leverkusen nach Köln existieren nicht. Wir wissen nicht, wann er aufgebrochen ist. Er war der freundliche, nette Nachbar, der kam und ging, wie er wollte, und niemanden störte. Rolf traf seinen Mörder in der Lagerhalle. Es fanden sich keine Spuren, die auf ein gewaltsames Öffnen der Hallentore hindeuteten. Auch schien es keinen Kampf oder dergleichen gegeben zu haben. Zumindest ist auf den Fotos davon nichts zu sehen.

»Da dies bei allen drei Leichen der Fall war, gingen wir davon aus, dass der Täter und sein Opfer sich kannten«, erklärt Otto.

Also, der nächste Film. Sina ist dran mit Assoziieren.

»Es ist später Abend, bereits dunkel. Rolf parkt seinen Mercedes vor der Halle, dem verabredeten Treffpunkt, und steigt aus. Schließt seinen Wagen ab. Er zündet sich eine Zigarette an, die er vor der Tür raucht und nach wenigen Zügen auf den Boden wirft. Dann betritt er die leere Lagerhalle. Rolf ist gelernter Spediteur, der ab und zu mit gestohlener Ware wie Elektrogeräten und Schmuck dealt. Möglicherweise wurde ihm Ware in Aussicht gestellt. Aber bestimmt nicht die Maschinen, die er hier sieht. Denn die sind viel zu groß zum Verticken. Er sieht sich in der Lagerhalle um und bemerkt, dass es hier nichts für ihn gibt. Aber der Täter ist bereits zur Stelle, und ohne lange zu fackeln, schießt er ihm frontal in den Kopf, mitten in die Stirn. Rolf liegt tot am Boden, und der Täter rollt das Hosenbein hoch und trennt den linken Fuß ab. Rolf ist schmaler als Josef, ein hagerer Typ, seine Gelenke sind fragiler.«

»Laut Rechtsmedizin sauber abgetrennt«, berichtet Sina und sieht von dem Protokoll hoch.

Wir schauen uns das Foto von Rolf an. Er ist knapp einen Kopf größer als Josef, schlank, fast dürr. Auch er trägt die dunklen Haare kinnlang, wie es damals üblich war, und einen Bart. Er ist sehr hellhäutig und recht behaart am Oberkörper.

»Beim zweiten Mal wird es einfacher. Die Hemmschwelle sinkt«, sage ich.

»So sahen wir das auch«, pflichtet Otto mir bei. »Beim zweiten Mal wird es einfacher. Und dann malten wir uns aus, was beim dritten Mal passieren könnte. Ob es vielleicht nicht bei dieser Verstümmelung bleibt. Ob sich der Täter weiterentwickelt.«

»Aber wie wir wissen, wurdet ihr enttäuscht«, sagt Krawatte.

»Ja, leider«, sagt Otto.

»Das Opfer stirbt vermutlich ebenfalls am Samstag, dem 17. Mai. Die Leiche wird vier Tage später, am 21. Mai, von einem Mitarbeiter der Firma Malstein gefunden. Fällt euch etwas auf? Ist etwas anders an dieser Tat?«, fragt Krawatte, schwingt sich von der Tischkante und tigert vor den drei Pinnwänden auf und ab. »Wir dürfen nichts übersehen«, sagt er. »Fehlt euch was? Betrachtet alle Fotos genau. Seht ganz genau hin. Hier, das ist der abgehackte Fuß.«

Er deutet auf vier Fotos, die nebeneinanderhängen.

»Gefunden auf einer Parkbank, in einer Tüte. Ein Spaziergänger sah die Tüte und lugte hinein. Genau gesagt, ein Student, der mit seiner Freundin dort vorbeikam und sich auf die Bank setzte. Und neugierig war. Das exakte Datum ist der 22. Mai, am Vormittag. Der Täter hat also den Fuß knapp fünf Tage behalten und dann erst abgelegt.«

»Das ist eine lange Zeit. Den ersten Fuß wollte er gleich loswerden.«

»In der Tüte waren Spuren von Blut und ein Kassenzettel von Kaiser's.« Sina pinnt das Foto des blutverschmierten Kassenzettels an die Wand.

»Was hat er gekauft?«, fragt Vogelkopf.

»Milch, Milchreis und Apfelmus stehen auf der Quittung«, sage ich.

»Ist das ungewöhnlich?«, fragt Sina.

»Nein, eigentlich nicht«, sagt Vogelkopf. »Wir wissen ja noch nicht mal, ob der Einkauf vom Täter ist oder von jemand anderem. Vielleicht hat der Täter die Tüte gefunden und verwendet.«

»Guter Punkt«, sagt Krawatte. »Gehen wir zum dritten Opfer.«

KAPITEL 18

Als Opfer Nummer drei, Gerhard Winkler, gefunden wurde, war er bereits knapp drei Wochen tot, und ich muss gestehen, das ist ein beschissener Anblick und hat mit dem Passfoto, das danebenhängt, echt nicht mehr viel zu tun. Das Gesicht ist aufgedunsen wie nach einer Wespenstichattacke, kalkig weiß, und es krabbeln kleine Viecher auf ihm herum.

Gerhard ist mit einunddreißig Jahren der Älteste und von den drei Opfern der Attraktivste. Er hat etwas Slawisches an sich und sieht ein bisschen aus wie die Prinzen in den tschechischen Märchenfilmen an Weihnachten. Dunkelblonde Haare, hinten und seitlich rausgewachsen, oben etwas kürzer, eine gruselige Frisur. Blaue Augen. Markante Wangenknochen, volle Lippen und dünner Schnauzer. Er hat ein charmantes Lächeln, erstaunlich gute Zähne, und sein Blick ist frech und aufmüpfig, fordernd und zugleich verführerisch. Ein Lebemann. Ich kann mir lebhaft vorstellen, dass er einen Schlag bei Frauen hatte.

Mein Film über Gerhard läuft folgendermaßen ab:

»Es ist Abend, und es klingelt. Gerhard bekommt Besuch. Die Gegensprechanlage ist defekt, also betätigt er den Türöffner und wartet, bis die Person im Flur auftaucht, was einen Moment dauert, denn er wohnt im zwölften Stock. Dann klopft es. Gerhard öffnet die Tür, lässt seinen Besuch herein. Sie gehen ins Wohnzimmer mit dem Flokati-Teppich, und er schiebt Bierdosen, eine Wodkaflasche, Zigarettenschachtel und Aschenbecher auf dem roten Couchtisch aus Plastik zusammen. Die beiden nehmen auf der Sofaecke aus braunem Cord Platz und reden. Er trinkt Wodka und raucht eine Zigarette, die, nachdem er sie angezündet hat, im großen Aschenbecher verglimmt. Sein Besuch trinkt nichts. Raucht auch nicht. Gerhard zeigt seine neue Platte und den schwarzen Telefunken-Plattenspieler, den er sich gekauft hat. Die Platte ist von The Sweet, einer Glam-Rock-Band, und heißt *Sweet Fanny Adams*. Gerhard lässt den Tonarm langsam auf die Platte sinken. Knistern im Lautsprecher. Dann knallen die ersten Töne rein. Er dreht den Sound auf. In dem Wohnhaus juckt es keinen, wenn Lärm gemacht wird, das ist hier an der Tagesordnung. Hier beschweren sich keine Nachbarn. Außerdem sind die Wände aus Beton. Gerhard öffnet ein Bier, trinkt ein paar Schlucke und steht auf, weil er mal muss. Er stellt das Bier auf dem Weg zum Bad auf der Küchenzeile ab. Der Täter folgt ihm, und auf der Höhe des Schlafzimmers, das genau neben dem Bad liegt, zieht er seine Pistole, zielt auf den Hinterkopf und knallt Gerhard von hinten ab. Der Schuss durchschlägt den Schädel; das Projektil bleibt in der Wand gegenüber stecken. Gerhard fällt nach vorn auf den Fußboden. Der Täter packt ihn am Kragen seines Hemdes und schleift ihn ein Stück ins Schlafzimmer. Genau so weit, dass er später die Tür hinter sich noch zumachen kann.

Das linke Hosenbein wird hochgeschoben und der Fuß abgehackt. Die Macken sind im Linoleumboden zu sehen. Der Täter zieht nun die Tür des Schlafzimmers zu. Das Fenster dort ist geschlossen. Auf dem Weg zur Wohnungstür wirft er einen Blick ins Wohnzimmer, wo The Sweet immer noch laut trällern. Er vergewissert sich, dass er keine Spuren hinterlassen und nichts vergessen hat, was auf ihn deuten könnte. Dann verlässt er die Wohnung, die Musik schallt bis auf den Flur, er nimmt den Fahrstuhl nach unten und verlässt das Wohnhaus.

Von niemandem bemerkt. Von niemandem beobachtet.«

Krawatte setzt an. »Der Fuß von Gerhard Winkler wurde am 24. Mai in einer Stadtbahn der Linie 16 gefunden. Von einer Frau mit zwei Kindern. Kurz vor der Haltestelle des Kölner Zoos schaute eines der Kinder in einem unbeaufsichtigten Moment in die Tüte, die unter einem der Sitze lag. Die Frau schrie die ganze Bahn zusammen und bekam einen Nervenzusammenbruch. Die Bahn wurde angehalten und untersucht. Damals gab es noch keine Videoüberwachung, die Fahrgäste wurden befragt. Ein Aufruf in der Presse, ob jemand an dem Tag in dieser Bahn an einer der Stationen etwas bemerkt hatte, brachte keine heiße Spur. Niemand hat gesehen, wie die Tüte abgelegt wurde. Darin war nichts außer dem Fuß der dritten Leiche.«

Otto steht auf und geht zum Ventilator. »Mir ist schwummrig«, sagt er und stellt sich genau davor.

Sina schenkt ihm ein Glas Wasser ein. »Trink was«, fordert sie ihn auf und drückt ihm das Glas in die Hand.

Otto trinkt es in einem Zug aus. »Danke«, sagt er und wischt sich mit dem Handrücken den Mund trocken. »Das tut gut.« Er nimmt wieder Platz. »Also, das war damals der Siedepunkt der Ermittlungen. Wir hatten einen dritten Fuß, aber keine Leiche. Wir waren sicher, dass in wenigen Tagen der dritte zugehörige Tote auftauchen würde. Aber Pustekuchen. Eine Woche verging. ›Wo ist die Leiche?‹, fragte mein Chef. Fragte die Presse. Fragte ich mich. Alle wurden unruhig und warteten auf die nächsten abgehackten Füße. Aber es gab keine mehr. Wir steckten fest. Wie es schien, hatte das Morden aufgehört. Da sämtliche Opfer Kleinkriminelle waren, kamen wir zu dem Schluss, dass sie wohl einen Feind hatten. Aber in dieser Branche wird nicht gerade viel gesungen«, erklärt Otto. »Da war nichts rauszukriegen. Die einzige Gemeinsamkeit war: Sie verkehrten alle drei in einer Bar. Zumindest wurden alle drei unabhängig voneinander im *Oxygen* gesehen. Aber das Lokal zählte eher zu den Läden, in denen die Gäste nicht besonders auskunftsfreudig waren. Ziemlich linker Schuppen.«

»Verstehe«, sagt Sina. »Gibt's den noch?«

»Nee«, sagt Otto. »Das *Oxy* haben die 1988 geschlossen. Ich glaube, es steht nicht mal mehr das Haus.«

»Wir sollten die Zeugenbefragungen noch einmal durchgehen, vielleicht ist damals etwas übersehen worden«, schlägt Krawatte vor. »Hatten die drei Männer eine Freundin? Eine feste Partnerin?«

»Feste Partnerin? Bestenfalls 'ne feste Geliebte, von festen Partnerinnen wollte damals keiner was wissen«, meint Otto spöttisch. »Aber gut, ackern wir die Papiere durch. Bitte schön.«

Otto ist angepisst, das ist offensichtlich. Er hat keine Lust, an seinen Misserfolg erinnert zu werden. »Nach dem Fund der dritten Leiche haben wir noch mal das große Besteck aufgefahren: Presse, Zeugenbefragungen, Nachbarn und so weiter und so fort. Als da nichts rauskam, wurden die Kollegen abgezogen. Da standen wir und bekamen einen Rüffel, weil wir den Fußmörder nicht geschnappt hatten. Und dann hörten die Morde, wie gesagt, auf. Im Sommer haben sie den Fall geschlossen. Ausermittelt. Die drei«, Otto deutet auf die Pinnwände, »waren die einzigen Opfer. Und fertig.«

»Bis gestern«, sagt Krawatte. »Nun haben wir ein viertes Opfer. Und es ist eine Frau.«

»Ja, aber wie passt die dazu?«, fragt Sina.

Otto zuckt mit den Achseln. »Ich habe keinen blassen Schimmer.«

KAPITEL 19

An dem Abend schwirrt mir der Kopf, und als Raffa später vorbeikommt, sitze ich wieder in Unterwäsche da, diesmal auf dem Sofa, und wühle in den Zeugenaussagen. Ich will diese verdammte Nadel im Heuhaufen finden. Es muss irgendwo einen Anhaltspunkt geben. Irgendetwas müssen die Jungs damals übersehen haben.

»Jetzt ist Schluss damit«, sagt Raffa und will mir den Stapel Papier aus der Hand nehmen.

Ich kralle mich daran fest. »Nein«, ranze ich ihn an. »Lass das.«

»Du machst jetzt eine Pause«, schimpft er. »Geht das jetzt jeden Abend so? Du hast heute nicht eine meiner SMS beantwortet.«

»Wie auch? Wir waren den ganzen Tag in einem Konferenzraum und haben gearbeitet. Was denkst du denn, dass ich dort mache? Mir die Zehennägel lackieren, oder was?« Ich blättere weiter in den Zeugenaussagen, mit dem Finger folge ich den Zeilen und versuche, mich zu konzentrieren.

Raffa zieht sich aus und verschwindet ins Badezimmer. Ich höre das Wasser rauschen. Als er zurück ins Wohnzimmer kommt, legt er sich nackt vor mich auf den Fußboden.

»Wonach suchst du?«, fragt er und schließt die Augen.

»Nach einem Detail. Einer Aussage. Nach etwas, das einen ersten Impuls gibt. Die erste Tür zum Verständnis. Wie bei meinen Jungs in der forensischen Psychiatrie, wenn sie sich nicht öffnen und erzählen wollten. Dann musste ich graben, bis ich eine Stelle fand, wo ich andocken konnte.«

Ich sehe auf Raffas schönen Körper, auf dem die letzten Wassertropfen trocknen. Er ist erregt.

»Das Problem ist, du merkst dir den ganzen Kram«, sagt er. »Du scannst diese Unterlagen förmlich.«

»Ja, ich hab sie im Kopf.«

»Dein Kopf ist ein Rechner. Er braucht Zeit, um die Daten zu verarbeiten. Du überforderst ihn.«

Ich weiß, was er meint. Mein Kopf sollte mal alleine sein. Arbeiten dürfen. Spontan denke ich mir: Ich brauche kein Vorspiel und mache das, was in dem Moment für mich das Richtige ist: Ich setze mich auf Raffa.

»Bleib liegen«, sage ich. »Und nicht bewegen.«

Als ich danach wieder auf dem Sofa sitze und mir erneut die Zeugenaussagen vornehme, stellt er sich vor mich. »Das war's?«, fragt er erstaunt.

Ich sehe auf. »Ja, wieso? War's nicht gut?«

»Doch, aber ...«, er hebt verständnislos die Arme.

»Was, aber?«

»Hinterher hätte ich gern, dass du in meinen Armen liegst.«

Immer dieser Nähekram.

»Was jetzt? Kuscheln? Raffa, sorry, aber dafür hab ich jetzt echt keine Zeit.«

»Dann fahr ich jetzt«, verkündet er trotzig.

»Ja, mach das«, sage ich und stecke die Nase wieder in die Akten.

Er küsst mich auf die Stirn, und ich brumme einmal.

»Anderes Mal, okay?«, sage ich. Mehr bekomme ich gerade nicht hin.

»Mach nicht mehr so lang. Schlaf gut.«

TAG DREI

KAPITEL 20

Gegen Mittag, als uns die Köpfe rauchen und wir gerade in die Kantine gehen wollen, ruft Li an und bittet uns zu sich ins Untergeschoss des LKA-Gebäudes, zu ihren Kollegen in die Kriminaltechnik, mit denen sie gerade kooperiert.

Otto und ich gehen alleine zu ihr.

Hier unten ist alles schön geordnet und steril, kein Nippes, die reinste Laboratmosphäre, und zudem läuft hier eine Klimaanlage, und es hat angenehme 19 Grad. Herrlich. Und seine Ruhe hat man auch. Wirklich nicht verkehrt.

Li führt uns zu einem Monitor, der auf einem ausladenden Schreibtisch thront. Zwei Stühle stehen für uns bereit.

»Nehmt Platz. Wir haben mit Kollegen aus England und den USA regelmäßig Kontakt, und das hier ist die neueste Software für Gesichtsrekonstruktionen. Bedeutet, der Computer simuliert den Aufbau eines Gesichts, angefangen beim Schädel, also bei den Knochen, und legt dann Muskelschichten, Fett und so weiter aufeinander. Wir haben Haare vom Hinterkopf isoliert, sodass wir die Haarfarbe grob bestimmen konnten. Die restliche DNA-Analyse läuft.«

Ihr Kollege Robert, ein rothaariger Mann mit dunklen Schatten unter den Augen, tippt auf der Tastatur herum, und wir sehen ein Foto des Totenkopfs. Der Unterkiefer ist heruntergeklappt wie gehabt. Die Ansicht rotiert langsam um die eigene Achse. Dann wird das Foto übersetzt in eine Art technische Zeichnung.

»Das Programm vermisst den Schädel. Und wir setzen das Gesicht Stück für Stück zusammen. Durch die Körpergröße, das ungefähre Alter der Person und die Tatsache, dass es sich um eine Frau handelt, ist es einfacher, weil wir den Bartwuchs nicht berücksichtigen müssen. Seht her. Das ist nun eine Zeitrafferansicht. Der normale Vorgang der Rekonstruktion dauert Stunden.«

Das Programm packt Schicht um Schicht Muskeln auf den Schädel. Ich betrachte dieses Gesicht, das momentan nur aus rötlichen Muskelsträngen besteht.

»Wirkt ein bisschen wie aus Frankensteins Labor«, sage ich.

»Das Programm kann nur berechnen, was möglich ist, wie die Person ausgesehen haben *könnte*. Die Augenfarbe ist zum Beispiel nur exemplarisch.«

Das Programm ist fast fertig; es packt Haut auf die Muskeln, setzt Augen ein, die sogar einmal blinzeln, was sicherlich ein Gag der Programmierer ist. Dazu kommen Haare, sie sind dunkelblond und etwa schulterlang. Computeranimiert.

»Die Frisur kann anders sein, nicht irritieren lassen.«

Die Frau, die uns ansieht, wirkt künstlich, wie eine Sexpuppe oder ein Marionettenkopf mit starren, leblosen Gesichtszügen und manisch blickenden Augen. Der geöffnete Mund verstärkt den Eindruck des Schreis jetzt noch mehr. Das Programm lässt den Kopf rotieren. Immerhin haben wir nun ein Gesicht, wo vorher nur ein Schädel vorhanden war.

»So könnte das Gesicht ausgesehen haben«, sagt Li. »Hier ist eine Version mit geschlossenem Mund, damit ihr es für die Personenfahndung verwenden könnt.«

Ich starre immer noch fasziniert auf das Gesicht. Hallo, Unbekannte. Du bist also das vierte Opfer. Wer bist du? Wie heißt du? Warum hat der Täter dich ausgesucht? Was hast du angestellt, dass du dafür sterben musstest? Kanntest du die anderen? Wer vermisst dich und seit wann?

»Faszinierend«, murmle ich, und Li lächelt mich stolz an.

Otto starrt, ohne mit der Wimper zu zucken, auf den Monitor.

»Eines ist noch wichtig, bitte«, sagt Li. »Keine technische Methode, auch diese hier nicht, kann zu einer absolut sicheren Personenzuordnung führen. Es ist ein Annäherungsprozess. Ergänzend könnten wir das Zahnschema in zahnärztlichen Fachzeitschriften veröffentlichen und um Mithilfe bitten.«

Otto steht mit einem Mal wortlos auf und geht zum Fenster, das hier im Untergeschoss keinen Ausblick bietet, sondern lediglich ein Lichtschacht ist. Er verharrt dort einen Moment, nahezu reglos.

Li und ich tauschen einen verwunderten Blick. Sie zuckt leicht mit den Achseln.

Dann holt Otto einmal tief Luft und kommt zu uns zurück. Er sieht aufgewühlt und erstaunt aus, als er wieder neben uns Platz nimmt.

»Kann ich einen Ausdruck haben?«, fragt er.

»Natürlich, schon vorbereitet«, sagt Li und händigt uns einen Umschlag aus.

»Danke, Li«, sagt er. »Gute Arbeit.«

Li strahlt einen Moment. »*That's my job.*«

Otto und ich gehen zum Aufzug, und ich drücke den Knopf. Schade, es war so schön kühl da unten. Einen Moment später kommt der Aufzug, und wir steigen ein. Otto drückt den Knopf für die dritte Etage. Als sich die Tür schließt, sieht er mich an.

»Das mit der Personenfahndung wird nicht nötig sein«, brummt er.

Einen Moment bemerke ich ein Flackern in seinen Augen, das ich so schnell nicht vergessen werde.

Otto ist blass, als hätte er ein Gespenst gesehen.

»Ich kenne die Frau«, sagt er leise. »Ich weiß, wer sie ist.«

Freitag, 24. Januar 1975

Sie stand aufrecht hinter der Bar und wischte mit einem Lappen in kreisenden Bewegungen über die glänzende Theke. Eine Glühbirne hing an einem langen Kabel von der Decke und beleuchtete wie ein Spot ihre blonden kinnlangen Haare, die wie glatt gebügelt wirkten und in dem fokussierten Licht hell erstrahlten. Die Wände der Bar waren schwarz gestrichen und erzeugten eine schummrige Stimmung. Ansonsten war die Bar schmucklos. Farblos. Untypisch für diese Zeit. Eine metallene Theke. An der schwarzen Wand hinter der Bar prangte in riesigen hellblauen Leuchtlettern der Name des Lokals: *OXYGEN*.

Im Hintergrund lief Musik wie auf einem Raumschiff. Kaskadenhafte Tonfrequenzen. Piepen. Synthesizer-Musik. Nicht, dass es unmelodisch war, aber es klang ganz anders als die Musik, die er bisher gehört hatte. Er hörte gerne Rock. Die Stones. Oder Fleetwood Mac. *Heroes are hard to find*, dachte er. Sie sah noch besser aus als in seiner Erinnerung, und er spürte, wie sein Herz schneller schlug. Ein ebenmäßiges Gesicht, große Augen. Die Wimpern waren stark getuscht, und sie trug einen türkisfarbenen Lidschatten, der sie betörend aussehen ließ. Ihr Mund war klein, die Zähne waren schmal und weiß. Die vollen Lippen in einem hellen Rotton. Sie hatte viel Rouge aufgelegt, was ihrem Gesicht etwas Puppenhaftes verlieh. Er fand sie gefährlich schön. Und er merkte, wie sich in ihm etwas zusammenbraute.

Ihr Gesichtsausdruck hatte etwas Trotziges, Entschiedenes, das zu ihrer Arbeit an der Bar passte. Diese junge Frau ranzte keiner blöd an oder griff ihr im Suff über den

Tresen an die Brüste. Sie hatte ihm erzählt, wo sie arbeitete, in dieser Independent-Bar, dem *Oxygen*, in der Nähe des Rudolfplatzes. Ein modernes Etablissement, eine Mischung aus Avantgarde-Bar und linkem Schuppen. Aber ohne die Hippies und den Patschuli-Duft und die nörgeligen Weltverbesserer. Er kannte das Lokal vom Hörensagen, war aber bisher nie dort gewesen. Und weil er sie nicht vergessen konnte, wollte er ihr in ihrer Unterwelt einen Besuch abstatten, um zu sehen, was passierte.

Eigentlich war es noch zu früh, und außer ihm waren nur zwei Typen anwesend, die in der Ecke einen Flipper bearbeiteten. Das war gut, denn er wollte sie möglichst alleine erwischen. Wollte sie ansehen und bewundern, nur für sich haben.

Er zog seinen Parka aus, denn hier drin war es warm. Er schwang sich auf einen der freien Barhocker, die mit knarzendem, schwarzem Leder bezogen waren, und legte seine roten Marlboro und ein Sturmfeuerzeug auf den Tresen.

Erst jetzt blickte sie auf, hörte auf zu wischen, knüllte den Lappen zusammen und warf ihn mit einer gekonnten Handbewegung in die knapp drei Meter entfernte Spüle. Sie trug ein schwarzes Hemd, das unter ihren Brüsten zusammengeknotet war und den Blick auf den flachen Bauch freigab. Dazu eine schwarze Hose, die nur von ihren Hüftknochen gehalten wurde.

»Na, Cowboy«, sagte sie mit ihrer rauchigen Stimme und nickte ihm mit dem Kinn zu. Ihre glatten Haare bewegten sich dabei wie ein Vorhang aus Schnüren.

»Das ist ja mal 'ne Begrüßung«, sagte er.

»Ich hab deinen Namen vergessen«, meinte sie und zuckte mit den Achseln. »Ein Bier?«

»Jepp.«

Sie zapfte ihm ein Bier und stellte es vor ihn hin.

»Das Erste geht aufs Haus«, sagte sie. »Weil ich deinen Namen nicht mehr weiß.«

»Danke«, sagte er, zog das Glas heran und trank einen großen Schluck. Er konnte sich nicht sattsehen an ihr, verfolgte jede ihrer Bewegungen und prägte sie sich ein.

»Dabei ist mein Name so einfach«, fügte er hinzu. »Aber kein Ding; ich habe deinen auch vergessen«, sagte er betont lässig und zündete sich eine Zigarette an.

Sie polierte die Gläser. Die Musik wummerte aus den Boxen. Flink wischte sie eins nach dem anderen sauber. Eine kleine Furche erschien dabei auf ihrer Stirn. Eine von der Sorte: Ich glaub dir nicht.

Er nahm noch einen tiefen Zug und leerte das erste Glas. »Sonst irgendwelche Erinnerungen?«, fragte er und wischte sich den Schaum aus dem Schnauzer. Sie schnappte sich das leere Glas, legte das Poliertuch zur Seite und zapfte ihm noch ein Bier. Sah konzentriert zu, wie das Kölsch aus dem metallenen Hahn ins Glas lief. Er wollte sie küssen. Ihr Lächeln küssen. Es war ein freches Lächeln, eines, das ihn reizte und anlockte, hinter das er blicken wollte, wie hinter einen Vorhang.

Sie beugte sich zu ihm vor.

»Hübsches Hemd«, sagte sie und zeigte auf sein Jeanshemd mit den langen Kragenspitzen. »Du heißt Otto, nicht wahr?«, raunte sie und stellte ihm das Bier vor die Nase.

Ihr herbes Parfüm wehte für einen Moment zu ihm herüber, und er blähte die Nasenflügel. Halston. Es passte zu ihrer Strenge.

Er wollte nach dem Bier greifen, aber sie zog es schnell wieder weg, grinste ihn verschmitzt an. Ihre hellen Augen leuchteten ihn an wie Scheinwerfer.

Lichtgestalt, dachte er. Ich bin verloren. Fast.

»Danke, Su«, sagte er.

Sie grinste.

Su war ein aufregendes, rebellisches Geschöpf und in seinem Bett gelandet. Vor vierzehn Tagen. Samstagnacht. Anfang Januar. Er war aus einer Kneipe gekommen, und weil er keine Münzen für den Zigarettenautomaten hatte, ging er ins nächste noch offene Büdchen. Da stand sie, in eine Fuchspelzjacke gehüllt, mit kirschrot leuchtendem Lippenstift, und kaufte zwei Flaschen Bier. Ihr fehlten vierzig Pfennig, und er legte einen Fünfziger auf den Zahlteller. Sie sagte nur trocken »Danke«. Aber dieses eine Wort löste etwas in ihm aus, und die Art, wie sie es sagte, ihre Haare nach hinten warf, ihn leicht spöttisch, leicht interessiert ansah, als sie sich umdrehte und ging. Als er aus dem Büdchen trat, stand sie da, an die gelbe Telefonzelle gelehnt. Ihr Atem formte kleine Wolken in der Nachtluft.

»Woher haste den denn?«, fragte er und deutete auf den Pelz. Sie war so jung. Den konnte sie niemals selbst bezahlt haben.

»Was geht dich das an?«

»Sag schon.«

»Gehört meiner Mutter.«

»Und den hat sie dir einfach so gegeben?«

»Nee, die ist tot.« Sie trat einen Schritt auf ihn zu. Und noch einen. »Wo wohnst du?«, fragte sie und zog die Jacke enger.

Sie blieb über Nacht, und seitdem konnte er sie nicht vergessen.

Mit einem kleinen Lachen schob Su ihm das Bier wieder hin.

»Prost, Otto.«

»Wie alt bist du?«, fragte Otto und trank.

Sie neigte den Kopf zur Seite und leckte mit der Zunge über ihre Lippen. »Wieso willst du das wissen? Hast du Angst, dass du was Verbotenes getan hast?«

»Nur so.«

»Wie alt soll ich sein?«

»Einundzwanzig.«

»Ich bin einundzwanzig.«

»Du lügst.«

»Nein, tu ich nicht. Woher willst du das wissen?«

»Ich merke, wenn einer lügt.«

»Warum?«

»Von Berufs wegen.«

Su lachte ein kehliges Lachen, schnappte sich seine Zigarette, zog daran und blies den Rauch zur Decke, den Kopf in den Nacken gelegt. Ihre Haare fielen nach hinten. Sie beugte sich wieder zu ihm vor.

»Was warst du noch mal von Beruf, sagtest du? Industrie-irgendwas.«

»Logistik«, antwortete er. »Ich sagte Logistik.«

»Das war gelogen«, behauptete Su und zog erneut an der Zigarette. Blies den Rauch seitlich aus dem Mund. »Pass mal auf, Otto.« Sie senkte die Stimme. »Ich bin nicht hohl, ja? Ich weiß, dass du ein Bulle bist. Du kannst mir nichts vormachen.«

Otto sah sie einen Moment erstaunt an. Dann lächelte er.

»Weißt du, was ich mich die ganze Zeit frage? Was ist das für eine Musik, die hier läuft?« Er deutete mit dem Zeigefinger zur Decke.

»Das ist Jean-Michel Jarre«, sagte sie. »Und er ist ein Gott.« Sie faltete die Hände vor der Brust. Sie sagte es mit so viel Nachdruck, dass er beschloss, nicht zu widersprechen. Aber den Namen merkte er sich.

»Sag mal, Su, wie sieht es aus? Sehen wir uns mal wieder?« Er taxierte sie und schob das nahezu leere Bierglas auf dem metallenen Tresen hin und her.

»Nee«, sagte Su, »lass mal, das ist keine gute Idee.« Sie warf ihre Haare nach hinten über die Schulter.

»Warum nicht?«

»Ich hab da was am Laufen mit 'nem Typen«, sagte Su. »Der mag das nicht, wenn ich mit anderen rummache.«

»So ein Spießer.«

»Du hast doch keine Ahnung«, sagte Su barsch.

»Du lässt mich abblitzen?«

»So sieht's aus.«

Zwei Typen in Lederjacke mit langen Haaren stellten sich neben Otto und bestellten ein Bier. Sie sahen Otto einen Moment befremdet an. Su begrüßte die beiden mit »Na Jungs, alles klar?« und zapfte. Nachdem sie die beiden Biere serviert hatte, wisperte sie Otto zu: »Du zahlst jetzt und gehst. Das hier ist kein Laden für 'nen Bullen wie dich.«

Ihr Gesichtsausdruck war ernst; da waren keine Koketterie und kein Spiel mehr in ihrem Blick.

Otto stand auf, legte drei Mark auf den Tresen.

»Ich komme wieder, verlass dich drauf«, sagte er.

In dieser Nacht träumte er das erste Mal von ihr.

KAPITEL 21

»Woher kennst du die tote Frau?«, will Krawatte wissen.

Wir sind zurück bei den anderen. An der Wand hinter uns dreht sich die Animation der Gesichtsrekonstruktion in Endlosschleife an der Leinwand. Alle Augen sind auf Otto gerichtet.

»Ich kannte sie nicht wirklich, wir haben uns mal an einem Abend kennengelernt, sie arbeitete in einer bekannten Bar, dem *Oxy*.«

»Und daran erinnerst du dich noch?«, platze ich heraus, »nach achtundzwanzig Jahren?«

Er dreht den Kopf zu mir. In seinem Blick liegt etwas Feindseliges, eine Art Warnung. Hör auf, mich so was zu fragen. Lass es gut sein. Es ist wie das stumme Zähnefletschen eines Hundes.

»Sorry«, sage ich kleinlaut.

»Ich vergesse kein Gesicht, das ich einmal gesehen habe«, erklärt Otto. »Ich bin Polizist. Wir merken uns viele Details. Sie arbeitete in der Bar, in der ich manchmal vorbeischaute. Sie nannte sich Su, hieß aber Ursula. Ursula Wechter. Eines Abends war sie dort nicht mehr anzutreffen, es hieß, sie sei abgehauen. Koffer gepackt und auf und davon. Neues Leben.«

Für einen Moment herrscht Stille. Sina notiert den Namen auf ihrem Block.

»Tja, offensichtlich ein Irrtum«, wirft Vogelkopf ein.

»Das bedeutet, Su, also Ursula Wechter, war nicht in den Fall involviert, sie war keine Zeugin oder dergleichen?«, fragt Krawatte.

»Richtig.« Otto nickt. »Eine rein private Bekanntschaft. Aus dem Nachtleben.«

»Dann müssen wir jetzt herausfinden, ob es noch lebende Angehörige von Su Wechter gibt, die wir informieren und befragen sollten. Das Gleiche gilt für die Angehörigen der drei männlichen Opfer. Sina?«

»Ich habe hier eine Übersicht der Angehörigen aus den Akten zusammengestellt, die damals befragt wurden.« Sie schiebt uns Kopien der Übersicht zu. »Und ich habe heute Morgen bereits eine erste Recherche durchgeführt. Sieht schon etwas dünner aus. Es gibt nicht mehr so viele lebende Angehörige. Die Eltern der Opfer sind fast alle verstorben, bis auf die steinalte Mutter von vierundachtzig Jahren des ersten Opfers, von Josef Kalupke: Maria Kalupke. Lebt in Köln. Die Adresse steht dabei. Opfer Nummer zwei, Rolf Zehntner mit dem Mercedes, hatte einen jüngeren Bruder, Friedrich Zehntner, der lebt in Bergisch Gladbach und ist Automechaniker mit eigener Werkstatt. Verheiratet, zwei Kinder. Opfer Nummer drei, Gerhard Winkler: Seine Eltern sind beide tot, der Vater starb schon, als Winkler fünfzehn war, die Mutter ist 1999 gestorben. Er hat eine jüngere Schwester, Petra Meier, die in Köln-Merkenich lebt. Geschieden, ein Kind. Arbeitet als Krankenschwester in Leverkusen.«

»Gute Arbeit, danke, Sina«, sagt Krawatte anerkennend.

Krawatte sieht Otto und mich an.

Ich weiß, was jetzt kommt. Er legt seine Hände auf den Tisch und faltet sie, als wolle er beten.

»Otto, ich möchte dich bitten, die Befragung der Hinterbliebenen durchzuführen, schließlich hast du damals in dem Fall ermittelt, es ist von Vorteil, wenn ein ehemaliger Ermittler persönlich dabei ist. Das schafft eine gute Basis. Vielleicht erinnert sich sogar noch jemand an dich. Kann ja sein.«

»Du meinst, ich sehe heute noch so aus wie damals?«, fragt Otto und zieht eine Augenbraue hoch. Sein Blick ist spöttisch und amüsiert. Ich kann mir ein Grinsen nicht verkneifen.

»Ja, Sportsfreund, ich war 1975 zwar schon auf der Welt, kann mich aber nicht an dich erinnern. Allerdings habe ich ein Foto von dir in einer damaligen Zeitung in den Altakten gefunden.«

Krawatte schiebt die Zeitung rüber. Die Schlagzeile des *Express* lautet: WIRD ER DEN FUSSMÖRDER FASSEN? Darunter ist ein Foto von Otto während einer Pressekonferenz zu sehen. Er steht hinter einem Pult, links daneben ein Polizist in Uniform. Otto hat ein weißes Hemd und ein dunkelblaues Sakko an und hält das Foto von einem abgetrennten Fuß in die Kamera. Sein Blick ist wütend und entschieden, und er bedeutet: Du Schwein, ich werde dich finden. Otto ist viel schmaler als heute, sein Gesicht ist scharf geschnitten. Und er hat mehr Haare auf dem Kopf, die er für die damalige Zeit aber erstaunlich kurz trägt. Schnauzer.

»Uff, der Bart ist porno«, sagt Sina und pfeift durch die Zähne.

»Also, ich muss doch sehr bitten. Das trug man damals eben so.«

Ich finde ihn eigentlich recht gut aussehend. Ein bisschen spießig vielleicht. Brav. Etwas zu sauber. Aber er ist ja auch Polizist und kein Barkeeper oder Musiker.

»Und ich möchte, dass dich jemand begleitet, der einen frischen Blick auf die Dinge hat«, sagt Krawatte.

»Wen schlägst du vor?«, fragt Otto.

»Sina?«

»Echt jetzt? Befragungen? Puh. Ich weiß nicht.«

Otto räuspert sich. »Ich möchte, dass Lupe mitkommt«, sagt er.

Als ich meinen Namen höre, zucke ich kurz zusammen. Krawatte sieht mich an und lächelt.

»Okay, Otto, wenn du meinst. Aber sie hat noch keine Erfahrung mit polizeilichen Befragungen.«

»Das mag sein. Aber sie ist psychologisch geschult in Gesprächsführung. Nichts gegen dich, Sina.« Otto lächelt Sina milde an.

»Ja, ja, ich hab's schon kapiert«, mault Sina, grinst dabei aber übers ganze Gesicht. »Der Trampel bleibt zu Hause.« Sie zwinkert mir zu.

»An die Arbeit, Leute!«, ruft Krawatte und klatscht fröhlich in die Hände.

Ich könnte ihm auch eine klatschen. Vielleicht gehe ich mal was mit ihm trinken, ich wüsste doch zu gern, was der Mann von mir denkt.

»Und übrigens: Während ihr unterwegs seid, bereiten wir hier die Pressekonferenz am Freitag vor. Ich bitte um vollständiges Erscheinen. Lupe, du auch.«

KAPITEL 22

Maria Kalupke ist so klein und schmal, dass ich befürchte, ihre Hand bricht, wenn ich sie zu fest drücke. Sie lebt in einer winzigen Wohnung in einem Stift in Köln am Beethovenpark. Von ihrem schmalen Balkon aus hat sie einen schönen Blick ins Grüne. Sie ist nicht dement oder verkalkt, das merke ich gleich, sie ist einfach nur eine alte Frau. Ihr Geist ist noch rege. Ihre weißen Haare trägt sie streng nach hinten frisiert, die rosa Kopfhaut schimmert durch. In ihrem Gesicht sind über achtzig Jahre Leben eingraviert. Ich könnte sie stundenlang studieren. Alte Menschen faszinieren mich.

Maria sitzt uns gegenüber.

»Es tut mir leid, dass wir Sie noch einmal befragen müssen, es ist ja alles schon so lange her«, sagt Otto mit sonorer Stimme.

»Achtundzwanzig Jahre«, sagt Maria. »Es ist achtundzwanzig Jahre her. Und haben Sie den Mann gefunden, der mir meinen Jungen genommen hat?«

Sie sieht ihn mit großen Augen an.

Otto räuspert sich. »Noch nicht.«

»Sie brauchen aber ziemlich lange«, kontert Maria und muss husten. Es dauert einen Moment, bis sich der Anfall gelegt hat. Ich reiche ihr das Glas Wasser, das auf dem Tisch steht, und sie trinkt vorsichtig ein paar kleine Schlucke.

»Geht's wieder?«, frage ich.

»Schon gut.«

Sie atmet einmal tief durch. »Ich hätte ja eigentlich gern ein Mädchen gehabt«, erzählt sie und sieht mich sehnsüchtig an. »Aber es wurde ein Junge. Er war so hübsch, dass die Leute im Park gesagt haben: ›So ein hübscher Junge, Sie dürfen stolz sein.‹«

Sie starrt auf die Tischdecke. Dann sieht sie auf. »Was wollen Sie jetzt noch von mir?«

»Ich weiß, dass es lange her ist, Frau Kalupke. Und dass man Ihnen Ihr Kind genommen hat, das schmerzt mich noch heute. Aber wir haben ein viertes Opfer gefunden, eine junge Frau«, sagt Otto.

Maria sieht ihn mit wachen Augen an.

Otto fährt fort: »Sie hieß Su und arbeitete in einer Bar. Ich würde Ihnen gern ein Bild von ihr zeigen, und vielleicht können ...«

»Das will ich nicht sehen«, sagt sie bestimmt. »Nehmen Sie das weg.«

»Aber es wäre sehr hilfreich, wenn Sie uns ...«

»Nein. Nein, nein.« Sie schüttelt energisch den Kopf.

Ich schalte mich ein.

»Frau Kalupke«, sage ich.

Sie sieht mich direkt an.

»Ich weiß, wir stören Sie mit unserem Besuch und wir wirbeln Gedanken auf, die Sie längst beiseitegelegt haben. Und ich wünschte, ich könnte Sie einfach in Ruhe lassen. Das Bild, von dem Herr Hagedorn spricht, ist eine Zeichnung. Sie brauchen keine Angst zu haben; Sie müssen nicht ins Gesicht einer Toten blicken. Das ist grausam, das würde ich nicht zulassen.«

Maria neigt den Kopf zur Seite. Sie überlegt einen Moment, dann kommt ein knappes Nicken.

Ich ziehe den Ausdruck des computeranimierten Gesichts von Su aus dem Ordner hervor – die Version mit dem geschlossenen Mund – und drehe das Blatt zu ihr hin.

»Das ist Su. Ein junges Mädchen, sie hat in einer Bar gearbeitet. Hier in Köln. Vielleicht haben Sie sie mal gesehen? Vielleicht hat Ihr Sohn sie gekannt?«

Maria betrachtet das Bild aufmerksam. »Sieht komisch aus«, sagt sie nachdenklich.

»Ich weiß, ein wenig unwirklich. Es ist eine Simulation.«

»Wie alt war sie?«, fragt Maria mich.

»Anfang, Mitte zwanzig, denke ich.«

Sie streicht mit ihrem arthritischen Finger, der wie ein krummer kleiner Ast aussieht, über das Gesicht.

»So eine Schwiegertochter hätte ich mir gewünscht.«

»Kommt sie Ihnen bekannt vor?«, frage ich.

Otto hat sich auf dem Stuhl zurückgelehnt und beobachtet das Gespräch. Ich sehe einmal kurz zu ihm rüber. Er nickt mir knapp zu. Weitermachen.

Maria betrachtet das Computergesicht. »Das wären hübsche Kinder geworden«, sagt sie.

»Hat Ihr Sohn Josef die Frau gekannt?«

Maria legt das Blatt zur Seite. Ihr Blick richtet sich nach innen. Sie ist auf Zeitreise. Dann seufzt sie einmal schwer.

»Nein, das hätte auch nichts gebracht«, sagt sie.

Ich bin verwundert. Verstehe nur Bahnhof.

»Was hätte nichts gebracht?«, hake ich nach.

»Das mit den Frauen«, sagt Maria. »Für den Josef.«

Da fällt bei mir der Groschen. »Sie meinen, Josef mochte Frauen gar nicht?«

Maria presst die schmalen Lippen zusammen und nickt. Es ist ihr recht, dass ich die Sache nicht direkt beim Namen nenne, sondern umschreibe.

»Ich hab's immer gewusst«, sagt Maria. »Hab ihm gesagt, das wird kein einfaches Leben. Konnte ja nicht ahnen, dass es so schnell vorüber sein würde.« Sie wischt sich eine Träne aus dem Augenwinkel.

Ich ergreife ihre Hand und drücke sie sanft. »Wir haben es gleich geschafft«, sage ich leise. »Nur noch eine Frage: Wer war sein Freund?«

Bei dem Wort »Freund« huscht ein Schatten über ihr Gesicht.

»Egal, was für einer«, ergänze ich schnell.

»Den Namen weiß ich nicht mehr«, sagt sie. »Aber den mochte er gern. Der war älter als er.«

»Hieß er Hardy?«, fragt Otto. »Gerhard Winkler?« Otto zieht das Passfoto von Gerhard aus dem Ordner.

Maria blickt einen Moment darauf. Unschlüssig. »Ich weiß es nicht mehr. Das ist alles zu lange her.«

»Kommt er Ihnen sonst wie bekannt vor?«

Maria sieht jetzt mich an. Aus ihren alten Augen, die stumpf wie Steine sind, spricht Verwunderung, dass sie solche Fragen gestellt bekommt. Sie zuckt mit den Schultern.

Die Tür hinter uns geht auf, und der Pfleger Ralf kommt in seinem weißen Outfit herein. Mit ein bisschen zu viel Hüftschwung.

»Ihre halbe Stunde ist um, ich muss Sie jetzt bitten zu gehen. Frau Kalupke braucht Ruhe, das war bestimmt anstrengend für sie.« Er stemmt die Hände in die Hüften. Seine Art zu sprechen ist ein Singsang.

Maria bemerkt mein amüsiertes Gesicht, und ein kleines Lächeln umspielt ihre Mundwinkel.

Wir verstehen uns.

»Sie sind hier in guten Händen«, sage ich zu Maria und deute auf den Pfleger. Ihr Lächeln will nicht enden. Mit einer Hand streicht sie über meine Wange.

»Gott schütze Sie«, sagt sie.

KAPITEL 23

»Dass Josef Kalupke schwul war, wusste ich nicht«, sagt Otto. »Das hat sie uns 1975 nicht erzählt, als wir sie befragt haben. Ich habe ihr damals versprochen, denjenigen zu finden, der ihrem Sohn das angetan hat. Das war ein Fehler, den ich nie mehr wiederholt habe. Solche Versprechen sind Quatsch«, sagt er. »Du siehst ja, woran sie sich nach all den Jahren erinnert.«

»Es ist noch nicht zu spät.«

»Ja, womöglich hast du recht. Ob das ein neuer Anhaltspunkt ist? Ob die anderen vielleicht auch schwul waren? Das wäre ein neuer Ansatz. Mord im Homosexuellenmilieu.«

»Aber Gerhard Winkler sieht eher wie der totale Frauenschwarm aus, nicht wie ein Homo.«

»Das war Rock Hudson auch.«

»Also bitte. ›Mein Name ist Beverly Boyer, und ich bin ein Schwein‹«, zitiere ich mit einem breiten Grinsen.

Otto lacht laut. »Das kennst du?«, fragt er erstaunt.

»Na klar. Hab mit meinem Dad immer sonntags Filme geguckt, alle Doris-Day-Streifen. *Ein Pyjama für zwei.*«

»*Bettgeflüster!*«, ruft Otto.

»Ich muss gestehen, ich war auch ein bisschen verliebt in Rock Hudson«, sage ich.

»Tja, das hätte dir auch nicht viel gebracht«, brummt Otto.

Wir lachen beide. »*Was diese Frau so alles treibt*«, sagt er.

»Den Film gab's auch, stimmt. Lebt Doris Day eigentlich noch?«

»Ich habe keine Ahnung. Hat die nicht ein Tierheim? Egal. Jetzt ist erst mal Friedrich Zehntner dran.«

Back to business. Das muss als Ausflug ins Komödiantische reichen.

Wir biegen von der A3 ab und steuern Bergisch Gladbach an. Die Autowerkstatt liegt an der viel befahrenen schmalen Hauptstraße, die sich durch den Ort schlängelt. Wir parken halb auf dem Gehsteig, halb auf der Straße und steigen aus. Otto ächzt, als er sich aus dem Fahrersitz hievt.

»Rücken?«, frage ich.

»Nach achtundzwanzig Jahren wieder an diesem Fall zu arbeiten hat etwas Merkwürdiges. Ich komme mir vor wie ein Archäologe.«

»Dann sollten wir dir ganz schicke Funktionskleidung besorgen«, schlage ich vor. »Und ein Käppi dazu.«

Otto lacht kurz auf. »Frechheit«, brummt er.

Wir stehen vor der Werkstatt, die direkt an ein Wohnhaus aus rostbraunem Klinker anschließt. Die gepflasterte Auffahrt ist schmal, rechts ist ein älterer Saab geparkt mit Kölner Kennzeichen. Am Fenster des Wohnhauses hängen eine geraffte Gardine und ein Windspiel. Die Front der Werkstatt, direkt vor uns, besteht aus zwei großen Türen mit Milchglasscheiben, auf denen Aufkleber von Reifen- und Motorenölmarken prangen. Darüber ein Schriftzug, dessen Beleuchtung ausgeschaltet ist:

Werkstatt KFZ Alle Marken Friedrich Zehntner

»Sieht aus, als wäre hier dicht.«

Otto rüttelt an der Tür. Sieht auf seine Armbanduhr. »Es ist kurz vor eins. Mittagszeit.« Er legt sein Ohr an die Werkstatttür. »Da ist aber jemand drin, ich höre was. Pass auf.« Otto pocht zweimal fest an die Tür.

»Polizei. Bitte aufmachen!«, sagt er mit so lauter, dröhnender Stimme, dass ich zusammenzucke.

Kurz darauf wird ein Schlüssel von innen umgedreht, und ein junger Mann mit ölverschmiertem Gesicht erscheint in der Tür.

Er sieht uns erstaunt an. »Woher wussten Sie, dass ich hier drin bin?«, fragt er.

»Ich bin Polizist, ich weiß alles«, verkündet Otto.

Ich kann mir ein Grinsen nicht verkneifen.

»Es tut mir leid, ich tu es nicht wieder«, verspricht der junge Mann. »Könnten wir das anders klären? Bitte.«

»Was sollen wir anders klären?«, fragt Otto streng.

Der junge Mann sieht einmal zu mir und wird rot. »Na, dass ich heute die Berufsschule geschwänzt habe«, sagt er leise.

»Du hast geschwänzt?«, sage ich mit übertrieben erstauntem Tonfall.

Er beißt sich auf die Lippe.

»Und was tust du da drin?«

»Mein neues Mofa frisieren … äh … ich meine. Ach, Mist.« Er schlägt eine Hand vor den Mund.

»Sag mal, Junge, wo ist denn der Friedrich Zehntner, dem diese Werkstatt gehört?«

»Mein Vater? Echt jetzt? Ist das nötig? Das ist voll peinlich für mich.«

»Du kannst dich beruhigen. Wir sind nicht wegen dir hier. Es geht um deinen Vater.«

Er starrt uns erstaunt an. »Ach so.«

»Also, wo ist er denn nun?«

»Beim Mittag. Einfach da klingeln«, sagt er.

»Und wie heißt du?«

»Kevin.«

»Danke, Kevin. Wir besuchen mal eben deinen Vater, und dann schauen wir uns dein Mofa an.«

Wir wenden uns zur Haustür und klingeln. Kevin steht unschlüssig in der Tür der Werkstatt.

»Was ist denn noch?«, fragt Otto.

»Hat mein Vater was ausgefressen?«, wispert Kevin.

Otto zieht die Luft hörbar durch die Nase ein. Zückt seinen Ausweis.

»Nicht dass ich wüsste«, sagt er. »Und jetzt bastle du mal an deinem Mofa.«

Die Haustür wird geöffnet. Eine stämmige Frau mit roten Wangen und Seidenbluse in Fuchsia starrt uns an. Es riecht nach künstlichem Zitronenputzaroma und ein wenig nach altem Keller. Und ganz schwach nach Hund.

»Guten Tag, ich bin Otto Hagedorn vom LKA. Das ist Lupe Svensson.«

»Kommen Sie bitte herein«, sagt sie mit einem Nicken. Aber sie ist nicht glücklich, dass wir hier sind, so richtig passt es ihr nicht. Ich sehe es ihr an. Sie schaut uns mit einer Strenge an, als seien wir ungebetene Sektenjünger. Dann ruft sie: »Kevin, du musst auch noch was essen, hörst du?«

»Ja, Mama«, mault er zurück und verzieht sich in die Werkstatt.

»Ich führe Sie zu meinem Mann«, sagt sie. »Bitte hier entlang.«

Ganz die Dame des Hauses.

Sie geht den Flur entlang, alles ist sauber und gepflegt. Bilder von Tulpen an den Wänden. Der Boden ist aus Stein und sieht neu aus. Sie führt uns durch das Erdgeschoss, an der blitzblanken Küche vorbei zu einem kleinen, schattigen Hinterhof, den alle möglichen Pflanzen umwuchern. Hier ist es ein wenig kühler, was recht angenehm ist. In der Ecke plätschert ein Springbrunnen, drei Frösche aus Ton zieren den Rand. Eine weiß-gelbe Markise ist ausgefahren. Darunter: ein weißer Plastiktisch und mehrere Hochlehner mit bunten Polstern wie aus dem Möbelhauskatalog. Die Tischdecke, grün und mit unzähligen Kirschen gemustert, ist an den Seiten mit Klammern am Tisch befestigt. Auf dem Tisch steht ein schwarzer Topf mit Würstchen, daneben eine Schüssel mit rheinischem Kartoffelsalat, der in Mayonnaise badet. Die Teller sind leer gegessen.

Ein bulliger Mann in grauem T-Shirt und bis zum Bauch heruntergeklapptem Blaumann steht auf und gibt uns die Hand. Eher: Er gibt uns die Pranke. Er ist das genaue Gegenteil seines schlaksigen toten Bruders. Seine Hand ist feucht. Er ist nervös.

»Zehntner, guten Tag.«

Ich komme mir vor wie ein hoher Besuch.

»'tschuldigung, ich konnte mich noch nicht umziehen«, sagt er.

»Kein Problem«, entgegnet Otto. »Wollen wir uns vielleicht setzen?«

»Ja, natürlich«, sagt Friedrich, und wir nehmen Platz. Friedrich mit einem Ächzen. Nur Frau Zehnter bleibt wie eine Dienstmagd neben uns stehen. »Möchten Sie etwas essen?«, fragt sie uns. Obwohl sie es anbietet, habe ich den Eindruck, dass sie lieber ein Nein hören will.

Otto schüttelt den Kopf.

»Aber Sie doch bestimmt«, wendet sich Frau Zehntner an mich. »So schmal, wie Sie sind.«

»Danke, aber ich möchte gerade nichts. Ein Wasser reicht mir fürs Erste.«

»Na, wenn Sie meinen.« Fast beleidigt tritt sie ins Haus.

Otto eröffnet das Gespräch.

»Herr Zehntner, danke für Ihre Zeit. Wir möchten Sie nicht lange behelligen, aber ich hätte ein paar Fragen.«

»Schießen Sie los.«

»Sie waren wie alt, als Ihr Bruder starb?«

»Neunzehn.«

»Verstanden Sie sich gut?«

»Ja, doch. Durchaus. Wir waren nicht die dicksten Geschwister, es lagen ja auch einige Jahre zwischen uns. Aber wir haben uns gut verstanden, teilten denselben Humor. Das hat uns verbunden. Mein Bruder war sehr witzig, erzählte gern Dönekens. War immer zu Späßen aufgelegt. Ich war halt der Nachzügler, so wie jetzt der Kevin. Liegt wohl in der Familie. Mein anderer Sohn ist längst aus dem Haus.« Ein müdes Lächeln. »Aber warum wollen Sie das wissen?«

»Anfang der Woche haben wir eine Tote gefunden, die Leiche einer Frau. Der Frau wurde, wie Ihrem Bruder, ein Fuß abgetrennt, und somit scheint sie das vierte Opfer dieser Serie zu sein. Wir haben uns daher die alten Akten noch einmal vorgenommen und rollen den Fall neu auf.«

Friedrich lehnt sich zurück. »Das bringt doch nichts«, sagt er und verschränkt die Hände vor der Brust. Er sieht müde aus. »Mein Bruder ist tot, der Mörder längst über alle Berge.«

»Nun, einen Versuch ist es immerhin wert«, sagt Otto. »Denn vielleicht läuft der Täter immer noch frei hier herum.«

»Ja, aber wie wollen Sie ihn nach all den Jahren finden?«

Ich ziehe das Foto von Su aus dem schmalen Ordner und reiche es Otto.

»Kennen Sie diese Frau? Haben Sie die mal gesehen? Oder können Sie sich erinnern, dass Ihr Bruder zu ihr Kontakt hatte?«

Otto reicht ihm das Computerbild von Su.

»Nehmen Sie sich Zeit. Es ist eine Computersimulation, lassen Sie sich davon nicht irritieren.«

Friedrich betrachtet das Bild, hebt einmal die Schultern, lässt sie wieder fallen. Kneift ein Auge zu. Legt das Foto wieder auf den Tisch. Otto lässt es liegen.

»Ist sie das? Die Frau, deren Leiche Sie gefunden haben?«

»Ja. Kommt sie Ihnen bekannt vor?«

Er zuckt mit den Schultern. Frau Zehntner kommt mit einem Tablett zurück und stellt es auf den Tisch. Ein Wasserkrug mit Zitronen darin und mehrere Gläser.

»Ich hoffe, Sie mögen Limonade.«

»Sicher«, sage ich, und sie schenkt uns allen ein.

»Nachdem mein Bruder gestorben war, habe ich oft darüber nachgedacht, wer das getan haben könnte. Ich war neunzehn, ich konnte nicht begreifen, was passiert ist. Es hat mich noch lange beschäftigt. Ich war in der Lehre damals, wie jetzt der Junior.« Er deutet in Richtung Werkstatt. »Und ich bin zu dem Schluss gekommen, dass ich nicht weiß, was mein Bruder wirklich getrieben hat. Er war immer gut drauf, hatte schicke Klamotten an. Ich hab nie gefragt, wo er die Kohle herhatte. Ich habe meinen Bruder bewundert. Aber womit er sein Geld verdiente, das habe ich nicht gewusst.«

»Haben Sie eine Vermutung?«

Friedrich nimmt einen großen Schluck von der Limo. »Ich glaube, der hat so kleine Geschäfte gemacht. Nichts Schlimmes, keine Drogen oder so was, da war er nicht der Typ für.«

»Wissen Sie noch Namen von Freunden oder, sagen wir mal, Kumpels, mit denen er rumhing?«

»Das hat man mich damals auch schon gefragt. Aber über so was haben wir nie groß geredet.«

Helga Zehntner nimmt einen Schluck von der Limo und zupft sich am Ohrläppchen.

»Haben Sie nach all den Jahren eine Idee, wer Ihrem Bruder etwas antun wollte? Wo er in der Kreide stand? Mit wem er möglicherweise zerstritten war? Manchmal fallen einem solche Dinge ja erst Jahre später ein.«

Friedrich sieht Otto ratlos an. Der legt ihm eine Visitenkarte auf den Tisch. »Das ist lange her, und ich verstehe, dass Sie Zeit brauchen. Lassen Sie es sich in Ruhe durch den Kopf gehen. Vielleicht fällt Ihnen im Nachhinein etwas ein, das Sie damals merkwürdig fanden.«

»Okay.«

So richtig glaube ich Friedrich nicht. Er wirkt auf mich eher, als würde er in der Vergangenheit nicht mehr groß herumwühlen wollen.

Otto fährt fort: »Eine letzte Frage. Sagen Sie, haben Sie noch Unterlagen von Ihrem Bruder?«

Friedrich schüttelt den Kopf. »Nein, als meine Eltern starben, haben wir das Haus ausgemistet und fast alles weggeworfen, auch die Sachen meines Bruders. Ein paar Fotos haben wir aufgehoben, aber alles Weitere, Klamotten und persönlichen Kram, das haben wir auf die Müllkippe gebracht. Da hing zu viel Gefühl für mich dran.«

Als Friedrich das sagt, bekommt er feuchte Augen. Harte Schale, weicher Kern.

Otto bedankt sich. Ich stelle das leere Glas aufs Tablett und bedanke mich ebenfalls höflich.

»Mein Mann muss gleich in die Werkstatt«, erklärt Helga mit einem strengen Blick auf die Uhr. Sie will uns jetzt schnell loswerden und führt uns durch den Flur zur Haustür.

Als wir fast draußen sind, drehe ich mich um.

»Wo ist eigentlich der Hund?«, frage ich Helga.

Sie sieht mich verblüfft an. Ein paar Sekunden vergehen.

»Äh, der ist bei meiner Schwester. Der dreht immer durch, wenn Besuch kommt. Vor allem bei Männern in Uniform wird er fuchsteufelswild.«

Otto sieht an sich herunter.

»Ich dachte, Sie kämen in Uniform«, erklärt Helga kleinlaut und bekommt einen roten Kopf.

»Schade, ich liebe Hunde. Na, vielleicht beim nächsten Mal. Was ist es denn für einer?«

Helga winkt ab. »Ach, so eine Promenadenmischung aus dem Tierheim. Der macht, was ihm passt. Mein Mann wollte ihn unbedingt haben.«

Du jedenfalls nicht, das ist mir klar. Für dich macht der Köter nur Dreck, und er stinkt.

»Ja, dann alles Gute«, sage ich mit einem aufgesetzten Lächeln.

»Wir wollten dem Kevin noch eben Tschüss sagen«, fügt Otto hinzu.

Helga nickt unsicher und bleibt im Türrahmen stehen. Wir gehen zur Werkstatt, aber die Tür ist abgeschlossen, und dahinter ist es still.

»Der ist wohl schon ausgeflogen«, sagt Otto laut und grinst mich an. Ich nicke Helga freundlich zu und gehe neben Otto zurück zum Auto. Wir setzen uns rein. Otto lässt den Motor an. Unter seinen Achseln zeichnen sich riesige Schweißflecken ab. Das Bordinstrument gibt die Außentemperatur mit 32 Grad an, und er stellt die Klimaanlage auf 21 Grad ein. Aber er fährt nicht los. Er schnallt sich an und wendet sich mir zu.

»Fürs Protokoll: Ich sage dir, da kommt noch was.«

»Woher willst du das wissen?«

»Lupe, das spüre ich. Glaub mir. Da gärt was.«

»Aha. Deswegen hast du das Bild von Su auf dem Tisch liegen lassen.«

»Genau deswegen«, sagt Otto. »Ich habe es seinem Blick angesehen. Der ist noch nicht zur Ruhe gekommen. Kein Stück.«

Die Klimaanlage pustet eine kühle Brise auf unsere Gesichter.

»Ich bin gespannt, ob du recht hast. Wollen wir wetten?«, frage ich.

»Ich wette nie«, sagt Otto und fährt los.

KAPITEL 24

»Hast du Kinder?«, frage ich Otto, als wir auf der Autobahn sind. Sie sieht wie eine staubtrockene Asphaltzunge aus, die sich durch die verdorrte Sommerlandschaft schiebt. Die Autos fahren gedämpft wie betrunkene Fliegen. Als wollten sie bei der Hitze vor allem eins: Hektik vermeiden. Diese täglichen Backofentemperaturen sind lähmend. Otto lässt die Frage einen Moment zwischen uns stehen, und ich überlege schon, ob sie wohl zu persönlich war. Aber andererseits hat er sich auch frech zu mir und Raffa ins Auto gesetzt, also bitte.

»Eine Tochter«, antwortet er. »Sie lebt in Spanien.«

Stolz klingt das nicht, wie er es sagt.

»Ach, cool, wo genau?« Ich ahne etwas, will aber erst mal positiv wirken.

»Ich weiß es nicht. Zuletzt war sie in Barcelona. Wir haben keinen Kontakt, schon seit Längerem nicht mehr.« Er schaut stur geradeaus.

Na, da habe ich ja mal wieder voll ins Schwarze getroffen. Ich nuckle an meiner Wasserflasche und überlege, was ich darauf antworten könnte. Etwas, das gut passt und mich nicht als sozialen Vollhonk outet.

»Schade«, sage ich schließlich.

Otto nickt knapp. »Ja.« Er schaut weiter nach vorn auf die Autobahn und schweigt.

»Kennst du die Bilder von Goya?«, frage ich.

»Was?«

»Der spanische Maler. Sie hängen in Madrid. Ach, egal.«

Ich frage nicht weiter nach. Wenn er über seine Tochter reden will, dann soll er. Aber ich werde nicht nachhaken und ihn mit Fragen nerven.

»Kannst du mir was zu Petra Meier sagen, das nicht in den Akten steht?«, frage ich schließlich.

»Nein, da gibt's nichts«, antwortet er und stiert weiter geradeaus. Wir fahren ohne ein weiteres Wort zur nächsten Adresse, nach Merkenich, und besuchen dort Hardys jüngere Schwester, Petra Meier. Sie ist Krankenschwester und bat darum, dass wir erst am Nachmittag kommen, kurz bevor sie zum Dienst ins Krankenhaus muss.

Otto parkt den Wagen direkt vor dem Gebäude. Petra Meier wohnt in einem Mehrfamilienhaus, einem typischen öden Sechzigerjahre-Bau aus farbigen Klinkern. Wir müssen in den dritten Stock. Im

Treppenhaus riecht es nach Chlorreiniger, und auf ihrer Fußmatte steht: TRITT EIN, BRING GLÜCK HEREIN!

Petra Meier ist nicht sonderlich groß, einen Kopf kleiner als ich. Ihr Körper ist kurvig, aber nicht dick, und sie strahlt diese mütterliche Wärme aus, die für Kranke eine Wohltat ist. Der üppige Busen tut ein Übriges. Sie hat dunkelblonde Locken mit Highlights darin, ihre Unterarme sind gebräunt, vermutlich von Gartenarbeit oder langen Fahrradfahrten. Ihre Wangen leuchten, was bei der Hitze aber kein Wunder ist. Ich schätze, dass sie selbst im Winter diese Apfelbäckchen hat. Sie trägt eine blaue Leinenhose und ein lockeres hellgrünes Top und lächelt, als sie uns beide sieht.

»Frau Meier? Otto Hagedorn und Lupe Svensson vom LKA. Guten Tag.«

»Kommen Sie rein.« Petra wedelt uns herein, drückt dabei die Tür noch weiter auf und stellt sich daneben.

Wir gehen durch den Flur.

»Bitte nach links ins Wohnzimmer.« Ihre Stimme ist hell und einladend.

Das Wohnzimmer hat einen Zugang zum Balkon, die Balkontür steht offen. Ein gelber Sonnenschirm ist aufgespannt und verdeckt die Sicht auf den Garten hinter dem Haus. Ich sehe Pflanzenkästen mit Tomaten und Kräuterstauden darin.

»Nehmen Sie doch bitte Platz. Ich würde das Gespräch lieber hier führen als auf dem Balkon. Die Nachbarn, Sie verstehen?«

»Klaro«, sage ich. Otto sieht Petra freundlich an.

»Ich habe Eistee gemacht, einen Moment bitte.« Petra verschwindet mit wiegenden Schritten in der Küche.

Otto schaut ihr hinterher.

Das Wohnzimmer ist ein Graus. Es verströmt Wärme. Viel Wärme. Ich würde lieber in einem betonierten, sterilen Kellerraum sitzen als hier. Die Möbel sind aus warmem Kiefernholz, die Wand ist in Rostrot gestrichen, der Teppich hochflorig und flauschig. Auf dem Sofa, in dem Otto und ich fast versinken, sind Dutzende bunter Kissen nebeneinander drapiert. Aus Filz oder aus Plüsch. Meine verschwitzten Unterarme berühren ein Filzkissen, und ich zucke kurz zusammen. Ich möchte augenblicklich eiskalt duschen.

Ich sehe Otto an, der sich interessiert im Wohnzimmer umsieht. Besonders die Bilder an der Wand scheinen ihm zu gefallen.

»Rosina Wachtmeister«, sagt er und deutet auf eine große gerahmte Zeichnung, die an manchen Stellen mit Goldpapier beklebt ist. »Kenne ich. Hatte ich früher auch.« Er lächelt.

»Ehrlich? Ich find's scheußlich«, flüstere ich.

Petra kommt zurück, ein Tablett vor sich balancierend. Sie serviert uns ihren selbst gemachten Eistee, den sie in hohe, mit Eiswürfeln gefüllte Gläser gießt.

Ich nehme den ersten Schluck. Pfirsich. Pappsüß. Ich werde warten, bis die Eiswürfel die Plörre verdünnt haben.

Otto macht ein »*Mmmh*«, gefolgt von einem »Sehr gut«.

Spinnt der? »Ja, danke«, sage ich, und Petra blinzelt mir zu.

»Viel trinken ist wichtig«, erklärt sie. »Gerade bei dem Wetter fallen uns die Alten der Reihe nach um. Die trinken viel zu wenig und ziehen sich zu warm an.«

Sie nimmt die Karaffe und gießt Otto nach. »Denken Sie daran, gerade im Alter. Viel trinken!«

Ich lache kurz auf. Otto macht ein empörtes Gesicht, aber als Petra ihn milde anlächelt, wird er schlagartig wieder freundlich. Petra setzt sich uns gegenüber in den Sessel, jedoch nur auf die vordere Kante, als wollte sie gleich wieder aufspringen, und sieht uns aufmerksam an. Otto erklärt, warum wir da sind, Fund des Leichnams und so weiter, und ich ziehe das Foto von Su aus dem Ordner, aber ich zeige es ihr nicht gleich.

»Wie alt waren Sie damals, als Ihr Bruder starb?«, frage ich.

Sie sieht mich genau an, bevor sie antwortet.

»Ich war sechsundzwanzig. Hardy war fünf Jahre älter.«

»Standen Sie sich nahe?«

Petra betrachtet ihre Hände. Sieht auf. »Geht so«, sagt sie. »Wir kamen miteinander klar.«

»Wie war denn Ihr Bruder so?«, frage ich. »Was war er für ein Typ?«

Petras Blick richtet sich nach innen. »Ach, mein Bruder war ein wilder Kerl, ein richtiger Haudegen. Der hatte immer was am Laufen. Dem sind die Weiber in Scharen hinterhergerannt. Und nicht nur die Weiber.« Sie lacht über ihre Andeutung, ist aber gleich wieder ernst, als sie bemerkt, dass wir nicht mitlachen. »Der hatte so eine Körperlichkeit. Die Art, wie er sich bewegte, wie er auf Menschen zuging und sprach. Fordernd, aber zugleich aufmerksam. Ich glaube, das mochten viele an ihm.«

»Kennen Sie die Frau auf dem Foto?«, fragt Otto, und ich reiche ihr den Ausdruck.

»Dann schauen wir uns das mal an«, sagt Petra, nimmt den Ausdruck und betrachtet ihn aufmerksam. Ihre Augen weiten sich. Sie neigt den Kopf zur Seite. Dann setzt sie sich kerzengerade hin.

»Das ist die Tote?«, fragt sie mit Erstaunen.

»Ja«, sage ich. »So in etwa könnte sie ausgesehen haben. Kennen Sie die Frau? Oder kommt sie Ihnen bekannt vor?«

Nach ein paar Sekunden lässt Petra das Foto sinken und reicht es mir.

»Ich weiß nicht, wer das sein könnte.«

Mit einer Hand nehme ich ihr das Blatt ab. »Sie heißt Ursula. Ursula Wechter«, sage ich und beobachte genau Petras Reaktion. »Genannt Su.«

Petra sieht mich milde an. Es ist der gleiche Gesichtsausdruck, mit dem sie Otto vorhin bedacht hat. Es ist ihr professionelles Gesicht, ihr Schutzgesicht. Sie hat Angst, das kann ich spüren.

»Haben Sie den Namen schon einmal gehört?«

»Lassen Sie mich überlegen«, sagt sie, nimmt ihr Glas und nippt am Eistee. Sie schluckt hörbar.

»Nein, tut mir leid, ich kenne den Namen nicht.« Sie lächelt wieder und zuckt mit den Schultern.

Petra gibt mir den Ausdruck zurück. Ich beobachte ihr Gesicht.

»Wir besorgen noch ein offizielles Foto von der Frau«, erklärt Otto. »Das würden wir Ihnen dann auch noch vorlegen.«

»Wie Sie meinen«, sagt Petra und lächelt ihn an.

»Haben Sie Kinder?«, frage ich. »Ich habe vorhin im Flur Fotos gesehen.«

Petra strahlt. »Ja, einen Sohn. Oskar. Er studiert Germanistik in Mainz.«

»Haben Sie ein gutes Verhältnis zu ihm?«

Petra nickt. »Ja, klar«, sagt sie. »Mein geschiedener Mann, der Vater von Oskar, wohnt in der Nähe, daher sehen sie sich häufiger als wir beide.«

Soso, du kannst deinen Ex-Mann also nicht leiden und bist eifersüchtig.

»Aber unser Verhältnis ist sehr gut. Er liebt seine Mami«, sagt Petra und grinst breit.

»Noch etwas Eistee für Sie, Herr Hagedorn?«

»Nein danke, das ist sehr nett.«

»Eine Frage hätte ich noch«, sage ich. »Was haben Sie damals gemacht, als Ihr Bruder starb, ich meine, wo haben Sie gelebt?«

Petra sieht Otto erstaunt an. »Wie meint sie das? Das klingt, als sei es gestern gewesen.«

Otto legt seine Hand kurz auf meinen Unterarm.

»Meine Kollegin ist neu zu diesem Fall hinzugekommen. Und wir haben noch nicht alle Akten durch, daher stellt sie diese Frage.«

»Ach so. Also, ich habe damals bereits hier in Leverkusen gelebt, eine Straße weiter. Und schon im Krankenhaus gearbeitet, aber in Teilzeit wegen Oskar. Der war ja noch ganz klein.«

»Können Sie sich an Freunde Ihres Bruders von damals erinnern? Freundinnen? Irgendwelche Namen?«

Petra zieht ihre Unterlippe ein. »Ach, das ist alles so lange her. Wir haben damals auch nur sporadisch Kontakt gehabt. Ich glaube, mein Bruder fand mich immer spießig. Verheiratet, ein Kind. Wohnung. VW Käfer. Das war nicht seine Welt.«

»Können Sie sich an Namen erinnern?«

Petra schüttelt den Kopf. »Leider nein.«

Sie richtet den Blick auf Otto. Strahlt ihn an.

»Aber ich kann ja noch mal nachdenken, vielleicht fällt mir noch was ein.«

»Gute Idee«, sagt Otto, grinst und legt seine Visitenkarte auf den Tisch. »Rufen Sie mich jederzeit an, wenn Ihnen etwas einfällt. Wir wollen immer noch den Mörder Ihres Bruders finden. Daran besteht kein Zweifel.«

Dienstag, 4. Februar 1975

Er stand im Schutz der Dunkelheit, was bei den Lichtverhältnissen in der Diskothek nicht schwer war. Er hatte sich eine Ecke ausgesucht, in die so gut wie kein Licht fiel. Zudem trug er Schwarz, was ihn noch weniger sichtbar machte.

Bereits seit einer Dreiviertelstunde wartete er. Hielt eine Bierflasche in der Hand und starrte auf die Tanzfläche. Sie kam oft hierher, das wusste er. Wenn ihre Schicht im *Oxygen* vorbei war, ging sie in die *Disco Dorée*, in die »goldene« Disco. Das DD. Abtanzen.

Er hatte wieder von ihr geträumt.

In seinen Träumen schlang sie ihre Arme um ihn und flüsterte ihm ins Ohr, dass sie ihn immer lieben würde. Immer. Dann beugte sie sich mit ihren goldenen Haaren über ihn und küsste ihn vorsichtig auf die Nase. Er reckte ihr das Kinn entgegen, aber er bekam keinen Kuss von ihr. Streckte die Hände nach ihr aus, aber sie lachte nur und war mit einem Mal nicht mehr greifbar und löste sich auf. Und jedes Mal spürte er nach dem Aufwachen diesen Sog in sich, der an seinem Innersten zerrte und ihn zum Wanken brachte.

Er war, wie so häufig, nach nur drei Stunden Schlaf aufgewacht. Die Uhr auf seinem Nachttisch zeigte 3:30 Uhr. Also zog er sich an und ging aus dem Haus, hinaus in die kalte Winterluft, wo er ein Taxi anhielt und sich zum *DD* bringen ließ.

Sein Warten wurde belohnt. Sie kam um 4:31 Uhr die schmalen, in einem Goldton gestrichenen Stufen heruntergestöckelt. Als er sie sah, setzte sein Herz einen Moment aus. Er musste sich zwingen, nicht auf sie loszustürmen, sondern ruhig ein- und auszuatmen und seinen Puls zu kontrollieren. Das hatte er gelernt.

Su trug ihre Fuchspelzjacke, darunter einen pinkfarbenen Jumpsuit. Ihre blonden Haare leuchteten im flackernden Discolicht. Sie stolzierte an die Bar, beugte sich über den Tresen und küsste den Barmann links und rechts auf die Wange. Bekam von ihm eine Rum-Cola serviert, die sie, so bemerkte er, nicht bezahlen musste.

Gierig sog sie an dem Strohhalm, mit hohlen Wangen, und trank das Glas in wenigen Zügen leer. Ein neues Lied begann. Disco. Funk. Schwarze Frauen. Gestöhne. *Lady Marmalade*. Nicht sein Geschmack. Bereits als die ersten Töne erklangen, stellte Su ihr Glas weg. Ein Zucken ging durch ihr linkes Bein, und sie betrat in ihrer Pelzjacke die volle Tanzfläche. Sofort gingen zwei Frauen zur Seite und machten ihr Platz. Su warf ihren Kopf nach links und rechts. Ihre Bewegungen hatten etwas Katzenhaftes, weich und fließend, die Musik strömte durch ihren Körper hindurch. Sie ließ ihre Hüften zuerst kreisen, und dann, im Rhythmus der Musik, schleuderte Su sie vor und zurück. Steigerte die Intensität ihrer Bewegungen, als kopulierte sie mit einem unsichtbaren Mann.

Ottos Mund war staubtrocken. Er setzte die Bierflasche an seine Lippen, aber nur ein winziger Rest sickerte in seinen Mund. Er wandte sich zur Seite und stellte die leere Flasche an einem der schmalen Vorsprünge an der Wand ab.

Als er wieder zur Tanzfläche sah, war Su verschwunden.

Ein Ruck durchfuhr ihn. Seine Augen suchten in professioneller Manier die Köpfe und Gesichter der Menschen in der Disco ab. Links, rechts. Nichts. Er ging zu dem Barmann, der ihr den Drink ausgeschenkt hatte, und fragte ihn, wo Su sei.

Der sah ihn verständnislos an. »Ich kenne keine Su«, brüllte er ihm ins Ohr und bediente weiter die Gäste. Otto stürmte die Treppe hinauf, riss die Damenklotür auf und stapfte hinein. Gekreische.

»Ruhe bewahren, Polizeikontrolle«, sagte er zu den Discogirls, die vor dem Spiegel standen und sich nachschminkten. Er kniete nieder und sah unter den Klotüren nach, ob er den pinkfarbenen Jumpsuit sehen konnte. Noch mehr Kreischen.

Fehlanzeige.

Er stürmte aus der Toilette und ging im Stechschritt an den Türstehern vorbei, die ihn bereits argwöhnisch musterten.

Dann stand er auf der Straße.

Der Asphalt glänzte feucht im Licht der Straßenlaternen. Sein Blick sondierte die Nachtgestalten, die vor der Disco standen. Sie rauchten. Quatschten. Lachten.

Aber Su war verschwunden.

KAPITEL 25

»Was war *das* denn?«, frage ich, als wir wieder im Auto sitzen und zurück nach Düsseldorf ins LKA fahren.

»Was denn?«

»Na, Petra Meier. Wie die auf dich reagiert hat.«

Otto grinst. »Nun, ich habe eben einen Schlag bei jüngeren Frauen«, verkündet er.

»Sie war nervös«, sage ich.

»Ach, Lupe, das sind die meisten Menschen, bei denen die Polizei zu Gast ist. Da werden sie alle seltsam. Übrigens: Du hast dein Glas nicht ausgetrunken, das war unhöflich«, fügt Otto hinzu. »Und du musst viel trinken«, mahnt er mich und hebt mit belustigter Miene einen Zeigefinger. Wir lachen beide.

»Sie hat dir gefallen«, sage ich und wende mich ihm zu. »Stimmt's?«

Otto pfeift vor sich hin. »Und wenn schon?« Er zuckt mit den Achseln. »Darf ein alter Mann keinen Spaß mehr haben?«

Ich flüstere angewidert: »Rosina Wachtmeister, Eistee, Kiefernholz.«

»Du musst lauter sprechen«, sagt Otto. »Das weißt du doch«, und deutet auf sein Ohr.

»Alles gut. Ich habe nur vor mich hin gebrabbelt.«

»Ach so.«

»Hast du Petra damals besucht und befragt? 1975?«

»Nein, das war ein Kollege, der ihr damals die Nachricht überbrachte, dass wir ihren Bruder tot aufgefunden haben. Sie ist zusammengebrochen, und wir mussten einen Arzt rufen.«

Den Altakten ist zu entnehmen, dass Petra schon damals nichts Erhellendes über ihren Bruder zu berichten hatte. Sie kannte keine Namen von Freunden oder Verflossenen.

Eigentlich wusste sie gar nichts über ihren Bruder.

»Schon wieder Stau, ich hasse diese Strecke«, schimpft Otto und deutet auf die Kolonne von Autos vor uns, die bewegungslos dasteht, eine Karre hinter der anderen.

»Es ist immer der gleiche Dreck.«

»Glaubst du, dass wir damit weiterkommen?«, frage ich.

»Was meinst du?«

»Na mit der Befragung der noch lebenden Angehörigen. Bringt das was?«

»Die Taten sind lange her. Aber es gibt Fälle, da erinnert sich jemand plötzlich. An einen Moment, einen Anlass. Eine Szene. Und das bringt dann den Stein ins Rollen. Wart's ab.«

Ich weiß. Die Steine auf dem Grund unserer Erinnerung.

Zurück in Düsseldorf, gibt uns Sina ein offizielles Passfoto von Su Wechter, das sie unter Hochdruck besorgt hat. Es ist das Foto aus ihrem Führerschein: schwarz-weiß und von einem Passbildautomaten. Im Hintergrund ist ein Vorhang zu sehen, der in Falten liegt wie ein geschlossener Theatervorhang. Sus Gesicht ist voll ausgeleuchtet. Sie hat auf dem Foto alles Kindliche abgelegt und ist bereits eine junge Erwachsene. Ihr Gesicht wirkt frisch, mit hohen Wangenknochen und vollen Lippen. Auch irgendwie trotzig. Fast sieht sie aus, als wollte sie jeden Moment etwas sagen. Sich beschweren. Darüber, dass sie dieses blöde Foto machen muss. Ich sehe es ihr an. Ihre Augen blicken wachsam und kritisch in die Kamera. Das Kinn hat sie leicht hochgereckt.

Sie wirkt energisch auf mich. Kämpferisch.

Wer warst du, Su Wechter?

Und wie bist du zum Opfer geworden?

Wer hat dich getötet?

Ich drucke das Foto in einem größeren Format mehrmals aus. Eines klebe ich mir mit Tesa an den unteren Rand meines Monitors.

Damit ich Su immer im Blick habe.

KAPITEL 26

Zu Ursula Wechter gibt es in den Datenbanken des LKA, des Einwohnermeldeamts und in den sonstigen Quellen ein paar Angaben. Es sind Fakten, die einen Menschen natürlich nur oberflächlich beschreiben. Wie ein Haus, das von außen vermessen ist. Das Innere bleibt unbekannt. Sina hat alles ordentlich zusammengetragen. Sie ist die Suchmaschinenqueen des LKA und findet, wenn es sein muss, wirklich alles in den Tiefen der digitalen Katakomben.

Su Wechters Mutter starb im Herbst 1974, da war Su gerade einundzwanzig geworden. Heidemarie Wechter, geborene Knappstedt, war fünfundfünfzig, als sie starb. Sie wurde am 11. September 1974 auf dem Melaten-Friedhof im Familiengrab beigesetzt. Das Grab ist mittlerweile eingeebnet worden und existiert nicht mehr.

Sus Vater, Ernst Wechter, Jahrgang 1904, war Apotheker, zehn Jahre älter als die Mutter und bereits sieben Jahre vor ihr gestorben, 1967.

Su hat das Gymnasium in Köln-Zollstock besucht und ist dort 1971 mit dem Abitur abgegangen. Im selben Jahr hat sie ein Studium der Soziologie an der Universität Köln begonnen, aber keine einzige Prüfung abgelegt. 1978 wurde sie zwangsexmatrikuliert. Ich vermute mal, sie hat die Uni nicht oft von innen gesehen.

Su ist nicht vorbestraft und wurde auch sonst nicht aktenkundig: keine Heirat, keine eigene Wohnung. Kein eigenes Auto angemeldet. Nur der Führerscheinerwerb mit achtzehn Jahren ist dokumentiert.

Als Meldeadresse wird der Kartäuserwall 24 im Pantaleonsviertel in Köln genannt. Dort hat sie mit ihren Eltern und ihrem Bruder gelebt: Bernhard. Er ist drei Jahre jünger als Su, wohnt immer noch in Köln und ist heute siebenundvierzig Jahre alt, leicht debil und arbeitet in der Behindertenwerkstatt einer Luftballonfabrik in Köln.

Das Interessanteste aber ist: Es existiert keine Vermisstenanzeige. Su wurde nie von irgendjemandem als vermisst gemeldet, auch nicht von ihrem Bruder Bernhard. Fragt sich nur, warum? Was wird er sagen, wenn er erfährt, dass wir seine Schwester gefunden haben? Dass sie tot ist.

Hat er sie nicht vermisst?

Wenn ich eine Schwester hätte, würde ich sie vermissen, verdammt noch mal. Ich würde Himmel und Hölle in Bewegung setzen, um sie zu finden. Ich habe keine Geschwister, wollte aber immer welche haben. Ich wollte jemanden, mit dem ich zusammen sein konnte. Mir ging es nicht um Spielkameraden; die gab es genügend. Meine Eltern achteten penibel darauf, dass ich regelmäßig Sozialkontakte hatte. Trotzdem war ich am glücklichsten, wenn ich alleine in meinem Kinderzimmer auf dem Boden saß und spielen durfte. Einen Bruder oder eine Schwester hatte ich mir dennoch gewünscht, am liebsten einen älteren Bruder: mutig, toll, in vielen Dingen besser als ich, einen Bruder, der seine kleine Schwester beschützt und für sie rauft und kämpft.

Doch den gab es nie. Also musste ich diese Rolle selbst übernehmen. In mir wuchs ein Bruder heran, ein imaginierter Bruder, den ich nicht hatte. Wenn mir in der Schule einer krumm kam, hat der

Bruder in mir ihn verhauen. Meine Eltern waren geschockt, aber ich habe immer gern die Jungs beobachtet, ihre Verhaltensweisen nachgeahmt und den Bruder in mir gehegt. Er wurde mein Begleiter und mein Beschützer. Die Mädchen habe ich nicht beachtet, die waren mir schnurzpiepegal.

Meine Eltern haben sich in meiner Kindheit sehr auf mich konzentriert. Das war streckenweise echt anstrengend, und ich habe erst später verstanden, welche Arbeit sie mit mir hatten und was das für sie bedeutete. Ich denke, an mir konnten sie sich richtig abarbeiten, denn schließlich gab es einiges aufzuholen. Weil ich lange nicht sprechen wollte oder konnte, das heißt nur in Tierlauten, die ich heute noch kann, haben meine Eltern viel mit mir gesungen; vor allem mein Vater. Da er aus Karlstad, einer Kleinstadt in Schweden, stammt, hat er mir viele schwedische Kinderlieder vorgesungen, und ich habe ihm dabei aufmerksam zugehört. Seine Stimme war sonor und tief, weit wie ein See und dunkel wie ein Wald. Ich mochte diese schwedischen Laute sehr, dieses leichte Knarren in der Stimme und die Tonhöhen, die rauf- und runtergehen, auch beim Sprechen. Erst über das Singen habe ich zu sprechen begonnen. Vorher war ich stumm wie ein Fisch. Doch erst als sie mir beide vorgesungen haben, ist dann in meinem Kopf etwas passiert. Seltsam, aber so war's.

Su hat ihren Vater früh verloren, was ich schrecklich finde. Sie hat einen frühen Verlust erlebt. Wenn sie ein gutes Verhältnis zu ihm hatte, war der Schmerz tief und raumgreifend. Und manchmal hinterlässt er dann eine Leere, die sich nicht mehr füllen lässt. Ich für meinen Teil hänge sehr an meinem Vater. Und da ich Verlustangst habe, baue ich im Allgemeinen möglichst keine engen Bindungen auf. Das ist mein Schutzverhalten. Ich weiß das, und ich bemühe mich, eine kleine Auswahl erlesener Menschen in mein Innerstes zu lassen. Aber leicht ist das nicht für mich. War es nie und wird es nie sein. Raffa ist einer dieser Menschen, und ich habe keine Ahnung, wie das ausgeht und ob es eine gute Entscheidung war, ihn so nah an mich heranzulassen.

Zu meiner Mutter ist die Bindung schwächer. Sicher, meine Mutter ist meine Mutter. Sie hat alles Menschenmögliche getan, um mir als Kind das Gefühl zu geben, dass ich eine Mutter habe. Ich habe Wärme, Nähe und Geborgenheit von ihr erfahren. Sicherheit. Liebe. Aber ich muss gestehen: Ich bin letztlich meinem Vater näher. Wir liegen mehr auf einer Wellenlänge, fühlen uns verbundener, und unsere Gefühle gehen tiefer als bei mir und meiner Mutter. Meine Kindheit war von außen betrachtet nicht schlechter als die von anderen Kindern auch. Ganz im Gegenteil, es gab Schulkameraden, die es schlimmer getroffen hatten. Und trotzdem saß ich gern bei denen mit am Tisch, wenn sie sich manchmal mit stummen Blicken dafür entschuldigten, dass ihre Eltern sich vor aller Augen stritten, dass die Geschwister die totalen Rüpel waren oder dass bei einem Wutanfall die Schale mit dem Kartoffelpüree an der Wand zerschellte. Mir machte das nichts aus. Ich saß zwischen diesen Menschen, und es gab mir das Gefühl, lebendig zu sein.

Egal, was wir erlebt haben: Letztlich sind die Erfahrungen, die guten wie die schlechten, in uns allen. Wir tragen sie permanent mit uns herum, und sie tröpfeln unwillkürlich das ganze Leben lang in unserem Inneren herab. Sie sind der Schlüssel zum Verständnis dessen, was wir heute sind, was wir richtig oder falsch machen.

Wenn ich nun das Foto von Su betrachte, frage ich mich, was für ein Mensch sie gewesen ist. Was hat sie gedacht? Was war ihr wichtig? Wurde sie geliebt? In welchen Farben hat sie sich ihre Zukunft ausgemalt?

Und wie sehen wohl die besagten Tropfen aus, die in ihr herabgefallen sind?

An jedem Tag und zu jeder Stunde ihres jungen Lebens.

Dienstag, 4. Februar 1975

Su öffnete die Wohnungstür. Er stand mit tief in die Stirn gezogener Kappe vor ihr, ging stumm an ihr vorbei und wartete darauf, dass sie die Tür hinter ihm schloss. Su sah einmal durch den Spion ins Treppenhaus, aber so früh am Morgen lungerte niemand dort herum.

»Die Luft ist rein«, sagte Su leise.

»Hallo, Katze«, sagte er, umfasste ihre Taille und zog sie zu sich heran. Sie zog ihm die Kappe runter. Seine dunklen Haare quollen hervor. Er küsste sie auf den Mund.

»Der Bart ist ganz schön gewachsen«, sagte sie erstaunt und fuhr ihm mit den Fingerspitzen durch den dichten, dunklen Vollbart. »Sieht gut aus.«

»Baby, ich hab es auf die Fahndungsplakate der Scheißbullen geschafft. Die wissen jetzt, dass ich ein Bombenbauer bin.« Er sah sich um. »Sind wir allein?«

»Mein Bruder ist in seinem Zimmer.«

Er ließ sie mit einem erstaunten Gesichtsausdruck los und trat einen kleinen Schritt zurück. »Du hast gesagt ...«

Su legte ihre Fingerspitzen auf seine Lippen und drückte sich an ihn. »Er schläft«, flüsterte sie und grinste ihn frech an. »Ich hab ihm was in die Milch getan.«

»Du raffiniertes Biest«, sagte er, küsste sie abermals, und während er mit seiner Zunge in ihren Mund eindrang, schlüpfte er aus seinen Stiefeln. Ohne von ihm abzulassen, zog Su ihn in ihr Schlafzimmer.

Danach kochte Su in der Küche Kaffee. Er setzte sich, nur mit seiner Unterhose bekleidet, breitbeinig auf den Hocker am Küchentisch und sah ihr zu.

»Und, bumst du mit anderen Kerlen, wenn ich nicht da bin?«

»Spinnst du? Nee«, sagte Su, stellte eine Pfanne auf den Herd und nahm Butter aus dem Kühlschrank.

Su zog die Glaskanne aus der Kaffeemaschine und stellte sich neben ihn. Er tätschelte ihren Hintern, während sie ihm den Kaffee einschenkte.

»Vertrau mir«, flüsterte Su.

Rainer sah sie ernst an: »Andreas sagt: ›Reden ohne Handeln ist Unrecht.‹«

Su setzte sich auf seinen Schoß und legte den Arm um ihn. »Da hat er verdammt noch mal recht. Und weißt du was? Deine Katze hat was vor. So ein Bonze lagert Gold und Bargeld in seinem Haus in Marienburg. Will er alles ins Ausland schaffen, in die Schweiz.«

»Woher weißt du das?«

»Ich habe ein Gespräch an der Bar belauscht, als er mit einem Freund dort war.«

»Wer ist der Typ?«

»Brinkmann. Hoher Richter hier in Köln.«

Rainer schlug auf den Tisch. »Faschistenbrut. Und wieder ein Richter, wie der Drenkmann in Berlin. Den haben wir dafür büßen lassen, dass sie Holger verhungern ließen.«

»Die haben Holger kein Stück geholfen«, sagte Su wütend. »Hast du die Fotos von ihm gesehen? Er sah aus wie ein Skelett. Die eingefallenen Augen. Mit seinem Vollbart hatte er etwas von einem russischer Dichter. Dostojewski oder so.«

Rainer trank hektisch seinen Kaffee. Eine Ader an seinem Hals schwoll an. »Jedes Justiz- und Bullenschwein muss klipp und klar verstehen, dass jeder von ihnen zur

Verantwortung gezogen werden kann. Jederzeit. Den Schweinen wird nie vergeben. Niemals. Deswegen: Saug ihn aus. Wir brauchen Kohle für Stockholm. Ich will die beste Bombe der Welt bauen. Wir können uns nur im Kampf befreien.«

»Ich zieh das durch. Du bekommst die Kohle, aber ich brauche eine Waffe«, sagte Su, stellte sich an den Herd und schlug vier Eier in die Pfanne.

»Wann soll das stattfinden?«

»In drei Wochen.«

»Also an Ostern?« Rainer hustete.

»Du solltest nicht so viel rauchen, Baby«, sagte Su und sah ihn besorgt an.

»Ach, mir doch egal. Scheiß Winter.« Rainer hustete noch einmal.

Su steckte zwei Toastscheiben in den Toaster. »Ja, Gründonnerstag soll die Sache steigen. Er will über Ostern in die Schweiz fahren.«

»Du bekommst die Waffe. Ich besorge sie dir gleich. Heute Nachmittag gehen wir üben. Kannst du schießen?«

Su stemmte eine Hand in die Hüfte. »Auf dem Jahrmarkt hab ich früher jedes Mal getroffen. Im Nachlass von meinem toten Vater hab ich 'ne Knarre gefunden. So ein scheiß Naziteil aus dem Krieg.«

»Sei froh, dass er tot ist. Die Nazis gehören alle ausgerottet.«

»Na, einer hat sich ja schon selbst ausgerottet.« Su zuckte mit den Achseln. »Der war echt ein Arschloch. Und meine Mutter. Mit ihrem reaktionären Geschwätz. Du hättest sie mal hören sollen, wie super sie das fand, als der Schah von Persien kam. Und dass man in Deutschland aufräumen müsste mit dem Studentengesindel.«

Su stand da, die Hand zur Faust geballt. Ihr Blick war wütend und wachsam zugleich.

Rainer grinste. »So gefällt mir meine Katze. Du bist genau die Richtige, du passt zu uns. Das habe ich sofort gewusst. Jetzt lass uns frühstücken.«

Am Nachmittag fuhren sie zum Wald am Stadtrand und gingen ein ganzes Stück hinein, damit sie wirklich ungestört waren. Ihren Bruder Bernhard hatte Su bei der Nachbarin eine Etage tiefer geparkt, die mochte ihn gern leiden und wollte mit ihm einen Kuchen backen.

Rainer stellte leere Fanta- und Coladosen auf einen Baumstumpf, und Su zog ihre Lederhandschuhe aus.

»Hier laden.« Er ließ das Magazin in seine Handfläche gleiten. »Nimm.«

Su nahm das Magazin und füllte es mit den Patronen.

»Hier wieder reinstecken.« Das Magazin rastete mit einem metallischen Klicken ein. »Und hier entsicherst du. Stell dich leicht breitbeinig hin. Streck die Hände aus, aber nicht durchdrücken, wegen des Rückstoßes. Und beide Hände an die Waffe.«

»Ja, ja, schon klar.« Su zog ihre grüne Wollmütze aus, wog die Waffe in ihrer Hand, und sie fühlte sich großartig an. Sie war schwer und kalt. Su zielte auf die Dose. Fixierte sie mit ihrem Blick.

Rainer stand hinter ihr. »Einatmen. Dann erst abdrücken«, sagte er leise.

Su atmete durch die Nase ein und drückte ab. Der Schuss krachte in die Stille des Waldes, ihre Hand schnellte nach oben. Eine Dose sprang vom Baumstamm. Vögel flatterten aufgescheucht in den grauen, wolkigen Winterhimmel davon.

»Noch Fragen?«, sagte Su und grinste ihn an.

Er küsste ihre Wange. »Ich liebe dich, Katze. Du bist ein Naturtalent. In jeder Hinsicht.«

»Ich weiß«, sagte sie, zielte und knallte hintereinander die restlichen drei Dosen vom Baumstumpf. Die Schüsse hallten wie ein Stakkato im Wald wider. Su ließ die Waffe locker am Zeigefinger baumeln.

»Die gebe ich nicht mehr her«, sagte sie und grinste Rainer an.

Auf dem Weg nach Hause hielten sie an einer Tankstelle, und Su kaufte für Bernhard ein Comicheft. Rainer setzte sie mit seinem alten Audi in der Seitenstraße um die Ecke ab. Vergewisserte sich, dass niemand dort auf sie wartete. Ihnen auflauerte. Die Abenddämmerung hatte schon eingesetzt, und die Laternen sprangen an. Warfen ihre Lichtkreise auf den Asphalt.

»Ich zähle auf dich«, sagte Rainer zum Abschied und ließ sie nach einem langen Kuss aussteigen.

Su holte Bernhard bei der Nachbarin ab. Er brachte mehrere Stücke Kuchen auf einem Teller mit. Bis sie oben waren, redete er wie ein Wasserfall und erzählte, wie er mit der Nachbarin gebacken hatte. Sie zogen die Schuhe aus und setzten sich in die Küche. Su machte Bernhard Kakao – diesmal ohne Schlafmittel –, und sie aßen Kuchen, während Bernhard aufgeregt immer weiterplapperte.

Dazwischen stand er ein paarmal auf und umarmte Su.

»Ist gut, Großer, setz dich wieder hin. Ich bin ja da.«

»Ja, du bist da«, wiederholte er. »Und du holst mich immer ab, ja?« Er wackelte nervös mit dem Kopf.

»Trink deinen Kakao. Und wenn du ihn ausgetrunken hast, gibt es eine Überraschung.«

Er nickte heftig, trank gierig und hielt Su die leere Tasse hin.

»Jetzt die Überraschung«, sagte er und klatschte freudig in die Hände. »Liest du mir die Geschichte von dem Mädchen vor?« Er sah sie freudig erregt an. »Bitte.«

Su gähnte. »Jetzt nicht. Ich bin zu müde. Aber ich hab dir was mitgebracht.«

Bernhards Augen wurden größer, und er schlenkerte mit einem Arm hin und her. Das tat er stets, wenn er aufgeregt war.

»Komm mit«, sagte Su, und er folgte ihr mit einem nervösen Kichern in sein Kinderzimmer. »Mach es dir gemütlich«, sagte sie, und er warf sich auf sein Bett, zog die Decke zu sich heran. Klemmte sie zwischen seine Beine. Dann hob er eine Hand, richtete einen Zeigefinger auf und sah sie scharf an.

»Du holst mich immer wieder ab. Ja?«

»Ja, Bernchen, ich hole dich immer wieder ab.«

Su griff nach hinten und zog das Comicheft aus dem Hosenbund. Wo vorhin noch die Waffe gesteckt hatte. Bernhard klatschte aufgeregt in die Hände, riss es ihr aus der Hand und begann zu lesen. Steckte die Nase tief hinein. Mit der anderen umarmte er seinen Stofftiger, den er fest an sich drückte. Su stand auf, und bevor sie die Zimmertür anlehnte, warf sie einen letzten Blick auf ihren kleinen Bruder. Seine Supermannphase war immer noch nicht vorbei.

Sie würde nie vorbei sein.

Bernhard lebte in einer Welt, die ganz anders war als ihre. Eine kleinere und langsamere Welt. In der er ewig ein Kind bleiben würde. Aber er war folgsam. Half im Haushalt, ging zu seiner Schule und tat, was sie ihm auftrug. Seit ihre Mutter tot war, war er noch anhänglicher geworden.

Sie brachte es nicht übers Herz, ihn wegzugeben.

»Dafür liebe ich dich zu sehr«, sagte sie leise und zog die Tür zu, sodass nur ein kleiner Spalt blieb, durch den das Flurlicht hereinschien.

KAPITEL 27

Bernhard Wechter wohnt in einer Sackgasse im Norden von Köln, in einer Gegend, die nicht sonderlich schön ist. Sozial schwaches Milieu nennt man das wohl. Das Haus ist außen auf eine Höhe von drei Metern gekachelt. Es ist 18:00 Uhr, und Otto hat mich im Auto mitgenommen. Unsere letzte Amtshandlung für heute ist also der Besuch bei Bernhard. Wir haben nun die schwere Aufgabe, dem noch lebenden Bruder von Su zu verklickern, dass seine verschollene Schwester tot ist.

Mein Mund ist staubtrocken, und ich habe das Gefühl, als hätte ich Sand zwischen den Zähnen. Als hätte ich den Feldsalat nicht ordentlich gewaschen. Otto will gerade die Klingel betätigen, da fiept mein Handy, und ich nehme es aus der Tasche.

»Moment«, sage ich zu Otto, und er hält inne.

Es ist immer noch tierisch heiß, und Otto zieht seine Hand, die er an die Hausmauer gelegt hat, schnell wieder weg. »Beschissen isoliert«, murmelt er.

Auf dem Display steht: RAFFA. Ich gehe ran.

»Ja?«

»Ich bin es.«

»Ich weiß. Steht ja auf dem Display.«

»Geht es dir gut?«

»Raffa, ich bin gerade beschäftigt. Ist was passiert?«

Stille am anderen Ende. Mich durchzuckt dieses kleine Schreckgefühl, dass ich etwas falsch gemacht habe.

»Du weißt schon, wer anruft, oder?« Seine Stimme geht am Schluss nach oben. Das ist kein gutes Zeichen.

»Ja«, sage ich. »Natürlich.« Ich lache seinen Kommentar weg.

»Hier ist dein Freund. Raffa. Du erinnerst dich, oder?«

Otto sieht mich aufmerksam an. Er legt den Kopf leicht schief, wie Hunde es tun, wenn sie einen Ton in der Stimme wahrnehmen, der sie aufmerksam werden lässt. Ich drehe mich etwas zur Seite weg.

»Otto und ich haben noch einen Termin«, sage ich laut und deutlich ins Handy.

»Verstanden. Ich wollte nur sagen, dass ich meine Freundin heute Abend sehen will. Ruf mich an, wenn du fertig bist. Wir gehen in den Biergarten. Burger essen.«

»Raffa, ich …«

»Keine Widerrede, Superintendent Svensson. *Got ya!*«

Raffa legt auf.

Otto sieht mich gelassen, aber durchaus interessiert an. »Probleme?«

»Nö. Alles im Lack.«

»Na dann«, sagt Otto und drückt auf den Klingelknopf.

Bernhard steht im Türrahmen seiner Wohnung und glotzt uns mit großen Augen an. Seine Haare sind ziemlich kurz geschnitten. Die Knie stehen eng beieinander, und er beugt sich etwas nach vorn. Die schlaksigen Arme gehen wie bei einem Insekt nach hinten und zur Seite, sie bewegen sich wie bei einer Gottesanbeterin.

»Hallo, Herr Wechter, ich bin Otto Hagedorn, und das ist meine Kollegin Lupe Svensson«, sagt Otto. Bernhard sieht Otto fast ängstlich an.

»Unsere Kollegin Sina hat den Termin mit Ihnen verabredet«, ergänze ich.

Er macht eine schnelle, ausladende Wegwischbewegung.

»Weiß ich doch!«, sagt er laut und tippt sich an die Stirn. »Ich bin doch nicht doof.«

»Das Gespräch übernimmst du«, raunt mir Otto zu.

»Nein, das sind Sie nicht«, sage ich beiläufig, denn mir ist klar: Ich muss ganz normal mit ihm umgehen. Keine Sonderbehandlung. Keine übertriebene Freundlichkeit, egal, wie die Nachricht lautet, die wir ihm überbringen müssen. Er geht in die Wohnung, und wir folgen ihm. Ich sehe mich rasch um. Eine kleine, aber gemütlich eingerichtete Zweizimmerwohnung. Viel Ikea, das erkenne ich sofort. Den Flur schmückt ein großes Poster von den *X-Men*.

»Cool. Ich liebe die *X-Men*. Welche ist Ihre Lieblingsfigur?«

Bernhard dreht sich um.

»Was glauben Sie? Raten Sie!« Er lässt einen Arm hin und her schlenkern.

»Mystique«, sage ich und deute auf die Figur mit der niveablauen schuppigen Haut und den stechend gelben Augen.

»Sie ist wunderschön«, meint Bernhard und strahlt.

»Finde ich auch«, sage ich. »Wo setzen wir uns hin?«, frage ich ihn.

Er deutet zur Küche, und wir nehmen alle am Küchentisch Platz, der direkt am Fenster steht. Es ist gekippt, geht auf den im Schatten liegenden Hof hinaus, und ein leichter Luftzug streift mich. Auf dem Fensterbrett steht eine Armee von Figuren aus Überraschungseiern. Bestimmt fünfzig Stück. Happy Hippos und so ein Kram.

»Schön haben Sie es hier. Das ist eine beachtliche Sammlung«, sage ich und deute auf die kleinen Figuren.

Er lächelt mich kurz an, sehr kurz. Es wird dauern, bis er Vertrauen zu mir fasst.

»Jeden Freitag ein Ei«, erklärt er, holt eine kalte Flasche Wasser und Eistee aus dem Kühlschrank und stellt jedem ein Glas hin. Es sind Senfgläser mit Comicfiguren darauf. Ich frage mich, ob Bernhard sich noch von etwas anderem als Ü-Eiern und Senf ernährt. Otto beobachtet alles mit ausdrucksloser Miene. Ich schenke mir Wasser in das Arielle-Glas ein. Otto bekommt das Peter-Pan-Glas und verzieht das Gesicht.

Bernhard sitzt mir gegenüber. Seine Augen irren hin und her. Er ist nervös und taxiert mich. Sein Blick wandert an mir entlang, als würde er mich abscannen.

»Wie lange wohnen Sie schon hier?«, beginne ich.

»Seit einundzwanzig Jahren«, sagt er.

»Ganz alleine?«

»Nein. Mit Mystique«, sagt er und lächelt.

Ich grinse. »Natürlich, mit Mystique. Und darf ich fragen, was Sie arbeiten?«

»Ja, in der Luftballonfabrik.«

Ich strahle ihn an. »Sie produzieren Luftballons? Echt klasse.«

»Ja, ich muss testen, ob sie ein Loch haben«, sagt er. »An einer Maschine.«

Dann macht er das Druckluftgeräusch nach. *Pfffffft. Paffff.*

»Seit wann arbeiten Sie da?«

»Schon immer.«

»Bernhard – darf ich Sie Bernhard nennen?«

Er nickt vorsichtig.

»Bernhard, ich möchte mit Ihnen über etwas sprechen. Es geht um Ihre Schwester.«

Es ist, als hätte plötzlich jemand eine Wand zwischen uns heruntergelassen. Eine gläserne Panzerwand, die alles abschirmt. Hermetisch. Ich kann ihn sehen, aber er ist nicht erreichbar.

»Bernhard?«

Er stiert mich nur an.

Einen Moment glaube ich, er wird gleich ausholen und mir eine pfeffern.

»Es tut mir leid, dass ich Ihnen das sagen muss, aber wir haben eine Tote gefunden. Und wir haben herausgefunden, dass es Ihre Schwester ist.«

Bernhard schüttelt leicht den Kopf, es ist eher ein Zittern als ein Schütteln, ein schneller Takt.

»Torremolinos«, sagt er schließlich. Das Zittern wird stärker. »Su ist in Torremolinos. Sie holt mich ab. Sie holt mich immer ab«, sagt er mit strenger Stimme.

Otto seufzt laut und greift ein. »Herr Wechter, es tut mir leid, aber wir müssen Ihnen mitteilen, dass Ihre Schwester, Ursula Wechter, tot ist. Wir haben Ihren Leichnam im Boden einer stillgelegten Tankstelle gefunden. Im Beton. Sie wurde dort begraben. Unsere Forensiker haben den Leichnam untersucht, und wir müssen leider davon ausgehen, dass sie bereits vor achtundzwanzig Jahren einem Gewaltverbrechen zum Opfer fiel. Es tut mir leid, dass ich keine besseren Nachrichten für Sie habe, aber da Sie der einzige lebende Angehörige sind, müssen wir Sie informieren. Daher muss ich Sie auch fragen: Möchten Sie die Tote sehen?«

Otto spult die Worte herunter. Einfach so. Knallt sie ihm vor den Latz. So ein Idiot. Mein Psychologenhirn denkt nur: Das war zu viel; das kann er nicht verarbeiten. Bernhard atmet durch den leicht geöffneten Mund ein und aus. Ich kann fast hören, wie die wenigen Murmeln durch seinen Kopf rattern und versuchen, die Informationen in den Griff zu kriegen.

»Bernhard, wann haben Sie Ihre Schwester zum letzten Mal gesehen?«, frage ich ihn. »Können Sie sich daran erinnern?«

Er starrt an mir vorbei an die Wand. Dann rollen seine Augen in meine Richtung, und er sieht mich unverwandt an.

»Nein«, sagt er mit einer Stimme, die fest und fremd klingt. Als hätte eine andere Person in ihm die Kontrolle übernommen. »Ir-

gendwann im Juni oder so.« Sein Blick ist starr auf mich gerichtet.
»Su ist in Torremolinos«, sagt Bernhard. »Su hat die Koffer gepackt und ist nach Torremolinos.«

»Was ist Torremolinos? Wofür steht das?«

Otto schaltet sich ein. »Ein Hippieort im Süden von Spanien, an der Küste. War in den Siebzigerjahren bei den Aussteigern beliebt. Wer hier die Schnauze voll hatte, ging nach Torremolinos. Kennst du nicht das Buch *Die Kinder von Torremolinos?*«

»Nein, ehrlich gesagt, nicht.«

Ich wende mich wieder Bernhard zu. »Und Ihre Schwester hat gesagt, dass sie nach Torremolinos geht?«

Bernhards Augen verengen sich zu Schlitzen, er hebt den Kopf, sieht mich dabei unentwegt an und lässt dann den Kopf mit einer einzigen Bewegung nach unten schnellen. Ein einziges, großes Nicken.

»Ja«, sagt er. »Aber Su holt mich irgendwann ab. Das weiß ich.«

Otto raunt mir zu: »Das bringt nichts.« Und dann lauter: »Darf ich mal Ihre Toilette benutzen, bitte?«, fragt er Bernhard.

»Ja, im Flur«, antwortet er.

Otto steht auf und verschwindet. Bernhard neigt sich zu mir herüber.

»Ich mag ihn nicht«, sagt er leise und deutet in Richtung Flur.

»Der ist ganz okay«, sage ich und zwinkere ihm zu.

Bernhard ahmt es nach.

»Meine Schwester ist nach Torremolinos«, wiederholt er.

Ich kaue auf meiner Lippe. Wie kann ich es ihm nur begreiflich machen?

»Bernhard, mag sein, dass sie da hinwollte. Aber sie ist dort nicht angekommen. Hat sie Ihnen Postkarten geschickt? Briefe? Ein Foto vielleicht?«

Bernhard sieht mich aufmerksam an, in seinem Kopf bewegt sich was.

»Nein, keine Postkarte«, sagt er traurig. »Keine Briefe. Nie.«

»Was ist das Letzte, woran Sie sich erinnern bei Ihrer Schwester?«

»›Bernhard kümmert sich um alles‹«, sagt er. »›Auf dich kann ich mich verlassen‹, hat sie gesagt. Su ist meine Schwester. Kann ich sie sehen?«

Ich bin erstaunt, nicke aber. »Ja, natürlich, das können wir organisieren. Es dauert noch ein paar Tage. Ich muss Ihnen allerdings sagen, sie sieht nicht mehr aus wie damals. Das ist kein schöner Anblick.«

»Kein schöner Anblick«, wiederholt er. »Weil sie im Betonboden lag.«

Bernhard ist heller, als ich vermutet habe. Und heller, als er vorgibt zu sein. Er hat genau verstanden, was wir ihm erzählt haben.

»Sind Sie sicher?«

»Kann ich das Foto sehen?«

Ich hole das Foto der Leiche aus der Mappe und lege es auf die Tischplatte. Bernhard nimmt den Ausdruck und sieht ihn sich an. Sein Gesicht zeigt keine Regung. Er legt das Blatt wieder hin.

»Ist das Ihre Schwester? Was meinen Sie?«

Er zuckt mit den Achseln. Da fällt mir ein, dass Sina eine Speichelprobe für Li wollte.

»Ach, übrigens, wir würden gern eine Speichelprobe nehmen und einen DNA-Abgleich machen. Dann hätten wir absolute Gewissheit. Wenn Sie einverstanden sind, natürlich.«

Ich hole den Zylinder aus der Handtasche, schraube ihn auf und stehe auf. »Könnten Sie den Mund kurz öffnen? Ganz weit. Wie beim Zahnarzt.«

Ich schiebe das Wattestäbchen an den Innenseiten seiner Wangen entlang, wie Sina es mir erklärt hat. »Das war's schon, danke.«

Ich höre das Rauschen der Klospülung. Bernhard hört es auch und wendet seine Aufmerksamkeit dem Flur zu.

»Ein letzte Frage noch. Wie hießen die Freunde Ihrer Schwester? Wissen Sie noch einen Namen?«

In Bernhards Gesichtsausdruck schleicht sich ein schelmisches Grinsen.

»Ich verrate der Polizei nichts. Das sind alles Schweine«, sagt er, und es klingt wie auswendig gelernt.

Ich muss lachen. »Nun ja, wir sind nicht alle Schweine.«

»Du nicht«, sagt Bernhard und strahlt mich an.

Ottos Schritte sind im Flur zu hören.

»Komm mich wieder besuchen. Dann erzähl ich dir was«, flüstert Bernhard mir zu. Er will sich mit mir verbünden. Ich schaue ihn an. Er sieht aus wie ein auf skurrile Weise kaum gealtertes, erwachsenes Kind. Glatt rasiert, das Gesicht immer noch jungenhaft, mit dem Blick eines Schuljungen. Nur manchmal schiebt sich für einen kurzen Moment etwas in seinem Inneren zur Seite, und eine andere Facette des Menschen wird sichtbar, eine ältere, reifere Version von ihm, als hätte ich für kurze Zeit Zugang zu einem anderen Ich.

Otto kommt in die Küche. »Wir brauchen noch die Speichelprobe«, sagt er.

»Schon erledigt.«

»Herr Wechter, wer ist Ihre Vertrauensperson? Könnten Sie uns bitte den Namen aufschreiben, dann würden wir die Bestattung des Leichnams Ihrer Schwester besprechen. Sobald er freigegeben ist, meine ich natürlich.«

Bernhard nickt, steht auf und kritzelt etwas auf einen Block, der auf dem Kühlschrank liegt. »Brigitte«, sagt er. »Bitte telefonieren Sie mit Brigitte.«

Er reicht Otto den Zettel. In einer krakeligen Kinderschrift hat er dort den Namen und die Telefonnummer notiert.

»Machen wir, danke.« Otto legt seine Visitenkarte auf den Tisch. »Über diese Nummer können Sie uns erreichen, falls Sie noch Fragen haben oder Ihnen etwas einfällt. Der Name eines Freundes Ihrer Schwester oder sonst etwas. Mein Beileid noch mal. Danke, Sportsfreund.« Er klopft Bernhard väterlich auf die Schulter.

Ich stehe auf und gebe ihm die Hand. Sie ist feucht, und Bernhard zieht sie schnell wieder zurück.

An der Tür zwinkert er mir zum Abschied kurz zu.

KAPITEL 28

»Es gibt kein Foto seiner Schwester in der gesamten Wohnung. Ich bezweifle, dass er aufgrund seiner Behinderung überhaupt fähig ist zu begreifen, was hier passiert ist«, sagt Otto auf dem Weg durchs Treppenhaus nach unten.

»Ja, vermutlich«, pflichte ich ihm bei und hülle mich in Schweigen, denn ich muss nachdenken, ob ich Otto erzählen soll, was mir Bernhard zugeflüstert hat. Dass ich ihn treffen soll. Machen und Schnauze halten?

Auf der Straße fragt Otto: »Wo musst du lang?«

»Nach Ehrenfeld, aber ich nehme die U-Bahn. Danke.«

»Okay«, sagt Otto. »Schönen Feierabend und bis morgen. Zieh dir was Hübsches an.«

Raffa und ich sitzen eine halbe Stunde später im Biergarten am Rathenauplatz und trinken ein Kölsch. Ich erzähle ihm das erste Mal von dem Fall, mein Kopf ist so voll, dass er mir schwirrt. Vorher war Schweigen im Walde. Jetzt sprudelt alles aus mir heraus.

»Bei abgehackten Füßen muss ich an Hühner denken, keine Ahnung, warum«, sagt Raffa und leckt mit der Zunge den Ketchup ab, der aus dem Hamburger trieft.

»An Hühner?«

»Ja, die zerhackt werden und dann in einen Topf kommen.«

»Das ist eklig und bringt mich nicht weiter«, sage ich angewidert und tunke dicke Pommes in Ketchup.

»Wenn die Hühner keine Füße mehr haben, fallen sie um«, erklärt Raffa und beißt in seinen Burger.

Ich stelle mir das bildlich vor. Und mir kommt der Gedanke, dass der Täter aus diesem Grund seinen Opfern die Füße abgehackt hat. Er will nicht, dass sie auf eigenen Beinen stehen. Im übertragenen Sinne. Er wirft sie um. Wie Kegel, die von der Bowlingkugel getroffen werden. Er wirft sie aus ihrem Leben.

»Wieso darfst du mir das jetzt eigentlich erzählen? Ich dachte, das sei alles streng geheim, was du den ganzen Tag so treibst?«

»Morgen ist eine Pressekonferenz, danach steht es ohnehin in der Zeitung. Da kann ich es dir auch jetzt erzählen.«

»Aha. Und wer macht so was? Was denkst du?«

»Jemand, der sehr wütend ist«, antworte ich. »Jemand, der diese Menschen aus dem Weg räumen und zugleich zeigen will: Seht, was ich ihnen genommen habe.«

»Meinst du, der Täter ist stolz auf seine Taten?«

»Womöglich, ja. Er exponiert ihre Füße. Stellt sie der Allgemeinheit aus.«

»Und warum drei Männer und eine Frau? Und warum muss sie leiden und wird nicht erschossen? Wieso das?«

Ich muss zugeben, dass mir das Kopfzerbrechen bereitet.

»Ihre Schuld wiegt schwerer«, sage ich, starre geradeaus und nippe an dem Bier. »Viel schwerer.«

»Gehen wir noch zu dir?«, fragt Raffa und legt seinen Arm um mich.

»Was?«

Raffa sieht mich erstaunt an.

»Sorry, ich bin in Gedanken.«

»Ich möchte mit zu dir kommen«, sagt Raffa und sieht mich intensiv an. Er erwartet etwas von mir. »Woran denkst du?«, fragt er.

»Ich habe gerade daran gedacht, dass ich morgen zur Pressekonferenz muss. Otto hat gesagt: ›Zieh dir was Hübsches an.‹« Ich verziehe meine Mundwinkel nach unten. Aufstylen ist nicht mein Ding.

»Meine Güte«, seufzt Raffa. »Nimm, was du immer anziehst. Jeans. T-Shirt. Sneakers.«

Ich sehe Raffa von der Seite an. »Zu einer Pressekonferenz? Das ist ein offizieller Termin, da kann ich nicht in Jeans aufkreuzen. Mir ist das wichtig, Raffa.«

»Seit wann?«

»Seit jetzt.«

»Okay, und was hat sich verändert?«

Der Gedanke versetzt mir einen Stich. »Weil ich es will«, sage ich schließlich und stehe auf. »Lass uns gehen. Jetzt gleich.«

»Lupe, ich hab noch nicht mal fertig gegessen«, beschwert er sich.

»Entscheide dich, was dir wichtiger ist. Der Burger oder ich.«

Raffa sieht mich erstaunt an. Nimmt wortlos eine Serviette und wickelt den Burger darin ein. Setzt die Bierflasche an und trinkt sie leer. Sein Adamsapfel hüpft auf und nieder. Ich kann nicht mehr nachdenken, alles ist blockiert. Ich spüre dieses Brett vor meinem Kopf und komme nicht weiter.

Aber ich weiß, was hilft.

TAG VIER

KAPITEL 29

Ich stelle mich im Pressesaal direkt neben Otto. Wir stehen neben der Bühne in einer Reihe aufgestellt an der Wand. Sina, Vogelkopf, Otto und ich. Die ersten beiden Sitzreihen sind mit Pressevertretern und Fotografen gefüllt. Die Klimaanlage im Saal des Polizeipräsidiums in Köln läuft auf Hochtouren. Otto hat sich ein hellblaues Hemd angezogen und ein blaues Sakko, das in den Achseln kneift. Mir scheint, er hat es länger nicht getragen.

»Hübscher Rock«, flüstert Otto mir zu, während wir darauf warten, dass es endlich losgeht. Starker Pfefferminzatem.

»Meinst du das ernst?«, frage ich zurück, ohne ihn anzusehen.

»Ja«, flüstert er.

Es fehlen Krawatte und der Pressesprecher der Polizei Köln. Für die beiden ist auf der kleinen Bühne vor einer Rückwand, die das Wappen der Kölner Polizei sehen lässt, ein Tisch mit zwei Stühlen aufgebaut. Es ist kurz vor elf.

Ich beobachte die Pressevertreter. Eine Frau von der Pressestelle stellt zwei kleine grüne Wasserflaschen und Gläser auf den Tisch. Erkan kommt federnden Schritts herein, sieht sich nach links und rechts um. Ein paar Presseleute recken den Hals.

»Den Rock habe ich noch im Schrank gefunden«, sage ich beiläufig zu Otto.

Raffa musste gestern noch eine kleine Modenschau ertragen, ehe wir ins Bett gegangen sind. Schlussendlich habe ich einen dunkelblauen Faltenrock aus fester Baumwolle angezogen, der bis zum Knie reicht. Weiße Turnschuhe ohne Socken und obenrum eine weiße Bluse mit Mao-Kragen und sehr kurzen Ärmeln. Die brave Variante von mir.

»Steht dir.«

»Du meinst, ich sehe nur hübsch aus, weil ich einen Rock anhabe? Ernsthaft?«

Otto lacht ein heiseres Lachen, das in ein Husten übergeht.

»Lupe, das war ein Test. Ich wollte sehen, was du anziehst, wenn ich dir sage, zieh was Hübsches an. Es ist ganz egal, was du anhast bei dieser Pressekonferenz.«

Ich knurre ihn an wie ein Hund, bin für einen Moment sprachlos. Erkan entdeckt mich und steuert direkt auf uns zu. Weißes Hemd. An den Armen hochgekrempelt. Graue Anzughose. Dunkelblaue Krawatte.

»Hey, Schönheit, ich hab dich fast nicht erkannt«, sagt er und strahlt mich an.

»Das sind die Haare«, erkläre ich und deute darauf. Noch mehr Kommentare zu meinem Outfit kann ich nicht verkraften.

»Kann sein.« Er lacht sein lautes Lachen, beugt sich vor und gibt Otto die Hand.

»Wir piksen ins tote Nest, und dann wollen wir doch mal sehen, ob da nicht doch was Lebendiges rauskriecht, was, Otto?«

»So ist es, Erkan«, sagt Otto.

Erkans Körper ist genau vor mir. Seine Brust in Augenhöhe. In dem Moment kann ich ihn riechen. Den schwachen Duft von Waschpulver, Rasierwasser und Seife. Aber das ist nicht alles. Sein eigener Körperduft ist es, den ich plötzlich intensiv wahrnehme. Er riecht nach Holz und grünen, feuchten Blättern, nach Sand am Nachmittag und nach Moschus. Meine Nase schiebt sich unweigerlich nach vorn, und sein Geruch flutet mein Gehirn. Knallt rein, und meine Sinne explodieren für einen Moment wie ein Feuerwerk. Erkan riecht nach Kerl. Und er riecht nach Fortpflanzung. So ein Quatsch, denke ich, während es in meinem Gehirn tost. Vor nicht einmal zwölf Stunden hast du mit deinem Freund gevögelt, bis er nicht mehr konnte. Du magst Raffa. Du willst mit Raffa zusammen sein. Erkan ist nicht dein Typ. Er ist ein Angeber und Wichtigtuer. Der quatscht jede Tante an. Ich sehe Erkans Hände, die andere Hände schütteln, sehe die schwarzen Haare auf seinem gebräunten Handrücken. Wie er den Leuten die Hand gibt. Eine andere Hand kurz umschließt.

Ich schüttele den Kopf und sehe weg. Sehe wieder hin. Erkan begrüßt einen nach dem anderen. Sein Duft wird schwächer, je weiter er sich entfernt. Ich bemerke trotzdem ein juckendes Ziehen in meiner Leistengegend. *Fuck.* Das habe ich jetzt gerade noch gebraucht. Ich widerstehe dem Drang, ihm nachzulaufen und meine Nase in seinem Nacken zu vergraben.

Schluss jetzt.

Krawatte kommt herein, gefolgt von einem Mann im leichten Sommeranzug.

»Der Pressesprecher«, sagt Otto. Und noch ein Polizist im hellblauen Uniformhemd.

»Wer ist das?«

»Der zuständige Leiter, der alle sachdienlichen Hinweise der Bevölkerung auf unseren Aufruf koordiniert. Richard Mertens. Guter Mann«, erklärt Otto.

Die Tür wird geschlossen. Die Presseleute setzen sich hin. Die Fotografen knien nieder. Die drei Herren nehmen Platz, begrüßen die Anwesenden, es folgt ein kurzes Fotogewitter.

Ich schiele zu Erkan. Er steht am Ende der Reihe und sieht zur Bühne. Er wendet den Kopf, und unsere Blicke treffen sich. Sein Blick ist ernst. Kein Lachen. Und kein dämliches Grinsen. Ohne eine Regung. Ohne eine Reaktion. Er sieht wieder weg.

Arsch.

Der Pressesprecher stellt den Fall vor, die Passfotos sämtlicher Opfer erscheinen an der Wand hinter ihm. Fotos der Füße. Der Fundorte. Der Leichnam von Su. Das Passfoto von Su. Ich kenne jedes Foto auswendig. Könnte einen Vortrag über den Fall halten. Arme Su. Wer hat dir das angetan?

»Wer kann sich an etwas erinnern? Wer kannte diese Frau? Wer weiß etwas über sie?«

»Der Zeitpunkt ist gut«, sagt Otto. »Sommerloch. Da freuen sich die Pressefritzen. Da haben sie was, worüber sie schreiben können, und bringen es gleich auf der Titelseite. Gut für uns.«

Nach zwanzig Minuten ist der Spuk vorbei. Die Pressevertreter stellen eifrig ihre Fragen. Ob wir schon eine Spur hätten. Wie der Täter aussehen könnte und solches Blabla. Dann stellt eine Frau im Minirock mit hübschen, gebräunten Beinen, die nach drei Wochen Mallorca aussehen, eine Frage: »Glauben Sie wirklich, dass der Täter noch lebt?« Sie steht da, umklammert ihren Reporterblock.

Krawatte gibt sich kämpferisch. »Ja, das glauben wir«, sagt er laut und deutlich ins Mikrofon. In dem Moment denke ich mir haargenau dasselbe. »Der Mörder springt dort draußen herum. Er lebt. Und er ist immer noch schuldig.«

Und jetzt, mithilfe der Presse, werden wir ihn in seiner dunklen Höhle aufscheuchen und ihn aus seiner Deckung bringen. Und wenn wir ihn wittern, werden wir ihn jagen. Bis wir ihn haben.

TAG FÜNF

KAPITEL 30

Am Freitag sind die Zeitungen aus Köln und Bonn sowie die diversen Onlineportale voll mit dem Fall des Fußmörders. In der Tat freut sich die Presse darüber, dass sie in dem öden, klebrig-heißen Jahrhundertsommer endlich mal über etwas anderes schreiben kann als über den niedrigen Rheinwasserpegel, dehydrierte Omas und Besucherrekorde in den Freibädern. Oder über die Tatsache, dass die Getränkehändler kaum noch Wasser haben, weil die Mineralwasserbetriebe mit der Abfüllung nicht hinterherkommen. Das sind die Probleme der Menschheit im August 2003, in dem es bei uns heißer ist als in vielen südlichen Ländern. Ich habe mit der Hitze einen Pakt geschlossen, mäandere durch die tägliche Glut zu meiner dauer-stickigen Dachgeschosswohnung und ertrage die Temperatur einfach. Ich ziehe leichte Kleidung an, finde Gefallen an Röcken, dusche dreimal am Tag und trinke Unmengen Wasser. Mein Lieblingsessen ist Gazpacho. Literweise. Ich esse nach Sonnenuntergang und stehe gern früh auf, um ein bisschen Morgenkühle zu erwischen. Irgendwann wird dieser gnadenlose Sommer ja mal ein Ende haben.

Otto und ich sitzen mit den anderen im Besprechungsraum, berichten von unseren Befragungen und notieren die Details auf den Boards.

»Gut, danke. Und Sina, guter Job im Vorfeld: sauber und schnell.«

»Klaro«, sagt Sina.

Krawatte setzt sich breitbeinig auf den Rand der Tischkante.

»Egal, was bei dem Presseaufruf rauskommt, wenn der Täter noch lebt, und davon gehe ich aus, dann ist er alarmiert. Er dachte, er kann damit durchkommen, all die Jahre lang. Aber je näher wir uns heranpirschen, desto unruhiger wird er werden, denn er will ja nicht, dass wir ihm auf die Schliche kommen. Und dann müssen wir sehr wachsam sein, denn dann fängt er an, Fehler zu machen. Sich zu verraten.«

»Ich habe einen Gedanken«, sage ich. »Vielleicht ist er abwegig.«

»Nur zu.«

»Ich habe über das Motiv des Täters nachgedacht, warum er sich an drei Männern und einer Frau rächt. Sie bestraft. Die Frau schlimmer als die Männer. In den Akten steht, man nehme an, dass es um einen Streit unter Kleinkriminellen gehe. Weil sich die Typen kannten, was unsere Befragungen ja bestätigt haben. Aber die Polizei konnte damals nicht herausfinden, was für ein Verbrechen dem Ganzen zugrunde lag. Ich frage mich, was damals passiert ist, was diese vier Personen miteinander verbindet. Nicht nur die drei, sondern alle vier.« Ich schiele zu Otto hinüber.

»Du meinst, wir sollten prüfen, welche Verbrechen damals passiert sind? Vor den Morden?«, wirft Otto ein.

Ich hebe die Schultern kurz an. »Ja, denn in meinem Verständnis ist der Täter kein Zufallstäter. Kein verletzter Ehemann, der aus Verzweiflung tötet und später seine Tat bereut. Nein, er ist jemand, der systematisch vorgeht. Und daher kam mir gestern der Gedanke, dass diese Person auch andere Verbrechen begangen haben könnte.«

»Und die stünden möglicherweise im Zusammenhang mit den Morden«, schlussfolgert Krawatte.

Otto winkt ab. »Ihr denkt vollkommen richtig, aber ich muss euch enttäuschen. Denn genau das haben wir damals auch bedacht, glaubt mir. Wir konnten keine Zusammenhänge zu anderen Taten finden.«

Krawatte überlegt einen Moment.

»Mag sein, aber wir sollten Lupes Idee ernst nehmen und erneut ermitteln. Die Theorie, dass der Fußmörder in Zusammenhang mit einer anderen Tat steht, finde ich gut. Screenen wir die Altakten von 1975 und schauen wir, was wir an Straftaten vorfinden. Sina stellt eine Liste zusammen, und dann geht's los.«

Otto stöhnt. »Das wird ein Haufen Arbeit.«

»Wir schaffen das, Otto«, muntert ihn Krawatte auf.

Gründonnerstag, 27. März 1975

Es ging ganz einfach. Er sagte, große Dinge muss man einfach angehen und durchziehen. Ohne lang zu fackeln. Am frühen Abend fuhr der kleine weiße Lieferwagen vor, mit einem stilisierten Strauß Blumen als Emblem an den Seitentüren. Ein junger Mann mit weißer Schirmmütze hielt um 18:58 Uhr vor dem Haus mit der Nummer 34 in der Kastanienallee in Marienburg, ging mit einem Blumenstrauß zum Tor und klingelte.

»Ja, bitte?«, fragte eine sonore Stimme.

»Fleurop Blumendienst. Eine Lieferung für Doktor Brinkmann.«

»Sie sind spät dran«, sagte die Stimme.

»Tut mir leid, das ist unser letzter Auftrag heute.«

Der Türöffner des Gartentors summte. Der Bote ging die wenigen Stufen nach oben bis zur Haustür. Sie öffnete sich, und der Hausherr stand vor ihm. Ein untersetzter Mann. In einen schwarzen Hausmantel gehüllt, der sich über den üppigen Bauch spannte und von einem lockeren Knoten zusammengehalten wurde.

»Guten Abend, Ihre Blumenlieferung«, sagte der Bote und streckte ihm den eingepackten Strauß entgegen. Dabei hielt er den Blick gesenkt, damit Brinkmann ihm nicht direkt ins Gesicht sehen konnte.

»Moment«, sagte Brinkmann und ließ die Tür offen. »Sie bekommen noch Trinkgeld.« Er wandte sich zu einer Anrichte im Flur und zog die oberste Schublade auf.

Das war der Moment, auf den der Bote gewartet hatte.

»Wir haben Zeit«, sagte er.

Das war das Stichwort für die anderen. Und dann ging es los.

Zwei schwarz gekleidete, vermummte Gestalten tauchten wie schnelle Schatten aus der Dunkelheit auf. Brinkmann bekam einen Schlag auf den Hinterkopf und einen in die Kniekehlen und sackte sofort zusammen. Er wurde bewusstlos und grob wie ein Sack Holz über den Boden ins angrenzende Wohnzimmer geschleift. Der kräftigere der beiden Vermummten packte ihn an den Schultern und hievte ihn bäuchlings auf den Sessel. Riss ihm den Bademantel vom Leib. Fixierte seine Hände mit Handschellen auf dem Rücken. Der andere, der Längere, Schmalere, fixierte die Beine am Knöchel mit einem Seil. Und der Bote, der den Blumenstrauß auf die Anrichte geworfen hatte, knebelte Brinkmann mit einem Tuch, das er aus der Tasche seines Overalls zog. Dann begannen der Kräftige und der Lange, systematisch das Haus zu durchsuchen. In die mitgebrachten Kartoffelsäcke stopften sie wahllos, was ihnen wertvoll erschien: silberne Kannen aus den Vitrinen, Fabergé-Eier, kleine Statuen üppiger nackter Frauen, eine Kiste mit Zigarren, ein kleines Bild im Rahmen. Alles, was sich verhökern ließ, wanderte in die Säcke, die sich schnell füllten. Sie gingen durch das gesamte Haus und durchforsteten das Areal wie die Wildschweine. Anschließend kamen sie im Wohnzimmer wieder zusammen. Der Bote warf einen Blick durchs Fenster auf seinen Lieferwagen auf der Straße draußen. Ein weißer Lichtpunkt blinkte dreimal kurz in der Dunkelheit auf der Fahrerseite auf.

Die Luft war rein.

Die drei traten mit den geschulterten prallen Säcken aus dem Haus, und im Schutz der Dunkelheit, ohne das Außen- und Gartenlicht anzuknipsen, gingen sie zur Straße und verfrachteten ihre Beute nahezu geräuschlos in den Laderaum des kleinen Lieferwagens. Der Motor wurde angelassen, und der Lieferwagen fuhr um die Ecke davon. Die drei Vermummten schlichen zurück ins Haus und warteten.

Nun kam der zweite Teil der Aktion.

Ein dunkelgrüner Mercedes 280 SLC fuhr wenige Minuten später vor. Eine junge Frau mit schwarzen Haaren stieg aus und klingelte. Der Türöffner wurde betätigt, und sie ging die Stufen hinauf und verschwand im Haus.

So sah es von außen aus: Zuerst kamen die Blumen. Dann kam die Freundin zu Besuch.

Nichts daran war auffällig.

Brinkmann stöhnte leise, und die Schwarzhaarige trat ihm kräftig in den Hintern. Der Mann ächzte. Rutschte vom Sessel.

»Umdrehen«, befahl der Kräftige, und Brinkmann rollte sich schwerfällig zur Seite. Lehnte rücklings mit dem behaarten weißen Bauch vor ihnen. Nur mit einem Unterhemd und einer weißen Unterhose bekleidet. Schiesser Feinripp. Mit Eingriff. »Wie lautet die Kombination für den Safe?«

Der Bote zog ihm den Knebel aus dem Mund.

»Da ist nichts drin«, japste Brinkmann. »Ich schwöre.«

Der Kräftige sah die anderen der Reihe nach an. Die Schwarzhaarige schüttelte leicht den Kopf.

»Wir wissen, was Sie vorhaben. Wo ist das Geld?«

Brinkmann blinzelte. »Welches Geld? Wovon sprechen Sie?«

»Sie wissen, was wir meinen.« Er gab den beiden anderen ein Zeichen.

Die Schwarzhaarige ging einen Schritt auf Brinkmann zu. Der Bote sah es und schob ihm den Knebel zurück in den Mund, stülpte ihm eine Plastiktüte von Kaiser's über den Kopf und zog zu.

Die Frau stellte ihren linken Schuh auf die Hand, die am Boden lag. Und verlagerte das Gewicht darauf, bis es knackte. Der Schmerzensschrei drang erstickt durch die Plastiktüte. Als er in ein Wimmern überging, zog der Bote die Tüte vom Kopf.

»Ich frage noch mal: Wo ist das Geld?«

»Es ist nicht mehr hier«, presste Brinkmann hervor.

»Wo ist es?«

Der Bote steckte ihm wieder die Tüte über den Kopf und wartete, bis er mit den Beinen zu zappeln begann. Sich wand. Doch plötzlich hörte das Zappeln auf. Die Beine entspannten sich und lagen schlaff da. Brinkmann war ohnmächtig geworden.

»Herrgott, du sollst ihn nicht umbringen«, ranzte ihn der Kräftige an.

»Das Geld muss hier im Haus sein«, sagte die Schwarzhaarige. »Die Barren sind garantiert im Safe.«

»Weck ihn wieder auf.«

Sie zogen ihm die Tüte vom Kopf, und der Bote gab Brinkmann zwei schallende Ohrfeigen, sodass sich die Abdrücke seiner Finger für einen Moment rot abzeichneten. Brinkmann wachte wieder auf.

»Noch eine«, sagte der Kräftige. »Das reicht nicht.«

Brinkmann sah den Boten mit hasserfüllten Augen an. Sein Widerstand war noch nicht gebrochen. Der Bote verpasste ihm eine weitere Ohrfeige. Brinkmann liefen die Tränen herunter, und er presste die Lippen fest aufeinander.

»Also. Wo?«

Brinkmann schüttelte den Kopf.

»Das bringt nichts«, sagte die Schwarzhaarige, zog eine Pistole hervor und trat einen Schritt auf Brinkmann zu. Zielte auf seine Stirn.

Brinkmanns Augen weiteten sich für einen Moment. Er wandte den Kopf zur Seite. Als könnte er damit dem Schuss entgehen und sich aus der Misere befreien.

»Wenn Sie mich erschießen, bekommen Sie gar nichts«, keuchte Brinkmann. »Gar nichts!« Spucke sprühte aus seinem Mund.

»Also ist es doch hier. Na bitte«, sagte sie, ging auf ihn zu, zielte auf seinen Schritt, und ohne seine Reaktion abzuwarten, drückte sie ab.

Brinkmanns Schrei war tonlos. Der Schmerz war bestialisch und raubte ihm den Atem. Er riss Augen und Mund weit auf und schnappte nach Luft. Seine Unterhose färbte sich rot.

»Du hast jetzt nicht mehr viel Zeit«, sagte sie. »Bevor du verblutest, solltest du uns die Kombination geben. Sonst rufen wir keinen Krankenwagen. Also?«

Brinkmann war klar, dass er keine andere Chance hatte, wenn er überleben wollte. Er sagte die Kombination langsam auf, Zahl für Zahl, und der Kräftige stiefelte los. »Ihr wartet hier«, sagte er.

Die anderen sahen zu, wie Brinkmanns Schritt sich weiter rot färbte. Das Blut sickerte bis auf den Boden, während sein Gesicht blasser und blasser wurde. Seine Lider flatterten. Die Schwarzhaarige ging zum Telefon, das neben dem Flügel stand, und als der Kräftige mit einer schweren Tasche zurückkam und »okay« sagte, nahm sie den Hörer ab und wählte den Notruf.

»Schießerei. Schwerverletzter. Kastanienallee 34. Marienburg.«

Dann legte sie wieder auf, und alle vier verschwanden, wie sie gekommen waren: die vermeintliche Freundin mit dem Mercedes Benz, dessen Motor ohne Hast angelassen wurde und dessen Scheinwerfer aufflammten, und die drei Vermummten durch den dicht bepflanzten Garten in die tiefe Schwärze der Nacht.

TAG SECHS

KAPITEL 31

Am Samstag sitze ich um 6:30 Uhr kerzengerade im Bett. Die ganze Nacht habe ich gegrübelt, ob ich Otto einweihen soll, dass Bernhard mich aufgefordert hat, ihn zu treffen.

Jetzt weiß ich es.

Ich halte die Klappe und warte ab, ob überhaupt etwas Interessantes dabei herauskommt. Am Schluss ist es nur Geschwätz, das uns keinen Schritt weiterbringt. Raffa liegt neben mir und schläft tief und fest. Er ist selig. Er darf mal wieder in meinem Bett übernachten. Am Anfang ging das gar nicht, da habe ich ihn regelmäßig rausgeschmissen. Warum? Er wachte mehrfach in der Nacht auf und begrabbelte mich von oben bis unten. Ich werde fuchsig, wenn ich nicht durchschlafen kann und mich warme Hände alle zwei Stunden wecken und etwas an meinem Rücken mit erhöhtem Puls pocht. Deshalb gibt es dosierte Nähe-Einheiten. Und möglichst nur am Wochenende, damit wir ausschlafen können. Das erleichtert die Sache.

Mit einem Kaffeebecher in der Hand stehe ich in der Küche und sehe aus dem weit geöffneten Fenster auf die Hinterhöfe, die still daliegen. Die Nachbarschaft schläft noch. Die Fenster und Balkontüren der Nachbarhäuser sind weit aufgerissen, weil die Wände und Dächer so aufgeheizt sind. Ich stelle den Becher in die Spüle und beschließe, eine Runde schwimmen zu gehen. Packe meine kleine Sporttasche, sehe kurz nach dem tief schlummernden Raffa und schwinge mich auf mein rotes Rennrad.

Zwanzig Minuten später springe ich in meinem schwarzen Bikini ins lauwarme Wasser des Freibads. Außer mir sind ein Dutzend Rentner am Start. Trainierte Menschen mit zähem, hagerem Körper, deren einziges Problem ist, dass ihre tiefbraune Haut mittlerweile Erschlaffungserscheinungen zeigt. Die Frauen mit ihren Plastikschwimmhauben auf dem Kopf sind stolz und würdevoll. Sie steigen elegant über die Leitern ins Wasser, und dann schwimmen sie mit stoischer Gelassenheit Zug um Zug. Bahn um Bahn. Die Männer in ihren häufig zu tief sitzenden, tüchtig ausgeleierten Badehosen springen natürlich kopfüber rein. Alte Angeber. Den Bauch eingezogen, die Brust gereckt. Ich denke, ich will auch so eine Rentner-Nixe werden und jeden Tag meines alten Lebens mit einem Sprung ins Wasser begrüßen. Die Vorstellung gefällt mir.

Als ich die siebte Bahn schwimme, springt jemand mit voller Wucht neben mir ins Becken. Durch meine Schwimmbrille sehe ich nur, dass es jemand Jüngeres ist. Kein Silver-Swimmer. Der Mann pflügt durchs Wasser wie ein Blitz. Als ich gerade wende und die Kacheln wieder an mir vorbeigleiten, bemerke ich aus dem Augenwinkel, dass der Mann auf der Gegenbahn näher kommt. Ich kraule locker weiter, und als wir auf gleicher Höhe sind, sehe ich bewusst zu ihm rüber.

Und er zu mir.

Kacke, denke ich. Das hat mir gerade noch gefehlt.

Es ist Erkan.

Ich lasse mich nicht beirren und schwimme meine restlichen sechs Bahnen zu Ende. Dann schlage ich an und ziehe die Schwimmbrille nach oben auf die Stirn. Meine Pumpe geht ordentlich.

»Hallo, Schönheit.« Erkan steht neben dem Startblock und sieht zu mir herunter.

»Mein Vorname ist Lupe«, japse ich. »Ist das zu kompliziert für dich?«

Er lacht sein breites, riesiges, strahlendes, doofes, selbstgefälliges, ansteckendes, mir schlussendlich doch gefallendes Lachen. »Was machst du so früh hier, *Lupe?*«, fragt er. »Musst du nicht ausschlafen?« Wasser tropft ihm aus den Haaren auf die Schultern. Sein Körper glänzt.

»Musst du nicht bei Frau und Kind sein?«, kontere ich.

Er reißt die Augen weit auf. »Nix da. Keine Frau. Keine Kinder«, sagt er.

Das hat gesessen. Er macht so ein Jetzt-habe-ich-es-verstanden-Gesicht.

»Kommst du nicht raus?«, fragt er, und ich sehe seinem Blick an, dass er nichts lieber täte, als mich von oben bis unten anzusehen, während ich aus dem Wasser steige. Er freut sich diebisch darauf, denn er weiß, ich muss irgendwann raus aus dem Becken.

»Noch nicht, ich kühle noch etwas runter«, sage ich, löse das Gummiband meiner straff zurückgebundenen Haare und schüttele sie.

»Ach so«, sagt Erkan und setzt sich vor mich auf die Steinplatten. Aus dem Augenwinkel betrachte ich seinen trainierten behaarten Körper. Werfe einen schnellen Blick auf seine Fußnägel. Ordentlich geschnitten. Gepflegt. Ich sehe keinen Makel. Ganz im Gegenteil. Das Gute ist: Heute riecht er vor allem nach Chlor.

»Ich muss gleich in die Arbeit«, sagt Erkan. »Ich leite die Gruppe, die die Anrufe entgegennimmt. Seit der Veröffentlichung in der Presse.«

»Verstehe. Ich konnte nicht mehr schlafen«, erkläre ich.

Er grinst. »Hast du an mich gedacht?«

»Nein, Erkan«, sage ich.

»Hast du 'nen Freund?«, fragt er mit einem Mal.

Ich sehe ihn einen Moment an. Meine Antwort ist eigentlich egal. Ein Ja hält ihn nicht ab. Es ändert nur seine Strategie. Ganz gleich, was ich sage, Erkan wird nicht loslassen. Ich muss gestehen, dass mir das gefällt.

»Ja, hab ich«, antworte ich. »Ich habe einen festen Freund.«

Es klingt komisch, als ich das sage. Als wäre ich Teil eines Theaterstücks und als wäre dies nun mal mein Text. Erkans Miene lässt keine Regung erkennen. Sein Blick ist klar und durchdringend. Ein Blick, der besagt: Egal, was der kann, ich bin besser. Egal, was der hat, ich hab mehr. Egal, was der bietet, ich setz noch eins drauf. Und: Egal, was der macht, ich werde dein Herz erobern. Weil ich es verdammt noch mal will.

Erkan steht auf. Seine Knie knacken laut.

»Wir sehen uns«, sagt er lässig im Weggehen. Anders als sonst schenkt er mir diesmal ein ehrliches Lächeln. Kein Party- oder Hey-ich-bin-der-Erkan-Lächeln.

»Schönen Tag, Erkan!«, rufe ich ihm hinterher, stoße mich vom Beckenrand ab und bin in zwei Zügen an der Treppe. Halte mich links und rechts fest und steige in Zeitlupe aus dem Wasser. Damit Erkan weiß, weshalb er nicht mehr schlafen kann. Erkan steht etwas entfernt an den Duschen und hat sich noch einmal umgedreht. Ich winke, er winkt zurück und wendet sich ab. Aus meiner Tasche, die auf einer der Steinstufen liegt, krame ich mein Handtuch hervor. Rubble meinen Körper trocken. Als ich mich beiläufig umsehe, ist Erkan schon fast am Ausgang bei den Herrenumkleiden.

Lasst die Spiele beginnen.

»Wo warst du?«

Ich stehe mit noch feuchten Haaren im Türrahmen.

»Rate mal«, sage ich und werfe die Tüte mit den frischen Brötchen auf den Tisch.

»Lupe, ich will nicht raten, ich will, dass du mir sagst, wo du bist, wenn du weggehst.«

»Ich will. Ich will«, wiederhole ich leise. »Das geht nicht«, antworte ich. »Du hast geschlafen, da kann ich nicht mit dir reden.«

»Dann leg 'nen Zettel hin, verdammt noch mal.«

»Wozu?«, frage ich.

»Damit ich weiß, wo du bist.«

Er streckt den Arm aus und will, dass ich zu ihm gehe.

»Wieso willst du das wissen?«, frage ich und bewege mich keinen Millimeter. »Bin ich dein Besitz?«

»Ach komm, hör auf, so bockig zu sein«, sagt Raffa mit milder Stimme. So eine mit viel Puderzucker drauf. Er winkt mich zu sich. Bettelt. »Bitte«, sagt er. »Du bist mir wichtig. Wenn du nicht da bist, habe ich Angst, dass dir was passieren könnte.«

Das kenne ich. Sogar verdammt gut. Dieses Gefühl begleitet mich, seit ich fünfzehn Jahre alt war. Seit der Sache mit meinem Vater.

Raffa breitet die Arme aus. Mein Schutzschild zerbröselt in dem Moment.

»Blödmann«, sage ich, gehe auf ihn zu und lasse mich in seine Umarmung fallen.

KAPITEL 32

Ich schätze, meine Pubertät war genauso mies und turbulent wie die der anderen auch. Bis auf ein paar Feinheiten, die eben anders verliefen. Zum Beispiel, dass ich, im Gegensatz zu meinen sogenannten Schulfreundinnen, keine Lust auf Alkohol oder Sex hatte. Zumindest nicht mit den Jungs meiner Stufe. Ich wollte nicht mit diesen heißen Sportlern ausgehen, auf die alle Mädels so scharf waren, und mir deren haarige Fußballerbeine ansehen, um dann rumzuerzählen, wie sie ihnen zitterten, wenn sie einen Orgasmus hatten. Oder dem Werben der Jungs nachgeben, das darin gipfelte, dass sie dich auf einen peinlichen Liebes-Eisbecher einluden, um anschließend mit dir demonstrativ Händchen haltend durch die Fußgängerzone zu ziehen. Damit möglichst viele ihre Eroberung sahen. Doch kaum waren die Mädchen erobert, da wurden sie auch schon langweilig, eine Neue musste her. Ich wusste es, weil sich die Jungs regelmäßig hinter der Sporthalle an der kleinen Mauer trafen und mit ihren Eroberungen prahlten und sich über die Mädchen lustig machten. Die Größe ihrer Brüste verglichen, wie laut sie stöhnten und wie versaut sie schon waren. Ich hatte es durch Zufall mit angehört, durch ein gekipptes Fenster im Lagerraum, in dem die Medizinbälle aufbewahrt wurden. Während die Mädchen mit den gleichaltrigen Jungs im gemeinsamen Sandkasten spielten, hatte ich eine Affäre mit unserem damals recht jungen Sportlehrer, der die Leichtathletikmannschaft trainierte, in der ich war. Wobei das Verhältnis einseitig war. Denn er durfte mich nur oral befriedigen. Mehr wollte ich damals noch nicht. Aber das ist eine andere Geschichte.

Als ich fünfzehn war, kam eines Tages im April die Sekretärin des Direktors, Frau Mühlrath, eine hagere Frau mit Brillenkette, in unser Klassenzimmer, und ihr Gesicht sprach Bände. Sie ging auf unsere Englischlehrerin zu und wisperte ihr etwas ins Ohr. Dann ging sie, ohne uns eines Blickes zu würdigen, wieder hinaus.

»Lupe«, sprach mich Frau Ott an, und ich weiß noch, dass meine Ohren sofort rot anliefen. »Gehst du bitte kurz vor die Tür mit Frau Mühlrath, sie möchte gern mit dir reden. Nimm deine Sachen ruhig mit.«

Das hieß nichts Gutes. Es war erst die dritte Stunde. Ich packte hektisch meine Siebensachen zusammen. Ein Raunen und Wispern ging durchs Klassenzimmer. Getuschel.

»Was ist denn los?«, fragte Lydia, die stets ein vorlautes Mundwerk hatte.

»Wir konzentrieren uns weiter auf die *irregular verbs*. Lydia, du kannst gleich an die Tafel kommen.«

Ich verließ das Klassenzimmer und folgte der Sekretärin zum Direktorat. Der Direktor, ein gemütlicher Mann mit Bauch und Bart, machte ein freundliches Du-armes-Kind-Gesicht und sagte ohne lange Umschweife: »Dein Vater liegt im Krankenhaus: Herzinfarkt. Deine Mutter ist bei ihm und bat uns, dich aus dem Unterricht zu nehmen. Wir haben ein Taxi gerufen, das dich sofort hinfährt. Nimm deine Sachen mit. Frau Mühlrath bringt dich raus.«

»Lebt er noch?«, fragte ich. Mehr war nicht wichtig. Nur: Lebt er noch?

Der Direktor sah mich mit bekümmerten Augen an.

»Ich weiß es nicht«, erwiderte er. »Ich weiß es wirklich nicht. Es tut mir leid. Jetzt mach schon, das Taxi wartet am Eingang.«

Ich erinnere mich, dass sich die Taxifahrt grausam lang hinzog und ich lieber mein Rad genommen hätte. Das Klinikum war nicht weit entfernt, und trotzdem krampfte sich mein Magen an jeder roten Ampel zusammen, und ich schabte mit den Füßen über die Fußmatte. Das Taxi steuerte den Haupteingang an, und bevor der Fahrer überhaupt hielt, riss ich bereits die Tür auf, sprang aus dem Auto und rannte los. Meine Mutter stand im Foyer, und ich stürmte auf sie zu. Sie war bleich im Gesicht und um Haltung bemüht, aber ich sah ihr bereits an, wie ernst es war.

»Mama, lebt er noch?«, stieß ich hervor.

»Ja, Lupe. Er lebt. Aber es geht ihm schlecht. Sehr schlecht sogar.«

»Was heißt das?«, fuhr ich sie an. Und als sie nicht reagierte, rüttelte ich sie an der Schulter.

»Was? Heißt? Das?«, schrie ich.

»Dass wir nicht wissen, ob er es schafft.« Mama wirkte erschöpft und kraftlos. Ihre Augen füllten sich mit Tränen, die wie kleine

Sturzbäche ihr Gesicht hinunterliefen. Sie presste die Lippen aufeinander, weil sie nicht laut schluchzen wollte.

»Ich will ihn sehen«, sagte ich.

»Lupe, das geht nicht, weil ...«

»Ich will ihn sehen! Sofort!«

Ich schrie das ganze Foyer zusammen. Die Vorstellung, dass mein Vater litt und ich nicht bei ihm war, verursachte mir einen Schmerz, der wie ein Blitz mit gewaltiger Kraft mein Innerstes traf und sich bis hinunter zu meinem absoluten Nullpunkt bohrte. Eine Spur, die sich nie mehr würde tilgen lassen.

Die Schwestern brachten mich zu ihm.

Mein Vater lag da, bleich, umgeben von piepsenden Maschinen und farbigen Schläuchen, die ihn atmen ließen. Ihn kontrollierten. Ihn mit Medikamenten und Nährstoffen versorgten. Er war nicht ansprechbar. Er war woanders.

»Du darfst mich jetzt nicht allein lassen, Papa. Noch nicht. Bleib noch bei mir, bitte«, flüsterte ich ihm ins Ohr.

Aber er reagierte nicht. Er lächelte nicht wie sonst. Kein Wort kam über die bleichen Lippen. Ich beschloss, an seinem Bett zu bleiben, bis er es verlassen würde. Ganz gleich, wie. Ich würde keine Sekunde weichen. Nicht eine. Und wenn es bedeutete, dass ich in die Hose machen musste. In dieser Nacht, der alles entscheidenden Nacht, hatte mein Vater einen zweiten Infarkt. Sein Herz setzte aus.

Das Dauerpiepen des Apparats höre ich heute noch manchmal in meinen Träumen.

Sie kamen hereingestürmt. Ärzte. Schwestern. Sie stürzten herein wie eine Kampftruppe. Heute kommt es mir vor wie ein einziges Geheul, das in diesem Zimmer stattfand, wie ein Sturm, der einmal hindurchfegte. Kommandos wurden gebellt. Sie reanimierten ihn. Rufe. Anweisungen. Schnelle Handgriffe. Dieses hohe Fiepen, wenn sich der Reanimator wieder auflud. Papas zuckender Körper.

Einmal. Zweimal. Blitzschläge, die auch mein Herz trafen.

Die bestürzten Gesichter, die sagten: Er schafft es womöglich nicht. Ich stand in der Zimmerecke. Geschüttelt von Angst. Zitternd. Betend. Das Unerträgliche ertragend.

Und dann: Die Erleichterung, als beim dritten Mal das Herz wieder schlug. Er zurückkam. Ich starrte ungläubig auf den Monitor und fühlte, wie der Sturm sich legte. Sich auflöste und verpuffte. Aus den Zimmerecken verschwand wie ein böser, dunkler Traum. Papa war wieder da. Er lebte. Sein Herz schlug. Zwar unregelmäßig, es stolperte noch wie ein lahmendes Bein, aber er lebte.

Es dauerte fünf Tage, dann erst wachte Papa wieder auf. Ich saß neben ihm, und als er mich wahrnahm, sagte er etwas, das wie ein geröcheltes »Lupe« klang.

Am sechsten Tag sagten die Ärzte den Satz, den ich wie ein Mantra jede Minute in meinem Kopf wiederholt hatte.

»Er wird wieder gesund.«

TAG SIEBEN

KAPITEL 33

Am Sonntag schlafen Raffa und ich aus, frühstücken im Bett und hören Nachrichten über den Jahrhundertsommer. Die Affenhitze. Das Hoch heißt Michaela, was schon immer ein blöder Name war. Vom Londoner Flughafen Heathrow wird ein Hitzerekord von 37,9 Grad gemeldet. In Paris sterben viele alte Menschen allein in ihren Häusern, während sich Kinder und Eltern fröhlich am Mittelmeer im Wasser tummeln. Die Krankenhäuser in der französischen Hauptstadt sind zum Bersten voll. Die Ärzte behandeln die Patienten in den stickigen Fluren im Knien auf dem Boden. Wissenschaftler sprechen von der größten Naturkatastrophe Europas. In Deutschland sterben die meisten Menschen an Lungenversagen. Wieder ein Grund, mit dem Rauchen aufzuhören, denke ich. Das Getreide verdorrt auf den Feldern. Die Binnenschifffahrt wird aufgrund des rekordniedrigen Rheinpegels eingestellt. Und die Prognose lautet: Es wird noch heißer. Für Mitte der Woche sind 38 Grad angekündigt. Das ist in etwa so, als stünde man zwölf Stunden vor einem auf höchster Stufe eingeschalteten Föhn.

Nach dem Frühstück wird es mir zu bunt.

Bernhard hat sich immer noch nicht gemeldet, ich habe ihm gestern Vormittag eine SMS gesendet, aber keine Antwort erhalten. Vielleicht sollte ich ihn jetzt einfach mal anrufen. Aber eigentlich wollte ich ihm Zeit lassen, sich zu melden. Den Nachmittag gestern verbrachten wir am See, den Abend beim Grillen mit Freunden von Raffa. Alle Astrophysiker oder Mathematiker, stinklangweilige

Typen, die mir Dinge erklären, die ich schon in der Schule nicht verstanden habe, die aber wenigstens von meinem Psychogeschwafel überhaupt nicht beeindruckt sind, was auch mal eine Abwechslung ist.

Ich habe gerade das Handy in der Hand und will Bernhard nun doch anrufen, als eine SMS ankommt.

Sie ist von ihm.

Bernhard sendet mir einen mit Rechtschreibfehlern gespickten Text, den ich als »Kannst mich um 18:00 Uhr besuchen kommen« identifiziere.

Meine Laune steigt schlagartig.

Happy Sunday.

Ich klingle pünktlich um 18:00 Uhr. Bernhard reibt sich die Unterarme, während er in der Tür steht und ich die letzten Treppen heraufkomme, verschwitzt und leicht außer Atem. Er ist aufgeregt, ich merke es ihm an.

»Hi, Bernhard«, sage ich, und er nickt mir heftig zu. Ich habe ihm eine Flasche eiskalten Eistee vom Kiosk mitgebracht, aber kein Überraschungsei, denn es sind immer noch 32 Grad, und bei den Temperaturen zerläuft jede Schokolade sofort.

»Ich darf doch Du sagen, oder?«

»Ja, klar, komm rein«, sagt er, von einem Bein aufs andere wippend, und wir gehen wieder in die Küche. Ich übergebe ihm den Eistee wie eine Flasche guten Wein, und er klatscht einmal in die Hände und holt sofort zwei Micky-Maus-Trinkgläser. Fährt sich mit der Hand über die Haarstoppeln auf seinem Kopf.

»Für mich nur Leitungswasser, danke«, sage ich. Er sieht mich enttäuscht an.

»Das ist dein Geschenk, das darfst du ganz alleine trinken. Musst nicht teilen.«

Er ist zufrieden mit meiner Antwort, und nachdem er sich sein

Glas fast randvoll eingeschenkt hat, setzen wir uns an den Küchentisch. Er trinkt langsam, Schluck für Schluck.

Nun mach es nicht so spannend, denke ich noch. Der Zucker scheint zu helfen. Seine Nervosität lässt nach.

»Bernhard, du wolltest mir was erzählen.«

Er sieht mich großäugig an.

»Über Su«, sagt er.

»Okay. Ich würde gern mehr über deine Schwester wissen. Wie war sie so? Habt ihr euch gut verstanden?«

Bernhard reißt die Augen weit auf.

»Su ist klug und hübsch. Meine Schwester ist sehr hübsch. Und sie ist stark. Wie Mystique.«

Ich lächele ihn an. Er spricht immer noch von ihr, als sei sie am Leben.

»Und was hat sie so gemacht? Wo hat Su gearbeitet?«

»In einer Bar.«

»Wie hieß die denn?«

Er zuckt mit den Schultern. »Weiß nicht«, sagt er leise. »Wenn sie gearbeitet hat, habe ich meistens geschlafen.«

»Klar, ist ja auch 'ne Bar, da arbeitet man nachts. Hat sie für dich gekocht?«

»Ja, Käsebrote!«, sagt er und lacht laut. Er ist amüsiert. »Sie hat gesagt: ›Heute kochen wir Käsebrote.‹ Das war lustig. Oder Nudeln mit Tomatensoße.«

Ich lache mit. »Sie war keine besonders gute Köchin, oder?«

Er schüttelt den Kopf. »Nein, nicht so gut.«

»Wenn deine Schwester so hübsch war, hat sie bestimmt einen Freund gehabt. Weißt du noch, wie der hieß?«

Bernhard sieht mich mit einem Mal scharf an. Ich komme mir ertappt vor. Und er kommt mir vor, als würde er zwischen einem leicht debilen Mann und einem Mann mit glasklarem Verstand hin- und herwechseln.

»Ja, weiß ich«, sagt er schließlich.

»Verrätst du mir den Namen?«

Er wendet den Kopf ab und starrt aus dem Fenster. Es dauert einen Moment zu lang. Fast will ich ihn mit einem Fingerschnippen wieder zurückholen, da schaut er mich wieder an.

»Hardy.«

Ich bin erstaunt. Su kannte eines der Opfer und war sogar mit ihm liiert? Wieso steht davon nichts in den Akten?

»Hardy. War der nett?«

Bernhard zuckt mit den Schultern.

»Kanntest du ihn? Hat er mit dir gespielt?«

Kopfschütteln.

»War er denn oft bei euch?«

»Nein.«

»Und, wie lange ging das? Weißt du, wie lange die beiden befreundet waren?«

»Weiß nicht«, sagt Bernhard und trinkt einen großen Schluck Eistee. Er wird wieder nervös, sein Oberkörper beginnt leicht zu schaukeln.

»Sag mal, Bernhard, magst du mir mal deine Wohnung zeigen?«, wechsle ich das Thema.

Sein Blick hellt sich auf.

»Komm, zeig sie mir mal«, sage ich, und er springt auf, und ich folge ihm in den Flur. Wir betrachten noch einmal das *X-Men*-Poster und gehen die Stars seines Lebens durch. Dann kommt das Badezimmer. Fensterlos. In der Ecke steht eine Plastikpalme.

»Clever«, sage ich zu ihm. »So eine Palme aus Plastik hält ewig.« Ich streife mit den Fingern über eines der länglichen Blätter. Es ist staubig. »Da musste mal feucht drüberwischen, dann glänzen sie wieder«, sage ich zu ihm.

Er steht neben mir und nickt. »Ja, ja, immer sauber machen. Hat

Su auch immer gesagt. Immer sauber machen. Ich kann das. Aber ich habe nicht immer Lust.«

»Das kenne ich«, sage ich, »ich hab auch nicht immer Bock zu putzen. Voll öde.«

Er grinst mich heiter an.

Wir gehen weiter. Im Flur steht noch ein Einbauschrank, aber in den schauen wir nicht rein. Dann folgt ein kleines Wohnzimmer mit einem winzigen Balkon. Eigentlich besteht das Wohnzimmer aus einem Ikea-Sofa, einem großen Fernseher mit Playstation und Billy-Regalen, die über zwei Wände reichen und vom Boden bis zur Decke vollgestopft sind mit Comicheften. Die sind sein ganzer Stolz, denn als ich näher trete, steht er gleich neben mir und erzählt aufgeregt, wie er sie sortiert hat. Nach den Namen der Helden. Und dann nach dem Erscheinungsdatum. Diese Comics sind sein Schatz.

»Wo hast du die alle her?«

»Gekauft«, sagt er.

»Hat Su dir auch welche geschenkt, damals?«

»Ja, immer wenn ich brav war.«

»Dann warst du wohl oft brav«, stelle ich fest. »Oder?«

Er neigt den Kopf leicht zur Seite und sieht mich an. Wieder mit diesem zweiten Blick, der besagt: Ich durchschaue dich doch längst. Was fragst du mich für einen Quatsch?

Ich überlege: Spielt mir Bernhard was vor? Ist er womöglich viel intelligenter, als wir glauben?

»Was spielst du denn so?«, frage ich und deute auf die Playstation. Er zählt ein paar Namen auf, aber da ich nicht daddle, habe ich keine Ahnung und nicke nur wissend.

»Wow, und spielst du oft?«

»Ja. Vor allem wenn ich nachts nicht schlafen kann.«

»Was machst du denn sonst so? Hast du Freunde, mit denen du ausgehst?«

»Nö«, antwortet er. »Manchmal kommen sie mich besuchen.«

»Das ist gut«, sage ich. Er grinst mich schelmisch an, und ich frage mich, was für ein Besuch das wohl sein mag.

Dann öffnet er die Tür zu seinem Schlafzimmer. Der Raum eines Erwachsenen mit dem Charme eines Kinderzimmers. Ein brauner Kleiderschrank von Ikea. Ein großes Holzbett mit weißer Bettwäsche. Darauf sind Kuscheltiere verteilt und eine alte Kinderdecke aus Wolle, so eine Patchworkdecke. Neben dem Bett auf dem Nachttisch liegen Comics und eine angebrochene Tafel Schokolade. Die Wände sind kahl.

Wie Otto beim ersten Besuch schon feststellte, gibt es kein einziges privates Foto an den Wänden oder sonst wo. Nur Mystique im Flur.

»Das ist das Bett von Su«, sagt er und deutet darauf. Er wartet meine Reaktion ab.

»So. Wirklich?«

»Ja, als Su weggegangen ist, hat meine Nachbarin auf mich aufgepasst. Und dann musste ich eines Tages ausziehen.«

Vermutlich, weil keiner mehr die Miete bezahlt hat. Oder die Nebenkosten. Bernhard wird sich um keine Bankgeschäfte gekümmert haben.

»Und dann hast du diese Wohnung bekommen?«

»Ja, von hier ist es nicht weit zur Fabrik«, sagt er und deutet in eine Richtung.

»Wie lange musst du denn immer arbeiten?«

»Bis fünf«, sagt er.

»Und wann fängst du an?«

»Um halb neun.«

»Und der Besuch, der manchmal kommt, sind das Kollegen und Kolleginnen?«

Er sieht mich ertappt an. Ich kann mir keinen anderen sozialen Umgang vorstellen. Bernhard geht nicht aus. Ich glaube, er sitzt zu

Hause, lebt in seiner kleinen Welt und geht arbeiten. Wenn er nicht schlafen kann, zockt er Playstation. Er wird keine Freundin haben, das würde mich wundern.

»Ja, da kommt manchmal einer vorbei«, sagt Bernhard.

»Wie heißt der denn?«

»Olli.«

»Prima, und was macht ihr dann?«

Ich tippe auf Chips essen, Cola trinken und daddeln.

»Wir ficken«, sagt Bernhard.

Er ist belustigt über mein erstauntes Gesicht, und zugleich wird er rot. Ich meine, er ist ein erwachsener Mann, warum sollte er kein Sexualleben haben? Trotzdem bäumt sich in mir das Gefühl auf, dass er dabei vielleicht nicht gut behandelt wird. Dass ihn jemand ausnutzt. Missbraucht.

Bernhard fährt fort. »Von hinten. Wie bei Su«, sagt er.

Ich brauche einen Moment, dann ist mein Hirn wieder klar.

»Wie bei Su? Das musst du mir erklären. Hast du sie beobachtet beim Sex?«, frage ich.

Er grinst wie ein kleiner Junge. Kräuselt die Nase.

»Du kannst es mir erzählen, ich verrate es niemandem«, flüstere ich.

»Da war ein Polizist. Und er hat sie von hinten gefickt. Ich hab es gesehen. Su dachte, ich schlafe. Aber ich war hellwach. Und die Tür stand ein bisschen offen.« Er formt mit seinen Fingern einen schmalen Spalt.

»Ein Polizist?«

»Ja. Der war mal da. Aber ich habe ihn nicht reingelassen.«

»Woher weißt du das, hatte er eine Uniform an?«

»Nein, Su hat es mir gesagt. Am nächsten Morgen. Aber das sind alles Schweine. Die muss man kaputt machen«, erklärt Bernhard, und ich weiß, dass er diesen Satz auswendig aufsagt. Ist ja mal interessant.

Er sieht mich mit einem Mal erschöpft an. Sein Gesicht wirkt eingefallen. Unter seinen großen Augen liegen dunkle Schatten.

»Es sind nicht alles Schweine«, sage ich leise. »Das darfst du mir glauben.«

Er presst die Lippen aufeinander. Sieht mich traurig an.

»Meine Schwester ist tot«, sagt er mit einem Mal. »Stimmt's?«

Ich strecke die Hand aus und streiche ihm über die Schulter. »Ja, und es tut mir sehr leid.«

Er muss wirklich gedacht haben, dass Su eines Tages zurückkommt.

»Du hast auf sie gewartet. Du dachtest, sie ist in Torremolinos.«

Bernhard hat Tränen in den Augen. »Ja«, sagt er leise. »Sie hat gesagt, sie kommt wieder. Sie hat gesagt, sie holt mich immer ab. Und ich habe alles getan, was sie gesagt hat.«

Ich werde hellhörig. »Was hat sie denn gesagt, dass du tun sollst?«

Er wischt sich die Tränen aus den Augen und geht zurück in den Flur.

Ich folge ihm, er schließt die Schlafzimmertür.

»Die muss immer zu sein«, sagt er.

»Okay. Machen wir die Tür zu. Was musstest du denn für Su tun?«, frage ich erneut.

Er streicht mit seinem Zeigefinger über Mystique auf dem Plakat. Ein Lächeln huscht über sein Gesicht. »Ich bin nicht doof«, sagt er.

Ich schüttele zur Bestätigung leicht den Kopf. »Nein, natürlich nicht.«

»Aber ich darf es niemand verraten. Niemand. Es ist unser großes Geheimnis.«

Ich verschließe mit einer Geste symbolisch meinen Mund. »Klar, würde ich auch nicht jedem erzählen, das wäre ja noch schöner. Ich gehe dann jetzt mal und lass dich mit deinem Geheimnis allein.«

Ich öffne die Wohnungstür und trete hinaus in den Hausflur. »Wenn du reden magst, hast du ja meine Nummer«, sage ich zum Abschied.

Lächele. Winke. Zwinkere. Und gehe ohne Hast die Treppen nach unten. Er wird mir sein Geheimnis verraten. Ganz sicher.

Karfreitag, 28. März 1975

Die Beute entpuppte sich als weitaus geringer als gedacht. Vermutlich hatte Brinkmann im Haus doch noch irgendwo etwas versteckt oder es bereits weggeschafft. Aber das war jetzt egal, sie konnten nicht noch einmal hingehen. Die Sache war über die Bühne gebracht und vorbei. Brinkmann lag im Krankenhaus und ließ sich seinen Hoden wieder zusammenflicken.

Die Beute lag auf dem Wohnzimmertisch. Die Scheine fein gestapelt. Vier Stapel. Die kleinen Goldbarren nebeneinander aufgereiht. Sechs Stück. Was sich schwierig durch vier teilen ließ, das war ihm klar.

»Der Jo macht alles, was du willst, der steht auf dich«, sagte Su, als sie mit zwei gefüllten Gläsern reinkam. Sie reichte ihm eines, die Eiswürfel klirrten und klackten, als er es in der Hand schwenkte. Im Hintergrund lief *Sweet Thing* von David Bowie.

»Was ist das?«, fragte Hardy.

»Wodka.«

»Mit?«

»Soda. Und Zitrone.«

Er nahm einen Schluck und sah sie über den Rand des Glases an. Sie kniete vor ihm auf dem Flokati. Warf ihre

Haare zurück. Trank von ihrem Glas, leckte mit der Zunge über ihre Lippen und stellte es auf dem Tisch ab. Dann zog sie ihren engen weißen Rolli aus, der dabei knisterte. Darunter war sie nackt. Er griff nach der Jeans auf ihren Hüften.

»Du warst gut gestern, hart und direkt, das gefällt mir«, sagte er, öffnete mit einer Hand den Knopf und den Reißverschluss, zog ihr mit einer schnellen Bewegung die Jeans nach unten. Schnappte nach ihrer Hand und riss sie mit einem Ruck zu sich auf das Sofa.

»Du aber auch«, flüsterte sie ihm ins Ohr und ließ ihre Zunge kreisen. Er stöhnte auf. Sie stellte sein Glas auf den Tisch. Strampelte die Hose von den Knöcheln.

Er öffnete seinen Gürtel und schob hastig seine Hose herunter.

Sie sah hin. Pfiff durch die Zähne, und er fuhr durch ihre Haare, packte sie hart am Hinterkopf, sodass sie aufstöhnte.

»Der Jo, der steht auf dich, das weißt du«, flüsterte sie, als sie in seine fiebrigen Augen sah und sich auf ihn setzte. Sein Mund stand weit offen, und er keuchte. »Der Jo will mehr von dir, das weiß ich. Der erzählt im *Oxy* rum, dass du mit ihm rummachen würdest.«

»Warum? Spinnt der? Ich ficke keine Jungs«, presste er hervor.

»Weil er genau das will, was ich gerade in mir spüre«, sagte sie und kippte ihr Becken vor und zurück. Er rollte mit den Augen, warf den Kopf in den Nacken, auf die Sofalehne.

»Was hast du vor?«, keuchte er, beugte sich vor und drückte sie an ihren Schultern nach unten.

»Wenn es einer weniger wäre, könnten wir die Beute besser aufteilen. Willst du, dass die Leute reden? Wegen Jo und dir? Der quatscht zu viel.«

Sein Hirn war überflutet von Endorphin, sie wusste, dass sie ihm in dem Moment jeden Gedanken einpflanzen konnte.

»Der macht, was ich will«, japste er. »Der bekommt einfach weniger.«

Er presste seine Lippen auf ihre. Sein Keuchen wurde heftiger.

Sie sah ihn an. Seine geschlossenen, vor Lust brennenden Augen. Ihre blonden Haare fielen nach vorn. Sie dachte an das Geld, das sie brauchte. Für Rainer. Für seine Arbeit, damit dieser Staat endlich aufwachte. Für die Zukunft dieser Gesellschaft. Hardy hatte ja keine Ahnung, wofür sie das Geld wirklich wollte. Sie hatte ihm gesagt, dass sie es für ihren Bruder brauchte. Für die Schule, die er besuchte. Mehr musste er nicht wissen.

»Du bist der Anführer«, flüsterte sie und begann sich wieder zu bewegen. »Du entscheidest.«

»Sei jetzt still«, sagte er streng und presste ihr die Hand auf ihren Mund. »Sei jetzt einfach still.«

TAG ACHT

KAPITEL 34

Am Montag treffen Otto und ich uns um 9:00 Uhr vor dem Eingang des Polizeipräsidiums in Köln. Wir wollen zu Erkan, der uns die Ergebnisse der Rückmeldungen aus der Bevölkerung präsentieren will, die über das Wochenende eingetrudelt sind. Otto sieht erholt aus. Zufrieden. Entspannt. Trägt eine Kakihose und ein graues Polohemd, das er auch gern eine Nummer größer hätte kaufen können. Es sind bereits 26 Grad. Ich habe mich für ein weißes ärmelloses Top und eine dünne graue Jeans entschieden. Dazu heute mal Schuhe mit Absatz. Schwarze. Mir war so danach.

»Hi, Otto, neuer Duft?«, frage ich.

»Zu viel?«

»Bisschen.«

»Ja, ist neu. Schönes Wochenende gehabt?«, fragt er mich und gibt mir die Hand. Irgendetwas ist mit ihm passiert. Otto hat mir bislang nie die Hand gegeben. War bisher immer alles ohne Anfassen. Aber vielleicht gehört das zum Programm von Woche zwei. Ich bin ja erst eine Woche dabei, aber mir kommt es so vor, als würde ich schon viel länger beim LKA arbeiten. Ich erzähle ein wenig vom Schwimmen und der Grillparty. Otto sieht mich zufrieden an. Von dem Besuch bei Bernhard und was der mir von dem Polizisten erzählt hat, sage ich nichts.

Erkan erwartet uns vor dem Aufzug in der dritten Etage. Er trägt heute ein hellblaues, viel zu enges Kurzarmhemd. Er lächelt die

Müdigkeit unter seinen Augen weg. Ich tue so, als hätten wir uns am Samstag nicht im Schwimmbad gesehen.

»Hallo, Lupe, hallo, Otto, dann kommt mal mit.«

Wir setzen uns in den Besprechungsraum nebenan, der einen Blick auf das angrenzende Einkaufszentrum bietet. Erkan hat uns kalte Cola aus dem Automaten besorgt, und ich schnappe mir eine. Er lächelt mich bedeutungsschwanger an, und ich schaue konzentriert auf die Flasche und drehe den Verschluss auf, dass es zischt.

»Dann legen wir los. Erkan, was hast du für uns?«, fragt Otto.

Erkan berichtet. Viel ist es nicht. Neben den Wichtigtuern, die meinen, sie wüssten, wer der Täter ist, was aber vollkommener Blödsinn ist, gibt es ein paar Anrufe, denen wir nachgehen sollten. Die wirklich interessant klingen.

»Die Substanz haben«, wie Erkan es ausdrückt.

Und das sind sie:

Die Nachbarin, die eine Etage unter Familie Wechter gewohnt hat. Mittlerweile Rentnerin.

Ein Typ, der mit Su in der Bar gearbeitet hat und sagt, dass sie »echt komisch« war. Was immer das heißen soll.

Ein Typ, der behauptet, er kenne Su; sie wollte mit ihm nach Torremolinos abhauen, woraus dann aber doch nichts wurde.

Eine ältere Dame, die immer noch in dem Hochhaus lebt, in dem Hardy gewohnt hat und in dem er ermordet wurde. Sie sagt, sie habe Su dort mehrfach gesehen.

Und schlussendlich eine junge Frau, die ihrer Mutter, die in einem Heim lebt, aus der Zeitung vorgelesen hat, woraufhin diese eine Erinnerung hatte und etwas von »die kenne ich« brabbelte.

Wir bekommen die Namen und die Nummern aller Meldungen als Ausdruck, parallel gingen die Daten bereits an Sina und Krawatte, die sie in den Datensystemen überprüfen.

»Tut mir leid, mehr ist es nicht«, sagt Erkan. »Es rufen immer noch Leute an, aber meistens ist es derselbe Quatsch. Viele Idioten.«

»Was sagen die denn?«, frage ich.

»Sie hätten Su letzte Woche noch gesehen. Am Bahnhof in Bonn.«

»Wie bitte?«, frage ich.

»Ist doch Blödsinn. Die haben den ganzen Aufruf nicht kapiert«, beruhigt mich Erkan. »Oder wollen sich wichtigmachen. Denen steigt die Hitze zu Kopf.«

»Egal, was es ist, nehmt es auf. Bitte auch anonyme Hinweise mit unterdrückter Nummer erfassen. Das ist immens wichtig«, sagt Otto mit ernster Miene.

»Geht klar, Otto.«

»Was machen wir jetzt?«, frage ich und trinke die Cola leer.

»Wir klappern die Kontakte ab und schauen, dass wir sie schnell befragen können.« Otto tippt auf den Ausdruck.

Wir versuchen, alle fünf telefonisch zu erreichen. Zwei bekommen wir an die Strippe, die sogar gleich Zeit haben. Mister Torremolinos und die Frau aus dem Hochhaus. Bei den anderen beiden hinterlassen wir eine Nachricht auf der Mailbox. Die ehemalige Nachbarin hat nur einen Festnetzanschluss ohne Anrufbeantworter.

Ottos Auto war in der Waschstraße und glänzt in der Sonne. Er öffnet die Türen. Es ist auch innen blitzblank. Ausgesaugt. Auf den Fußmatten ist kein Krümel mehr zu sehen. Frischer Duft.

»Was hast du eigentlich am Wochenende gemacht?«, frage ich Otto, und er lächelt mich von der Seite an. Schelmisch. »Außer dein Auto zu putzen«, meine ich.

»Wieso? Das Übliche, was ich immer mache«, antwortet er.

»Und das wäre?«

Er schließt die Fahrertür und stellt die Klimaanlage auf 21 Grad.

»Einkaufen. Aufräumen. Bisschen kochen. Und den Kater von nebenan füttern.«

»Was denn für einen Kater?«

»Den meiner Nachbarin. Sie ist im Urlaub, und ich muss ihn füttern. Und sein Klo sauber machen.«

»Klingt wie eine Strafarbeit. Und der bekommt nur am Wochenende Futter und ein sauberes Klo? Der Arme.« Ich lache laut.

»Nein, natürlich täglich.«

»Magst du das Tier?«

Otto stöhnt. »Ja, ich mag das Tier.«

»Sicher?«

»Ich sage doch, ich mag das Tier.«

»Tust du nicht«, behaupte ich. »Wenn du es mögen würdest, würdest du seinen Namen verwenden. Du sagst aber sachlich ›Kater‹. Du hast keine emotionale Bindung zu ihm.«

Schweigen. Der Kater ist es jedenfalls nicht, der Otto diesen Energieschub und den neuen Duft beschert hat.

»Wir fahren jetzt los«, sagt Otto bestimmt.

»Und wer ist diese Nachbarin?«, frage ich, während er anfährt und aus dem Parkhaus neben dem Polizeipräsidium rollt.

»Na, meine Nachbarin eben, neben der wohne ich schon seit Jahren.« Otto guckt angestrengt. Blinkt. Biegt ab.

»Aha. Und was war sonst noch so los?«, frage ich möglichst beiläufig.

»Lupe, es reicht jetzt. Spar dir deine Fragetechnik für die Arbeit auf.«

»Jawohl, Sir.« Ich kichere in mich hinein.

Otto lacht nicht und fährt weiter. Beschleunigt. Schaltet. Wir fahren über die Zoobrücke, unter uns liegt der ausgedünnte Vater Rhein. Der hatte auch schon bessere Tage.

Nach ein paar Minuten halte ich es nicht mehr aus. »Darf ich dich was anderes fragen?«

Er stöhnt. »Na gut, was denn?«

»Warum bist du Polizist geworden?«

»Das ist jetzt kein Pausenfüller, oder? Du willst es wirklich wissen?«

»Ja, wirklich. Ich bin neugierig.«

»Dagegen ist grundsätzlich nichts einzuwenden«, meint er.

»Das sagt mein Vater auch immer. Genau diesen Satz! Habt ihr euch abgesprochen? Was läuft hier eigentlich?«, scherze ich und schlage mir auf die Schenkel.

Otto lacht. Endlich.

»Also, erzähl's mir. Ich rede auch nicht dazwischen.«

»Bei dir bin ich vorsichtig. Mit Psychologinnen habe ich nicht so gute Erfahrungen gemacht. Aber das ist ein anderes Thema. Du willst wissen, warum ich Polizist geworden bin. Ehrlich gesagt, eher durch Zufall. Ich habe die Realschule besucht, und ein Freund von mir hat sich für die Aufnahmeprüfung zur Polizei angemeldet. Da dachte ich, gute Idee, das mache ich auch. Mündlicher und schriftlicher Test. Sportprüfung; durch die rasseln die meisten durch. Ich hab sie sofort geschafft. Dann kamen drei Jahre Ausbildung und anschließend fünf Jahre Bereitschaftspolizei. War 'ne gute Zeit damals. Anschließend Ermittlungsdienst. Da wurde es härter. Da habe ich diesen Schutzfilm entwickelt, den man zum Überleben braucht.«

»Was ist passiert? Mord?«

»Ja, auch. Mein erster Mordfall war eine vermisste junge Frau aus einem Dorf in der Nähe. Die Mutter rief an, dass ihre sechzehnjährige Tochter abgehauen sei und sie einen Brief gefunden habe und befürchte, dass sie sich was antut. Wir sind gleich hingefahren, haben den Brief gelesen und angefangen, nach dem Mädchen zu suchen. Der Brief klang ernst. Das war keine hohle Drohung.«

Otto wischt sich den Schweiß von der Stirn, greift nach der Wasserflasche in der Mittelkonsole und trinkt einen großen Schluck.

»Und, habt ihr sie gefunden?«

»Ja, zwei Tage später im Wald. Ein junges, blondes Ding. Hübsch. Hatte sich die Pulsadern aufgeschnitten. Wir haben die Kripo verständigt. Die kam mit der Mutter im Schlepptau. Ich weiß es noch wie heute. Ich stand vor dem Leichnam des Mädchens, und die Mutter kommt auf mich zu, ganz langsam. Den Waldweg entlang. Der Beamte bleibt stehen, und sie geht weiter, auf mich zu. Bleibt vor ihrer toten Tochter stehen, sieht auf ihr Kind und sagt tonlos: ›Ja, das ist meine Tochter.‹ Zündet sich 'ne Zigarette an und geht weg. Mehr nicht. Einfach so. Da habe ich hinter den nächsten Baum gekotzt. Da habe ich auf einmal verstanden, warum dieses Mädchen sich umgebracht hat.«

KAPITEL 35

Hans Brettschneider, alias Mister Torremolinos, sieht so aus, als ob er zum Spaß senkrechte Wände raufkraxelt. Mittelgroß, hager mit brutzelbrauner Haut und längeren gräulichen Haaren. Vom Look erinnert er mich fatal an Rainer Langhans, auch so eine Kieler Sprotte. Und der hat, wie ich gelesen habe, nur einen Teller und eine Tasse in seiner Winz-Bude und spielt den ganzen Tag im Park Tischtennis. Könnte ich mir bei Mister Torremolinos ebenfalls vorstellen. Nachdem wir geklingelt haben, kommt Hans gleich aus dem Haus und bittet uns, mit ihm ins *Café am Eck* zu gehen. Seine Wohnung sei sehr klein und nicht für Besuch ausgelegt. Na bitte.

Otto nickt nur.

Das *Café am Eck* bietet unter drei bunten Sonnenschirmen drei Tische; zwei sind frei, an einem sitzen zwei Businesstypen mit Laptop und glotzen auf die Monitore. Im Hintergrund läuft leise Salsa-

Musik. Zwischen den Tischen stehen ein paar üppige Pflanzen mit riesigen grünen Blättern, die an den Rändern bereits gelb werden. Wir setzen uns an den letzten Tisch im Schutz einer Palme. Die Bedienung kommt zu uns. Nasenring. Kurze, schwarz gefärbte Haare.

»Hallo, Hans«, sagt sie. »Das Übliche?«

»Ja, bitte«.

»Und für Sie?«, fragt die Bedienung mich.

»Cola.«

»Schon wieder?«, rutscht es Otto heraus.

Ich sehe ihn finster an. Mit meinem Lass-das-Blick.

»Espresso«, sagt Otto. Die Bedienung verschwindet, und Otto zückt seinen Notizblock. Er sieht mich auffordernd an, und ich tippe zur Antwort einmal an meine Stirn. Speicher verfügbar, Otto.

»Herr Brettschneider, erzählen Sie uns bitte, was Sie wissen oder woran Sie sich erinnern können«, fordert Otto ihn auf. Er legt das ausgedruckte Passfoto von Su vor ihn auf den Tisch. Hans starrt es an, platziert seine Arme links und rechts daneben. Seine Arme sind mager, und die Adern treten hervor wie krumme Straßen.

»Das ist Su«, sagt er leise. »Die kleine Su. Aber so klein war sie gar nicht. Sie hat sich so genannt, weil sie den Namen Ursula nicht mochte. Wer mag schon so einen Namen haben: Ursula.«

Die Getränke werden serviert. Hans bekommt einen Cortado und ein Miniglas Wasser, das er spontan in den Cortado gießt.

»Mein Lebenselixier«, sagt er.

Ist aber kein Wasser. Ich kann den Schnaps riechen. Hans spricht weiter. Erste Regel: Lass ihn kommen, immer schön reden lassen. Meistens braucht es keine Fragen, nur einen Anfang. Dann reden die Menschen von alleine und erzählen, was raussoll.

»Ich habe damals in so einer Kommune gewohnt. Su ist da irgendwann mal aufgetaucht, mit einem Typen.«

»Was für ein Typ war das?«

»Keine Ahnung, längere Haare. Bart. So sahen damals ja viele Typen aus. Ich habe ihn nie wiedergesehen.«

»Wissen Sie noch seinen Namen?«

Hans überlegt. »Nee, leider nicht.«

Schade, denke ich.

Hans fährt fort: »Es war Herbst, eine der ersten echt kalten Nächte, ich weiß es noch, weil sie sich ständig die Füße rieb. Sie trug keine Socken. Sie saß in der Küche und machte sich über den Topf mit übrig gebliebenen Spaghetti her, der da stand.«

»Das heißt, Su kannte jemanden aus Ihrer Kommune?«

»Ach, das war ein Kommen und Gehen. Jeder, der sich halbwegs mit uns auseinandersetzen wollte und nicht wie ein Spießer daherkam, wurde aufgenommen. Manche blieben eine Nacht, manche länger. Manche verschwanden urplötzlich und kreuzten eines Tages wieder auf. Wollten sich zudröhnen. Pennen. Sex haben. Grundbedürfnisse eben. Oder sie wollten reden. Über die Gesellschaft. Über den imperialistischen Überbau. Über die alten Nazis. Die Revolution. Über Bowie.«

Er lächelt wissend und nippt an seinem Kaffee. Schließt kurz die Augen.

»Wann war das, als Su dort auftauchte? Können Sie sich daran noch erinnern?«, fragt Otto.

Hans bläht die Backen auf.

»Puh, ich kann kein Datum nennen, aber es war im Herbst 74, vielleicht im Oktober, denn sie kam im Winter wieder, das weiß ich sicher. Sie tauchte eines Nachts auf, tierisch spät, es war bestimmt fast Morgen und eiskalt, und sie stand in einer Pelzjacke da. Das war im Dezember, ich weiß das noch genau. Von ihrer verstorbenen Mutter sei die, sagte sie. Die anderen sagten: ›He, was bist du denn für 'ne Schickse?‹ Und Su stand da und ließ sich beschimpfen, ob sie jetzt 'ne Bürgerliche geworden sei, 'ne Verräterin und so weiter. Man muss sagen, sie sah umwerfend aus, mit diesen weizenblonden Haaren, dem Lipgloss. Das hatte was Mondänes. Die Mädels in der Kommune waren meist eher natürlich, ließen überall die Haare sprießen und schminkten sich nicht. Trugen Hippieklamotten. Gebatikt und so. Also beschimpften sie Su. Bis einer rief: ›Jetzt lasst sie doch auch mal was sagen!‹ Und da stemmte Su die Hand in die Hüfte und sagte: ›Wir werden diese Schweine, die uns kleinkriegen wollen, fertigmachen.‹ Und dann öffnete sie diese Pelzjacke, und was trug sie drunter? Nichts!«

Hans lacht laut. Zeigt seine leicht schiefen Vorderzähne und ist immer noch begeistert. »Sie trug nur kniehohe Stiefel, einen Minirock, so breit wie ein Gürtel, und diese Jacke. Mitten im Winter. Das fand ich stark. Das war 'ne Ansage.« Hans lacht weiter. »Die fand ich gut. Und sie hatte so kleine feste Brüste.«

»Wen genau meinte Su mit den ›Schweinen‹?«, frage ich, um von den Brüsten abzulenken.

Hans sieht mich an und grinst. Sein Blick wechselt zwischen Otto und mir hin und her. Das Lächeln erstirbt.

»Die Polizei. Den Staat. Die Exekutive. Die alten Nazis.«

»Interessant«, murmelt Otto. »War das nur linkes Gewäsch oder steckte da mehr dahinter? Bei Su, meine ich.«

»Su war ein Mensch mit Überzeugungen. Die Gesellschaft, in der sie aufwuchs, kotzte sie an, wie die meisten jungen Menschen damals. Wir wollten diese Spießigkeit und Verlogenheit nicht. Su dachte wie viele. Aber sie war eine, die sich nicht groß in die Karten gucken ließ. Die war wie 'ne Katze: Wenn sie Bock hatte, ließ sie einen ran, und wenn nicht, *paff*, bekamste eine gepfeffert.«

»Mit wem hat Su zu tun gehabt? Wen kannte sie? Erinnern Sie sich an Namen?«

Hans starrt auf die Straße und redet weiter.

»Nee, die hatte auch keinen festen Freund oder so, das wollte damals ja keiner. Das war total spießig, was Festes zu haben. Wer zweimal mit derselben gepennt hat, gehörte schon zum Establishment. Su kam aus gutem, aber bürgerlichem Haus, sie war gebildet. Studierte hier an der Uni, ging zu Demos.«

»Was war mit Drogen? War sie abhängig von Drogen oder Medikamenten?«, frage ich.

Hans hebt abwehrend die Hände.

»Nein, Su war kein Junkie. Dafür war sie viel zu schlau. Sie war wie viele andere Mädchen in dieser Zeit, die bei uns auftauchten und keinen Bock mehr auf das Establishment hatten. Sie wollte raus aus diesem stinkigen Korsett der Bürgerlichkeit und Spießigkeit. Klar nahmen wir Drogen, wir haben alles ausprobiert, weil wir es spannend fanden. Es ging um neue Welten, neue Wege. Selbsterfahrung war ein großes Thema.«

Sein Gesicht verändert sich, es wirkt jetzt angestrengt und ernster als zuvor. Aus dem jovialen Tonfall eines Typen, der munter aus der Vergangenheit erzählt, ist ein streitbarer Mann geworden.

»Herr Brettschneider, wir wollen den Täter finden, der Su ermordet hat. Auch wenn dieser Mord nun schon so viele Jahre zurückliegt. Daher ist jede Information wichtig für uns. Wer kannte Su?«

»Tja, wer kannte sie nicht?«, fragt Hans und schüttelt leicht den Kopf.

»Hatte sie Feinde? Haben Sie eine Idee, wer ihr das angetan haben könnte?«

Hans schaut traurig auf das Foto von Su und schüttelt den Kopf.

»An irgendeinem Abend im Frühjahr habe ich Su von Torremolinos erzählt und ihr gesagt, dass ich bald auswandere, weil ich es in diesem Scheißdeutschland nicht mehr aushalte. Ich wollte dem Wahnsinn entfliehen. Und es war für sie wie eine Offenbarung. Eine paradiesische Vorstellung. Je mehr ich erzählte, umso begeisterter war sie. Da wollte sie hin. Sie sagte noch, sie wüsste schon, wen sie alles mitnehmen würde. Sie hüpfte vor Begeisterung auf und ab. ›Wen denn?‹, fragte ich. ›Wen nimmst du mit?‹ Sie hörte auf zu hüpfen und sagte: ›Das geht dich nix an.‹ Mit ganz ernster Miene. Das war nicht gespielt, sie meinte das so. ›Das ist meine Sache‹, sagte sie. Und ich erwiderte: ›Na hör mal, ich ebne dir hier den Weg in dein neues Paradies, und du sagst mir nicht, mit wem du da auftauchen willst?‹ Geplant war, dass ich Ende Mai weg bin und sie im Sommer nachkommt. Juni. Juli. Sie müssen wissen, ich hatte die richtigen Kontakte dort unten und wurde erwartet, und weil ich Su mochte, wollte ich ihr einen Platz organisieren. Das war gar nicht so einfach. Die meisten, die da hinkamen, hatten ja nix. Mussten aber von irgendwas leben. Und wenn sie anfangs ein bisschen Kohle hatten, floss sie in die Kommunenkasse und war schnell weg.«

Er zuckt mit den Achseln.

»Wie lange sind Sie geblieben?«, frage ich.

»Knapp vier Jahre.«

»Und warum sind Sie zurückgekommen?«

»Ganz ehrlich? Die Dinge veränderten sich dort. Und hier auch. Und eines Tages bemerkte ich, dass der Wind anders wehte. Und in Deutschland veränderte sich auch einiges, da brach eine neue Ära an. Das war 1979. Also habe ich meine Koffer gepackt und bin zurück.«

»War es schwer?«

Hans sieht mich genau an. Ich kann die tief eingegrabenen Lachfalten um seine Augen zählen, es sind Dutzende. In der Tiefe dieser Rillen ist die Haut heller.

»Ehrlich gesagt, es war beschissen. Aber dort unten in Spanien zerbrach alles. Und dann kamen die Achtziger, und die Yuppies machten sich breit, und es wurde schlimm. Richtig schlimm.«

Er verzieht angewidert das Gesicht.

»Bereuen Sie es?«, frage ich.

»Nein, es ist alles okay so, wie es ist. Ich habe mich in dem Moment richtig entschieden. Meine Ideale habe ich ja nicht über Bord geworfen.«

»Zurück zu Su«, sagt Otto. »Hat sie nach dem Abend je wieder von Torremolinos gesprochen?«

»Und wie! Bei jedem Treffen. Sie hielt diese Flamme am Leben. Aber sie sagte auch: ›Ich muss noch ein paar Dinge regeln.‹ Und ich fragte sie: ›Was für Dinge?‹ ›Mit meinem Bruder und so‹, sagte sie. Ja, und dann kam nichts mehr. Ich war noch mal in der Bar, im *Oxy*, wo sie jobbte, um nach ihr zu sehen, weil sie sich länger nicht gemeldet hatte. Aber da war sie nicht mehr. Der Chef, Freddy, ich erinnere mich, ein fieser Typ, sagte, sie hätte die Scheiße sattgehabt und sei abgehauen. Hätte ihre Koffer gepackt und sich verpisst. ›Wohin?‹, habe ich ihn gefragt. ›Nach Torremolinos‹, sagte der. ›Um die brauchst du dir keine Sorgen zu machen, die ist wie 'ne Katze. Haut ab und kommt wieder. Wenn die dort keinen Bock mehr hat, dann steht sie wieder vor der Tür.‹ Ich habe ihm das geglaubt und bin dann selbst kurz darauf nach Spanien.«

»Haben Sie dort nach ihr gesucht?«

»O ja, denn ich war mir ja sicher, dass sie schon dort ist. Pustekuchen. Nix war. Ich habe in Bars und Cafés herumgefragt, am Strand, auf Partys. Keiner kannte Su. Und ich war mir gewiss, eine wie Su, die fällt auf. Die kennen schnell viele Leute.«

Otto klappt seinen Block zu.

»Wann haben Sie Su das letzte Mal lebend gesehen?«

Hans kratzt sich am Kopf.

»Es tut mir leid, das weiß ich nicht mehr. Vielleicht im Mai? Ja, das könnte sein. Es ist so lange her.«

»Sie haben nie wieder etwas von ihr gehört? Oder andere getroffen, die über sie gesprochen haben?«

»Nein, bis letzten Freitag, als ich Zeitung gelesen habe und ihr Bild sah. Wie ist sie gestorben? Wissen Sie das?«

Otto sieht mich kurz an. »Sie ist erstickt.«

Er will offensichtlich nicht zu viele Infos rausgeben. In der Zeitung stand nur, dass die in der Tankstelle gefundene Leiche Ursula Wechter sei.

»Ein qualvoller Tod. Wer macht so was?«, fragt Hans und zieht die Augenbrauen fragend zusammen.

»Jemand, der Su nicht leiden kann. Sie womöglich hasst oder sich an ihr rächen möchte«, sage ich und sehe ihm direkt in die Augen.

»Ich wüsste wirklich nicht, wer das sein könnte.« Er hält dem Blick stand.

Otto schiebt seine Visitenkarte zu Hans rüber. »Rufen Sie uns an, wenn Ihnen noch etwas einfällt.«

Hans nickt. Ich vermute, er bleibt noch auf ein paar Cortados im Schatten sitzen und sinniert weiter. Soll er mal. Vielleicht fällt ihm ja tatsächlich noch etwas Brauchbares ein.

Wir stehen auf, Ottos Handy piept im Dreierton, und wir verabschieden uns.

»Ich hoffe, dass Sie den Täter finden«, sagt Hans. »Und das ist keine Floskel.«

Otto und ich gehen zurück zum Auto, das wir um die Ecke in einer Seitenstraße neben einem Gemüseladen geparkt haben. Im Gehen liest Otto die SMS, die er erhalten hat, und grinst kurz.

»Gute Neuigkeiten?«, frage ich.

Er sieht auf. »Was?«

Es war eine private Nachricht. Ich sehe es in seinen Augen. Er war für einen Moment ganz woanders.

»Sorry«, sage ich. »Geht mich nix an.«

Wir gehen weiter zum Auto.

»Was denkst du über Hans?«, fragt Otto beim Einsteigen.

»Er lebt noch in der alten Zeit. In der Gegenwart ist er nur Gast. Ich glaube, er sucht immer noch nach der Verkörperung seiner Ideale. Er redet gern. Und er stand auf Su.«

»Er verklärt die Vergangenheit«, ergänzt Otto. »Er tut so, als seien damals Kiffen und Kommune die Lösung gewesen. Die Gesellschaft hatte andere Probleme als das. Die innere Sicherheit war bedroht. Der Staat drohte auseinanderzubrechen. Es kam zu Gewalteskalationen. Das hatte mit Demokratie nichts mehr zu tun.«

»Wie hast du Su kennengelernt? In einer Kommune jedenfalls nicht«, sage ich.

In meinem Kopf ist außerdem immer noch der Satz, den Bernhard gestern gesagt hat, dass ein Polizist mit seiner Schwester geschlafen hätte. Hat er das erfunden? Oder gab es wirklich einen Polizisten, der mit ihr in die Kiste stieg?

Otto steuerte den Wagen auf eine rote Ampel zu.

»Purer Zufall, sie arbeitete im *Oxy*, ich war dort was trinken mit Freunden, und wir kamen ins Gespräch. Su war ein heißer Feger. Unabhängig. Selbstbewusst. Und um die Frage vorwegzunehmen: Nein, wir hatten nichts miteinander.« Er nimmt die rechte Hand vom Lenkrad und schwört mit gespreizten Fingern.

»Wie Hans schon richtig sagte: Su hatte viele Verehrer. Das *Oxy* war so ein Geheimtipp. Total modern, kein bisschen schick. Kühl und Neonlicht. So gar nicht die Siebziger, in denen alles quietschbunt war. Das *Oxy* war seiner Zeit voraus. Es war links, aber nicht diese Hippie-Linke-Fraktion, eher so ein Blick nach vorn. Jedenfalls tummelte sich in der Bar allerlei Volk, und die Königin hinter dem Tresen war Su. Eine Nachtgestalt. Kein Mensch für den Tag. Deswegen hat sie vermutlich auch niemand vermisst.«

Die Ampel schaltet auf Grün, und Otto fährt an, beschleunigt.

Ich würde Su gerne kennenlernen. Würde gerne eine kleine Zeitreise ins Jahr 1975 machen und eine Nacht mit Su verbringen, in ihrer Bar. Nur eine Nacht. Mit ihr und ihren Verehrern. Ich möchte gern eine Nase voll von dieser Zeit nehmen. Inhalieren. Mit ihr reden. Zigaretten auf dem Bordstein rauchen und Wein aus der Pulle trinken. Sie fragen, wer ihre Feinde sind. Wer so einen Hass gegen sie hegt, dass er sie schließlich töten wird. Sie warnen. Ihr sagen, dass es etwas Unheilvolles gibt, vor dem sie sich schützen sollte. Sie warnen, dass sie sterben wird. Auf sie aufpassen. Doch die Antwort auf meine Frage, wer ihre Feinde sind, bekomme ich so nicht. Diese Frage muss ich auf anderem Wege beantworten. Und herausfinden, wer ihr das angetan hat.

»Wenn doch damals Treue nicht hochgehalten wurde, kommt dann Eifersucht als Tatmotiv überhaupt infrage? In den Kreisen, in denen sie sich bewegte, war das kein Thema, oder?«, überlege ich laut.

»Ich glaube auch, es steckt etwas anderes dahinter«, sagt Otto.

Nur was?

KAPITEL 36

Wir stehen vor dem Herkules-Hochhaus, das damals in den Siebzigerjahren garantiert todschick war. Es ist ein hoher Klotz mit einunddreißig Etagen und über vierhundert Wohnungen. Gedacht war es als herausragendes Architekturdenkmal für Köln. 1972 wurde es fertiggestellt. Außen ist das Hochhaus mit orangefarbenen, roten und blauen Quadraten verkleidet und wurde fortan, wie Otto weiß, als »Papageienhaus« verspottet.

»Gruselig«, sagt Otto. »Damals wie heute. Einfach nur gruselig. Weißt du, wie man diese Außenstruktur nennt? Rasteritis!«

Ich lege den Kopf in den Nacken und blicke an der Fassade nach oben. »Sieht eher nach Kotzeritis aus«, sage ich.

Hier hat Hardy gelebt, im zwölften Stock. Zweizimmerwohnung. Mit Balkon.

Die Frau, die wir treffen, wohnt im Erdgeschoss, und das seit 1973. Sie heißt Herta Hellweg. Die Eingangstür des Hochhauses steht offen, wir betreten die Halle, in der ein Kiosk und sogar eine kleine Pizzeria untergebracht sind. Hier ist es etwas kühler als draußen.

Herta wohnt wenige Schritte von den Aufzügen entfernt. Otto klingelt, und es passiert erst mal nichts. Otto legt bereits wieder den Finger an die Klingel. Ich lausche an der Tür und höre schleifende Schritte, die näher kommen. Dann wird die Tür geöffnet. Herta steht vor uns. Sie stützt sich auf einen Stock. Sie ist eine kleine, beleibte Frau mit weitem weißem Oberteil und weißen Leggins. Ihre Beine sind heftig angeschwollen, ich kann nicht anders als hinstarren.

»Elefantenbeine«, sagt sie, weil sie meinen Blick registriert.

»Entschuldigung, ich wollte nicht unhöflich sein.«

»Ich bin der Elefant vom Herkules«, verkündet sie, und es klingt irgendwie prahlerisch. Ich schätze Herta auf um die sechzig. Sie hat einen leichten Damenbart, ihre dunkel gefärbten Haare liegen in ungeordneten Wellen, sind aber frisch gekämmt. Ich kann die Furchen der Zinken sehen.

»Lassen Sie uns vor die Tür gehen, in den Schatten.« Sie tritt aus ihrer Wohnung und zieht die Tür zu. »Hier isses mir zu miefig.«

Vor dem Haus gehen wir an einer ganzen Reihe von Waschbeton-Blumenkästen vorbei und stellen uns unter einen Baum, gleich neben dem Gebäude, an dessen Stamm ein alter Holzklappstuhl lehnt.

»Das ist meiner«, erklärt Herta. »Weit komme ich ja nicht mehr, aber wenigstens bis hierher. Den nimmt auch keiner weg.«

»Gehört ja dem Elefanten«, schlussfolgere ich.

Herta nickt mir anerkennend zu. »Genauso ist es.«

Sie lässt sich mit einem tiefen Seufzer auf den Stuhl sacken, der verdächtig knackt. Ihre Stirn ist feucht.

Otto zeigt ihr das Foto von Su. Ich kann den Lärm der nahen Straße hören, ein ewiges Summen und Zischen. Ich würde verrückt werden, wenn ich das dauernd hören müsste. Herta sieht das Foto genau an und nickt. Hustet einmal trocken.

»Ich kenne das Mädchen.«

»Woher, bitte?«

»Mein verstorbener Mann und ich haben viele Jahre den kleinen Kiosk im Erdgeschoss betrieben. Jetzt ist mein Neffe der Herr im Haus. Aber er ist nicht so gut wie ich.«

Sie legt eine Hand auf den Stock.

»Ich war schon vor meiner Krankheit ein Elefant, müssen Sie wissen«, sagt sie und tippt sich an die Schläfe. »Ich vergesse nichts. Kein Gesicht. Wenn Sie jeden Tag, jeden Abend im Foyer stehen, kennen Sie irgendwann die Leute, die hier ein und aus gehen. Ich kann mir Gesichter sehr gut merken. Namen nicht, aber Gesichter. Da vergesse ich keines. Und dieses Gesicht«, sie zeigt mit ausgestrecktem Finger darauf, »das kenne ich gut. Auch wenn es achtundzwanzig Jahre her ist, dass ich es zuletzt gesehen habe.«

»Woran erinnern Sie sich?«

»Als ich es in der Zeitung sah, dachte ich mir, das Gesicht kenne ich, aber ich musste dann doch einen Tag darüber nachdenken. Ich bin jetzt fünfundsechzig, da macht die Birne manchmal schlapp. Aber einen Tag später fiel es mir wieder ein.«

Sie entdeckt eine schwarzhaarige Frau mit drei Kindern, die gerade auf das Haus zugehen.

»Samira, dein Paket ist am Kiosk«, ruft sie der Frau mit zig Einkaufstüten in jeder Hand zu. Samira lacht und nickt. Die Kinder springen in kurzen Hosen um sie herum, ein Junge trägt einen Sack Äpfel.

Herta fährt fort: »Diese Frau, Su, sie hat hier nicht gewohnt, aber sie war häufig zu Besuch. Kam gern zu mir an den Kiosk und kippte einen.« Sie deutet mit ihrer Hand eine Trinkbewegung an. »Meistens so einen kleinen Wodka. Manchmal nahm sie auch eine ganze Flasche mit.«

»Wissen Sie, wen sie besucht hat, hier im Haus?«

Herta lächelt milde. »Natürlich. Den Hardy. Gerhard Winkler. In den war die verschossen, meine Zeit.«

»Hat sie das erzählt?«

»Sie stand eines Abends vor mir, ich weiß nicht mehr, wann genau das war. Bestellte einen kleinen Wodka. Ihre Hände zitterten leicht. ›Was ist los, Liebelein?‹, habe ich gefragt. ›Ach, ich bin so aufgeregt‹, hat sie gesagt und den Wodka gekippt. ›Sieht er gut aus?‹, fragte ich. Sie grinste, war ja ein hübsches Ding, schöne blonde Haare. Sie guckte etwas erstaunt, dass ich ihr das auf den Kopf zugesagt habe. ›Hast dich verknallt?‹ ›Ja‹, sagte sie, ›schon. Aber wer weiß.‹«

»Wie oft war sie da?«

»Das ging ein paar Monate. Immer mal wieder kam sie vorbei. Im Winter trug sie 'ne schicke Pelzjacke.«

»Haben Sie die beiden je zusammen gesehen, Su und Hardy?«, fragt Otto.

»Ja, einmal verließen die zusammen das Haus. Daher wusste ich, wer es ist, in den sie verknallt ist. Aha, dachte ich. Schau an.«

»Können Sie sich an den Zeitraum erinnern?«

»Das ist schwierig. Jedenfalls habe ich sie zuletzt um Ostern herum gesehen. Ostern 1975. Weiß ich genau, weil unsere Tochter Keuchhusten hatte und wir in dem Jahr nicht zu den Großeltern fahren konnten. Wir blieben hier.«

»Hardy Winkler wurde in seiner Wohnung ermordet aufgefunden. Am 6. Juni 1975.«

»Wem sagen Sie das. Glauben Sie, das hätte ich vergessen? Aber da war ich nicht da.«

Mist, denke ich. Gerade im wichtigsten Zeitraum.

Sie fährt mit dem Zeigefinger über ihren Daumennagel.

»Warum nicht? Wo waren Sie?«

»Ganz einfach, da war ich im Urlaub. Mallorca. Schöne Reise war das damals, mit meiner Mutter. Da lebte sie noch. War das letzte Mal, dass wir im Urlaub waren. Danach ist sie gestorben. Gelbsucht. Sah aus, als hätte sie einer mit Karnevalsschminke angemalt. Als ich zu Hause anrief, erzählte mir mein Mann aufgeregt von Hardy. Da muss was los gewesen sein. Das war der zweite Tote hier im Haus. Der erste hat sich vom Dach gestürzt. Selbstmord.«

»Hat der Hardy noch anderen Besuch gehabt?«

»Ja, klar. Da kamen einige Mädels.« Herta neigte den Kopf leicht zur Seite. »Wenn Sie wissen, was ich meine. Ich sehe das den Leuten an.«

Otto zieht ein Blatt Papier mit Kopien der Passfotos der drei Toten aus seiner Mappe. Sein Handy in der Hosentasche piepst dreimal im Akkord. Otto tut so, als hätte er es nicht gehört.

»Schauen Sie sich diese Fotos mal an, ist da einer dabei, den Sie erkennen?«

Herta nimmt ihm das Blatt aus der Hand und sieht die Gesichter lange an. Die Fotos sind nebeneinander aufgereiht. Sie schwitzt stark, ihre Achseln haben feuchte Ränder.

»Der hier«, sagt sie. »Der war öfters da.«

Sie zeigt auf das Foto von Josef Kalupke.

»Sind Sie sicher?«

»Ja«, sagt sie bestimmt. »Ich vergesse kein Gesicht.«

»Woher wissen Sie, dass er zu Hardy gegangen ist?«, frage ich. »Ich meine, die erzählen Ihnen doch nicht, wohin sie gehen, nur weil Sie im Kiosk arbeiten.«

Weiß sie wirklich etwas, oder macht sie sich nur wichtig?

Herta quittiert meine Frage mit einem strengen Blick.

»Weil er beim ersten Mal gefragt hat, wo das Treppenhaus ist. Er konnte keine Aufzüge benutzen. Hatte wohl Platzangst. ›Zu wem wollen Sie denn?‹, habe ich gefragt. ›Zu Winkler‹, sagte er. ›Zwölfter Stock‹, sagte ich. ›Da nehmen Sie sich mal lieber ein Wasser mit. Nicht, dass Sie mir unterwegs noch umkippen.‹ Hat er dann auch gekauft.« Ein kleines, triumphierendes Lächeln erscheint auf ihrem Gesicht.

»Und die anderen?«, fragt Otto und wackelt mit dem Blatt Papier herum.

Sie schüttelt den Kopf. »Nie gesehen.«

»Eine Frage habe ich noch: Könnten Sie sich vorstellen, dass Su Wechter etwas mit dem Tod von Hardy zu tun hatte?« Ich sehe sie gespannt an.

»Nein, gewiss nicht. Das war ein liebes Mädchen, die war in ihn verschossen.«

»War Su nach Hardys Tod noch mal hier?«, fragt Otto.

Herta sieht Otto erstaunt an. »Warum sollte Sie das? Er war ja nicht mehr da. In die leere Wohnung gehen?« Herta lacht. »Also, das war ja 'ne komische Frage«, sagt sie und wischt sich mit dem Handrücken über die Stirn. »Ich muss mal rein, meine Beine abbrausen mit kaltem Wasser. Ist ja nicht auszuhalten.«

Als wir ins Auto einsteigen, schaut Otto kurz auf sein Handy, und ein Grinsen erscheint auf seinem Gesicht, das aber ebenso schnell wieder verschwindet. Er legt das Handy in die Mittelkonsole und fährt los.

»Wohin jetzt?«

»Ins LKA. Wir können ja schlecht warten, bis sich einer der beiden anderen meldet und Zeit für uns hat.«

Freitag, 4. April 1975

»Viel ist das nicht. Das reicht ja hinten und vorne nicht für guten Sprengstoff«, sagte Rainer und drückte sich von der Tischplatte ab, sodass der Küchenstuhl nur noch auf den hinteren Beinen stand. Er balancierte und sah Su mit strengem Blick an.

»Mensch, Su, weißt du, was das kostet? Wir brauchen die ganz große Nummer. Es muss krachen. Verstehst du? Richtig krachen.«

Su stand auf der anderen Seite des Tisches, ihre Arme hingen herab, und sie hatte die Hände zu Fäusten geballt. Ihr ganzer Körper war angespannt. Rainer sah sie scharf an und strich sich mit den Fingern durch seinen vollen Bart.

»Komm schon, du bist meine Su. Du hast doch noch ein Ass im Ärmel, oder?«

Su öffnete den Mund und sog geräuschvoll die Luft ein. Als könnte sie damit auch alle Probleme einsaugen und runterschlucken. Nein, sie hatte kein Ass im Ärmel. Die Sache war richtig blöd gelaufen: Die Kohle aus dem Überfall war viel weniger als vermutet, und den Goldbarren konnte sie nicht sofort verhökern, das wäre viel zu auffällig. Sie sah Rainers Gesichtsausdruck an, dass er es wusste: Sie würde alles für ihn tun. Und das versetzte ihr einen Stich.

»Ich schaue mal, was ich machen kann«, sagte sie betont lässig, um ihre Gefühle zu überspielen. Sie wollte ihm imponieren. Alle anderen Kerle waren Marionetten für sie. Spielzeug. Zeitvertreib. Mittel zum Zweck. Mohren, die ihre Schuldigkeit getan hatten. Oder noch zu tun hatten. Aber Rainer war seit drei Jahren in ihrem Herzen, auch wenn sie es nicht zugeben wollte.

Er grinste. »So gefällst du mir«, sagte er und schob die mit einem Gummiband umschnürten Geldscheine auf dem Tisch zusammen. Steckte sie in die schwarze Kunstledertasche. Dann schaltete er das Transistorradio auf dem Fensterbrett ein. Es liefen gerade die Nachrichten, aber Su hörte nicht hin.

»Und jetzt die Haare«, sagte er und kippte mit dem Stuhl wieder nach vorn. Er zog Pullover und T-Shirt in einem Rutsch aus und saß mit nackter Brust in seinen engen, ausgewaschenen Jeans an ihrem Küchentisch.

»Muss das sein?«, fragte Su und strich mit ihren Fingern durch sein dichtes, dunkles Haar. Wieder und wieder. Er genoss die Berührung, sie sah es in seinen Augen. Er neigte den Kopf zur Seite. Sie küsste ihn auf den Mund. Sein Bart roch nach Moschusöl und kitzelte sie an der Stelle zwischen Nase und Oberlippe.

»Genieß es. Die kommen jetzt ab. Aber sie wachsen ja wieder nach.«

»Kannst du nicht einfach eine Mütze aufsetzen?«

Er zog ihre Hand am Handgelenk aus seinen Haaren. Sus Gesicht war so dicht an seinem, dass sich ihre Nasenspitzen fast berührten.

»Su«, sagte er. »Süße Su, ich stehe auf jedem Fahndungsplakat in diesem Land, ja in ganz Europa. Bei der Einreise nach Schweden werden sie uns genau kontrollieren. Und dann muss man sein Mützchen absetzen. Verstanden?«

Er küsste sie hart auf den Mund. »Und jetzt rasier die Wolle ab. Ich muss nachher Fotos machen für die Pässe.«

»Okay«, seufzte Su, zog eine Schublade auf und holte die Haarschneidemaschine heraus, entwirrte das Stromkabel und steckte es in die Steckdose.

»Wie viele Millimeter?«

»Acht«, sagte Rainer, stand vom Stuhl auf und zog die orangefarbenen Vorhänge mit dem großen Blumenmuster mit einem Ruck zu.

»Muss ja nicht jeder sehen, was wir hier treiben.«

Er drehte das Radio etwas lauter. Ein alter Song von P. P. Arnold lief. *The first cut is the deepest.* Su kannte den Song, sang ihn leise mit. Stellte dabei die Maschine an und hielt das surrende Gerät an seine Stirn.

»Bereit?«

»Leg los.«

In einem langen Zug, der von der Stirn bis zum Nacken reichte, fräste sie eine Schneise in Rainers Haare. Wie ein Mähdrescher, der durch ein Kornfeld fuhr. Die weiße Kopfhaut lugte hervor. Das Büschel dunkler Haare fiel hinter ihm zu Boden.

*»But when it comes to being lucky, he's cursed
When it comes to lovin' me, he's worst«*

Rainer tippte den Rhythmus des Songs mit seinem Fingerknöchel auf die Tischplatte. Su setzte erneut an, das Gerät summte laut, und sie schlug die nächste Schneise in seine Haare, sang den Song weiter mit und war froh, dass sie nicht sprechen musste und Rainer ihre feuchten Augen nicht sehen konnte. Sie würde nachher eine Locke nehmen und aufbewahren, sie in ihr kleines Tagebuch heften.

*»I still want you by my side
Just to help me dry the tears that I've cried«*

Su rasierte vorsichtig die Seiten und den Übergang zu den Ohren, konzentrierte sich und schniefte einmal. Zog die Nase hoch.

Rainer tippte weiter den Rhythmus auf die Tischplatte. Sein linkes Bein wippte im Takt der Musik.

*»The first cut is the deepest, baby, I know
The first cut is the deepest ...«*

Der Song verklang. Ein Werbejingle wurde im Radio gespielt.
»Fertig«, sagte Su.

Er nahm den Schminkspiegel vom Tisch und hielt ihn hoch. Sah sich genau an. Drehte den Kopf hin und her. »Ich sehe ganz anders aus, das ist klasse«, sagte er und strahlte sie an. »Perfekt!«

Su lachte den Kloß in ihrem Hals weg und strich über seine stoppeligen Haare.

»Und? Gefällt dir dein Bombenbauerfreund?«, fragte er.

Sie bemerkte, dass seine Augen mit den kurzen Haaren größer wirkten, seine Gesichtszüge kantiger waren. Soldatenhafter. Er wirkte härter. Kämpferischer. Nicht mehr so weich wie vorher. »Ja, egal ob mit oder ohne Haare«, log sie und wünschte sich bereits jetzt, dass die Haare rasch nachwachsen würden.

»Jetzt bist du dran«, sagte er und nahm den Haarschneider in die Hand. Schaltete ihn ein und richtete ihn wie eine Waffe auf Su.

»Was?«, rief Su erschrocken und machte einen kleinen Satz rückwärts.

Er lachte laut auf. »War ein Scherz.« Er schaltete das surrende Gerät wieder aus und legte es weg. »Komm mal her«, sagte er. Umarmte Su und legte seine Hände auf ihren Hintern. Sie berührte seinen Hinterkopf mit ihren Fingerspitzen und strich über die Haarstoppeln, die sie für einen Moment an Hundehaare erinnerten.

»Ich muss jetzt los«, sagte er leise.

Enttäuschung stieg in ihr auf.

»Ich komm später im *Oxy* vorbei und hol dich ab, okay?«

Sie starrte wie hypnotisiert in seine Augen, sog ihre Unterlippe ein und ließ sie wieder locker.

»Okay, dann bis später«, sagte Su, beugte sich vor und legte ihre Stirn an seine.

KAPITEL 37

Auf der Rückfahrt zum LKA gehen Otto und ich die bisherigen Befragungen noch einmal durch. Klar ist die Verbindung zwischen Su und Hardy. Aber, so belehrt mich Otto, was wir bisher haben, sind schlussendlich nur Fragmente, die vom Himmel regnen und noch ihren Platz finden müssen. Nachdem ich die Ergebnisse der beiden Befragungen schriftlich erfasst habe, sehen wir uns die Altakten in puncto Hardy noch einmal an. Otto nimmt sich das Original vor, ich mir meine Kopie.

Sina, die Datenbankqueen, war fleißig und hat uns eine Liste mit den Straftaten im Zeitraum von Januar bis Juni 1975 zusammengestellt und die entsprechenden Altakten heraussuchen lassen. Jetzt liegen fünf Stapel auf unseren beiden Schreibtischen. Also werden Otto und ich Wühlmäuse spielen und uns durch Berge von Papier lesen, das riecht, als wären wir in einer modrigen Bibliothek. Aber das Fenster aufmachen kommt nicht infrage. Jetzt ist Mittagszeit, und die Temperaturen haben soeben die Vierunddreißig-Grad-Marke geknackt. Mein Hirn fühlt sich träge an, während ich auf die Daten vor mir starre.

Als der tote Hardy gefunden wurde, hat die Kripo damals den Hausmeister und den Kioskbesitzer befragt, aber beide konnten keinerlei Hinweise geben, wer Hardy besucht haben könnte. Weder in den Tagen davor noch in dem von der Forensik angegebenen Zeitraum, in dem er getötet wurde. Auch die Bewohner im zwölften Stock waren keine Hilfe. Es waren nicht alle Wohnungen vermietet, vor allem nicht die neben und gegenüber von Hardy. Ich muss an den Traum von neulich denken, als ich in dem Haus war und durch das Treppenhaus ging, durch den Flur, und mir alle entgegenkamen. Überwachungskameras oder dergleichen gab es nicht. Was wir wissen, ist: Bei Hardy war immer was los. Ein Kommen und Gehen, Musik bis in den Morgen.

»Otto, warum hast du Herta gefragt, ob Su nach dem Tod noch mal da war?«

Otto sieht von den Akten auf. »Das war spontan. Intuitiv. Folgte keiner Logik.«

Ich kaue auf meiner Lippe herum.

»Was, wenn Su dort war? Warum würde sie das tun?«, frage ich.

Otto legt seinen Stift beiseite und drückt sich von der Schreibtischkante ab.

»Vielleicht, weil sie etwas abholen wollte? Etwas verschwinden lassen wollte, das auf ihre Verbindung zu Hardy hindeutete? Denn ich glaube eins: Su kannte den Mörder. Als Hardy starb, wusste Su, dass auch sie in Gefahr war.«

»Das würde erklären, weshalb sie, als sie Hardy tot vorfindet, nicht die Polizei informiert.«

Otto sieht mich aufmerksam an. »Spekulativ. Wir müssen herausfinden, wann Su das letzte Mal lebend gesehen wurde.«

»Wer könnte das wissen?«

»Arbeitskollegen. Freunde. Familie.«

»Also ihr Bruder Bernhard zum Beispiel. Bernhard stand seiner Schwester am nächsten. Er muss wissen, wann er sie zuletzt gesehen hat. Wann sie nach Torremolinos aufgebrochen ist, wie er dachte.«

Otto nickt. »Du gehst noch mal zu Bernhard, aber ohne mich. Ich glaube, er redet eher mit dir. Mit einer Frau. Da ist eine Chemie zwischen euch. Besuch ihn heute Abend und frag ihn noch mal aus. Aber behutsam. Und ruf die ehemalige Nachbarin noch mal an.«

Wir vertiefen uns wieder in die Akten. Zweimal vibriert Ottos Handy, und ich schaue absichtlich nicht hin. Bemerke aber aus dem Augenwinkel, dass er ein paar Wörter zurückschreibt, *tipp,*

tipp, tipp, und es wieder hinlegt. Geräuschlos. Vorsichtig. Als wäre es kostbar.

Der spinnt doch.

Als mein Magen wenig später so laut knurrt, dass es kaum zu überhören ist, sagt Otto: »Machen wir Pause und gehen was essen. Mir brummt der Schädel. Und Hunger habe ich auch.«

Nach dem kurzen Abstecher in die Kantine sitzen wir wieder im Büro. Otto hat einen Tischventilator geliefert bekommen, der mittig auf unseren zusammengeschobenen Schreibtischen thront und mit leichtem Surren die Luft verwirbelt. Eine gewisse Erleichterung immerhin. Ottos Handy vibriert schon wieder.

»Ich geh mal eben telefonieren«, sagt er, schnappt sein Handy und verlässt den Raum.

Hat der 'ne Frau kennengelernt? Letzte Woche war sein Handy stumm. Keine Vibration und keine Anrufe. Keine Nachrichten. Otto sagt von sich selbst, er sei ohnehin nicht so der Handytyp.

Es klopft, und Sina kommt mit zwei Bechern in der Hand herein.

»Was machst du?«

Ich zeige auf den Stapel der Altakten neben mir. »Ich gehe die alten Fälle durch und suche nach Querverbindungen, nach irgendwelchen Nadeln im Heuhaufen.«

»Ach, die berühmte Nadel. Die findest du so nie. Wenn man sie sucht, bleibt sie versteckt. Das kommt eher zufällig.«

»Na, danke für den Tipp. Macht mir echt Mut. Mann, Sina, du kannst mir doch so was nicht sagen!«

Wir lachen, und Sina reicht mir einen Becher. »Hier für dich.«

»Der ist ja kalt«, sage ich erstaunt.

»Na klar«, erwidert sie lachend. »Ist ja auch Eiskaffee. Frappé. Ich hoffe, du magst das. Brauchst du noch was Bestimmtes? Soll ich was raussuchen?«

»Ja, Sus Einkommensverhältnisse wüsste ich gern.«

»Schwierig bis unmöglich. Banken speichern solche privaten Daten nur etwa zehn Jahre. Noch was?«

»Ja, alles, was du über Gerhard Winkler finden kannst, das wir noch nicht in den Altakten haben.«

»Haste morgen. Und sonst? Kommt ihr voran?«

»Geht so«, sage ich. »Ist ja alles Neuland für mich.«

»Ich glaube, du machst das schon ganz gut. Sonst hätte Frank dich nicht mit Otto losgeschickt. Und Erkan?«

Ich atme einmal tief durch. »Erkan?«, frage ich unschuldig.

Sina grinst. »Ich hab ihn gestern Nachmittag in einer Eisdiele am Rhein getroffen.«

»Hier in Düsseldorf?«

»Nee, in Köln. Er hat mich über dich ausgefragt. Bei dem haste ordentlich Eindruck hinterlassen, keine Ahnung, was du mit dem angestellt hast.«

»Und was hast du ihm berichtet über mich?«

Sina reißt die Augen weit auf. »Nichts! Bist du verrückt? Wir Mädels halten doch zusammen, das wäre ja noch schöner.«

Ottos Telefon klingelt.

»Geh ruhig ran, ich muss eh weitermachen, bis später.«

»Danke für den Eiskaffee«, rufe ich noch schnell hinterher. Weil ich es um ein Haar mal wieder vergessen hätte.

Ich gehe um den Schreibtisch herum und nehme ab. Melde mich. Im Display wird eine Handynummer angezeigt. Am anderen Ende ist ein Typ mit einer knarzigen Stimme.

»Hier ist Peter Ballauf. Ihr Handy ist defekt. Immer belegt.«

Ich ziehe mein Handy aus meiner Hosentasche und schaue drauf. Alles normal.

»Nein, mein Handy funktioniert«, sage ich. Da macht es klick im Kopf. Er meint das Handy von Otto. »Moment mal. Ballauf. Sie haben sich doch bei uns am Wochenende gemeldet, wegen Su Wechter.«

Er schnaubt einmal ins Handy. »Ja, allerdings.« Er klingt verärgert.

»Wir hatten es heute Vormittag versucht, aber Sie leider nicht erreicht.«

»Ja, da war ich unterwegs. Und als ich vorhin zurückgerufen habe, ging nur die Mailbox dran.«

Ich stehe auf und trete ans Fenster, die Schnur des Hörers reicht genau bis zum Fenster. Ein paar Meter vom Gebäude entfernt steht Otto und telefoniert.

»Mein Kollege befindet sich in einem längeren Telefonat«, sage ich freundlich. »Wann können wir Sie besuchen und uns unterhalten?«

»Gar nicht«, blafft er. »Ich bin jetzt bereits am Flughafen und dann gleich weg. Spontanurlaub. Vierzehn Tage. Last Minute. Aber ich kann es Ihnen auch jetzt noch schnell sagen.«

Ich sehe, wie Otto von einem Bein aufs andere tritt.

»Okay«, erwidere ich. »Erzählen Sie mir, was Sie über Su Wechter wissen. Ganz egal, was es ist. Jedes noch so kleine Detail könnte entscheidend sein.«

Peter Ballauf zieht laut die Luft durch die Nase ein.

»Also«, beginnt er und atmet laut aus. »Su und ich haben damals im *Oxy* gearbeitet, manchmal hatten wir gemeinsam Schicht und sind anschließend noch ausgegangen. Irgendwann kam sie zu mir und hat mich um Kohle angehauen.«

»Warum das? Wofür hat sie die gebraucht?«

»Hat sie mir nicht verraten, war mir aber auch wurscht in dem Moment.«

»Wie viel wollte sie haben?«

»Tausend Mark. Das war damals verdammt viel Asche. Sie meinte, sie müsste jemanden bezahlen, weil es ihr sonst an den Kragen ginge. War ziemlich klamm.«

»Und wissen Sie, wer das war? Wem sie Geld schuldete?«

»Nein. Jedenfalls habe ich erst mal Nein gesagt. Sie hat mir dann gesagt, sie bräuchte es wegen ihres Bruders. Damit es da keinen Ärger gibt. Ihre verrückte Mutter war ja gestorben, und sie musste sich um den Bruder kümmern.«

»Und haben Sie ihr das Geld gegeben?«

»Ich habe ihr fünfhundert Mark geliehen, weil sie mir keine Ruhe ließ. Das war immer noch ein Batzen Geld. Sie hat mir hoch und heilig versprochen, dass sie es mir zurückzahlt. Sie sagte, sie bräuchte bloß etwas Zeit. Wir haben sogar einen Schuldschein ausgefüllt.«

»Wann war das ungefähr, können Sie sich erinnern?«

»Ja. Das war Ende Mai.«

Im Hintergrund höre ich unverständliche Durchsagen am Flughafen. Aufrufe in einer blechernen Stimme, die widerhallen.

»Haben Sie das Geld wiederbekommen?«

»Nein«, schnaubt er wütend ins Telefon. »Bis heute nicht! Sie hat es mir nie zurückgezahlt.«

»Das konnte sie nicht. Su Wechter ist ermordet worden.«

»Ja, das weiß ich jetzt auch, stand ja in der Zeitung.«

»Wann haben Sie Su das letzte Mal lebend gesehen? Das wäre eine wichtige Information für uns. Denken Sie doch bitte kurz nach, ob es Ihnen einfällt.«

Peter schnaubt wie ein Pferd. Räuspert sich.

»Das war im Juni, am 14. Juni.«

»Das wissen Sie so genau? Warum? Was war da?«

»Wir haben gemeinsam gearbeitet, es war eine der ersten warmen Nächte. Su hatte ein knalleges T-Shirt mit einem Glitzeraufdruck an. Ich habe sie damals gefragt, ob sie noch was vorhat. Und sie hat gesagt, einiges. Und ich würde mich noch wundern. ›Ich fang neu an‹, hat sie gesagt. ›Ich bleib nicht mehr lange hier, bald ist Schluss.‹ An dem Tag habe ich nach der Arbeit meine Freundin kennengelernt, Sabrina. Daher erinnere ich mich so genau an das Datum. Weil ich, als ich am nächsten Tag aufwachte, dachte: Nicht nur du fängst neu an, Su, sondern ich auch. Ich war damals schwer verliebt.«

»Was für ein Wochentag war das?«, frage ich und tippe parallel das Datum in die Suchmaschine ein.

»Ein Samstag.«

Es stimmt, was er sagt. Es war ein Samstag. Der 14. Juni 1975.

»Hat Su jemals etwas von Torremolinos erzählt?«

»Ständig. Sie wollte mit so einem Typen da hin, keine Ahnung, wer das war. Jedenfalls, am Wochenende drauf kam ich zur Arbeit, aber Su tauchte nicht auf. Sie hat fast immer die Wochenenden gearbeitet, da war am meisten Umsatz, und Su sah gut aus, und das Geld saß bei den Gästen dann entsprechend locker. Aber sie kam auch die nächsten Wochenenden nicht wieder. Su kam nie wieder. Unser Chef, der Freddy, hat gemeint, die ist bestimmt schon ab nach Torremolinos. Hätte sich ja wenigstens mal verabschieden können.«

»Lebt Freddy noch?«

»Nee«, sagt Peter und lacht. »Der hat seine Leber zerschossen. Der guckt schon lange die Radieschen von unten an. Ich muss jetzt los, durch die Sicherheitskontrolle. Gibt's denn 'ne Chance, dass ich die fünfhundert Mark wiederbekomme?«

Ich bin sprachlos. »Vermutlich nicht. Wo sollten die denn herkommen?«

»Keine Ahnung. Von ihrem Bruder oder sonst wem.«

Ich blicke wieder aus dem Fenster und sehe Otto noch immer unten stehen, allerdings ohne Handy am Ohr.

Herrje, was machst du da?

Ein Auto fährt vor, ein roter Golf, und Otto winkt das Auto ein paar Meter weiter zum Haltebereich neben dem ausgedörrten Grünstreifen.

»Herr Ballauf, falls Ihnen in Ihrem Urlaub noch etwas einfällt, würden Sie mich dann bitte anrufen? Unter dieser Nummer. Das würde uns sehr helfen.«

»Ja, schauen wir mal. Wenn die Ablenkung nicht zu groß ist.«

»Wohin fliegen Sie eigentlich?«

»Nach Ibiza, ich will an den Strand, ist hier ja nicht auszuhalten.« Er stöhnt.

»Kann ich gut verstehen«, sage ich leicht abwesend und beobachte, wie der Golf hält. Älteres Fabrikat. Die Farbe der Karosserie ist schon etwas ausgeblichen. Otto geht um das Auto herum und tritt auf der Fahrerseite ans Fenster. Ich sehe sein Gesicht von hier oben.

»Ich muss jetzt los«, sagt Peter.

Jetzt sollte ich zum Abschied noch etwas Freundliches sagen. Ein paar Worthülsen. Das möchten die Menschen gern hören. Plattitüden. »Danke für Ihren Anruf und die Informationen. Wenn wir noch eine Frage haben, dürfen wir Sie dann anrufen?«

Ich komme mir vor wie das Fräulein vom Amt.

»Wenn es sein muss. Adios«, sagt er.

Otto beugt sich vor, sein Kopf verschwindet für einen Moment im Auto. Demnach ist das Fenster heruntergekurbelt.

»Vielen Dank«, sage ich monoton und starre auf das Auto, merke mir das Kennzeichen. »… und einen schönen Urlaub für Sie, Herr Ballauf. Hallo?«

Aber Peter hat bereits aufgelegt. Ich lasse den Hörer sinken.

In dem Moment richtet sich Otto wieder auf. Sein Kopf erscheint, ich sehe sein Gesicht. Rot ist es. Er grinst von einem Ohr zum anderen. Das Auto fährt an. Langsam. Ganz langsam. Eher ein Rollen. Otto hebt die Hand zum Abschied und winkt. Das Auto beschleunigt und fährt davon.

Wer zum Geier ist das?

Otto schaut dem Auto noch hinterher, dann wendet er plötzlich den Kopf und sieht nach oben, genau in meine Richtung.

Innerhalb einer Millisekunde ducke ich mich, trete zurück in den Raum und lege den Hörer auf, aus dem ohnehin nur noch ein leeres Tuten ertönt.

KAPITEL 38

Otto steht wenige Minuten später in der Tür und hält zwei Päckchen Eis in der Hand. Die Sorte mit einer Waffel oben und einer unten und Fürst-Pückler-Eis dazwischen, die es früher im Freibad gab.

»Hier, für dich. Schmilzt schon, musste schnell essen.«

Er reicht mir das Eis, und ich sehe ihm in die Augen. Ich will darin lesen und wissen, ob er mich eben am Fenster gesehen hat.

Wer war die Person im Auto?

Gibt es das Eis als Ablenkung, als Verschleierungstaktik?

Aber Ottos Blick ist wie eine Wand. Eine schöne Wand. Seine Augen sind wach und strahlend.

»Ist was?«, fragt er und runzelt die Stirn. Und für einen Moment fühle ich mich ertappt.

»Ich glaube, ich weiß, wann Su Wechter getötet wurde«, sage ich schnell und reiße die Eisverpackung auf. Setze mich und beginne schnell das Eis abzulecken, das an den Seiten bereits hervorquillt.

»Woher weißt du das?«, fragt er und setzt sich an seinen Platz, legt sein Handy auf den Tisch. Er lässt es meistens am Platz liegen, nicht wie ich, die ihr Handy die ganze Zeit in der Hosentasche rumträgt. Ich überlege, ob ich mir nachher sein Handy unauffällig ansehen sollte.

Während wir das Eis essen, berichte ich ihm von dem Anruf. Die kühle, süße Masse in meinem Mund ist herrlich, und ich wünschte, ich könnte in einer vollen Wanne davon baden.

»Su Wechter starb allem Anschein nach am 14. Juni 1975 oder ein paar Tage danach.« Ich erzähle ihm von dem Anrufer.

»Das ist gut, Lupe, das ist richtig gut!«, ruft Otto laut. Er strahlt mich an. Lächelt. Mir wird in dem Moment erst klar, dass wir einen Schritt weiter sind. Einen großen sogar.

»Ja«, sage ich langsam. »Jetzt fehlen uns bei der Befragung nur noch die Frau im Heim und die Nachbarin. Dann haben wir alle durch.«

»Ich rufe dort gleich noch mal an«, sagt Otto. »Schmiede das Eisen, solange es heiß ist. Und du gehst trotzdem heute Abend zu Bernhard. Bleib an dem dran. Ich glaube, der weiß mehr, als er zugibt.«

Auf der Toilette wasche ich meine klebrigen Finger. Bevor ich zurück in unser Büro gehe, mache ich bei Sina halt. Sie sieht von ihren drei Monitoren auf und lächelt mich an. Sie hat die Jalousien heruntergelassen; das Restlicht, das noch durchkommt, liegt in Streifen auf ihrem Gesicht und Oberkörper.

»Sina, würdest du mir die Tage mal deine Recherchefähigkeiten zeigen? Und wie man die Datenbanken benutzt?«

Wenn du etwas von Menschen willst, zeige Interesse an ihrer Tätigkeit. Sie werden dir alles erzählen. Sie werden sich dir öffnen. Es ist ganz einfach.

»Ähm, ja, klar, zeige ich dir gern. Ich vermute, dass du sie nicht alleine bedienen darfst, wegen deines Praktikantenstatus und so. Aber ich zeig's dir. Logo. Wie wäre es morgen?«

Wie wäre es jetzt, denke ich.

»Okay, dann morgen, super. Danke.«

Sina sieht mich mit diesem Blick an, der sagt: Ich will dir nahe sein. Ich will deine Freundin sein. Ich will dich anfassen dürfen, wenn du es mir erlaubst. Ich werde dir etwas zeigen, das du nicht kennst.

Von wegen.

KAPITEL 39

Am Nachmittag fahre ich im stickigen Regionalexpress zurück nach Köln und beschließe, dass ich mir das nicht mehr antue und ab sofort mein Auto nehmen werde. Es ist ein schwarzer Fiat 500, schon etwas älter mit ein paar Macken, aber ich fahre den echt gern, obwohl er immer häufiger Zicken macht, wenn es regnet oder feucht ist. Aber da die Luft seit Wochen ohnehin staubtrocken ist, läuft er wie geschmiert. Mit dem Bambino fahre ich direkt zur Luftballonfabrik im Nordosten von Köln. Mein Plan ist, Bernhard dort abzuholen, wo er sich heimisch fühlt. Mich sichtbar zu machen und vor allem, mir seinen Freund Olli vorzuknöpfen, mit dem er anscheinend Sex hat. Ich will rausfinden, ob er Bernhard und seinen geistigen Zustand ausnutzt.

Als ich endlich ankomme, bin ich schon später dran als geplant, es ist schon fast fünf. Ich sehe keinen freien Parkplatz und stelle mein Auto an einer Bushaltestelle ab, mit zwei Reifen auf dem Gehweg, quasi im absoluten Halteverbot. Hechte aus dem Auto, schmeiße die Tür ins Schloss und laufe zum Eingang. An der Pforte zücke ich meinen Ausweis vom LKA, auf dem Gott sei Dank nicht steht, dass ich nur Praktikantin bin, und der Mann an der Pforte reckt das Kinn vor und sieht ihn ehrfürchtig an.

»Ich will zu Bernhard Wechter.«

»Über den Hof und die zweite Tür links.« Er sieht auf die Uhr. 16:54 Uhr. »Sie müssen sich aber beeilen, der hat gleich Feierabend.«

Ich marschiere los, nach zwei Schritten mache ich auf dem Absatz kehrt. »Und Olli, sein Freund. Wo ist der?«

»Olli Schmitt?«

»Ja«, rate ich mal ins Blaue hinein.

»Der ist auch da. Die sind Kollegen.«

Als ich die Tür zum Lagerraum öffne, schlägt mir ein Schwall Gummigeruch entgegen. In dem großen Raum stehen drei lange Tischreihen, und an der ersten arbeiten mehrere Personen im Stehen und testen Luftballons an laut zischenden Maschinen. Ich erkenne Bernhard von hinten an seiner Art zu stehen. Er schlenkert leicht mit den Armen, trägt Jeans und darüber einen dünnen blauen Arbeitskittel. Der Raum ist relativ kühl.

Eine blond gelockte Frau in Rock und weitem T-Shirt kommt mit einem argwöhnischen Blick auf mich zu.

»Kann ich Ihnen helfen?«

»Danke, ich habe ihn schon gefunden. Bernhard, er steht da drüben.«

»Darf ich fragen, wer Sie sind?«

»Klar. Svensson. LKA.« Ich halte ihr kurz meinen Ausweis unter die Nase. »Ich will mich mit Bernhard unterhalten. Und Sie sind?«

»Brigitte Schäfer. Ich leite die kleine Gruppe hier.«

Wir schütteln uns die Hände.

»Wer arbeitet alles hier?«, frage ich interessiert.

»Wir haben hier sieben Integrationsarbeitsplätze. Schon seit vielen Jahren bieten wir Behinderten oder Menschen mit Einschränkung eine dauerhafte Tätigkeit an. Dazu gehören Prüfvorgänge, das Packen von Paketen, Warenannahmen und Warenverwaltung, je nach Fähigkeiten. Bernhard ist schon lange bei uns.«

»Verstehe. Ich habe mit Bernhard schon mal gesprochen, er kennt mich.«

»Oh, gut, ich wollte Sie gerade bitten, dass Sie wegen der Sache mit seiner Schwester vorsichtig sind. Er hat heute allen gesagt, dass sie tot ist, und war sehr aufgewühlt. Ich glaube, er hat es erst jetzt so richtig begriffen. Er braucht mehr Zeit als andere, um Dinge zu verarbeiten.«

»Keine Sorge, ich bin im Bilde. Wer von denen ist eigentlich sein Freund Olli? Er hat mir von ihm erzählt.«

Brigitte zeigt auf den Mann neben Bernhard. Olli ist einen Kopf kleiner als er und eher ein Klößchen.

»Sind die beiden Freunde?«

»Ja, Olli ist seit etwa fünf Jahren bei uns. Es ist gleich Feierabend, wenn Sie mit den beiden sprechen wollen, würde ich sagen, am besten jetzt.«

Ich bedanke mich und stelle mich hinter die beiden. Brigitte entfernt sich ein paar Meter, lehnt sich an eine Säule und beobachtet mich von dort aus.

»Hallo, Bernhard, hallo, Olli«, sage ich und grinse.

Die beiden drehen sich synchron zu mir um.

»Ach, hallo.« Bernhard sieht mich ertappt an, als hätte er gerade einen Lolli geklaut.

»Wie geht es dir, Bernhard?«

»Gut.« Er wird rot und sieht zu Boden.

»Wer ist das?«, fragt Olli neugierig. Olli hat dünne kurze Haare und weiche Wangen, die nach unten hängen wie die Lefzen bei einem großen Hund. Kleine Knopfaugen. Er ist jünger als Bernhard, vermutlich in meinem Alter. Wenn überhaupt.

»Das ist Lupe«, sagt Bernhard zu ihm.

Er sieht ein bisschen stolz dabei aus.

»Hallo, Lupe«, sagt Olli nahezu tonlos zu mir und wendet sich wieder seinem zischenden Prüfgerät zu.

»Du, Bernhard, es ist gleich Feierabend, ich wollte dich abholen, dachte, wir können uns unterhalten und ein Eis essen. Was meinst du?«, frage ich.

Bernhard sieht mich mit großen, ungläubigen Augen an. Es dauert einen Moment, bis er reagiert. *Ratter. Ratter.*

»Ja«, sagt er und zupft sich nervös am Ohrläppchen.

»Prima, ich warte draußen auf dich. An der Straße. Na dann, bis gleich. Tschüss, Olli.«

»Ja, tschüss«, sagt Olli mit einem schnellen Blick zu mir.

Bernhard kommt mit schlaksigen Bewegungen auf mich zu, er geht vorsichtig, und ich grinse ihn freundlich an. In meiner Ausbildung habe ich gelernt, welche Atmosphäre einem Gespräch zuträglich ist. Zwar ist Bernhard kein Straftäter, den ich therapieren soll, aber letztlich kann ich die gleichen Mechanismen anwenden, um einer Sache auf den Grund zu gehen. Als Erstes gilt es, eine offene Atmosphäre zu schaffen. Dazu fahren wir mit meinem Auto an den Lenauplatz, denn die Eisdiele dort ist top. Wir bekommen keinen Platz an einem der quadratischen Tische draußen, deswegen nehmen wir jeder vier Kugeln im Becher und setzen uns im Schatten der Bäume auf eine der grünen Parkbänke. Bernhard hat sich noch extra Sahne bestellt.

»Schön, dass du Zeit für mich hast«, sage ich und sehe ihm zu, wie er sein Eis genüsslich löffelt. Er lächelt dabei selig.

»Wie war dein Tag?«, frage ich und schiebe mir meine Sonnenbrille auf den Kopf.

»Gut. Viel Arbeit. Aber ich kann das.«

Zweiter Aspekt der Befragung ist: Offene Fragen stellen und den Redefluss nicht unterbrechen, selbst wenn die Informationen nicht relevant erscheinen.

»Was hast du denn heute so gemacht?«

Bernhard sieht mich erstaunt an. »Na, das Gleiche wie gestern«, sagt er und löffelt weiter, mit einem leichten Kopfschütteln.

Klappt ja prima.

Themenwechsel helfen, wenn man bei der Befragung nicht weiterkommt.

»Sag mal, der Olli und du. Magst du den gern?«

»Ja, Olli ist mein Freund. Der ist nett. Und auch lustig.«

»Ihr habt keinen Sex miteinander, nicht wahr?«

»Nein. Keinen Sex.« Bernhard starrt auf sein Eis und möchte gern darin versinken. Seine Ohren werden rot wie Himbeeren. Dachte ich es mir doch. Als ich Olli sah, konnte ich mir bei aller

Fantasie nicht vorstellen, dass da was läuft. Fragt sich nur, warum Bernhard gelogen hat, aber ich glaube, ich kenne den Grund: Er wollte mich testen. Er wollte sehen, wo meine Grenzen liegen und ob ich geschockt bin von ihm. Ob ich das so stehen lasse oder der Sache nachgehe. Und als ich heute auf seiner Arbeit auftauchte, wusste er, dass ich ihn ernst nehme. Und ich wüsste nun gern, ob die Sache mit dem Polizisten auch erfunden ist. Aber ich will ihn erst später danach fragen, jetzt geht es mir um etwas anderes. Ich schlage die Beine übereinander und wippe mit meinem Fuß. Dabei rutsche ich mit der Ferse aus den Pumps und lasse den Schuh an den Zehen aufgehängt baumeln. Vor und zurück.

Bernhard hört auf zu löffeln und schaut auf meinen Fuß. Er wirkt fast wie hypnotisiert.

»Was ist?«, frage ich.

Bernhard zeigt auf meinen Fuß. »Wie Su. Hat Su auch gemacht«, sagt er und sieht mich wehmütig an.

Ich drehe mich ihm zu. Mir kommt da eine Idee. »Bernhard, ich möchte dich auf eine Reise in die Vergangenheit mitnehmen, zu Su. Es ist ein Spiel. Die Reise findet in deinem Kopf statt, und ich bin deine Reiseleiterin, ich zeige dir, wie es geht. Dazu musst du aber die Augen schließen, und ich stelle dir ein paar Fragen. Hast du Lust dazu?«

»Ja.« Bernhard lässt den fast leeren Becher mit der restlichen bereits geschmolzenen Eiscreme in den Schoß sinken. Ich nehme ihm den Becher ab. Seine Finger und sein Mund sind mit Eis und Sahne verschmiert, aber das ist jetzt egal. Seine Hände liegen locker in seinem Schoß.

»Schließ bitte die Augen«, sage ich sanft, und Bernhard gehorcht. »Konzentrier dich auf deinen Atem. Durch die Nase einatmen, durch den Mund ausatmen. Ein. Aus. Sehr gut machst du das.« Dann bitte ich ihn, mir zu sagen, was er riecht und hört, was hier um ihn herum ist, und Bernhard zieht brav mit. So geht es eine

Weile, bis er ganz ruhig atmet und auch seine Schultern entspannt sind.

»Als du Su das letzte Mal gesehen hast, wo war das? Stell es dir vor. Wo sitzt Su? Was kannst du riechen?«

Seine Mundwinkel zucken. »Am Küchentisch«, antwortet er. »Mit mir. Sie hat gekocht, Spaghetti mit Butter.«

»Kannst du sie schmecken? Riechen?«

»Ja-a«, sagt Bernhard. »Die mag ich. Ich sitze am Tisch. Esse. Su spielt mit dem Schuh. Su sagt: ›Iss schneller, ich muss gleich arbeiten gehen.‹ Und sie riecht gut. Nach Parfüm.«

»Kannst du das Parfüm jetzt riechen?«

»Ja.«

»Ist es noch hell draußen?«

»Nein. Dunkel. Die Lampe ist an.«

»Weißt du noch, was Su anhatte? Kannst du es jetzt sehen?«

»Ja. Es glitzert. Es glitzert im Licht.«

»Was ist es, das sie anhat?«

»T-Shirt.«

»Mit einem glitzernden Aufdruck?«

»Ja.« Sein Atem geht schneller, die Fülle der Bilder überrascht ihn. Seine linke Hand zuckt. »Keine Panik, es ist nur eine Erinnerung«, sage ich sanft. »Atme ein und aus, ganz ruhig. Du hörst meine Stimme, sie gibt dir Sicherheit.«

Nach ein paar Atemzügen hat Bernhard sich wieder beruhigt, und ich kann fortfahren. »Bevor Su jetzt arbeiten geht, was tut sie?«

»Sie bringt mich zu Bett. Kuschelig. Vorlesen. Meine Lieblingsgeschichte. Die mit dem tanzenden Mädchen. Milch zum Schlafen.«

»Was für eine Milch ist das?«

»Süße Milch.«

»Warme Milch? Kannst du das Glas in deiner Hand spüren?«

»Ja, warm.«

»Und nach dem Abend. Da hast du Su am nächsten Morgen wiedergesehen. Kannst du dich daran erinnern?«

Er nickt.

»Gut. Wie sieht deine Erinnerung aus?«

»Ich liege im Bett. Die Sonne scheint. Durchs Fenster. Su kommt. Legt sich dazu.«

»Okay. Was hat sie zu dir gesagt? Weißt du das noch?«

Bernhard neigt den Kopf etwas zur Seite und verzieht die Lippen. »Wir machen eine Reise. Ganz bald.«

»Wohin?«

»Torremolinos.«

»Du machst das sehr gut. Was hat Su gemacht?«

»Kopf gestreichelt.«

»Und hat sie noch was zu dir gesagt?«

»Dass ich helfen muss. Am Küchentisch.«

»Seid ihr aufgestanden?«

»Ja.«

»Kannst du den Küchentisch sehen?« Er nickt. »Und was hast du geholfen?«

»Ich muss zählen. Ich kann das.«

»Was musst du zählen?«

»Scheine. Immer zwanzig, und ein Gummi drum. Immer zwanzig. In die Tasche.« Seine Hände ahmen die Bewegungen nach. Bernhards Augen sind immer noch geschlossen, sein Mund steht leicht auf.

»Sind es viele Scheine?«

»Ja. Leise. *Psst.*«

»Du musst leise sein?«

»Ja, leise sein.«

»Warum musst du leise sein?«

Sein Gesicht bebt. Ein Zucken geht durch den linken Mundwinkel. Mit einem Mal reißt er die Augen auf. »Das darf ich nicht sagen«, platzt er heraus und wird sofort wieder leiser. »Das darf ich niemand sagen. Niemand darf es wissen«, wispert er.

Er schaut mich irritiert an, reibt sich die Augen. Die kleine Reise in die Vergangenheit hat ihn verwirrt. Er sieht sich leicht panisch um. Ich lege meine Hand auf seinen Unterarm. »Du hast das super gemacht, Bernhard. Alles ist gut.«

Ich spreche weiter mit ihm, und er beruhigt sich. »Was ist das, was du niemandem verraten darfst?«, frage ich ganz leise und beuge mich zu ihm vor.

Bernhard sieht mich wieder mit diesem zweiten Gesicht an, dem klugen Gesicht. Mit dem, das ausdrückt: Ich checke genau, was du vorhast.

Komm schon, sag es mir, denke ich mir.

Aber er legt einen Zeigefinger auf seine Lippen.

»Okay«, sage ich. Er mustert mich eindringlich, und ich weiß, dass er gerade überlegt, ob er mir eigentlich trauen kann.

»Du kannst es mir ja ein anderes Mal erzählen«, sage ich. »Natürlich nur, wenn du willst. Okay?«

Bernhard wippt mit dem Kopf leicht vor und zurück. Dann betrachtet er seine klebrigen Finger. »Ich muss meine Finger waschen.«

»Gut, komm mit. In der Eisdiele ist ein Klo.«

Wir überqueren die Straße, werfen unsere leeren Pappbecher in den Mülleimer vor der Tür. »Ich warte hier«, sage ich, und Bernhard wackelt in die Eisdiele hinein in Richtung Toilette, um sich die Hände zu waschen. Ich setze meine Sonnenbrille auf, stelle mich in einen schmalen Streifen Schatten und warte. Bernhard ist ein Erwachsener, und trotzdem hat er die einstudierten Verhaltensweisen eines Kindes. Su hat ganze Arbeit geleistet, sie hat ihm Aufgaben gegeben und ihm eingetrichtert, dass er das alles kann. Sie hat sein Selbstbewusstsein konditioniert, indem sie ihm etwas eingeredet hat, das er durch permanente Wiederholung verinnerlicht hat.

Er kann die Grenzen seiner eigenen Fähigkeiten nicht begreifen und lebt in Ritualen. In Wiederholungen. Und er hat gelernt, ein Geheimnis zu bewahren. Denn es ist ihm eingehämmert worden. Kein Sterbenswort an irgendwen. Das bedeutet für mich, dass er nur jemandem etwas erzählen würde, der dem Status seiner Schwester sehr nahekommt. Einer Person, die wie seine Schwester agiert und ein ähnliches Verhältnis zu ihm aufbaut. Ihn umsorgt. Füttert. Nährt. Ihn führt und letzten Endes kontrolliert.

Mein Blick fällt auf den Eingangsbereich der Eisdiele, und ich sehe, wie Bernhard aus dem Waschraum kommt. Er schließt sorgfältig die schmale Tür. Zwei Typen stehen an der Theke und albern herum. Proleten mit dicken Muckis, rasiertem Nacken und Bodybuilder-Tanktops, die ihre Sonnenbrillen am Hinterkopf tragen. Bernhard sieht mich, und ich winke ihm zu, dabei verliert er kurz das Gleichgewicht. Er schwankt nach links und rempelt dabei einen der Muskelprolls an. Der dreht sich ruckartig um.

»Ey, kannst du nicht aufpassen, du Spacko«, ranzt er Bernhard an.

Bernhard bleibt stehen und starrt den Mann verblüfft an. Wie ein Kind einen Elefanten anstarrt, den es das erste Mal sieht. Er starrt ihm auf die aufgeblasene Popeye-Brust und nuschelt etwas, das ich nicht verstehen kann.

»He, isch hab disch was gefragt!«

Mit fünf großen Schritten stehe ich neben dem Proll und seinem Freund an der Theke. In den Spiegeln an der Wand dahinter kann ich mich sehen.

»Gibt's hier ein Problem?«, frage ich spitz, immer noch die Sonnenbrille auf der Nase. Bernhard starrt mich mit großen Augen an.

Der Proll strafft die Schultern und macht ein amüsiertes Gesicht.

»Ey, Alter, komm, lass gut sein«, sagt sein Kumpel zu ihm.

Hinter der Theke steht die Eisfrau und verdreht die Augen.

»Nee, lass ma. Wer bist du denn?«, fragt er und schiebt sein Kinn vor.

»Ich bin die, die aufpasst, dass es keinen Ärger gibt. Und wer bist du? Der Typ, der sich nicht zu benehmen weiß?«

Ich nehme Bernhards Hand. »Du hast den Mann versehentlich angerempelt, das habe ich gesehen. Hast du dich entschuldigt?«

»Ja«, sagt Bernhard schnell. »Hab ich.« Er nickt heftig.

»Dann ist ja alles gut«, sage ich, schiebe meine Sonnenbrille ins Haar und schenke dem Proll einen bitterbösen, vernichtenden Blick.

Sein Mundwinkel zuckt.

»Meine Schwester ist tot«, sagt Bernhard laut zu den Prolls, die beide daraufhin blöde aus der Wäsche gucken. Die Frau hinter der Theke macht ein betretenes Gesicht.

»Lasst euch euer Eis schmecken, Jungs«, sage ich und ziehe Bernhard hinter mir aus der Eisdiele.

KAPITEL 40

Otto ruft mich um 19:33 Uhr auf dem Handy an, als ich zu Hause in der Badewanne im kalten Wasser liege, um meinen Kopf abzukühlen und meine Gedanken aufzuweichen. Dabei rauche ich eine Zigarette und starre dem Rauch hinterher, wie er zur Decke steigt und verpufft. Ich habe jetzt erst mal eine Kippe gebraucht, es ging nicht mehr ohne. Aus dem Wohnzimmer weht das Timbre von Teddy Pendergrass herüber, der mit seiner samtigen Soulstimme *The more I get, the more I want* trällert. Ich liebe Pendergrass.

»Bist du im Schwimmbad?«, fragt Otto.

»Nee, in der Wanne.«

»Es hallt so. Soll ich später noch mal anrufen?«

»Wieso, was ist später?«

»Vergiss es. Also gut, ich habe die junge Frau mit der Mutter im Heim erwischt. Morgen um Punkt 9:00 Uhr hole ich dich ab, dann fahren wir direkt hin.«

»Geht klar«, sage ich.

»Erzähl kurz von Bernhard, wie war das Treffen?«

»Er fasst langsam Vertrauen. Bernhard hat mir von dem letzten Abend erzählt, als er Su sah, das Datum konnte er nicht bestätigen. Sie trug das T-Shirt mit dem Glitzeraufdruck, das auch ihr ehemaliger Arbeitskollege Peter Ballauf am Telefon erwähnt hat.«

»Dann war dieser Abend womöglich der letzte, an dem Su noch lebte, das ist eindeutig«, sagt Otto nachdenklich. »Sonst noch was?«

»Ja, er hat erzählt, dass er Geldscheine zählen musste.«

»Geldscheine? Spielgeld vom Monopoly?« Otto lacht.

»Nein, es klang nach echtem Geld. Aber woher?«

»Was ist mit der Nachbarin, die unter der Familie gewohnt hat?«, fragt Otto.

»Keine Ahnung, die Frau geht nie ran. Ich versuche es morgen wieder.«

»Ansonsten müssen wir da mal vorbeifahren. Bernhard ist und bleibt unsere Hauptinformationsquelle. An dem bleiben wir dran. Insbesondere du, Lupe. Ich verlasse mich da auf dich.«

Ich muss schlucken. »Bei Bernhard bin ich mir nicht sicher, wie viel von dem, was er erzählt, wahr ist und was er sich bloß ausdenkt. Das macht es schwirig mit ihm.«

»Bleib hartnäckig, ich glaube, du hast da ein Händchen für, bist da einfühlsamer. Ich bin nicht gut in solchen Sachen.«

»Übermorgen bin ich wieder mit ihm verabredet, ich hole ihn von der Arbeit ab.«

»Du baust eine Beziehung zu ihm auf, das ist gut.«

Ich kann im Hintergrund jemanden flüstern hören.

»Ich komme gleich«, sagt Otto, und es klingt hohl, als decke er das Handy mit der Hand ab.

Wer ist das im Hintergrund?

»Was machst du heute noch?«, frage ich, starre auf meine Zehen, die aus dem Wasser lugen und frisch lackiert werden müssen. »Wir könnten uns ja auf ein Bier treffen.« Ich will wissen, wie er reagiert. »Obwohl, du trinkst lieber Wein, richtig?«, schiebe ich hinterher.

Am anderen Ende der Leitung ist es ein paar Sekunden lang still.

»Ein anderes Mal machen wir das, Lupe. Heute geht's nicht. Schönen Abend dir noch, und schwimm nicht zu weit raus.«

TAG NEUN

KAPITEL 41

Das Altersheim liegt gegenüber einer U-Bahn-Haltestelle an einer viel befahrenen Straße, aber die bodentiefen Fenster sind doppelt verglast, sodass kein Lärm nach innen dringt. Und auch keiner nach draußen. Auf dem weißen Esstisch im leeren Gemeinschaftsraum im Erdgeschoss stehen vier kopfüber ineinandergestülpte Gläser und eine Karaffe mit frischem Wasser. Darin schwimmen vier Zitronenscheiben. Alte Leute müssen viel trinken, das wissen wir ja bereits von Petra. Ich verkneife mir den Kommentar, der mir auf der Zunge liegt. Otto wirkt heute ein wenig distanziert, und ich glaube, er ist jetzt gerade nicht auf die Art von Witzen abonniert. Also halte ich die Klappe.

Frau Schmied, die alte Dame im Seniorenheim, ist eine etwas zu magere Frau mit knochigen Schultern, an denen ein grünes, knielanges Leinenkleid hängt. Ihre Haare sind streng nach hinten gekämmt und zum Dutt gebunden. Ihre Tochter Elina, schulterlange blonde Haare, Typ Reiterin, sitzt neben ihr. Sie hat ein hübsches Gesicht mit vollen Lippen, auf die sie etwas zu viel Lipgloss aufgetragen hat, und aufmerksame, freundliche Augen, die dezent geschminkt sind.

»Sie trinkt nichts. Sie vergisst es«, erklärt Elina, »weil meine Mutter matschig in der Birne ist.« Elina schenkt uns allen ein. »Aber als ich meiner Mutter am Wochenende den *Express* vorgelesen habe, der wegen seiner einfachen Sprache für sie recht verständlich ist, hat meine Mutter bei der Geschichte um Su Wechter aufgehorcht. Ich habe ihr den Artikel gezeigt und das abgebildete

Passfoto. Sie hat auf das Foto getippt. ›Die kenne ich‹, hat sie gesagt. Deswegen habe ich sofort angerufen.«

»Was hat Ihre Mutter?«, frage ich.

»Sie ist leicht dement.«

»Danke, dass Sie uns diesen Besuch ermöglichen«, sagt Otto, legt das ausgedruckte und vergrößerte Passfoto von Su auf den Tisch und schiebt es Frau Schmied zu. Ich sitze neben ihm, sein neues Parfüm weht zu mir herüber, und mir wird fast schlecht. Er übertreibt es wirklich.

Elina legt ihrer Mutter eine Hand auf die Schulter. »Mama, die beiden hier würden dich gerne was fragen.«

Frau Schmied wirkt auf mich, als würde sie die ganze Zeit hinter einer Gardine stehen und versuchen, durch die engen Maschen die Welt zu verstehen. Was ihr kaum gelingt.

Ich beuge mich vor. »Hallo, Frau Schmied, ich bin Lupe Svensson, Sie können mich aber gern Lupe nennen. Ich habe hier ein Foto für Sie. Wollen Sie es mal ansehen?« Ich halte das Foto mit ausgestrecktem Arm hoch, genau in ihre Blickrichtung, und es dauert drei Sekunden, bis sie kapiert, was sie tun soll, und den Blick darauf heftet und scharf stellt.

»Ich kenne diese Frau«, sagt sie mit schleppender Stimme. »Ja, die kenne ich.« Sie rollt mit den Augen.

»Wissen Sie, wer das ist?«

Sie starrt das Foto an. Starrt. Starrt.

Otto schaltet sich ein und wendet sich an Elina.

»Ihre Mutter, hat sie in den Siebzigerjahren in Köln gelebt? Genau gesagt 1975?«

Elina denkt kurz nach. »Ja, hat sie. Damals war ich noch nicht auf der Welt, ich bin 1977 geboren. In dem Jahr hat meine Mutter geheiratet. Die Ehe hielt aber nicht lange und wurde 1981 bereits wieder geschieden.«

»Wissen Sie, was Ihre Mutter damals gearbeitet hat?«

»Ja, sie war Schuhverkäuferin in einem Laden in der Hohe Straße.«

»Sagt Ihnen der Name Ursula Wechter etwas? Ist dieser Name in irgendeinem Zusammenhang mal gefallen?«

Elina schüttelt den Kopf. »Nein, den Namen habe ich noch nie gehört.«

Frau Schmied starrt immer noch. Dann nimmt sie mir das Blatt aus der Hand.

»Die ist tot«, sagt sie mit einem Mal und schiebt die Unterlippe vor.

»Ja, das stimmt. Und wissen Sie, warum?«, fragt Otto.

Anstelle von Otto sieht Frau Schmied mich an.

»Ist das ein Quiz?«, fragt sie.

»Nein, das ist kein Quiz«, erkläre ich.

»Ach, schade«, sagt sie und lässt das Blatt sinken.

»Wann haben Sie diese Frau zuletzt gesehen?«, frage ich.

Einige Minuten verstreichen.

»Sie hat 39«, sagt Frau Schmied plötzlich. Ihre Stimme ist mit einem Mal hell und klar. »Das ist eine gängige Größe, leider immer schnell ausverkauft. Da müssen Sie sich sputen. Oder Sie nehmen 38, und wenn er vorne drückt, dann kauen Sie auf der Schuhspitze und machen sie weich. So machen es die Eskimos. Wussten Sie das? Wir haben hauptsächlich Lederschuhe hier. Brauchen Sie etwas für den Sommer? Da kommen Sie aber spät. Die meiste Ware ist schon weg, aber ein paar Restpaare sind noch da. Welche Größe haben Sie?«

»40«, antworte ich.

»Da muss ich mal nachsehen, warten Sie mal eben hier. Möchten Sie eine Illustrierte?« Frau Schmied steht auf, nickt mir eifrig zu und geht ein paar Schritte vom Tisch weg in Richtung Ausgang.

»Sollten wir nicht hinterher?« Ich sehe Elina an und deute auf Frau Schmied.

Elina schüttelt nur den Kopf. »Dauert nicht lange, sie kommt gleich wieder.«

Einundzwanzig, zweiundzwanzig, dreiundzwanzig ...

Frau Schmied bleibt stehen, mit dem Rücken zu uns. Die Arme hängen links und rechts herunter. Mit der linken Hand knetet sie ein Stück Stoff ihres Kleides.

Sie dreht sich um. »Was wollte ich?«

»Du wolltest zu uns an den Tisch kommen«, sagt Elina eine Spur zu laut. Was Otto wahrscheinlich gerade recht ist.

Frau Schmied kehrt an den Tisch zurück.

»Setz dich bitte, Mama. Und trink was.« Sie schiebt das Glas fast an den Rand der Tischplatte. »Ist mit Zitrone, das magst du.«

»Hab ich noch nie gemocht«, sagt Frau Schmied beleidigt und verschränkt die Arme vor der Brust.

»Su Wechter war also vielleicht eine Kundin«, mutmaßt Otto und betrachtet Frau Schmied, die wieder hinter ihrer Gardine steht.

»Ja, vermutlich. Tut mir leid, dass ich Ihnen nicht mehr anbieten kann. Aber das scheint ihre einzige Erinnerung zu sein.«

»Sollte Ihrer Mutter noch etwas einfallen, lassen Sie es uns bitte wissen.«

Elina sieht mit einem Mal müde aus. »Ja, sollte das passieren, rufe ich Sie an. Entschuldigen Sie noch mal.«

»Keine Ursache«, sagt Otto.

Wir stehen auf und schütteln Elina die Hand. Frau Schmied reagiert nicht.

»Ich lasse Ihnen das Foto da«, fügt Otto hinzu.

»Wiedersehen, Frau Schmied«, sage ich zu der alten Dame, aber sie ist woanders. In einer ganz anderen Welt.

In einer, die hoffentlich fröhlicher und schöner ist als diese hier.

KAPITEL 42

Wir fahren auf der A57 in Richtung LKA. Mittlerweile kommt es mir so vor, als würde ich durch Wüstensteppe fahren, weil weit und breit kein Grün mehr in Sicht ist. Die Blätter der Bäume verfärben sich schon und fallen ab, und das mitten im August.

»Sie hatte Schuhgröße 39«, sage ich.

»Das wussten wir schon vorher«, sagt Otto und zieht auf die Überholspur. »Steht bereits im Bericht der Rechtsmedizin. Ein Fuß war ja noch da.«

»Nun haben wir es von einer unabhängigen Fachverkäuferin für Damenschuhe bestätigt bekommen«, sage ich munter, und ein Lächeln huscht über Ottos Gesicht. Ich krame eine Tüte mit Happy-Cherries-Fruchtgummikirschen aus meiner Tasche und halte Otto die offene Packung hin.

»Was ist das?«

»Kirschen.«

Er sieht kurz hin und zuckt mit dem Mundwinkel. Schlägt sich einmal auf den Bauch. Es klingt wie eine Trommel.

»Darf nicht«, brummt er.

»Tja«, sage ich, greife hinein und stecke mir gleich zwei in den Mund. Kaue.

»Ruf die Nachbarin noch mal an, du musst dranbleiben. Nicht Kirschen essen«, mahnt Otto.

»Und du bist sicher, dass du keine willst?«

»Ruf jetzt an, Lupe!«

»Ja, ja, ich mach ja schon.« Ich zücke mein Handy und wähle die Nummer der Nachbarin, die unter der Familie Wechter gewohnt hat. »Das kann doch nicht sein, dass die nie drangeht«, murmle ich.

»Vielleicht ist sie schon gestorben«, witzelt Otto.

»Otto, bitte.«

Ich drücke auf Wahlwiederholung. Nach dreimal Tuten klickt es in der Leitung.

»Hellenbroich«, sagt eine ältere Damenstimme forsch. Es klingt eindeutig nach: Wer stört?

Für einen Moment bin ich überrumpelt.

Eins. Zwei.

»Ja, hallo, guten Tag. Mein Name ist Lupe Svensson vom Landeskriminalamt.«

»Das ist ja schön, dass Sie mal zurückrufen«, sagt Elisabeth Hellenbroich spitz. Sie klingt nach Fräulein Rottenmeier. Seidenbluse, pudriges Parfüm und Perlenkette. Damit Otto mithören kann, stelle ich das Gespräch auf laut.

»Frau Hellenbroich, Sie haben sich bei der Polizei gemeldet, weil Sie Ursula Wechter kannten. Wir würden gern mal bei Ihnen vorbeikommen und Sie dazu befragen, wenn es Ihnen recht ist.«

»Ist es nicht.«

»Wie bitte?«

»Es ist mir nicht recht, wenn Sie hier vorbeikommen. Ich habe viel zu tun. Wir machen das telefonisch, das muss genügen«, entscheidet Frau Hellenbroich.

»Moment, bitte, ich muss eben mit meinem Kollegen sprechen«, sage ich und sehe Otto an. Er nickt einmal und schiebt dabei die Lippen nach vorn.

»In Ordnung, dann besprechen wir es einfach am Telefon«, sage ich. »Mein Kollege Otto Hagedorn ist bei mir. Er kann Sie ebenfalls hören.«

Otto schaltet das Radio aus, und ich stelle mein Handy auf die maximale Lautstärke. Wir brausen über die staubtrockene Autobahn und hören Frau Hellenbroich in den Hörer atmen, als säße sie uns im Nacken.

»Frau Hellenbroich, Sie kannten Ursula Wechter?«, beginne ich die Befragung.

»Ja, Ursula, ihren Bruder, die Mutter. Die ganze Familie. Sie wohnten ein paar Jahre über mir, im Pantaleonsviertel.«

»Wohnen Sie dort noch immer?«

Sie lacht belustigt. »Schon lange nicht mehr. Ich lebe mittlerweile in Bergisch Gladbach. Bei meiner Tochter.«

»Was können Sie uns über Ursula sagen?«

»Ach, sie war ein Wildfang. Hat sich oft mit ihrer Mutter gestritten, die war Katholikin und gläubig, aber Ursula wollte von Religion nichts wissen, ging nicht mit in die Kirche. Aber das Kind hatte es auch nicht leicht«, sagt Frau Hellenbroich mit betrübter Stimme.

»Inwiefern?« Ich horche auf und sehe zu Otto hinüber, der mir einen interessierten Blick zuwirft.

»Gott, ja«, seufzt Frau Hellenbroich in den Hörer. »Erst die Sache mit dem Vater. Mit der Apotheke.«

»Erzählen Sie ruhig der Reihe nach«, ermuntere ich sie. Frau Hellenbroich scheint einiges zu wissen.

»Ja, der Vater von Ursula, der Ernst, der war ja süchtig. Das habe ich natürlich gesehen. Diese glasigen Augen, wenn der die Treppe hochgestapft kam. Seine Frau, die Heidemarie, die hat mir mal erzählt, dass ihr Mann so Zeug nimmt. Weiß nicht mehr, was das alles war. Morphium oder so was. Auch Tabletten. Der kam ja schnell an das Zeug ran, arbeitete quasi an der Quelle. Litt unter Depressionen. Das war wegen dem Krieg. Der war kaputt. Einfach kaputt.«

»Erklären Sie mir das genauer«, sage ich.

»Der Ernst war ja zehn Jahre älter als seine Frau. Hat den Krieg als junger Mann mitgemacht. Und es hat ihn nie wieder losgelassen, was er dort erlebt hat. Die Heidemarie hat mir oft erzählt, dass er nachts im Schlaf redete und um sich schlug.«

»Posttraumatische Belastungsstörung«, sage ich.

»Wie bitte?«

»Ach, nichts. Fahren Sie fort.«

»Na, jedenfalls, der hat sich dann schließlich umgebracht. 1967 war das.«

»Wie hat er sich umgebracht?«

»Irgendwas gespritzt, sagte Heidemarie. Er kam an einem Freitagabend nicht nach Hause. Sie saß mit den Kindern am Tisch und wartete darauf, dass ihr Mann zum Abendbrot heimkommt. Kam er aber nicht. Lag tot im Hinterzimmer der Apotheke. Im Totenschein stand Herzversagen. Das schreiben die immer rein, sonst zahlt die Versicherung nicht, verstehen Sie?«

Frau Hellenbroich ist eine kluge Frau.

»Die kennt sich ja aus«, murmelt Otto.

»Würden Sie sagen, dass es der Familie finanziell gut ging?«

»Nee, das war ja das Drama. Hatten eine gut laufende Apotheke, und dann bringt der sich um. Man soll ja über Tote nicht schlecht sprechen, und er war ja auch eine gebeutelte Seele. Erst der Krieg und dann noch die Schulden. Der war ein Spieler. Gesoffen hat er aber interessanterweise nicht. Komisch, oder?«

»Was für Schulden hatte er denn?«

Mir wird warm, meine Ohren glühen. Die Klimaanlage steht auf 21 Grad, und ich spüre trotzdem, wie der Schweiß in kleinen Rinnsalen an mir runterfließt.

Frau Hellenbroich räuspert sich. Hustet trocken. »Moment, ich muss mal einen Schluck trinken«, sagt sie und legt den Hörer zur Seite.

»Viel trinken, immer viel trinken«, sage ich, und Otto hebt mahnend einen Zeigefinger in die Höhe. Ich höre Räuspern und das Zischen einer Mineralwasserflasche. Plätschern. Dann wird der Hörer wieder aufgenommen.

»So, jetzt geht's besser. Wo war ich?«

»Bei den Schulden«, antworte ich.

»Ach ja, die Spielschulden. Ja, der hat sein Vermögen verspielt. Verwettet. Die arme Heidemarie. Er ist immer ohne sie nach Bad

Neuenahr ins Casino gefahren. Roulette und Black Jack hat er gespielt. Heidemarie hat in seinen Anzugtaschen die Quittungen gefunden. Der hat dort viel Geld gelassen. Da war dann was los, das kann ich Ihnen sagen. Aber verlassen hat sie ihn nicht. Ich hab ihr gesagt, ›der Mann macht dich nicht glücklich‹, aber sie hat immer zu ihm gehalten. Dann ist er noch auf die Rennbahn und hat dort gewettet. Schick angezogen, im Anzug. Hatte wohl auch mal andere Weiber als Begleitung. Heidemarie durfte nie mit. Richtig war das nicht.«

»Und hatten Sie mit Heidemarie und ihren Kindern öfters zu tun?«

»Ja, ab und an, aber Heidemarie hat das die Jahre alles ganz gut hinbekommen, bis sie krank wurde. Es war ja von dem Verkauf der Apotheke Geld da, davon konnte die Familie erst mal leben, und Heidemarie musste nicht arbeiten. Bernhard ging auf eine Sonderschule. Ursula aufs Gymnasium. Das mit dem Bernhard war ja auch tragisch. Zu wenig Sauerstoff bei der Geburt. So ein Lieber. Aber eben schwachsinnig. Was will man da machen? Die Nazis hätten ihn umgebracht.«

Ich schließe einmal kurz die Augen. »Und als Heidemarie starb, was ist da passiert?«

»Ja, sagen Sie mal, wissen Sie denn gar nichts?«

Ich stutze.

»Sie sind doch die Polizei, oder nicht?«, fragt Frau Hellenbroich mit spitzer Stimme.

Ich rufe die Daten in meinem Kopf auf. »Heidemarie Wechter, geborene Knappstedt, starb am 4. September 1974. Sieben Jahre nach ihrem Mann. Sie wurde am 11. September 1974 auf dem Melaten-Friedhof im Familiengrab beigesetzt. Zum Zeitpunkt ihres Todes war sie fünfundfünfzig Jahre alt. Woran starb sie?«

»An einem Hirntumor. Als hätte sie nicht schon genug mitmachen müssen in ihrem Leben. Am Schluss ist sie irre geworden. Hat nachts die Schränke umgeräumt. Ein Gepolter war das. Und dann fing sie an, das Geld, das da war, auszugeben. Hat sogar eine Hypothek auf die Wohnung aufgenommen. ›Heidemarie‹, hab ich immer gesagt, ›was gibst du das ganze Geld aus?‹ Sie hat sich mal eben so eine Pelzjacke gekauft. Die hat Ursula dann später getragen. Nach ihrem Tod. Und dann hat sie ja am Schluss alles verschenkt, die Wahnsinnige. An verschiedene Einrichtungen. Der Tumor hat ihr auf das Hirn gedrückt. Ursula ist fast durchgedreht. Und dann der arme Bernhard dazwischen, der hat ja gar nichts verstanden. Wie denn auch.«

»Was passierte nach dem Tod von Heidemarie?«

»Eines Nachmittags klingelte Ursula bei mir und stand verheult vor der Tür. ›Kind, was ist denn los?‹, habe ich sie gefragt. Das war eine Woche nach der Beerdigung. Sie kam von der Bank, die haben ihr Konteneinsicht gewährt. Ich mach's kurz: Es war nicht viel da. Die Konten waren so gut wie leer geräumt. Die Hypothek lag immer noch auf der Wohnung, und das Kind stand alleine da mit Finanzen, die hinten und vorne nicht reichten.«

»Also hatte sie mit einem Mal nichts«, stelle ich fest.

»Es war schon ein bisschen was da, aber eben nicht viel. Fürs Erste reichte es. Aber Ursula hat ja noch studiert. Zudem gab es ja auch noch den Bernhard. Ursula hat ihn oft bei mir abgegeben, wenn sie arbeiten musste. In dieser Bar. Das war ja auch keine richtige Arbeit. Na, der Bernhard war bei mir, dann haben wir gespielt und vorgelesen. Sein Lieblingsbuch. Ich hatte ja keine eigenen Kinder, konnte keine bekommen. Der Bernhard war gern bei mir. Ein so lieber Junge war das. Dem fehlte die Mutter, das war ganz eindeutig.«

»Wie war Ursula, hatte sie einen festen Freund?«

»Also, da habe ich ihr häufig ins Gewissen geredet, die hatte immer was am Laufen, aber so einen festen Freund, den hatte sie nicht. ›Habe ich keine Zeit für‹, hat sie immer gesagt. ›Und heiraten will ich schon dreimal nicht.‹ Was soll man da sagen? Die war ja immer unterwegs. Immer op jück.«

»Ursula Wechter ist nach unseren Recherchen zuletzt im Juni 1975 gesehen worden.«

»Ich weiß noch, dass sie damals eine schwere Zeit hatte. Ich habe sie oft heulen hören. Einmal hat sie sogar ihr Radio aus dem Küchenfenster geworfen. Können Sie sich das vorstellen? Aber die war ja nicht zu bändigen. Immer auf Achse. Um den Bernhard hat sie sich tagsüber gekümmert. Manchmal bin ich wie gesagt eingesprungen.«

»Wann haben Sie Ursula zuletzt gesehen?«

»Das weiß ich nicht mehr. Aber ich weiß, dass es still war in der Wohnung, und eines Tages kommt der Bernhard die Treppe hoch, in kurzen Hosen, das weiß ich noch, mit vollen Einkaufstüten, links und rechts. Da erzählte er mir, die Ursula sei im Urlaub, in Spanien. Torremolinos. Ich habe mich noch gewundert und gedacht, na, hätte ja mal ein Wörtchen sagen können, das Fräulein. Das war, kurz bevor ich in dem Sommer ausgezogen und mit meinem zweiten Mann zusammengekommen bin. Dem Jakob.«

»Das heißt, Sie haben dort gar nicht mehr gewohnt?«

»Nein, in dem Sommer bin ich ausgezogen und nach Rodenkirchen, mit meinem Mann. Am 1. August.«

»Haben Sie mitbekommen, was aus Ursula und Bernhard wurde?«

Sie seufzt einmal. »Wissen Sie, ich habe mit meiner zweiten Ehe ein neues Leben angefangen und viel hinter mir gelassen. Das war auch gut so. Manchmal habe ich noch daran gedacht, mal wieder hinzufahren und die beiden zu besuchen. Aber, wie es eben so ist. Man schiebt es auf, und irgendwann ist es vergessen. So, jetzt muss ich aber in den Garten gehen«, sagt sie plötzlich.

»Danke für Ihre Auskunft. Wenn wir noch Fragen haben, dürften wir Sie dann noch einmal anrufen?«

»Wenn Sie meinen, dass Sie das müssen, tun Sie das. Schönen Tag.«

Wir sind mittlerweile am LKA angekommen und stehen mit laufendem Motor in der sengenden Sonne auf dem Parkplatz.

»Fass mal zusammen, was sie gesagt hat, Lupe. Und lass kein Detail aus. Du kannst dir doch alles merken, wie du behauptest.«

Ein Test. Na bitte, wenn du willst.

»Also, der liebe Papi war ein Junkie und ein Spieler und hat seine Kohle verzockt. Die Mutter wurde verrückt und hat das Geld verschenkt. Als sie tot war, war Su pleite und brauchte Geld. Ende Gelände.«

»Gut, das war die Kurzfassung. Jetzt im Detail. Und nichts weglassen.«

Ich wiederhole das Gespräch, hangele mich von einer Frage und Antwort zur nächsten.

»Aber wessen Geld war das dann, das Bernhard in der Küche gezählt hat, wenn Su nichts hatte?«, frage ich. »Und das klang ja nun nicht nach hundert Mark zum Einkaufengehen in kleinen Scheinen.«

»Vielleicht ihr eigenes. Das Geld, das sie mit nach Torremolinos nehmen wollte«, rät Otto. »Der klägliche Rest. Viel kann es somit nicht gewesen sein.«

»Das wäre eine Möglichkeit«, sage ich. »Mir scheint aber, die Summe war höher, und ihr Job in der Bar warf nicht so viel ab, dass sie groß was hätte sparen können. Daher frage ich mich: Wo hatte sie das Geld her?«

Otto zeigt auf seine Armbanduhr. »Aus einer anderen Quelle. Gleich ist Teambesprechung, wir sollten uns beeilen.«

KAPITEL 43

Was tut jemand, der dringend Geld braucht? Wie weit würde er gehen? Wie viel Geld braucht jemand zum Leben? Und wie viel zum Überleben? Es gibt verschiedene Möglichkeiten. Wer kein Geld hat, leiht es sich. Von einer Privatperson oder einer Bank. Wenn er nicht kreditwürdig ist, benötigt er einen Bürgen. Oder er hat Wertsachen und bringt sie ins Pfandhaus. Dann hat die Person die Chance, die Sachen wiederzubekommen. Möglich ist auch, Wertgegenstände zu versilbern, zu verhökern. Aber das sind nur kleine Pflaster, die eine große Wunde nicht wirklich abdecken können. Oder die Person geht arbeiten, wie anständige Menschen das tun. Morgens raus aus den Federn, malochen, und abends ist Feierabend. Tagein, tagaus. Viel arbeiten und möglichst viel Geld verdienen. Ein Trugschluss für so manchen, für viele durchaus zutreffend. Und mit steigendem Einkommen steigen dann die Ansprüche. Die ewige Spirale des Daseins.

Su Wechter war keine, die den Wunsch hatte, jeden Tag *nine to five* arbeiten zu gehen. Sie war ein Nachtvogel, studierte, jobbte in der Bar. Su war eine Frau mit Idealen, die sie verfolgte. Der Job in der Bar hat gerade so zum Leben gereicht. Essen. Trinken. Strom. Heizung. Klamotten. Für mehr reichte es nicht. Und sie liebte es, die Königin der Nacht zu sein. Eines hat sie daher nicht getan: sich einen reichen Gönner geangelt, der ihre Rechnungen bezahlt und einen Hauch von Luxus in ihr Leben bringt. Exklusives Parfüm und luxuriöse Spitzenunterwäsche. Ein Gläschen an der Champagnerbar. Hummer und Spritztouren im Cabriolet. Niemals. Das passte nicht zu Su, die das Establishment verachtete und rebellierte. Dafür war sie zu sehr auf ihre Unabhängigkeit bedacht, war bindungsscheu. Aber äußerst kontaktfreudig. Sie war nach meiner Einschätzung ein manipulativer Charakter, eine Frau, die genau wusste, was sie tat, und ihr Ziel stets vor Augen hatte. Su war berechnend durch und durch.

Weiter im Text. Prostitution scheidet als Erwerbsquelle aus, dafür war Su letztlich zu klug oder nicht nah genug am Abgrund.

Also hat sie sich mit Hardy zusammengetan und ein krummes Ding gedreht. Aber welches? Und vor allem: Was lief so schief, dass beide dafür sterben mussten?

Nach der Diskussion in der Teamsitzung gehen wir zurück ins Büro und sehen weiter die alten Fälle durch. Gelöste wie ungelöste. Die meisten gelösten Fälle liefern keinerlei Hinweise auf Hardy und Su. Es handelt sich um Überfälle auf eine Tankstelle oder einen Kiosk mit geringer Beute. Kleindelikte. Interessant ist ein Einbruch in einen Juwelierladen an der Hohe Straße, bei dem einiges erbeutet wurde. Aber von dem Täter gibt's keine Spur. Keine Fingerabdrücke. Nichts. Da waren Profis am Werk.

Ich klappe die nächste Akte auf. Es ist die siebenundzwanzigste Altakte, die ich mir ansehe. Der Fall Brinkmann. Ich lese die Eckdaten auf dem Deckblatt, blättere einmal hinein, und da springt es mich förmlich an.

»Ich glaube, ich hab was«, sage ich zu Otto.

»Was hast du?«

»Einen Fall, der passen könnte.«

»Lass mal sehen.«

Ich nehme die Altakte mit zu Ottos Schreibtisch. Er blättert darin und murmelt mir vor, was er liest: »Brutaler Überfall auf einen Richter. Beute: Bargeld in Höhe von 40 000 Mark und sechs Goldbarren von je einhundert Gramm aus dem Safe sowie ein paar Kunstgegenstände und Silberwaren. Die vermummten Täter kamen durch einen Trick ins Haus, mithilfe eines vermeintlichen Blumenboten. Von dem Boten wurde ein Phantombild angefertigt, allerdings hätte das jeder sein können. Das Opfer sagte aus, es waren mit dem Boten vier Täter. Drei Männer und eine Frau. Um Zugang zum hauseigenen Safe zu erhalten, wurde der Mann verprügelt, stranguliert, mit einer Plastiktüte beinahe erstickt, und es wurde ihm, um den letzten Widerstand zu brechen, in die Hoden geschossen. Der Mann überlebte schwer verletzt und zeitlebens deformiert. Der Fall wurde nie aufgeklärt. Keiner der Anwohner in der Straße hat etwas von dem Überfall mitgekriegt. Keine Fingerabdrücke und keine sonstigen Spuren.«

»Sieh an«, sagt Otto, »der Mann hatte Glück im Unglück.«

»Wieso?«

»Er wollte an Ostern Geld und Gold in die Schweiz bringen, das bereits in einer Reisetasche versteckt war, auf der Kleidung lag. Und die stand im Schlafzimmer. Genau diese Tasche hatte das Quartett übersehen.« Er klatscht in die Hände. »Das gefällt mir. Hodenlos, aber nicht pleite.«

Wir fächern die Tatortfotos auf und legen sie nebeneinander. Der Sessel, in dem das Opfer gequält wurde. Fotos des Opfers aus unterschiedlichen Perspektiven. Die zerquetschte Hand und der zerschossene Hoden.

»Autsch«, sage ich und verziehe das Gesicht.

»Geh mal zu Sina und checke, ob dieser Brinkmann noch lebt«, sagt Otto. »Ich vermute mal, eher nicht. Der war damals bereits einundfünfzig Jahre alt.«

Ich gehe also rüber zu Sina, klopfe an und trete ein. Sina hat die Jalousien heruntergelassen, das Deckenlicht brennt. Hier ist es deutlich kühler als in den anderen Räumen.

»Komm schnell rein«, sagt Sina und winkt mich zu sich. »Sonst wird es gleich wieder warm.«

Schnell schließe ich die Tür hinter mir. »Angenehm hier drin. Wie machst du das?«

»Vier Ventilatoren«, sagt sie. »Und ein kleines Kühlgerät in der Ecke. Gehört mir. Hat meine Freundin gekauft. Clever, was?«

»Ich denke, ich komme dich künftig häufiger besuchen.«

Sina grinst. »Kommst du wegen der kleinen Einführung in die Datenbanken?«

»Fast. Wir haben eine winzige Spur«, sage ich mit einem gewissen Stolz in der Stimme.

Sina zieht einen Bürostuhl, der in der Ecke steht, heran und rollt ihn genau neben sich. Sie klopft mit der flachen Hand einmal auf die Sitzfläche.

»Nimm Platz.«

Ich erläutere Sina den Fall Brinkmann, und sie zeigt mir die Übersicht der Datenbanken, zu denen sie Zugriff hat. Erläutert, welche wie zur Verfügung stehen, welche Daten sie einsehen und anfordern kann. Für Brinkmann loggt sie sich ins Archiv des Personenmelderegisters von Nordrhein-Westfalen ein. Tippt die Daten in die Suchmaske ein. Name. Geburtsdatum. Ich schaue aufmerksam zu. Die Sanduhr dreht sich ein paarmal um die eigene Achse.

Dann wird ein Treffer angezeigt.

»Verstorben. 11. Mai 1998«, liest Sina vor und zeigt auf das Ergebnis.

»Schade, aber das hatte ich mir irgendwie fast gedacht. Nun gut. Und du kannst alle registrierten Personen in Deutschland damit nachsehen? Egal wen?«

»Nein, nur die im Bundesland.«

»Und Kfz-Kennzeichen?«

»Das ist easy.«

Sie schiebt ihren Cursor über den Monitor auf ein seitliches Drop-down-Menü und klickt die Datenbank der Meldestelle an.

»Welches Kennzeichen?«

»Was?«

»Na, welches möchtest du testen? Nenn mir eins.«

»Okay, warte.« Ich gebe ihr Raffas Kennzeichen, weil ich mit was Einfachem anfangen will. Ich kann ihr ja schlecht sagen, dass ich Otto beobachtet habe und nun herausfinden will, mit wem er verkehrt. Sie wird mich mit Sicherheit fragen, warum ich dieses oder jenes Kennzeichen eingebe.

Der Computer spuckt den Halter aus.

»Dr. Helmut Hartmann. Wohnhaft in Bonn. Wer ist das?«

Ich wusste, dass sie das fragen würde. »Das ist das Auto von meinem Freund Raffa. Helmut Hartmann ist sein Vater«, erkläre ich und deute auf das Ergebnis der Anzeige.

»Ah, verstehe, der Papa zahlt für das Auto«, sagt sie und löscht die Suchanfrage wieder.

»Genau.«

»Lupe, ich muss mal eben aufs Klo. Kannst du kurz warten? Bin gleich wieder da.«

Sie schnappt sich ihre leere Wasserflasche, geht aus dem Zimmer und schließt schnell die Tür. Meine Hand ist über der Maus, und für einen Moment denke ich, das sollte ich nicht tun. Aber egal. Ich tippe das Kennzeichen des roten Golfs ein und warte. Die Sanduhr dreht sich einmal um die eigene Achse, dann erscheinen die Halterdaten.

Ich bin sprachlos. Natürlich, warum habe ich das nicht vorher bemerkt? Der Halter des Fahrzeugs ist Petra Meier. Die jüngere Schwester von Hardy. Die Krankenschwester, die wir letzte Woche befragt haben. Hat Otto ein Techtelmechtel mit ihr? Sitzt er bei Pfirsich-Eistee in ihrem gruseligen Wohnzimmer?

Sina kommt herein. Ich lösche die Anfrage und tippe das Kennzeichen meines Vaters ein.

»Sorry, aber bei dem vielen Wasser musste ich echt dringend. Wen schaust du nach?«, sagt Sina freundlich, nimmt Platz und stellt die aufgefüllte Wasserflasche neben ihre Maus auf den Tisch.

»Meinen Vater und alle Kfz-Zeichen, die ich so kenne oder in den letzten Tagen gesehen habe«, sage ich. Und da ist schon das Ergebnis. Die Adresse meines Vaters. Dann tippe ich das Kennzeichen von Ottos Auto ein.

Zack. Ergebnis. Otto Hagedorn. Inklusive Adresse. Auch nicht schlecht. Jetzt weiß ich wenigstens, wo er wohnt.

»Du hast dir sein Kfz-Kennzeichen gemerkt?«, fragt mich Sina erstaunt.

»Sina, ich sehe das Auto seit einer Woche fast jeden Tag, na klar merke ich mir das. Ich bin aber auch ganz gut in solchen Dingen. Inselbegabung.« Ich tippe an meine Schläfe und zucke einmal entschuldigend mit den Schultern. Das kommt meistens ziemlich gut an. Es gibt dem Gegenüber das Gefühl, dass es mein Problem ist und nicht seins.

»Scheint mir auch so. Du bist ja mal eine«, sagt sie mit einer Mischung aus Erstaunen und Anerkennung.

»Und jetzt die anderen Datenbanken? Was gibt es sonst? Ein bisschen Zeit habe ich noch, bevor Otto mich zurückruft«, sage ich aufmunternd.

Und weil ich weiß, dass es funktioniert, mache ich große Augen. Ganz große Augen.

Donnerstag, 24. April 1975

Sechsundzwanzig. Darum ging es. Nicht mehr und nicht weniger. Holger war tot, verhungert, und jetzt war die Zeit der Rache gekommen. Sechsundzwanzig saßen in Haft, in einem System, das sie nicht akzeptierten und das keiner von ihnen wollte. In das sie hineingeboren wurden und das ihnen übel aufstieß. Das sie verachteten, mit seiner Heuchelei und seiner falschen Moral. Aus dem sie jetzt raussollten. In die Freiheit, die ihnen zustand.

Sechsundzwanzig eingesperrte RAF-Mitglieder sollten nun freikommen.

Rainer sagte, er werde die Bombe bei dem Überfall höchstpersönlich zünden, wenn sie das Ultimatum nicht erfüllten. Er werde mit dem Sprengsatz für Unheil sorgen. Mit dem Knall, diesem wüsten Sekundengetöse, werde er die Machthaber aufrütteln, dass ihnen die Ohren klingelten. Und die Stille nach der Detonation würde in die Gesichter der Widersacher wehen und ihnen klarmachen: Es hört nicht auf. Ihr kriegt uns nicht klein. Niemals.

Eine Woche vor der Reise nach Stockholm hatte Rainer sich verabschiedet. Sie hatten sich die ganze Nacht im Bett gewälzt, sich fiebrig geredet. Den Plan durchgekaut, sich daran berauscht und ihre gemeinsame Zukunft ausgemalt. Die Zeit danach im Widerstand. Gemeinsam. Er und sie. Das Aufgeben des Bürgerlichen. Sie hatten keine Minute geschlafen, waren immer wieder übereinander hergefallen. Hatten sich gefeiert. Geliebt. Ihre Vision. Den Plan. Ihre Zukunft. Ihre Ideale. Das Leben. Ihr Leben.

Der Abschied war hart.

»Bald beginnt dein neues Leben«, hatte Rainer gesagt. »Wenn ich zurück bin, geht's los.«

Su hatte ihre Wange in seine Hand gelegt und die Augen geschlossen.

»Ganz gleich, was passiert. Du bist meine Katze. Und du hast sieben Leben.«

Gestern hatte er aus einer Telefonzelle in Stockholm angerufen. Nur kurz.

»Ich denk an dich«, hatte er gesagt. Dann war das Gespräch auch schon vorbei. Es blieb nur ein langes, monotones Tuten in ihrem Hörer, und sie lauschte diesem ewigen Ton und wagte nicht aufzulegen, als wäre das ein böses Omen. Als würde es den Lauf der Dinge beeinflussen.

Es war Donnerstag. Ein denkwürdiger Donnerstag sollte es werden. Alle Rundfunkanstalten würden die Nachricht bringen. In epischer Breite. Ihren Sieg über die Schweine, wenn die sechsundzwanzig Freunde endlich frei waren.

Alles war genau durchgeplant. Sie wollten in Zweiergruppen an den Empfang der deutschen Botschaft in Stockholm gehen und sagen, sie hätten ihren Pass verloren. Bräuchten eine Arbeitsgenehmigung. Hilfe in einer Erbschaftsangelegenheit. Fadenscheinige Gründe. Und unter ihren Mänteln würden sie bis zum Anschlag geladene Waffen tragen. Sechs von ihnen, so der Plan, gingen dann rein, und einer sollte draußen bleiben, versteckt und ausgerüstet mit einem Funkgerät. So wussten die anderen stets, was passierte.

Sie waren sieben und entschlossen.

»Sieben auf einen Streich«, hatte Rainer gewitzelt. Su fiel es plötzlich wieder ein.

War es eine Vorhersehung? In diesem Märchen erschlägt der Schneider sieben Fliegen auf einen Streich. Su schüttelte den Gedanken ab. Sie stand in der Küche und hatte das Radio laufen und wartete auf die Berichterstattung, die bald kommen müsste.

Um 16:17 Uhr, als sich die Lage in Stockholm zuspitzte, wurde das reguläre Programm unterbrochen. Es folgte ein knapper Bericht: Sechs Personen hätten sich Zugang zur

Botschaft verschafft. Kurz darauf fielen Schüsse, und eine Horde Botschaftsangestellter rannte aus dem Gebäude. Eine geflüchtete Angestellte berichtete fassungslos, was passiert war. Das Kommando schoss in Wände und Decken. Riss die Türen auf. Und sie und ihre Kollegen stoben wie die Hühner auseinander und liefen panisch durch das Gebäude in Richtung Ausgang. Ein paar hielten sie fest und zwangen sie mit vorgehaltener Waffe in den dritten Stock.

Ein Grinsen machte sich auf Sus Gesicht breit.

Der Reporter berichtete weiter: Die Polizei sei angerückt und besetze das Erdgeschoss, bereit, die Geiseln zu befreien. Das Kommando rief die DPA in Stockholm an und erklärte klipp und klar: »Das Kommando Holger Meins hat Botschaftsmitglieder als Geiseln genommen, um Gefangene in Westdeutschland zu befreien. Wenn die Polizei eingreift, wird das Gebäude mit fünfzehn Kilo TNT gesprengt.«

Rainers Bombe.

Der Reporter berichtete nahezu atemlos von dem Geschehen. »Die Polizei zog nicht ab. Der deutsche Militärattaché, der mit ihnen verhandeln sollte, wurde mit fünf Schüssen in den Rücken ermordet.«

Su sagte laut zu sich: »Es gibt nichts zu verhandeln. Es gibt nur die Einlösung der Forderung.«

Freiheit für sechsundzwanzig RAF-Häftlinge. Bis 21:00 Uhr.

Das Sonderprogramm ging weiter, die Forderung der Terroristen wurde bekannt gegeben und ungekürzt verlesen. Su fuhr sich durch die Haare. Lief von einer Ecke der Küche in die andere. Sie kannte den Wortlaut auswendig. Hatte ihn Dutzende Male gelesen.

»... Versucht die Bundesrepublik die Freilassung der Gefangenen zu verzögern, werden wir zu jeder vollen Stunde, die das erste und/oder zweite Ultimatum überschritten wird, einen Beamten des Auswärtigen Amtes der BRD erschießen. Der Versuch, die Botschaft zu stürmen, bedeutet den Tod aller im Haus. Bei einem Angriff werden wir in den Räumen der Botschaft fünfzehn Kilo TNT zur Explosion bringen.

Wir werden Menschen sein – Freiheit durch bewaffneten antiimperialistischen Kampf!«

Um fünf zog Su die Flasche Wodka aus dem Eisfach und schenkte sich zwei Finger breit in ein Glas ein, um ihre Nerven zu beruhigen. Lauschte der Radiosendung, die immer wieder den aktuellen Stand der Dinge bekannt gab. Verhandlungen mit den Geiselnehmern. Telefongespräche. Wieder und wieder. »Ein Krisenstab wurde rasch gebildet. Die Bundesregierung berät sich.«

Su zog die Küchenschublade auf und legte die Waffe, die Rainer ihr besorgt hatte, polternd auf den Tisch. Als würde dies eine Verbindung zu ihm schaffen und ihre Gesinnung demonstrieren.

»Los, gebt sie frei«, sagte Su immer wieder laut und ließ den eiskalten, öligen Wodka ihre Kehle hinunterfließen, während eine Zigarette nach der anderen in dem orangefarbenen Aschenbecher auf dem Küchentisch verglühte.

So ging es weiter. Minute um Minute. Das Programm wurde immer wieder unterbrochen für eine Neuigkeit. Selbst wenn sie noch so winzig war.

Su goss sich nach. Der Alkohol vernebelte ihre Gedanken, sie saß manchmal minutenlang da, reglos, steif, als würde sie meditieren. Dann sprang sie mit einem Mal auf, lief rastlos auf und ab, sah hoch zur Küchenuhr. Zündete sich noch eine Zigarette an. Sprach mit unsichtbaren Menschen in ihrer Küche: dem Bundeskanzler, der Polizei, den Beratern. Den feigen Schweinen. Den beschissenen Machthabern. Sie saßen wie gespenstische Puppen in ihrer Küche, und Su redete mit jedem von ihnen Tacheles. Eine Zigarette zwischen dem ausgestreckten Zeige- und Mittelfinger geklemmt, zeigte Su auf sie. Geigte ihnen ihre Meinung und sagte ihnen, was sie von Abschaum wie ihnen hielt.

»Los, gebt sie frei! Worauf wartet ihr?«, schrie sie und schwenkte die Wodkaflasche in ihrer rechten Hand. »Ihr seid doch schuld, dass dieses Land vor die Hunde geht!«

Dann zeigte sie auf einen Mann in Uniform, der in ihrer Küche saß.

»Du! Was hast du zu sagen? Was bist du für ein Würstchen in Uniform?«

Sie ging auf ihn zu und baute sich vor ihm auf. Der Mann wurde blass.

»Jetzt haste Schiss«, sagte sie und richtete ihre Pistole auf ihn.

»Ich knall dich ab. Es ist mir vollkommen egal, wer zu Hause auf dich wartet.«

Sie zielte auf die Mitte seiner Stirn.

Um 20:45 Uhr berichtete der Radiomoderator, dass es Zweifel gäbe, ob das Ultimatum eingehalten werden könnte. Denn die Gefangenen aus Hamburg säßen immer noch im Gefängnis. Keiner wäre auf dem Weg nach Frankfurt.

Su biss auf ihrer wunden Unterlippe herum.

»Die lassen sie nicht frei«, murmelte sie, stellte sich ans Fenster, legte die Stirn an die kalte Fensterscheibe und starrte in die Dunkelheit.

Das Kommando machte seine Drohung wahr. Legte Sprengstoff aus, wie geplant. Fünfzehn Kilo TNT. Verband es miteinander. Fünfzehn Kilo waren eine Menge. Damit konnte man ein ganzes Gebäude in die Luft jagen.

»Der Krisenstab tagt und ist noch nicht zu einer Entscheidung gekommen«, sagte der Reporter im Radio.

Sus linkes Bein zitterte leicht, und sie trat immer wieder von einem Fuß auf den anderen. Sie spürte diese Spannung, die über ihre Nervenbahnen schabte und ihr Rückenmark heraufkroch wie ein langer, schwarzer Wurm, der sich an ihr nährte.

Um 21:00 Uhr lief das Ultimatum ab.

Su starrte auf die Zeiger der Küchenuhr. Auf die schwarzen Zeiger, die schmal wie Schwerter im Raum zu schweben schienen. Da dämmerte es ihr.

»Sie werden sie nicht freigeben«, flüsterte Su und sah sich um.

Die Küche war leer. Niemand war da, nur sie. Eine fast leere Wodkaflasche, der überquellende Aschenbecher. Zwei Zigaretten, die lose auf dem Tisch lagen, eine davon in einer kleinen Wodkalache. Ein Gedanke kam ihr. Wie ein unvermittelter Tritt aus der Dunkelheit. Eigentlich sollte sie jetzt in der Bar sein und ihre Schicht antreten. Sie ging in den Flur und rief ihren Chef an.

»Ich komme heute nicht«, sagte Su knapp und legte einfach auf.

Wenige Sekunden später klingelte das Telefon. Nach dem vierzehnten Klingeln stand Bernhard im Schlafanzug in der Küche und rieb sich die Augen.

»Geh in dein Bett, schlaf weiter«, herrschte Su ihn an, und er trollte sich. Ging zurück in sein Zimmer. Das Telefon klingelte wieder. Das war ihr Chef vom *Oxy*, keiner sonst ließ es so lange klingeln. Rainer ließ es dreimal läuten und legte wieder auf. Ihr Erkennungszeichen. Dieses Klingeln war fast wie ein Dauerton.

»Verpiss dich!«, schrie sie in den Flur, als würde es den Apparat zum Verstummen bringen.

Su trank weiter. Öffnete eine Schublade, in der noch eine volle Packung Zigaretten lag, riss die Zellophanfolie auf. Entfernte mit einem Ruck das Silberpapier. Dann, um 22:30 Uhr, ein Hoffnungsschimmer.

Der Reporter berichtete: »Ein Fenster in der Botschaft wurde geöffnet, und ein Mann erschien, der zu den Angestellten gehörte. Er gestikulierte wild.«

Doch das half nichts. Sie schossen ihm in den Kopf, und er kippte nach hinten. Die Stimme des Reporters im Radio schwankte. Fassungslosigkeit.

»Recht so!«, rief Su und schlug einmal mit der Faust auf den Küchentisch. »Weiter so. Knallt die Schweine ab!«

Ihr Hirn verwandelte sich in eine weiche Masse. Die Ränder des Zimmers lösten sich auf, wurden unscharf. Verschmolzen mit der Dunkelheit, die am Rand ihres Blickfelds lauerte. Su ging zum Waschbecken und spritzte sich kaltes Wasser ins Gesicht. Wieder und wieder. Prustete dabei. Schließlich steckte sie den ganzen Kopf unter den Hahn, bis ihre Haare klitschnass waren. Die Kälte traktierte ihre Kopfhaut wie eisige Nadeln. Su zog den Kopf unter dem Wasserhahn hervor. Schleuderte ihren Kopf nach links und rechts, immer schneller. Die Tropfen stoben in Bogen davon und besprenkelten Wände und Schränke. Ihr Hirn schwappte gegen die Hirnschale. Sie hatte die Arme ausgebreitet, als würde sie auf einem Seil balancieren. Es sah aus wie der beschwörende, ekstatische Tanz eines Medizinmanns, der ein ganzes Volk berauschen wollte. Und vor allem sich selbst. Als die Flasche leer war, war in ihr kein Gedanke mehr. Sie zog an der Zigarette und blies den Rauch zur Decke. Wasser tropfte immer noch aus ihrem Haar auf den Küchenboden.

Kurz vor Mitternacht. Wieder die Stimme des Reporters.

Su stellte ihn sich vor. Diesen Schergen der Medien. Seine Stimme klang mit einem Mal anders. Triumphierend. Fast euphorisch. Er bemühte sich um Neutralität, aber Su konnte ihn hören, diesen Zwischenton. Wie eine verräterische Maus, die auf einer Zwischendecke mit spitzen Krallen entlanglief.

Die Bombe war explodiert.

»Das hast du gut gemacht, Rainer«, sagte Su in die Stille hinein. »Dann musste es so sein. Dann mussten die Angestellten eben sterben. Egal. Alles Schweine.«

Für einen Moment empfand sie so etwas wie Glück. Ein flüchtiges Gefühl von Freude. Wie ein roter Luftballon, der an ihr vorbeischwebte, sie zum Lächeln brachte und der, als sie nach der Schnur greifen wollte, von einem Windstoß weggerissen wurde. Dann kam die Nachricht, die sich mit der Intensität eines Presslufthammers in ihren Verstand schlug.

»Alle sechs wurden von der Polizei festgenommen, einer davon schwer verletzt. Die Geiselnahme ist vorbei.«

Su spürte, wie sich ihr Gesicht verzerrte.

Ihr Blick war starr auf einen Punkt an der Wand gerichtet. Ihr Kinn bebte. Die Gedanken segelten wie Ascheflocken zur Erde. Sie stand auf, steckte die Zigarette in den Mundwinkel, wankte zum Radio, aus dem immer noch die Stimme des Reporters drang, und riss es mit beiden Händen hoch. Das Gerät hing noch am gespannten Netzkabel. Mit einem energischen Ruck zerrte sie es aus der Steckdose.

Das Radio verstummte.

Mit einer Hand zog sie klappernd das Fenster auf.

Kalte Luft wehte herein.

Sie holte aus und schmiss das Radio mit einem gellenden, schrillen Schrei in die Dunkelheit, wo es Sekunden später krachend zerschellte.

KAPITEL 44

Ein Gespräch mit Li ist immer erhellend. Im Gegensatz zu heute gab es 1975 noch keinen Abgleich von Erbgut. Logo. Der genetische Fingerabdruck war noch Zukunftsmusik. Der Wissenschaftler Alec Jeffreys war 1984 durch Zufall auf den genetischen Fingerabdruck gestoßen. Das mit dem Zufall und der Wissenschaft kennen wir ja seit Newton und seinem blöden Apfel. Das Einzige, was Wissenschaftler heute brauchen, um das DNA-Profil eines Individuums zu erstellen, sind Gewebeteile oder Sekrete, also Sperma, Hautzellen, Speichel, Blut. Und das in winzigen Mengen. Sagt Li. 1988 wurde in Deutschland erstmals eine DNA-Untersuchung als Beweis in einem Gerichtsprozess zugelassen. Will damit sagen: Wir haben es heute viel einfacher als 1975. Wobei ein positiver DNA-Abgleich, wie ich heute von Li lerne, nur aussagt, dass die Person an dem Tatort war. Aber nicht, wann. Allein für sich betrachtet reicht so ein DNA-Abgleich also nicht aus, um die Schuld einer Person festzustellen. Dazu muss differenzierter ermittelt werden.

Mal angenommen, Su brauchte dringend Geld und war an dem Überfall auf Richter Brinkmann beteiligt, dann ist das eigentlich nichts als reine Theorie. Wie Otto sagt: »Es passt zusammen, weil es augenscheinlich zusammenpasst. Das muss aber nicht bedeuten, dass es die Wahrheit ist.« Das Problem: Wir brauchen einen hieb- und stichfesten Beweis, dass Su Teil der Überfallbande war. Dass sie dabei zumindest vor Ort war. Wir haben ihre DNA von den Haarproben ihrer Leiche und könnten sie mit DNA-Spuren von dem Überfall abgleichen lassen.

Und damit sind wir beim nächsten Problem.

Wir haben nichts, womit wir ihre DNA abgleichen könnten.

Von dem Überfall ist in der Asservatenkammer nur die Kleidung von Brinkmann vorhanden; seine blutgetränkte weiße Schießer-Unterhose und das Unterhemd, das er trug. Mehr hatte er zum Tatzeitpunkt nicht an. Wir geben trotzdem beides in die Kriminaltechnik und bitten, es auf Spuren zu untersuchen. Vielleicht lässt sich neben der von Brinkmann ja eine zweite DNA finden, die wir analysieren können.

»Wir geben nicht auf«, sagt Otto mit ernster Miene. »Vielleicht lässt sich da doch noch was finden.«

»Meinst du? Aber was?«, frage ich.

»Möglich ist alles«, meint Otto und steht auf. »Pass mal auf, Lupe«, sagt er und hebt den Zeigefinger bedeutungsschwanger in die Höhe. Sein Gesicht erhellt sich. »Was ist, wenn Hardy und die anderen Toten an dem Überfall beteiligt waren? Vielleicht ist das der Schlüssel zu den Serienmorden?«

Er reißt die Augen weit auf. Für einen Moment herrscht Schweigen.

Cleverer Mann, denke ich. »Das ist verdammt gut.« Ich nicke anerkennend. »Ja, das ist gut.«

Otto greift entschieden zum Hörer und wählt eine Nummer.

»Li, wir brauchen einen DNA-Abgleich unserer vier Opfer mit allen nur möglichen Spuren von diesem Tatort. Ich weiß, dass es kaum welche gibt, aber das wenige müssen wir untersuchen. Wann kann ich die Ergebnisse haben?«

Otto reibt sich die Hände. Sein Gesicht ist mit einem Mal gut durchblutet. Er starrt geradeaus. Sein Mund steht etwas offen, und mir scheint, als atme er nicht mehr.

»Otto?«

Er dreht den Kopf und sieht mich an. Seine Augen blitzen. »Wer hätte ein Interesse daran, diesen Überfall zu rächen und den Tätern übel zuzusetzen und sie zu bestrafen für ihren brutalen Beutezug?«, fragt er spitz.

»Brinkmann«, sage ich wie aus der Pistole geschossen.

Er deutet mit ausgestrecktem Zeigefinger auf mich. »Richtig. Das Opfer. Brinkmann. Aber Brinkmann ist tot. Außerdem war er Richter und würde sich garantiert nicht die Hände schmutzig machen. Er würde jemanden beauftragen, der das für ihn übernehmen und nach seinen Vorstellungen umsetzen würde. Geld wäre das geringste Problem.«

»Wohl eher, jemanden zu finden, der mit absoluter Verschwiegenheit vorgeht, ein Profi. Der würde ihm die Trophäen zukommen lassen, als Beweis für die ausgeführte Tat, und Brinkmann könnte sich daran weiden und sie schließlich an die Öffentlichkeit bringen. Demonstrieren, wer hier das Sagen hat. Das letzte Wort.«

Otto nickt im Stakkato und deutet mit einem wippenden Zeigefinger auf mich.

»Genau so. Lupe, das ist eine verdammt gute Spur. Das verklickern mir gerade meine Eingeweide. Ich brauche jetzt was zu essen und 'nen Kaffee. Kommst du mit?«

»Heute nicht«, antworte ich, »ich hab heute was dabei.« Ich zeige auf die Tasche zu meinen Füßen.

»Okay«, sagt Otto, steht auf, greift sich Handy und Geldbeutel und schiebt seinen Bürostuhl sauber an den Tisch ran. »Bis gleich.«

»Ja, bis gleich«, sage ich, und Otto verschwindet. Er wirkt, als ob es ihm ganz recht ist, dass ich nicht mitkomme.

Ich habe heute gar nichts dabei. Das war gelogen. Ich will dieses Zeitfenster nutzen, um mehr über Petra herauszufinden und in den Datenbanken zu stöbern. Mein Bauch sagt mir, dass ich der Sache nachgehen sollte. Ich komme mir vor wie ein Hund, der im Nirgendwo steht und die Schnauze in die Luft hält, weil er Witterung aufgenommen hat. Ganz schwach. Aber es liegt definitiv etwas in der Luft.

Ich lasse Petras Namen durch die Polizeidatenbanken laufen und finde ihre Meldeadresse, die sie bereits seit Langem besitzt. Als Nächstes will ich wissen, ob sie polizeilich registriert ist. Während des Suchvorgangs blättere ich noch einmal in der Akte von damals und prüfe, ob ich etwas übersehen habe: Außer den üblichen Personenangaben und dass die Frau bei der Nachricht zusammengeklappt ist, findet sich nichts von Belang.

Der Computer gibt ein kleines, leises *Ping* von sich.

Ich sehe auf. Ein Trefferfeld ist aufgegangen und strahlt mich an. Ich ziehe den Cursor über den Button »Details ansehen«, rufe die Daten auf und überfliege sie. Petra ist in Zusammenhang mit einer Anzeige registriert worden, die vor drei Jahren erstattet wurde. Wegen häuslicher Gewalt.

Aber sie war nicht das Opfer.

Sie war die Täterin.

Die Anzeige hat ihr Sohn aufgegeben. Zu dem Zeitpunkt war er bereits achtzehn Jahre alt, also volljährig. Petra hat ihn, seiner Beschreibung zufolge, mit einem Kochlöffel durch die Wohnung geprügelt. Es existieren Fotos, die seine Hämatome an Rücken, Brust und Armen zeigen.

Die liebe Mami ist gar keine liebe Mami.

Was hatte Petra beim Gespräch in ihrem Wohnzimmer gesagt? Ich erinnere mich genau: »Aber unser Verhältnis ist sehr gut. Er liebt seine Mami.« Das war gelogen. Und interessant ist, dass sie nicht gesagt hat »Ich liebe meinen Sohn«, sondern dass sie die Perspektive gewechselt hat. Der Sohn liebt also seine Mutter. Aus meinem Studium weiß ich: Wenn das Opfer den Täter liebt, zeigt es den Täter selten an. Dann erträgt und duldet es die Pein, schluckt runter, verdrängt und bastelt damit eine Zeitbombe. Denn eines Tages kommt alles Verdrängte wieder ans Licht. Oft explosionsartig. Derartige Gewalt ist Ausdruck eines Machtverhältnisses. Sie vollzieht sich in Mustern, die sich wiederholen. Doch Oskar hat sich gewehrt. Er hat seine Mutter angezeigt und ist ausgezogen, zum Vater. Er hat einen Schlussstrich gezogen und die körperliche Gewalt nicht akzeptiert.

Allerdings wurde die Strafanzeige nicht weiterverfolgt. Oskar hat die Anzeige zurückgezogen. Das Verfahren wurde eingestellt.

Warum das?

Wenn Petra uns in diesem Punkt etwas vorgemacht hat, hat sie uns vielleicht auch in anderen Punkten belogen. Das Problem ist nur: Ich habe das Gefühl, ich kann Otto nicht sagen, was ich über Petra denke. Unser Vertrauensverhältnis ist viel zu frisch. Dass er Petra trifft, ist sein Privatvergnügen, da habe ich eigentlich nichts zu kamellen. Und der Mann ist Polizist und ein erwachsener Mensch und kann selbst entscheiden, mit wem er seine Freizeit verbringt.

Aber mein Interesse ist geweckt. Deswegen halte ich meine Nase noch ein wenig steiler in die Luft.

KAPITEL 45

Woher wissen wir, wer unser Gegenüber ist? Was diese Person denkt und erfahren hat? Getan hat? Angestellt hat? Plant? Wünscht? Träumt? Wir können den Menschen, denen wir begegnen, nicht hinter die Stirn sehen, ihre Gedanken und Wünsche nicht lesen. Ihre Begierden nicht erfassen. Wir können uns nur auf das verlassen, was sie uns erzählen und wie sie sich verhalten, ihre Mimik und Gestik analysieren und letztlich bewerten, ob Aussage und Verhalten stimmig sind. Und ganz wichtig ist unser Bauchgefühl, das uns sagt, wem wir vertrauen können und wem nicht. Und auch das kann falschliegen.

Otto hat mit Sicherheit keinen blassen Schimmer, dass Petra ihren Jungen grün und blau geprügelt hat. Das ist kein Kavaliersdelikt, und das würde sie keinem Mann erzählen, den sie frisch kennengelernt hat. Denn es würde zu einem Bruch kommen oder zumindest zu einem Innehalten.

Ich bin von Natur aus ein misstrauischer Mensch. Mein Vater sagt immer, ich sei als Kleinkind wie ein scheues Tier gewesen, das in seiner eigenen Realität lebt und erschrickt, wenn plötzlich Menschen vor ihm stehen. Also musste ich lernen, anderen zu gestatten, meine Welt zu betreten und sie an mich heranzulassen. Anfangs, nachdem sie mich gefunden hatten, war es wohl besonders heftig. Meine Eltern erzählten, dass sie mich als Kind kaum beruhigen konnten, wenn ich schrie. Nahm meine Mutter mich hoch und drückte mich an sich, brüllte ich aus Leibeskräften. Legten sie mich hingegen zu Asta in den Hundekorb, beruhigte ich mich schnell. Asta war es, die mir mit der Zeit beibrachte, die körperliche Nähe meiner Eltern zuzulassen.

Ich erinnere mich an ein Ereignis, da war ich vielleicht drei.

Ich stehe im Wohnzimmer. Asta steht neben mir, und ich halte mich mit einer Hand an ihrem Rücken fest, packe ihr Fell. Mein Vater sitzt im Sessel, meine Mutter auf der Couch. Die Stimmung ist schön, es ist hell und warm. Ich höre den freundlichen Singsang meiner Eltern, ich stehe vor ihnen, sehe ihre strahlenden Gesichter. Mein Blick wandert von einem zum anderen, und ich bin unschlüssig. Schließlich gebe ich mir einen Ruck, lasse Asta stehen und tapse los, gehe auf meinen Vater zu. Asta bleibt hinter mir, und als ich fast bei meinem Vater angekommen bin und nur ein letzter entscheidender Schritt fehlt, stupst Asta mich mit der Schnauze von hinten an. Es ist ein »Nun-geh-schon«-Stupser. Ich bin wie ihr eigenes Kind, das sie ermutigt, etwas zu wagen. Sich auszuprobieren. Mit meiner kleinen Hand tippe ich auf das Knie meines Vaters, und er legt seine große Hand behutsam auf meine. Dann vollziehe ich eine kleine Drehung und fixiere Mama.

Gehe einen kleinen Schritt auf sie zu. Und noch einen.

Mama breitet die Arme aus, ich sehe diese große Geste. Sie ist wie ein gewaltiger Vogel, der seine Flügel ausbreitet und mit ihnen schlägt.

Ich erschrecke. Weiche einen Schritt zurück. Weine.

Asta schiebt ihre feuchte Schnauze unter meine Achsel, stupst mich in einem kräftigen Rhythmus an und beruhigt mich. Mama hat ihre Flügel wieder geschlossen, sie hat die Unterarme auf die Knie gelegt und streckt mir nur ihre Hände entgegen. Ein Ring glitzert an einem Finger, irgendwie aufregend. Ich gehe einen Schritt auf sie zu und spüre dabei Asta hinter mir. Die Hündin berührt mich nicht, aber sie ist da. Sie leitet mich an.

Ich lege meine Hände in Mamas Hände. Sie schließt ihre Finger langsam und vorsichtig um meine und öffnet sie gleich wieder. Auf und zu. Asta setzt sich neben uns, sie drückt sich an Mamas Bein und leckt über unsere Hände. Als wollte sie uns zusammenfügen und sagen: Ihr gehört zusammen. Für meine Mutter war das damals bestimmt eine harte Erfahrung. Sie wollte Liebe geben, wie es Mütter in der Regel tun, doch ihr Kind konnte diese Nähe kaum ertragen. Bis sich das Vertrauen zu meinen Eltern entwickelt hatte, verging eine lange Zeit. Später, in der Schule, kam dann die Hürde mit den Freunden und dem Verhalten in Gruppen. Gruppendynamiken sind mir suspekt. Anerkennung in der sozialen Gruppe zu finden und anzunehmen ist nicht so mein

Ding. Im Sportverein war ich das sonderbare Kind, das zwar gute Leistungen lieferte, aber den anderen nicht zu nahkommen wollte. Scheu war. Ich war das Kind, das gerne andere beobachtete, jedoch auf ein Lächeln nicht mit einem Lächeln reagierte. Das ist wohl einer der Gründe, weshalb ich bis heute nur wenige echte Freunde habe. Ich brauche so lange, bis ich mein Misstrauen abbaue. Ist so ein Schutzmechanismus bei mir. Ich glaube immer, dass es eine Seite gibt, die ich an meinem Gegenüber nicht kenne und die mir schaden könnte. Und die dann so einen Alarmton in meinem Kopf auslöst: Achtung! Gefahr! Bring dich in Sicherheit. Schotten schließen. Schutzschilde hochfahren. Raffa ist einer, dem ich schon recht gut vertraue. Ja, ich weiß, da ist eine Relativierung drin. Trotzdem erstaunlich, weil es mit ihm in so kurzer Zeit klappte. Das war eine neue Erfahrung für mich. Aber auch er bekommt von mir immer wieder zu spüren, wie misstrauisch ich im Grunde doch bin.

Denn ich bin wie ein scheues Tier, das sich nur langsam nähert und vorsichtig Vertrauen aufbaut. Aber schnell erschrickt und wieder wegläuft. In den geschützten Raum. Aber ich werde immer besser.

KAPITEL 46

Otto ist noch in der Pause, als sein Festnetzapparat klingelt. Es ist Friedrich, der Bruder von Rolf Zehntner.

»Gut, dass ich Sie erreiche«, sagt er. »Mir hat das mit dieser toten Frau keine Ruhe gelassen.«

»Wieso?«, frage ich.

»Weil ich das Gefühl nicht loswurde, dass ich sie kenne. Deswegen bin ich auf den Dachboden gestiegen. Meine Frau meinte, das bringt doch nichts, aber ich habe eine Kiste mit Fotos gefunden und darin gestöbert. Und ich wurde fündig.«

Ich rutsche unruhig auf meinem Stuhl nach vorn. Sitze am äußersten Ende der Stuhlkante.

»Und was haben Sie gefunden?«

»Ein Foto von einer Karnevalsfeier. 1974.«

»Könnten Sie es mit dem Handy abfotografieren und mir schicken? Ich gebe Ihnen meine Handynummer.«

»Stimmt, das ist einfacher. Ich wollte es Ihnen mit der Post schicken, aber so geht es natürlich schneller. Daran hatte ich gar nicht gedacht. Moment.«

Ich diktiere ihm meine Handynummer, und während wir sprechen, fotografiert er und sendet mir das Foto zu.

»Angekommen«, bestätige ich und betrachte es. Ein typisches Siebzigerjahre-Foto in warmen Farben mit hohem Rotanteil. Das Foto, im Querformat, ist in einer Halle oder einem Saal aufgenommen. Mehrere Personen sitzen an einem langen Tisch voller Flaschen und Gläser, der sich quer durchs Bild zieht. Im Vordergrund sind vier Personen zu sehen, die auf einer Bank sitzen. Von der Decke hängen Luftschlangen und bunte Girlanden. Die Luft ist verqualmt, der Blitz bricht sich im Zigarettenrauch.

Friedrich erklärt mir, wer auf dem Foto wer ist.

»Links außen sitze ich, der in dem Wikingerkostüm, rechts neben mir meine Frau Helga, damals meine Freundin, als Fee verkleidet.«

Beide sehen so jung aus. Friedrich, deutlich schmaler, hockt breitbeinig da, hält mit beiden Händen ein Kölschglas und lacht in die Kamera. Ich kann ihn nur an seiner Nase und dem kantigen Kinn erkennen, denn auf dem Kopf trägt er einen Wikingerhelm und links und rechts umrahmen blonde Zöpfe sein Gesicht. Helga hat dünne Streifen rosafarbener und hellblauer Gaze in ihre dunkelblonden, schulterlangen Haare gesteckt. Um die Augen hat sie bunten Lidschatten aufgetragen und sich Glitzersterne auf Wangen, Stirn und Nase gemalt. Sie trägt einen weißen Tüllrock, der sich im Sitzen bauscht, und eine passende Bluse. Sie schwenkt ein volles Weinglas, ihr Kopf ist geneigt, und ihr Mund ist aufgerissen, als würde sie etwas grölen. Ihr Oberkörper ist in einer Schunkelbewegung verewigt.

»Neben ihr sitzt Rolf.«

Rolf trägt Bäckerklamotten, eine klein karierte Hose und eine weiße, zugeknöpfte Bäckerjacke, auf den Wangen hat er Mehlspuren, ebenso im Haar. Er lacht, und ich sehe seine schiefen Zähne in seinem mageren Gesicht. Er ist im Sitzen locker einen Kopf größer als Helga und sticht auf dem Foto heraus. Lässig balanciert er eine Zigarette zwischen den Fingern.

»Die Frau rechts neben Rolf, die kenne ich nicht, keine Ahnung, wer das war, auch die Leute, die hinter uns sitzen, sind mir nicht bekannt. Bis auf Petra natürlich.«

Petra?

»Die sitzt hinter mir. Links.«

Ich sehe eine Frau mit blonden Locken. Petra. Ich hätte sie nicht erkannt. Sie schaut zu einem Paar hinüber, das hinter dem Tisch steht. Petra ist nur im Profil zu sehen, sie hat einen schwarzen Cowboyhut auf, der ihr vom Kopf gerutscht ist und im Nacken baumelt.

»Wer hat das Foto gemacht?«

»Weiß ich nicht mehr. Aber im Hintergrund, die zwei, schauen Sie sich mal die an.«

Hinter dem Tisch stehen zwei Personen, und es ist schnell klar, um wen es sich dabei handelt. Links, in einem Schornsteinfegerkostüm, das ist Hardy. Ihn erkenne ich sofort. Er steht da mit stolzgeschwellter Brust und rußigen slawischen Wangen. Neben ihm, in einer Art Guerillakluft in Olivgrün, steht eine Frau mit einer schwarzen Perücke. Pagenkopf. Das hell geschminkte Gesicht fällt auf, es strahlt aus dem Hintergrund heraus wie ein Mond. Die schwarzen Haare verstärken diesen Kontrast noch zusätzlich. Es ist Su. Auch mit schwarzen Haaren ist sie unglaublich schön. Sie hat den Oberkörper nach vorn gebeugt und einen Arm kämpferisch in die Höhe gereckt, die Hand zur Faust geballt. Eine rebellische Pose. Und dazu streckt sie dem Fotografen die Zunge raus.

»Wann wurde das Foto aufgenommen?«

»Steht zum Glück hinten drauf, im Winter 1974, auf einer Karnevalssitzung. Fragen Sie mich nicht mehr, welche das war.« Er lacht ein befreiendes Lachen.

»Das heißt, Sie kannten Ursula?«

»Nein, das ist zu viel gesagt. Ich habe sie an dem Abend kennengelernt, wir haben zusammen gefeiert, aber ihr Gesicht war so prägnant. Außerdem war sie auf eine gewisse Weise unangepasst, mit ihrem Kostüm vermittelte sie eine Botschaft, die passte irgendwie nicht in den Karneval. Und als Sie sagten, 1975 sei sie verschwunden, da hat es in meinem Kopf gerattert.«

»Das heißt, Sie haben Su nicht mehr wiedergesehen?«

»Nein, nicht dass ich wüsste.«

»Und haben die anderen Su wiedergesehen?«

»Also, das weiß ich nicht. Tut mir leid. Ich hoffe, Sie können trotzdem etwas mit dem Foto anfangen.«

»Auf jeden Fall. Vielen Dank.«

Ich schließe mein Handy an den Computer an und ziehe das Foto auf meinen Desktop. Bearbeite die Qualität etwas, gleiche Helligkeit und Kontraste aus, drucke es für Otto aus und lege es ihm auf die Tastatur.

Ein schönes Präsent. Mal sehen, was er sagt.

Montag, 5. Mai 1975

Elf Tage nach dem Anschlag stand Su im Wohnzimmer vor dem laufenden Fernseher. Es war 19:59 Uhr. Die letzten Tage waren wie in Trance vorübergegangen, quälend und langsam, abgeschottet, wie unter einer Glasglocke. Das stumpfe Gefühl in ihr schüttete sie mit Wodka zu. Beim Arbeiten war sie abweisend und schlecht gelaunt, sodass ihr Chef sie in sein Zimmer zitierte und zusammenschiss. Sie solle sich gefälligst zusammenreißen.

»Was weißt du denn schon?!«, schrie sie ihn an, tobte, warf die Tür krachend ins Schloss. Er riss sie wieder auf, rannte ihr hinterher und brüllte: »Noch einmal so eine Aktion, und du fliegst! Ist das klar?«

Su drosch mit der Faust mehrmals so fest gegen die Wand, dass sie später einen blauen Fleck hatte.

Nach der Detonation in Stockholm waren die Geiseln und das Kommando aus dem Gebäude geflüchtet.

»Sie wurden widerstandslos festgenommen«, hieß es.

Niemals, dachte Su. Niemals ohne Widerstand. Die Presse lügt.

Aber das Schlimmste war: Rainer war verletzt. Schwer sogar. Sie hatten ihn nach Stammheim gebracht, zu den anderen, ins Krankenhaus auf die Intensivstation. Er hatte Verbrennungen am ganzen Körper.

Aber vielleicht war auch das eine Lüge?

Wie konnte das sein, dachte sie. Wie konnte das sein? Er wusste, wie man Bomben baut. Er wusste, wie sie perfekt explodierten. Er war verdammt noch mal kein Anfänger. Er war gut. Richtig gut. In ihrem Kopf bildeten sich wüste Theorien. Die Polizei war das. Die hatten ihn mit Benzin übergossen und angezündet, weil ihre Wut auf das Kommando ein Ventil brauchte. Su hatte in der Telefonzelle um die Ecke die Nummer gewählt, die Rainer ihr gegeben hatte.

»Falls was passiert«, hatte er gesagt, »aber ruf von einem Münzsprecher an, damit die Bullen dich nicht zurückverfolgen können.«

Am anderen Ende war ein junger Typ der RAF. Zumindest klang seine Stimme hell. Hell und entschlossen. Su merkte sich seinen Namen nicht. Sie nannte das Codewort und fragte nach Rainer und was passiert war. Ob es etwas Neues von ihm gäbe.

»Das mit der Bombe, das waren nicht wir«, sagte der Typ, »die ist durch die Spezialeinheit der deutschen Staatsschutzbehörden ausgelöst worden, mit Billigung des Bundeskanzlers.« Die Stimme am anderen Ende war aufgewühlt und entschlossen zugleich. Von Rainer wusste er nur, dass er verhaftet worden war. »Hat wohl was abbekommen. Jetzt haben sie ihn nach Stammheim gebracht. Das ist eine Vernichtungsanstalt.«

Su schluckte. Auf der anderen Seite der Leitung war kein Mitleid. Keine Anteilnahme. Da war nur Wut. Zum Schluss sagte der Mann: »Wir müssen alle Opfer bringen«, und Su schrieb sich den Satz mit Kugelschreiber in ihre Handinnenfläche. Als würde sie befürchten, ihn zu vergessen.

Das flackernde Licht des Fernsehers erhellte Sus Gesicht. Die Eröffnungsmelodie der *Tagesschau* erklang. Sie konnte nicht still sitzen, war zu aufgewühlt, zu angespannt. Sie kam sich vor wie diese Männer, die bei einem Fußballspiel vor Begeisterung fast in den Fernseher sprangen. Das hatte sie nie verstanden, aber jetzt wurde ihr klar, warum. Sie war aufgewühlt wie die windige See.

Die *Tagesschau* begann. Die Meldung über die Geiselnahme war der Aufmacher und kam an erster Stelle. Der Sprecher ratterte die Fakten mit nüchterner Stimme herunter. Sachlich, unemotional. Su hätte ihn für seine Kaltschnäuzigkeit am liebsten verdroschen.

Das Fahndungsbild von Rainer wurde eingeblendet, noch mit Haaren und ohne Bart.

Er sah so anders aus. Unwirklich.

Ein Bulletin wurde eingeblendet.

Sus Augen tasteten die Wörter ab. GESTORBEN. DEN VERLETZUNGEN ERLEGEN. LUNGENÖDEM. TOT. IM KRANKENHAUS DES GEFÄNGNISSES IN STUTTGART-STAMMHEIM.

Bilder des Anschlags in Stockholm wurden eingeblendet. Das Botschaftsgebäude nach der Explosion von oben. Die Kamera flog darüber, das Gebäude war ein schmuckloser, rechteckiger Bau mit einem zerklüfteten, aufgerissenen Flachdach aus Teer. Im obersten Stockwerk, dort, wo vorher mal Fenster waren, sah man auf einer Linie nebeneinander fünf gleich große, schwarz verrußte Höhlen, die wie leere Augen aus dem Gebäude starrten. In der Hauswand gähnte ein riesiges Loch wie das Maul eines Tiefseefisches, durch das man ins Innere des Gebäudes blicken konnte, in dem nichts war als Schwärze.

»Der Sprengstoff war von den Besetzern versehentlich zur Explosion gebracht worden«, sagte der Nachrichtensprecher.

Versehentlich. Sie wiederholte das Wort laut. »*Versehentlich*. So ein Blödsinn!«

Su starrte weiter auf den Fernseher. Unfähig, sich zu bewegen. Die Erinnerung holte sie ein. In ihrem Kopf hörte sie Rainers letzte Worte am Telefon: »Ganz gleich, was passiert. Du bist meine Katze. Und du hast sieben Leben.«

Sie hörte wieder das monotone Tuten in der toten Leitung, nachdem er aufgelegt hatte. Spürte Rainers Hand an ihrer Wange zum Abschied. Warm und weich.

Und dann zerbrach etwas in ihr.

Sie spürte einen Riss, wie bei einem zugefrorenen See, den man zu früh betrat und dessen Eisfläche einbrach. Ein Riss, der sich rasend schnell fortsetzte und ein dumpfes Grollen freigab. Finster und dunkel. Das langsam anschwoll. Tränen liefen ihr die Wangen herunter. Stumme Tränen. Su gab keinen Laut von sich. Sie öffnete den Mund, doch nur ein Speichelfaden spannte sich, bis auch der schließlich riss. Ein Orkan entfachte sich in ihr. Sie spürte den aufkommenden Wind, hörte das leise Heulen, gefolgt von einem mechanischen Klicken, als sich die Fragmente sammelten, zusammensetzten, vereinten. Potenzierten.

Kraftvoll und böse.

Das Heulen in ihr wurde lauter. Der Orkan schwang sich auf und würde Verwüstung bringen. Sie spürte die zerstörerische Kraft in sich.

»Nichts mehr wird sein, wie es mal war«, schwor sie und presste ihre Backenzähne so fest aufeinander, dass ihr Kiefer knackte.

Sie würde nun alles verändern.

Alles.

KAPITEL 47

»Wo hast du das Foto denn her?«, fragt Otto und sieht mich verblüfft an. Er nimmt das Foto von seiner Tastatur und studiert es genau. Dabei legt er die Stirn in Falten. Ich berichte von dem Telefonat mit Friedrich, stelle mich neben Otto und erläutere ihm, wer die Personen darauf sind.

»Laus mich der Affe«, sagt er sichtlich erschüttert. Er fährt sich nervös mit den Fingern durch den Bart, der dabei leise knistert.

»Das bedeutet, die kannten sich. Die kannten sich untereinander«, sagt er.

»Zumindest Friedrich und Helga, die damals schon ein Paar waren, und Rolf. Logisch, ist ja sein Bruder. Aber laut Foto auch Hardy und Su. Das kann ja kein Zufall sein.«

»Und Petra«, sagt Otto und sieht mich prüfend an.

Die Gedanken rasen wie Schüsse durch mein Hirn. In Millisekunden. Soll ich ihm jetzt das von Petra sagen? Nein, ich halte den Mund. Denke mir nur: Lass ihn nicht in dein Inneres blicken, verschließe deine Aura, lass dir nichts anmerken. Nichts darf nach außen dringen. Das ist wie bei meinem Job in der Forensik. Da bin ich die Therapeutin, und wer ich bin, ist für die Patienten, die täglich vor mir sitzen, nicht wichtig und soll es auch nicht sein. Aber sie versuchen es immer wieder und fragen nach Persönlichem oder starren dich länger an als üblich, weil sie dich aus dem Konzept bringen wollen. Verunsichern. Distanz und Nähe sind dort ein ständiges Wechselspiel. Daher: Das stoische Zurückstarren habe ich perfektioniert.

Otto wendet sich ab und tritt zum Fenster, sieht hinaus. Das helle Sonnenlicht beleuchtet ihn, als stünde er vor einem Scheinwerfer. Winzige Staubpartikel schweben im Licht um ihn herum wie Glühwürmchen. Der Moment dehnt sich aus, und mir ist schwindelig, als würde ich jeden Moment umkippen. Otto hebt die Hand, und mit einem Finger fährt er langsam über die Narbe neben seinem Auge. Auf und nieder. Fast streichelt er sie. Dabei denkt er nach.

Ich kann es fast rattern hören.

»Wir müssen überprüfen, was die drei zum Tatzeitpunkt von Sus Tod beziehungsweise von Sus Verschwinden getan haben. Haben sie Alibis? Das wird nicht leicht, ist vielleicht sogar unmöglich herauszufinden nach immerhin achtundzwanzig Jahren. Aber einen Versuch ist es wert. Der Fall bekommt nun eine ganz neue Dimension.«

Er nimmt den Hörer in die Hand und wählt eine eingespeicherte Nummer.

»Erkan, was macht deine Recherche zu den Bauarbeitern, die auf der Tankstelle 1975 gearbeitet haben? Ja, ich weiß, das ist schwirig nach so langer Zeit. Das brauchst du mir nicht zu sagen.«

Ich kann hören, wie Erkan spricht, seine tiefe Stimme mit dem leichten Singsang-Rhythmus, aber ich verstehe die Worte nicht.

»Alles klar. Melde dich. Danke.«

Otto legt auf.

»Die Baufirma hat tatsächlich ein Archiv, aber es hat gedauert, bis sie die Altakten herausgesucht hatten.«

»Erstaunlich, dass es überhaupt welche gibt«, werfe ich ein.

»Finde ich auch. Jedenfalls haben sie Erkan versprochen, heute noch etwas per Fax zu schicken.«

»Wie gehen wir vor? Bei den Alibis?«

»Wir teilen uns auf. Ich übernehme Petra Meier, du kümmerst dich um Friedrich Zehntner und seine Frau.«

Ich sehe ihn erstaunt an. Er zieht eine Schublade auf und legt mir ein schmales Gerät hin.

»Was ist das?«

»Ein Diktiergerät. Du zeichnest die Gespräche auf, damit ich sie mir später anhören kann. Wenn ich nicht dabei bin, will ich einen

Mitschnitt haben. Egal, wie aussichtsreich. Kein Mensch kann sich nach achtundzwanzig Jahren daran erinnern, was er 1975 an einem bestimmten Tag gemacht hat, wenn nicht gerade etwas wirklich Bahnbrechendes in seinem Leben passiert ist. Geburt. Tod. Heiratsantrag. Einschulung. Die Chance geht hart gegen null, dass dabei etwas rauskommt. Aber wir prüfen dennoch.«

»Warum?« Ich hebe fragend beide Handflächen zur Decke. »Wozu der ganze Aufwand?«

»Weil es unsere Arbeit ist. Auch wenn sie nicht besonders sinnvoll erscheint und kaum Aussicht auf Erfolg bietet. So ist es eben.«

»Verstanden. Und die Bauarbeiter?«

»Du fährst morgen zu Erkan. Hast du ein Auto?«

»Ja. Man könnte Auto dazu sagen.«

»Gut. Erst zu Erkan, dann zu Zehntner und seiner Frau nach Bergisch Gladbach.«

»Nicht vergessen, am Nachmittag bin ich mit Bernhard verabredet. Zum nächsten Gespräch.«

»Sehr gut. Ruf mich an, wenn du in Bergisch Gladbach fertig bist. Und …«, er hebt mahnend den Finger, »… kündige deinen Besuch dort nicht an, hörst du?«

»Ich bin ja nicht taub.«

Ottos Mundwinkel zucken. »Ich auch nicht«, sagt er und grinst mich feist an. Hebt die linke Hand und streicht unbewusst über seine Narbe.

Wie bitte?

»Du bist nicht taub?«, frage ich erstaunt.

»Wie bitte?« Er hält eine Hand hinter sein Ohr und drückt es nach vorn.

»Schon klar. Und woher hast du die Narbe?«, frage ich und deute darauf.

Otto lässt die Hand sinken. Mit einer minimalen, aber doch merklichen Bewegung richtet er sich auf, strafft die Schultern und hebt das Kinn eine Winzigkeit an. »Von meiner Tochter. Als sie klein war, hat sie mir mal die Lokomotive einer Spielzeugeisenbahn ins Gesicht gezimmert.«

Sein Blick sagt mir: Schluck es und bohr bloß nicht nach. Die Sache mit der Lokomotive ist seine Schutzerklärung, mit der er weitere voyeuristische Fragen ausschaltet. Er hat sie sicher schon Hunderte Male gesagt.

Aber sie ist eine Lüge.

KAPITEL 48

Raffa wartet vor dem Supermarkt auf mich, weil wir heute zu Hause kochen wollen. Das bedeutet, dass wir bei mir sind, denn Raffa wohnt in einer Vierer-Jungs-WG, die so aussieht, als würden alle bloß darauf warten, dass Mama vorbeikommt, sauber macht, abwäscht und die Ordnung wiederherstellt. Ich weiß nicht, ob ich Hunger habe. Ich bin schlapp und erledigt, mein Kopf tut weh, und die Hitze macht mir echt zu schaffen. Im Radio sagen sie, dass dies nun der Höhepunkt der Hitzewelle sei, mit tropischen 38 Grad in Köln. Die nächsten Tage würde das Thermometer runtergehen. Ich bitte darum. Raffa sieht um die Nase herum auch etwas bleich aus. »Was wollen wir essen?«, fragt er.

»Irgendwas Kaltes, aber Nahrhaftes. Ich brauche Energie. Und ich kann Salat und kalte Suppe nicht mehr sehen.«

»Okay, komm mit.«

Die Kühle des Supermarkts ist ein Segen. Ich atme auf. Raffa nimmt einen Einkaufskorb aus Plastik und schlendert mit mir die Gänge entlang. Je weiter wir in den Laden hineingehen, desto kühler wird es. Ich möchte mich flach auf den Boden legen und schlafen, auf diesen eiskalten Steinplatten. Vielleicht haben die auch ein Kühllager, in das ich mich mal für 'ne Stunde legen könnte. Raffa bleibt vor einem Regal mit getrockneten Tomaten im Glas stehen.

»Ich hab 'ne Idee. Wie wäre ein Nudelsalat? Mit Rucola und Tomaten. Käse. Parmesan. Kapern.«

»Also kalte Pasta ohne Soße?«

»Och, Lupe.«

»Ich glaube, ich hab Fieber«, sage ich.

Er legt seinen Handrücken auf meine Stirn. »Unsinn. Wann hast du zuletzt etwas gegessen?«

»Weiß nicht. Heute Morgen?«

»Na, kein Wunder, dass du wackelig bist.« Er geht zu einem Regal, nimmt eine Cola, dreht sie auf und reicht sie mir. »Trink«, sagt er.

»Bäh, die ist lauwarm und mit Zucker.«

»Genau darum geht's.«

»Die hast du nicht bezahlt«, sage ich streng.

»Wir bezahlen sie später an der Kasse. Trink jetzt.«

Ich trinke ein paar kleine Schlucke und verziehe das Gesicht. Absichtlich. Dann bekommt er ein kleines Lächeln von mir, weil er so lieb zu mir ist.

»Was essen wir jetzt?«, frage ich.

»Was ich vorgeschlagen habe«, meint Raffa und beginnt, die Zutaten in den Korb zu packen. Ich trotte ihm hinterher, die kleine Flasche an den Lippen, und lasse mich von ihm quer durch den Supermarkt lotsen. Als wir vor dem Regal mit dem Olivenöl stehen bleiben, sagt er: »Ich hab was vergessen. Eine rote Zwiebel und Knoblauch.« Er stellt den gefüllten Korb zu meinen Füßen. »Warte hier, ich bin gleich wieder da.«

Ich lehne mich an das Regal, schiebe den Korb mit dem Fuß noch etwas näher zu mir heran und seufze einmal tief. Beobachte die Leute, die hier einkaufen. Die mit den hochroten Köpfen sind gerade erst reingekommen, trotten noch wie in Zeitlupe vor sich hin. Die mit den entspannten Gesichtszügen haben schon eine Weile hier verbracht, sind bereits akklimatisiert und bewegen sich wieder normal. Die meisten kaufen die typischen Sommerwaren. Es gibt zwei Lager: Die Grillfleisch- und Würstchen-Fraktion, die die Fleischtheke leer räumt, und die Salat- und Gurkenfraktion, die das Gemüseregal abfrisst wie ein Schwarm Heuschrecken. Dieser Sommer wird in die Geschichte eingehen mit einem Rekord an Grillevents und Grünzeugverzehr.

Ein junger Typ mit Baseballkäppi auf dem Kopf kommt mit einem Korb vorbei, in dem Bierflaschen und eine Tüte Paprika-Chips liegen. Das ist auch eine Art Abendessen, denke ich mir.

»Bisschen warm für 'ne Mütze, was?«, sage ich, schraube meine Cola zu und lasse die leere Flasche in den Korb zu meinen Füßen fallen.

Er dreht sich zu mir um. »Das ist 'ne Cap«, erwidert er altklug. »Und die ist das Beste, was dir passieren kann bei dem Wetter.«

»Ach ja, wie das?«

Er tritt einen Schritt näher und lüftet mit einer Hand die Kappe.

»Echt clever«, sage ich und deute auf das Coolpack, das er sich auf den Kopf gelegt hat. Er setzt die Baseballkappe wieder drauf.

»Noch Fragen?«

»Keine Fragen.«

»Bewachst du die Öle?«

»Wieso?«

»Weil du hier so festgewachsen stehst.«

»Ich ruhe mich aus«, sage ich.

»Lust auf ein Bier?«

»Jetzt? Hier?«

»Nein, später bei mir.«

Ich sehe ihn mir an. Er ist schlaksig und bubihaft, hat zwar ein süßes Grinsen, ist aber letztlich nicht mein Typ. Dafür, dass wir seit

Wochen Sommer haben, ist er ziemlich bleich. Verbringt wahrscheinlich Tag und Nacht vor dem PC.

»Das wird nix mit uns«, sage ich zu ihm, ziehe einmal die Mundwinkel hoch und lasse sie sofort wieder sacken.

»Schade«, sagt er und trollt sich.

Eine junge Frau in einem dünnen Baumwollkleid, ein bisschen älter als ich, kommt den Gang entlang. Sie fährt sich durch ihre kurzen blondierten Haare und stellt sich vor das gegenüberliegende Regal mit den Backzutaten. Mit dem Finger fährt sie die Produkte entlang. Sie nimmt eine Fertigbackmischung heraus, liest die Rückseite und stellt sie wieder zurück. Nach mehreren Anläufen entscheidet sie sich für einen Marmorkuchen und legt die Packung in den Korb. Der Quark im Korb wandert in die Lücke im Regal, die sie soeben geschaffen hat. Also doch kein Käsekuchen. Sie sieht auf die Uhr und geht weiter. Dass ich beobachtet habe, wie sie Kühlware falsch abgelegt hat, ist ihr herzlich egal.

Raffa kommt um die Ecke. »Ach, da bist du«, sagt er erstaunt.

»Bist du doof?«, frage ich.

»Ich hab ehrlich gesagt vergessen, wo ich dich geparkt hatte.« Er lacht und küsst mich freudig auf den Mund. »Aber wie schön, dass ich dich wiedergefunden habe. Gehen wir zur Kasse, ich habe alles zusammen.«

»Außer deinen Sinnen«, sage ich.

TAG ZEHN

KAPITEL 49

Erkan und ich stehen vor dem Getränkeautomaten im Erdgeschoss des Polizeipräsidiums. Ich werfe meine Münzen ein und drücke die Nummernkombi für eine Coke Light. Diese Cola-Sauferei wird echt zur Sucht, aber ich kann nicht anders. Erkan lehnt sich lässig mit der Schulter an den Automaten und sieht mir zu.

»Kann ich dich was fragen?«, sagt er.

»Weiß nicht, ob du das kannst«, antworte ich.

Er runzelt die Stirn.

»Mann, Erkan«, sage ich und sehe zu, wie meine Coke-Flasche nach vorn geschoben wird und polternd nach unten fällt. »Frag einfach.«

»Aber du könntest Nein sagen«, antwortet er. »Dann würde ich lieber nicht fragen.«

»Würdest du nicht?«

»Nein«, antwortet er.

Ich stemme eine Hand in die Hüfte. »Na gut. Schieß los.«

»Ist dein Freund deine große Liebe?«

Ich schließe einmal die Augen und öffne sie wieder. »Erkan, du weißt schon, welcher Ruf dir vorauseilt, oder?«

Ich stemme die zweite Hand in die Hüfte.

»Ach ja? Welcher denn? Sag schon«, fordert er. »Du beantwortest meine Frage mit einer Gegenfrage. Was ist? Bist du dir vielleicht unsicher, wie deine Antwort lautet?«

»Du bist dafür bekannt, jedem Rock hinterherzurennen. Ich frage mich, was du eigentlich wirklich willst, und tippe, dass es dir hauptsächlich ums Erobern geht.«

Erkan beobachtet genau mein Gesicht.

»Du liegst falsch. Ja, ich bin hinter vielen Frauen her. Aber nicht, weil ich einen ausgeprägten Jagdinstinkt habe, sondern weil ich schon nach kürzester Zeit merke, ob sie die Richtige sein könnte. Ob es sich lohnt, weiterzumachen und Zeit zu investieren. Aber meistens ist es so, dass ich schnell checke, dass die Frau nicht zu mir passt und wir nicht dieselben Dinge gut finden und auch nicht über dieselben Dinge lachen können.«

Ich trete instinktiv einen Schritt zurück.

»Erkan, ich sag dir mal, was ich zu diesem Thema denke. Ich weiß nicht, warum viele glauben, es müsste diese eine große Liebe geben. Dieses Absolutheitsdenken nervt mich gewaltig. Was ist denn das Gegenteil davon? Meine eine kleine Liebe?«, sage ich und hebe fragend beide Hände. »Weißt du, wie das für mich klingt? Das klingt für mich wie eine Erfindung. Liebe als ein Gefühlszustand mit Anspruch auf Ewigkeit. Die totale Maximierung. Das kann nur schiefgehen. Eben genau deswegen, Erkan. Das mit der großen Liebe, das ist Bullshit.«

Erkan lächelt wissend. »Ich kann mir schon vorstellen, eine Frau mein ganzes Leben lang zu lieben.« Er baut sich vor mir auf. Breitbeinig. Kämpferisch.

»Nein, das kannst du nicht«, erwidere ich. »Das haben dir diese sehnsüchtigen Lieder und Fernsehsoaps und Filme eingetrichtert, dass es das gibt. Es ist wie die Existenz von etwas Höherem. Eine Idealisierung, an der man sich ausrichten soll. Was wirklich passiert, wird ausgeblendet. Denn die Realität ist anders. Schwieriger. Hat mehr Grautöne. Diese Hollywood-Schnulzen sind unehrlich, sie belügen dich. Sie sind reine Projektionsflächen. Und du fällst auch noch darauf rein. Also, frag mich niemals, ob ich mit dir in so einen Film gehe. Niemals!«

Ich hebe einen Zeigefinger, sodass er fast seine Nasenspitze berührt. Während meiner Erklärungen bin ich unbewusst einen Schritt auf Erkan zugegangen, was ich erst jetzt bemerke. Er auch.

Erkan lächelt. »Und in was für einen Film würden wir dann gehen?«

Ich lasse den Zeigefinger sinken. »In einen Horrorfilm. So einen gruseligen Splatterscheiß mit viel Blut.«

»Geil«, entfährt es Erkan. »Finde ich gut. Wann?«

Ich lasse den ausgestreckten Zeigefinger wie ein Metronom von links nach rechts ticken. »Wollten wir nicht arbeiten?«

Erkan schiebt mir die Liste mit den Namen der Arbeiter von damals über den Tisch, die gestern per Fax kam. Ich überfliege die mit Schreibmaschine getippte Aufstellung. Deutsche Namen. Ausländische Namen. Mit Geburtsdatum und Adressen.

»Drei von denen sind nach wie vor gemeldet. Die anderen sind nicht auffindbar. Viel ist es nicht«, sagt er.

»Glaubst du, dass das was bringt?«

Erkan sieht mich mit großen Augen an. Sein Gesicht ist unbewegt.

»Kommst du jetzt öfters vorbei?«, fragt er plötzlich mit einem leicht sehnsüchtigen Blick.

»Erkan! Antworte mir«, sage ich und wedle mit der Liste vor seinem Gesicht herum.

Er verdreht die Augen.

»Letzten Endes muss der Bauarbeiter nichts mit der Leiche zu tun haben.«

»Wie meinst du das?«

»Jeder hätte damals auf die Baustelle gehen können. Da war vielleicht ein Schild angebracht: Betreten verboten. Eltern haften für ihre Kinder. Aber das war's dann auch schon.«

»Das heißt, jeder hätte Su dort einzementieren können?«

»Klar. Wenn da frisch gegossener Beton liegt. Rein damit.«

»Sag mal, seit wann lebst du in Deutschland?«

»Das ist jetzt aber ein Themenwechsel.«

»Egal. Sag mal.«

»Ich bin hier geboren. Mein Vater kam 1970 hierher und hat als Gastarbeiter angefangen und dann eine deutsche Frau geheiratet. Meine Mutter. Ich kenne diese ganze Migrationssache. Aber mein Vater war klug, er hat uns beigebracht, beides zu vereinen: die Tradition unserer Heimat und das neue Leben in Deutschland. Also haben meine Brüder und ich von Anfang an Deutsch gelernt. Wir haben auch Weihnachten gefeiert, falls dich das interessiert. War aber eher ein Theaterstück als echte Liebe zu Jesus.«

Ich muss lachen. »Okay, ich hab's kapiert.«

»Das Zuckerfest war mir lieber.« Er grinst.

Ich tippe auf die Liste der Bauarbeiter. Zurück zum Geschäft.

»Wie willst du vorgehen?«, frage ich.

»Als Erstes, denke ich, sollten wir einen Aperitif trinken, dann in ein schönes Restaurant gehen, Scampi, eiskalter Weißwein, und dann ...«

»Erkan. Bleib bei der Sache.«

»Aber das tue ich doch!« Er breitet die Arme weit aus. Lacht.

»Du schaffst mich.«

Er grinst selbstzufrieden. »Gut so. Aber um deine Frage zu beantworten: Wir werden sämtliche Personen abklappern und sehen, wen wir überhaupt noch erreichen können. Und wenn da einer dabei sein sollte, dann könnt ihr in Düsseldorf ja gerne wieder übernehmen«, sagt er, und ich registriere seinen spitzen Unterton.

»Was ist das Problem?«

Er beugt sich vor. »Lupe, nicht jeder hier mag die OFA. Manche befürchten, dass sie die Fälle an sich reißen wollen. Dabei ist die Einheit gegründet worden, um besondere laufende Ermittlungen zu unterstützen. Um zu beraten. Mit speziellem Wissen.«

»Und das ist hier nicht der Fall?«

»Doch, denn es ist ein alter Fall von 1975. Und es war Ottos Fall. Die OFA wird nur bei besonderen Fällen angefordert. Und das ist hier gegeben. Leiche im Betonboden einer ollen Tankstelle. Da wusste ich nach kurzer Recherche, dass dieser Fall uralt ist.«

»Verstehst du dich gut mit Otto?«

»Klar. Er war ja mein Bärenführer.«

»Was ist das?«

»Mein Betreuer oder Pate in der Ausbildung.«

»War er streng?«

»Ja, und gerecht. Streng, aber herzlich.«

»Das heißt, Otto hat dir viel beigebracht?«

»Ich habe sehr viel von Otto gelernt. Er ist ein richtig guter Mann. Wir waren mal in einem besetzten Haus, es ging um Diebstahl. Ich bin da rein, und in einem der Schlafzimmer lag eine schöne Frau im Bett, und die sagte zu mir: ›Komm doch rein und mach die Tür hinter dir zu.‹ Und ich wollte die Tür gerade schließen, da stellt Otto seinen Fuß auf die Schwelle und sagt: ›Spinnst du? Du kannst da nicht alleine rein.‹«

»Was war?«

»Die Tante war auf Droge, hatte unter der Bettdecke ein langes Messer, hasste die Bullen und wollte einem Polizisten das Messer in den Hals rammen.«

»Würdest du sagen, dass du Otto gut kennst?«

Er lächelt. »Worauf willst du hinaus?«

»Ist er vertrauenswürdig?«

»Natürlich.«

»Wie kannst du das mit solcher Sicherheit sagen?«

»Ich habe viel Zeit mit ihm verbracht, wir haben viele Stunden zusammengesessen. Da erfährst du viel vom anderen. Und mein Bauch bestätigt mir das.«

»Der Bauch kann auch mal irren. Habt ihr auch über Persönliches geredet?«

»Ja, auch das. Warum willst du das wissen? Vertraust du ihm nicht?«

Ich lasse mir mit der Antwort einen Moment Zeit, denn ich will es mir mit Erkan nicht verscherzen. Er könnte mir noch hilfreich sein. Wer weiß.

»Kann ich nicht sagen, dafür kenne ich ihn nicht lange genug. Ich bin einfach von Natur aus misstrauisch.«

»Das habe ich bereits bemerkt.«

An der Tür klopft es kurz.

»Ja?«, ruft Erkan.

Ein Kollege steckt den Kopf durch die Tür. Junges Gesicht. Blonde Haare.

»Wir haben ein Pkw-Wrack im Rhein gefunden.«

»Und?«

Er tritt ein und reicht Erkan eine Mappe. »Das ist der Bericht. Der Halter des Autos ist soeben ermittelt worden«, sagt er.

Erkan nimmt ihm die Mappe ab, klappt sie auf, überfliegt das Schriftstück. Ich sehe zu, wie seine Augen größer werden.

»Da war jetzt aber nicht noch einer drin, oder?«, sage ich.

»Danke«, sagt Erkan zu dem Kollegen, der nur einmal unterwürfig nickt und wieder verschwindet.

»Schau dir das an«, sagt er und breitet ein paar Fotos auf dem Tisch aus. »Gestern Morgen hat ein Jogger von der Mülheimer Brücke aus die Umrisse eines Pkws im Rhein gesehen. Wir haben im Rhein in diesem Sommer einen so niedrigen Wasserstand wie noch nie. Das halb versunkene Auto wurde gestern am Nachmittag noch geborgen. Ein alter BMW 316. Keine Sorge, es war keine Leiche drin.«

Ich sehe mir die Fotos an, die er vor mir ausbreitet. Der Wagen wurde von allen vier Seiten fotografiert. Die Schnauze des Wagens lässt sofort das typische BMW-Gesicht erkennen. Der Grill ist nicht vorhanden, weiter hinten ist der Ventilator erkennbar. Ein Scheinwerfer baumelt nur noch an einem Draht. Algen wuchern aus den Ritzen und Öffnungen. Der Wagen ist mit einer gräulichen Schmutzschicht überzogen. Das Dach fehlt komplett. Aber alle vier Räder sind noch dran. Interessanterweise sind die Reifen nicht verrottet. In den schmalen Speichen der Felgen haben sich winzige Muscheln angesiedelt. Ein Foto zeigt den Innenraum, der aussieht, als hätte jemand kübelweise Schlamm in den Karren gekippt.

Erkan deutet auf ein weiteres Foto. Das Kennzeichen ist ausgeblichen, die Buchstaben und Zahlen lassen sich nur noch erahnen. Aber mit etwas Mühe und zusammengekniffenen Augen kann ich das Kennzeichen dann doch noch erkennen. In Köln zugelassen. Und noch ein Foto, eine Nahaufnahme. Eine uralte, verwitterte TÜV-Plakette.

»Der TÜV ist 1975 abgelaufen«, sagt Erkan. »Und jetzt rate mal, wer der Halter des Wagens ist.«

»Wer?«

Erkan schiebt seine Zungenspitze zwischen den Lippen hervor und wieder zurück.

»Heidemarie Wechter.«

»Die Mutter von Ursula? Fuck. Su Wechter hat das Auto ihrer Mutter nach deren Tod noch weitergefahren.«

»Und jemand hat es entsorgt. Auf ziemlich unorthodoxe Weise.«

Ich zücke mein Handy. »Ich muss Otto informieren.«

»Ruf ihn an, ich schicke ihm die Daten per Mail zu«, sagt Erkan, springt auf, reißt die Tür auf und verschwindet.

Otto geht sofort ran. »Lupe, was ist passiert?«, fragt er ohne Gruß.

»Hör zu«, sage ich etwas atemlos und berichte ihm die Neuigkeit mit dem versunkenen Autowrack. »Die Daten kriegst du in diesem Moment per Mail.«

Otto ist genauso erstaunt wie ich, und nach einem kurzen Austausch sind wir uns schnell einig.

Jemand hat das Auto verschwinden lassen, und Su war das nicht. Bei ihrer finanziellen Situation hätte sie es verkauft und nicht im Rhein versenkt. Wäre ja Kappes. Wir tippen auf den Täter. Im Gegensatz zu den anderen drei Opfern war der Tod von Su für den Täter etwas Besonderes, denn er hat sie leiden lassen, und wie wir jetzt wissen, hat er auch ihre Spuren verwischt. Ergo muss der Täter gewusst haben, dass Su nach Torremolinos abhauen wollte. Und hat deshalb ihr Auto im Rhein versenkt in der Annahme, dass es nie wieder auftaucht.

Su ist kein Zufallsopfer, sondern wurde bewusst ausgewählt.

Ihr Tod ist die Krönung in einer Reihe von Morden.

Bleibt nur die Frage nach dem Warum.

Freitag, 16. Mai 1975

Als er Su hinter dem Tresen im *Oxy* entdeckte, fiel ihm ein Stein vom Herzen. Er hatte sie seit über vier Wochen nicht mehr gesehen, sie war nicht in der Bar, nicht im *DD* noch in sonst einer der Kneipen, in denen sie sich normalerweise herumtrieb und wo er sie heimlich beobachtete, denn das konnte er gut.

Er hatte schon befürchtet, ihr sei etwas zugestoßen.

Und dieser Gedanke hatte ihm ziemlich zugesetzt. Sie war verschwunden, niemand konnte sagen, wo sie war. Alle, die er fragte, zuckten nur mit den Schultern. Er fragte sogar beiläufig bei den Kollegen nach, ob sie womöglich in Haft saß, weswegen auch immer, aber die schüttelten bloß den Kopf.

Er wollte es noch mal bei ihr versuchen, weil die Träume von ihr nicht aufhörten und ihn schier umbrachten. Es war bereits weit nach Mitternacht, das *Oxy* war zum Bersten voll. Ein Tempel des Rausches. Es roch nach Parfüm und Schweiß, es war so warm in der Bar, dass Kondenswasser von der Decke in die Gläser tropfte. Im Hintergrund lief irgendeine schrille Musik, die das Rauschhafte dieses Moments noch verstärkte. Otto schob sich an schwitzigen Leibern vorbei, an lachenden Gesichtern, Menschen, die auf der Stelle tanzten, Frauen, die im Vorbeigehen die Lippen schürzten oder ihn lüstern mit der Zunge lockten, die Pupillen groß wie Garagentore. In einer halben Stunde war hier Zapfenstreich, das wusste er. Er stellte sich an die Bar, erkämpfte sich ein Stück Platz und sah Su beim Bedienen zu. Minutenlang, aber sie reagierte nicht. Sie bemerkte ihn gar nicht. Su gab Getränke aus, bewegte sich ohne Hast. Sie war in sich selbst versunken und sah müde aus. Irgendwann schaute sie zu ihm herüber und erkannte ihn. Verzog keine Miene, arbeitete routiniert weiter.

Schön locker bleiben, lässig tun, sagte er zu sich selbst.

»Kann ich was bestellen?«, rief er ihr zu.

»Keine Ahnung, ob du das kannst«, rief sie zurück und zuckte mit den Schultern. Sie sah ihn mit gelangweilter Miene an, kam aber ein Stück näher.

Er ließ sich nicht abschrecken und wartete.

»Wir schließen gleich«, sagte sie und tippte auf ihr Handgelenk.

»Ich warte draußen auf dich, am Hinterausgang«, sagte er bloß und steuerte durch die Meute zum Ausgang. Stoßgebete in den Himmel sendend.

Ein paar Meter vom Personaleingang des *Oxy* entfernt, der in einer ruhigeren Seitenstraße lag, stand Otto in seiner Lederjacke an eine Hausmauer gelehnt und wartete. Es hatte erst vor ein paar Minuten aufgehört zu regnen, die

Luft war schwer und feucht, der Asphalt glänzte nass, und in den Pfützen spiegelten sich die Neonbeleuchtung und das Licht der Straßenlaterne. In den Rohren, die vom Dach nach unten führten, gurgelte das Wasser in die Kanalisation. Sein Atem hing in der Luft. Er rieb sich die Hände, die kalt geworden waren. Obwohl er müde war, fühlte er sich aufgekratzt.

Endlich kam Su durch die Tür.

Auf hohen Schuhen stolperte sie mit einem großen Schritt hinaus in die Nachtluft, ließ die schwere Stahltür hinter sich zufallen. Atmete einmal tief durch, kramte in ihrer Handtasche und zündete sich eine Zigarette an. Warf die Haare nach hinten. Otto löste sich von der Mauer und ging auf sie zu.

»Was willst du?«, fragte sie. Ihr Atem roch nach Schnaps. Ihre Augen irrten in der Dunkelheit hin und her.

»Ich habe dich vermisst, du warst verschwunden, da habe ich mir Sorgen gemacht«, sagte Otto. Und es stimmte.

Sie lachte kurz auf. »Ach Otto, was redest du denn da. Ich bin eine Katze. Ich habe sieben Leben.«

»Und du hast einen Freund, ich weiß das. Aber ich will gern für dich da sein.«

»Wozu?«

»Lass uns ein Stück gemeinsam gehen«, schlug er vor. Sein Hirn war blockiert, er kam sich dämlich vor, wie ein junger Bengel, der nicht wusste, was er sagen soll.

»Von mir aus.«

Sie gingen zusammen die Straße entlang. Wenige Autos waren unterwegs. Ein Taxi blieb auf ihrer Höhe stehen, aber Otto winkte ab, und der Fahrer gab Gas und schoss davon.

»Was kann ich tun, damit du mir vertraust?«, fragte er.

Sie sah ihn von der Seite an. »Nichts kannst du tun. Ich vertraue niemandem«, antwortete Su und rauchte weiter, ging schwankenden Schritts voran.

»Was ist mit dir? Was ist passiert? Ich spüre doch, dass da was ist.« Er tippte an ihren Oberarm, aber sie riss den Arm weg und blieb stehen.

»Was passiert ist?!« Ihre Stimme wurde schrill. »Ich sage dir, was passiert ist: Sie haben meinen Freund umgebracht. Er ist tot. Hörst du? Tot!«

»Wer hat deinen Freund umgebracht?«, fragte Otto ruhig. »Sag es mir.«

»Die Bullen. Diese Scheißschweine.«

Otto verstand nicht. »Was? Ja, wer denn?«

»Ach, vergiss es.«

»Sag schon!«

»Nein!«, schrie sie. »Nein und nochmals nein!«

Su warf den Zigarettenstummel in den Rinnstein. Ging auf Otto los und schlug mit den Fäusten auf seine Brust ein. Dabei schluchzte sie: »Ihr seid schuld!«, und drosch auf Otto ein. Otto ließ sie ausflippen, ertrug es. Sie malträtierte ihn mit Hieben, die nicht ohne waren. Irgendwann konnte sie nicht mehr, ihre Schläge wurden schwächer. Ihr Schluchzen verhaltener. Er schlang seine Arme um Su, hielt sie fest, und sie zappelte wie ein gefangenes Tier. Er vergrub seine Nase in ihren Haaren. Sie rochen schwach nach Apfelshampoo und stark nach Kneipe.

»Ist ja gut, *schschsch* ... beruhige dich«, murmelte Otto.

Dann kam die Verzweiflung. Sie gab einen einzigen langen, schmerzerfüllten Ton von sich, und ihr ganzer Körper zitterte. Begleitet von einem langen Ausatmen, bis sie wie eine Ertrinkende Luft holte. Wie ein nasser Sack hing sie jetzt in seinen Armen.

»Ich habe alles verloren«, wimmerte Su. »Einfach alles.«

Er nahm ihr Gesicht in seine Hände. Ihre Wimperntusche war verlaufen, und mit seinen Daumen wischte er unter ihren Augen entlang.

»Das wird schon wieder. Unkraut vergeht nicht«, flüsterte Otto. Ein blöder Spruch, aber ihm fiel nichts Klügeres ein.

»Nein, Otto. Das wird nicht wieder. Vielleicht in deiner Welt. Aber nicht in meiner. Ich habe keinen Freund mehr, er ist verreckt. Mein Geld ist auch futsch. In Rauch aufgegangen. Und es hat den Falschen umgebracht.«

»Wie kann ich dir helfen?«

»Otto, ich bin genau das Gegenteil von dir. Du bist Recht und Ordnung. Ich bin die Hölle. Die Verdammnis.«

Sie schlug ihm einmal mit der Faust auf die Brust. »Das geht nicht gut«, heulte Su. »Ich liebe dich nicht. Ich habe nur manchmal Lust, mit dem falschen Mann zu ficken. Mit einem Bullen. Mich von einem Bullenschwein ficken zu lassen, um mich selbst zu bestrafen. Ich benutze dich nur. Du bist mir egal!«, rief sie und versprühte Spucke beim Sprechen. »Nein, stimmt nicht. Ich hasse dich.«

Otto blieb unbeeindruckt. »Hast du was ausgefressen?«

Su fing hysterisch an zu lachen. »Ob ich was ausgefressen habe? O ja. Das habe ich. Verdammt noch mal.« Sie reckte das Kinn.

»Aber du bist frei«, stellte Otto fest. »Soll ich das ändern? Dich einbuchten? Was hast du angestellt? Sag's mir, und ich lasse dich abholen.«

»Du blödes Arschloch«, fauchte Su.

»Hey, das war ein Scherz. Entspann dich mal. Ich tue gar nichts.«

Sie gingen weiter die Straße entlang.

»Ich bin so traurig, Otto. Ich bin so traurig und müde. Er war ein toller Kerl. Jetzt ist er tot. Und ich kann«, sie schniefte laut, »noch seine Stimme in meinem Kopf hören.«

Sie weinte, und Otto legte seinen Arm um sie.

»Wenn du etwas verloren hast, lass es gehen. Ist nicht einfach, ich weiß.«

»Ich sitze mit meinem behinderten Bruder da, in der Wohnung meiner bekloppten Mutter, auf die eine Hypothek läuft. Ich hab nichts. Und das bisschen, was ich hatte, ist jetzt auch weg.«

Er hielt Su an beiden Armen ein Stück von sich weg.

»Du musst weitermachen. Aufgeben gilt nicht.«

»Ich weiß nicht, wie«, sagte sie leise.

»Pass mal auf. Du musst tun, was du tun musst. Befrei dich von den ganzen Umständen, die dich fesseln und dich einengen. Du musst das nicht alles mitmachen«, erklärte er, und Su sah ihn dabei aufmerksam an.

Sie wischte sich die Tränen aus dem Gesicht. »Wie jetzt? Mach kaputt, was dich kaputtmacht?«

»Nein, so nicht. Ändere dein Leben. Bau dir eine Zukunft. Fang neu an. Du bist jung, du bist schön. Du hast noch viel vor dir.«

Su neigte den Kopf zur Seite und ließ seine Worte langsam durch ihr Gehirn kullern.

»Kommst du noch mit zu mir? Nur eine Stunde.«

Sie ging einen Schritt auf ihn zu, schlang einen Arm um seinen Hals und zog ihn zu sich heran. Steckte ihm ihre Zunge in den Mund. Mit der anderen Hand griff sie in seinen Schritt. Er stöhnte leise auf.

»Natürlich kommst du noch mit«, flüsterte Su. »Das fühle ich. Aber wir müssen leise sein, mein Bruder schläft. Komm.«

Sie schlichen sich in ihr Schlafzimmer.

»Nimm mich von hinten«, sagte Su. »Härter«, befahl sie, und währenddessen wiederholten sich seine Worte in ihrem Kopf.

Befrei dich. Befrei dich. Befrei dich.

KAPITEL 50

In diesem Sommer läuft im Radio die ganze Zeit *Ab in den Süden* von Buddy Dingsbums, und ich kann diesen Song nicht leiden. *Hip teens don't wear blue jeans* aus dem Frühling wird auch wieder gespielt für alle, denen der Song immer noch nicht zum Hals heraushängt. Ich höre lieber Soul, alten Kram, den ich aus der Plattensammlung meines Vaters kenne. Knisternde, röhrende Stimmen, die das Leben und das Leiden besingen; den Alltag, die verdammte Liebe und den grenzenlosen, ewigen Wunsch nach Freiheit. Samtene, verführerische Stimmen mit Tiefe und Vibration. Im Hintergrund Hammondorgeln. Tonfolgen wie Herzschläge. Al Green. Teddy Pendergrass. Gladys Knight. The Supremes. Marvin Gaye. Stevie Wonder. Das sind meine Helden. Ich schiebe eine gebrannte CD ein, aber der CD-Player im Auto spinnt und bleibt immer an einer Stelle hängen. Ich drehe am Autoradio herum, bis ich einen Song finde, der mir einigermaßen gefällt. Heute sind es gemütliche 31 Grad, und weil mein Auto keine Klimaanlage hat, kurble ich beide Fenster runter und lasse den Fahrtwind wirbeln, bis ich schließlich mit schweißnassem Rücken bei Friedrich vor der Werkstatt stehe.

Niemand bemerkt mich, als ich eintrete. Es riecht nach Metall, Kettenfett und Gummi mit einem Hauch von Benzin. Jemand hämmert auf einem Stück Blech herum. Vor mir steht ein aufgebocktes Alfa Romeo Cabrio, und darunter liegt ein Mensch. Nur die blauen Hosenbeine und die Sicherheitsstiefel lugen hervor. Ich stelle mich daneben und klopfe zweimal auf das Blech.

Klirren von Metall. Fluchen.

Dann rutschen die Beine in meine Richtung, und das von Öl verschmierte Gesicht von Friedrich erscheint. Wir sehen uns an. Als er mich erkennt, weitet sich sein Blick. Er brüllt dem Kollegen im Nirgendwo etwas zu, und das Klopfen verstummt.

»Oh, hallo. Mit Ihnen habe ich gar nicht gerechnet«, sagt Friedrich.

»Ja, ich bin immer für eine Überraschung gut«, erwidere ich und grinse breit.

Er rappelt sich von dem Rollbrett hoch, ächzend. Wischt sich die Hände am Blaumann ab und hält mir eine Hand hin.

»Überspringen wir den Teil«, sage ich freundlich und ignoriere die Hand. »Ich hätte noch ein paar Fragen. Haben Sie zehn Minuten für mich?«

Er führt mich in einen kleinen verglasten Raum mit Blick auf die Werkstatt, in dem ein Schreibtisch und aufgetürmte Kartons stehen. Am Fenster ist eine Frühstücksecke. Ein Tisch, zwei Stühle. Fertig. Friedrich schiebt einen Teller mit Senfresten, eine Tupperdose und zwei leere Kaffeebecher zur Seite und wischt mit der flachen Hand einmal über die Sitzfläche des Plastikstuhls. »Tut mir leid«, sagt er, es ist ihm peinlich.

»Kein Ding. Ist ja auch 'ne Werkstatt und kein Museum.« Ich lege das Aufnahmegerät zwischen uns. Drücke die Aufnahmetaste.

»Wie kann ich helfen?«, fragt er.

»Erst mal möchte ich mich für das Foto bedanken.«

»Können Sie damit was anfangen? Das freut mich.« Er sieht stolz aus, als hätte er ein Tor geschossen. Schweiß steht auf seiner Stirn. Er ist nervös.

»Wir haben eine Frage, die das Jahr 1975 betrifft, und zwar den Zeitraum um den 14. Juni herum. Wissen Sie noch, was Sie da getan haben?«

Er sieht mich erstaunt an. »Was war am 14. Juni?«

Ich überlege, ob ich ihm sagen sollte, dass wir vermuten, dass Su an dem Tag oder kurz danach getötet wurde, entscheide mich aber dagegen. »Ich weiß, es ist lange her, aber es würde uns helfen.«

Friedrich ist irritiert, aber ich sehe ihn stoisch an und warte einfach ab. Sekunden vergehen. Mein Körper lässt keine Regung sehen, nur mein Atem strömt gleichmäßig durch die Nase ein und aus.

»Keine Ahnung, was ich da gemacht habe. Was war das für ein Wochentag?«

»Ein Samstag.«

»Vermutlich habe ich gearbeitet. Ich war damals in einer Werkstatt in Weidenpesch. Samstags hatten wir bis 14:00 Uhr offen. War damals so. Danach bin ich vermutlich nach Hause.«

»Zu Ihrer Frau?«

»Nein, nein, wir waren damals noch nicht verheiratet.«

»War an dem Wochenende etwas Spezielles? Ein besonderer Geburtstag oder so?«

Er sieht mich lange an, den Blick nach innen gerichtet. Friedrich zuckt mit den Schultern. »Nein, ich kann mich beim besten Willen nicht erinnern.«

»Wie gut kannten Sie denn die Freunde Ihres Bruders?«

Sein Gesicht hellt sich auf. »Sie meinen die von den Fotos? Eigentlich kaum, wir gingen mal aus, und man traf sich, feierte zusammen. Betrank sich. Aber so einen richtigen Kontakt hatten wir nicht.«

»Was ist mit Hardy? Der auf dem Foto hinten neben Su steht.«

»Den habe ich ein paarmal gesehen, nicht oft, beim Ausgehen, und ehrlich gesagt: Ich mochte ihn nicht besonders.«

»Warum?«

»Der war irgendwie ein Angeber, so ein Großmaul. Prahlte immer mit seinen Eroberungen und was für ein toller Hecht er sei. Das hat mich genervt.«

»Und seine Schwester Petra?«

»Ach, die. Die war auch irgendwie komisch. Keine Ahnung, warum, aber sie himmelte ihren Bruder an, meine Güte. Meine Frau Helga hat öfters mal was mit Petra unternommen, Mädelsabend und so. Ich war da nicht dabei und bin lieber mit meinen Kumpels ausgegangen.«

»Waren Sie und Helga damals schon so richtig zusammen, ein Paar?«

Friedrich lacht. »Aus meiner Sicht waren wir ein Paar, ja, aber Helga hat damals noch Freiräume gebraucht. So was Enges wollte damals nicht jeder. Wir haben erst vier Jahre später geheiratet. Sie hat sich erst dann für mich entschieden.«

»Und dann sind Sie zusammengezogen?«

»Ja, vorher hat jeder für sich gelebt. Ich alleine und sie noch bei ihren Eltern.«

Jemand ruft Friedrichs Namen.

»Ich komme sofort, Moment!«, ruft er mit leicht genervter Stimme zurück.

»Danke für Ihre Zeit. Kann ich Ihre Frau sprechen? Ist sie drüben im Haus?«

»Das war's schon?«, fragt er erstaunt.

»Ja, danke«, antworte ich und stehe auf. Friedrichs Hand schnellt hervor, aber er zieht sie wieder zurück. »Meinen Sie wirklich, dass Sie den Mörder meines Bruders finden können?«

»Warum nicht?«

»Ich glaube, der ist längst über alle Berge«, sagt Friedrich im Brustton der Überzeugung. »Da bin ich mir ganz sicher.«

KAPITEL 51

Als ich klingle, schlägt der Hund von Friedrich und Helga hinter der Tür an. Das Bellen wird schnell lauter. Vom Ton des Bellens tippe ich auf ein Tier, das mir bis zu den Knien reicht. Darin höre ich Wut und den Wunsch: Lass mich hier raus.

Helga öffnet die Haustür einen Spalt. »Sei jetzt still, Ruhe!«, ruft sie. Mit einem Bein versucht sie, den Hund im Haus zu halten, doch der schiebt seine Schnauze zwischen Bein und Haustür, knurrt und schnieft wild.

»Tut mir leid, dass ich noch mal stören muss. Kann ich reinkommen?«

»Ach, gerade ist es ungünstig«, sagt Helga und blickt genervt auf den Hund.

»Lassen Sie ihn ruhig los«, sage ich und gehe in die Hocke. Helga schiebt ihr Bein zur Seite, und der Hund saust auf mich zu und hört augenblicklich auf zu knurren.

»Benno, nicht so stürmisch!«, mahnt Helga. »Es tut mir leid, er ist immer so wild.«

»Sie müssen sich nicht entschuldigen, das ist schon recht so.« Benno schnüffelt an mir, ich tauche meine Nase in sein Fell und rieche meinerseits an ihm. Er springt mit den Vorderpfoten auf mein Knie, und ich bekomme Nasenstüber, die ich erwidere. Ich fiepe ihn einmal an. Hundesprache. Benno wedelt mit dem Schwanz und ist glücklich. Ich richte mich auf, und Benno drückt sich an mein Bein, sieht glücklich zu mir hoch.

Hallo, mein kleiner Freund.

»Ich denke, jetzt haben sich alle beruhigt«, sage ich und mache einen Schritt auf Helga zu, die mich mit einem erstaunten Blick einlässt.

»Ich bin gerade in der Küche«, erklärt sie und geht vor. Sie sieht sich nach Benno um, doch der hat sich an meine Seite geheftet.

»Benno, kommst du her!«, herrscht sie ihn an, aber Benno ist das schnuppe. Er bellt einmal in ihre Richtung.

»Komm, Benno, wir gehen in die Küche«, sage ich zu ihm, und er folgt mir. Auf dem Herd steht ein großer schwarzer Emailtopf mit Deckel. Daneben liegen Möhren, Sellerie, Kartoffeln und Petersilie auf der Arbeitsplatte bereit. Zudem ein großer Endiviensalat. Eine Zeitung ist ausgebreitet, darauf türmen sich Kartoffelschalen.

»Sieht vegetarisch aus«, sage ich und deute auf das Gemüse.

»Ja, wir müssen ein wenig abspecken«, erwidert Helga. Sie stellt mir ein leeres Glas und eine Flasche Sprudel hin. »Ein Glas Wasser für Sie?« Sie rückt mir einen Stuhl zurecht.

Ich lege das Aufnahmegerät auf den Tisch. Record. »Danke. Ich habe nur einige wenige Fragen, dann lasse ich Sie weiterkochen.«

Benno leckt vorsichtig meine Hand ab.

»Benno, nicht lecken.«

»Schon gut. Er zeigt mir nur, dass er mich mag.«

Sie sieht mich erstaunt an. »Sie kennen sich aus mit Hunden?«

»Ja, ich denke schon.«

»Ich komme mit ihm nicht klar«, seufzt sie. »Stört es Sie, wenn ich nebenher weiter Kartoffeln schäle?«

»Nö. Machen Sie ruhig. Mich interessiert das Jahr 1975.«

Mit dem Sparschäler bearbeitet sie eine Kartoffel, *zack,* und die Schale ist ab.

Ich fahre fort: »Genau genommen der 14. Juni. Ein Samstag.«

Helga hält in der Bewegung inne.

»Ich wüsste gern, ob Sie sich erinnern können, was Sie an diesem Tag beziehungsweise an den Tagen um dieses Datum gemacht haben?«

»Keine Ahnung«, sagt sie sofort und schält weiter. »Wissen Sie, wie lange das her ist?«

»Achtundzwanzig Jahre«, antworte ich prompt.

Sie sieht zu mir herüber. »Ich meine, wie soll ich mich denn daran erinnern?«

»Was haben Sie damals gemacht, 1975? Gearbeitet?«

Sie schält jetzt langsamer. »Ich ... war noch in der Ausbildung, im Büro. Ich habe Bürokauffrau gelernt. Stenotypistin sagte man damals dazu. Ich war Klassenbeste, mehr Anschläge pro Minute konnte keine.«

»Der 14. Juni war ein Samstag. Arbeiten mussten Sie ja wohl nicht.«

»Ich war damals bei der Firma Stollwerck angestellt, der Schokoladenfabrik. Das war ein guter Job. Samstags war immer frei. Einmal im Monat bekamen wir sogar Bruchware geschenkt aus der Produktion.«

Sie lüftet den Deckel des Topfes, und Wasserdampf steigt zur Decke auf.

»Und was haben Sie an dem Wochenende gemacht? Etwas Spezielles? Gab es einen besonderen Anlass?«

Sie greift nach einem Messer und säbelt das Grünzeug vom Sellerie ab. »Warum wollen Sie das wissen?«

»Weil es für unsere Ermittlungen wichtig ist.«

Sie legt das Messer beiseite und lehnt sich mit der Hüfte an die Arbeitsplatte.

»Ich kann Ihnen leider nicht helfen«, sagt sie. »Das ist so lange her, ich weiß beim besten Willen nicht mehr, was ich an dem Wochenende gemacht habe. Ich kann verstehen, dass Sie den Mörder von Friedrichs Bruder finden möchten. Aber ich glaube, Sie vergeuden Ihre Zeit. Lassen Sie die Vergangenheit ruhen. Friedrich hat damals sehr unter dem Tod gelitten, das war eine schlimme Sache für ihn. Ich merke, wie sehr ihn das alles wieder aufwühlt, seit Sie zuletzt hier waren und ihm Fragen gestellt haben. Er schläft unruhig.«

»Schlafen Sie gut?«

»Ich hatte noch nie Schlafprobleme«, erwidert Helga.

»Mit wem hatten Sie damals Kontakt, aus dem Umkreis von Rolf?«

»Sie meinen, mit Freunden von Rolf?«

»Ja, genau.«

Helga atmet laut aus. »Ich kann mich nicht mehr erinnern, tut mir leid.«

»Ich helfe Ihnen ein bisschen auf die Sprünge«, sage ich und ziehe das Foto von der Karnevalsfeier aus der Tasche, halte es ihr unter die Nase. Sie sieht es sich an.

»Hardy zum Beispiel. Wie gut kannten Sie den?«

»Den Hardy kannte jede von uns.«

»Waren Sie mit Hardy intim?«

»Nein!«, ruft sie entrüstet. Ihre Reaktion kommt schnell und heftig.

»Es sind achtundzwanzig Jahre vergangen. Ich denke, es wäre längst verjährt, wenn Sie etwas mit ihm gehabt hätten.«

»Hatte ich aber nicht«, entgegnet sie und wischt ihre Finger an einem Küchentuch ab.

»Mit Petra waren sie gut befreundet?«

Helga hebt das Kinn. »Jaaa«, sagt sie gedehnt. »Eine Zeit lang, aber wir wurden keine richtigen Freundinnen. Wie das eben manchmal so ist.«

»Und 1975 waren Sie befreundet?«

»Nee, wir sind ab und zu mal ausgegangen.«

»Wohin? In Kneipen?«

»Wieso wollen Sie das denn alles wissen?«

Ich trinke einen Schluck Wasser. Und noch einen. Lasse die Frage im Raum stehen. Helga tritt von einem Bein aufs andere. Benno liegt zusammengerollt zu meinen Füßen.

»Ein paar Namen wären hilfreich. Wie hießen die Kneipen denn?«, frage ich.

Sie zählt auf: »*Würfelbecher. Wilder Holunder. Klein Köln. Chlodwigeck.*«

»Waren Sie auch im *Oxy*?«

»Nein, da war ich nie«, sagt Helga und sieht zur Küchenuhr an der Wand hoch.

»Kannten Sie Su?«

»Das haben Sie das letzte Mal auch schon gefragt.«

»Sie ist mit Ihnen auf dem Foto. So abwegig ist die Frage doch nicht«, sage ich.

»Das war jemand, den man mal unterwegs beim Ausgehen traf, aber das waren keine Freunde, verstehen Sie? Das waren Kneipenbekanntschaften. Damals wurde viel gebechert und geraucht. Wir haben viel gefeiert. Wir waren jung.«

»Mochten Sie Petra?«

»Ja, Petra war nett. Sie war ja dann schnell verheiratet und bekam ein Kind, und damit war sie aus dem Nachtleben weg. Verständlich.«

»Und damit endete Ihre kleine Feierfreundschaft?«

»Genau genommen, ja.«

Meine Hand geht runter zu Benno, ich streichele ihm einmal über den Kopf, und er dreht sich sofort auf den Rücken und bietet mir seinen haarigen Bauch an. »Danke für Ihre Zeit«, sage ich und stehe auf.

Helga nickt und versucht ein Lächeln, das ihr aber nicht sehr überzeugend gelingt.

KAPITEL 52

Kurz vor der Autobahnauffahrt in Richtung Düsseldorf befindet sich eine Tankstelle, direkt neben einem *Burger King*, dessen Frittenfettgeruch in mein Auto weht. Da meine Tanknadel bereits im roten Bereich herumzittert, setze ich den Blinker. Tanke für dreißig Euro Super und betrete das Tankstellenhäuschen. Ein Hoch auf die

Klimaanlage. Fünf Minuten gebe ich mir, schlendere einmal an den Zeitschriften vorbei, fahre mit dem ausgestreckten Zeigefinger über die Cover der Magazine. Dann beuge ich mich über die Kühltruhe mit dem Eis, schiebe die gläserne Abdeckung zur Seite und begutachte die Auswahl. Capri. Minimilk. Cola-Eis. Split. Domino.

»Bitte nicht so lange auflassen«, tönt es prompt vom Tankwart hinter der Kasse. So ein langer Schlaks, Student, Typ Basketballspieler.

»Ist ja gut«, knurre ich und nehme mir ein Nogger raus. *Nogger dir einen.* Ich zahle bar an der Kasse und packe das Eis vor seinen Augen aus.

»Kann ich das hierlassen?«, frage ich und reiche ihm das verklebte Papier. Er sieht mich säuerlich an, beugt sich hinter die Theke und hält mir einen blauen Mülleimer hin. Ich werfe die Verpackung rein.

»Danke, schönen Tag noch«, sage ich und lecke an meinem Eis. Auf dem Weg zum Ausgang komme ich links und rechts an Regalen vorbei, gefüllt mit den Dingen, die Menschen an Tankstellen gern kaufen. Chips. Instantkaffee. Feuchte Toilettentücher. Würfelzucker. Kondensmilch. Der übliche Kram.

Ich gehe daran vorbei. Jemand hat eine Packung Würfelzucker in die Reihe mit der Kondensmilch gestellt.

In dem Moment macht mein Hirn eine Grätsche.

Ich halte inne, weil ich einen Knall höre, den es nicht gibt.

Weil er nur in mir ist.

Mein Kopf fährt herum, und ich sehe zu dem Kassierer. Der starrt mich fast ängstlich an.

»Geht's Ihnen gut?«, fragt er nervös.

Aus einer entlegenen Ecke meines Gehirns wird ein Gedanke hervorgeholt, ein Stück Wissen. Ein Bild, das mit der wahrgenommenen Realität abgeglichen wird. Es dauert Millisekunden, dann ist die Information ganz vorn in meinem Kopf angelangt, wo ich sie sehen kann und sie vor meinem inneren Auge leuchtet und blinkt: Schau mich an. Verstehe!

Das Regal. Die Frau. Falsche Ware. Am falschen Ort.

Ein fieser Schauer fährt rasant meinen Rücken entlang. An meinem Unterarm stellen sich die Haare auf, als wären sie elektrisch. In dem Moment verstehe ich es.

»*Fuck!*«, schreie ich laut und laufe los.

Ich werfe das Eis in den Mülleimer vor der Tür, sprinte zu meinem Auto, hechte auf den Fahrersitz, drehe den Zündschlüssel um. Der Motor heult auf, und ich schieße mit quietschenden Reifen von der Tankstelle. Schneller Blick nach links. Da ist eine Lücke vor einem Laster. Ich schere ein, die Ampel vor mir springt auf Gelb, und ich trete das Gaspedal durch. Brettere mit brüllendem Motor über die Kreuzung, nehme die Kurve der Autobahnauffahrt im engsten Winkel und mit der höchsten Geschwindigkeit, die mein Bambino hergibt, ohne dass er umkippt. Mit vorgebeugtem Oberkörper steuere ich auf die Autobahn. Wie konnte ich das bloß übersehen?

Als ich vor dem LKA verbotenerweise auf dem Grünstreifen parke und schnell die Seitenfenster hochkurble, wähle ich mit der anderen Hand bereits die Nummer von Ottos Handy. Es ist besetzt.

»Verdammt.« Ich wähle die Festnetznummer, aber es tutet nur siebenmal, dann springt der Anrufbeantworter an. Kein Otto.

»Wo zum Henker bist du?«, murmle ich und haste ins Gebäude.

Auf den Lift zu warten dauert mir zu lange, also nehme ich das Treppenhaus, in dem es nach den Tagesgerichten der Kantine riecht, nach Fisch und Curry. Ich hechte die Stufen hoch, nehme immer zwei auf einmal, bis in den dritten Stock. Auf dem letzten Treppenabschnitt stolpere ich. Mich schlägt es der Länge nach hin. Mit dem linken Knie krache ich auf die Kante der vorletzten Stufe. Kurz sehe ich Sterne vor den Augen. Ein stechender Schmerz durchzuckt mich. Ich rapple mich hoch, massiere das Knie, öffne die Treppenhaustür und betrete den Flur im dritten Stock. Ich steuere unser Büro an und reiße die Tür auf.

Otto steht am Fenster. Mit dem Handy in der Hand.

»Otto«, sage ich atemlos. Keuchend. Mein Pulsschlag wummert in meinem Schädel.

»Ich muss aufhören«, sagt Otto und sieht mich ernst an. Legt sein Handy auf den Schreibtisch. »Was ist los mit dir?«, fragt er. »Du bist ja völlig durch den Wind.«

»Ich habe was übersehen«, sage ich und versuche, meinen Herzschlag zu beruhigen. Atmen: Ein. Aus. Ein. Aus.

»Was hast du übersehen?«, fragt er ruhig.

»Hol ... die Akte raus. Vom Fußmörder«, stoße ich hervor.

Otto greift nach dem Stapel neben seinem Monitor.

»Die Fotos. Vom ersten Fund. Im Supermarkt.«

Otto blättert die Akte an der entsprechenden Stelle auf. Ich stehe neben ihm, sehe, wie er die Fotos ausbreitet. Mit dem Zeigefinger tippe ich auf das Foto im Supermarkt. Der Fuß im Regal. Neben der Kondensmilch.

»Siehst du das?«, frage ich immer noch japsend.

»Was?«

»Das neben der Kondensmilch?«

»Das hier? In der Ecke? Hm, warte mal. Das ist eine Packung Tampons. Oder?« Er sieht mich fragend an.

Ich hole tief Luft.

»Otto, was machen Menschen, die in einem Supermarkt etwas nicht mehr brauchen, weil sie es sich anders überlegt haben? Sie legen den Artikel irgendwo hin. Sie bringen ihn nicht zum Regal zurück, aus dem sie ihn genommen haben.«

»Verstanden. Weiter«, sagt Otto, und ich merke ihm an, dass er bereits mitdenkt.

»Das ist das Foto mit dem ersten Fuß, der gefunden wurde. Der Täter hat ihn in den Supermarkt mitgenommen und dort abgelegt.

Das bedeutet, er betritt den Supermarkt mit einer Tüte in der Hand, in der sich der abgehackte Fuß befindet. Damit es so aussieht, als würde er einkaufen gehen, nimmt er einen Artikel aus einem Regal und geht damit weiter. Er sucht nach einem Platz, wo er den Fuß ungestört deponieren kann, geht die Gänge entlang, sondiert, wo Kunden sind, denn die Sache ist heikel, es muss schnell gehen und unauffällig sein. Er findet schließlich einen Gang, in dem niemand ist. Menschenleer. Er sucht die Regale ab, bis er den Platz findet, der für seine Zwecke genau der richtige ist. Eine Lücke. Dann greift er in die Tüte und legt den Fuß dorthin. Nicht ganz oben, nicht ganz unten. Genau in seiner Greifhöhe. Er deponiert den Fuß im Regal. Richtig?«

»Ja, mach weiter.«

»Was macht er mit dem Artikel in seiner anderen Hand?«

Otto wird blass.

Sein Blick wechselt vom Foto zu mir. »Er legt ihn auch ins Regal.«

»Genau. Aber er ist kein Er. Wir denken die ganze Zeit, der Mörder sei ein Mann. Aber der Täter ist eine Frau. Kein Mann nimmt eine Packung Tampons als Alibi-Einkauf. Eine Frau hat die Tampons genommen und ist damit durch den Supermarkt gelaufen.«

Otto bekommt leuchtende Augen. »Unser Täter ist eine Frau. Wir suchen eine Frau«, fasst er ungläubig zusammen.

Der Raum knistert mit einem Mal vor Spannung, die durch uns beide strömt und mir die Nackenhaare aufstellt.

»Ist es warm hier drin, oder kommt mir das nur so vor?«, frage ich. Mein Körper glüht, als hätte ich vor einem Lagerfeuer gestanden. Ich greife nach der Wasserflasche auf meinem Schreibtisch und trinke wie ein Kamel die Hälfte leer. Dabei sehe ich Otto über den Rand der Flasche hinweg an.

»Ich hab auch etwas«, sagt Otto. Auch sein Gesicht ist gut durchblutet. »Li hat vorhin angerufen. Die ersten Ergebnisse der DNA-Analyse sind gekommen.«

KAPITEL 53

Otto erklärt mir, dass Li und ihr Team von den Haarresten an Sus Leiche eine Haarwurzel extrahieren konnten und somit ihre DNA vorliegt. Eine Meisterleistung, denn das ist nach so langer Zeit wirklich ein Glücksfall. Auf den Kleidungsstücken von Richter Brinkmann befand sich nur sein eigenes Blut. Fremdes Blut ließ sich nicht feststellen. Aber: Es wurde ein Haar gefunden, ein schwarzes, mittellanges.

»Ja, und?«, frage ich.

»Das Haar ist nicht von Brinkmann, es ist unecht. Aus Kunststoff.«

»Also war es eine Perücke«, schlussfolgere ich.

»Ja, und nun sieh dir mal an, wer eine schwarze Perücke auf dem Karnevalsfoto trägt«, sagt Otto.

Das brauche ich nicht. Es ist Su. Ich weiß es auch so. Ich habe dieses Foto in meinem Kopf gespeichert; ich könnte es malen. »Das bedeutet, dass Su aller Wahrscheinlichkeit nach die Frau war, die beim Überfall auf Brinkmann mit von der Partie war.«

»Es ist kein Beweis«, sagt Otto, »passt aber ins Gesamtbild.«

»Su brauchte Geld und hat mit Hardy und zwei weiteren Personen Brinkmann überfallen und ausgeraubt. Das Geld teilten sie sich auf, das Bargeld. Das hat Bernhard in der Wohnung am Küchentisch gezählt.«

Otto geht auf und ab »Frage: Wer wollte, dass Su, Hardy und die Komplizen sterben? Wer hat etwas davon? Und was ist das Motiv?«

»Brinkmann. Sein Motiv ist Rache, und er bekommt sein Geld zurück. Und seine Fabergé-Eier. Zumindest die.«

Otto winkt ab, mit gespielt schmerzverzerrter Miene.

»Ist aber eine Sackgasse. Brinkmann ist tot, wir können ihn nicht mehr befragen. Und wenn er 1975 jemanden beauftragt hat, musste er ja vorher wissen, wer die Täter waren. Ich bezweifle aber, dass er das wusste und jemanden gefunden hat, der die Morde in seinem Auftrag begeht. Noch dazu eine Frau, wie wir jetzt herausgefunden haben. Er selbst war unverheiratet. Die Kollegen haben nach dem Überfall den Freundes- und Bekanntenkreis des Mannes nach möglichen Tätern abgeklopft. Gerade als Richter macht man sich sicherlich auch Feinde. Das war der Hauptansatzpunkt der Ermittlung. Fehlanzeige. Der Fall wurde als ausermittelt geschlossen.«

Otto greift mit einer Hand in seinen Bart und streicht ihn glatt.

»Wie wäre das?«, sage ich. »Die Frau ist eine Freundin von Hardy. Oder von Rolf?«

»Oder von Josef Kalupke? Und die bringt drei Männer und dann Su um? Lupe, wirklich? Jetzt bist du als Psychologin gefragt. Was ist das für eine Frau, die solche Morde begeht?«

KAPITEL 54

Ich kenne mich mit Profiling ein wenig aus, wegen meiner Arbeit in der Forensischen und auch aus dem Studium in Oxford. Der Statistik zufolge sind Serientäter leicht überdurchschnittlich intelligent, alleinstehend, weiß und kommen bis auf ein paar Ausnahmen aus der Arbeiter- oder Mittelschicht. Eines weiß ich sicher: Das hilft mir für unsere Täterin keinen Deut weiter. Wer also ist diese Frau? Ich könnte jetzt so eine Profiling-Nummer abziehen wie im Film und so etwas Absurdes daherreden wie: Die Frau trägt nur Röcke, knabbert an den Fingernägeln und hat eine gestörte Vaterbeziehung. Sie ist alleinstehend und besitzt eine Katze, die sie über alles liebt. Wenn die Polizei sie findet, hat sie sich die Haare mit einer Nagelschere abgeschnitten und isst Pudding, und zwar Vanille. Einen Scheiß werde ich tun.

Die Polizei ging damals – und wir bis heute ja auch – davon aus, dass die Taten von einem Mann begangen wurden. Männer sind meistens körperlich überlegen, töten grausamer und schneller. Kraftvoller. Doch die dunkle Seite von Frauen darf nicht unterschätzt werden. Frauen töten kunstvoller, sie müssen ihre körperliche Unterlegenheit mit Kreativität kompensieren, sie sind geduldiger. Sie töten mit Gift, Tabletten oder setzen ihr Opfer mit K.-o.-Tropfen außer Gefecht, bevor sie es in aller Ruhe umbringen. Ihre liebsten Tatwaffen sind in der Regel Haushaltsgegenstände wie Brotmesser oder ein schwerer Marmoraschenbecher. Oder das berühmte Kissen auf dem Gesicht. Und dann gute Nacht für immer und ewig. Egal, ob weiblicher oder männlicher Fußmörder, ein Aspekt hat sich für mich nach wie vor nicht geändert: Die Täterin tötet nicht wahllos, sondern geplant und organisiert. Sie nimmt sich Zeit für die Tat, führt sie kontrolliert durch. Interessant ist das Nachtatverhalten: Drei Leichen lässt sie einfach liegen, denn sie sollen gefunden werden. Die entsorgt sie nicht. Zur vierten Leiche hat sie ein besonderes Verhältnis, vielleicht, weil sie auch eine Frau ist. Sie wird nicht erschossen, sie erleidet einen qualvollen, sadistischen Tod, und die Leiche wird in diesem Fall zudem entsorgt. Der Fuß auch. Die Täterin empfindet womöglich Reue oder Scham für die Tat. Das würde erklären, warum sie sich mit diesem Mord nicht rühmt und weder den Leichnam noch den amputierten Fuß zur Schau stellt.

Hat die Täterin den letzten Fuß einfach behalten? Als Andenken an die Tat?

Was lässt sich sonst noch zu den Füßen sagen?

Die Täterin hat ihre destruktive Fantasie ausgelebt, indem sie die Opfer verstümmelte. Die für die Tötung unnötigen Verletzungen der Opfer, ihre »Signaturen«, sagen mir: Ich nehme ihnen die Fähigkeit zu stehen. Ich werfe sie um. Und die Füße »stehen« auch für etwas, das alle vier Personen aufwiesen, sie also verbindet.

Die Täterin tötet mit einer Pistole und erschießt die überlegenen Männer, sie macht sich durch die Waffe stärker. Lediglich das vierte Opfer, die körperlich nicht übermächtige Su, muss als Frau nicht erschossen werden.

Alles in sich logisch.

Und nun zum Motiv: Was Menschen dazu bringt, andere zu töten, sind im Allgemeinen Kränkung, Erniedrigung, Demütigung, Verrat. Gefolgt von Wut und Rache. Aus meiner Arbeit in der Forensischen weiß ich, dass viele Täter selbst Opfer waren, häusliche Gewalt erlebt haben, eine schwierige bis massiv gestörte Mutterbeziehung hatten und häufig über Jahre hinweg Erniedrigung und Demütigung ertrugen, bis das Fass schließlich überlief und sie den Peiniger oder die Peinigerin töteten. Mitunter dauerte es Jahre, bis der Damm brach, der alles im Zaum hielt.

Das Einzige, was Menschen daran hindert zu töten, ist die Moral. Aber gerade die ist eben nicht bei jedem gleich stark ausgeprägt. Unsere Täterin hat die Schwelle überschritten.

Und nicht nur einmal.

KAPITEL 55

»Was hast du bei Petra rausgefunden?«, frage ich Otto, nachdem ich von meinem Besuch in Bergisch Gladbach berichtet habe und ihm das Diktiergerät zurückgebe.

»Ehrlich gesagt, nichts«, antwortet er.

»Wie, nichts? Was hat sie gesagt?«

»Im Grunde nicht viel, sie kannte die Bekannten und Freunde ihres Bruders nicht besonders. Als ich ihr das Foto gezeigt habe, erinnerte sie sich zwar an den Abend, aber wer die Personen darauf waren, konnte sie nicht wirklich sagen. Zu lange her. Es war wohl eher Zufall, dass sie damals dabei war.«

»Kann ich das Gespräch nachhören?«, frage ich.

»Nein, kannst du nicht«, sagt Otto.

»Warum nicht?«

»Weil es nicht aufgezeichnet wurde.«

Otto geht zu seinem Schreibtisch, setzt sich und tippt die Maus an. Der Bildschirm flackert auf, und Otto klickt mit der Maus herum. Vertieft sich in seine Arbeit.

»Echt jetzt? Wieso musste ich dann alles aufzeichnen?«

»Weil du die Praktikantin bist«, murmelt Otto in den Monitor hinein, »und nicht der ausgebildete erfahrene Polizist. Deswegen.«

Das saß. Mir schwant, dass das ein kleiner Test war. Wenn auch ein blöder.

»Stelle ich mich dumm an?« Kaum habe ich die Frage gestellt, da bereue ich sie schon, weil ich den Eindruck habe, dass ich mich damit selbst kleinmache.

»Nicht dümmer als andere«, beschwichtigt er mich, aber er sieht mich immer noch nicht an. »Schreib jetzt deinen Bericht zur Befragung, bitte«, sagt Otto, während er klappernd auf der Tastatur herumtippt und dabei mit leicht geöffnetem Mund auf den Monitor starrt.

Ich knurre kurz wie ein Hund, der zur Strafe in seinen Korb geschickt wird. Sage nichts mehr und beginne mit der Niederschrift, und während ich aus dem Gedächtnis die Gespräche mit Friedrich und Helga rekapituliere und mit fliegenden Fingern in den PC reinhacke, denkt ein anderer, in dem Moment unbenutzter, entspannter Teil meines Hirns nach.

Ist das, was Otto mir von Petra erzählt hat, die Wahrheit?

Oder verheimlicht er mir etwas?

Vielleicht erlebt der alte Otto mit seinen sechzig Jahren gerade seinen zweiten Frühling und genießt den Höhenflug. Mit der weichen, warmen Petra und ihrem bescheuerten Eistee. Was schert es ihn da, ob seine neue Flamme mal ein Aggressionsproblem hatte. Und wer weiß, welche Probleme Otto hat und wie seine Dämonen aussehen, die er in Schach halten muss. Womöglich verstehen Petra und er sich gerade deshalb so gut. Weil sie Soulmates sind.

Bei meiner Arbeit in der Forensischen ist vor allem eines wichtig: die genaue Beobachtung. Jeden Tag. Da wir Patienten über einen langen Zeitraum begleiten und therapieren, bemerken wir nach kurzer Zeit selbst kleinste Regungen und Veränderungen im Habitus. Meine Zeit mit Otto ist noch kurz, aber trotzdem. Ich habe seine Gesten studiert, seinen Gesichtsausdruck registriert, wenn er interessiert ist oder nur so tut als ob und eine Maske aufzieht. Ich erkenne bei ihm Momente der Angespanntheit und unbewusstes Verhalten, das wir kaum steuern oder unterdrücken können. Ohrläppchen zupfen. Über den Bart streichen. Mit der Zunge schnalzen. Arme vor der Brust verschränken. Die Art, wie er steht. Oder sein Ausweichverhalten, wenn er Themen nicht hören oder partout nicht darüber reden will. Ich weiß, wann er schlichtweg Hunger hat, und ich weiß, wie er aussieht, wenn ihm etwas ziemlich gut gefällt oder wenn er es absolut blöde findet.

Ja, ich sollte Otto, diesen erwachsenen, mündigen Mann, einfach dieser Frau überlassen. Seinem selbst gewählten Schicksal. Vielleicht sehe ich ja auch nur überall Gespenster, wo keine sind. Aber ich spüre in mir einen Widerstand.

Da stimmt was nicht.

Oder wie mein Vater es ausdrücken würde: Da ist was faul im Staate Dänemark. Es ist wie das Gefühl, vor einer Tür zu stehen und instinktiv zu ahnen, dass dahinter Unheil lauert. Ich kann es förmlich spüren.

KAPITEL 56

Bernhard öffnet mir mit glühend roten Wangen die Tür. Er strahlt mich an und bemerkt meine offenen Haare. Als ich meine Hand zum Gruß hinhalte, ergreift er sie mit festem Griff, schüttelt sie und lässt sie nicht mehr los. Er neigt sich vor und will mich umarmen, aber ich klopfe ihm anerkennend auf die Schulter und halte ihn freundlich auf Abstand.

»Hallo, Bernhard, du freust dich ja richtig, mich zu sehen. Was riecht denn hier so gut?«, frage ich. Ein süßlicher Geruch liegt in der Luft. Es riecht nach Kindheit und Unbeschwertheit. Nach Ferienlager zur Mittagszeit, nach schmutzigen Füßen und einem großen, schier unstillbaren Hunger.

»Eine Überraschung. Ich habe eine Überraschung gekocht«, sagt er mit aufgeregter, fast überkippender Stimme und beißt sich aufgeregt auf die Unterlippe.

»Na, dann los«, sage ich munter, und Bernhard geht voran und reibt sich im Gehen die Hände wie ein großes Rumpelstilzchen. In der Küche ist das Fenster weit geöffnet. Die Armee von kleinen Figuren auf der Fensterbank ist verschwunden. Auf dem Tisch stehen zwei tiefe Teller, daneben eine Porzellanschüssel mit Sauerkirschen aus dem Glas, die in ihrem Saft schwimmen.

»Es war so warm hier drin«, meint er und deutet mir an, wo ich mich hinsetzen soll.

»Wo sind die Figürchen hin?«, frage ich.

»Ach, die finde ich doof. Die sind was für Kinder.« Er macht eine wegwerfende Handbewegung. »Hab ich in den Müll geschmissen.«

Erstaunliche Entwicklung. Ich setze mich auf den abgewetzten Holzstuhl. Draußen ist es noch hell, das Fenster geht zum Hof, wo Garagen nebeneinander im Schatten stehen wie Bauklötze und eine Katze auf dem Rand einer schwarzen Mülltonne balanciert. Bernhard hat jedem von uns ein Kinderglas hingestellt. Ich habe das mit Pocahontas bekommen, und es fühlt sich an, als wäre ich zu Besuch im Kindergarten.

»Ich kann nicht gut kochen«, erklärt Bernhard, »aber eins kann ich gut. Das hat Su mir gezeigt.« Mit gehäkelten Topflappen nimmt er einen kleinen Topf vom Herd, stellt ihn vor uns hin und setzt sich. »*Ta-ta!*«, ruft er und zieht rasch den Deckel hoch.

Ich recke den Kopf und sehe hinein. »Grießbrei«, sage ich.

»Ja!«, ruft er. »Richtig!« Er nimmt eine Schöpfkelle und tut mir eine große Portion auf den Teller. Dann ist sein Teller an der Reihe. Zum Trinken gibt es kalte Zitronenlimonade aus dem Kühlschrank, die er uns einschenkt, als wäre es Wein und dies ein Rendezvous, bei dem er mich beeindrucken will. Ich schöpfe mir Kirschen aus der Schüssel, und als ich mir den ersten Löffel in den Mund stecke, fällt mir auf, dass Bernhard mich mit großen Augen ansieht, als könnte er nicht glauben, dass ich tatsächlich esse.

Er selbst hat seinen Grießbrei noch gar nicht angerührt.

Aber warum nicht? Für einen Moment denke ich: Was ist, wenn er was reingetan hat? Mich vergiften will? Du spinnst doch, denke ich eine Sekunde später und schlucke den Brei hinunter, der süß und milchig schmeckt. Bernhard starrt mich weiterhin an, den Löffel in der Hand. Ich nehme einen zweiten Löffel und esse weiter. Erst als ich den dritten Löffel intus habe und sage: »Schmeckt prima, dein Grießbrei«, ist er zufrieden, atmet erleichtert aus und beginnt, mit Appetit zu essen, bis sein Teller leer ist und er die Reste vom Rand kratzt.

»Hast du das auch für Su gekocht?«

»Ja, manchmal. Aber Su mochte keine Kirschen.«

»Ich mag Kirschen gern«, sage ich und fahre mir durch die Haare, die ich kurz vor meinem Besuch extra vom Pferdeschwanzgummi befreit habe. Ich lasse sie durch meine Finger gleiten. Bernhard sieht mir dabei wie hypnotisiert zu. Mit einer Hand ahmt er mein Fingerspiel nach.

Ich lächele ihn sanft an. »Magst du meine Haare?«, frage ich.

»Ja«, sagt er.

»Deine Schwester hatte auch schöne Haare. Aber sie waren blond. Meine sind schwarz.«

Bernhard nickt. »Ja, aber schwarze Haare mag ich auch.«

»Hatte Su auch mal schwarze Haare?«, frage ich betont ahnungslos.

»Nein«, sagt er schnell. »Sus Haare waren blond.«

»Na ja, man kann ja auch eine Perücke aufsetzen. An Karneval oder nur so zum Spaß.«

Der Blick, den er mir jetzt zuwirft, lässt mich erschaudern. Seine Augen bleiben auf mich fixiert, doch sein Blick wird starr. Wie eine unsichtbare Mauer, mit der er mich abhalten will weiterzufragen.

»Hatte Su eine schwarze Perücke?«

Sein Blick ist die Bestätigung. Starr. Er sieht aus wie jemand, der in eine Falle getappt ist und es genau in dem Moment bemerkt.

»Hast du die Perücke auch mal aufgesetzt?«, frage ich weiter.

Sein linkes Auge zuckt. Mit einer Hand formt er eine Faust, so stark, dass die Haut an den Knöcheln weiß wird. Er presst die Zähne zusammen, ich kann es an den Wangen sehen.

»Ach, ist ja auch egal«, sage ich mit einer wegwerfenden Handbewegung und grinse ihn freundlich an. Beuge mich vor. »Jedenfalls bist du ein guter Grießbrei-Koch, aber das weißt du ja bereits. Bekomme ich noch einen Nachschlag?«

Bernhard hat mit diesem plötzlichen Themenwechsel nicht gerechnet, er schlägt sich einmal mit der flachen Hand an die Stirn, greift nach der Kelle. Die Wut verschwindet aus seinem Körper.

»Ja, du immer«, sagt er laut.

Was ein Liebesbeweis ist. Ganz bestimmt. Er schöpft mir eine weitere Kelle Grießbrei auf.

»Danke, das reicht. Wie kann ich dir helfen, Bernhard? Denkst du immer noch viel an Su?«

Er hat den Kopf gesenkt und stiert auf seinen leeren Teller. »Jeden Tag«, antwortet er leise.

»Sie fehlt dir, nicht wahr?«

»Ja«, sagt er und sieht auf. »Aber sie ist tot. Meine Schwester ist tot.«

»Ich weiß, Bernhard. Und daran kann sich leider nichts ändern. Machst du dir deswegen Vorwürfe?«

Er neigt den Kopf zur Seite, als hätte er mich nicht richtig verstanden.

»Vorwürfe, dass Su wegen dir weggegangen ist oder wegen dir nicht mehr zurückgekommen ist?«

»Su hat mich allein gelassen«, klagt er.

»Ja, das hat sie, aber sie hat es nicht mit Absicht getan. Su wurde von jemandem getötet. Ich glaube, sie hatte noch einiges vor in ihrem Leben. Su wollte noch viel erleben mit dir.«

Bernhard senkt den Blick und macht ein trauriges Gesicht. Mit einem Mal steht er auf, geht mit gesenktem Kopf auf mich zu, und in seiner unbeholfenen Art schlingt er seine Arme um mich. Ich halte den Atem an.

Lass es zu, denke ich. Er braucht es, es ist ihm wichtig. Er ist kein Patient; du musst die Distanz nicht zwingend wahren.

Ich spüre seinen warmen Körper, sein Herz schlägt fest in seiner Brust, ich kann es an meinem Brustkorb fühlen. Er ist weich wie geschmolzene Schokolade, und ich streiche ihm mit der Hand einmal über den Rücken. Bernhard rutscht langsam nach unten, bis er am Boden kniet und seinen Kopf auf mein Knie legt.

Was mache ich nur?

Mit meinen Fingerspitzen berühre ich vorsichtig Bernhards kurze Haare. Er ist ganz ruhig dabei.

»Ich bin ein Einzelkind«, erzähle ich. »Hab keinen Bruder und keine Schwester, ich bin alleine bei meinen Eltern groß geworden.

Mit einem Hund, den ich sehr gemocht habe. Ich glaube, wenn ich einen Bruder gehabt hätte, wäre meine Kindheit und Jugend bunter gewesen, aufregender und vielleicht auch ein bisschen wilder. Wenn ich ihn mir vorstelle, meinen Bruder, denke ich, dass er mutig gewesen wäre und zugleich mit mir am Nachmittag Hausaufgaben gemacht und lustige Zeichentrickserien im Fernsehen geschaut hätte. Er hätte seine Schokolade mit mir geteilt, weil er mich liebt. Weil ich seine kleine Schwester bin. Wenn mein Bruder zu mir sagen würde, du musst dies oder das für mich tun, dann würde ich gar nicht lange nachfragen; ich würde es einfach machen. Ich würde machen, was er von mir verlangt. Ganz gleich, was es ist.«

Bernhard hebt den Kopf. »Egal, was?«

»Ja, er wird ja einen Grund dafür haben.«

»Und würdest du es jemand anderem erzählen, was du für ihn getan hast?«

»Ja, schon, warum nicht. Es zeigt ja nur, wie gern ich ihn mag und wie sehr ich ihm vertraue.«

Bernhard setzt sich auf. »Aber ... aber, wenn er gesagt hat, du darfst es niemand erzählen? Was dann?«

Ich mache ein Ah-jetzt-verstehe-ich-dich-Gesicht und dazu ein lang gezogenes *Hmmmmmh*. »Ich denke, es ist so: Wenn du damit jemandem helfen oder Unheil abwenden kannst, dann darfst du es erzählen.«

Bernhards Augen sind wach und offen. Ich habe einen Punkt in ihm getroffen.

»Unheil abwenden, Unheil abwenden«, murmelt Bernhard und starrt in die Luft.

Ich tippe ihn an. »Aber ...«, sage ich und hebe mahnend den Zeigefinger, »nur dann, hörst du. Nur dann.«

Er sieht mich staunend an, verblüfft, wie einfach sich ein solches Dilemma lösen lässt. Ich kann die Sekunden zählen, *einundzwanzig, zweiundzwanzig, dreiundzwanzig*, und sein Gesicht erhellt sich, seine grüblerischen Gedanken verpuffen, und ein Schmunzeln erscheint. Begleitet von einem kleinen Glucksen.

»Bernhard, kannst du mir helfen? Ich will herausfinden, was damals mit deiner Schwester passiert ist.«

»Ja, klar.« Er rappelt sich vom Boden hoch. »Du kannst mich alles fragen«, sagt er plötzlich bereitwillig.

»Du hast mir erzählt, dass du die Geldscheine gezählt hast. Und du hast Gummibänder darum gemacht. Das war sehr geschickt von dir. Was hat Su mit dem Geld gemacht? Hat sie es weggebracht?«

Er schiebt die Lippe nach vorn. »Sie hat nichts damit gemacht.«

»Aber Su wollte es doch bestimmt für etwas verwenden, oder nicht? Vielleicht wollte sie etwas damit kaufen. Ein Geschenk.«

»Nein, kein Geschenk. Su hat gesagt, das ist für unser neues Leben.« Er reißt seine Augen erwartungsvoll auf.

Ich mache mich nützlich, stehe auf, nehme unsere beiden Teller und stelle sie in die Spüle. Lasse heißes Wasser darüberlaufen, damit die Reste des Grießbreis nicht festkleben. Ich fahre fort: »Aber Su hat das Geld doch mitgenommen? Oder hat sie es versteckt? Oder jemandem gegeben?«, frage ich und schaue über die Schulter zu Bernhard.

Er sieht mich ratlos an, die Augenbrauen sind zusammengeschoben, die Stirn liegt in Querfalten. Ich habe ihn überfordert, er versteht die Welt nicht mehr, und was ich sage, ist ihm ein Rätsel. Ich muss anders an die Sache rangehen, ihn auf eine einfachere, direktere Art befragen, die er besser nachvollziehen kann und ihm die Antwort erleichtert.

»Sorry«, sage ich und spritze Spülmittel aus der Flasche auf den Abwasch.

Er stellt sich neben mich und berührt meinen Unterarm. »Su hat ... mir das Geld gegeben«, sagt er leise und sieht mich dabei fragend an.

»Sie hat es dir gegeben?«, hake ich ungläubig nach.

»Ja«, bestätigt er und lächelt mich an. »Mir, Bernhard.« Dabei zeigt er auf sich.

»Und ... was hast du damit gemacht?«

Er lacht und stößt dabei ein kleines Schnauben aus. »Willst du es sehen?«

Jetzt bin ich baff. Er macht nur Spaß, denke ich. Er kann das Geld nicht haben, der verarscht mich doch.

»Ja, dann zeig mal her«, sage ich selbstverständlich.

»Komm mit«, sagt er und geht vor ins Wohnzimmer.

Ich folge ihm. Draußen wird es langsam dunkel. Er knipst eine kleine Micky-Maus-Lampe an, die auf einem Stapel mit Kinderbüchern thront, und schiebt beides zur Seite. Kniet sich vor das Bücherregal und nimmt einen halben Meter Comicbücher aus dem untersten Regalbrett. Dahinter steht ein schmaler Aktenkoffer, schwarz, so groß wie ein A4-Blatt, vielleicht ein bisschen größer. Den holt er hervor. Der Koffer ist verstaubt, die Verschlüsse sind angelaufen und weisen an ein paar Stellen Flugrost auf. Bernhard legt ihn flach auf den Boden und wischt mit der Hand den Staub weg. Dann dreht er flink die Zahlenkombination an den beiden Schlössern. Sie springen mit einem metallischen Schnappen auf. Bernhard hebt den Deckel, und ich sehe eine vergilbte Zeitung obenauf liegen. Bernhard nimmt die Zeitung hoch, und da ist die Kohle. Es ist wie in einem schlechten Film mit einer Geldübergabe per Aktenkoffer. In dem Koffer liegen sorgfältig nebeneinander in zwei Reihen mehrere Stapel mit rostroten alten 50-DM-Scheinen. Die mit dem mittelalterlichen Typ mit Käppi, wer auch immer das sein soll.

»Ich fasse es nicht«, sage ich und nehme ein Bündel Scheine heraus, um dessen Mitte sich ein rotes Gummiband spannt.

»Wie viel ist das?«, frage ich.

»Die habe ich alle gezählt, es sind immer zwanzig Stück«, sagt Bernhard mit Stolz in der Stimme.

Ich sehe ihn erstaunt an. »Und wie viele Bündel sind es?«

»Neunundzwanzig.«

Jetzt steht mir der Mund offen. »Du hast 29 000 Mark seit achtundzwanzig Jahren in diesem Koffer?«

»Ja«, sagt Bernhard kleinlaut, fast ängstlich. »Eigentlich sind es sogar 29 450 Mark.«

Ich versuche, meiner Stimme einen milden Ton zu verleihen. »Aber warum hast du das Geld noch? Du hättest es ausgeben können. Für dich.«

»Das verstehst du nicht«, meint er und sieht mich wieder mit diesem wachen und sehr listigen Blick an. »Su hat gesagt, pass auf das Geld auf. Es ist für unser neues Leben. Und ich dachte, Su kommt wieder. Und dann beginnt das neue Leben.«

Ich lege den Stapel zurück. »Aber das ist nicht passiert«, sage ich. »Und deswegen hast du das Geld einfach aufbewahrt, all die Jahre.«

Mir kommt der Gedanke, dass Fingerabdrücke darauf sein könnten.

»Soll ich für dich herausfinden, ob du das Geld noch in Euro umtauschen kannst? Die Scheine sind uralt, das Geld hat eigentlich keinen Wert mehr. Aber ich kann bei der Zentralbank in Frankfurt nachfragen.«

Bernhard macht ein *Huhuu*-Geräusch und fährt sich ein paarmal mit der Hand übers Gesicht. Die Frage irritiert ihn, macht ihn nervös. »Ich würde dazu ein Bündel mitnehmen, wenn du einverstanden bist.«

Er klatscht in die Hände. »Ja, das machen wir. Machen wir so.« Er reibt sich hektisch den Hinterkopf.

»Danke, Bernhard, das ist sehr lieb von dir, dass du mir hilfst.«

Er hebt seine Hand. »Aber du musst mir eine Geschichte vorlesen. Jetzt.«

»Oh, eine Geschichte. Okay. Ich bin nicht gut im Vorlesen, aber wir können es ja mal versuchen.«

Bernhard springt freudig auf, geht aus dem Zimmer und kommt kurz darauf mit einem Märchenbuch zurück, dessen Einband uralt ist. Er drückt es mir in die Hand. Der Rücken ist mit zig Streifen Tesafilm kreuz und quer repariert, um zu verhindern, dass sich das Buch in seine Einzelteile auflöst. Bernhard legt sich auf die Couch, schiebt sich ein Kissen unter den Kopf und verschränkt seine Hände auf dem Bauch.

»Welches Märchen soll ich dir vorlesen?«, frage ich.

»Das mit den roten Schuhen.«

Aha. Kenne ich nicht, aber egal. Ich blättere in dem Buch herum.

»Ganz hinten«, sagt er. »Su hat es mir immer vorgelesen.«

Ich blättere auf die Seite, deren Ecken abgegriffen sind, fleckig. Das Buch, das ich in Händen halte, ist das, aus dem Su ihrem Bruder vorgelesen hat. Vor über achtundzwanzig Jahren. Ihre Finger haben diese Seiten umgeblättert wie meine nun auch. Su, die von einer Frau getötet wurde. Su, die mit ihrer Beute und ihrem Bruder ein neues Leben anfangen wollte. Mit Bernhard, der bis vor ein paar Tagen noch immer auf sie gewartet hat.

Ein kleiner Schauer läuft mir über den Rücken.

»Bist du bereit?«, frage ich und räuspere mich.

»Ja, fang an.«

Er schließt die Augen, und ich gebe beim Vorlesen mein Bestes. Aber die Sprache ist so antiquiert, dass ich echt Mühe habe, diese Geschichte schön vorzutragen. Sie ist von Hans Christian Andersen und heißt *Die roten Schuhe*.

Einst lebte ein kleines Mädchen, welches gar fein und niedlich war, doch seiner großen Armut wegen im Sommer stets barfuß und im Winter mit großen Holzschuhen gehen mußte, wovon der Spann seiner Füßchen ganz rot und wund wurde.

Die alte Mutter Schusterin, welche mitten im Dorfe wohnte, nähte für die Kleine, welche Karen hieß, aus alten roten Tuchlappen ein Paar Schühchen, welche das Kind am Begräbnistage seiner Mutter erhielt und sie da zum ersten Mal trug. Zum Trauern waren sie freilich nicht recht geeignet, aber sie hatte ja keine andern, und darum zog sie dieselben über ihre nackten Füßchen und schritt so hinter dem ärmlichen Sarge her.

Da kam auf einmal ein großer altmodischer Wagen angefahren, in welchem eine alte Frau saß. Sie betrachtete das kleine Mädchen und fühlte Mitleid mit demselben. Deshalb sagte sie zu dem Geistlichen: »Hört, würdiger Herr, gebt mir das kleine Mädchen, dann will ich getreulich für dasselbe sorgen!«

Karen bildete sich ein, sie hätte das alles nur den roten Schuhen zu verdanken, aber die alte Frau sagte, sie wären abscheulich, und ließ sie verbrennen. Karen selbst wurde rein und kleidsam angezogen; sie mußte den Unterricht besuchen und nähen lernen, und die Leute sagten, sie wäre niedlich, aber der Spiegel sagte ...

Ich schaue auf. Bernhard hat die Augen immer noch geschlossen, er lächelt und vervollständigt den Satz.

»Du bist mehr als niedlich, du bist schön!«, sagt er freudig.

Natürlich kann er das Märchen auswendig, wie die meisten Kinder, denen man vorliest. Sie kennen jeden Satz, sie lernen durch die Wiederholung. Nicht alle Sätze sind ihnen verständlich, doch darum geht es nicht. Es geht darum, dass sich jemand die Zeit nimmt, der Geschichte die eigene Stimme gibt, sie beim Vorlesen zu etwas Gemeinsamem macht und gleichzeitig zu einem immer wieder neuen Erlebnis.

Mein Handy klingelt in der Küche. Ich ahne schon an der Art, wie es klingelt, dass es wichtig ist.

»Entschuldigung, da muss ich rangehen«, sage ich und laufe in die Küche. Mein Handy liegt auf dem Küchentisch. Es ist Raffa.

»Raffa, ich kann jetzt gerade nicht«, begrüße ich ihn.

Er stöhnt in den Hörer. »Ich habe dich heute viermal angerufen. Wieso gehst du nicht dran? Hast du meine Nachrichten nicht abgehört?«

»Tut mir leid, ich bin noch bei Bernhard, es dauert etwas länger«, taste ich mich vor.

»Lupe, ich warte seit zwanzig Minuten auf dich. Fünfzehn Minuten sind okay, du bist ja schließlich Akademikerin. Aber zwanzig sind zu viel.«

Ich beiße mir auf einen Fingerknöchel. Da fällt es mir ein. Das Konzert. Raffa hat die Karten besorgt, irgendeine Band aus England, die ich nicht kenne. Ich habe ihm versprochen mitzukommen.

»Du hast es vergessen«, sagt er beleidigt.

»Nein, ich hab's nicht vergessen, ich bin nur …«

»Das Konzert beginnt in einer Viertelstunde. Wenn du nicht kommst, gehe ich alleine rein. Tschüss.« Er legt auf. Raffa ist stinksauer.

»Mist«, zische ich.

»Was ist passiert?«, fragt Bernhard hinter mir. Er steht mit besorgter Miene in der Küchentür. Ich lasse das Handy sinken und schlage mir mit der Faust an die Stirn.

»Bernhard, es tut mir leid, aber ich habe vergessen, dass ich für heute Abend Konzertkarten habe. Ich muss dich leider vertrösten, aber wie wäre es, wenn ich morgen wiederkomme und dir dann die ganze Geschichte vorlese?«

Bernhard sieht mich traurig an und zieht einen Flunsch. Manchmal kann ich nicht glauben, dass er fast fünfzig ist, so kindlich ist sein Verhalten. Ich drücke ihn einmal kurz und sage: »Nicht böse sein, ich komme morgen wieder vorbei. In Ordnung?«

»Okay«, sagt er und hält mir ein Bündel Geldscheine hin. »Aber das darfst du nicht vergessen.«

KAPITEL 57

Als ich mich ins Auto setze und den Motor anlasse, wird mir klar: Ich schaffe es nicht mehr pünktlich zum Konzert. Und, ehrlich gesagt, ich will da auch gar nicht hin. Bis ich auf der anderen Rheinseite bin, vergehen locker fünfundzwanzig Minuten, die Parkplatzsuche vor Ort nicht eingerechnet. Außerdem ist Raffa jetzt eh schon sauer, da hilft es auch nicht mehr, wenn ich noch aufkreuze. Ich schätze, ich sollte ihm mitteilen, dass ich nicht mehr komme. Das macht man wohl so. Also tippe ich eine Nachricht. Lege das Handy weg, nehme es zwanzig Sekunden später erneut in die Hand und schicke noch eine SMS hinterher:

Ich mag dich trotzdem. Auch wenn du sauer bist.

Ich bin immer noch geflasht von dem, was ich eben bei Bernhard gesehen und erfahren habe und jetzt in meiner Hand halte. Ein Bündel mit tausend Mark in Scheinen von 1975. Und womöglich mit Fingerabdrücken. Ist das nicht irre? Ich muss sofort Otto anrufen, um ihm diesen grandiosen Fund mitzuteilen.

Aber Otto ist kurz angebunden. »Hallo, Lupe, sorry, ist gerade schlecht, können wir morgen sprechen?«

»Ähm, ja, ich wollte nur sagen, ich war bei Bernhard und habe einen Fund gemacht. Das wollte ich dir schnell erzählen. Ich hab ...«

»Danke, wir sprechen morgen«, sagt er und legt auf. Ich rufe noch mal an, aber die Mailbox geht dran. Ich starre mein Handy an, als sei es ein Stein, den ich vor Wut an die Wand werfen könnte. Was ist denn jetzt los? Ist er bei Petra? Oder sie bei ihm?

»Na warte«, sage ich, lege den Gang ein und fahre los. Otto wohnt nicht weit von hier, seine Straße habe ich mir gemerkt. Ich brauche genau achtzehn Minuten. Langsam fahre ich die Straße entlang, in der er wohnt, bis ich vor seinem Haus halte. Nummer

83. Sein Auto sehe ich nirgends, auch das von Petra nicht. Ich fahre ein Stück weiter und parke unter einem Baum, schließe ab und laufe den Weg zurück. Ottos Name steht auf dem Klingelschild, er wohnt im zweiten Stock. Die Fenster sind dunkel.

Die sind nicht hier, die sind bei Petra. Wetten?

Bis zu Petras Haus sind es weitere dreiundzwanzig Minuten, ich erinnere mich an die Straße und das Haus. Und was entdecke ich da, halb auf dem Gehsteig, halb auf der Straße? Genau. Ottos Auto. Er ist bei ihr. Dachte ich es mir doch. Ich fahre erst mal am Haus vorbei bis zu einem Wendehammer, dann wieder zurück. Öffne dabei das Handschuhfach und krame die Zigaretten raus. Zwei sind noch in der Schachtel. Sie sind furztrocken und knistern heftig beim Anzünden. Ich kurble das Fenster runter und blase den Rauch hinaus, lasse den Wagen langsam vorfahren. Mittlerweile ist es fast dunkel, und als ich auf der Höhe von Petras Haus bin, stelle ich mich an den Straßenrand hinter zwei andere Autos und schalte die Scheinwerfer aus.

Ich komme mir vor wie eine üble Stalkerin. Aber es stört mich nicht im Geringsten. Ich sehe hoch zu Petras Wohnung, sie wohnt ebenfalls im zweiten Stock.

»Na, dann habt ihr ja was gemeinsam«, sage ich zu mir selbst.

Ein Licht brennt in der Küche, ich kann den Schatten einer Person sehen, die hin- und herzugehen scheint.

Was macht ihr da? Vor allem, was machst du dort, Otto?

Für einen Moment überlege ich, ob ich die Party crashen soll. Einfach klingeln und raufgehen, einen guten Abend wünschen und eintreten. Und Otto vor den Augen von Petra sagen, was sie ihrem Kind angetan hat.

Ich schnippe die Kippe aus dem heruntergelassenen Fenster auf die Straße und starre weiter zu dem beleuchteten Küchenfenster hinauf. Petras Umrisse erscheinen am Fenster. Sie steht genau davor und schaut hinaus. Ich rutsche sofort im Sitz nach unten und hoffe, dass sie mich von oben nicht sehen kann. Die Umrisse am Fenster bleiben stehen, sekundenlang. Dann erscheint dahinter noch eine Person.

Es ist Otto. Ich erkenne ihn an seiner Kopfform.

Er legt von hinten seine Arme um sie, und Petra dreht sich um und steht jetzt mit dem Rücken zum Fenster. Ich muss würgen, wage kaum zu atmen, rutsche so tief runter, dass ich fast auf der Bodenmatte sitze.

Otto hat echt was mit Petra am Laufen, ich fasse es nicht.

Die beiden Personen bewegen sich in schunkelnden Bewegungen vom Fenster weg. Ihre Schatten tanzen an der Wand, werden länger und verschwinden schließlich.

Das Licht in der Küche erlischt.

TAG ELF

KAPITEL 58

Ich werde Otto auf meinen Anruf von gestern Abend nicht ansprechen. Ganz im Gegenteil. Ich tue einfach so, als sei gestern im Grunde gar nichts gewesen, und warte mal ab, ob er was sagt. Das Bündel mit den 50-DM-Scheinen lege ich auf seine Tastatur, setze mich auf meine Seite des Schreibtisches und warte. Obwohl draußen die Temperatur auf angenehme 26 Grad gesunken ist – eine Wohltat –, ist es in den Gebäuden immer noch stickig und warm. Die Mauern und Fassaden der Häuser, der Asphalt, die Straßen und Gehwege sind nach der wochenlangen Hitze aufgeladen und strahlen Wärme ab wie Heizöfen im Winter. Die beiden Fenster im Büro sind gekippt, die Tür steht offen, aber der Luftzug ist eher lau. Erfrischend ist anders.

»Guten Morgen, Praktikantin«, ertönt es hinter mir.

Ich schrecke zusammen. Fahre herum.

Krawatte steht in der Tür. Er hat sich lautlos angeschlichen.

»Oh, hallo«, sage ich.

»Alles gut bei dir?«, fragt er, geht einen Schritt auf mich zu und stellt sich an meinen Schreibtisch, die Hüfte an die Platte gelehnt. Er ist frisch rasiert, trägt ein kurzärmeliges weißes Hemd und eine blaue Krawatte. Sein Haar schimmert feucht vom Gel. Sein Aftershave weht zu mir rüber, irgendein Duft für sportliche, erfolgreiche Männer.

»Wollte mal fragen, wie es dir geht. Wie es dir bei uns gefällt. Ob du dich gut eingelebt hast.«

»Ja, danke. Prima. Ich fühle mich wohl.« Ich bleibe sitzen und überlege, ob das unhöflich ist und ich besser aufstehen sollte.

»Es braucht immer eine Zeit, bis man sich eingefunden hat. In die Abläufe und die Gepflogenheiten. Aber du machst das schon ganz gut.« Er zwinkert mir zu.

»Danke. Es sind ja auch alle sehr freundlich und hilfsbereit, Sina hat mir vieles gezeigt.«

Er grinst. »Ja, denk ich mir, dass Sina das gern tut. Wir bauen diese Gruppe noch auf. Wenn du Verbesserungsvorschläge hast, nur zu. Gerade wenn man von außen kommt, hat man einen anderen Blick auf die Dinge«, sagt er und löst sich von der Tischplatte.

»Okay«, sage ich, »ich melde mich, wenn ich einen Vorschlag habe.«

Er deutet auf Ottos leeren Platz. »Verstehst du dich mit dem alten Kauz?«

Mein inneres Warnsystem springt an und blinkt hektisch: Falle! Achtung!

»Wir lernen uns noch kennen«, antworte ich gelassen, »es sind ja erst knapp zwei Wochen, die wir zusammenarbeiten.« Ich merke, dass ich hibbelig werde und unter dem Tisch mit dem Bein wippe.

Warum macht Krawatte mich denn so unruhig?

»Ja, aber manchmal hat man das ja schon nach wenigen Stunden raus, ob man mit jemandem kann oder nicht«, meint Krawatte und sieht mich herausfordernd an. »Otto ist sechzig, kurz vor der Pensionierung, da werden Männer manchmal wunderlich. Mach dir nichts draus.« Er geht zur Tür und dreht sich im Türrahmen noch einmal um. »Weißt du, wann die meisten Menschen, die in Seenot geraten sind und um ihr Leben schwimmen, ertrinken?«

»Nein«, sage ich wahrheitsgemäß und ziemlich perplex.

»Kurz vor dem Ufer. Wenn sie das Ufer sehen und merken, dass sie es fast geschafft haben, dann schwinden die Kräfte. Weil das Ziel zum Greifen nah ist.« Er wendet den Kopf ab und blickt in den Flur.

»Hallo, Otto, Moin!«, ruft er.

Otto erscheint im Türrahmen.

»Morgen«, sagt Otto zu Krawatte, der ihm einmal die Hand auf die Schulter legt.

»Bis später, ihr zwei, und du denkst an den Termin nachher«, sagt er zu Otto und verschwindet.

»Was wollte der denn?«, fragt Otto und deutet mit dem Daumen in Krawattes Richtung.

»Hallo sagen?«

»Na dann.« Otto geht zu seinem Schreibtisch und sieht das Bündel Geldscheine.

Er dreht sich mir zu. »Deutsche Mark? Wo sind die her?«

Ich lehne mich auf dem Stuhl zurück und recke das Kinn.

»Das ist ein Teil des Geldes, das der kleine Bernhard für seine Schwester gezählt hat. Es sind insgesamt 29 450 Mark in bar in 50-DM-Scheinen. Er hatte es seit achtundzwanzig Jahren in seiner Wohnung aufbewahrt. In einem Regal hinter Comicbänden in einem Koffer, weil er dachte, seine Schwester käme eines Tages zurück. Denn das Geld war für ein neues Leben gedacht. So hat es ihm Su erzählt.«

Otto bläht die Backen auf. Lässt die Luft mit einem Zischen entweichen. »Deswegen hast du mich gestern angerufen! Warum hast du das nicht sofort gesagt? Mensch, Lupe!« Er klingt leicht verärgert.

»Ich ... was?«

Otto lässt die Scheine in seiner Hand wie im Daumenkino durchrauschen.

»Ich vermute, das ist das Geld aus dem Überfall. Die Summe passt genau. Die Scheine sehen ziemlich unbenutzt aus. Wir müssen sie sofort auf Fingerabdrücke untersuchen lassen. Wo ist der Rest?«

»Bei Bernhard, ich wollte nicht alles mitnehmen.«

»Der ganze Koffer muss sichergestellt werden.«

Otto greift nach dem Hörer, wählt eine Nummer und erklärt der Person am anderen Ende, was wir haben und dass wir einen Abgleich mit allen vorhandenen Fingerabdrücken des Falls benötigen.

Kurz darauf kommt ein Kollege aus der Kriminaltechnik mit einem Plastikbeutel und nimmt die Geldscheine an sich. »Die sehen noch recht frisch aus«, meint er, zieht sich einen Gummihandschuh über und packt das Bündel in einen Plastikbeutel.

Otto deutet auf mich. »Lupe und ich haben die Scheine angefasst«, sagt er.

»Okay, wird berücksichtigt«, meint der Kollege. »Die sehen aber noch wenig benutzt aus, das macht es einfacher. Wir gleichen aber nur die Fingerabdrücke der drei Opfer ab, richtig?«

»Exakt. Von Su Wechter haben wir keine Fingerabdrücke.«

»Müsste schnell gehen.«

»Gut, ruf mich an«, brummt Otto. Er klatscht in die Hände. »Ich hab ein gutes Gefühl«, verkündet er und schnalzt mit der Zunge.

Ottos Telefon klingelt. Er blickt auf das Display. »Das ist Li«, sagt Otto und sieht mich bedeutungsschwanger an. Er nimmt ab. »Hier ist Otto, hallo, Li. Ich schalte dich auf Lautsprecher, damit Lupe mithören kann.«

Ich stehe auf, gehe um den Schreibtisch herum zu Otto und höre Lis Stimme, blechern und mit leichtem Hall: »So, ihr zwei, hier kommt der aktuelle Stand. Wir haben die Kleidung und Gegenstände aus der Asservatenkammer des Fußmörder-Falls auf mögliche DNA-Quellen untersucht. Haare und Blut. Das Ergebnis: Bei allen drei Opfern konnten wir die DNA bestimmen. Von Su Wechter hatten wir sie ja bereits. Dann haben wir die Fundstücke von den Tatorten, die die Spurensicherung 1975 mitgenommen hat, auf mögliche DNA-Spuren untersucht. Wie ihr wisst, ist das nicht viel gewesen. Aber: An einem Zigarettenfilter, der neben dem zweiten Opfer Rolf Zehntner gefunden wurde, konnten wir eine DNA bestimmen, die nicht von ihm stammt.«

Li macht eine Pause.

»Spuck es schon aus«, brummt Otto. »Spann einen alten Mann nicht auf die Folter.«

Li kichert. »Oh, ich liebe meinen Job. Es ist die DNA von Su Wechter. Ihre DNA klebt an einem der Zigarettenfilter. Macht damit, was ihr wollt. Wir arbeiten weiter. *Bye bye.*« Li legt auf.

Otto und ich sehen uns an.

»Denkst du das Gleiche, was ich denke?«, frage ich.

Otto fährt sich nervös durch den Bart und stellt sich ans Fenster. »Das kann nicht sein«, murmelt er. »Dass die DNA von Su an einer der Kippen klebt, bedeutet lediglich, dass sie am Tatort war. Ob sie die Tat begangen hat, wissen wir nicht. Sie kann davor oder danach am Tatort gewesen sein.«

»Du meinst, sie war womöglich nicht alleine dort. Sondern mit einem Komplizen?«

Otto zupft nachdenklich an seinem Bart. »Auch das wäre möglich. Wir haben bislang die Möglichkeit ausgeschlossen, dass es mehrere Täter waren.«

»Ehrlich gesagt glaube ich nicht, dass es mehr als ein Täter war«, sage ich. »Es scheint mir das Werk einer Einzelperson zu sein.«

»Woran machst du das fest?«

»Su Wechter war eine Einzelgängerin, sie hatte kaum Freunde, allerdings viele Liebschaften. Sie ist kein Typ für eine gemeinsame Tat. Dass Su den Überfall in einer Gruppe beging, führe ich auf ihre Geldnot zurück. Und bei dem Überfall ging sie am brutalsten vor. *Peng!* Eier weg.«

Ich ziele mit einer imaginären Waffe auf Ottos Eier, der daraufhin sofort schmerzlich sein Gesicht verzieht. Ich fahre fort: »Und Su kannte beim Überfall die Jungs, die das mit ihr zusammen durchziehen wollten. Ich glaube, auf eine komplett fremde Gruppe von Menschen hätte sie sich nicht eingelassen.«

Otto neigt den Kopf zur Seite, schiebt die Unterlippe vor und denkt nach. Ich sehe es ihm an.

A penny for your thoughts, denke ich.

»Wie auch immer«, sagt Otto schließlich. »Im Zweifel für die Angeklagte.«

KAPITEL 59

Wir haben Glück. Die Geldscheine sind tatsächlich recht neu und weisen nicht übermäßig viele Fingerabdrücke auf. Es lassen sich die von Hardy darauf finden. Und die von ein paar anderen Personen ebenfalls, darunter Bernhard und womöglich Su.

»Wir brauchen die restlichen Scheine und müssen sie alle auf Fingerabdrücke der drei Opfer untersuchen. Dann wissen wir, ob das gesamte Geld vom Überfall stammt. Und es wäre gut, auch Bernhards Fingerabdrücke zum Abgleich zu haben.«

»Ich kann das Geld und die Abdrücke von Bernhard heute Abend besorgen, wenn ich ihn wiedersehe«, sage ich.

»Sehr gut, mach das. Und versuch, mehr über das Geld herauszufinden. Und zeichne das Gespräch auf. Geh zur Kriminaltechnik, die geben dir was mit für die Fingerabdrücke. Ich wollte dich heute Abend eigentlich begleiten, habe aber was vor. Schaffst du das ohne mich?«

»Logo.«

»Was noch?« Er sieht es meinem Gesicht an.

Ich krame in der Akte, ziehe ein Foto heraus. »Mir ist noch was aufgefallen«, sage ich. »Bernhard hat mir gestern Grießbrei gekocht.

Ich wusste erst nicht recht, aber jetzt ist es mir klar geworden.« Ich zeige ihm das Foto des Kassenzettels, der in der Plastiktüte steckte, die 1975 im Park mit dem Fuß von Rolf gefunden wurde. »Laut Kassenzettel wurden die Zutaten für Milchreis gekauft«, erkläre ich.

»Milchreis ist aber nicht Grießbrei«, sagt Otto und runzelt die Stirn.

»Ja, das weiß ich, aber Bernhard hat diese Speisen von Su gekocht bekommen. Milchreis, Grießbrei, typische Kindergerichte. Er kocht sie nach wie vor. Und ausgerechnet ein Kassenzettel für solche Zutaten landet in der Tüte mit dem abgehackten zweiten Fuß. Nur Zufall?«

Er drückt mir das Foto wieder in die Hand.

»Lupe, das beweist gar nichts. Das reicht nicht. Es ist auffällig, ja, da stimme ich dir zu. Und es legt vielleicht den Verdacht nahe, dass Su und Bernhard etwas mit dem Fall zu tun haben, aber es beweist nichts. Wir müssen den Kassenzettel auf Fingerabdrücke untersuchen. Und die Geldscheine auch. Wir haben nur den dünnen Beweis, dass Su am Tatort am Deutzer Hafen war. Mehr nicht. Das beweist nicht ihre Schuld.«

Ich lasse mich auf den Bürostuhl plumpsen.

»Wir müssen nachher unsere Ergebnisse präsentieren. Krawatte hat um einen Termin gebeten.« Otto rollt mit den Augen, als er das sagt.

»Was stört dich daran?«, frage ich.

»Ich glaube, dass dieser Fall nicht lösbar ist. Und das sagt mir mein Bauchgefühl als Polizist, der über vierzig Dienstjahre auf dem Buckel hat. Und noch knapp ein Jahr bis zur Pensionierung.«

Otto bemerkt meine Enttäuschung. Er steht auf und kommt zu meinem Schreibtisch, setzt sich auf die Ecke und verschränkt die Arme vor seiner Brust.

»Okay, wir machen jetzt Kassensturz, und ich sage dir, was ich denke, Lupe. Dieser Fall ist ungewöhnlich, auch für mich. Die Ermittlung bei einem alten Fall läuft in vielerlei Hinsicht anders als bei einem aktuellen. Ich hatte das noch nie. Uns fehlen wichtige Spuren vom Tatort, die damals nicht gesichert wurden, weil die Kriminaltechnik noch gar nicht so weit war. Die Tatorte gibt's nicht mehr, wir können sie somit nicht mit modernen Mitteln noch einmal überprüfen. Ich sag dir, was wir haben.«

Er zählt mit den Fingern auf. »Wir haben vier Opfer, drei abgehackte Füße, einen fehlenden Fuß, einen Raubüberfall, ein Karnevalsfoto, ein geborgenes Auto aus dem Rhein, eine Zigarettenkippe, einen debilen Bruder und Grießbrei. Na, vielen Dank.«

Ich muss laut lachen.

Otto schüttelt den Kopf.

»Das ist nicht gerade viel. Wir bräuchten zur Lösung des Falls hieb- und stichfeste Beweise und nicht nur Indizien, die in eine bestimmte Richtung deuten. Es gibt die These, dass eine Frau die Täterin war. Zu Recht. Und Su war an einem der Tatorte und hat dort geraucht. Warum? Keine Ahnung. Vielleicht hat sie zugesehen. Vielleicht kam sie später dazu? Hat die Leiche gefunden und ist wieder verschwunden? Ich weiß es nicht. Macht sie das zur Täterin? Nein, aber sie kommt damit in den Kreis der Verdächtigen. In diesem Kreis steht auch Richter Brinkmann. Der hätte ein Interesse, seine Kohle wiederzubekommen. Hat er aber nicht geschafft, denn, wie wir seit heute wissen, Su hatte das Geld. Weiter im Text.«

Otto steht auf, geht auf und ab. »Wir haben die Angehörigen nochmals befragt und nach Verbindungen gesucht, nach etwas, das damals übersehen wurde. Das einzige Ergebnis ist, dass sie sich teilweise untereinander kannten. Das ist bei einem Freundeskreis von jungen Leuten nichts Ungewöhnliches. Dann haben wir einen Presseaufruf gestartet, der uns eine Handvoll Informanten brachte. Ergebnis: Wir verstehen etwas besser, was Su für ein Mensch war, kennen die ehemalige Kioskbesitzerin in einem Hochhaus und wissen schon mal, wie es im Altersheim zugeht, was besonders für mich ein interessanter Punkt ist. Und ich habe meine Vorliebe für eiskalten Pfirsich-Eistee entdeckt.«

Mir stockt der Atem, und ich stecke mir schnell einen Kaugummi in den Mund, auf dem ich hektisch herumkaue.

Otto fährt fort: »Was ist noch offen? Die Bauarbeiter von damals. Es wäre ziemlich dämlich, als Bauarbeiter eine Leiche im Beton zu versenken, und das auch noch auf genau der Baustelle, auf der er gerade arbeitet. Menschen sind dämlich, nun gut. Aber die Bauarbeiter sind allesamt Männer, und wir suchen eine Frau. Ich bezweifle, dass wir die Bauarbeiter von damals finden und sie uns bezüglich der Leiche von Su weiterbringen werden. Es gibt einen einzigen dürren Ansatz: Ich möchte herausfinden, ob sich an den weiteren Geldscheinen die Fingerabdrücke der anderen Opfer befinden. Dann wüssten wir mit sehr hoher Wahrscheinlichkeit, dass es das Geld aus dem Raubüberfall ist. Wenn ja, hätten wir zumindest den Brinkmann-Fall ansatzweise gelöst und könnten sagen, wer für den Überfall verantwortlich ist. Aber auch hier haben wir keine richtigen Beweise. Und die vermeintlichen Täter sind allesamt tot. Scheibenkleister.«

Otto kratzt sich am Hinterkopf.

Ich bin mittlerweile total hibbelig. Mich überkommt der plötzliche Wunsch, eine rauchen zu wollen, dieses Ziehen in der Brust, dieser Wunsch nach tiefer Inhalation. Zur Ablenkung löse ich den Gummi aus meinem Pferdeschwanz, fahre mir einmal durch die Haare, streiche sie nach hinten und zurre sie mir wieder fest am Hinterkopf zusammen.

»Sag mir, was du denkst, Lupe.« Otto steht breitbeinig da. Die Arme vor der Brust verschränkt. Und in dem Moment kann ich den jungen Otto sehen, diese Energie und die Begeisterung für sein Polizistenleben.

»Dieses Geld bei Su. Ist das ihr Anteil aus dem Überfall und ihr restliches Erspartes? Was, wenn Su sich den Anteil der anderen irgendwie geschnappt hat?«

Es zuckt in Ottos Mundwinkeln, erst erscheint ein kleines Grinsen, dann wird es breiter. Schließlich geht eine Augenbraue nach oben.

»Gut gedacht. Du meinst, Su Wechter hat ihre Überfallskumpanen ausgeraubt und getötet. Der Raub wäre auch ohne die Morde machbar gewesen. Und womöglich hat die Täterin, die wir suchen, genau das mitbekommen. Und aus irgendeinem Grund mussten daher alle vier sterben, inklusive Su. Weil es irgendetwas gibt, das diese vier Personen verbindet. Und genau diese Verbindung ist die Täterin, die die ganze Zeit im Schatten steht. Unsichtbar. In einer dunklen Ecke.«

»Das ist deine Theorie?«

Otto nickt.

»Wie viele Taschenlampen muss ich besorgen, damit wir in diese dunkle Ecke reinleuchten können?«, frage ich scherzhaft.

Otto schnaubt einmal durch die Nase.

»Und wo, verdammt noch mal, ist diese dunkle Ecke?«, fragt er.

KAPITEL 60

Beim Gespräch mit Krawatte, das in dessen Büro stattfindet, geht Otto die Fälle und unsere bisherigen Erkenntnisse noch einmal durch und vergisst dabei kein einziges Detail. Er ist hoch konzentriert und trägt kurz und prägnant alle Fakten und Theorien zusammen. Ich bin schwer beeindruckt. Krawatte hört aufmerksam zu, macht sich Notizen, und als Otto fertig ist, lehnt Krawatte sich in seinem modernen Bürostuhl mit Nackenstütze zurück und verschränkt die Arme hinter dem Kopf.

»Wir verfolgen Ottos Vorschlag weiter. Ich gebe euch noch eine Woche. Das steht alles auf tönernen Füßen. Ich überlege, ob wir den Fall nicht besser schließen und uns neuen Aufgaben widmen, die jetzt dringlicher wären.«

Krawatte sieht uns beide abwechselnd an. Otto nickt zustimmend. Dann sieht Krawatte mich erneut an. »Einverstanden?«

Ups. Ich wusste nicht, dass meine Meinung hier Gewicht hat.

»Absolut«, antworte ich.

Krawatte schenkt mir ein Lächeln, eines mit Charmeoffensive. Nun denn, wenn er meint.

Auf meiner Rückfahrt nach Köln denke ich über Ottos Äußerung nach, dass er seine Liebe zu Pfirsich-Eistee entdeckt hätte.

Ich könnte kotzen. Abgesehen davon, dass ich diese klebrige Plörre wirklich eklig finde, hat mir der Satz einen Stich versetzt. Warum? Weil ich eifersüchtig bin auf Petra.

So, jetzt ist es raus.

Warum ich das bin, kann ich noch nicht sagen, ich analysiere noch in mir herum. Dass Otto seine Abende bei Petra verbringt, passt mir nicht. Und ich muss gestehen, dass ich Petra von Anfang an als zu mütterlich warm und vollbusig empfunden habe.

Also knöpfe ich mir jetzt Petra Meier vor.

Als Erstes rufe ich Petras Ex-Mann an. Ich habe seinen Namen über das Register des Standesamtes herausgefunden. Die beiden sind bereits seit acht Jahren geschieden, und Andreas Meier wohnt mittlerweile in Mannheim. Ich erwische ihn auf der Heimfahrt im Auto und erkläre ihm kurz, wer ich bin und dass wir an dem alten Fall arbeiten.

»Was habe ich damit zu tun?«, fragt er.

»Nun, wir gehen nochmals alle Personen im näheren und weiteren Umfeld der Opfer durch und überprüfen sie. Bei Petra Meier fanden wir im System eine Anzeige Ihres Sohnes gegen seine Mutter wegen Körperverletzung. Da ich Ihren Sohn mit meinem Anruf nicht an dieses schreckliche Erlebnis erinnern möchte, dachte ich, es wäre sinnvoll, zuerst mal Sie als Vater zu kontaktieren.«

Andreas Meier ist still. Nur das Brummen des Motors und das Klacken des Blinkers sind zu hören.

»Warten Sie, ich fahre gerade mal rechts ran.«

Das Motorengeräusch erstirbt. Jetzt höre ich nur noch *Klick-Klack. Klick-Klack.*

»Es ist sehr rücksichtsvoll von Ihnen, dass Sie mich anrufen. Mein Sohn war damals bereits volljährig, aber ich habe ihn zur Polizei begleitet. Oskar möchte bis heute keinen Kontakt zu seiner Mutter haben. Wie kann ich Ihnen helfen?«

»Wissen Sie, warum Ihre Frau Ihren Sohn attackiert hat?«

»Weil meine Ex-Frau nicht Herr ihrer Sinne ist. Sie ist hysterisch, neigt zu unkontrollierten Aggressionen und Wutausbrüchen. Das ist einer der Gründe, warum ich mich habe scheiden lassen und meinen Sohn zu mir genommen habe.«

»Das heißt, das ist öfters passiert?«

»Oh ja, sie hat sogar mal eine Kollegin verdroschen. Sybille. Aber die beiden haben sich außergerichtlich geeinigt.«

Es klingt verächtlich, wie er es sagt, aber ich kann es ihm nicht verübeln.

»Was glauben Sie, warum Ihre Ex-Frau zu diesen Ausfällen neigt?«

Andreas Meier schnaubt wie ein Pferd. »Meine Ex-Frau ist psychisch nicht gesund. Vermutlich ein Mangel an Wärme und Aufmerksamkeit in der Kindheit. Wie es meistens bei adoptierten Kindern ist, man weiß nie, was sie in den ersten Jahren erlebt haben. Das ist jetzt aber nur meine Theorie.«

Ich stutze. »Petra Meier ist adoptiert worden?«

»Ja, sie kam als Fünfjährige aus dem Kinderheim zu ihrer Familie.«

»Das bedeutet, das Opfer, ihr Bruder Hardy, ist gar nicht ihr leiblicher Bruder?«

»Richtig. Aber das machte für sie keinen Unterschied.«

»Wie meinen Sie das?«

»Fragen Sie sie das doch selbst. Mehr habe ich zu meiner Ex-Frau nicht zu sagen, da bitte ich Sie um Verständnis. Ich muss weiter«, beendet Andreas Meier das Gespräch.

»Danke für Ihre Zeit und die Auskunft«, sage ich artig, obwohl ich eigentlich sagen will: Du Arsch, sag mir verdammt noch mal, was du wirklich denkst, und hör auf, bloß Andeutungen zu machen, die keiner versteht und nur noch mehr Fragezeichen erzeugen.

Ich lasse mir durch den Kopf gehen, was Andreas Meier über seine Ex-Frau gesagt hat. Ihre gestörte Impulskontrolle. Wenn Frauen so unkontrolliert ausrasten, ist das ein Zeichen für eine lang aufgestaute Frustration, die sich plötzlich und heftig entlädt. Frauen neigen dazu, ihre Konflikte lange zu relativieren, und lernen, sich über einen langen Zeitraum zusammenzureißen. Da kommt dann einiges zusammen. Wut kann allerdings auch ein Ausdruck unterdrückter Angst sein. Und Wutausbrüche können der betreffenden Person in dem Moment ein Gefühl von Stärke und Macht verschaffen. Aber der Effekt ist nur von kurzer Dauer, und schon bald steht die nächste Explosion an.

So entsteht ein sich wiederholendes Muster.

Ich klappe das Handschuhfach auf und hole die Zigarettenschachtel hervor. Meine Lunge schreit nach Nikotin. Und ich würde gern ein kaltes Bier dazu kippen, so fühle ich mich gerade.

Es ist genau noch eine Zigarette in der Schachtel. Immerhin. Ich rauche sie in wenigen Zügen auf, während ich, mit dem Ellbogen aus dem Fenster gelehnt, zu Bernhard fahre.

KAPITEL 61

Bernhard trägt ein rotes T-Shirt und blaue Jeans und sieht mit seinen großen Augen und dem unbekümmerten Blick wie ein Schuljunge aus, der nach dem Unterricht gelangweilt über den Bolzplatz schlendert und motivationslos Grashalme aus der Erde rupft.

»Hallo, Lupe«, sagt er fast beiläufig. »Heute gibt's keinen Grießbrei.«

»Geht klar«, erwidere ich lässig und trete ein. Als ich an ihm vorbeigehe, hebt er die Hand und will mich am Oberarm berühren, zieht sie aber im letzten Moment zurück.

»Ich habe dir etwas mitgebracht«, sage ich, als wir in der Küche stehen, und öffne die Tüte, die ich in der Hand halte.

»Oh, es ist ein Comic«, sagt er. »Und Schokolade.« Er hüpft aufgeregt vor mir auf und ab.

Ich muss gestehen, es ist nicht sonderlich kreativ, aber was Besseres gab's an der Tanke nicht, das ich ihm hätte mitbringen können. Und mit leeren Händen wollte ich nicht kommen. Bernhard freut sich mächtig und öffnet behutsam die Tafel Schokolade, ein richtiges Ritual. Dabei schiebt er seine Zunge zwischen den Lippen hervor, ein Zeichen von Konzentration. Er beißt ein Stück ab und sieht mich mit großen Augen an. Kaut. Hält inne.

»Du bist wie eine Schwester«, sagt er unvermittelt. »Du bist meine neue Schwester.«

Es liegt ein großer Wunsch darin, das weiß ich wohl. Und ein Neuanfang. Ich will protestieren, sage aber nichts. Schließlich verstehe ich, was er damit meint und warum er mich auserkoren hat. Ich bin zu seiner Vertrauens- und Bezugsperson geworden. »Ja, so in etwa«, antworte ich mit einem schiefen Lächeln.

Er grinst zufrieden.

»Bernhard, ich habe doch gestern diese Geldscheine mitgenommen. Ich muss dich aber bitten, mir den gesamten Koffer zu geben. Wir müssen alle Scheine untersuchen.«

Bernhard neigt den Kopf zur Seite. »Sind sie krank?«

Ich muss lachen. »Nein, aber weil es so alte Scheine sind, müssen wir sie uns ansehen. Mit einem Mikroskop.«

»Warum?« Er lässt die Tafel Schokolade sinken.

»Wir untersuchen die Scheine auf Fingerabdrücke, weil wir wissen wollen, wer sie in der Hand hatte. 1975. Und damit ich weiß, welche der Abdrücke deine sind, brauche ich auch deine Fingerabdrücke.« Aus meiner Tasche hole ich das Stempelkissen und die Karte, die mir die Kollegen von der Kriminaltechnik mitgegeben haben. Bernhard sieht mich unsicher an.

»Keine Angst, tut nicht weh. Die Farbe kannst du danach wieder abwaschen. Komm her, ich zeig es dir. Es ist ganz leicht.«

Er stellt sich neben mich an den Küchentisch, und ich mache ihm mit meinem Daumen vor, wie es geht. Dann nehme ich seine Hand, drücke seinen linken Daumen auf das Kissen und sichere den Abdruck auf der Karte. Ich versuche, das Ganze wie ein lustiges Spiel wirken zu lassen.

»Siehst du, ganz einfach«, sage ich. »Jetzt die anderen Finger.«

Bernhard lässt die Prozedur über sich ergehen wie ein gutmütiger Beagle. Dann hebt er die Hände hoch, spreizt die Finger und streckt mir strahlend seine blauen Fingerkuppen hin.

»Ab ins Bad und Hände waschen«, sage ich munter.

»Hilfst du mir?«, fragt er.

Bernhard seift sich seelenruhig die Hände ein, säubert sie mit sanften, kreisenden Bewegungen.

»Schau, so geht es besser«, sage ich und greife nach der Nagelbürste. »Du bist ja kein Baby mehr, da können wir richtig schrubben. Schau.« Ich nehme einen seifigen Finger nach dem anderen und schrubbe mit der Nagelbürste die Kuppe sauber. Halte sie unters Wasser. Bernhard beobachtet mich dabei mit seinen großen Augen, und ich bemerke, dass er leise, aber stoßweise durch die Nase atmet. Ich spüre seinen Atem auf meiner Wange.

»Hat das deine Schwester auch gemacht, dir die Finger gesäubert?«
Er nickt heftig.

»Siehst du, so ist das mit den Schwestern.«

»Liest du mir heute die Geschichte zu Ende vor?«

»Ja, das hab ich ja versprochen«, antworte ich. »Danach muss ich aber los.«

Bernhard trocknet sich die Hände mit dem Handtuch ab. Wir gehen aus dem Bad, er geht vor.

»Immer die Hände sauber machen. Für die Puppe. Nur mit sauberen Händen anfassen«, murmelt er.

»Was sagst du?«

Er bleibt im Flur stehen, neben dem Plakat mit Mystique. Mit dem Finger streicht er über ihr Gesicht und zeichnet den Haaransatz nach.

»Kleine Puppe darf ich nur mit sauberen Fingern anfassen«, sagt er. »Weißt du das denn nicht?«

Ich weiß nicht, wovon er redet, aber ich will ihn nicht verunsichern mit einer Frage.

»Mit schmutzigen Fingern sollten wir gar nichts anfassen, nicht mal 'nen Lichtschalter«, erkläre ich. »Soll ich jetzt vorlesen?«

Wir setzen uns nebeneinander auf die Couch im Wohnzimmer, und Bernhard drückt mir das Märchenbuch in die Hand. Ich lese noch einmal den Anfang der Geschichte von dem armen Mädchen. Eigentlich finde ich Märchen ja grausam und manipulativ, als Kind mochte ich sie gar nicht. Die Geschichte geht weiter. Immerhin bekommt das Mädchen Karen zu seiner »Einsegnung« ein paar tolle rote Schuhe, allerdings nur, weil ihre neue Mutter schlecht sieht und deshalb nicht mitkriegt, dass sie nicht schwarz sind. Und prompt starren in der Kirche alle dem Mädchen auf die Schuhe.

Die Orgel spielte so feierlich, die lieblichen Kinderstimmen sangen, und der alte Kantor sang, aber Karen dachte nur an die roten Schuhe.

Als die Mutter später erfährt, dass das Mädchen rote Schuhe anhatte, befiehlt sie ihm, künftig nur schwarze Schuhe zu tragen. Aber das Kind hält sich nicht dran.

Alle Menschen drinnen sahen nach Karens roten Schuhen, und alle Bilder sahen nach ihnen, und als Karen vor dem Altare niederkniete und den goldenen Kelch an die Lippen setzte, dachte sie nur an die roten Schuhe. Es war, als ob sie vor ihr im Kelche schwämmen; und sie vergaß, das Lied mitzusingen, sie vergaß, ihr Vaterunser zu beten. Alle Leute verließen jetzt die Kirche, und die alte Frau stieg in ihren Wagen. Schon erhob Karen den Fuß, um hinter ihr einzusteigen, als der alte Soldat, welcher dicht dabeistand, sagte: »Sieh, welch' prächtige Tanzschuhe!« – Karen konnte sich nicht enthalten, einige Tanzschritte zu thun, sowie sie aber begann, tanzten die Beine unaufhaltsam fort. Es war, als hätten die Schuhe Macht über sie erhalten. Sie tanzte um die Kirchenecke, denn sie vermochte nicht innezuhalten. Der Kutscher mußte hinterherlaufen und sie greifen; er hob sie in den Wagen, aber auch jetzt setzten die Füße ihren Tanz rastlos fort, so daß sie die alte gute Frau empfindlich trat. Erst als sie die Schuhe auszog, erhielten die Beine Ruhe. Daheim wurden die Schuhe in einen Schrank gestellt, aber Karen wurde nicht müde, sie immer wieder zu betrachten.

Kurz darauf wird die Mutter krank, und Karen soll sie pflegen, aber es wird ein großer Ball abgehalten in der Stadt, und sie geht lieber dorthin und tanzt in ihren Schuhen. Die Geschichte geht weiter, das Mädchen wird nun von den Tanzschuhen beherrscht und muss tagein, tagaus tanzen. Sie kommt nicht zur Ruhe, als ob die Schuhe verhext wären und sie verdammt.

Ich unterbreche das Vorlesen.

»Gefällt dir das wirklich? Diese Geschichte mit dem wahnsinnigen Mädchen?«, frage ich Bernhard.

»Ja«, sagt er leise.

Ich räuspere mich und lese weiter vor. Mittlerweile ist die Mutter gestorben, und Karen ist unglücklich und fühlt sich schuldig. Na bitte.

Tanzen tat sie und tanzen mußte sie, tanzen in der dunklen Nacht. Die Schuhe trugen sie über Dornen und Baumstümpfe, und sie riß sich bis aufs Blut; sie tanzte über die Heide nach einem kleinen, einsamen Hause. Hier wohnte, wie sie wußte, der Scharfrichter, und sie klopfte mit den Fingern an die Scheiben und sagte ...

Ich schaue auf, und Bernhard starrt mich mit großen Augen an. Ich fahre fort:

»Kommt heraus! Kommt heraus! Ich kann nicht hineinkommen, denn ich muß tanzen.«
»Ich bin der Scharfrichter«, entgegnete es von drinnen, »ich höre, daß meine Axt klirrt.«

Ich will munter weiterlesen, aber beim nächsten Satz stockt mir der Atem, und ich kann nicht glauben, was da steht. Bernhard springt ein, er kennt das Märchen in- und auswendig. Seine Stimme ist leise.

»Schlagt mir meine Füße mit den roten Schuhen ab«, bat Karen.

Mit einer *Axt*. Die Füße *abschlagen*.

Es ist, als würden mich die Worte ohrfeigen. »Das kann nicht sein«, sage ich langsam. »Su hat dir diese Geschichte vorgelesen, immer wieder, richtig?«

Bernhard nickt.

Ich lasse das Buch sinken und starre Bernhard an. Es vergeht eine lange Zeit, in der keiner etwas sagt. Meine Gedanken rennen wie Windhunde durch meinen Kopf.

Mit seinen Fingern berührt er vorsichtig meinen Unterarm.

»Das Mädchen wird danach gerettet, sie darf wieder in die Kirche, weil sie keine Schuhe und keine Füße mehr hat. Sie ist frei. Du musst nicht traurig sein, es ist nur ein Märchen.«

KAPITEL 62

Bitte. Otto. Geh jetzt ans Telefon, wenn ich dich anrufe, und würg mich nicht wieder ab. Nach dem siebten Klingeln geht er dran.

»Hagedorn.«

»Du weißt doch, dass ich es bin, du siehst meinen Namen im Display«, sage ich.

»Ich hab keine Brille auf, Lupe. Ich bin ein alter Mann.«

»Wo bist du gerade?« Ich hoffe, meine Frage klingt beiläufig. »Ich habe etwas herausgefunden.«

»Zu Hause. Was ist passiert?«

Und ist sie bei dir? Petra, das Unglück? Will ich fragen, beiße mir aber auf die Zunge.

»Ich sitze im Auto, ich war gerade bei Bernhard. Hör zu. Su hat Bernhard immer ein Märchen vorgelesen, von Hans Christian Andersen. *Das Mädchen mit den roten Schuhen.* Kennst du das?«

»Nein, nie gehört.«

»Ich auch nicht. Jetzt kommt es. In dem Märchen werden einem Mädchen beide Füße abgehackt. Hörst du? Abgehackt. Mit einer Axt.«

Es ist still in der Leitung. Ich kann Otto atmen hören.

Es vergehen drei Sekunden.

»Otto?«

»Ja. Hast du das Geld?«

»Ja.«

»Zieh Handschuhe an und pack es in einen Plastikbeutel. Und pass bitte gut darauf auf, in Ordnung?«

»Ja, klar, mache ich. Was sagst du dazu? Siehst du das Bild? Füße abhacken. Wir haben die ganze Zeit gerätselt, wo es herkommt. Es könnte aus diesem Märchen stammen.«

»Das bedeutet, jeder, der das Märchen kennt, könnte davon inspiriert worden sein«, erwidert Otto nüchtern.

»Otto, bitte«, protestiere ich.

»Was ist, wenn es Bernhard war?«, fragt er unvermittelt.

Ich bin baff und halte die Luft an. »Das würde bedeuten, dass er drei Männer und seine eigene Schwester umgebracht und denen die Füße abgehackt hat«, sage ich.

»Ist er dazu in der Lage? Ist er so behindert, wie er tut? Oder ist er am Ende klüger, als wir meinen?«

Die Luft entweicht aus meinen Lungen, und ich sinke auf meinem Fahrersitz in mich zusammen. Mir wird warm. »Ich weiß es nicht.«

»Du verbringst Zeit mit ihm, Lupe. Du musst doch einschätzen können, wozu er in der Lage ist. Wenn er verdächtig ist, müssen wir ihn einbestellen und befragen. Mord verjährt nicht.«

Ich stelle mir gerade Bernhard in Handschellen vor, wie er in einem Befragungszimmer sitzt und bitterlich weint und laut schreit: Ja, ich war es! Ich habe alle umgebracht!

Aber das ist Quatsch.

»Ich kann mir nicht …«, beginne ich.

»Lupe, du musst ihn befragen. Du musst ihm diese Frage stellen. Hast du das Aufnahmegerät noch?«

»Ja, es ist in meiner Tasche.«

»Fahr zurück, befrag ihn. Konfrontiere ihn mit den Morden. Jetzt. Wir müssen wissen, wie er reagiert.«

»Okay, mach ich.«

»Wenn er irgendetwas in der Richtung sagt, rufst du mich sofort an. Streng dich an.«

»Einverstanden, mach ich.«

Für einen Moment ist Stille.

»Otto?«

»Ja? Was denn noch?«

Ich muss es ihm sagen. Ich muss ihm von Petra erzählen. Dass ich mit ihrem Ex-Mann telefoniert habe und dass Petra auch eine Kollegin angegriffen hat. Dann müsste ich ihm aber auch sagen, dass ich hinter seinem Rücken gearbeitet habe, ihn beobachte und stalke. Das würde ziemlich viel kaputt machen.

Scheiße.

»Wenn du jetzt mit Überstunden anfängst, weil du jeden Abend mit diesem Bernhard verbringst: Das kannst du knicken.«

»Wie bitte?«

»War ein Scherz. Noch was?«, fragt Otto.

»Nein, alles gut. Ich spreche mit Bernhard.«

»Bis spätestens morgen, Lupe.«

KAPITEL 63

Ich suche in meiner Tasche nach dem Aufnahmegerät, und nach etwas Kramen finde ich das schmale schwarze Ding auch. Ich werfe die Autotür zu und marschiere los. Weil vor Bernhards Haus nichts frei war, habe ich in einer Seitenstraße geparkt, unter einem Baum. Es sind nur ein paar Minuten zu Fuß. Ich will schon wieder rauchen und sehe mich nach einem Büdchen um, aber hier ist weit und breit keines. Dann eben nicht. Ich stehe vor seiner Haustür, klingle und warte. Doch Bernhard macht nicht auf.

Wieder drücke ich den Klingelknopf.

Ist er weggegangen? Für einen Moment denke ich, jetzt packt er seine Koffer und haut ab. Schleicht durch den Hinterhof nach draußen und verschwindet. Für immer. Wie seine Schwester. Na, warte.

Ich suche seine Nummer in meinem Handy und drücke auf WÄHLEN. Die Verbindung wird aufgebaut. Dann tutet es in meinem Hörer. Ich lausche und versuche zu hören, ob oben in der Wohnung sein Handy klingelt. Nichts. Er antwortet nicht. Die Mailbox geht dran, und ich spreche ihm drauf, bitte ihn um einen Rückruf, sage, dass ich noch Fragen hätte. Es sei dringend.

Jetzt werde ich unruhig. Was soll ich machen?

Ich gehe die Straße runter, bemühe mich um kleine, bewusste Schritte. Nicht hetzen. In der Ferne taucht die untergehende Sonne den Himmel in ein skurriles Rot.

Denk nach, Lupe. Denk nach.

Ich wähle die Nummer der Auskunft und habe Glück. Es gibt in Mannheim einen Oskar Meier, der verzeichnet ist. Manchmal ist es gut, wenn die Kinder nicht alle Michael, Markus und Florian mit Vornamen heißen.

»Oskar Meier.« Die Stimme ist jung und hoch. Und misstrauisch.

»Hallo, hier ist Lupe Svensson vom LKA Düsseldorf, ich rufe Sie an, weil ...«

»Ich weiß, wer Sie sind«, unterbricht er mich. »Mein Vater hat mich schon informiert.«

Na, da funktionieren die Buschtrommeln aber. Ich rattere wie bei seinem Vater die Erklärung herunter und hoffe, dass er sie ebenfalls schluckt.

»Und was wollen Sie wissen?« Seine Stimme klingt weniger feindselig. Ein Rest Skepsis bleibt.

»Was war der Auslöser damals? Was ist passiert?«, frage ich.

»Das stand in der Anzeige«, sagt er schnell.

»Ich weiß, was dort steht, ich habe sie ja gelesen. Aber ich glaube nicht, dass das, was dort steht, alles ist. Wenn Menschen aggressiv werden, ausflippen, dann meistens, weil ein letzter Tropfen das Fass zum Überlaufen bringt. Sag mir, Oskar, was dieser Tropfen war.«

Oskar atmet laut aus. »Puh«, sagt er.

»Ich hab Zeit«, sage ich ruhig. »Fang an, wo du anfangen willst. Darf ich Du sagen? Ich bin auch erst neunundzwanzig. Siezen finde ich manchmal komisch.«

Ich höre das Ratschen eines Feuerzeugs und den ersten tiefen Zug an einer Zigarette. Das erste Ausatmen. Die Situation stresst ihn.

»Schon okay. Ich hatte einen Verdacht. Lange Zeit. Ich habe meiner Mutter nicht geglaubt, dass ich von meinem Vater bin.«

»Wie kamst du darauf?«

»Erst war es ein Gefühl, dann habe ich meinen Körper angeschaut, die Form meiner Finger, meiner Zehen. Ich habe nach Details gesucht, die mein Vater und ich gemeinsam haben. Aber ich habe sie nicht gefunden. Also habe ich angefangen, meine Mutter auszuhorchen.«

»Und sie hat vermutlich alles abgestritten.«

»So ist es.«

»Was ist an dem Tag passiert?«

»Als sie im Krankenhaus arbeiten war, habe ich die Schubladen durchsucht und im Keller dann diesen Brief gefunden. In einer Blechschatulle mit Fotos. Es waren Nacktfotos von meiner Mutter, als sie jung war. Polaroids. Sie lag auf dem Boden, mit nackten Brüsten, und sah lüstern in die Kamera. Ich fand es widerlich.«

»Und was war das für ein Brief?«

»Na, so ein Brief von ihr, den sie zurückbekommen hat. Da steckte ein Blatt drin, und darauf stand: Wenn Du jemandem erzählst, dass es von mir ist, bringe ich Dich um.«

Ich bin sprachlos. »An wen war der Brief adressiert?«

Oskar schnaubt. »An meinen Onkel Hardy.«

Ich lehne mich an die warme Hausmauer. Starre auf das Muster der Steinplatten am Boden. »Du hast deiner Mutter gesagt, Hardy sei dein Vater, und daraufhin hat sie dich verprügelt.«

»Ja.«

»Warum hast du das damals nicht der Polizei gesagt? In dem Protokoll der Anzeige steht, ihr hättet euch wegen Haushaltsaufgaben gestritten.«

»Weil mein Vater und ich beschlossen haben, dass wir es für uns behalten. Den Brief habe ich einbehalten. Wir haben keinen Vaterschaftstest veranlasst; wir wollten es nicht wissen. Mein Vater und ich sind sehr eng miteinander.«

»Willst du heute immer noch nicht wissen, ob dein Verdacht stimmt?«

»Nein, eigentlich nicht. Die Tatsache, dass sie mich verprügelt hat, ist Beweis genug.«

»Tut mir leid, dass du das erleben musstest. Und danke für die Auskunft, das Telefonat war sicherlich nicht einfach.«

»Schon okay. Ich bin längst darüber hinweg.«

Bist du nicht.

KAPITEL 64

Ich versuche es noch einmal bei Bernhard, und diesmal macht er auf. Er war im Badezimmer und hat das Klingeln vorhin nicht gehört. Jetzt sitzt er mir in der Küche gegenüber, sieht mich mit erwartungsvollen Augen an. Er bemerkt, dass ich unruhig bin und etwas auf dem Herzen habe. Er ist sehr sensibel.

»Kann ich ein Glas Wasser haben?«

Er macht ein Aladdin-Glas randvoll und stellt es vor mich hin. Ich lege das Aufnahmegerät zwischen uns und schalte es ein. Kontrolliere, dass es auch wirklich läuft.

»Du hast nicht zufällig Zigaretten, oder?«

Bernhard schüttelt nur den Kopf. »Was ist?«, fragt er mit fester Stimme und neigt den Kopf zur Seite.

Ich hole einmal tief Luft. »Bernhard, ich muss dich zu einer Sache befragen. Das ist sehr wichtig für uns, weil wir herausfinden wollen, was mit deiner Schwester passiert ist.«

»Okay«, meint er beiläufig und zuckt mit den Schultern, als hätte ich ihm nur gesagt, dass wir heute mal nicht auf den Spielplatz gehen.

»Sagen dir die Namen Gerhard Winkler, genannt Hardy, Rolf Zehntner und Josef Kalupke etwas?«

Seine Antwort kommt schnell. »Nein. Wer ist das?«

»Das sind drei Männer, die im Frühling 1975 getötet wurden. Und weißt du, wie?«

»Nein.« Aufmerksamer Blick. Klare Augen. Ich beobachte genau Bernhards Gesicht. Keine Regung soll mir entgehen, möge sie noch so minimal sein.

»Diese drei Männer waren Bekannte deiner Schwester Su. Sie wurden alle im Mai 1975 umgebracht. Hintereinander weg. Sie wurden erschossen, und anschließend hat ihnen jemand den linken Fuß abgehackt. Wie in dem Märchen, das du so magst. Wie bei Karen.«

Bernhards Mund klappt auf. Seine Augen weiten sich. Er atmet flach. Dann schließt er den Mund und schluckt einmal so laut, dass ich es hören kann.

»Möchtest du was trinken?«, frage ich und schiebe ihm mein Glas rüber. Er packt es mit beiden Händen und nimmt einen tiefen Schluck. Setzt es wieder ab. Ich sehe ihn unvermittelt an. Regungslos. Er holt hektisch über die Nase Luft. Beugt sich nach vorn, berührt mit der Brust die Tischplatte.

»Deine Schwester starb anders«, fahre ich fort. »Sie wurde nicht erschossen. Aber ihr wurde ebenfalls der Fuß abgehackt.«

In der Küche ist nur das Summen des Kühlschranks zu hören. Die Sekunden sind endlos. Zäh und dunkel wie Melasse. »Jetzt sag mir, Bernhard: Hast du etwas mit diesen Morden zu tun?«

Bernhards Mimik wechselt von einem erstaunten Kindergesicht zu einem erwachsenen, aufmerksamen Gesichtsausdruck. Er löst den Oberkörper vom Tisch und lehnt sich an der Stuhllehne an. Verschränkt die Arme vor der Brust und hebt das Kinn.

»Nein, habe ich nicht«, sagt er laut und deutlich.

Meine Nackenhaare stellen sich auf. »Hast du eine Ahnung, wer es war? Sag mir alles, was du weißt.«

Seine Augenbrauen schnellen nach oben. Er löst die Arme vor der Brust und legt die Hände auf den Tisch. Seine Stimme wird wieder kindlich.

»Ich möchte, dass du den Mörder meiner Schwester findest«, sagt er, und seine Augen werden feucht. »Bitte.«

»Ja, das möchte ich auch, Bernhard. Deswegen bin ich ja hier. Aber du musst mir helfen. Ich schaffe es nicht ohne dich.«

Wir sehen uns einen Moment an, als hätten wir einen harten Kampf hinter uns gebracht und seien nun beide froh, dass er vorbei ist. Wir lächeln uns an, und Erleichterung macht sich in seinem Gesicht breit. Er steht unvermittelt auf, und ich sehe zu ihm hoch.

»Was ist?«

»Warte hier«, sagt Bernhard, »nicht weglaufen«, und geht eilig aus dem Zimmer.

Ich ziehe das Aufnahmegerät zu mir, es ist immer noch eingeschaltet. Im Hintergrund höre ich ihn rumoren. Mit meinen Fingern trommle ich einen Rhythmus auf die Tischplatte. Bernhards Schritte kommen wieder näher.

»Ich habe ein Geschenk für dich«, sagt er beim Eintreten.

»Du brauchst mir keine Geschenke zu …«

Bernhard legt eine Pistole auf den Tisch. Das Metall poltert aufs Holz. Sie ist alt.

»Woher hast du die?«, frage ich fast tonlos.

»Von Su«, antwortet er mit tiefer Stimme. »Und das ist auch von Su«, sagt er und legt einen abgegriffenen, ausgeblichenen hellbraunen Umschlag auf den Tisch.

Ich sehe Bernhard an.

»Du bist jetzt meine Schwester«, stößt er hervor, seine Arme schlenkern unkontrolliert. »Deswegen sollst du das jetzt haben.«

Eine Träne läuft ihm über die Wangen, mit dem Handrücken wischt er sie schnell weg.

Ich staune. Vorsichtig nehme ich den Umschlag, öffne ihn an der Seite und sehe hinein. Es ist ein schwarzes Büchlein darin. A5. Mit einem festen Leineneinband aus Karton. Ich lasse es aus dem Umschlag in meine Hand gleiten.

»Was ist das?«

Ich klappe es auf. Eine steile Handschrift. Mal mit Tinte, mal mit Kuli geschriebene Einträge. Eine Art Tagebuch.

»Das ist von Su. Aber du musst mir versprechen, dass du gut darauf aufpasst. Weil es mir viel bedeutet. Ich habe doch sonst nichts mehr von ihr.«

Seine Stimme bricht. Bernhards Mund verzieht sich zu einem stummen Weinen. Ich stehe auf und nehme ihn in den Arm. Er legt seine zitternden Arme um mich, ganz langsam und vorsichtig, als sei ich aus Porzellan. Sein Körper wird vom Weinen geschüttelt wie ein Erdbeben, das durch ihn hindurchrollt und sich entlädt.

»Danke«, flüstere ich ihm ins Ohr.

KAPITEL 65

Als ich wieder in meinem Auto sitze, schlage ich meinen Hinterkopf dreimal gegen die Kopfstütze. Unfassbar, was hier passiert. Ich habe einen Koffer voll Geld, eine Pistole und das Tagebuch einer Ermordeten im Kofferraum. Und jetzt? Was mache ich jetzt als Erstes? Otto anrufen? Ich wähle seine Nummer, nebenbei klappe ich das Handschuhfach auf und krame darin herum. Übersprungshandlung. Keine Zigaretten. Natürlich nicht. Wo sollen die auch auf einmal herkommen?

Otto geht nicht dran. Seine Mailbox springt an, und ich erzähle, was ich eben erhalten habe. Ich kurble das Seitenfenster herunter, lasse den Motor an und fahre schnurstracks zur nächstgelegenen Tankstelle, wo ich eine Schachtel Camel kaufe. Kaum im Auto, reiße ich, noch während ich von der Tanke wegrolle, die Packung auf und stecke mir gierig eine Zigarette an. Als ich sie aufgeraucht habe, zünde ich mir noch eine an und fahre weiter ziellos umher. Langsam werde ich ruhiger. Der Fahrtwind wirbelt in meinen offenen Haaren, ich habe beide Seitenfenster heruntergekurbelt und eine CD von Marlena Shaw eingelegt. Von 1969. *The Spice of Life* heißt das Album. Gerade läuft der Song *Where can I go*. Marlena säuselt in mein Ohr, und ich denke mir: Was ich habe, das habe ich. Die Pistole müssen wir untersuchen lassen, um zu erfahren, ob sie die Tatwaffe ist. Das Tagebuch werden wir lesen, Otto und ich, und nach Hinweisen durchforsten. Das Geld wird auf Fingerabdrücke untersucht. Dann wissen wir, wer alles seine Hände im Spiel hatte. Aber dann ist da immer noch mindestens eine Sache, die offen ist. Und die löst in mir diese Unruhe aus, die mich nicht loslässt. Sie betrifft Mystery-Petra.

Ich habe da eine Idee. Ich werde alles auf eine Karte setzen.

KAPITEL 66

Natürlich ist jetzt keine Besuchszeit im Krankenhaus. Aber mit meinem gezückten LKA-Ausweis passiere ich problemlos den Empfang im Erdgeschoss des Klinikums in Leverkusen. Fahre im metallenen Aufzug mit den großen quadratischen Stockwerkknöpfen in die dritte Etage hinauf, auf die »Innere«. Im Spiegel kontrolliere ich meine Haare, die der Wind zerzaust hat und die ich noch im Auto zum Pferdeschwanz zusammengebunden habe, damit ich seriöser aussehe und nicht wie eine Irre.

Die Aufzugtüren öffnen sich mit einem schleifenden Geräusch.

Mein Blick fällt auf die digitale Uhr an der Wand gegenüber: 21:34 Uhr. Ein Blick nach links und rechts. Die Gänge sind leer, es ist still. Ich folge den Schildern nach links und steuere in Richtung Schwesternzimmer und AUFNAHME. Die Sohlen meiner Chucks quietschen wie malträtierte Meerschweinchen auf dem Linoleum. Es riecht ein wenig nach Desinfektionsmittel und Verbandmull, ein typischer, eigentümlicher, nicht definierbarer Krankenhausgeruch, der in mir den Wunsch auslöst, alle Fenster weit aufzureißen.

Mein Handy vibriert. Es ist Otto.

Mist, aber jetzt kann ich nicht und lasse es klingeln.

Ich biege um die Ecke und sehe bereits die Theke, an der ein Arzt steht, ein Klemmbrett rüberreicht und auf leisen Sohlen in die Gegenrichtung verschwindet. Eine ältere Krankenschwester mir kurzen grauen Haaren im hellblauen, etwas zu großen Kasack starrt in einen Monitor und sucht offensichtlich nach etwas.

»Moment, ich hab's gleich«, sagt sie zu mir. Ihre Augen wandern auf dem Bildschirm von links nach rechts, der Zeigefinger geht mit. Sie murmelt eine Zahl und notiert sie auf einem Bogen. Dann sieht sie zu mir hoch.

»Bitte.«

»Hallo, ist Sybille da?«

»Ähm, Sybille?«

»Arbeitet sie heute nicht?«

»Sie meinen Sybille Wagner? Die ist nicht mehr auf der Inneren. Die ist jetzt in der ...« Sie stockt. »Wer sind Sie überhaupt?«

Sie wird misstrauisch. Ich schaue schnell auf das Namensschild: M. Pestalozzi.

»Ich muss Sybille etwas fragen, es ist wichtig, Frau Pestalozzi.«

»Worum geht es denn?«

Ich halte meinen LKA-Ausweis hoch, und in dem Moment geht hinter Schwester Pestalozzi eine Milchglas-Schiebetür auf, und Petra Meier erscheint im Türrahmen.

»Kann ich helfen?«, fragt Petra mit strenger Stimme. Sie trägt ebenfalls einen Kasack, der ihre üppige Oberweite deutlich zur Schau stellt. Aber es ist ihr Gesichtsausdruck, der Bände spricht. Eine Mischung aus Erstaunen, dass ich plötzlich dastehe, und zugleich ein »Sieh an, da ist sie ja«-Gesicht.

»Hallo, Frau Meier. Ich habe nach Ihrer Kollegin Sybille Wagner gesucht.«

Petra tritt hinter dem Tresen einen Schritt auf mich zu und schiebt eine Unterlage auf dem Tisch zur Seite.

»Sie arbeitet nicht hier.«

»Wo arbeitet sie denn?«, frage ich.

»Warum wollen Sie das wissen?«, fragt Petra zurück.

»Ähm, die Frau ist vom LKA«, wirft Schwester Pestalozzi vorsichtig ein.

»Schon gut, Margit, geh du nach hinten und mach schon mal weiter bei den Medikamenten, ich kläre das eben ab.«

Schwester Margit spurt. Ohne zu murren, steht sie auf, nickt mir einmal höflich zu und verschwindet hinter der Schiebetür, die sie behutsam zuzieht.

»Wie kann ich Ihnen helfen, Frau ... ähm ... ich habe Ihren Namen vergessen.«

»Svensson. Lupe Svensson. Ich würde mich gern mit Sybille über Sie unterhalten.«

»Über mich?«

Petra, die falsche Schlange, tut überrascht und deutet mit ihrer Pfötchenhand auf sich. Eine ihrer blondierten Locken springt ihr in die Stirn.

»Ja, wegen des tätlichen Angriffs damals«, sage ich ganz ruhig, als sei sie eine Patientin und ich ihr Therapeut. Petras Augen verengen sich zu Schlitzen. Ich spüre bereits, wie die aufkeimende Wut in ihr faucht.

»Wer hat Ihnen das erzählt?«, fragt sie und versucht dabei, ruhig und gelassen zu wirken. Sie stützt sich mit durchgedrückten Armen auf den Tisch auf. Beugt sich ein wenig zu mir vor.

Es wird Zeit, den dünnen Faden zwischen uns weiter anzuspannen.

»Ist es Ihnen unangenehm? Das kann ich verstehen. Aber kein Problem, wenn Sie es mir nicht sagen wollen. Ich frage mich weiter durch, ich werde Sybille Wagner schon finden, keine Sorge.«

Ich wende mich zum Gehen.

»Warum interessiert Sie das denn überhaupt?«, fragt Petra spitz. Sie stützt sich mit ihrem ganzen Gewicht auf ihre zu Fäusten geballten Hände, deren Knöchel jetzt weiß hervortreten.

»Warum haben Sie uns nicht gesagt, dass Hardy gar nicht Ihr leiblicher Bruder ist?«

Mein Plan geht auf. In ihren Augen explodiert die Wut.

»Das geht Sie gar nichts an«, zischt sie.

Ich ziehe eine Augenbraue hoch. »Sind Sie da ganz sicher? Ich weiß noch mehr. Von Ihrem Sohn«, sage ich und neige den Kopf zur Seite.

Der Faden zwischen uns ist zum Zerreißen gespannt.

»Verschwinden Sie«, raunt Petra mir zu. »Sie haben hier nichts verloren. Ich habe mit dem Tod meines Bruders nichts zu tun.« Aus ihren Augen lodern jetzt Flammen. Blau und gelb.

»Das wird sich zeigen«, sage ich und, wie bestellt, klingelt in dem Moment mein Handy. Ich sehe darauf. Auf dem Display steht RAFFA. Den hatte ich mal wieder total vergessen.

Ein letzter Test mit Petra. Ich nehme den Anruf an. »Hallo, Otto«, sage ich deutlich.

»Hier ist Raffa«, höre ich an meinem Ohr. »Nicht Otto.«

»Nein, du störst nicht, ich bin noch unterwegs. Bei einer Befragung«, sage ich und tue so, als sei Otto dran. Raffa labert los, aber ich ignoriere, was er sagt, blende es aus. Meine ganze Aufmerksamkeit gilt Petra.

»Erzähl ich dir morgen. Ist es was Bestimmtes?« Pause.

Petra schiebt das Kinn aufmerksam nach vorn. Sie steht noch immer wie ein wütender Orang-Utan da.

»Ja«, sage ich, »ich habe den Brief. Natürlich. Ja, gut, dann bis morgen.«

Petras Gesicht wird kreidebleich. Sie presst die Lippen aufeinander und starrt mich finster an.

Ich lege auf.

»Schönen Abend noch«, sage ich im Weggehen und stecke das Handy in meine Tasche.

Ab sofort habe ich einen Feind.

Und genau das wollte ich.

KAPITEL 67

Ich fahre mit heruntergelassenen Seitenfenstern zurück nach Köln und fühle mich richtig gut. Es gibt zwei Möglichkeiten: Petra rennt wie ein beleidigtes Kind zu ihrem Polizistenfreund Otto und heult sich bei ihm aus, beichtet alles, bittet um Vergebung, und Otto macht mich morgen einen Kopf kürzer. Das wäre dann womöglich auch das Ende meines Praktikums. Die andere Möglichkeit ist, dass mein Plan aufgeht. Und diese Variante sieht so aus: Petra sagt Otto nichts, sie macht sich damit erst recht verdächtig und lässt sich von mir in die Enge treiben wie ein Stück Vieh. Und ich warte einfach ihre Reaktion ab. Sie wird einen Fehler machen, da bin ich mir ganz sicher.

Und dann wird sie in meine Falle tappen.

Otto hat auf meine Mailbox gesprochen: »Das hast du gut gemacht, Lupe. Wir sehen uns morgen um 8:00 Uhr im Büro. Dann geht's weiter.«

Raffa steht vor meinem Haus auf dem Gehsteig und macht keinen sehr fröhlichen Eindruck. Okay, ich habe mich echt kaum um ihn gekümmert in den letzten Tagen. Er trägt so ein weißes Basketball-Tanktop und sieht ganz süß darin aus. Ich glaube, wenn er leicht angesäuert ist, finde ich ihn fast am besten.

»Was hast du da in dem Koffer?«, fragt er streng und kaut auf seinem Kaugummi. Macht einen auf lässig.

»Einen Haufen Kohle«, antworte ich wahrheitsgemäß und spiele mit.

»Und von wem hast du die?«

»Von Bernhard. Ich hab auch 'ne Knarre, falls dich das interessiert.«

Raffa steht vor mir. Er ist einen Kopf größer und schiebt seine vollen Lippen verschwörerisch zusammen.

»Hast du was genommen?«

»Nein, sehe ich so aus?«

»Ehrlich gesagt, ja, du siehst ein bisschen irre aus.«

»Kann sein.« Ich zucke mit den Schultern.

Raffa runzelt die Stirn.

»Ist dieser Bernhard jetzt dein neuer Freund?«

»Wie bitte?«

Ach, daher weht der Wind.

»Du verbringst ja viel Zeit mit ihm. Stehst du jetzt auf den? Kannst du mit dem deinen Therapeutenkram ausleben? Brauchst du das? Ich dachte, du hättest damit abgeschlossen«, sagt er, und es hört sich beleidigt an.

Ich stemme die Hand in die Hüfte.

»Spinnst du? Ich arbeite an einem Mordfall!«, blaffe ich ihn laut an. Ein Pärchen, das in dem Moment an uns vorbeigeht, schrickt zusammen. »Keine Sorge, ihr seid nicht verdächtig!«, rufe ich den beiden hinterher.

Raffa sieht mich mit so einem leicht verängstigten, angewiderten Blick an.

»Was ist?«, frage ich genervt.

»Manchmal bist du mir wirklich fremd«, sagt er. »Und jetzt schau, dass du diese Tür aufschließt und wir endlich nach oben in dein Bett kommen. Ich bin es langsam echt leid.«

Dem ist nichts hinzuzufügen.

TAG ZWÖLF

KAPITEL 68

Es fühlt sich an wie Weihnachten, als ich meine Beute vom Vorabend auf den Tisch lege. Otto streift sich Handschuhe über und sieht sich den Koffer und die Waffe an.

»Gute Arbeit«, sagt er. »Hast du das Tagebuch gelesen?« Er blättert darin herum.

»Nur mal reingeschaut«, sage ich.

Ich habe heute Morgen beim Kaffee in der Küche einen schnellen Blick reingeworfen. Gestern Abend ging's nicht mehr, da musste ich mich um Raffa kümmern, wobei ich währenddessen an das Tagebuch gedacht habe. Raffa hat es gemerkt, er meinte hinterher, ich sei nicht richtig bei der Sache gewesen. Ich habe ihm gesagt, ich hätte dabei an Bernhard gedacht, was ja auch stimmte. Er hat für zehn Sekunden ein komisches Gesicht gemacht und dann schallend gelacht.

Otto zeigt auf die Waffe. »Das ist eine Walther P1. Eine Standard-Dienstpistole der Bundeswehr und Polizei. Im Magazin ist noch eine Kugel.«

Koffer, Waffe und Tagebuch gehen direkt in die Kriminaltechnik, die sich mit Hochdruck an die Arbeit macht. Das Ergebnis soll gegen Mittag kommen, bis dahin hört Otto die Aufnahme von Bernhard von gestern Abend ab, und ich erstelle eine Abschrift.

Die Waffe passt mit ihrem 9-mm-Kaliber zu der Patronenhülse, die in Hardys Schlafzimmer und in der Fabrikhalle bei Rolf gefunden wurde. Es ist davon auszugehen, dass es sich um die Tatwaffe handelt. Das Tagebuch wird noch untersucht. Auf den Banknoten, und zwar auf allen, befinden sich die Abdrücke von Hardy und von Bernhard. Logisch, er hat sie ja auch sortiert und gebündelt. Aber auf einem Teil der Geldscheine sind zusätzlich noch die Abdrücke von Rolf und auf einem anderen Teil die von Josef. Ergo: Hardy hat die Banknoten sortiert und die Beute an die anderen verteilt. Jeder hat seinen Anteil erhalten.

Aber die Verteilung ist krumm.

»Wenn ich richtig rechne, dann hat Hardy am meisten bekommen, Josef und Rolf etwas weniger, aber gleich viel. Aber Su hat deutlich weniger als die Jungs gekriegt.«

Otto sieht auf. »Sag das noch mal.«

»Die Beute ist nicht gleichmäßig aufgeteilt worden. Su hat einen kleineren Anteil erhalten, als ihr zustand. Laut den Fingerabdrücken.«

Otto steht im Raum und dreht sich langsam um die eigene Achse. »Das könnte ein Motiv sein. Sie wurde über den Tisch gezogen.«

Ich fahre fort: »Wenn Su mitbekommen hat, dass ihr Anteil geringer war, dann war sie zu Recht sauer. Sie ist verarscht worden von den Jungs. Dabei hat sie bei dem Überfall durch ihr knallhartes Vorgehen aus Brinkmann den Code für den Safe herausgepresst.«

»Und dann bringt sie die anderen um? Sie hätte sie auch einfach beklauen können«, sagt Otto.

»Ja, aber die hätten doch gewusst, wer sie beklaut hat. Die hätten eins und eins zusammengezählt. Dann hätte Su zwar das Geld gehabt, aber auch die Schereien.«

»Zur Polizei wären sie jedenfalls nicht gegangen«, meint Otto. »Da bin ich mir sicher.«

»Nee, aber vielleicht hätten sie es sich mit Gewalt zurückgeholt.«

»Ja, womöglich.«

Ich stecke mir einen Kaugummi in den Mund. Otto kommt an meinen Schreibtisch. »Was haben wir noch?«

»Auf dem Kassenzettel mit den Zutaten von Bernhard sind drei verschiedene Fingerabdrücke. Einer davon stammt von Bernhard.«

»Die anderen gehören wahrscheinlich der Kassiererin des Supermarkts und womöglich Su«, vermutet Otto. Er geht zum Fensterbrett und betrachtet seine Topfpflanze, die in den letzten Tagen arg gelitten hat und fast schon wie Stroh aussieht. »Ich glaube, die packt's nicht mehr«, meint er und steckt den Finger in die Erde.

»Vielleicht düngst du sie einfach mal.«

Otto sieht hoch. »Klugscheißerin«, brummt er.

Ich warte schon die ganze Zeit darauf, ob er mich auf meinen Besuch bei Petra in der Klinik anspricht, aber Otto hat bislang nicht einen Mucks verlauten lassen. Er wirkt auch nicht anders als gestern, als wir in den Feierabend gingen. Deswegen vermute ich, dass Petra nicht ein Sterbenswörtchen zu ihm gesagt hat.

»Ich will jetzt das Tagebuch lesen«, drängle ich. »Oder besser: es entziffern. Su hatte wirklich eine Sauklaue.«

Su kommt mir vor wie ein Lebemensch. Dass sie Tagebuch schreibt und ihr Leben damit dokumentiert, hätte ich nicht erwartet. Ich habe ein bisschen darin geblättert, und was mir auffiel, war die häufige Anrede »Liebe Mutter«. Es scheinen eher Briefe zu sein, die Su ihrer Mutter geschrieben hat, aber nicht mit der Intention, diese auch abzusenden. Während Otto noch mit dem Finger in seiner scheintoten Pflanze stochert, klingelt das Telefon.

Ich nehme ab.

Neues von der Kriminaltechnik. Im Tagebuch sind ebenfalls die Fingerabdrücke von Bernhard zu finden, was mich nicht wundert. Dazu andere Fingerabdrücke, die sich nicht zuordnen lassen. Außerdem haben sie zwischen zwei Seiten ein blondes Haar gefunden. Wir können das Tagebuch jetzt abholen.

»Ich mach das!«, ruft Otto und wischt sich den erdigen Finger an der Hose ab.

»Kann ich doch machen, kein Ding«, biete ich an. »Ich flitze schnell runter und bin gleich wieder da.«

»Nee, du bleibst hier«, sagt er. »Mach dich nützlich«, fügt er hinzu und eilt zur Tür.

Und weg ist er.

Ottos Handy auf dem Schreibtisch vibriert. Ich springe auf und gehe um den Schreibtisch herum.

Auf dem Display steht PETRA MEIER.

Ich betrachte das brummende Handy mit seiner Animation eines klingelnden Hörers im Display und warte, dass es aufhört. Ich starre das Handy weiter an und zähle bis dreißig.

Nichts. Sie hat keine Nachricht auf der Mailbox hinterlassen.

Ottos Festnetztelefon klingelt, im Display steht eine Handynummer. Ich gehe an meinen Schreibtisch und hole mir das Gespräch rüber. Ich verwette meinen Hintern, dass es Petra ist, gehe ran und sage artig meinen Namen.

Am anderen Ende ist es still.

»Hallo?«

Petras Stimme ist fast ein Flüstern. »Du hast den Brief nicht, du kannst ihn gar nicht haben. Du bluffst nur. Was willst du von mir?«

»Wollten Sie Otto sprechen? Der kann gerade nicht«, sage ich in ganz normalem Tonfall, als hätte ich gar nicht gehört, was sie geflüstert hat. »Darf ich was ausrichten?«, frage ich.

Ich kann ihr wütendes Schnauben hören.

»Ich sag ihm, dass Sie angerufen haben«, sage ich freundlich. »Das wird ihn sicherlich freuen.«

»Pass du nur auf«, presst Petra hervor und legt auf.

Ich glaube, jetzt ist sie bald reif.

KAPITEL 69

Das ist kein Tagebuch, es ist ein Wutbuch. Voller negativer Gedanken. Auf manchen Seiten ist das Geschriebene mit einem Kugelschreiber durchgestrichen worden, nicht nur einmal, sondern hundertfach, eine wütende Schraffur aus Linien, die das Geschriebene eliminiert hat, so fest, dass das Papier stellenweise zerfetzt ist. Die Kriminaltechnik meint, sie könnten das darunter Geschriebene sichtbar machen, wenn wir wollten. Das würde allerdings dauern. Das Buch besteht, grob betrachtet, aus zwei Teilen, das eine sind Texte, die mit »Liebe Mutter« überschrieben sind. Kurze Ausbrüche, in denen sich Su über ihre Eltern auskotzt, über deren Kälte, ihre Ansichten, ihre verlogene Moral.

»Liebe Mutter, du weißt gar nicht, wer ich bin«,

wirft sie ihr an einer Stelle, recht am Anfang, vor.

»Ich habe ein brennendes Verlangen danach, geliebt zu werden. Aber bei euch gibt es nur den lieben Gott und eure beschissene Moral, die mich ankotzt.«

Otto und ich sitzen nebeneinander, tragen Einmalhandschuhe und überfliegen das Tagebuch. Es sind insgesamt siebenunddreißig beschriebene Seiten. Der Rest ist leer. Wir fangen vorne an. Der erste Eintrag ist auf einen Tag im Januar 1972 datiert. Die ersten Seiten sind banaler Kram, Alltägliches, aus der Uni. Beschreibungen von Typen, die sie gut findet. Wie sehr ihre Mutter ihr auf den Wecker geht.

Auf Seite siebzehn wird es interessanter.

»*Liebe Mutter, dass du mich dazu gezwungen hast, werde ich dir nie verzeihen. Ich wusste es nicht, du hast ja nie mit mir darüber gesprochen, weil Sex in eurer verlogenen Welt nicht vorkommt, in der dein Mann andere Frauen bumste, weil du die Unbumsbare warst, die keinen wollte.*«

So geht es seitenweise weiter. Vorhaltungen, Anschuldigungen, die von keinem guten Verhältnis zur Mutter zeugen. Die nächsten Einträge sind erschreckend.

»*Ich glaube, ein Tumor wächst in mir, aber ich gehe nicht zum Arzt. Dann ist es halt so.*«

»Was?«, sage ich. »Das ist ja furchtbar.«
»Weiter«, drängelt Otto.
Aber der Tumor entpuppt sich als etwas anderes:

»*Es ist kein Tumor, ich habe Leben in mir. Echtes Leben. Ich habe eine Ahnung, wer es gewesen sein könnte, vielleicht Hardy, aber sicher ist das nicht. Ich habe keine Wahl. Mutter, du bist mir keine Hilfe mit deinen ewigen Vorwürfen. Was sollen die Leute denken? Es ist mir scheißegal, was die Leute über mich denken! Und es ist mir egal, was du über mich denkst, ich hasse dich. Ich dachte, ich sei krank, aber das war es nicht. Du hast mich gefragt, ob ich meine Periode hätte, und ich habe gesagt, das geht dich einen Scheißdreck an. Ja, ich hatte die ganze Zeit meine Periode, und ich war beim Sport, und Saufen. Ich habe gekifft. Ich hatte keine Ahnung. Ich will kein Kind. Ich kann das nicht.*«

Su schreibt weiter. Teilweise hat sie die Einträge mit einem Datum versehen, teilweise nicht.

»Du schließt mich zu Hause ein. Es ist wie ein Gefängnis. Ekelhaft. Eine Meningitis, dass ich nicht lache!!!!!! Das glaubt dir keiner. KEINER! Ich soll die letzten Wochen zu Hause verbringen. Erzähl es ruhig rum, dass du mich zu Hause versteckst, deine Hurentochter, damit niemand sieht, dass ich schwanger bin. Das ist Folter! Das ist ein Gefängnis!«

So geht es weiter. Su erzählt von den Tagen, die sie mit Bernhard verbringt, mit ihm immer die gleichen Spiele spielt, für ihn kocht.

»Bernhard kapiert es nicht. Gestern hat er gesagt, ich hätte heute aber viel gegessen. Er hat keinen blassen Schimmer.«

Unsere Augen fliegen über die Zeilen. Schließlich kommt ein Eintrag mit Datum. Der 3. Juli 1974.

»Es ist vorbei. Ich war dort, viel zu früh, und die Frauen waren freundlich wie hungrige Ratten. Sie haben es heute Morgen aus mir rausgeholt. Einfach so, als wäre es doch nur ein Tumor gewesen. Sie haben mich wie Abschaum behandelt. Ich bin sofort wieder gegangen, obwohl ich vor Schmerzen nur geheult habe und kaum stehen konnte, aber das war mir egal. Das Baby habe ich mitgenommen und weggebracht. Dort, wo es jetzt ist, ist es in Sicherheit. Keine Namen. Ich bin doch nicht blöd. Und Mutter habe ich erzählt, dass es nach der Geburt gestorben ist. Zu schwach. Das Kind einer Kifferin. Sie hat keinen Verdacht geschöpft. Vermutlich kam es ihr sogar gelegen, der alten Hexe. Sie wird mein Baby nie zu Gesicht bekommen. Vielleicht kann ich mein Baby eines Tages zurückholen. Wer weiß. Vielleicht tauge ich ja doch zur Mutter, sobald ich meine eigene loshabe. Irgendwann.«

Otto pfeift durch die Zähne. »Ein geschickter Schachzug. Zur Adoption konnte sie das Baby nicht freigeben. Zum Zeitpunkt der Geburt war Su ja noch minderjährig. Die Volljährigkeit ist erst im Januar 75 auf achtzehn herabgesenkt worden. Sie hätte ihre Mutter zuziehen müssen. Wahrlich keine Option für Su.« Er macht einen deprimierten Eindruck. Otto fährt fort: »Damals in den Siebzigern lief das so: Wenn du schwanger warst und bürgerlich, musstest du einen Mann haben und flott heiraten. Frauen, die keinen Mann hatten, galten als gefallene Mädchen, hatten ihre Würde verloren. Sie versteckten sich in Mütterheimen und brachten dort die Kinder anonym zur Welt. Gaben sie meist nach der Geburt zur Adoption frei. Das ging bis in die späten Siebziger so.«

»Das ist ja schrecklich«, sage ich. »Schauen wir, was Su weiter schreibt.«

Wir konzentrieren uns wieder auf das Tagebuch. Su scheint die Schwangerschaft und Geburt mit exzessivem Feiern und vielen Männerbekanntschaften ausgemerzt zu haben. Sie notiert genau, wo sie aus war, wie betrunken sie war und wie viele Männer sie angegraben haben. Mit wem sie Verkehr hatte und wie groß ihre Schwänze waren und wie lang es ging.

»Liebe Mutter, ich lebe! LEBE! Ich mache, was ich will. Mit wem ich will. Jeden Morgen beim Frühstück würde ich es dir gern unter die Nase reiben, wer ihn mir reingesteckt hat. Nur, damit dir dein spießiges Brötchen im Halse stecken bleibt und du endlich verreckst und uns in Ruhe lässt.«

Es ist offensichtlich, dass Su unter dem Verhältnis der Mutter stark gelitten hat. Bernhard taucht selten auf. Dann kommt ein Mann namens »R« in ihr Leben. Sie nennt ihn im ganzen Tagebuch immer nur »R«, und je mehr sie von ihm erzählt, umso schwärmerischer wird sie. Sie hat R an der Uni kennengelernt, sie gehen aus, und er erzählt ihr, was er denkt.

»Er denkt genau wie ich. Er hat diese ganze Verlogenheit einfach satt und er macht daraus was. Ich gehe nicht mehr an die Uni. Das ist Zeitverschwendung für mich. Ich habe andere Pläne. Ich werde mich ihm anschließen. Diese Gruppe ist meine Hoffnung.«

Dazwischen kommen Beschreibungen der Mutter aus der Phase, als sie krank war.

»Die spinnt doch! Erzählt den Leuten im Haus Stuss über mich und wird total aggressiv, schmeißt mit Gegenständen nach mir. Schreit mich an: Du bist nicht mehr meine Tochter, du bist eine Hure. Bernhard kommt mich dann trösten. Aber der kapiert gar nichts. Vielleicht ist das auch gut so. Ach, Bernchen.«

Ich blättere um.
»Moment mal«, sage ich. Das Gefühl beim Umblättern ist plötzlich anders, der Widerstand des Papiers hat sich verändert. »Hier fehlt etwas«, sage ich, schaue in den Knick und tatsächlich: Man sieht kleine, unregelmäßig gezackte Papierfetzen im Bund, die entstehen, wenn man Seiten herausreißt. »Es fehlen Seiten«, sage ich und biege das Buch weit auf.
»Wie viele fehlen?«
Ich hebe das Buch nahe vor meine Augen und schiebe vorsichtig die kleinen Fetzen hoch. Zähle leise. Eins. Zwei. Drei.
»Vielleicht um die zehn«, sage ich schließlich.
»Okay. Machen wir weiter«, sagt Otto, und wir blättern um.
Es folgt eine Doppelseite, auf der »*Ich liebe dich*« steht. Auf den nächsten Seiten das Gleiche. Bestimmt Hunderte Male, über acht

Doppelseiten hinweg. Es ist wie ein Mantra, das sie sich aus der Seele geschrieben hat. Dann hören die Ich-liebe-dichs schlagartig auf.

Das Schriftbild ist jetzt anders, die Schrift kippt nach unten, ist unkontrolliert und wild. Sie war im Rausch. Oder stark übernächtigt. Die Schrift ist zittrig, der Kugelschreiber wurde mit viel Kraft aufs Papier gedrückt.

»Jetzt ist Schluss. Ich lasse mich nicht mehr verarschen. Ich lasse mir nichts mehr wegnehmen. Wegen euch musste R sterben. Weil ihr mir nicht meinen Anteil gegeben habt. Scheiß Geld. Scheiß Kapitalisten. Ich hasse alle Männer. Ich werde euch alle töten, ihr beschissenen Typen. Jo. Rolf. Hardy. Ich hole mir alles zurück, was mir gehört. Ihr seid am Ende.«

Danach kommt nichts mehr. Nur noch leere Seiten. »Das war's«, sage ich und ziehe mir die Gummihandschuhe mit einem Schnalzen von den Fingern. Wir sehen uns an.

»Du kannst mir nicht erzählen, dass Bernhard das nicht gelesen und verstanden hat«, sagt Otto. »Su ist die Mörderin«, resümiert er und klappt das Tagebuch zu. »Von dem Überfall kam nichts«, murmelt er. »Aber vielleicht stand das ja auf den herausgerissenen Seiten.«

»Ich denke, Su hat es womöglich mit Absicht nicht aufgeschrieben. Vielleicht hat sie befürchtet, dass Bernhard es findet und jemandem erzählt.«

»Gut möglich. Oder Bernhard hat es gelesen und die Seiten herausgerissen.«

»Weißt du, Otto, der erste Teil, in dem Su die Texte an ihre Mutter adressiert hat, ich glaube, den hat sie geschrieben, weil sie wollte, dass ihre Mutter das Tagebuch findet und liest. Sie wollte sie schockieren und verletzen. Es war eine Abrechnung mit ihrer Mutter.«

Otto hat seinen Handschuh noch an und blättert erneut die letzte Seite auf. Er fährt mit den Fingern über die Zeilen und atmet einmal laut aus. Dann klappt er das Buch zu. Rollt den Handschuh langsam von seinen Fingern.

»Das war's«, sagt Otto und schlägt mit beiden Händen flach auf die Tischplatte. »Ich denke, wir sollten jetzt zu Frank gehen und ihm sagen, dass wir mit ziemlich großer Wahrscheinlichkeit annehmen müssen, dass Su Wechter die Fußmörderin ist.«

Otto sieht mich mit einem durchdringenden Blick an. Ich sehe Empörung darin und einen Anflug von Wut.

»Die Frage ist nur«, fährt er fort. »Wer hat dann Su Wechter umgebracht?«

Samstag, 17. Mai 1975

Su begann mit Josef, weil er ihr am einfachsten schien. Da er ein 175er war, wusste sie, wo er sich abends rumtrieb. Der Laden war zum Bersten voll. Es roch nach Moschus und Zigarettenqualm. Jo stand in einem roten Hemd im *Pimpernell*, einer Schwulenbar, an einen der Holzbalken der Bar gelehnt und schlürfte eine Whiskey-Cola. Rauchschwaden standen wie Nebel in dem niedrigen Raum mit dem rustikalen Ambiente. Im Hintergrund lief laute Musik, Tanzmusik. Discohits. Zwei Männer standen Arm im Arm neben ihm und tranken gemeinsam aus einem Schnapsglas. Die Stimmung war fröhlich und aufgekratzt. Jos Blick glitt über die Gesichter der Männer, und als er Su am Ende des langen Tresens entdeckte, erschrak er und stellte schnell sein Glas ab, als hätte ihn seine Mutter beim Trinken erwischt.

Su schritt forsch durch die Menge der Männer und küsste Jo auf die Wange. »Hallo, Jo.«

Er sah sie verdattert an. »Was machst du hier?«, fragte er erstaunt.

»Ich habe dich gesucht«, sagte Su und kämpfte beim Sprechen gegen die wummernde Musik an. »Daheim warst du nicht, da dachte ich, ich versuche es hier mal. Ich muss gleich arbeiten gehen«, ergänzte sie und sah demonstrativ auf ihre Uhr.

»Okay, was gibt's?«

»Du, der Hardy hat da noch 'ne Idee, was wir zusammen anstellen könnten«, sagte Su und spitzte die Lippen. »Du brauchst doch noch Kohle, oder?« Sie senkte ihre Stimme. Trat näher an ihn heran. Jo sah sich nach links und rechts um, nickte jemandem hinter Su zu und grinste dabei.

»Und ich muss dir noch was sagen, aber das musst du wirklich für dich behalten. Hörst du?« Er beugte sich zu ihr vor. Hielt ihr das Ohr hin. Sie roch sein Aftershave, seinen Schweißgeruch aus dem weit aufgeknöpften Polyesterhemd.

»Der Hardy will mit dir mal in die Kiste.«

Jo lachte laut auf. »Was?! Du machst Witze!«

Su nahm ihm sein Glas aus der Hand und trank davon. »Könnte mehr Eis rein. Haste 'ne Zigarette für mich?«, fragte sie und gab ihm das Glas zurück. Su lehnte sich halb auf den Tresen, und als der Barkeeper kam, bestellte sie einen VAT69 Whiskey und kippte ihn in einem Zug runter. Jo zündete eine Zigarette an und reichte sie ihr. Su nahm sie ihm mit spitzen Fingern ab.

»Okay, dann sage ich ihm, du bist nicht interessiert. Dachte, ich könnte da was für dich arrangieren. Schönen Abend noch«, sagte Su, blies den Rauch durch die Nasenlöcher aus und wandte sich zum Gehen.

»Halt, warte mal. Meint der Hardy das ernst?«

Su sah auf Jos Hand, die ihren Unterarm umklammerte.

»'tschuldigung«, sagte Jo und ließ wieder los.

»Jo, wie gut kennst du mich? Mach ich Scherze?«, sagte Su und deutete mit dem Daumen auf sich.

Jo schüttelte den Kopf. »Nein, du bist keine, die Scherze macht. Das stimmt. Aber ich dachte, der will nicht mit Jungs. Macht sich ja auch gern mal darüber lustig.«

»Er meint es nicht so«, sagte Su. »So sind die Männer, die es eigentlich gern mal ausprobieren wollen. Die schimpfen am lautesten. Darfste nix drauf geben.«

»Und was passiert jetzt? Gehen wir jetzt zu ihm?«, fragte Jo und trat von einem Bein aufs andere.

»Nee, das will er nicht. Ich habe erst gedacht, dass ihr euch ja bei mir treffen könntet, aber mein Bruder ist da, und ich glaube, das stört eher. Ich habe vorgeschlagen, dass ihr euch erst mal woanders trefft. Auf nem Parkplatz, wo ihr ungestört seid. Das ist doch auch in deinem Sinn, oder?«

Jo nickte und trank den letzten Schluck. »Klaro, wann denn?«

»Heute um 22:00 Uhr hat er vorgeschlagen. Auf dem Parkplatz vom Forstbotanischen Garten. Gehste hin?«

»Ja, sicher, hallo?«

»Gut, ich geb ihm Bescheid. Bis bald.«

»Moment. Was ist mit dem neuen Ding? Wenn da wieder nur so wenig bei rausspringt wie beim letzten Mal, dann mache ich nicht mit.« Jo verschränkte die Arme vor der Brust.

»Hardy wird es dir erklären. Ist 'ne andere Sache, deutlich sicherer.« Su beugte sich vor und flüsterte Jo ins Ohr. »Lass noch was von Hardy übrig. Und halt die Schnauze und erzähl es nicht rum, verstanden?«

Jo leckte sich über die Lippen. »Du kannst dich auf mich verlassen.«

Su küsste ihn auf die Wange und spürte, wie aufgekratzt er war. Ein letzter Kuss für ihn, ein letztes Lebewohl. Ein Judaskuss, und sie genoss ihn.

Die Scheinwerfer von Jos Wagen tanzten auf und ab, als er von der Straße abbog und eine kleine, unebene Allee entlangfuhr, die zum Besucherparkplatz im Süden von Köln führte. Die Grünanlage war keine Aufreißmeile, kein Cruisinggebiet, was noch besser war, denn dann konnten sie ungestört sein. Hier draußen hatte man keine Laternen aufgestellt, nur die Scheinwerfer des Autos gaben ihm Sicht. Seine Augen suchten in der Dunkelheit den Parkplatz ab, aber er konnte kein anderes Fahrzeug entdecken. Er fuhr langsam eine Kurve, und plötzlich stand da im Schwenk des Scheinwerfers eine Gestalt in engen Jeans und Lederjacke mit einem Hut auf dem Kopf am Ende des Parkplatzes und winkte ihn heran.

Hardy.

Jo steuerte auf Hardy zu, der die Hand schützend vor die Augen hielt, und Jo ging vom Gas, schaltete die Scheinwerfer aus, um ihn nicht zu blenden. Er wollte ihn nicht verärgern, so eine Chance kam nie wieder. Für einen Moment sah Jo nichts und steuerte einfach in die Dunkelheit hinein. Er ließ das Auto zum Stehen kommen und knipste mit einer Hand die Innenbeleuchtung des Wagens an. Jo kurbelte das Autofenster herunter. Kuppelte aus und ließ den Motor im Leerlauf tuckern. Er drehte das Autoradio etwas leiser. Vielleicht wollte Hardy nicht einsteigen, sondern mit ihm ein paar Meter ins Grüne gehen, ins Gebüsch.

Jo hob den Kopf und blickte angestrengt in die Dunkelheit. »Hardy?«, fragte er.

Hardy trat mit wenigen Schritten aus der Dunkelheit an sein Fenster heran. Jo wusste nicht so recht, was er sagen sollte. Also ließ er lässig den Ellbogen aus dem Fenster lehnen.

»Hallo, Hardy«, sagte er. »Schön, dich zu sehen.« Jo merkte, dass seine Stimme vor Aufregung schwankte. Er blickte hoch in sein Gesicht, und da bemerkte er, dass etwas nicht stimmte. Das war er ja gar nicht.

Er spürte kaltes Metall an seiner Schläfe.

»Wo hast du das Geld versteckt?«, fragte eine Stimme.

»Su?«

Er versuchte den Kopf zu wenden, doch der Lauf der Pistole bohrte sich stärker in seine Schläfe, dass es schmerzte.

»Nicht bewegen, oder ich knall dich ab. Wo ist dein Geld versteckt? Dein Anteil?«

»Was? Wo ist Hardy? Was machst du hier?«, fragte Jo. Er hörte, wie direkt an seinem Ohr die Pistole gespannt wurde.

»Ich frage dich noch einmal: Wo ist dein Geld versteckt?« Sus Stimme klang streng.

»Ich versteh das nicht, was soll das hier?«

»Wo ist das Geld?«, fragte Su.

»Su, nimm die Knarre runter. Was soll das? Wo ist Hardy?«

Jo überlegte in Sekundenschnelle, welche Möglichkeiten ihm blieben. Su stand direkt neben ihm am Fenster. Er könnte die Autotür aufstoßen und sie wegdrücken. Der Motor war noch an, er könnte den Rückwärtsgang einlegen und einfach davonfahren.

Das könnte klappen.

»Egal, ich finde dein Geld auch so«, sagte Su und drückte ab.

KAPITEL 70

Bernhards Betreuerin und Leiterin der Behindertengruppe Brigitte Schäfer versucht, ihr besorgtes Gesicht mit großer Freundlichkeit zu überspielen, als sie Bernhard wenige Minuten nach unserer Ankunft in einen Besprechungsraum bringt. Es ist kurz nach 14:00 Uhr. Bernhards Schultern hängen nach unten. Als er mich sieht, setzt ein kleines Strahlen ein, das sich über das ganze Gesicht ausbreitet. Es erstirbt in dem Moment, als er Otto neben mir entdeckt. Sein Blick verdunkelt sich.

»Setz dich«, sagt die Betreuerin, und Bernhard nimmt widerwillig am Tisch Platz, hampelt auf dem Stuhl vor und zurück. Er ist unruhig, und ich sehe ihm seine Angst an. Er zwinkert immerzu mit einem Auge.

Brigitte Schäfer lässt uns allein.

»Ich bleibe aber in Reichweite«, verkündet sie und schließt die Tür von außen.

»Hallo, Bernhard, geht's dir gut?«, frage ich und lächele ihn freundlich an. Ich will ihm das Gefühl geben, dass er keine Angst haben muss. Sonst wird er gar nichts erzählen.

Bernhard setzt sich auf seine Hände. »Ja, schon«, sagt er mit erstickter Stimme und sieht mich mit eingezogenem Kopf an.

»Du brauchst keine Angst zu haben, wir haben bloß ein paar Fragen an dich. Du hast mir gestern das Büchlein deiner Schwester gegeben.«

Bernhard starrt auf das Aufnahmegerät, das in der Mitte des Tisches liegt.

»Und ja, wir nehmen das Gespräch auf, wie ich das gestern auch schon gemacht habe, als ich bei dir war. Da hast du mir gesagt, dass du mit dem Tod der drei Männer nichts zu tun hattest.«

Er nickt einmal knapp.

Otto, neben mir, beugt sich vor, legt die Fingerspitzen aneinander, sodass die Hände ein Zelt bilden. »Wir haben das Tagebuch durchgelesen, und darin stehen zwei wichtige Dinge, über die wir mit dir reden möchten.« Es klingt freundlich. Ich habe Otto eingebläut, dass er mit Bernhard behutsam umgehen muss, weil er ihn sonst verschreckt, und dann macht er dicht, und wir erfahren gar nichts mehr.

Otto fährt fort: »Hast du es gelesen? Es ist nicht schlimm, wenn du es gelesen hast. Es gehörte deiner Schwester, aber sie ist schon lange nicht mehr da.«

Bernhard saugt seine Unterlippe ein und lässt sie wieder herausgleiten. »Ja, das hab ich gelesen«, sagt er leise und klingt wie ein Kind, das zugibt, dass es etwas ausgefressen hat, aber ehrlich sein will.

»Gut. Deine Schwester kündigt darin an, dass sie drei Männer töten wird. Auf der letzten Seite.«

Bernhards Augenbrauen springen nach oben. Gehetzter Blick.

»Wir müssen daher annehmen, dass deine Schwester die drei Männer tatsächlich getötet hat. Hast du das verstanden?«

Bernhard verzieht den Mund zu einem dünnen Querstrich und macht ein *Hm-mh*-Geräusch.

»Bitte antworte so, dass wir es hören können. Hast du das verstanden?«

»Ja«, sagt er leise.

»Warum hast du uns nicht gesagt, dass deine Schwester diese Morde begangen hat? Als wir dich befragt haben.«

Bernhard sieht Hilfe suchend zu mir.

»Du wusstest es die ganze Zeit«, sagt Otto.

Jetzt bin ich wieder dran. »Bernhard, wir müssen wissen, warum du es uns verheimlicht hast.«

»Ich … ich …«, stammelt er und ringt nach Worten.

»Ist es, weil du dich geschämt hast? Weil du ein Bild deiner Schwester aufrechterhalten wolltest, das dir besser gefällt?«

»Leg ihm nichts in den Mund«, raunt Otto mir zu.

»Er braucht etwas Hilfe bei der Formulierung«, flüstere ich.

Bernhard holt hektisch Luft. »Ich ... liebe meine Schwester. Und es ist mir egal, was sie getan hat.« Seine Augen werden feucht. »Weil sie meine Schwester ist. Sie war immer lieb zu mir. Mama war manchmal böse. Sie hat mich gehauen und eingesperrt. Aber Su, Su war mein Engel.« Tränen laufen seine Wangen hinunter. Sammeln sich am Kinn.

Otto übernimmt wieder. »Bernhard, ist dir klar, dass deine Schwester drei Menschen getötet hat? Du weißt, dass man Menschen nicht töten darf.«

»Ja, ich weiß das.«

»Manchmal kommt es vor, dass Menschen andere Menschen trotzdem töten. Weil sie wütend sind, zum Beispiel. Warst du wütend auf deine Schwester?«

Bernhard sieht Otto verständnislos an.

»Ich will von dir jetzt eines wissen. Und ich frage dich das nur einmal: Hast du deine Schwester getötet?«

Bernhards Blick wird starr, sein Nacken versteift sich. Es ist, als würde er in eine andere Persona schlüpfen. Seine weichen Gesichtszüge werden kantig, er spannt die Schultern an. Sein Unterkiefer schiebt sich bedrohlich nach vorn. Er schlägt einmal mit der linken Faust auf den Tisch, dass das Aufnahmegerät einen Satz macht. »Nein!«, brüllt er. Er nimmt beide Fäuste und schlägt mit ihnen viermal synchron auf den Tisch, mit ungeheurer Wucht. »Nein! Nein! Nein! Nein!«

Bamm. Bamm. Bamm. Bamm. Seine Arme verkrampfen, sein Körper wird von einem Weinanfall geschüttelt. Rotz läuft ihm aus den Nasenlöchern. Er schnieft, atmet hektisch, die Hände immer noch zu Fäusten geballt. Sein Gesicht ist verschmiert und rot vor Aufregung. Eine Ader am Hals tritt pochend hervor.

Die Tür wird aufgerissen, und die Betreuerin stürmt herein.

»Ich denke, das genügt für heute«, sagt sie mit schneidendem Tonfall und legt eine Hand auf Bernhards Schulter. »Bitte lassen Sie ihm jetzt etwas Ruhe. Er muss sich beruhigen.«

Bernhard schlägt ihre Hand von seiner Schulter und sieht mich traurig an.

Ich beuge mich vor und lege eine Hand auf seine Faust. »Schon gut«, sage ich leise. »Otto muss das fragen. Es geht nicht anders. Atme ein und aus, ganz ruhig, Bernhard. Du hast es gleich geschafft.«

Nach wenigen Sekunden weicht die Spannung aus seinem Körper, und er öffnet die Faust. Beruhigt sich, schaukelt mit seinem Oberkörper auf dem Stuhl vor und zurück.

Otto zeigt sich unbeeindruckt. »Wir sind gleich fertig«, sagt er sachlich zur Betreuerin.

»Na gut, noch fünf Minuten, aber dann möchte ich, dass Sie gehen.«

»In Ordnung«, sagt Otto.

Die Betreuerin verlässt den Raum und schließt leise die Tür.

»Wir sind gleich fertig«, sagt Otto zu mir. Und dann zu Bernhard gewandt: »Bernhard, weißt du, wer deine Schwester umgebracht hat?«

»Nein«, sagt er leise, schaukelt weiter.

»Okay. Noch etwas. Aus dem Heft sind Seiten herausgerissen worden.« Otto macht eine Pause. Ich beobachte Bernhards Reaktion. Es ist, als ob er die Luft anhalten würde. Er sieht Otto weiter an. »Hast du diese Seiten rausgerissen?« Otto lehnt sich zurück. »Es ist nicht schlimm, wenn du das getan hast. Vielleicht stand etwas darauf, das nicht schön war. War es etwas über dich? Ich glaube, ich würde sie auch rausreißen, wenn jemand was Blödes über mich schreiben würde.«

»Leg ihm nichts in den Mund«, flüstere ich Otto zu.

»Hast du diese Seiten rausgerissen, Bernhard?«

Bernhard reckt das Kinn nach vorn. Als spräche Otto eine andere Sprache und als würde er selbst gar nicht verstehen, was er gerade gehört hat.

»Nein, ich hab nichts rausgerissen«, sagt er schließlich, fast beleidigt, dass Otto ihm so etwas zutraut.

»In dem Tagebuch steht auch, dass deine Schwester ein Kind bekommen hat«, sagt Otto und lässt den Satz im Raum stehen.

Bernhard erschrickt, er hat wahrlich kein Pokerface, denn er senkt den Blick und starrt auf die Tischplatte.

»Es steht im Tagebuch. Sie war schwanger und war lange Zeit vor der Entbindung zu Hause.«

»Weiß nicht«, sagt Bernhard leise.

»Hat sie dir gesagt, von wem das Kind ist? Wer der Vater ist?«

Bernhard beißt auf seine Unterlippe.

»Nein«, sagt er schließlich, und mit einem Mal weicht alle Energie aus seinem Körper. Er wird schlaff. Das Schaukeln hört auf. Er lehnt sich auf dem Stuhl zurück, und sein Blick wendet sich nach innen.

»Was ist mit dem Kind passiert? Weißt du das?«

Bernhard ist wie weggetreten. Nicht mehr bei uns. Stumme Tränen laufen seine Wangen hinab. Ich spreche ihn an, aber er reagiert nicht mehr. Die Betreuerin kommt herein und sieht uns streng an.

»Danke, Bernhard, das war's. Das hast du sehr gut gemacht«, lobt Otto, greift nach dem Aufnahmegerät und stoppt die Aufzeichnung. »Wir fahren zurück ins LKA«, sagt er zu mir.

Samstag, 17. Mai 1975 (später in der Nacht)

Rolf war im Grunde gutmütig. Und das machte die Sache weniger riskant.

Er saß auf einem Barhocker am blank gewetzten, dunkelbraunen Tresen. Vor sich einen großen Kneipenaschenbecher mit einer qualmenden Zigarette und ein Herrengedeck: Kölsch und Weinbrand. Er sprach mit der Wirtin, einer kleinen, drallen Frau mit schwarzen Haaren und einem frechen Mundwerk, dass sie locker die Musik übertönte, die aus den Boxen schepperte. Eigentlich war alles in dieser Kneipe dunkelbraun. Die getäfelten Wände, die Decke, die Bar mit den verblichenen Ansichtskarten, die an die Balken gepinnt waren. Selbst die Kacheln auf der Toilette waren braun, wo es kalt war und nach billigen Klosteinen stank.

Aber das konnte Su natürlich nicht sehen. Auch einen Blick auf Rolfs Bierdeckel mit den Bleistiftstrichen und Zahlen konnte sie nicht erhaschen. Was auch nicht nötig war. Sie wusste, dass er in dieser verrauchten Eckkneipe mit dem blinkenden und ratternden Flipper in der Ecke schon einiges in sich hineingeschüttet hatte. Sie kannte ihn.

Sie hatte ihn warten lassen. Das war Teil ihres Plans.

Rolf war verabredet mit ihr, aber sie würde nicht auftauchen. Er würde warten und trinken, irgendwann allen an der Bar erzählen, dass er versetzt wurde.

»So sind die Weiber heutzutage«, würde ein Saufkumpan lallen, und Rolf und er würden sich zuprosten »auf die Frauen, die es wert sind«.

Gestern, am frühen Abend, hatte sie ihn angerufen und gefragt, was er morgen machen würde. Sie wolle mit ihm auf etwas anstoßen und habe eine Überraschung für ihn.

»Was schlägst du vor?«

»Was trinken gehen«, lautete ihre Antwort.

»Wo denn?«

»Im *Würfelbecher.*«

Rolf saß seit 21:30 Uhr in der Kneipe und wartete.

»Erna, komm mal.« Rolf drückte mit seinen schmalen, langen Händen den fleischigen Unterarm der Wirtin. »Erna, mach mir ein Paar Würstchen mit viel Senf warm.«

Erna bedachte Rolf mit einem strengen Blick. »Wegen dir schmeiß ich den Topf nicht an. Wegen zwei Würstchen? Das lohnt nicht. Kriegst 'ne Frikadelle. Basta.« Sie wuchtete ihren Körper durch eine salonartige Doppelschwingtür und kam kurz darauf mit einem Teller zurück, auf dem eine dunkelbraune Frikadelle, ein Plastiktütchen mit Senf und eine Scheibe bleichen Toastbrotes lagen.

»Wohl bekomm's«, sagte Erna und stellte Rolf den Teller vor die Nase.

Dabei könnte er sich jetzt wirklich was Besseres leisten, dachte Rolf. Er schlang die Frikadelle hinunter, trank noch einen Mariacron, spülte ihn mit einem Kölsch runter und bezahlte seinen Deckel. Er gab nicht zu viel Trinkgeld, sondern angemessen, denn er wollte nicht, dass alle bemerkten, dass bei ihm die Kröten locker saßen. Er warf Erna zum Abschied einen Luftkuss zu und verließ mit leichter Schlagseite den *Würfelbecher.*

Die Nachtluft war mild, und Rolf ging die Straße entlang, pfiff ein Lied und zündete sich für den Weg zum Auto noch eine Kippe an.

»Hi, Rolf, tut mir leid, ich wurde aufgehalten«, sagte Su, die gerade um die Ecke bog und außer Atem war, als sei sie gerannt. Sie ging ihm entgegen und hauchte ihm einen Kuss auf die Wange. Rolf sah sie erstaunt an.

»He, he, Prinzessin, du bist ja heute mal 'ne Katze«, sagte Rolf angesäuselt. »Ich habe lange gewartet, und weil du nicht gekommen bist, habe ich mir ein paar Drinks genehmigt«, erklärte er mit einer weit ausholenden Armbewegung.

»Ja, echt blöde, die nächste Runde geht auf mich. Definitiv. Hast du noch Zeit für mich? Ich bin echt in der Klemme.« Su sah ihn treuherzig an.

Er hob den Zeigefinger in die Höhe. »Oh, oh, da hat jemand etwas angestellt«, meinte Rolf. »Na, sag schon, was ist es?«

Su führte ihr Schaf auf die Weide.

»Ach, ich habe einem Kumpel erlaubt, in einer Lagerhalle am Deutzer Hafen etwas zu lagern. Aber die Firma will groß reinemachen, und das Zeug muss schnellstens da weg«, erklärte sie mit einem bettelnden Tonfall in ihrer Stimme.

»Wie soll ich denn da helfen?«, fragte Rolf.

»Ich muss die Sachen loswerden. So schnell es geht. Und ich habe keine Ahnung, wen ich anrufen soll, um den Krempel zu versilbern.«

»Was springt für mich dabei raus?«

»Sagen wir ... fünfunddreißig Prozent.«

»Quatsch. Dafür mach ich mir die Pfoten nicht dreckig. Fifty-fifty. Oder du suchst dir 'nen anderen.«

»Okay, Rolf, weil du es bist. Fifty-fifty. Abgemacht. Ich bin so froh, dass du mir hilfst.«

»Wo steht das Zeug?«

»Im Deutzer Hafen.«

»Kleine Spritztour gefällig?«, gurrte Rolf, zog den Autoschlüssel aus seiner Tasche und ließ ihn kreisen.

»Ich kann auch fahren«, bot Su an.

Rolf sah auf seine Armbanduhr. Es war wenige Minuten vor Mitternacht. »Geisterstunde«, ulkte er und legte seinen Arm um Su.

»Gib mir die Schlüssel«, sagte Su. »Ich fahr deine dämliche Bonzenkarre.« Su lachte dabei, damit er nicht merkte, dass sie es ernst meinte.

»Niemals, bist du verrückt!«, empörte sich Rolf. »Das ist mein neuer Mercedes, mit dem fährt keiner außer mir«, sagte er und spielte mit einer Haarsträhne von ihr. »Keine Sorge, Süße. Ich habe betrunken Auto fahren gelernt, das kann ich für alle Ewigkeit. Einsteigen!«

»Nette Karre«, sagte Su und strich mit ihrer flachen Hand einmal anerkennend über das Armaturenbrett. »Das mochte ich schon immer an dir, Rolf.«

»Was?«

»Dass du ein Mann der Tat bist. Wenn du etwas sagst, dann meinst du es auch.«

»Du kennst mich doch«, erwiderte er geschmeichelt.

»Ich muss dich noch was fragen.«

»Schieß los.«

»Die Kohle von unserem Überfall. Die kann ich doch nicht zur Bank bringen, das fällt doch auf.«

»Natürlich nicht, bist du blöd?«

»Ja, aber wo packe ich die Scheine denn hin, ich will ja nicht, dass sie einer findet. Mein Bruder ist ja auch in der Wohnung. Nachher findet der die noch.«

»Spülkasten«, sagte Rolf trocken. »Plastikbeutel. Spülkasten. Klo.«

Su pfiff durch die Zähne. »Clever, Rolf. Du bist mir ja einer.« Sie fuhr ihm mit der Hand durch die Haare am Hinterkopf. Rolf konnte ein wohliges Stöhnen nicht unterdrücken.

Rolf steuerte den Wagen durch den nächtlichen Verkehr, sie überquerten die Deutzer Brücke und bogen bald danach von der Hauptstraße ab und fuhren im Schritttempo die dunkle Hafenanlage entlang, bis sie an einer Lagerhalle zum Stehen kamen. Vor ihnen lag das Kai und dahinter das nachtschwarze Wasser des Hafenbeckens, in dem sich die schmale Mondsichel spiegelte.

»Hier ist es«, sagte Su.

Rolf drehte den Zündschlüssel um, und der Motor erstarb. Die Scheinwerfer verblassten in Zeitlupe. Rolf schaltete die Innenbeleuchtung des Mercedes an.

»Su, du hast doch was mit dem Hardy am Laufen.«

Su sah Rolf entgeistert an. Seine Augen waren trübe vom Alkohol. Er hatte eine Fahne. »Weißt du, Rolf, der Hardy, der hat so viele Weiber, da bin ich nur eine von vielen, das ist nix Besonderes.«

»Ich finde, dass du etwas Besonderes bist«, nuschelte Rolf und legte ihr seine warme Hand aufs Knie. Er sah Su an, und sein Blick glitt von ihren Lippen langsam nach unten.

»Was hast du denn da auf deinem T-Shirt?«, lallte Rolf und deutete mit dem Zeigfinger drauf.

Su sah an sich herunter. Kleine rote Flecken waren über ihr Oberteil gesprüht, die aussahen wie Farbe. Es war das Blut von Jo.

»Ach das«, sagte Su und lachte, »ich bin keine gute Köchin, das ist Tomatensoße. Die hat geblubbert«, plapperte sie, zog Rolf an seinem Kinn zu sich heran und küsste ihn sanft auf den Mund. »Lass uns reingehen«, hauchte Su und zwinkerte ihm zu.

»Okay«, sagte Rolf. Su kramte in ihrer Handtasche, zog einen Schlüssel hervor und stieg aus. Es war der Schlüssel für die Lagerhalle. Ein Schlüssel, der einst zum Lagerraum des Rudersportvereins gehört hatte, bei dem ihr Vater früher Mitglied war. Jetzt gehörte die Halle seit geraumer Zeit einer ominösen Firma, aber niemand hatte das Schloss ausgetauscht. Su hatte es gestern getestet: Der Schlüssel passte immer noch. Ihr BMW stand um die Ecke, im Dunkeln. In Fahrtrichtung geparkt.

Rolf stieg aus und schloss die Fahrertür. »Na, dann schauen wir uns deine Ware mal an«, meinte er süffisant, zog seine Zigarettenschachtel hervor und steckte sich eine Kurmark zwischen die Lippen.

»Bekomme ich keine?«, maulte Su, während sie aufsperrte und das große schwere Tor mit einem dumpfen Scheppern aufstieß.

»Aber klaro.« Rolf reichte ihr die angezündete Zigarette.

In der Halle war es dunkel.

»Gibt's hier kein Licht?«, fragte Rolf, der vorsichtig ins Dunkel tappte. Seine Augen sahen nur Schwarz.

»Doch, warte mal. Da hinten. Bleib stehen, ich schalte es an.«

Sus Schritte entfernten sich, wurden leiser. Rolf konnte mit Mühe die Konturen der Maschinen erahnen, richtig erkennen konnte er in dieser Finsternis nichts. Das Licht sprang nicht an. Als er weiter angestrengt in die Dunkelheit starrte, sah er die glimmende Zigarette von Su, die langsam wie ein gaukelndes Glühwürmchen auf ihn zukam.

Ihre Schritte wurden wieder lauter.

»Es gibt ein Problem mit dem Licht«, sagte Su. Ihre Stimme war anders als vorhin. Trocken. Das Flirtende, Heitere darin war plötzlich verschwunden.

Er schmeckte noch ihren Lippenstift auf seinen Lippen.

»Was ist los?«, fragte Rolf.

Das Glühwürmchen war jetzt fast bei ihm angekommen. Su stand wenige Meter vor ihm.

»Tschüss, Rolf.«

Das Letzte, was Rolf sah, war der Schein des Feuers, helle Funken, die für Millisekunden aus der Mündung der Waffe sprühten, als der Schuss durch die Halle schallte.

Rolf stürzte rücklings zu Boden. Seine Zigarette flog in hohem Bogen zur Seite und rollte über den Betonboden, bis sie wenige Meter neben seinem Leichnam liegen blieb und erlosch.

Su knipste ihre Taschenlampe an.

»Wie ich euch alle hasse«, sagte sie und trat mit der Schuhspitze ihre noch glimmende Kippe aus.

Sonntag, 18. Mai 1975

Das splitternde Geräusch erinnerte sie an ein Huhn, das zerhackt wird. Nachdem sie Jo und Rolf einen Fuß mit dem Beil abgetrennt hatte, empfand sie Genugtuung. Bei Jo war es schwieriger, da brauchte es schon ein paar Hiebe mehr, bis der Fuß endlich ab war. Bei Rolf ging es glatter. Er lag ja wie auf dem Präsentierteller in der Lagerhalle. Das scharfe Beil stammte aus dem Werkzeugschrank ihres Vaters, er hatte es für die Hecken und Bäume im Schrebergarten benutzt und sein Werkzeug stets gut gepflegt; die Klinge war immer noch blank und scharf. Sie stopfte die beiden Füße jeweils in eine Plastiktüte, die sie von zu Hause mitgebracht hatte, und stellte die zwei Tüten nebeneinander in den Kofferraum ihres BMW. Sie hatte sich eine Flasche mit Whiskey zwischen die Sitze geklemmt. Als sie mit Rolf fertig war, setzte sie sich, rauchte eine, trank einen großen Schluck aus der Pulle und betrachtete die beiden Tüten vor sich. Der Alkohol brannte auf ihren Lippen. Su überlegte, wo sie die hässlichen Füße hinbringen könnte.

Einen Spaß erlaube ich mir noch, dachte sie und lachte ihr kehliges Lachen.

Sie war mit ihrem BMW vom Deutzer Hafen zur Wohnung von Jo gefahren, hatte mit seinem Wohnungsschlüssel die Tür geöffnet und einen Moment in dem kleinen, schäbigen Zimmer gestanden. Jo war nicht der hellste und nicht der raffinierteste Typ. Auf so etwas wie Rolf mit der Klospülung würde er nie kommen. Su knetete ihre Finger, die in Lederhandschuhen steckten und leise knirschten, dachte zwei Minuten nach, ging zu seinem Bett und hob die Matratze hoch.

Wie einfach manchmal das Leben war!

Sie nahm die Scheine, die in einer Papiertüte eingewickelt waren, und steckte den Wohnungsschlüssel von außen ins Schloss, damit es so aussah, als habe Jo einfach vergessen, ihn abzuziehen. Ganz wie es seine schusselige Art war. Das passte zu ihm.

Mit dem BMW fuhr sie nach Leverkusen, schloss Rolfs Wohnung auf, lauschte, doch es war still. Su hatte keine Ahnung, ob Rolf eine Freundin hatte oder einen Mitbewohner. Letztlich war es ihr auch egal. Sie tastete sich, ohne Licht zu machen, durch die schummrige Wohnung, öffnete zwei Türen, fand das Bad und ging schnurstracks zum Klo, hob vorsichtig den Keramikdeckel an und legte ihn auf den Boden. Mit zwei Fingern fischte sie fünf kleine Plastikbeutel heraus, die mit Gummibändern umwickelt waren.

»Danke, Rolf, auf dich ist Verlass«, sagte Su und stopfte die Scheine in eine Plastiktüte. Dann schlich sie aus der Wohnung, fuhr über die Autobahn zurück nach Köln zum Deutzer Hafen und steckte Rolfs Schlüsselbund ins Zündschloss seines Mercedes.

»Scheißkarre«, schimpfte Su, trat einmal mit dem Fuß dagegen und fuhr zur dritten Adresse.

Die Uhr am Armaturenbrett des BMW zeigte kurz nach 2:00 Uhr nachts. Su parkte in einer Seitenstraße. Bei Hardy war noch Licht. Von einer Telefonzelle am Deutzer Hafen hatte sie ihn angerufen und geheult. Etwas Schreckliches sei passiert, sie müsse mit ihm reden. Ob sie vorbeikommen dürfte?

Schniefen. Nase hochziehen. Das ganze Drama.

»Mensch, Su, wasisnlos? Komm vorbei, ich bin noch wach. Aber nicht mehr nüchtern.«

Su fand den Klingelknopf blind auf dem großen Tableau des Hochhauses und drückte ihn zweimal kurz hintereinander. Wenige Sekunden später summte der Türöffner, und Su betrat das leere, beleuchtete Foyer, ging an dem geschlossenen Kiosk vorbei und fuhr mit dem Lift in die zwölfte Etage. Hardy hatte die Wohnungstür angelehnt, und ohne Licht im Treppenhaus zu machen, ging Su auf den schmalen, senkrechten Lichtstreifen zu, glitt durch die Türöffnung und schloss leise die Tür hinter sich.

»Ich bin im Wohnzimmer«, rief Hardy, »komm rein, ich habe dir einen Drink gemacht.«

Su legte ihre Tasche in der Küche ab und ging ins Wohnzimmer. Der Plattenspieler war an, aber der Ton war so leise gedreht, dass sie kaum hören konnte, was für eine Platte auf dem Teller lag und in gleichmäßigen Umdrehungen rotierte. Hardy stand auf, er trug nur ein T-Shirt und eine schwarze Hose. Seine Füße waren nackt, und die Zehen lugten durch die Fasern des Flokati hindurch.

Er nahm ihr Gesicht in beide Hände.

»Was hat meine Kleine denn?« Er sah in ihre Augen, und für einen Moment befürchtete sie, er könnte ihre Gedanken lesen. Ihren Plan entziffern wie ein offensichtliches Gekritzel an einer Felswand. Sich einen Reim machen auf ihr spätes Vorbeikommen. Wobei das nicht ungewöhnlich war, sie war schon öfter nach der Arbeit bei ihm aufgekreuzt, hatte mit ihm Spaghetti gekocht und sich besoffen.

»Ich muss dir was sagen«, verkündete Su und machte ein betrübtes Gesicht.

Hardy nahm ihre Hand und zog sie zum Sofa, sie setzten sich, und sie schwang sich breitbeinig auf seinen Schoß. Er strich ihr die Haare aus dem Gesicht.

»Sag mal, wieso trägst du im Frühsommer denn Handschuhe?«

»Damit man meine Fingerabdrücke nicht sieht«, erwiderte Su und beobachtete seine Reaktion.

Hardy grinste. »Was hast du angestellt? Hast du ein Ding gedreht?«

Su küsste ihn auf die Lippen. »Sag mal, wann haben wir das erste Mal miteinander geschlafen?«

Hardy sah sie erstaunt an. »Was?«, fragte er verdutzt. »Warum willst du das wissen?«

»Sag schon«, sagte sie und boxte ihn einmal auf die Brust.

»Ich denke, du warst noch Schülerin. Keine Ahnung.«

»Es war an meinem siebzehnten Geburtstag«, sagte Su und stand auf. Sie stellte sich vor Hardy.

»Siebzehn Jahr, blondes Haar«, sang Hardy und lachte. »He, was ist? War ich so schlecht? Ich war dein erster Mann.«

»Du warst nicht mein erster Mann. Mein erster Mann war mein Vater.«

Hardy sah sie erschrocken an. »Was? Das ist nicht wahr!«, rief er.

Su angelte nach ihrem Glas auf dem Tisch und trank. Sie blickte auf die leere Schachtel Zigaretten. »War gelogen. Hast du keine mehr?«, fragte sie.

»Doch, in der Schublade drüben«, antwortete Hardy und sah sie mit verstörter Miene an. Su ging zu der Kommode, zog die Schublade auf und nahm ein Päckchen heraus. Öffnete die Packung und schüttelte eine Zigarette heraus. »Die rauche ich auf dem Weg nach Hause. Hinterher.«

»Du bist heute komisch, was ist mit dir?«

»Hardy, sag mal, hast du das Geld zur Bank gebracht?«

»Zur Bank? Wieso das denn? So ein Quatsch. Ich habe jemand, der wäscht es für mich.«

»Lass uns neu anfangen, Hardy. Ich will raus aus diesem Leben. Ich halte es nicht mehr aus«, sagte Su und fuhr sich durch die Haare.

Hardy trank einen Schluck, die Eiswürfel klirrten. »Du hast die Schnauze voll«, stellte er fest.

»Ich hab das Geld dabei und könnte es zu deinem packen. Zusammen ergibt das ein nettes Sümmchen. Nicht schlecht für einen Neuanfang. Nur du und ich. Irgendwo im Süden. Ein Haus am Meer oder so.«

Hardy sah sie einen Moment lang an. »Was sind das denn für Töne? Bist du high?«

Su stemmte ihre Hand in die Hüfte. »Ich habe meine Kohle dabei. Wo ist deine?«

Hardy verengte die Augen zu Schlitzen.

»Das ist ein Test. Du willst wissen, ob du mir trauen kannst.«

Su zuckte mit der Achsel und ging in die Küche. Hardy folgte ihr. Dort öffnete sie ihre Handtasche und schwenkte ein Bündel Scheine hin und her.

»Du meinst es ernst«, sagte Hardy.

»Natürlich.«

»Du bist heute anders. Was hast du angestellt? Wovor läufst du weg?«

»Vor meinem Leben«, antwortete Su. »Vor dem Schmerz und vor der beschissenen Wahrheit. Komm, wir hauen ab.« Sie umarmte ihn, drückte sich an ihn, schlang ein Bein um seine Hüfte. Küsste seinen Hals ab. Mehrfach. Immer wieder.

»Su!«, rief Hardy. »Hör auf, schon gut; schon gut.« Er schob sie sanft von sich.

»Hast du was genommen?«, fragte er.

Su schüttelte den Kopf. »Nein, das nicht.« Sie grinste ihn an. »Was ist mit deiner Kohle? Alles verprasst?«

Hardy warf ihr einen bösen Blick zu. Er stellte sich an den Herd, ließ die Backofenklappe aufspringen, dass der Grill darin klirrte. Su duckte sich ein wenig und sah in den Ofen.

»Du benutzt den Ofen doch nie«, stellte sie fest.

»Eben«, sagte er. Im unteren Drittel stand auf einem Backblech eine schwarze Pfanne mit einem Metalldeckel darauf. Hardy sah sie an. »Komm schon, schau nach, ob es drin ist.«

Su sah abwechselnd zu ihm und zum Ofen.

Hardys Stimme war ernst. »Du willst mir vertrauen? Na, komm. Dann vertrau mir doch, dass es da ist.«

Su dachte für einen Moment nach. »Schlaf mit mir«, sagte sie und ging auf ihn zu.

»Du bist nicht bei Sinnen«, sagte er, packte ihre Haare und zog sie mit einem Ruck nach hinten. Su stöhnte auf und fuhr ihm mit einer Hand zwischen die Beine. »Bring mir den Whiskey aus dem Wohnzimmer«, befahl er, küsste sie hart auf den Mund und ließ sie los. »Los, mach schon«, sagte er und ging in Richtung Schlafzimmer.

Su biss die Zähne aufeinander, ging ins Wohnzimmer und drehte die Musik lauter, die Nadel stand beim vorletzten Lied auf der Platte. Sie nahm ihr leeres Glas vom Wohnzimmertisch, ging zurück in die Küche und stellte es in die Spüle. Die Musik dröhnte aus dem Wohnzimmer herüber, *Into the night,* und Su holte die Pistole aus der Handtasche, die unter den Geldscheinen versteckt lag, und ging ins Schlafzimmer.

Hardy stand mit dem nackten Rücken zu ihr und warf gerade sein T-Shirt neben das Bett. Sie hörte das Klacken seiner Gürtelschnalle. Su streckte den Arm aus und zielte auf seinen Hinterkopf.

»Danke, Hardy, du hast es mir sehr leicht gemacht«, sagte sie.

»Was habe ich?«, fragte er. In dem Bruchteil einer Sekunde, in der er seinen Kopf einen Zentimeter nach rechts wandte, drückte sie ab, und die Musik von nebenan verschluckte den Knall zwischen Schlagzeug und Gitarrenriffs.

Hardys Knie knickten ein, er kippte nach vorn und landete mit dem Gesicht auf dem Fußboden. Es klang, als würde man eine reife Melone fallen lassen. Su schob den Körper mit ein paar kräftigen Fußtritten etwas weiter ins Zimmer hinein und schloss die Schlafzimmertür.

Hardy hatte nicht gelogen. In der Pfanne fand sie die Banknoten.

»Ich wusste, dass ich dir vertrauen kann«, sagte Su. »Aber du hast vergessen, dass du mir nicht trauen kannst.«

Dann ging sie zum Auto, um das Beil zu holen.

KAPITEL 71

Am späten Nachmittag, kurz vor sechs, ist Schluss für diese Woche, und ich sollte guter Dinge sein.

Hoch die Hände, Wochenende!

Aber ich will jetzt eigentlich nicht freihaben, sondern weiter an dem Fall arbeiten. Was soll ich sonst tun? Ja, okay, ich könnte mit Raffa was machen, aber der nervt mich gerade mit seinem Wunsch nach Nähe, den kann ich jetzt nicht gebrauchen. Ich könnte zur Abwechslung mit Erkan im Kino einen Splatterfilm anschauen, zum Abreagieren und damit ich auf andere Gedanken komme. Aber dann habe ich Erkan an mir kleben. Auch blöd. Eigentlich ist das Wochenende nur eine zähe, dämliche Wartezeit für mich, und ich kann sie nicht genießen, weil es am Montag erst wieder weitergeht. Eigentlich würde ich am liebsten im Büro unter dem Schreibtisch auf einer Luftmatratze campieren. Deswegen fahre ich etwas widerwillig nach Hause. Auch jetzt, auf der Heimfahrt im Auto, während ich mit den anderen Freitag-Feierabendmenschen über die Autobahn schleiche, versuche ich, mir einen Reim auf Bernhard zu machen.

Bernhard wusste von dem Kind, das Su bekommen hat. Und er wusste auch, dass seine Schwester in ihrem Tagebuch angekündigt hat, drei Männer zu töten. Aber die Frage ist: Hat er mich an der Nase herumgeführt und mir die ganze Zeit absichtlich die Wahrheit vorenthalten? Oder ist er aufgrund seiner Einschränkung nicht fähig, diese Zusammenhänge herzustellen?

Otto hat mir diese Frage am Nachmittag im LKA gestellt, als wir in der Runde alles berichtet haben, und ich muss gestehen: Ich weiß es nicht. Ich vermute, dass Bernhard über starke Verdrängungsmechanismen verfügt. Er sondert die Dinge, die er nicht verarbeiten und steuern kann, einfach aus. Er eliminiert sie und macht sie damit gegenstandslos für sich.

So lebt er ohne Schuldgefühle in seiner kleinen Welt. Abgeschottet.

Kurz vor der Ausfahrt Köln, mittlerweile ist es fast 19:00 Uhr, komme ich zu dem Schluss: Er hat etwas davon, dass er mir nicht die ganze Wahrheit gesagt hat. Er hat mich. Meine Aufmerksamkeit. Mein Bemühen. Meinen Besuch und meine Worte. Er hat eine neue Pseudoschwester, die er sich so sehnlich wünscht. Ich soll das Loch füllen, das in ihm seit langer Zeit klafft, aber in solchen Dingen bin ich echt schlecht. Und ich will keine Lochfüllerin sein. Dazu tauge ich nicht. Ich kann zwar empathisch tun, aber ich empfinde Empathie eigentlich sehr selten bei Menschen. Bei Tieren fällt es mir viel leichter. Ich sehe in ihre ehrlichen Augen, und ich könnte heulen, wenn sie leiden, und lachen, wenn sie fröhlich sind. Bei Menschen schließt sich ein Schutzring um mein Herz, der mich vor meinen Empfindungen bewahrt. Und dann empfinde ich nichts.

Vielleicht wäre ich eine gute Schauspielerin geworden.

Im Treppenhaus steht die Luft, und mir bricht auf dem Weg nach oben in meine Dachgeschosswohnung der Schweiß aus. Ich habe länger gebraucht, bis ich einen Parkplatz gefunden habe, und war noch im Supermarkt, weil mein Kühlschrank gähnend leer ist. Zwei Tüten mit Lebensmitteln, eine links, eine rechts. Für heute Abend. Da habe ich frei. Raffa zieht mit Kommilitonen um die Häuser, und ich habe keine Lust auf Menschen und soziale Pflichtgespräche. Vielleicht schaue ich eine DVD und rauche mir einen. Koche mir was Leckeres und warte darauf, dass die Zeit vergeht. Zähle die Stunden. Kurz vor meiner Wohnungstür fällt mir ein Geruch auf, ein leicht blumiger Duft liegt in der Luft. Ich zücke meinen Schlüssel und schließe die Wohnungstür auf.

Hier stimmt was nicht. Meine Wohnung fühlt sich auf eigenartige Weise fremd an. Mein Flur ist klein und quadratisch, und auch hier rieche ich das Frauenparfüm. Ein unsichtbarer Beweis, dass jemand in meiner Wohnung war. Ich stelle die Tüten ab und lasse meine Tasche von meiner Schulter langsam zu Boden gleiten, lege den Schlüssel leise in die Schale auf dem Tischchen. Gehe auf Zehenspitzen weiter, weil ich nicht weiß, ob noch jemand hier ist.

An der angelehnten Verbindungstür vom Flur zum Wohnbereich mit der offenen Küche lausche ich, aber nichts ist zu hören. Es ist still. Ich drücke sie auf.

Der Anblick ist ziemlich wüst, als wäre ein Orkan durchgefegt. Auf dem Glastisch ist die Vase mit den Blumen umgeworfen, das Wasser hat sich in einer riesigen Pfütze über den Boden verteilt, die Blumen liegen zertrampelt darin. Die Schubladen der Anrichte neben dem Fernseher sind aufgezogen und durchwühlt. Meine Sachen quellen daraus hervor. Eine der Schubladen wurde komplett herausgerissen und der Inhalt auf den Boden gekippt. Bücher wurden aus dem Regal gefegt. Auf dem Sofa ist ein Fleck, doch erst jetzt kommt die Wahrnehmung vom Rand meines Bewusstseins bei mir an. Es ist ein beißender Geruch.

Pisse.

Jemand hat auf mein Sofa gepisst, ein kreisrunder, dunkler Fleck auf dem grauen Stoff. Mich würgt es. In der Küche sieht es aus, als habe jemand schlichtweg alles zerlegt. Kaffeemaschine, Pfeffermühle, Toaster. Die Schränke stehen offen und sind leer. Der Boden ist übersät mit den Scherben meines weißen Essgeschirrs und mit Glassplittern. Das Dämmerlicht vom Balkon spiegelt und bricht sich mehrfach darin. Und mir dämmert so langsam, wer das war.

Ich zücke mein Handy und fotografiere alles. Dokumentiere die Verwüstung.

Petra ist wütend.

Sie hat nach dem Brief gesucht und meine Wohnung nach Beweisen durchwühlt, die ich gegen sie in der Hand habe.

Sie hasst mich und will mir schaden. Das ist ihr Zerstörungswerk.

Sie hat die Kontrolle verloren und ist am oberen Ende ihrer Wutskala angekommen. Jetzt tänzelt sie am Rand des Abgrunds.

Genau da, wo ich sie haben wollte.

Gut gemacht, Petra.

Es wird Zeit, dass ich Petra einen Besuch abstatte. Ohne Otto. Aber vorher schicke ich ihm noch die Fotos meiner Wohnung mit den Worten: Erklärung folgt.

KAPITEL 72

Ich biege gerade mit meinem Auto in die Straße ein, in der Petra wohnt, da sehe ich, dass die Haustür geöffnet wird und eine Person herauskommt. Ich gehe vom Gas und versuche zu erkennen, wer es ist. Kneife die Augen zusammen. Die Person ist eine Frau, sie trägt einen Rock und eine weiße Bluse und geht zügig zu einem blauen Ford Fiesta, der ein paar Meter weiter am Straßenrand parkt. Ich fahre in die nächste freie Parklücke, die sich mir bietet, stelle den Motor ab und warte.

Ich kenne diese Frau. Aber hier hätte ich sie nicht vermutet.

Es ist Helga. Helga, die so tat, als wäre Petra nur eine Kneipenbekanntschaft, als hätte sie mit ihr seit 1975 keinen Kontakt mehr. Sie hat gelogen. Ich wette, die beiden sind nach wie vor dicke Freundinnen. Ich warte ab, bis Helga den Motor gestartet hat. Die Scheinwerfer flammen auf. Ohne zu blinken, schert sie aus der Parklücke aus und fährt die knapp zwanzig Meter bis zum Wendehammer, dreht, und als sie wieder in meine Richtung gefahren kommt, rutsche ich auf meinem Fahrersitz nach unten, damit sie mich nicht sieht. Helga passiert meinen Wagen, und ich höre, wie das Motorengeräusch langsam verebbt. Erst dann richte ich mich auf, steige aus, und während ich die wenigen Meter zum Hauseingang gehe, rufe ich Petra auf dem Handy an.

Sie geht prompt ran.

»Ja?« Sie klingt atemlos.

»Sie waren in meiner Wohnung«, sage ich trocken. Ohne Begrüßung.

»Wer ist da?«

»Tun Sie nicht so scheinheilig, Sie wissen genau, wer dran ist. Es wird Zeit, dass wir reden. Ich stehe vor Ihrem Haus. Sie haben eine Minute Zeit runterzukommen, oder ich rufe die Polizei und lasse Sie auf der Stelle verhaften.«

Ich warte ihre Reaktion gar nicht ab und lege auf. Die Wut auf Petra kickt in meinen Kopf wie Alkohol auf leeren Magen. Ich bin so sauer, dass ich sie schlagen möchte.

Komm raus aus deinem Rattenloch.

Es dauert nicht lange, dann springt im Hausflur das Licht an. Kurz darauf öffnet sich die Haustür, und Petra tritt heraus. Sie trägt eine

Stoffhose und eine weite, ausgeblichene Jeansjacke über dem weißen Shirt. Im Stechschritt geht sie auf mich zu, und ich widerstehe der Versuchung, zurückzuweichen und mich davon beeindrucken zu lassen.

»Was erlauben Sie sich«, zischt sie mich an. Sie kocht vor Empörung.

»Entspannen Sie sich. Mir geht es nicht um Sie. Mir geht es um Otto.«

»Das geht Sie einen Scheißdreck an«, faucht sie.

»Es geht mich mehr an, als Sie denken. Ich schlage vor, wir gehen ein Stück und unterhalten uns, das ist mein Angebot. Ich möchte Ihnen ein paar Fragen stellen«, sage ich mit geübtem, mildtherapeutischem Ton, obwohl ein anderer Teil in mir schreit: Schlag sie. Schlag sie, so fest du nur kannst.

Ich deute in Richtung des Wendehammers, der schon fast im Dunkeln liegt. Dahinter erstreckt sich eine größere Grünanlage, die bis zum Rhein führt.

Petra nickt knapp. »Gut.«

»Wo waren Sie heute Nachmittag?«, beginne ich, während wir nebeneinander hergehen. Ich gehe ziemlich schnellen Schritts, und Petra ist gleichauf mit mir. Sie schaut sich nach links und rechts um, will nicht, dass die Nachbarn uns sehen. Sie will nicht auffallen. Genau das will aber ich.

Sie aus ihrer Komfortzone holen.

»Ist das ein Verhör?«, fragt sie mit gedämpfter Stimme.

»Eine Befragung«, erkläre ich. »Ich kann auch die Kollegen dazuholen, wenn Ihnen das lieber ist.«

»Ich war nicht in Ihrer Wohnung. Ich weiß überhaupt nicht, wo Sie wohnen«, zischt sie mir zu.

»Doch, Sie waren dort, und ich werde es beweisen.«

»Das können Sie gar nicht«, behauptet Petra schnippisch.

Wir erreichen den Wendehammer, gehen eine Reihe von Garagen entlang, die alle geschlossen sind.

»Ich habe ja Ihren Urin auf meinem Sofa«, sage ich, und wir lassen den Wendehammer hinter uns, betreten über einen schmalen Trampelpfad, der links und rechts von Hecken gesäumt ist, die Grünanlage. In weitem Abstand sind hier Laternen aufgestellt, die in dem Moment anspringen. Ein Mann mit einem Rauhaardackel kommt uns auf dem asphaltierten Weg entgehen und grüßt Petra. Sie grüßt künstlich freundlich zurück.

»Was wollen Sie von mir?«

»Was wollen Sie von Otto?«, frage ich zurück.

»Das geht Sie gar nichts an, das ist meine Privatsache. Aber keine Sorge, er würde sich nie auf so eine junge Göre wie Sie einlassen«, meint sie spöttisch.

»Sie meinen so jung, wie Sie damals waren, als Sie mit Ihrem Stiefbruder etwas hatten? Sie waren, glaube ich, noch jünger als ich, als Sie von ihm schwanger wurden.«

Petra schnaubt. Kein Kommentar. Wir gehen weiter. Mückenschwärme schwirren um das Licht der Laternen. Es riecht nach vertrocknetem Gras, nach Sträuchern und Bäumen, die nach Regen schreien. Die späte Dämmerung kippt fast in die Nacht und lässt dunkle Schatten entstehen, die immer tiefer werden.

»Ich sage Ihnen eins«, setzt Petra plötzlich an, »was immer mein Sohn Ihnen erzählt hat, es war gelogen. Es war nicht so, wie Sie denken.«

»Was haben Sie denn in meiner Wohnung gesucht? Den Brief, den er Ihnen geschrieben hat?«

»Es gibt keinen Brief«, sagt sie schnell.

Zu schnell. Was immer ein Hinweis darauf ist, dass jemand lügt.

»Doch, den gibt es sehr wohl«, sage ich in aller Ruhe. »Und Ihr Sohn hat den Brief als Pfand behalten. Als Pfand und als Druckmittel, damit Sie nie wieder gegen ihn vorgehen können und er Sie für immer vom Hals hat. Deswegen hat er die Anzeige fallen lassen. Denn dieser Brief ist der Beweis, dass Sie eine Lügnerin sind.«

»Das bin ich nicht!«, ruft Petra und schubst mich von der Seite an. Ich stolpere einen Schritt nach vorn aufs Gras.

Petra erhebt den Zeigefinger. »Nur dass Sie es wissen. Ich habe Otto alles erzählt, Sie können uns nicht auseinanderbringen, Otto weiß alles über mich, ich habe ihm alles gesagt, und er nimmt mich so, wie ich bin.«

Im Halbdunkel sehe ich das böse Funkeln in ihren Augen und glaube ihr kein Wort.

»Ich weiß, was Sie getan haben«, murmle ich und gehe einfach weiter in die Grünanlage hinein. Mittlerweile ist es dunkel, die Laternen werfen Lichtkegel auf den Boden. Petra heftet sich mir an die Fersen. Sie kommt jetzt richtig in Fahrt.

»Einen Scheiß wissen Sie. Sie sind eine Wichtigtuerin, Sie sind nur auf Ihren Vorteil bedacht, wollen sich hier aufspielen, weil Sie jetzt beim LKA arbeiten. Sind wohl was Besseres, ja?«

Ich gehe gar nicht darauf ein, sondern fahre fort: »Sie hatten ein sehr enges Verhältnis zu Ihrem Bruder Hardy, nicht so locker, wie Sie versucht haben, uns das weiszumachen. Ganz im Gegenteil. Sie haben Ihren Bruder geliebt. Vergöttert. Und wissen Sie, was? Ich wusste es, bevor ich von Ihrem Sohn und dem Brief erfahren habe. Ich musste mir nur Ihr Foto vom Karneval 74 ansehen und ein bisschen rechnen. Dann war mir klar, dass Sie zum Zeitpunkt des Fotos bereits schwanger waren. Und Sie wussten auch, von wem. Es ist die Art, wie Sie Ihren Bruder auf dem Foto ansehen. Sie hatten Sex mit ihm, und weil er nicht Ihr richtiger Bruder war, empfanden Sie keine Scham. Und Ihr Bruder offensichtlich auch nicht. Aber er war ja ohnehin ein Filou. Und als Sie merkten, dass Sie schwanger sind, haben Sie Ihrem Bruder diesen Brief geschrieben. Sie wollten es schwarz auf weiß haben. Aber der liebe Hardy hatte nur Augen für eine andere Frau, die zu seinem festen Repertoire gehörte. Und das war Su Wechter. Auf dem Foto sieht man, wie sehr Sie Su bereits dafür hassten. Hardy und Su. Die beiden waren hübsch und gefährlich. Wie Bonnie und Clyde.«

»Nein, das stimmt nicht«, presst Petra hervor. Sie kommt näher.

»Doch. Su Wechter war jung und schön, sie war ambitioniert, sie war die pure Ekstase auf zwei Beinen. Eine Frau, von der ein Mann nie genug kriegen konnte. Su Wechter war anders als Sie. Sie war beliebt bei den Männern, sie war umschwärmt, sie genoss ihr Leben und ihre Freiheit in vollen Zügen. Aber Sie, Petra, Sie waren nicht frei. Sie erwarteten ein Kind. Und es war damals eine Schande, unverheiratet ein Kind zu bekommen. Und noch dazu vom eigenen Bruder! Wenn sich das rumgesprochen hätte, wäre Ihr Leben gelaufen gewesen. Das wussten Sie. Aber Sie waren so dämlich, es ihm auch noch zu erzählen.«

Ich schlage mir an die Stirn und stoße ein verächtliches Lachen aus. Ich will Petra ausflippen sehen, damit ich endlich etwas gegen sie in der Hand habe.

Petra schnaubt. »Du kleine Fotze«, erwidert sie.

»Sehen Sie sich doch an«, spotte ich, »glaubten Sie ernsthaft, nur weil Sie schwanger waren, würde Ihr ach so geliebter Bruder sich für Sie entscheiden? Allen anderen Frauen entsagen? Ernsthaft? Er konnte so tolle Frauen haben wie Su Wechter, warum sollte er die stehen lassen? Nein, Sie mussten das Problem selber lösen. Und deswegen haben Sie den erstbesten Mann genommen, der sich auch nur im Ansatz für Sie interessierte, und ihm das Kind untergejubelt. *Zack.*«

»So war es nicht. Hardy hat mich auch geliebt! Nicht nur diese Schlampe, diese Su.«

»Ja, genau. Diese Su, die Sie gar nicht erkannt haben auf dem Foto. ›Keine Ahnung, wer das ist‹, haben Sie uns gesagt. Sie wussten es genau! Und Sie haben Su gehasst dafür, dass sie mit Hardy zusammen war. Immer wieder. Dafür, dass sie rauschende Nächte in seinem Bett verbrachte.«

»Hören Sie auf«, flüstert Petra. »Hören Sie sofort auf!« Ihre Stimme kippt.

Ich bin so knapp davor. Ich brauche nur einen letzten Tropfen für dieses Pulverfass. »Hardy und Su haben ein Ding gedreht, einen Überfall. Und Sie haben davon gewusst.«

»Nein, das habe ich nicht«, protestiert Petra.

»Doch, ich wette, ich finde Ihre Fingerabdrücke auf den Geldscheinen. Sie sollten das Geld waschen, stimmt's? Die brave, dumme Schwester. Sie wussten von dem Überfall. Und Sie wussten, wer dabei war.«

»Ich weiß nicht, wovon Sie reden«, erwidert Petra kühl, aber ihr Körper ist in Aufruhr, sie tänzelt unruhig hin und her.

Ich fahre fort: »Und dann wurde Ihr geliebter Bruder Hardy ermordet. Sie sind damals zusammengebrochen, als Sie die Nachricht erfahren haben, klar, weil er der Vater Ihres Kindes war. Sie hatten nämlich bis zum Schluss die Hoffnung, dass er sich schließlich doch zu Ihnen bekennt. Aber das hat er nicht. Er war gar nicht an Ihnen interessiert, er wollte sogar, dass Sie das Kind wegmachen lassen.«

»Halt's Maul!«, schreit sie. Petras Hand fährt mit einem Mal vor, und ihre Ohrfeige ist so fest, dass mein Kopf zur Seite fliegt. Meine Wange brennt.

»Für Sie ist damals alles zusammengebrochen, Sie haben ihn verloren«, fahre ich ungerührt fort.

Petra kann sich kaum noch zurückhalten. Sie rückt bedrohlich näher, sie drängt mich vom asphaltierten Weg auf das Gras, weiter aus dem Lichtkegel der Laterne, und ich gehe langsam rückwärts, meinen Blick fest auf ihr Gesicht geheftet. Da kommt mir eine Idee. In dem Moment wird es mir klar, es springt mich förmlich an. Natürlich. Es lag die ganze Zeit vor mir.

»Aber eines will ich wissen: Wie haben Sie herausgekriegt, dass Su Wechter Ihren Bruder ermordet hat? Wie? Wer hat Ihnen geholfen? War es Helga?«

Petras Augen weiten sich. Ihr Blick wird starr.

»Wir werden Helga vernehmen, und ich schwöre Ihnen, wir finden es heraus. Und dann wird Otto Sie fallen lassen. Wie eine heiße Kartoffel«, sage ich genüsslich.

»Gar nichts finden Sie raus!«, zischt Petra und versetzt mir einen Stoß. Ich falle rückwärts, versuche noch, mich mit einem Arm abzufangen. Petra will mich treten, doch ihr Fuß verfehlt mich knapp, ich rolle mich rasch zur Seite und rapple mich hoch. Stehe wieder vor ihr.

»Sie haben verloren«, sage ich und deute mit dem ausgestreckten Zeigefinger auf sie. »Das Spiel ist aus.« Ich hole mein Handy aus der Tasche.

»Sie haben keine Beweise für das, was Sie behaupten! Gar keine!«, kreischt Petra, und in dem Moment greift sie in die Innentasche ihrer Jeansjacke. Im Licht der Laterne blitzt die Klinge eines Messers auf. Petra macht einen Schritt in meine Richtung und sticht zu, in meinen Unterleib. Ich weiche aus, aber sie erwischt mich, während ich mich wegdrehe. Ein stechender Schmerz durchzuckt mich bis in die Wirbelsäule hinauf.

Mir bleibt die Luft weg. »Scheiße«, presse ich hervor, krümme mich und halte instinktiv die Hand auf die Stelle. Ich spüre, wie mir das Blut warm durch die Finger sickert. Ich richte mich mit aller Kraft auf und bringe mich einen Schritt in Deckung. Sammle mich.

Petras Stimme ist ein böses Krächzen: »Sie werden es nie rausfinden. Sie werden genauso sterben wie diese kleine Fotze Su.«

Ich tänzele leicht und hebe beide Arme zur Verteidigung. Der Schmerz wird stärker, mir wird schwummrig, aber ich versuche, ihn auszublenden.

Petra holt noch einmal aus, sticht abermals zu, aber ich reiße rasch den Unterarm hoch, wehre damit den Stich ab, und die Klinge ritzt meinen Unterarm entlang. Der Schmerz ist anders. Feiner. Spitzer. Mein Herzschlag donnert in meinen Ohren. Adrenalin flutet mein Gehirn. Wehr dich!, sagt die Stimme in meinem Kopf.

Was hast du gelernt? Mit der flachen Hand gegen den Kehlkopf des Gegners schlagen. Mit aller Kraft.

»Sie sind eine beschissene Mörderin«, stoße ich hervor, bündle die Kraft in meinem Arm, ignoriere den dumpfen Schmerz an meinem Bauch, spanne die Hand fest an, wie ein Karatekämpfer. Gleichzeitig schwingt Petras Arm zurück, holt für einen weiteren Stich mit dem Messer aus. Ihr Gesicht ist zur Fratze verzerrt. Sie ist wie im Rausch, entfesselt. Ich ziehe mit angespannter Hand durch, schnell und sauber, um ihr den Kehlkopf mit der Handkante einzuschlagen.

In dem Moment gellt ein Schuss durch die Nacht.

Er kommt von links, gleich in der Nähe. Es fühlt sich an, als ob mein Ohr platzen würde. Petras Körper ruckt zur Seite wie eine Marionette, deren Fäden zu schnell gezogen werden. Mein Schlag geht ins Leere, und Petra fällt zur Seite und schlägt auf den Boden auf. Ich sehe in die Richtung, aus der der Schuss kam.

Eine Gestalt schiebt sich aus der Dunkelheit ins Licht. Rennt auf mich zu. Meine Knie werden weich. Mein T-Shirt ist am Bauch durchtränkt vom warmen Blut, das immer weiter nach unten sickert. Es fühlt sich an, als hätte ich in die Hose gemacht.

Die Erde ist eine Scheibe.

Im nächsten Moment dreht jemand das Bild vor mir einfach auf den Kopf.

Und knipst alle Lichter aus.

TAG VIERZEHN

KAPITEL 73

Ich hebe langsam meine Lider und sehe nur Weiß. Es ist hell, fast zu hell. Mach mal einer die Lampe aus, denke ich. Ich höre eine Stimme, die leise meinen Namen ruft. Wer ist das? Ich kenne sie, kann sie aber nicht zuordnen. Mein Hirn ist ein rostiges Uhrwerk, dann träufelt jemand einen Tropfen Öl hinein, und langsam greifen die kleinen Zahnräder ineinander und schieben diesen weißen Vorhang zur Seite.

»Hey, Lupe«, sagt eine Männerstimme zu mir, nah an meinem Ohr, ich kann den Atem auf meinem Gesicht spüren. Den Kopf zu drehen bereitet mir Mühe, aber es geht. Ich spüre in meinen Körper hinein. Ich liege nicht auf Gras. Ich liege in einem weichen Bett. Wie komme ich in ein Bett? Die Erinnerung setzt ein. Ein Hammerschlag, ein Blitzlicht einer Filmsequenz, das mein Hirn an mein Bewusstsein sendet.

Petra. Dunkelheit. Das Messer. Der Schmerz. Der Schuss. Und Pause.

Ich reiße mit einem Schlag die Augen auf. Erkan sieht mich erschrocken an. Seine warme Hand liegt auf meiner. Mein Puls beschleunigt sich, und Schweiß bricht mir aus.

»Erkan? Was zum Teufel machst du hier?«, frage ich, und meine Stimme knarzt. Ich schlucke trocken.

»Hier, trink mal was«, sagt er und hält mir ein Glas mit einem Strohhalm hin. Ich sauge gierig daran. Das Wasser tut gut. Ich schaue mich um. Otto steht am Ende des Bettes, und mir wird warm ums Herz.

»Hallo, Otto«, krächze ich. »Bist du nicht im Büro?«

Ich checke echt gar nichts.

»Willkommen zurück, Lupe«, sagt Otto und lächelt mich an. »Ich war gestern schon mal bei dir, aber da hast du nicht viel mitbekommen.«

Gestern? »Was war denn gestern?«

Erkan drückt sanft meine Hand. »Da hast du nur geschlafen«, erklärt er.

»Kann sein, ich kann mich nicht erinnern.«

»Macht nichts, die Ärzte haben dich wieder zusammengeflickt. Vorgestern Abend hast du Petra getroffen.«

»Vorgestern? Aha, okay«, sage ich, »ich erinnere mich. In dieser Grünanlage, bei ihr um die Ecke, am Ende des Wendehammers. Sie hat mich angegriffen.« Meine rechte Hand wandert unter die Decke, und ich taste meinen Bauch ab, der bandagiert ist. Ich spüre keinen Schmerz, alles ist wie wattiert. Es fühlt sich ein wenig so an, als würde ich ganz leicht schweben.

Ottos Stimme erfüllt den Raum: »Du hattest Glück. Petra hat dich seitlich erwischt, deine Bauchmuskeln haben einiges abgehalten, dein Darm ist unverletzt. Wird alles wieder. Versprochen«, sagt er und zwinkert.

»Wer hat geschossen?«, frage ich, und mein Blick wandert zu Erkan und zurück zu Otto. »Wer war's?«

»Ich war es«, sagt Otto. »Ich bin euch gefolgt.«

»Aber woher wusstest du, wo ich bin?«, frage ich. Mein Hirn klart auf, der Nebel lichtet sich. »Und was ist mit Petra? Ist sie tot?«

»Nein, Petra liegt auf einer anderen Station, der Schuss ging in ihren Arm. Das erkläre ich dir nachher, aber jetzt musst du uns erst mal helfen.«

Otto sieht bedröppelt aus, löst sich von der unteren Seite des Bettes und kommt zu Erkan, der immer noch neben mir sitzt und mich mit großen Augen anschaut.

Seid ihr beide bekloppt? »Was ist passiert?«, frage ich.

»Du musst das nicht tun«, wirft Erkan leise ein.

»Erkan«, sagt Otto beschwichtigend und klopft ihm auf die Schulter, »lass mich mal mit Lupe reden.«

Erkan steht vom Besucherstuhl auf, flüstert ein »Okay«, und Otto setzt sich neben mich. Er sieht müde aus, hat dunkle Schatten unter den Augen. Sein Atem riecht nach Minze. Er kommt mit seinem Gesicht näher und taxiert meinen Blick.

»Pass auf, Lupe. Ich verspreche, dir alles zu erzählen, was ich weiß. Ich habe das Aufnahmegerät in deiner Hosentasche gefunden und es abgehört. So viel dazu. Du bist verletzt, aber nicht schwer, du wirst wieder gesund. Über deinen Alleingang sprechen wir ein anderes Mal. Denn heute ist etwas passiert, wofür ich deine Hilfe brauche. Du bist noch schwach und lädiert, aber du bist stark, das weiß ich. Gleich kommt ein Arzt und wird dir ein Papier vorlegen. Ich will, dass du es unterschreibst. Es ist deine vorzeitige Entlassung auf eigene Verantwortung. Für wenige Stunden. Du kannst danach sofort wieder ins Krankenhaus und dich ausruhen. Versprochen.«

Das klingt ernst. Ziemlich ernst. Ich bin jetzt ganz wach und im Hier und Jetzt. Der Nebel an den Rändern meines Bewusstseins ist verschwunden. Ich setze mich auf, und erst jetzt bemerke ich, dass Otto unruhig ist. Erkan auch. Er hibbelt von einem Bein auf das andere.

»Otto, wenn du nicht sofort sagst, was los ist, flippe ich aus.«

Er lacht einmal kurz auf, dann wird seine Miene wieder ernst.

»Hör zu. Bernhard steht seit einer Stunde auf der Zoobrücke und will springen. Wir haben die Brücke gesperrt. Die Wasserschutzpolizei steht bereit. Ein Psychologe, der spezialisiert ist auf solche Fälle, ist bei ihm, aber Bernhard verweigert sich. Er will kein Gespräch mit ihm. Bernhard sagt, die einzige Person, mit der er reden will, bist du.«

KAPITEL 74

Ich habe keine Ahnung, womit die mich im Krankenhaus vollgepumpt haben, aber das Zeug ist Bombe. Ich sitze auf dem Rücksitz eines Streifenwagens, und wir fahren ziemlich schnell, mit Blaulicht und Tatütata, durch die Stadt. Es kommt mir ein bisschen wie eine Filmszene vor. Alles ist irgendwie unwirklich und fliegt nur so an mir vorbei. Natürlich habe ich den Wisch vom Arzt unterschrieben. Er fing an, mir mit bekümmerter Miene einen Vortrag über meine Verletzungen zu halten. »Scheiß drauf«, habe ich ihn unterbrochen, »ich komme nachher wieder, dann können Sie mir das alles in Ruhe erzählen.« Er hat blöd aus der Wäsche geguckt, und Otto hat mir stolz die Hand auf die Schulter gelegt. Erkan hat mir eine graue Jogginghose und ein weites, dunkelblaues T-Shirt in XL mit der Aufschrift POLIZEI organisiert. Raffa war gestern mit meinen Eltern auch schon an meinem Bett, erzählte mir Erkan beim Anziehen, aber ich habe keine Erinnerung daran. Bei denen melde ich mich nachher, wenn die Sache vorbei ist.

Otto gibt per Funk durch, dass wir unterwegs sind. Und der Psychologe vor Ort sagt es Bernhard, dessen dünne Stimme ich im Hintergrund hören kann.

»Sagen Sie ihm, seine Schwester kommt gleich«, sage ich laut ins Walkie-Talkie, und ich höre Bernhards gekrächztes »Ja« zur Bestätigung.

Gut. Er weiß nun, dass ich komme. Er wird nicht springen, wenn er weiß, dass ich komme, da bin ich mir sicher.

Wir erreichen die Zufahrt zur gesperrten Zoobrücke und passieren zwei Streifenwagen mit Blaulicht, die schräg auf der Straße geparkt haben. Ein Polizist hebt das Absperrband hoch, und wir fahren darunter durch und die menschenleere Zoobrücke entlang. Es ist komisch, wenn hier keiner unterwegs ist, es erinnert mich an die Fotos von den autofreien Sonntagen zur Zeit der Ölkrise in den Siebzigerjahren. Nur dass es jetzt um ein Menschenleben geht und mein Typ gefragt ist. Ich muss Bernhard da runterholen.

Wir steuern auf die Mitte der Brücke zu. Ich sehe einen Streifenwagen mit eingeschaltetem Blaulicht und einen Krankenwagen, dessen hintere Flügeltüren weit offen stehen, davor zwei Sanitäter in orangefarbener Kluft. Mehrere Beamte in Uniform wuseln umher. Der ganze Fuhrpark steht mit deutlichem Abstand vom Rand der Brücke entfernt, wo ich einen Menschen am Geländer sehe. An seiner Körperhaltung erkenne ich sofort, dass es Bernhard ist. Eine zweite Person steht leicht schräg hinter ihm und überragt ihn locker um einen Kopf. Wir fahren von hinten heran und halten neben dem Notarztwagen. Zwei Beamte laufen auf uns zu.

Otto steigt aus und öffnet mir die Tür. Ich schwinge die Beine aus dem Auto und versuche aufzustehen. Der Schmerz ist dumpf, und mir wird kurz schwarz vor den Augen. Ich beiße die Zähne zusammen. Otto reicht mir beide Hände und hievt mich hoch. Ich lehne mich gegen den Wagen und atme tief durch. Ein und aus. Ein und aus. Die Sonne steht hoch am Himmel und scheint mir mitten ins Gesicht. Ich kneife die Augen zusammen. Es ist fast 12:00 Uhr und sehr warm. Ein Polizist kommt zu mir, sagt: »Hallo, ich muss Sie verkabeln«, und ich lasse es über mich ergehen wie eine medizinische, unausweichliche Prozedur. Er setzt mir ein Mikro oben ans T-Shirt; das kleine Funkgerät wird hinten am Hosenbund befestigt.

»Geht's?«, fragt Otto. »Kannst du laufen?«

»Glaub schon.« Doch schon nach den ersten drei Schritten bricht mir der Schweiß aus, und ich schwanke. Mein Kreislauf spielt nicht mit.

»So wird das nix«, sagt Erkan und stellt sich hinter mich. »Atme tief ein und halt die Luft an.«

Ich mache, was er sagt. Einatmen. Luft anhalten. Erkan beugt sich zu mir herunter, greift unter meine Achseln und Kniekehlen und hebt mich hoch, trägt mich auf Händen Schritt für Schritt zu Bernhard, an den Beamten vorbei, die aufmerksam zuschauen. Wäre ich nicht so verdammt schlecht beieinander, würde ich lauthals protestieren. Aber es ist wirklich besser so, zugegeben. Ich sehe Erkan dabei an, er schaut einmal kurz zu mir herab, lächelt, presst dann die Lippen zusammen und konzentriert sich wieder auf den Weg.

»Danke«, sage ich, als er mich behutsam, wenige Meter von Bernhard entfernt, neben zwei Polizisten absetzt. Er zwinkert mir zu. »Viel Glück.«

Bernhard ist übers Brückengeländer geklettert, steht auf einem schmalen Vorsprung über dem Rhein. Seine Arme hat er nach hinten genommen und hält sich so am Geländer fest. Er sieht hinunter auf das bräunliche Wasser, das im Sonnenlicht schillert. Der Wind weht mir eine angenehme Brise ins Gesicht. Der schlanke, dunkelhaarige Typ, der ein paar Meter hinter ihm steht, ist der Psychologe.

»Guten Tag, Frau Kollegin«, sagt er freundlich, geht auf mich zu und reicht mir die Hand. »Bernhard reagiert nicht auf mich. Er mauert komplett. Aber Ihren Namen hat er erwähnt und …«

»Danke«, unterbreche ich ihn und gehe an ihm vorbei. Es ist mir egal, was er redet. »Ich will sofort zu Bernhard.«

»Okay, wie Sie meinen«, höre ich den Psychologen noch sagen, und aus dem Augenwinkel bemerke ich, dass er sich entfernt. Ich gehe die letzten Meter zu Bernhard. Jeder Schritt bereitet mir Höllenqualen, als würde jemand einen Bunsenbrenner auf meinen Bauch halten.

»Bernhard?«, sage ich, und er dreht den Kopf kurz zu mir. »Ich komme jetzt zu dir. Alleine. Hab keine Angst, hörst du?«

»Ja, okay«, sagt Bernhard, und seine Stimme zittert.

Vier Schritte. Drei Schritte. Zwei. Einer. Angekommen.

Ich stehe mit einem Abstand von knapp zwei Metern hinter ihm, aber auf der sicheren Seite der Brücke. Das Geländer verläuft zwischen uns. Ich beobachte ihn, versuche zu erkennen, in welcher Verfassung er ist. Bernhard zittert. Er hat die Schultern hochgezogen, der

Nacken ist verspannt. Er drückt sich mit dem Rücken ans Geländer, klammert sich mit den Armen daran fest, was ein gutes Zeichen ist. Es sagt mir, dass er Angst vor der Tiefe hat, die unter ihm gähnt, und er nicht sofort springen wird. Im Gegensatz zu vielen anderen Selbstmordkandidaten kostet er den Schwindel vor dem Abgrund nicht aus.

Bernhard fürchtet sich.

Aber mir wird in dem Moment eines klar: Wenn Bernhard springen würde, könnte ich ihn nicht halten, dafür habe ich nicht die nötige Kraft. Und die beiden Beamten hinter mir könnten auch nichts ausrichten, wären nicht schnell genug bei ihm. Von hier oben geht es, wie Otto mir vorhin sagte, rund dreißig Meter in die Tiefe. Mein Ziel ist, Bernhard sanft von der Brücke zu lotsen. Ich muss ihn mit Worten überzeugen.

»Hallo, Bernhard, ich bin bei dir«, sage ich ruhig, »hier bin ich, du bist nicht allein.«

Er nickt.

»Hallo, Lupe«, sagt er leise.

Ich lehne mich an das hellgrüne Metallgeländer. Der Wind weht mir die Haare aus dem Gesicht.

»Der Ausblick ist sehr schön von hier oben«, sage ich. »Normalerweise brause ich hier nur mit dem Auto drüber und sehe den Dom und die Altstadt im Vorbeifahren. Aber das ist echt schön.«

»Ja«, krächzt er.

»Der Rhein hat wenig Wasser, das sieht man von hier oben ganz deutlich«, plappere ich. »Die Schifffahrt haben sie bereits eingestellt.« Ich beuge mich weiter vor und schaue nach unten, sehe zwei Boote, eines von der Wasserschutzpolizei und eines von der DLRG.

»Sag mir mal, warum bist du ausgerechnet hierher gekommen?«

»Weil ich das so wollte«, sagt er barsch.

Okay, lassen wir die Wahl des Ortes außen vor.

»Die anderen haben mir erzählt, dass du gestern und heute nicht zur Arbeit gekommen bist. Ging es dir nicht gut?«

Er schüttelt den Kopf. »Nein«, fügt er hinzu und dehnt das Wort wie ein Gummiband.

»Ist es wegen des Gesprächs, das Otto und ich mit dir geführt haben? Hat dich das aufgewühlt?«

Ein Nicken. Schniefen.

»Es tut mir leid, Bernhard. Ich wollte dich nicht aufregen, aber wir mussten dir diese Fragen stellen. Und du hast sie uns wahrheitsgemäß beantwortet. Das war richtig. Du hast das gut gemacht«, sage ich aufmunternd.

Bernhard kaut auf seiner Unterlippe.

Ich fahre fort: »Erzähl mir, wovor du dich fürchtest. Keine Angst, ich sag es nicht weiter. Keiner muss davon erfahren. Ich bin keine Petze.«

Bernhard stöhnt. Er starrt geradeaus und klammert sich noch ein wenig fester an das Geländer. Sekunden verstreichen. Ich will ihn nicht bedrängen. Es braucht Zeit, bis Gedanken zu Worten werden. Und bei ihm dauert dieser Prozess sowieso länger.

»Ich muss dir noch was sagen.« Er wirft mir einen kurzen Blick zu. Seine Augen schimmern feucht. »Ich hab die Püppi nicht umgebracht«, sagt er leise, dann wiederholt er noch einmal lauter: »Ich hab die Püppi nicht umgebracht.«

Ich habe keine Ahnung, wovon er redet. »Du hast die Püppi nicht umgebracht«, wiederhole ich.

»Nein, das ... hab ich nicht.« Tränen laufen seine Wangen hinab.

Mein Mund ist trocken. »Du musst mir ein bisschen helfen. Wer ist die Püppi?«

Er schließt die Augen und verzieht schmerzverzerrt das Gesicht. Lässt den Kopf auf die Brust sinken. Für einen Moment erschlafft sein Körper, er sackt leicht in die Knie.

Mir stockt der Atem.

»Kannst du mir die Geschichte von der Püppi erzählen?«, frage ich schnell und versuche, die Angst um ihn aus meiner Stimme zu nehmen.

Er richtet sich wieder auf. Schnieft. »Du musst mir glauben«, sagt er flehend.

»Ich glaube dir, Bernhard. Glaubst du mir auch?«

Er sieht mich erstaunt an. »Du bist meine Schwester«, sagt er im Brustton der Überzeugung. Und etwas verunsichert schiebt er hinterher: »Stimmt doch, oder?«

»Aber ja. Erzähl doch deiner Schwester mal die Sache mit der Püppi. Dann schauen wir gemeinsam auf diese Geschichte. Ich kann dir bestimmt helfen, wenn du jetzt mit mir kommst.«

Er saugt die Oberlippe ein. Macht ein *Mh* und bleibt, wo er ist. Versuch gescheitert.

»Su hat sie eines Tages mitgebracht. ›Das ist mein Mädchen‹, hat sie gesagt.« Bernhard schluckt einmal. »Sie war klein. Und schlief. Und dann wachte sie auf und hatte Hunger. Und Su hat mir gezeigt, wie man sie füttert. Mit einer Flasche. Und mit Brei. Und Gläschen.«

Ich verstehe nicht, was er mir sagen will, taste mich weiter.

»Was gab's denn zu essen?«

»Brei. Kartoffeln mit Möhren. Und Babymilch. Warme Milch. Die ich auch so gern trinke.« Er zwinkert mit beiden Augen. Dreimal. »Schlafmilch. Damit es nicht so laut weint.«

»Das ist ein Baby, von dem du sprichst. Aber woher kam denn das Baby?«

Sein Kopf ruckt herum, und er sieht mich strafend an. Als hätte ich etwas höchst Geheimes laut ausgesprochen.

»Das darf niemand wissen. ›Das ist unser Baby! Das war bei lieben Freunden, aber jetzt gehört es zu uns. Wir sind eine kleine Familie, Bernchen‹, hat Su gesagt. ›Es lebt jetzt bei uns. Für immer.‹«

Ich gehe noch einen winzigen Schritt auf Bernhard zu.

»Erzähl mir weiter von dem Baby.«

»Es heißt Püppi. Weil es wie eine Puppe aussieht. Und so hübsch ist. Sie hat dunkle Haare. Ganz fein. Ich habe die Püppi getragen und ich habe ihr meine Comic-Sammlung gezeigt.«

»Ich wette, da war sie beeindruckt.«

Er lacht ein kleines, scheues Lachen.

Ich werfe einen kurzen Blick nach unten aufs Wasser. Die beiden Boote haben ihre Position nicht verändert, sie stehen nach wie vor bereit.

»Und wie alt war die Püppi? Weißt du das?«, frage ich weiter.

»Weiß nicht«, sagt er. »Die war klein.«

»Wie alt warst du? Wann war das?«

Er sieht einen Moment zu mir. »Das war, kurz bevor Su verschwunden ist.«

Eine Böe weht mir die Haare ins Gesicht. »Das heißt, Su und du, ihr habt euch um das Baby gekümmert. Wer wusste denn noch davon?«

Er reißt die Augen weit auf. »Niemand! Keiner darf es wissen. Su hat gesagt, du darfst niemand davon erzählen. Keiner Menschenseele. Wenn du es erzählst, bist du tot.«

Jetzt dämmert es mir. »Ihr habt das Baby bei euch versteckt. Und was ist mit dem Baby passiert, als Su verschwunden ist?«

»Ich hab das Baby versteckt«, sagt er so leise, dass der Wind fast seine Worte verweht.

»Und wo hast du es versteckt?«, frage ich.

»Zu Hause, in meinem Zimmer. Und dann später in der Hütte.«

Mir wird plötzlich schwindelig. Vermutlich lassen die Medikamente nach, ich habe das Gefühl, mein Kopf ist bleischwer.

»In was für einer Hütte?«, frage ich und halte den Atem an.

»In dem alten Schrebergarten.«

»Du hast die Püppi in einem Schrebergarten versteckt? Wem gehörte der Schrebergarten?«

»Der alten Frau Münzinger. Die hat mir den Schlüssel gegeben. Damit ich sauber mache und so.«

»Wer war die Frau, hat sie bei euch im Haus gewohnt?«

»Ja, im Erdgeschoss«, sagt Bernhard. »Sie hatte die Hütte neben der von Papa.«

»Verstehe, in einer Schrebergartensiedlung. Und hast du die Püppi auch gefüttert?«

»Ja, jeden Tag. Mit Schlafmilch.« Er nickt heftig mit dem Kopf.

»Und wer hat das Kind sauber gemacht? Gewickelt?«

Er wird rot. »Ich«, sagt er. »Bernhard.«

Ist das wahr? Kann das sein?

»Und wie lange ging das?«, frage ich gespannt. »Wie lange hast du das gemacht?«

Bernhard tritt von einem Bein aufs andere. Er kneift ein Auge zu. Öffnet es wieder. Wenn er jetzt nicht aufpasst, dann …

»Ich bin jeden Tag hingefahren und habe mit der Püppi gespielt. Und dann war die Püppi weg. Einfach so.«

»Wie meinst du das: *weg?*«

Bernhard schluchzt. »Ich hab die Püppi nicht umgebracht«, stößt er hervor. »Ich war es nicht.«

Sein Körper wird von Weinkrämpfen geschüttelt. Ein Arm löst sich vom Geländer, er hält sich die Hand vor den Mund. Er schwankt, geht wieder leicht in die Knie. »Ich war es nicht, ich war es nicht«, wiederholt er.

Schnell flüstere ich ins Mikro: »Ich glaube, er kann sich nicht mehr lange halten.«

»Bernhard, niemand sagt, dass du schuld bist«, sage ich laut und eindringlich zu ihm. »Niemand. Hörst du? Wenn die Püppi eines Tages weg war, dann hat sie vielleicht jemand mitgenommen.«

Ich wehre mich gegen die Gedanken, die in mir aufsteigen und an Kontur gewinnen. Schiebe sie zur Seite. Ein Kopfschmerz setzt ein, an der linken Schläfe. Bohrend. Du musst dich jetzt konzentrieren, denke ich.

»Du bist nicht schuld, Bernhard. Wenn du die Püppi die ganze Zeit versorgt hast, dann hast du das prima gemacht. Der Püppi ging es gut bei dir.«

Ich habe einen Kloß im Hals. Kann das sein? Ist das Zufall?

»Aber wer hat mir die Püppi weggenommen?«, fragt er. »Wer war das? Wer nimmt mir alles weg?« Eine Hand am Geländer und eine Hand in der Luft. Er sieht mich verzweifelt an.

»Weißt du noch, wann die Püppi verschwunden ist? Weißt du noch das Datum?«

Bernhard starrt in die Tiefe. Hält sich nur noch mit einem Arm fest.

»Ich darf niemand davon erzählen, hat Su gesagt«, wispert er, »aber ich habe es doch getan.«

Ich trete noch einen Schritt an ihn heran. Wenn ich den Arm ausstreckte, könnte ich ihn berühren. »Es ist vollkommen in Ordnung, dass du es mir erzählt hast«, sage ich. »Glaub mir, ich bin ja deine Schwester. Du trägst das schon viel zu lange mit dir herum, Bernhard.«

Mit einem Mal wird er ganz ruhig. Er sieht mich an und lächelt. Ein ehrliches, liebes Lächeln. Voller Dankbarkeit.

»Nein, ist es nicht«, sagt Bernhard, nimmt die Hand vom Geländer und lässt sich einfach nach vorne fallen.

TAG FÜNFZEHN

KAPITEL 75

Ich habe ihn nicht erwischt, nicht mal einen Zipfel seiner Kleidung. Keiner hat ihn zu fassen bekommen. Ich war zu langsam, die Polizisten hinter mir sowieso. Ich habe laut aufgeschrien, und dann war Stille, nur das Rauschen in meinen Ohren war da und der Wind, bis ich Sekunden später den Aufprall hörte. Ich habe nicht runtergesehen, sondern bin in die Knie gegangen und habe mich übergeben. Einfach auf die Zoobrücke gekotzt. Erkan hat mir aufgeholfen und mich zurück in die Klinik gebracht. An den Weg dorthin kann ich mich ehrlich gesagt nicht erinnern.

Der Rhein hat in diesem Sommer einen Rekordniedrigstand von unter einem Meter. Wenn ein Mensch aus knapp dreißig Metern Höhe in ein Gewässer springt, das nur so hoch ist wie ein Kinderplanschbecken, überlebt er es nicht. Es sei denn, es geschieht ein Wunder. Die Rettungssanitäter auf dem Boot sagten, es habe von unten ausgesehen, als sei ein Mann vom Himmel gefallen. Er fiel einfach nach unten, fast schwerelos. Bernhards Körper wurde sofort aus dem Wasser gezogen. In den ersten Minuten nach der Bergung hat er wohl noch gelebt, und sie haben alles versucht, aber sie haben es nicht geschafft. Er hat es nicht geschafft.

»Ich habe versagt«, sage ich zu Otto, der wieder an meinem Bett sitzt. »Auf der ganzen Linie.«

Er drückt meine Hand. »Nein, das hast du nicht.«

Otto hat mir Blumen mitgebracht, einen riesigen bunten Strauß. Er weiß nicht, dass ich bunte Blumen nicht mag, aber es ist eine schöne Geste. Sie stehen unter dem Fernseher auf einem Tisch, neben denen von Raffa (weiße Lilien) und dem Strauß weißer Rosen, den meine Eltern mir am Vormittag gebracht haben. Die Ärzte sagen, ich müsste noch ein paar Tage im Krankenhaus bleiben, was mir stinkt. Ich will mich in mein Bett legen, zu Hause, alleine, mich zusammenrollen und weinen. Einfach nur ein zusammengerolltes Bündel Mensch sein und mich verkriechen vor der Welt und der Wahrheit.

Und vor meiner eigenen Unzulänglichkeit.

»Du hast einen sehr guten Job gemacht«, sagt Otto, und er meint es ehrlich.

»Woran machst du das fest? Bernhard ist tot«, antworte ich, streife die Bettdecke glatt und sehe ihn erstaunt an.

Otto streicht sich durch den Bart. Nachdenklich. »Weißt du, ich glaube, Bernhard konnte keiner wirklich verstehen. Ich denke, du warst ihm noch am nächsten und hast einen gewissen Zugang zu ihm gefunden.«

»Otto, laber nicht. Ich hab's verkackt«, sage ich deprimiert, was Otto aber nicht interessiert. Warum auch. Er wird ja nicht wieder mit mir arbeiten müssen. Ist doch klar, dass mein Traumpraktikum hiermit endet.

Otto zupft an seinem Ohrläppchen. »Weißt du, ich denke, er wollte nicht gerettet werden. Ich habe das Gespräch zwischen euch ja mitgehört. Du kannst dir nichts vorwerfen. Mit dem Psycho-Onkel vor dir wollte Bernhard gar nicht reden, und der ist spezialisiert auf solche Fälle.«

Darüber habe ich heute Morgen auch nachgedacht. Ob Bernhard wirklich nicht gerettet werden wollte? Er wollte sich selbst bestrafen für seine vermeintlichen Unzulänglichkeiten. Für die falsch verstandene Schuld. Unterm Strich stellt sich mir die Frage: Wer war Bernhard? Sein elementarstes Problem war der Verlust. Erst verschwand seine Schwester von heute auf morgen und ließ ihn zurück. Die Schwester, die stets sein Fixstern war, sein Vorbild und natürlich seine einzige, geliebte Bezugsperson. Sie ließ ihn mit einer Aufgabe zurück, auf die sie ihn vorbereitet hatte. Er versorgte das Baby, und nach allem, was wir aus Sus Tagebuch wissen, musste es ihr Baby sein. Und weil Bernhard folgsam war, machte er, was Su ihm gesagt hatte. Er wusste, dass niemand das Kind finden durfte. Außerdem meinte er ja, dass seine Schwester zurückkommen würde, um endlich das neue Leben zu beginnen. Eine neue kleine Familie, sie alle zusammen. Doch daraus wurde nichts. Die Schwester schickte kein Lebenszeichen, und dann war das Baby verschwunden. Wieder ein Verlust. Und dafür gab er sich die Schuld, mit der er nicht leben konnte. Ob aber alles, was er mir erzählte, die Wahrheit war? Manchmal beschleicht mich das Gefühl, er hätte mich auf seine ganz eigene Weise benutzt. Aber wofür?

»Er hat mich wie eine Schwester betrachtet, wie Su, eine Art Vertrauensperson«, sage ich schließlich.

»Su, die ihn im Stich ließ«, wirft Otto ein.

»Nicht absichtlich«, erwidere ich.

»In seinen Augen schon. Als das Baby weg war, dachte er, es sei allein seine Schuld. Und mit dieser Bürde hat er so viele Jahre gelebt. In seiner kleinen Welt wog diese Schuld enorm. Dann kamst du. Ein Lichtblick in seiner Welt. Eine Ersatzschwester, die sich um ihn kümmerte. Du warst für ihn da und hast ihm zugehört und ihm sogar bis zum Schluss Hilfe angeboten. Letztlich war es seine Entscheidung, diese nicht anzunehmen. Er hat sie abgelehnt und ist gesprungen. Diese Entscheidung hat er für sich getroffen. Das müssen wir akzeptieren.«

Ich sehe Otto sehr lange an. Er beugt sich vor und streicht mir eine Haarsträhne aus dem Gesicht. Dabei sieht er mich mit einem »Jetzt-mach-nicht-so-ein-Drama-daraus«-Blick an.

»Ja, womöglich hast du recht. Vielleicht.« Ich starre kurz an die Zimmerdecke. »Ich werde meine Supervisorin aus der Ausbildung, zu der ich einen guten Draht hatte, kontaktieren und den Fall durchsprechen«, verkünde ich. »Ich kann das nicht so stehen lassen.«

»Mach das, wenn es dir hilft. Aber jetzt werde erst mal gesund, dann reden wir weiter.« Otto drückt einmal meinen Unterarm und steht auf.

»Otto?«

»Ja, Lupe.«

»Du kannst es mir direkt ins Gesicht sagen, nimm keine Rücksicht auf meinen Krankenstand. Ich hab 'nen aufgeschlitzten Bauch und konnte einen Suizid nicht verhindern, was ist schon ein gekündigtes Praktikum dagegen.«

»Was faselst du denn da?«, sagt Otto entrüstet.

Ich beiße mir auf die Lippe.

»Du denkst, wir schmeißen dich raus?«

»Ja, das denke ich. Also, sag mir bitte die Wahrheit.«

Otto hebt das Kinn, und ein kleines Lächeln erscheint auf seinem Gesicht. »Nein, das werden wir nicht. Ganz im Gegenteil.«

Ich schlage mit beiden Händen auf die weiße Bettdecke. »Otto, ich habe dich hintergangen. Ich habe dir nachspioniert. Ich habe dich nicht in Kenntnis gesetzt, dass du mit einer gestörten Frau ein Verhältnis hast. Ich habe nicht im Team gearbeitet, sondern im Alleingang. Und ich habe dir alles Mögliche verheimlicht. Ich war nicht ehrlich. Reicht das nicht?«

Otto fängt schallend an zu lachen.

»Ich meine es ernst, lach mich nicht aus!«, rufe ich, und es schmerzt, wenn ich lauter spreche.

Er steht am Bettende, hält sich mit beiden Händen am Gestänge fest, wie an einer Reling. »Pass mal auf. Ich sag dir jetzt was. Ich weiß, was du getan hast.«

Ich bin verwirrt. Aber vielleicht sind es auch diese Hämmer von Schmerzmitteln, die sie mir geben.

»Wie bitte?«

»Ja, du hast vieles alleine gemacht, das war nicht korrekt. Aber sagen wir mal so: Es war ein kontrollierter Alleingang.«

Ich verstehe nur Bahnhof.

»Nach der Befragung hat Petra mich kontaktiert und sich an mich rangeschmissen. Dir war ihr Verhalten schon in ihrem Wohnzimmer aufgefallen. Übrigens eine gruselige Einrichtung.« Er zwinkert mir zu. »Egal. Auch wenn ich alleinstehend und alt bin, doof bin ich nicht.« Er tippt sich an die Schläfe. »Ich bin immer noch Polizist, und glaub mir, ich kann es riechen, wenn etwas faul ist.«

Ich richte mich im Bett auf und stopfe mir ein Kissen in den Rücken.

Otto beugt sich vor und stützt sich mit den Unterarmen auf das Gestänge meines Bettes. »Ich wusste von Anfang an, dass mit Petra etwas nicht stimmt. Und natürlich habe ich nachgeforscht und bin auf die Anklage gestoßen. Mir war klar, dass sie herauskriegen will, in welche Richtung wir ermitteln. Sie wollte mich ausspionieren. Anfangs war alles noch unaufregend, und dann kamst du. Als ich ihr erzählte, dass wir ein Foto hätten und du noch mal zu Friedrich und Helga fahren würdest, da wurde sie unruhiger. Ihre Fragen haben mir das deutlich gemacht, auch wenn sie sich zugegebenermaßen nicht blöde angestellt hat.«

»Moment mal, du wusstest die ganze Zeit Bescheid?«

Otto zieht beide Augenbrauen mit einem Ruck nach oben. »Ja.«

»Ich fasse es nicht«, murmle ich.

»Ich konnte in den Datenbanken sehen, was du recherchiert hast. Sina hat es mir gezeigt.«

»Sina?«

»Ja, natürlich. Wir sind ein Team. Du bist clever, Lupe, und du hast richtig gearbeitet. Okay, ich musste Petra einmal vorfahren lassen, damit du mir auf die Spur kommst, und es war auch nicht leicht, deine Anrufe zu ignorieren. Ich war gespannt, wie lange du dein Wissen für dich behalten würdest und was du tun würdest. Ich wollte wissen, was für eine Polizistin in dir steckt. Und du hast es lange für dich behalten. Du hast Petra provoziert bis aufs Äußerste. Und als sie in deine Wohnung eingebrochen ist, da hast du mir die Fotos gesendet.«

»Mein schlechtes Gewissen war echt groß geworden. Ich wollte, dass was passiert und dieser Druck aufhört. Und ich wollte etwas gegen Petra in der Hand haben.«

Otto lächelt milde. »Du warst eifersüchtig.«

»Quatsch!«, rufe ich, und mein Bauch schmerzt sofort wieder.

»Jedenfalls, in dem Moment, als du mir die Fotos geschickt hast, war mir klar, dass du den roten Knopf bei Petra gedrückt hast. Und aus Erfahrung weiß ich: Wenn Menschen unter Stress stehen, werden sie unachtsam und machen Fehler. Zeigen ihr wahres Gesicht. Und was das bei einer Person wie Petra bedeutet, war klar.«

In meinem Hirn rattern alle meine Murmeln fröhlich durcheinander und schlagen im Sekundentakt zusammen. »Sie hat dir nie erzählt, dass ich Kontakt zu ihr hatte, oder?«

»Nein, wo denkst du hin.«

Ich balle eine Hand zur Faust. »Ich wusste es. Aber woher wusstest du an dem Abend, wo ich bin?«

»GPS-Tracking«, sagt Otto knapp und lächelt mich wissend an.

»Du hast mein Handy geortet?«

»Das war einfach. Ich wusste immer, wo du bist. Na ja, so in etwa. Auch als du vor Petras Haus geparkt hast und wir am Küchenfenster auftauchten. Denkst du, das war Zufall? Nee, das habe ich so eingefädelt. Durch deine Handyortung wusste ich auch, dass du im Krankenhaus warst. Es war eigentlich alles ganz einfach, denn Petra war eine stetige offene Flanke, und ich wusste, was du tust. Ich musste nur gute Miene zum bösen Spiel machen.«

Mir steht der Mund offen. »Ich komme mir gerade ein bisschen verarscht vor«, sage ich laut.

»Außerdem war mir klar, dass du nach dem Einbruch in deiner Wohnung zu Petra fahren würdest. Das hätte ich mir auch ohne GPS-Tracking zusammenreimen können, glaub mir. In der Wohnung bei Petra war niemand, also bin ich euch gefolgt. Ihr habt mich nicht bemerkt, es war ja dunkel. Erkan hat in einem Wagen auf dem Wendehammer bereitgestanden.«

»Du bist hinter mir hergeschlichen und hast alles mitbekommen und hast nicht eingegriffen?«

»Hab ich doch!«, protestiert Otto.

»Aber wann! Du hast mein Leben aufs Spiel gesetzt!«, protestiere ich.

Otto hebt mahnend den Zeigefinger. »Nein, Lupe«, sagt er ganz ruhig. »*Du* hast dein Leben aufs Spiel gesetzt.«

Ich schmolle.

Er auch.

Gesprächspause.

Otto räuspert sich. »Ich habe das Aufnahmegerät in deiner Hosentasche gefunden und abgehört. Sobald Petra ansprechbar ist, wird sie verhört. Aber nicht von mir, das übernehmen dann die Kollegen. Wegen des Einbruchs und wegen des Mordes an Su.«

»Ihr müsst Helga auch verhören«, sage ich. »Sie war an dem Abend bei Petra und hat das Haus verlassen, kurz bevor ich gekommen bin. Sie sind befreundet, und es stimmt nicht, wenn sie sagt, dass sie keinen Kontakt mehr hatten.«

Otto schlägt mit der flachen Hand einmal auf die Bettdecke. »Hab ich's mir doch gedacht. Ich informiere gleich Erkan. Petra konnte das nicht alleine durchziehen, und ich hatte die ganze Zeit den Verdacht, dass es zwei Täter waren.«

»Warum hast du nichts gesagt?«

Er lacht auf. »Weil auch ich gelegentlich Dinge für mich behalte.«

TAG NEUNZEHN

KAPITEL 76

In ihrem ersten Verhör hat Petra alles abgestritten. Aber das war zu erwarten, meint Otto. Natürlich streitet sie erst mal alles ab und tut so, als sei sie das Opfer und unschuldig. Das versuchen die meisten, doch damit kommt letztlich keiner durch. Der Schuss, der Petra in der Grünanlage zu Fall gebracht hat, traf ihren Arm, die Verletzung ist nicht schlimm, und selbst ihre herausgebrüllte Ankündigung, auf Schmerzensgeld und Verdienstausfall zu klagen, wird nichts bringen. Als dann am nächsten Tag ihr Pflichtverteidiger mit ihr sprach, kam die Wende. Er wird ihr klargemacht haben, in welchem Schlamassel sie eigentlich steckt und dass sie aus der Sache nicht mit heiler Haut herauskommt.

»Sie hat angefangen zu reden«, erzählt mir Otto am Telefon. Er sitzt im LKA. Wir telefonieren täglich, und er bringt mich auf den neuesten Stand. Es ist Freitagmittag, fünf Tage nach Bernhards Sprung von der Brücke, und ich bin endlich zu Hause. Raffa hantiert in der Küche und kocht für uns was Asiatisches ohne Mango. Meine Wohnung ist in Ordnung gebracht worden, während ich im Krankenhaus lag. Die Scherben sind weg, Mama und Papa haben mir Blumen gekauft und einen Gutschein von Habitat spendiert, damit ich mir neues Geschirr und ein Sofa anschaffen kann. Wo das vollgepisste Sofa stand, klafft jetzt eine Lücke. Auf Petra kommt einiges zu: Anklage wegen Mordes an Su Wechter, wegen Hausfriedensbruchs, Einbruchs, mutwilliger Zerstörung und versuchten Totschlags. Ein dickes Konto.

»Und jetzt pass auf«, sagt Otto, und ich höre seiner Stimme an, wie aufgeregt er ist. »Petra hat erst mal Helga den Mord in die Schuhe geschoben. Helga sei die Anstifterin gewesen und sie, Petra, habe nur Beihilfe geleistet. Zu dumm nur, dass Helga bereits ein komplettes Geständnis abgelegt hatte, denn es war genau andersherum. Petra war die Anstifterin, und Helga hat mitgemacht.«

»Na, dann ist der süße Benno sein schreckliches Frauchen ja bald los«, sage ich trocken.

»Ja, Helga ist schon an der Haustür eingeknickt, als wir sie abgeholt haben. Ich war dabei. Sie hat noch nicht mal versucht, es abzustreiten, sie hat gesagt, sie würde schon so lange mit dieser Schuld leben, und als du und ich unter der Markise gestanden und ihr das Foto von Su Wechter gezeigt hätten, da wäre ihr klar gewesen, dass nun alles ans Licht kommen würde. Es war nur noch eine Frage der Zeit.«

»Wie wurde Su getötet?«

»Das erzähle ich dir morgen, wenn wir uns sehen.«

»Wird Helga das Geständnis helfen?«

»Vor Gericht? Ja, auf jeden Fall. Ein schnelles Schuldeingeständnis hören die Richter gern. Ach, übrigens, schöne Grüße auch von Frank, der kommt gerade rein.«

»Danke. Er hat mir Blumen geschickt, im Namen des gesamten Teams. Das hat mich echt gefreut.«

Der Strauß steht im Wohnzimmer, bestehend aus zig unterschiedlichen weißen Blumen, keine Ahnung, wie die alle heißen, und sehr viel Grün, genau wie ich es mag. Wirklich schön.

»Gefällt er dir?«

»Ja, sehr«, antworte ich.

Otto lacht. »Bunt ist ja nicht so deins, das hat Raffa mir gesteckt.«

Ich sehe einmal zu Raffa rüber, aber er bemerkt es nicht. Olle Plaudertasche.

»Wird es für eine Verurteilung bei Petra reichen?«

»Ich denke schon. Das Beste kommt ja noch: Du erinnerst dich an das Medaillon? Nun rate, wessen Fingerabdrücke darauf sind? Richtig, die von Petra. Und auf einigen der Geldscheine ebenfalls. Aber lieber wäre mir, sie würde jetzt endlich gestehen. Geben wir ihr noch etwas Zeit.«

Raffa stellt einen dampfenden Topf auf den Tisch und rudert mit den Armen, das Zeichen, dass ich Schluss machen soll.

»Du, Otto, bei uns gibt's jetzt Essen«, sage ich. »Ich muss aufhören.«

»Gut so. Brav, der Raffa. Lasst es euch schmecken. Ich hole dich morgen ab. Und dass du dir was Ordentliches anziehst, aber das muss ich diesmal ja nicht extra sagen.«

»Dann sag es auch nicht. Der Dresscode ist klar.«

TAG ZWANZIG

KAPITEL 77

Die Beerdigung von Su und Bernhard Wechter findet auf dem Melaten-Friedhof statt, die beiden werden im Familiengrab der Wechters beigesetzt. Ich habe darauf bestanden, dass ich dabei sein kann, und Otto und Erkan haben sofort zugesagt, dass sie mich begleiten, was ich ihnen wirklich hoch anrechne. Dass bei einer Bestattung gleich zwei Särge heruntergelassen werden, kommt nicht so häufig vor, und die beiden Helfer mühen sich tüchtig ab in ihren schwarzen Anzügen. Erkan, Otto und ich stehen ebenfalls schwarz gekleidet (wie es sich gehört) nebeneinander und sehen zu, wie die in der Sonne schimmernden polierten Holzsärge nacheinander in das Erdloch herabgelassen werden. Die Besetzung bei dieser Trauerfeier ist spärlich. Außer uns sind an diesem Samstagvormittag nur die Betreuerin von Bernhard und sein bester Freund Olli zugegen. Ein Pfarrer sagt ein paar hilflose Worte, aber ich höre nicht richtig hin, ich bin in Gedanken woanders. Als Bernhards Sarg an der Reihe ist, habe ich doch einen Kloß im Hals. Vor meinem inneren Auge sehe ich ihn am Brückengeländer stehen, mit einem letzten Blick zu mir, dann fällt er nach vorne und verschwindet aus meinem Blickfeld. Diese Sequenz träume ich jede verdammte Nacht, und dann wache ich mit Herzrasen und schweißnassem Gesicht auf. Damit hatte ich nicht gerechnet, dass mich das so sehr beschäftigt.

Ich hoffe, dass Bernhard nun seinen Frieden findet. Er ist mit seiner Schwester endlich vereint, und auch wenn ich nicht an Gott und das ganze Trara glaube, so finde ich den Gedanken doch tröstlich, dass die beiden nun beieinander sind, wenn auch ein paar Meter tief unter der Erde. Mit Spaten schaufeln die beiden Bestatter Erde auf die Särge. Die ersten Schippen Erde schlagen noch polternd aufs Holz, als würden sie ein letztes Mal anpochen. Dann wird der Ton flacher. Stumpfer. Und schließlich verschwindet das hohle Geräusch, und es ist nur noch Erde, die auf Erde fällt.

»Komm, lass uns gehen«, sagt Erkan und tippt mich am Ärmel meines schwarzen Blazers an. Es hat heute nur noch 23 Grad. Fast ein wenig kühl, finde ich.

Ich verabschiede mich stumm mit einem Händedruck bei Brigitte, die Tränen in den Augen hat. Raffa meinte, das sollte ich tun, das wäre eine schöne Geste. Er hat mich gebrieft, wie ich mich verhalten soll. Ich wäre einfach gegangen, wenn die Zeremonie vorbei ist. Brigitte ist immer noch sauer auf uns, dass wir Bernhard verhört haben, und bestimmt denkt sie, dass wir seinen Tod verschuldet haben. Ich sehe es in ihrem Gesicht.

Tschüss, Bernhard, tschüss, Su, denke ich und schließe mich Erkan an. Ich wackle stoisch hinter ihm her, Otto folgt mir. Meine hohen Absätze passen nicht wirklich zu dem Boden hier, aber ich hatte das Gefühl, ich müsste heute besonders würdevoll wirken, und habe mich daher für High Heels entschieden.

Als wir an Erkans schwarzem Audi ankommen, legt Otto mir seine Hand auf die Schulter. »Steig ein, Lupe. Ich will dir noch etwas zeigen«, sagt er und öffnet die hintere Tür für mich. Ich runzle die Stirn, nehme die Sonnenbrille ab und steige ein. Erkan setzt sich hinter das Steuer, macht aber keine Anstalten loszufahren.

Otto setzt sich neben mich, und ich denke, jetzt kommt der Rest der Story. Erkan öffnet das Handschuhfach und reicht Otto eine graue Akte nach hinten.

»Lupe«, beginnt Otto, und ich höre seiner Stimme schon an, dass es ernst wird.

Ich sehe ihm in die Augen. Sie sehen traurig und gütig zugleich aus. Mir kommen die Tränen, keine Ahnung, warum. Plötzliche, unbekannte Emotionen.

Er klopft einmal auf den Deckel der Akte. »Ich mache es kurz. Vielleicht ist es ein Fehler, aber ich finde, du solltest es wissen, weil es die Wahrheit ist. Und es gibt nur eine einzige Wahrheit.«

Ich schlucke einmal laut.

»Bernhard hat von dem Baby erzählt, das er versteckt hat und das eines Tages verschwunden ist. Ich mache es kurz. Lupe, dieses Baby warst du.«

»Bullshit«, sage ich. »Das ist doch Quatsch.«

Zugegebenermaßen, diesen Gedanken hatte ich auch kurz, als Bernhard davon erzählt hat, aber es passt nicht. Es gibt ein paar zeitliche Parallelen, aber das war es auch schon. »Ich wurde in einer Wohnung gefunden, nicht in einer Hütte«, sage ich. »Du irrst dich.«

Ottos Blick ist ernst. Er klappt die Mappe auf. »Ich habe mir die Akte von deinem Fall besorgt.«

»Otto, wirklich. Das ist purer Zufall. Es hat nichts mit mir zu tun.«

Otto wackelt mit dem Kopf hin und her, wie die Parodie eines Inders in einem schlechten Bollywood-Film. »Das Datum deines Auffindens stimmt überein mit dem Datum des Auffindens des Babys, von dem Bernhard sprach. Das Mädchen, das am 27. August 1976 in einer Schrebergartenhütte gefunden wurde, ist kurz darauf von dem Ehepaar Svensson adoptiert worden.«

Die Sitzbank fühlt sich mit einem Mal so weich wie Gelee an und verschluckt mich, während mir zugleich der Sauerstoff zum Atmen genommen und mein Hirn mit schwarzem Nebel vollgepumpt wird. Ein jäher Blitz fährt mir durchs Rückgrat die Wirbelsäule hinauf und explodiert in meinem Nacken.

»Das bedeutet«, sagt Otto, »dass Su Wechter deine Mutter ist und Bernhard dein Onkel.«

»Nein, das kann nicht sein, nein!«, rufe ich, greife nach dem Türöffner und reiße die Autotür auf. Stürze aus dem Audi und laufe los. Ich haste die Mauer entlang, die um den Friedhof herumführt. Tränen schießen mir in die Augen, für die ich mich sofort selbst hasse. Otto rennt hinter mir her, ich kann seine Schritte auf dem Asphalt klappern hören.

»Lupe, bleib stehen, bitte. Es tut mir leid!«

Ich halte abrupt an, drehe mich mit einer einzigen Bewegung um und stemme die Hände in die Hüften.

Otto bleibt schwer atmend vor mir stehen.

»Es tut dir leid? Es tut dir leid? Scheiße, ist das alles? Weißt du eigentlich, was du hier gerade mit mir machst?«

Ich schlage ihm einmal mit der Faust auf die Brust, und er zuckt zusammen.

»Du bringst mein Leben durcheinander. Du veränderst meine Lebensgeschichte. Warum tust du das? Warum?«, schreie ich ihn an und schlage mit den Fäusten auf ihn ein, auf seine Brust, seine Oberarme. Er erträgt es ungerührt, breitet seine Arme aus und versucht, mich in den Arm zu nehmen.

»Fass mich nicht an!«, schreie ich und trommle weiter auf ihn ein. »Hör auf damit. Ich wurde in einer Wohnung gefunden und nicht in einer Hütte. Und es gab Asta. Meinen Hund! Die Geschichte stimmt nicht. Das ist doch alles scheiße, Otto. Hörst du, das ist eine RIESENSCHEISSE!«

Ich bin außer mir, aber Otto gibt nicht auf und breitet weiter seine Arme um mich, die ich wütend wegschlage. Mich überkommt ein stacheliges Gefühl von Angst. Die Furcht, dass ich die ganze Zeit in einer künstlichen Kulisse gelebt habe, die andere aufgebaut haben.

»Es kann nicht sein. Otto, sag, dass es nicht wahr ist, was du mir erzählst.«

Otto kämpft mit den Tränen. »Ich weiß, es ist hart, aber ich will, dass du die Wahrheit weißt. Auch wenn es wehtut. Sie ändert nichts an deiner Kindheit, an deiner Jugend. Das ist alles echt und gehört dir.«

Tränen laufen unkontrolliert mein Gesicht herab, und ich wische mit dem Finger die verschmierte Mascara weg.

»Du wurdest nicht in einer Wohnung gefunden. Und da war auch kein Hund«, sagt Otto. »Ich habe es hier schwarz auf weiß.«

Ich schüttele heftig den Kopf, als könnte ich die Tatsache auf diese Weise loswerden. Ein Gedanke schießt mir durch den Kopf.

»Wer hat mich gefunden? Warst du es?«

Otto atmet schwer ein und aus, hält eine Hand an seine Brust, dort, wo sein Herz ist. Er schüttelt den Kopf. »Nein, das war nicht ich. Das war mein Karl.«

»Welcher Karl?«

Otto schluckt und sieht hoch in den Himmel. Seine Augen sind feucht. »Mein Kollege Karl, der vor ein paar Wochen an Krebs gestorben ist. Auf dessen Platz du jetzt sitzt. In meinem Büro.«

Ich bekomme eine Gänsehaut. Ein Schauer fährt durch mich hindurch. Ich schüttele nur weiter den Kopf, als säße mir etwas Fieses im Nacken.

»Ist das wahr?« Meine Stimme wackelt.

Otto hat rote Augen. »Ja, Lupe, das ist wahr. Ich zeige dir die Akte, wenn du willst. Auch das Ergebnis des DNA-Abgleichs.«

Ich weiß nicht mehr, was ich denken soll. Mein Hirn ist eine einzige Leere. Da ist nichts, Betrieb eingestellt. Kein Gedanke verfügbar.

»Was für ein DNA-Abgleich?«, frage ich stumpf.

»Wir haben deine DNA mit der von Su Wechter verglichen.«

Fuck you. Ich recke beide Hände in die Höhe. »Das ist zu viel, Otto, verdammt.«

»Erkan und ich bringen dich jetzt nach Hause, okay?«, sagt Otto.

»Woher hast du meine DNA?«

»Hab ich eben«, sagt Otto kleinlaut.

»*Woher?*«, schreie ich.

Otto ruft wütend: »Aus dem Krankenhaus! Ich habe einen von dir benutzten Strohhalm mitgenommen!«

»Was?«, frage ich ungläubig. »Du stiehlst meine DNA?«

Otto hebt beschwichtigend die Hände. »Hör zu, ich habe niemandem gesagt, von wem die Probe stammt, nur dass ich einen Abgleich will.«

»Du bist echt das Letzte«, brülle ich und stoße ihn mit beiden Händen von mir. »Komm nie wieder in meine Nähe. Hörst du. Nie wieder! Ich gehe zu Fuß nach Hause.«

»Das ist doch viel zu weit«, sagt Otto und zeigt auf meine hohen Schuhe. »Lupe, bitte.«

»Und wenn mir die Füße bluten. Ich gehe zu Fuß nach Hause«, brülle ich ihn an, drehe mich auf dem Absatz um und stapfe los, mit Tränen der Wut in den Augen. Die Hände zu Fäusten geballt.

»Du bist wie Su!«, ruft Otto mir nach. »Du hast so viel von ihr!«

KAPITEL 78

»Papa, sag mir die Wahrheit. Jetzt. Auf der Stelle.«

Ich habe es gerade mal bis zur nächsten Kreuzung geschafft, da habe ich schon seine Nummer gewählt.

»*Hej, Älskling.* Wovon redest du, mein Schatz? Und erst mal guten Tag.«

Papas Stimme ist vertraut und voller Liebe und Freude. Er hat keine Ahnung, wovon ich spreche. Ich atme schwer. Die Autos brausen mit 60 oder 70 km/h an mir vorbei. Die Fußgängerampel steht auf Rot.

»Ich habe gerade erfahren, dass du mich belogen hast. Und zwar mein ganzes Leben lang. Nämlich über die Tatsache, wo ich gefunden wurde und wer der Hund war, der angeblich bei mir war.« Meine Stimme schnappt fast über.

Ich schlage mit der flachen Hand mehrfach auf den Knopf für die Fußgänger. Jetzt werde verdammt noch mal grün!

Papa seufzt. »Lupe, bitte, was ist passiert? Lass uns darüber reden«, sagt er bestürzt.

»Das ist doch mal ein Anfang«, rufe ich ins Telefon.

»Deine Mutter hat mir immer prophezeit, dass es eines Tages rauskommt.«

»Ich hör dir zu. Und lüg mich nicht an, ich will von dir die Wahrheit hören. Jetzt.«

Ich bin so wütend, dass ich den Ampelmast kurz und klein hacken könnte.

»*Jävla skit*«, sagt er seufzend in den Hörer. Ja, verdammter Mist. Ich kann ihn vor mir sehen, wie er sich mit der Hand über den Mund fährt.

Die Autos bremsen ab, fahren langsamer und halten vor der Linie an. Die Fußgängerampel springt auf Grün. Ich gehe los. Ich muss mich bewegen und marschiere im Stechschritt über die Straße. Ein Typ johlt ein »Hey, Baby!« aus dem heruntergelassenen Seitenfenster seines Jeeps. Ich drehe mich nur wütend um und brülle: »Fick dich!«

»Damit warst nicht du gemeint«, sage ich ins Telefon.

»Sollen wir uns treffen und über alles reden? Ich komme sofort vorbei.«

»Nein! Ich will es *jetzt* hören. JETZT!«

»Gut, gut«, sagt er beschwichtigend. »Ich erzähl es dir, aber ich möchte, dass du dich ein wenig beruhigst. Ich will, dass du stehen bleibst und innehältst. Bitte, Lupe.«

Mir schießen schon wieder die Tränen in die Augen. Meine Narbe am Bauch schmerzt. Ich bin fast am Aachener Weiher.

»Okay«, sage ich und atme laut aus. »Ich höre.«
Er atmet tief durch.

»Lupe, du wurdest durch Zufall gefunden. Eigentlich war es eine Razzia, man vermutete, dass in der Schrebergartensiedlung Drogen und Sprengstoff versteckt sind. Aber der Polizist fand stattdessen dich in der leer stehenden Hütte. Sie gehörte einer Frau, den Namen habe ich vergessen, einer alten Dame, die war die Kellertreppe hinuntergestürzt und gestorben. Jemand hat sich Zugang zu ihrer Schrebergartenhütte verschafft und dich dort versteckt. Niemand hatte eine Ahnung, wer du warst, du hattest ja keine Papiere oder sonst was. Also wurdest du uns vermittelt. Deine Mutter konnte nach einer Fehlgeburt keine Kinder mehr kriegen, und wir hatten bereits länger auf eine Adoption gewartet. Du kamst im richtigen Moment in unser Leben. Wir hatten uns damals gerade einen jungen Hund gekauft, wohl als Ersatz.«

»Asta«, sage ich leise.

»Ja, unsere Asta. In der Schrebergartenhütte war ein Hundekorb, die Besitzerin muss wohl mal einen Hund gehabt haben, aber als du gefunden wurdest, war da kein Tier. Du warst alleine. Diese Tatsache hat mir das Herz gebrochen. Du warst wer weiß wie lange allein, niemand wusste, wer bei dir war, wer dich gefüttert, liebkost oder auf den Arm genommen hat. Und ob überhaupt. Wenn ich dir gesagt hätte, wie mutterseelenalleine du warst, hätte es alles noch schlimmer gemacht. Also habe ich die Lüge erfunden, dass der Hund bei dir war. Dass du einen Freund hattest, der dich beschützt hat. Mir gefiel diese Vorstellung, er versöhnte mich ein bisschen mit der Realität. Und ich war froh, dass du mir diese Geschichte geglaubt hast.«

Papas Stimme bricht, und ich kann hören, dass er weint.

Auch mir laufen stumm die Tränen herab. Die Welt um mich herum verschwimmt.

»Es tut mir aufrichtig leid«, sagt Papa mit tränenerstickter Stimme. Und dann ganz leise hinterher. »Ich liebe dich.«

TAG ZWEIUNDZWANZIG

KAPITEL 79

Das war mit Abstand das schwärzeste Wochenende meines Lebens. Ich habe die Anrufe von Papa und Otto ignoriert und mich in meiner Wohnung verschanzt. Ihnen geschrieben, sie sollten mich alle in Ruhe lassen. Auch Raffa war außen vor; ich habe niemanden zu mir gelassen. Ich wollte alleine meinen Nullpunkt erleben und am Boden aufschlagen. Das musste sein. Ich habe Rotz und Wasser geheult. Getobt und geschrien. Es gab viele verrotzte Taschentücher, an die zweiundvierzig Zigaretten, und besoffen habe ich mich auch. Richtig übel. Heute Morgen habe ich angewidert vier leere Flaschen Wein in der Küche gezählt. Drei weiße und eine rote. Ab einem gewissen Punkt ist es egal, was man trinkt. Nur endlich davonschwimmen, in einem schweren, gleichförmigen Strom, und die Dinge unscheinbar machen, sie klein saufen. Bis zur Auflösung. Und zugleich das Gefühl der Verletzung verschlimmern, die Messerklinge noch ein wenig weiter ins eigene Fleisch treiben. Wehtun soll es. Und zugleich wird alles zugeschüttet. Weich getrunken. Aufgelöst. Und danach kam diese unbändige Wut. Klasse, dieser Sound einer Vase, die mit Schmackes an der Wand zerschellt. Ich werde vermutlich für den Rest meines Lebens in der Wohnung Glassplitter finden.

Nach dem Herumkriechen und mich selbst Bewinseln, nach der rauschhaften Wut kam die Phase des Innehaltens. In dieser Phase drängen sich Fragen auf. Und mit den Fragen reifen die Antworten, die man sich darauf gibt. Scheibchenweise. Das läutet den Abschnitt der Reinigung ein. Zuerst äußerlich. Eine lange, ausgiebige Dusche. Viel sauber machen. Aufräumen. Reinigen. Das Bett frisch beziehen und Musik hören. Etwas Langsames, aber Kraftvolles. *I'd rather go blind* von Etta James. Dieser Song hat mich wieder zurück ins Leben geholt. Ich habe ihn auf Repeat gestellt, ein stundenlanger Klangteppich, der mich gewogen und geschaukelt hat. Bis die Bude wieder sauber war.

Merke: Äußere Ordnung schafft innere Ordnung.

Aber jetzt: Schluss mit dem Geheule. Ist ja nicht auszuhalten.

Ich klopfe an, und keine Millisekunde später höre ich, wie Ottos Stimme gedämpft durch die Tür »Herein!« ruft.

Ein Herein mit einem großen Fragezeichen. Ich trete ein. Mein Herz pocht.

»Tag«, sage ich.

Otto schaut mich erschrocken an, als sei ich ein Gespenst.

»Lupe«, sagt er fast tonlos.

»Bin ich zu spät?«, frage ich ernsthaft und werfe einen Blick auf die Wanduhr über der Tür. »Ist doch halb neun, oder habt ihr die Arbeitszeiten geändert?«

Ich lege meine Tasche auf meinen Arbeitsplatz. Auf den Platz von Karl, dem Mann, der mich gefunden hat. Mein Retter. In Gedanken sage ich: Danke, Karl, dass du das für mich getan hast, und schade, dass ich acht Wochen zu spät dran war, um mich persönlich bei dir dafür bedanken zu können. Manchmal hat das Leben ein beschissenes Timing.

»Wie geht es dir?«, fragt Otto, steht wie in Zeitlupe auf und kommt schüchtern ein paar Schritte auf mich zu.

»Ich denke, ich bin stabil«, erwidere ich. »Meine Wunde verheilt, erinnert mich aber bei bestimmten Bewegungen noch daran, was passiert ist. Wird wohl ein Souvenir bleiben.«

Ich zucke mit den Schultern. Otto steht vor mir. Unbeholfen.

»Okay, Otto, ich sehe es deinem Gesicht an: Du willst mich umarmen oder so was. Wir drücken uns kurz, und dann ist's gut. Okay? Und ich will keine Entschuldigungen hören. Nicht jetzt. Verstanden?«

Otto, die alte Heulsuse, bekommt feuchte Augen, breitet seine Arme aus und zieht mich vorsichtig an sich. Ich rieche sein Aftershave und das Waschmittel, das noch in seinem Polohemd hängt. Ich muss zugeben, es fühlt sich gut an. Sein weicher Bauch drückt sanft gegen meinen.

Einundzwanzig. Zweiundzwanzig.

»Du kannst mich jetzt wieder loslassen«, murmle ich in seinen Nacken hinein. Ottos Arme öffnen sich, und er tritt einen Schritt zurück.

»Bist du gekommen, um dich zu verabschieden?«, fragt er, und er meint es wirklich ernst.

»Spinnst du? Ich habe einen Arbeitsvertrag, ich mache hier ein Praktikum«, erwidere ich entrüstet. »Heute ist Montag, und die Arbeitswoche beginnt.«

Ein winziges Lächeln huscht um Ottos Mundwinkel.

»Verzeihst du mir?«, fragt er.

»Weiß ich noch nicht«, sage ich schnippisch.

»Was machen wir jetzt?«, fragt er und zupft an seinem Ohrläppchen. Er steht unsicher da.

»Na ja, vielleicht bringst du mich einfach auf den neuesten Stand, damit wir weiterarbeiten können.« Ich ziehe mir den Bürostuhl heran und fahre den Rechner rauf, der ein Fiepen hören lässt.

»Natürlich«, sagt Otto.

»Also ehrlich«, sage ich und schüttle verständnislos den Kopf.

Breaking News: Petra hat endlich gestanden. Als ich im eigenen Saft lag, hat sie ein langes Geständnis abgelegt. Otto fragt mich, ob ich die Aufzeichnung hören möchte. Ich zögere kurz und entscheide mich klar dafür. Damit ich diese Sache abschließen kann.

Ich will wissen, wie sie meine Mutter ermordet haben.

Die Aufzeichnung dauert dreiundvierzig Minuten, und ich setze mir Kopfhörer auf.

»Möchtest du allein sein?«, fragt er.

»Ja«, sage ich knapp, und Otto geht aus dem Raum.

Ich höre Erkans Stimme, der die Vernehmung leitet. Er gibt zu Beginn Tag und Uhrzeit an, und dann höre ich Petras Stimme, sie klingt schwach und erschöpft. Sie beginnt zu erzählen, wie sie Su das erste Mal gesehen hat und wie sie begann, diese Frau zu hassen.

Nach dreiundvierzig Minuten nehme ich die Stöpsel aus meinen Ohren und schalte die Aufnahme ab. Petra hat sich auf Su fixiert, sie wurde zu ihrem Hassobjekt. Je mehr sie von Su erfahren hat und über ihre Beziehung zu Hardy, desto wütender wurde sie. Hardy hat ihr von dem Überfall mit Su und den anderen erzählt, als sie bei ihm war. Petra sollte das Geld für ihn waschen, und da hat sie ihn zur Rede gestellt, das Kind ins Spiel gebracht, das sie von ihm erwartete, wie sie aussagte. Aber das hat ihn nicht beeindruckt. Als dann die ersten beiden Komplizen des Überfalls starben, war ihr sofort klar, dass Su dahinterstecken musste. Sie war die Tage danach oft im *Oxy* und hat mit Su geredet und einen auf Freundin gemacht. Hat sie aber in Wirklichkeit ausspioniert. Sie ist ihr hinterhergelaufen, auf Schritt und Tritt. Als dann ihr Bruder in diesen Tagen nicht mehr ans Telefon ging, fuhr sie eine Woche später zu ihm und hat ihn tot aufgefunden. Sie hatte einen Schlüssel zu seiner Wohnung. Als sie ihn da liegen sah, mit dem abgehackten Fuß, da ist bei ihr eine Sicherung durchgebrannt. Sie ist neben der Leiche zusammengebrochen und hat geweint. Lange hat sie geweint, sie wusste nicht mehr, wie lange. Irgendwann ist sie aufgestanden und hat überlegt, ob sie die Polizei rufen sollte. Aber die würde Fragen stellen, und sie würde vieles erklären müssen. Und sie wusste, dass sie eines gewiss nicht wollte: Erklärungen abgeben. Also hat sie nach langem Hin und Her beschlossen, die Polizei nicht zu rufen, denn die hätte ihren Bruder und den Vater ihres Kindes auch nicht wieder lebendig machen können. Die Rache war ihr wichtiger, denn in dem Moment beschloss sie, Su zu töten, die Frau, die ihr Leben zerstört hat und ihr, so schildert sie es, den Bruder weggenommen hat.

Also schmiedete Petra einen perfiden Plan.

Aus dem Krankenhaus nahm sie ein Betäubungsmittel mit, und eines Abends, Helga war eingeweiht, haben die beiden Su im *Oxy* besucht und sind, als die Bar schloss, mit Su weitergezogen, die damals einen aufgekratzten Eindruck machte. Sie haben sie mit weiteren Drinks gefügig gemacht und taten ihr was ins Glas. Den Namen des Mittels hab ich vergessen. Das war am Abend des 14. Juni. Petra hatte Helga im Vorfeld aufgestachelt, was nicht schwierig war, denn auch sie hasste Su. Und die beiden beschlossen einhellig: Die Katze, wie Su genannt wurde, muss sterben. Und damit man den beiden nicht auf die Schliche kam, hatte Petra die Idee, Su ebenfalls einen Fuß abzuhacken. Es sollte so aussehen, als wäre ein Serienmörder am Werk, der Fußmörder, und Su ein weiteres Opfer. Helga hatte ein Beil aus der Werkstatt ihres Mannes dabei. Als Su von dem Mittel in ihrem Getränk ausgeknockt war, haben sie sie ins Auto verfrachtet und zu der Baustelle gefahren, zu dieser Tankstelle. Helga hatte damals etwas mit einem der Arbeiter dort, und so kamen sie auf die Idee, Su einfach im frischen Beton zu versenken. Sie schleiften Su also mitten in der Nacht auf die Baustelle und zogen ihr die Kleider aus. Aber als Petra Su den Fuß abhackte, wachte Su auf und begann sich zu wehren. Nach einem Gerangel stießen Petra und Helga Su in den Beton, drückten den Körper nieder. Sus Kleidung verbrannten sie später. Und damit es so aussah, als sei Su abgehauen, fuhren sie noch in der Nacht mit Sus BMW an den Rhein und versenkten ihn dort, still und heimlich. Die Schlüssel fanden sie in Sus Handtasche. Den abgehackten Fuß warfen sie ebenfalls in den Rhein in der Hoffnung, dass die Fische ihn fressen würden. Um schließlich von sich abzulenken, beschlossen die beiden, nie mehr gemeinsam auszugehen und allen zu sagen, sie seien keine Freundinnen mehr.

Und behielten ihr Geheimnis ab sofort für sich.

Was für eine Scheiße. Ich atme einmal tief durch. Ein und aus.

Die Tür geht auf, und Otto kommt herein. »Na?«, fragt er und schließt die Tür. Steht mit verknautschter Miene vor mir.

Ja, ich bin sauer auf Otto und auf seinen Alleingang. Darauf, dass er mir die Wahrheit über mich unaufgefordert erzählt hat und mein Leben auf den Kopf gestellt hat. Andererseits bin ich froh, die Wahrheit zu wissen, auch wenn sie die Beziehung zu meinen Eltern trübt und wir wohl einiges aufzuarbeiten haben. Aber ich muss gestehen, dass ich Otto bewundere, wie entschieden er hinter der Wahrheit her ist, mit jeder Faser seines Körpers. Und für die Gerechtigkeit, auch wenn's wehtut. Irgendwann werde ich ihn bitten, mir von Su, meiner leiblichen Mutter zu erzählen. Und mehr von sich selbst, von seiner Tochter und seiner Narbe, über die er immer streicht. Aber nicht heute.

An meinem Monitor klebt noch immer das vergrößerte Passfoto von Su.

»Sie werden beide ihre gerechte Strafe erhalten«, sagt Otto, als er sieht, dass mein Blick darauf ruht. »Da kannst du sicher sein.«

»Gut.« Ich löse das Foto ab. Lege es vorsichtig in eine Klarsichthülle und schiebe sie in meinen Rucksack. Otto beobachtet mich dabei.

»Frank will uns gleich einen ausgeben. Weil wir den Fall gelöst haben und auch den Überfall auf Brinkmann. Bitte komm dazu.«

Einen Moment will ich ablehnen. Aber dann denke ich, wieso eigentlich nicht? Es ist schließlich auch mein Verdienst.

»Klaro«, sage ich. »Ich weiß zwar nicht, wie gut sich das mit meinen Schmerzmitteln verträgt, aber was soll's.«

Otto lächelt erleichtert.

KAPITEL 80

Als wir hereinkommen, klatschen alle Beifall. Es rührt mich zu Tränen, und ich bin über meine emotionale Reaktion selbst überrascht. Was ist das denn plötzlich mit mir? Ich bin doch eigentlich keine so gefühlsduselige Nuss.

Ich sehe die freudigen, stolzen Gesichter und habe einen gewaltigen Kloß im Hals, und für einen Moment überkommt mich der Gedanke, ob es nicht doch ein bisschen zu früh war, heute schon wieder herzukommen. Aber ich mag diese Truppe einfach, Sina, Vogelkopf und Krawatte und Otto. Obwohl ich noch nicht einmal einen Monat dabei bin, fühle ich mich hier wohl. Krawatte geht auf mich zu. Er lächelt mich aufrichtig an und streckt mir die Hand hin.

»Herzlichen Glückwunsch, Lupe«, sagt er und schüttelt mir die Hand. Dann beglückwünscht er Otto. Wir stehen nebeneinander, und ich trete von einem Bein auf das andere. Ich könnte mir in die Hose machen, denn im Mittelpunkt zu stehen liegt mir gar nicht. Sina zwinkert mir zu. Diese Verräterin. Ich balle zum Spaß eine Faust in ihre Richtung. Sie lacht laut, packt das Tablett mit den gefüllten Sektgläsern und geht reihum. Als sie bei mir ankommt, sagt sie: »Nimm, du hast es dir mehr als verdient.«

»Mit dir werde ich noch ein Hühnchen rupfen«, murmle ich ihr verschwörerisch zu.

»Ich freu mich drauf«, sagt sie und strahlt mich an. Ich kann ihr keine Minute böse sein.

Krawatte erhebt sein Glas, und die anderen tun es ihm gleich. »Bevor wir anstoßen, möchte ich noch kurz etwas sagen. Nicht nur, dass der Raubüberfall auf Richter Brinkmann gelöst werden konnte, nein, es liegen uns auch zwei Geständnisse vor, und somit ist der Fall des Fußmörders nach achtundzwanzig Jahren nun ebenfalls aufgeklärt. Durch eure Arbeit, Lupe und Otto, und besonders durch dich, Lupe, und deinen mehr als außergewöhnlichen Einsatz. Wir alle hoffen, dass du bald wieder fit bist und weiter mit uns in diesem Team arbeitest. Auf euer Wohl!«

Wir stoßen alle miteinander an. Sina sagt: »Du bist mega«, Vogelkopf wünscht mir eine gute Genesung, und auch Otto prostet mir zu und raunt: »Bitte bleib noch, ohne dich schaffe ich's nicht.« Ich könnte ihn knutschen.

»Hoffentlich ist das nicht so eine billige Plörre wie beim letzten Mal«, sagt Sina glucksend.

»Das ist Champagner«, zischt Krawatte ihr zu.

Wir trinken alle einen Schluck, und für einen Moment herrscht Stille.

Der erste Schluck schmeckt bombastisch, die Kohlensäure kitzelt meinen Gaumen. Ich habe das Gefühl, sofort betrunken zu sein.

Keiner sagt etwas, jeder hält sein Glas vor sich und schaut mich erwartungsvoll an.

Ich nehme noch einen großen Schluck und atme kräftig durch. Dann schwinge ich das leere Glas in die Höhe.

»Schmeckt nach mehr!«, rufe ich, und alle lachen erleichtert auf.

KAPITEL 81

Am frühen Nachmittag schickt mich Otto nach Hause, er meint, das wäre für den ersten Arbeitstag genug. Er hat mir gegenüber ein höllisch schlechtes Gewissen, und ich glaube, ich lasse ihn noch ein bisschen im eigenen Saft schmoren.

Wer weiß, wofür's gut ist.

Auf der Autobahn ist nicht viel los, ich kurble beide Fenster herunter und schiebe eine frisch gebrannte CD von Tom Jones in den

Player, steuere einen Song an, den ich ganz besonders mag. Ich drehe ihn ganz laut und schmettere ihn mit, während ich über die Autobahn brause.

Er passt wie Arsch auf Eimer.

*»I had too much of this and that,
and this and that is no good ...«*

Tom singt, dass die Türen blechern wummern. Eine Zigarette würde jetzt gut passen. Aber ich will auf Kippen verzichten. Jetzt müssen erst mal die Dinge an ihren Platz fallen, und ich muss einen klaren Kopf bekommen. Nächstes Wochenende besuche ich meine Eltern, dann reden wir über alles. Es wird ein Geheule werden, das ist sicher, aber da müssen jetzt alle Beteiligten durch.

Mit Raffa fahre ich an meinem Geburtstag weg, ans Meer nach Holland, wir brauchen mal was anderes als nur Salat und Sex, das genügt mir nicht mehr. Wir wollen mal sehen, ob uns noch mehr verbindet. Und ich will an meinem Geburtstag nicht in Köln sein, sondern weit weg und auf das offene Meer starren. Außerdem schreibt mir Erkan regelmäßig SMS, dass er mit mir ins Kino will. Samt Vorschlägen zu den übelsten Horrorfilmen.

Ich weiß noch nicht, was ich davon halten soll.

Und er meint, er wolle mich »noch mal auf Händen tragen«. Dafür trete ich ihm bei nächster Gelegenheit kräftig gegen das Schienbein. So weit kommt es noch.

Ich drehe den Song von Tom Jones noch einen Tick lauter.

Es hilft ja nichts, es muss weitergehen. Aufhören ist keine Option.

Irgendein kluger Mensch hat mal gesagt: »Wenn die Zeiten hart sind, dann müssen es unsere Träume auch sein.«

Und ich werde nicht aufhören zu träumen.

Garantiert nicht.

NACHSATZ

Die Geschichte um Su, der Fall des Fußmörders und auch das Ermittlerteam sind fiktiv, die handelnden Figuren entsprangen meiner Fantasie; etwaige Ähnlichkeiten oder Übereinstimmungen mit toten oder lebenden Personen wären purer Zufall. Lediglich die Figur des Rainer wurde an eine real existierende Person der RAF angelehnt, ebenso gab es natürlich das Attentat auf die Botschaft in Stockholm. Die Details dazu habe ich anhand von veröffentlichten Berichten, Büchern und Rundfunkmitschnitten recherchiert und an geeigneten Stellen zusammengefasst.

Alles andere ist frei erfunden.

DANKSAGUNG

Im heißen Sommer 2018 holte ich einmal tief Luft und erweckte Lupe und Otto zum Leben. Den Stoß in die richtige Richtung gab mir meine kluge Agentin Leonie Schöbel, die mit ihrem sicheren Gespür die Sache ins Rollen brachte. Danke! Du bist die Beste!

Ein ausdrücklicher Dank geht an die unvergleichliche Tina Haffke für die entscheidende Idee, die RAF mit reinzubringen. Du siehst, was du angerichtet hast.

Meiner wunderbaren Lektorin Frederike Labahn bei Droemer danke ich von ganzem Herzen, dass sie Lupe und Otto eine Heimat gegeben hat und ihr die beiden ebenso ans Herz gewachsen sind wie mir. Auch allen anderen bei Droemer sage ich besten Dank für ihre tatkräftige Unterstützung und für das große Vertrauen. Jutta Ressel danke ich sehr für ihre unermüdlichen Fragen und genialen Korrekturvorschläge bei der Überarbeitung.

Und natürlich danke ich meinen unübertrefflichen Testleserinnen Stephanie Frank und Ulrike Westhoff, deren aufmerksame Rückmeldungen mich bereichert und bestärkt haben.

Besonderen Dank möchte ich meinen drei Berater*innen aussprechen, die mich mit ihrem Fachwissen begleitet und meine Fragen beantwortet haben. Großen Dank an Ulrike Rohloff vom LKA und an Stefan Floßdorf von der Rechtsmedizin Köln sowie an Rebecca Fügemann für ihren psychologischen Sachverstand. Alle Fehler in dem Buch sind meine eigenen.

Großen Dank an Marcella Quaglia (Grazie tante), meine wunderbaren und geschätzten Kolleg*innen vom Writer's Room Köln (ihr seid toll) und min Fründe, allen voran Steffen, Peter, Judith und Alex. Sorry for being so antisocial, aber ich vermute, es wird in Zukunft nicht besser werden. Gewöhnt euch also dran. Danke an meine Familie in Stuttgart und Frankfurt, dass ihr an mich glaubt, und danke an lovely Walter, dass du ab sofort alles liest, was ich schreibe und diesen ganzen Zirkus mitmachst.

Und zu guter Letzt, danke an meinen Vater. Ohne dich würde ich vermutlich nicht schreiben. Ich hoffe, dass du da, wo du jetzt weilst, glücklich bist.

Hallo von hier unten. Life goes on.

Tote Lehrer geben keine schlechten Noten – die neue Lehrer-Krimireihe mit wenig Blut und schönem Humor!

MARC HOFMANN

DER MATHELEHRER UND DER TOD

GREGOR HORVATHS ERSTER FALL

Gymnasiallehrer Gregor Horvath stolpert eines Morgens auf dem Schulhof beinahe über die Leiche eines Kollegen: Der Mathelehrer Michael Menzel ist offenbar aus einem Fenster gestürzt. Die überlastete Polizei legt den Fall bald als Selbstmord zu den Akten, doch Hercule-Poirot-Fan Horvath wittert Ungereimtheiten. Zusammen mit einigen Schülern aus seinem Deutschkurs beginnt Horvath zu ermitteln – immerhin gibt es zahlreiche Verdächtige: Lehrer, Schüler, Eltern … Nur dem wahren Täter sollte Horvath lieber nicht zu nahe kommen!

*Der Geruchssinn als Ermittler:
ein origineller Krimi für alle, die das Besondere suchen*

ANNE VON VASZARY
DIE SCHNÜFFLERIN

KRIMINALROMAN

Die schwangere Nina entgeht nur knapp einem Giftmordanschlag in einem Restaurant. Dank ihrer neuerdings starken Geruchsempfindlichkeit hat sie das Essen dort nicht angerührt. Alle anderen Gäste aber ringen mit dem Tod – auch der Vater ihres Kindes. Und Nina gerät als Hauptverdächtige in den Fokus der Ermittlungen. Um ihre Unschuld zu beweisen und den wahren Täter aufzuspüren, muss sie lernen, ihren Geruchssinn gezielt einzusetzen.

Hauptkommissar Koller von der Berliner Kripo weiß ihre olfaktorischen Fähigkeiten für sich zu nutzen. Aber führt Ninas Spürnase die beiden wirklich auf die Fährte des Mörders?

*Attentat am Alexanderplatz –
ein neuer Fall für Lopez und Saizew vom LKA Berlin*

KATJA BOHNET
FALLEN UND STERBEN
THRILLER

Sechs Menschen fallen am Berliner Alexanderplatz einem Attentat zum Opfer – ausgerechnet, während in der Stadt ein Kongress der Polizeiorganisation Interpol stattfindet. Mit einer Machete richtet der Killer ein Blutbad an. Anschließend flüchtet ein Motorradfahrer vom Tatort Richtung Berlin Falkensee. Dort muss sich Viktor Saizew wegen eines Dienstvergehens einer Therapie in einer psychiatrischen Einrichtung unterziehen, doch das Verbrechen respektiert keine Auszeit. Mit Viktors Hilfe kommt Rosa Lopez, die vom LKA Berlin mit den Ermittlungen beauftragt wird, dem Täter bedrohlich nahe. Bis sie selbst zur Zielscheibe wird.

»Lesen! Ein großartiges Ermittlerpaar. Unglaublich dicht geschrieben, sprachlich außergewöhnlich.«
Radio Bremen über *Kerkerkind*